SV

Anna Bolecka

Lieber Franz

Roman

Aus dem Polnischen
von Monika Popiel-Kjer

Suhrkamp Verlag

Titel der Originalausgabe: *Kochany Franz*

Satz: Libro, Kriftel/Ts.
Druck: Graphische Betriebe Röck, Weinsberg
Printed in Germany
Erste Auflage 2000

1 2 3 4 5 6 – 05 04 03 02 01 00

Für Włodek

Loeb an Franz

Prag, September 1911

Lieber Herr Franz,
Sie haben mir Ihren wahren Namen genannt – Amschel. Nach dem Großvater mütterlicherseits, und der Großvater war ein frommer und gelehrter Jude.
Ja. Ich weiß, was wir unseren Vorfahren schuldig sind und wie sie uns an einem dünnen, unsichtbaren Faden führen, aber: Der Name trägt das ganze Schicksal des Menschen in sich.
Ich werde versuchen, einiges über Ihren Namen zu sagen, den Rest werden Sie schon selbst am besten wissen, man sagt ja: Zeige mir das Blatt, und ich sage Dir, wie die Wurzeln sind.
Otijot jesod sind die zweiundzwanzig fundamentalen Buchstaben. So sagt das Buch: »Zweitausend Jahre vor der Schöpfung der Welt schaute der Heilige, gelobt sei er, die Buchstaben der Tora an und fand großes Gefallen an ihnen. Und als vor seinem Antlitz der Wunsch nach der Weltschöpfung entstand, so versammelten sich alle Buchstaben vor dem Thron seiner Glorie.«
Der Heilige stellte die Buchstaben von dem ersten bis zum letzten auf, und die drei Buchstaben-Mütter machte er zu den Grundfesten der Welt. Das sind: Alef, Mem und Schin. Aus ihnen sind die drei Väter geboren, aus denen alles geschaffen wurde.
Alef ist der erste im Alphabet, sein Wert ist eins; er symbolisiert den Namen des Demiurgen-Gottes. Alef, das ist der offene Mund und der Atem; Mem ist der geschlossene Mund – er birgt die Verdienste; Schin ist die Sprachfertigkeit, die das Maß der Schuld in sich trägt.
Der Buchstabe Schin bedeutet den Himmel, die Richtung hinauf, Mem – die Erde, die Richtung hinunter, Alef dagegen ist die Richtung zwischen oben und unten. Der erste zischt, der zweite wartet schweigend, der dritte ist der Vermittler zwi-

schen den beiden. Das sind die drei Grundfesten – in der Welt: Feuer, Luft, Wasser; im Jahr: Kälte, Wärme, Feuchtigkeit; im Körper: Kopf, Brust, Bauch.
AMSch bedeutet Dunkelheit, ASchM Schuld.
Dunkelheit ist die Tiefe und das Verborgene.
Schuld und Fall sind der Anfang der menschlichen Welt.
AMSch ist männlich, ASchM weiblich. Das Männliche ist eine andere Anordnung des Weiblichen.
Darin ist oben und unten, Schuld und Verdienst, das Männliche und das Weibliche, Gegensätze, die ausgesöhnt werden von dem heiligen Buchstaben Alef, dem Zeichen des Gottes – Elohim.
Drei Buchstaben-Mütter, Säulen aus Luft, ein großes Geheimnis, verdeckt und wundersam, verschlossen mit sechs Siegeln.
Das ist das Schicksal dessen, der Amschel heißt.

Franz an Hugo

Prag, September 1911

Mein Lieber,
vor einigen Wochen schrieb ich Dir von einem jüdischen Schauspieler, erinnerst Du Dich? Seine Freundschaft ist mir in der letzten Zeit unentbehrlich geworden. In gewissen Dingen verstehn wir uns ohne Worte, und sein häufig melancholischer Zustand erfüllt mich mit einer stillen Ruhe. Als mir Vater gestern unendliche Vorwürfe wegen der Fabrik machte und sich dann auch noch mit meinen Freunden befaßte, von »Fremden« sprach, die man unnötig nach Hause einlädt, konnte ich mich nicht beherrschen und sagte etwas, das ich später bereute.
Vater hatte sich zurückgezogen, und nach einer Viertelstunde lief Mutter schon mit einem kalten Umschlag für sein Herz. Sie blickte mich dabei nicht an; geschwind durch das Zimmer laufend, stieß sie sogar an meine ausgestreckten Füße, merkte es aber nicht, so sehr beschäftigte sie der Gedanke an Vaters

plötzlichen Anfall. Es kam ihr übrigens gar nicht in den Sinn, daß eben ich die Ursache für diese ganze Aufregung war. Der Gedanke an Loeb und seinen Vater, an deren so schwieriges Verhältnis, spendete mir zusätzliche Kraft in dem Augenblick der inneren Wirrnis. Nein, ich kann den Erpressungen meines Vaters nicht nachgeben. Er ist ein Komödiant. Was für eine Verbindung kann es zwischen dem Vater von Loeb und meinem geben? – Du wirst Dich wundern. Der alte Loeb ist ein Rabbiner, ein Schriftgelehrter und äußerst frommer Mann, genauso wie schon sein Vater. Und hier besteht eine Ähnlichkeit zwischen Loebs Großvater väterlicher- und meinem mütterlicherseits, der ebenfalls ein frommer und gelehrter Mensch war.

Loebs Vater schreibt an ihn Briefe auf hebräisch, die Loeb in meiner Anwesenheit liest und übersetzt. Loeb stammt aus einem Städtchen unweit von Warschau. Dort leben überwiegend Juden, und ebendas, neben der stickigen Atmosphäre zuhause, ließ Loeb den Entschluß fassen, seine Familie zu verlassen. Ich fragte ihn, wie dieses Städtchen aussähe, wie die Menschen dort lebten. Er hob seine Hand mit der Handfläche nach oben, schlug mit der andern Hand darauf und sagte: »So sieht meine Heimatstadt aus.« Ich begriff, daß es eine Einöde ist, nicht größer als eine Handfläche. Wo die alten Juden, wenn sie am Schabbat spazierengehn, keine Sünden zu fürchten brauchen, da sie hin und zurück nicht mehr als zweitausend Schritte zu tun haben.

Eines Tages, Loeb war beinahe vierzehn Jahre alt, als er gerade aus seiner kleinen Kammer, wo er am Tage schlief und nachts lernte, hinausging, um etwas frische Luft zu schöpfen, da er zuhause buchstäblich erstickte, lief der Vater an ihm vorbei, klopfte ihm auf die Schulter und bat scheinbar beiläufig, bei ihm vorbeizuschauen, weil er ihm etwas mitzuteilen habe.

Loeb wartete nicht länger; die Vorstellung, der Vater werde ihm schon wieder Vorwürfe machen wegen seines nicht ausreichend fromm geführten Lebens, gab ihm neue Kraft. Es war ein Samstag, und daher verließ er das Haus in einem festlichen

Kaftan mit dem in den letzten Monaten gesparten Geld, das er glücklicherweise dabei hatte. Er bestieg einen Nachtzug, und schon am nächsten Morgen war er in O.

Dort befand sich eine berühmte *Jeschiwa*, wo junge Knaben Tag und Nacht den Talmud studieren, einzeln und in Gruppen. Der *Rosch-Jeschiwa*, den jungen Menschen zur Hilfe zugeteilt, erklärt nur hie und da die schwierigsten Textstellen. Wenn ein Junge Schwierigkeiten mit dem Lernen hat oder auf einen besonders komplizierten Abschnitt stößt, gesellt er sich zu den andern, und sie entscheiden gemeinsam über die strittige Angelegenheit.

Es war Sommer, und die Nächte waren warm, aber trotz offener Fenster war die Luft im Raum unerträglich. Nicht alle hatten ein eigenes Bett, keiner wusch sich, die Knaben schliefen an den Tischen ein, mit den Köpfen auf die Tischplatte gestützt, ohne ihre verschwitzten Kleider auszuziehn. Das Lernen war kostenlos, das Essen ebenso, denn die Gemeindemitglieder bemühten sich um die Gnade des Vollbringens von *Mizwot*, guten, gottgefälligen Taten, und sie ernährten die ausgehungerten Studenten.

Trotzdem ertrug Loeb nach einigen Tagen ein solches Leben nicht mehr und verließ O., ein Städtchen so klein, daß es sich an der Landstraße nicht weiter erstreckte, als das Pferdegespann eines reichen Adeligen einnahm. Man sagte sogar, daß, als hier einmal ein *Poriz* mit seinem vierspännigen Reisewagen haltmachte, sich die Mäuler des ersten Pferdepaares und die Hinterräder des Wagens schon außerhalb des Städtchens befanden.

Loeb kehrte in das Haus seines Vaters zurück, aber beim nächsten Mal, es war sechs Jahre später, verließ er die Familie dann endgültig. Und so war er bis zu seinem zwanzigsten Lebensjahr ein *Bocher*, der Talmud studierte, später ein gefallener Mann, Schauspieler, Landstreicher, Morphinist. Allein Loebs ungeordnetes Liebesleben reichte aus, seinen frommen Vater ins Grab zu bringen.

Loeb vertritt den Typus eines »heißen Juden«, seine Begeisterung für die Welt wird selbst in Zeiten tiefer Trauer nicht geringer. Er ist auch ein wahrer Schauspieler, und seine Kunst entspringt Quellen, denen Religiosität ein großes Herzensbedürfnis ist. Du müßtest ihn einfach mal sehn, um zu verstehn, wovon ich spreche.

Dein F.

Loeb an Franz

Prag, September 1911

Lieber Herr Franz,
den letzten Brief meines Vaters konnten wir nicht gemeinsam lesen, also versuche ich, ihn für Sie zusammenzufassen. Mein Vater schreibt mir, daß fromme Juden sich in Warschau am Schabbat ungehindert in der ganzen Stadt bewegen können. Wie man das erreicht hat? Die Telegraphengesellschaft hat dank einer Bestechung ihre Leitungen zu einem geschlossenen Kreis ergänzt, der die Stadt umschließt. Dieser *Eruw*, also der Samstagsbereich, erlaubt selbst den Frömmsten, sich sündenfrei in der Stadt zu bewegen und sogar Kleinigkeiten wie zum Beispiel ein Taschentuch oder eine Uhr bei sich zu tragen. Wer weiß, manche erledigen vielleicht sogar das eine oder andere unaufschiebbare Geschäft, aber darüber schreibt mein verehrter Vater nichts. So etwas würde er wohl nicht fassen können. Obgleich ihn eine solche Kleinigkeit wie der Betrug nicht wundert, dank dessen die ganze Unternehmung möglich war.
Mein Vater macht sich große Sorgen um mich. Er fragt nach, ob ich, möge der Allmächtige mir gnädig sein, am Schabbat Spaziergänge unternehme und wie weit (er weiß, daß in Prag noch niemand auf die einfache Idee gekommen ist, einen *Eruw* zu errichten), ob ich, Gott bewahre, moderne freisinnige Bücher lese und ob ich unbedingt an Fastentagen essen muß. Lieber Herr Franz, was soll ich denn meinem armen Vater antworten? Daß ich am Schabbat bis spät in die Nacht arbeite und zum Spazierengehen gar keine Zeit habe? Daß ich zur Genüge faste und Bekannte, die mich auf der Straße mit etwas

Dunklem im Mund sehen, genau wissen, daß es kein Chokoladenstück, sondern Schwarzbrot ist. Was soll's, ein ganzes Jahr lang könnte man davon erzählen.
Sie wissen das, mein lieber Freund, weil wir gemeinsam halb Prag durchlaufen haben. Neulich, als Sie verreist waren, streifte ich alleine durch Gassen und über Plätze, es war mir aber irgendwie so unbehaglich zumute, den Kopf trug ich gesenkt, als suchte ich zu Lebzeiten schon nach dem eigenen Grabe. Aber was wollte ich Ihnen denn eigentlich erzählen?
Kennen Sie die Geschichte vom weißen Haus auf der Kleinseite? So viele solcher Geschichten haben wir uns erzählt, aber die habe ich von Ihnen nicht gehört. In der oberen Alchimistengasse steht ein solches Haus, das nur bei Nebel und nur für Sonntagskinder sichtbar ist. Man nennt es Die Mauer an der Letzten Laterne. Ich war dort zur Tageszeit und sah einen großen grauen Stein, und weiter nur einen Felsenhang. Ich näherte mich dem Hang und erblickte einen Abgrund, tief bis zum Hirschgraben. Mir wurde schwindelig. Täte man im Dunkeln einen Schritt über den Stein, käme man nicht mit dem Leben davon. Man sagt, unter dem Stein liegt ein Schatz, den die Asiatischen Brüder hier verborgen haben, diejenigen, die angeblich Prag gründeten. In ihrem weiteren Verlauf wird die Geschichte immer verworrener und grausamer, aber wunderschön. Dieser Felsblock bildet angeblich den Grundstein für ein Haus, in welches, wenn die Zeit gekommen ist, ein Hermaphrodit einziehen wird. Diese göttliche Gestalt ist die Verbindung zwischen einem Weib und einem Mann, ausgestattet mit einem Hasenkopf. Der Stein wird von Matuzal bewacht, Tag und Nacht, weil sonst der Satan sich heranschleichen und mit dem Stein eine geheimnisvolle Jünglingsgestalt, genannt Armilos, zeugen könnte. Armilos wird zu einem Zopf gebundenes goldenes Haar haben, sichelförmige Augen und Arme, die bis an den Boden reichen.
All das erzählte mir ein Bekannter in dieser Spelunke, »U Lojzicka«, wo ich, wie Sie wissen, manchmal hingehe, wenn ich des Lebens überdrüssig bin. Prag ist eine geheimnisvolle

Stadt, am liebsten würde man hier für immer bleiben wollen...
Sie werden sich wohl freuen, wenn ich berichte, daß unsere Schauspielertruppe bereits in Prag ist. In der alten Zusammensetzung und sehr begierig auf Auftritte vor Publikum. Wir beginnen nächste Woche im Café Savoy am Ziegenplatz. Ich weiß noch nicht, was als erstes unter Beschuß gerät: Goldfaden, Gordin oder Lateiner? Der Saal ist etwas schmal, es gibt nur wenig Platz für die Bühne und das Bühnenbild, die Wände aber sind getäfelt, es gibt schwere Plüschvorhänge und eine gute Akustik, was unsere singenden Schauspielerinnen sicherlich erfreuen wird.

Franz an Loeb

Prag, Oktober 1911

Lieber Freund,
gestern wart Ihr alle wunderschön, besonders aber Frau Kluge. Als sie das teils traurige, teils lustige Lied »Mein Herz klopft« – *Dos Harz klapt mir* – sang, lief mir ein Schauer über den Rücken. Ich kenne dieses Lied doch so gut, aber seine Worte klangen in Frau Kluges Vortrag präziser und somit schöner als gewöhnlich. *Dos Harz iz mir farchalescht*, mit dem hebräischen Ausdruck *chalasch*, das heißt schwach. Erst da bemerkte ich, daß man früher, wenn dieses Lied gesungen wurde, germanisiertes Jiddisch verwendete. Frau Kluge hat den Worten ihren eigentlichen, präzisen und natürlichen Klang wiedergegeben.
Höre ich ihren Bühnenjargon, der in vollem Strome fließt, rein, mit tiefem Atem, so geht mir dieses *Mammeloschen* nahe, das wir verleugnen und dessen wir uns, leider, schämen.
Und eben gestern fiel mir ein, daß ich womöglich deshalb meine Mutter nicht immer so geliebt habe, wie sie es verdient hat, weil mich die Sprache daran gehindert hat. Ich weiß, wie meine Mutter mitfühlen und trösten kann, mit welcher Kraft sie für mich da ist. Wenn ich aber »Mutter« zu ihr sage, wird

die Rührung gleich schwächer. Die jüdische Mutter ist keine »Mutter«. Für einen Juden ist das eine auf ganz besondere Weise deutsche Bezeichnung, die unbewußt neben dem christlichen Glanz auch christliche Kälte enthält. Eine Jüdin, »Mutter« genannt, wird also fremd. Ich glaube, daß nur noch Erinnerungen an das Ghetto die jüdische Familie erhalten, denn auch das Wort »Vater« meint bei weitem den jüdischen Vater nicht. Darüber brauche ich aber nicht mehr zu sprechen, Sie wissen, mein Freund, wie schwierig und schmerzhaft dieses Thema für mich ist. Lassen wir es vorläufig ruhen.
Um zu Frau Kluge zurückzukommen. Ich schaute sie an, als sie von der Bühne abtrat. Dann ein Blick durch die hintere Portiere in die Garderobe. Sie stand dort eine Weile, die Arme am Körper, und atmete mit geschlossenen Augen. Ich wollte ihr meine Gefühle und meine Begeisterung durch den Raum übermitteln, da ich mir des Publikums nicht sicher war. Mir schien, man hat Euch gestern nicht gebührend geschätzt.
Frau Kluge streifte das helle Kleid von den Schultern, und ich sah sie nur mit einem Unterkleid und einer kurzärmeligen Bluse bekleidet. Nach einer Weile zog sie das dunkle Kleid an, in welchem sie das Trauerlied singen sollte. Wir alle im Saal fühlten wohl das gleiche, als sie mit einer tiefen vibrierenden Stimme diese merkwürdige ostjüdische Melodie sang. Selbst ich mit meinem Mangel an musikalischer Begabung konnte ihre Einzigartigkeit spüren.
Und dann der Tanz, voller Verzweiflung, ein Tanz, in dem sich nur die Hüften monoton wiegen, wie im Traum. Die Kraft einer östlichen Tänzerin, der Ernst des Leidens und die Erhabenheit der Gefühle haben mich gebannt. Sie war oben, ich unten, und erst zum Schluß, ganz kurz, als sich die aus dem Inneren hervorgerufene Wildheit zeigte und den Körper schüttelte wie im Liebeskrampf, standen wir für einen kurzen Augenblick von Angesicht zu Angesicht. Die eine Königstochter verkörpernde Schauspielerin und ich, der Zuschauer – ein erwachter Jude. Die Melodie schwand, mit bitteren, dumpfen Tönen klang sie noch ab und zu an, dann verstummte die

Musik in einem kaum wahrnehmbaren Finale. Frau Kluge ist eine wahre *Kischefmacherin*, ihre Kunst ist voller Zauber.
Und doch dauerte die Rührung nur so kurz an, daß nicht deutlich war, wer von den Anwesenden sie wirklich teilte. Obwohl die Stammgäste und das Personal des Café Savoy Euch ohne Vorbehalte lieben, macht Eure körperliche Nähe, die räumliche Enge und Eure dort selbstverständliche Anwesenheit sie doch maßlos dreist. Selbst habe ich gesehn, wie der Türsteher, ein ansonsten gutmütiger und in der Tiefe seiner Seele feinfühliger Mensch, die kleine Tschisik beschimpfte, weil sie während der Vorstellung ihrer Mutter etwas auf die Bühne reichen wollte.
Und an dem Abend, als Sie mir Fragmente aus »Elieser ben Schevia« von Gordin vorgelesen haben und wir in diese Sprache wie in einen dunklen, aber reinen und tiefen See eintauchten, forderte der Kellner Sie lautstark zum Vortrag von Gedichten auf: »Na, Schmendrik, wir warten. Was für ein feines Publikum hier heute kommen wird, richtig zum Fingerlecken. Loeb, du hast es gar nicht verdient.« Auch wenn der Kellner für einen Augenblick eine gewisse Intelligenz bewies, als er auf Schmendrik, den gutmütigen Toren aus Goldfadens Theaterstück, anspielte, so konnten wir uns doch lange nicht von dem unangenehmen Eindruck erholen. Einerseits Gordin, andererseits der da mit seiner Ungeniertheit. Es war wie in alten Zeiten, als man in den Schauspielern nur Hungerkünstler, Herumfahrende und Mitjuden sah, also all jene, die man völlig ungehindert mit der bloßen Hand anfassen konnte.

Franz an Hugo

Prag, Oktober 1911

Lieber Hugo,
seit einer Woche verbringe ich jeden Abend im Café Savoy. Meistens mit Max. Wir bleiben dort bis zwölf oder eins in der Nacht sitzen. Ich spüre keine Müdigkeit, keine Angst, ich lache und singe gemeinsam mit den Schauspielern. Kannst Du das glauben?

Gestern wurde »Sulamith« von Goldfaden gegeben. Sie spielten beinahe fehlerfrei, aber ich hatte Augen nur für Frau Tschisik, die wohl schon als jüdische Schauspielerin zur Welt gekommen ist. Ich habe Dir nichts von ihr geschrieben, trotzdem eben sie es ist, die mich schon seit so vielen Abenden wie an einem seidenen Faden führt, den sie in hoch erhobenen Händen hält.
Schön war Frau Tschisik gestern. Das in zwei Wellen geteilte, vom Gaslicht hell beleuchtete Haar floß offen herunter und verdeckte ihre Wangen, so daß ihr Gesicht wie ein Mädchengesicht aus früherer Zeit aussah. Sie hat einen großen, knochigen, mittelstarken Körper und ist fest geschnürt. Ihr Gang bekommt leicht etwas Feierliches, da sie die Gewohnheit hat, ihre langen Arme zu heben, zu strecken und langsam zu bewegen. Während sie singt, wiegt sie leicht ihre ausladenden Hüften und bewegt ihre halbgeöffneten Hände, als spiele sie mit einem langsam durch die Luft fliegenden Ball.
Wenn Frau Tschisik die Bühne betritt, empfinde ich eine besondere Anspannung, es ist aber weder ihr Gesicht noch ihr Schauspiel, das mich so erregt, als vielmehr die innere Bewegung ihres Körpers. Die sie umgebende Luft beginnt zu wirbeln, und wenn man nahe genug sitzt, sieht man die heftigen Bewegungen der Staubpartikelchen im Lampenschein. Sie meint, daß der Atem das Fundament ihrer schauspielerischen Kunst bildet, auf dem sie den ganzen Rest errichtet. Sie leitet die Luftsäule aus dem Bauchinneren nach oben, und wenn sie diese weit oben im Kopf fühlt, kann sie frei ihren Text sprechen. Am liebsten würde sie barfuß spielen; die engen geschnürten Schuhe und die Absätze machen sie müde und steif. »Ich spüre den Boden nicht, wie kann ich mir irgend etwas sicher sein«, sagte sie zu mir.
Ich habe sie gefragt, was ihr Jiddisch bedeute, wie sie diese Sprache höre, die für mich so fern und gleichzeitig so nah ist. »Ach, Jiddisch, das ist die Wiege, und ich fühle mich wie ein Kind, gesättigt von der Muttermilch, ein Kind, das eine sichere Zuflucht gefunden hat«, bekam ich als Antwort.

Diese Frau, dreißigjährig, tugendhaft und ernst, eine ehrbare Ehefrau und Mutter zweier Kinder, kann kaum jemand mehr für hübsch halten. Wenn ich sie jedoch auf der Bühne sehe, wie sie zufällig auf die Schleppe ihres Kleides tritt, wie sie ihre Hände mit gespreizten Fingern ausbreitet, um die Kraft eines lautlosen Schreis zu verstärken, wie sie ihr Gesicht zum Licht hebt, dann ergreift mich die Liebe bis zur Besinnungslosigkeit.

Dein F.

Loeb an Franz

Prag, Oktober 1911

Lieber Herr Franz,
ich habe versprochen, Ihnen zu schreiben, bin aber die ganze Zeit mit unserem Theater beschäftigt, sogar nachts, nur dann kann ich nämlich meine Rolle einstudieren. Ich sende diesen Brief über Herrn Max, da ich weiß, daß Sie warten. Und ich weiß doch auch, daß die Engel vor Trauer ihre Federn verlieren, wenn wir die Versprechungen nicht halten, die wir unseren Mitmenschen gegeben haben. Also werde ich Ihnen erzählen, was alles passiert ist.

Wir konnten uns nicht einigen, was wir spielen sollten. Jeder wollte etwas anderes. Wir stritten uns, und die Zeit lief davon. Ich sage Ihnen, lieber Herr Franz, Streitereien sind etwas ganz Normales bei uns. Sobald sich die erste Aufregung an einem neuen Ort gelegt hat, beginnen wir, uns gegenseitig zu beobachten. Sie wissen schon, wie das ist. Man engagiert zwar nur verheiratete Frauen oder solche, die mit jemandem aus der Truppe verwandt sind, aber Mißtrauen und Eifersucht kommen trotzdem leicht auf. Habe ich eine Szene, wo ich Frau L. auf den Hintern schlage, so schaut ihr Ehemann schief, obgleich ich Ihnen sagen muß, daß ich meinen Widerwillen vor dieser Frau und ihrem fülligen schwangeren Körper kaum unterdrücken kann. Aber selbst wenn sie jung und hübsch wäre, hätte ich daran kein Vergnügen.

Unsere Schauspielerinnen haben kein leichtes Leben. Frau

Kluge hat vier Kinder zurückgelassen, seit vielen Monaten hat sie sie nicht gesehen. Frau Tschisik, nach der Sie fragen, sehnt sich nach ihrem Sohn, und da sie weiß, daß sie die Trennung von ihrem Töchterchen nicht verkraften würde, schleppt sie das arme Kind überall mit sich hin. Sie haben selbst gesehen, was das für ein Leben für die Kleine ist. Manchmal verbringt sie den ganzen Tag an einem Cafétisch und stopft sich mit Kuchen voll, was sie aufgedunsen und blaß aussehen läßt. Ich schaue mit Bewunderung zu, was so ein Kind sich aus Langweile alles einfallen läßt. Sie ist sogar imstande, mit einem Bändchen an ihrem Rock zu spielen.

Unser Zuhause ist ein Hotelzimmer mit so dünnen Wänden, daß wir uns wie in einem Korridor vorkommen, wo jeder herumlaufen kann. Schon früh am Abend sitzen wir in unseren Garderoben. Die sind aber, Gott erbarm, so eng, daß immer irgendwelche im Streit miteinander liegen müssen.

Die Bühne betreten wir in Eile, mit Lampenfieber. Wir treten ab in großer Aufregung, jeder hält sich für den größten Schauspieler. Es reicht dann auch schon aus, wenn der eine dem anderen einen Schubs verpaßt oder eine Schauspielerin der anderen auf die Schleppe tritt, und schon ist der Streit da. Eigentlich haben wir hier gar keinen eigenen Platz. In Warschau war alles ganz anders. Dort hatten wir, stellen Sie sich vor, fünfundsiebzig kleine Einzelgarderoben, jede mit Gaslampen beleuchtet. Ich erinnere mich, wie einmal das Licht ausging. Was für ein Geschrei es da gab! Seitdem trägt Pipes immer eine Kerze bei sich. Er meint, er möchte nicht von Teufelswerk abhängig sein.

Sie wollten so viel wie möglich über Frau Tschisik erfahren, also werde ich von ihr erzählen. Vielleicht hat sie Ihnen selbst nicht gesagt, daß sie ein Schauspielerkind ist. Das heißt, daß ihr Leben nicht einfach war. Immer unterwegs, in willkürlichen Gasthäusern, ohne festes Zuhause. Mit siebzehn hat sie geheiratet, jetzt ist sie siebenundzwanzig und hat zwei Kinder. Ihre Jugend ist zwar schon verflossen, sie ist aber eine gute Schauspielerin geworden. Sie können es selbst beurteilen. In ihrer Jugend hat sie die ganze Zeit nach einem Platz für sich im Theater gesucht und hatte schon fast die Hoffnung auf eine bessere Zukunft aufgegeben, als sie schließlich in eine Theatertruppe in Berlin als Duettpartnerin aufgenommen wurde. Heute noch erzählt sie davon, wie sie gemeinsam mit einem schlechten Coupletsänger auftrat, gekleidet in ein altfränkisches Kleid und mit einem zerdrückten Hut auf dem Kopf. Aber dank ihrer Ausdauer und Begabung ist sie inzwischen zu Hauptrollen gekommen, und heute ist sie unser Star.

Neulich hat sich Frau Ts. mächtig mit dem Ehepaar Kluge überworfen, und mit mir auch. Ich nehme ihr nicht übel, daß sie sturköpfig ist, da sie aber sturköpfig ist, können wir uns nicht einigen. Wir haben einen unterschiedlichen Geschmack. Ich habe eine andere Vorstellung von unserem Theater als sie. Ihr Ehemann hat keine Meinung, er gehorcht ihr in allem. Das soll aber unter uns bleiben, darüber spricht man nicht. Die Tschisiks wollten sogar schon wegfahren und nach einer anderen Truppe suchen, aber machen Sie sich keine Sorgen. Dazu wird es nicht kommen, sage ich Ihnen. Das sind nur leere Drohungen, um mich zu ärgern. Und wenn sie wegfahren sollten, werden sie schnell wieder zurückkommen. So war es schon mehrmals. In Warschau und in Grodno auch. Weit sind sie nicht gekommen.

Jetzt mache ich aber Schluß, man ruft nach mir. Wir sehen uns morgen bei der Vorstellung. Sie müssen unbedingt kommen, lieber Herr Franz.

Franz an Hugo

Prag, Oktober 1911

Mein Lieber,

Du bittest mich, Dir über meine Schauspieler zu schreiben. Mit dieser Bitte erfüllst Du meinen sehnlichsten Wunsch. Ich möchte über sie schreiben, da sie mich viel zu lebhaft interessieren, als daß ich aufhören könnte, an sie zu denken.

Gestern wurde im Café Savoy »Die Nordsterne« gespielt; die

Handlung drehte sich um die *Schidduchim*-Praktik, also die Eheanbahnung. Ein recht realistisches Stück, sofern man jüdisches Theater realistisch nennen kann. Dort hat doch die Realität immer einen doppelten Boden, und jeder ausgesprochene Satz bedeutet dies und noch etwas ganz anderes.

Die Braut wurde von der jungen Pipes gespielt, Frau Tschisik und das Ehepaar Kluge waren nicht mit von der Partie. Schön war der Bräutigam, ein trauriger Junge mit bleichem Gesicht und weichen, an den Wangen herunterfallenden Schläfenlokken. Seine Arme wirkten zu lang im Verhältnis zu dem ausgemergelten Körper mit gekrümmtem Rücken und eingefallener Brust. Als wüßte er nicht, wohin mit ihnen, hielt er sie verschränkt, mal am Rücken, mal vor sich, zog an den Fingern oder zupfte am Rand des Kaftans.

Es ging nicht ohne komische Momente ab, als nämlich unter den Jungen vom Knabenchor Unruhe entstand und die Bühnendekoration herunterfiel und nur durch die rechte Schulter von Loeb gehalten wurde, der in diesem Stück den strengen Vater der Braut spielt.

Von der Seite des Saals ertönte Gelächter, und ich drehte den Kopf leicht in diese Richtung. An einem der Tische hatten sich zwei Ladenmädchen mit ihren Begleitern hingesetzt. Sie waren wohl während der Vorstellung hereingekommen, da ich sie vorher nicht bemerkt hatte. Nach einer Weile, belustigt, erheitert von dem Geschehen auf der Bühne, schoben sie ihre Stühle geräuschvoll beiseite und gingen dicht an mir vorüber, um einen Tisch in meiner Nähe zu besetzen. Ich konnte sie beobachten, ihr Benehmen hatte übrigens nur den Zweck, die Aufmerksamkeit auf sich zu ziehn. Flache, gewöhnliche Gesichter; die eine hatte einen schweren knochigen Körper, der in den Stoff ihres gräßlich orangefarbenen Kleides hineingezwängt war. Die andere – mit etwas feinerem Körperbau – saß lässig auf dem Stuhl, das eine Bein über das andere geschlagen, und zeigte dabei eine gar wohlgeformte Wade, fest umspannt von einem beigefarbenen Strumpf.

Immer wenn sie laut auflachte, schaute ich auf ihren Mund;

sein Inneres war finster, randvoll mit Zähnen gefüllt. Wenn sie aber hin und wieder den Mund schloß, so formte er sich rund wie die Mundhöhle eines Tieres. Das Weiße in ihren Augen blitzte auf, aber als sie mich einmal direkt ansah, zeigte sich, daß ihre Augen auch zwei dunklen Eingängen zu feuchten Kanälen glichen. Ihre Haut schien makellos rein und frisch zu sein, jedoch als ich das bemerkte, erinnerte ich mich an einen Traum, den ich einige Nächte zuvor gehabt hatte.

Ich hatte ihn schon vollkommen vergessen, und erst der Anblick dieses Mädchens holte ihn in mein Bewußtsein zurück. In jenem Traum war ich in einem Bordell. Ich ging von einem Zimmer ins andere, bis ich in einen Raum kam, wo statt einer Wand nur Leere war, und ich wäre hineingefallen, wenn mich nicht ein dort liegendes Mädchen zum Stehen gebracht hätte, deren Kopf in das dunkle Loch hinabhing.

Ich legte mich auf das Mädchen mit einem dumpfen Seufzer, wie ein müdes und durstiges Tier. Dann drückte ich ihre Brüste, betastete ihre Oberschenkel. Mein Vergnügen dabei war so groß, daß ich mich wunderte, daß man für diese Unterhaltung, welche doch gerade die schönste war, nichts zahlen müsse. Da hob die Frau ihren Kopf, und ich sah ihr Gesicht, ein glattes, reines Gesicht mit leicht geöffnetem Mund. Plötzlich zeigte sie auf ihren Rücken, der zu meinem Schrecken mit runden roten Flecken mit erblassenden Rändern bedeckt war. Jetzt bemerkte ich, daß ihr ganzer Körper davon voll war und daß auf meinen Fingern, die ihre Schenkel berührten, auch diese roten Partikelchen wie von einem zerschlagenen Siegel lagen. Ich empfand das ganze Grauen dieser Szene und wachte auf.

Als das überlaute Mädchen neben mir verstummte – vielleicht unter dem Einfluß meines begehrlichen Blicks –, stellte ich fest, daß ihr Hals auch mit kleinen roten Flecken bedeckt war. Ich spürte eine Aufwallung der Begierde und ein süßes Saugen im Magen, begleitet von einer Welle der Übelkeit. Ich drehte den Kopf zurück und konzentrierte mich mit voller Kraft auf das Bühnengeschehen.

Der junge Bräutigam begann gerade sein Lied über die reine

Rose von Saron zu singen, hob dabei die weißen, gepflegten Hände in die Höhe und bat um das Glück, seiner Liebsten nahe sein zu dürfen. In diesem Moment erschien die Braut am Rand der Bühne und ging an ihm vorüber, so daß die Zuschauer verstehn konnten, daß sie nur eine Vorstellung, ein imaginäres Bild und keine reale Gestalt sein sollte. Bewirkt haben das die vorgestreckten Arme, mit denen die Jungfrau die Luft umarmte und an sich drückte, das leicht emporgehobene Gesicht und die Augen, die so starr waren, als blickten sie auf das innere Bildnis des Geliebten. Leicht auf den Fußspitzen schwebend, verschwand sie auf der andern Bühnenseite.
Der sehnsuchtsvolle Gesang des Bräutigams, das weiße Kleid der Braut, der Fluß von Bewegungen und der Rhythmus, in dem sich all das abspielte, bewirkte, daß mich eine Rührung überkam. Ich schaute nicht mehr die Ladenmädchen an, die sich indessen auch beruhigt hatten. Hinter meinem Rücken spürte ich die Anwesenheit der vom Gesang ergriffenen Zuschauer. Die Kellner, selbst der Portier, sie alle standen in den Türen und lauschten dem Lied.
Am Schluß der Vorstellung kam Loeb auf die Bühne und verabschiedete uns wie üblich: »Liebe Gäste, ich danke Ihnen in unser aller Namen für Ihren Besuch und lade Sie herzlich zur morgigen Vorstellung ein, in welcher wir ein weltberühmtes Meisterwerk unter Beteiligung weltberühmter Künstler aufführen werden...«
Wir verließen den Saal langsam und nur widerwillig, denn, wenngleich die Vorstellung lange gedauert hatte, hatten wir immer noch nicht genug der Ergriffenheit. Ich ging am späten Abend dann mit Loeb und den Pipes ins Hotel. Loeb litt unter Kopfschmerzen, er bekommt manchmal solche Anfälle, daß er sich auf der Straße an eine kalte Hausmauer lehnen muß, um nicht zu fallen. Dieser Anfall war zwar nicht so stark, plagte ihn aber den ganzen Abend. Vor der Kraft seiner schauspielerischen Kunst wollte ich auf die Knie gehen. Keiner der Zuschauer hätte in dem erhabenen, strengen Brautvater einen schmerzgeplagten Menschen erahnen können. Nur ich, der

ihn schon besser kennt, merkte an der vertieften Furche zwischen seinen Augenbrauen und den etwas dumpfen Tönen seines Glanzliedes das ansteigende Leiden.
Ich wollte in seiner Anwesenheit über die Leistung der Schauspieler nicht reden, da ich das Gefühl hatte, daß alles, was ich sagen würde, falsch wäre. Eine Szene konnte ich aber aus meinen Gedanken nicht verdrängen und erzählte Loeb davon. Es war die Szene, in der Loeb die Melodie der Worte dehnte und sie an den Fingern abzählte, als liefe er verschiedene Register durch. Der synagogenhafte Klang seiner Rede rief die vergessenen Stimmen der alten Propheten in Erinnerung.
Im Hotelzimmer versammelten sich die Schauspieler: die Tschisiks, die Kluges und die Pipes. Ich setzte mich in eine Ecke, wo die Innentür von einem schweren Vorhang verdeckt war, so weit weg von Frau Tschisik wie nur möglich, damit niemand merkte, wie sehr ich mir wünschte, in ihrer Nähe zu sein. Frau Kluge beobachtete mich aufmerksam; sie machte sogar eine scheinbar beiläufige Bemerkung über mich, in der nur ich ihr lebhaftes Interesse an meinem Verhältnis zu Frau Tschisik erkennen konnte. Loeb stritt ein wenig mit Frau Tschisik und nannte sie eine Sozialistin, da sie das Werk von Edelstatt so schätzte (er ist Redakteur einer sozial-jüdischen Zeitung in London).
»Edelstatt ist der größte jüdische Schreiber« – beharrte Frau Tschisik auf ihrer Meinung. – »Er ist erhaben. Seine Dichtung ist erhaben.«
»Wer kennt schon Edelstatt?« fragte Loeb. »Rosenfeld kennt die ganze Welt. Das ist ein großer jüdischer Dichter.«
»Was hilft der Streit. Einigen werden wir uns nicht«, sagte Frau Tschisik.
»Warum sollten wir uns einigen?« beendete Loeb das Gespräch und verließ den Raum. Frau Tschisik blieb mit einer an die Brust gedrückten Hand sitzen.
Loebs Starrköpfigkeit mochte darauf hindeuten, daß die Kopfschmerzen nachließen (möglicherweise dank des Morphiums, das er schon seit langem benutzt). Ich spürte seine Überempfindlichkeit und fürchtete, ihn mit einem Wort oder

auch bloß mit einem zu intensiven Blick zu verletzen. Er ist übrigens nach einer Weile irgendwohin verschwunden, Frau Kluge tat es ihm nach, und so sind wir nur zu fünft im Zimmer geblieben. Ich stand auf und ging auf Frau Tschisik zu. Sie bot mir einen Platz neben sich an, und ich setzte mich mit einer so unnatürlichen Eilfertigkeit hin, als hätte ich Angst, gleich wieder zurückgewiesen zu werden.

Frau Tschisiks linke Hand hing entspannt von der Sessellehne herab, die andere hatte sie halb offen in den Schoß gelegt, so daß es aussah, als hätte sie gerade noch ein Garnknäuel gehalten, das ihr dann aus den Händen gefallen und an die Wand gerollt wäre.

»Morgen spiele ich Salome. Werden Sie kommen, Herr Doktor?« fragte sie und schaute mich dabei direkt an, und die letzten Worte schienen an ihren Lippen hängenzubleiben. Ich spürte, daß sie mir, indem sie das sagte, näher kam als je zuvor. Vielleicht war ihr das gar nicht bewußt, vielleicht hatte sie sich nur der Stimmung hingegeben, ohne an die Konsequenzen zu denken.

Versunken in den Anblick ihrer unmerklichen Handbewegungen antwortete ich nicht. Sie beachtete mein Schweigen gar nicht und erzählte mir, wie sie sich in die Rolle der Salome – einer von Geistern umgebenen Frau – hineinfühlt.

Wenn das Licht ausgeht, sieht sie das Lämpchen über der Eingangstür an und stellt sich dabei vor, wie es wäre, wenn Salome an ihrer Wange das Streifen fremder Finger spürte. Frau Tschisik hob langsam die rechte Hand und fuhr mit ihr ganz nah am Gesicht entlang, ohne es jedoch zu berühren.

»Ich weiß, daß in diesem Moment Engel und Dämonen bei mir sind«, sagte sie. »Ich höre nicht mehr, was um mich herum geschieht.«

Ich schwieg, weil ich das Gefühl hatte, selbst auch in einer magischen Welt zu versinken, wo die Lebenden mit den Toten verkehren und die Zeit wie ein dunkler Lichtstrom dahinfließt.

Dein F.

Max an Hugo

Prag, Oktober 1911

Mein liebes Doktorlein,
ich habe Dir schon gesagt, komm doch endlich! Laß Deine Kranken allein, sollen sie doch einmal ohne Dich leiden, und widme uns wenigstens einen Abend. Wir verbringen wunderbare Augenblicke mit unsern jüdischen Schauspielern. Glaub mir! Du wirst Frau Kluge, Frau Tschisik und Loeb in ihren besten Rollen sehen. Na und natürlich auch unseren lieben Franz, der sich über Magenschmerzen nicht beklagt, einen Kopf voller Ideen und einen solchen Glanz in den Augen hat, daß Du ihn so seit langem nicht mehr gesehen hast.
Du kannst ab morgen an jedem beliebigen Abend kommen, die ganze Woche. Wenn man diese Sprache, diesen Ort und diese Bilder voll Poesie liebt, dann ist es unwichtig, was sie gerade spielen.

Dein Max

Franz an Hugo

Prag, Oktober 1911

Lieber Hugo,
Du kannst also nicht kommen. Wie schade! Ich hätte so gerne erfahren, ob meine Lieblingsschauspielerin, Frau Tschisik, Dich genauso beeindrucken würde, wie sie mich jeden Abend beeindruckt, wenn sie die Bühne betritt und ich mit einem Zittern in den Fingerspitzen ihr erstes Wort erwarte. Seit einiger Zeit schon denke ich an ein Treffen mit ihr. Ein schöner Gedanke, er soll jedoch in meinem Kopf bleiben.
Und eben gestern, ganz unerwartet, begegnete ich Frau Tschisik. Ich ging gerade die Treppe hinauf, um Loeb in seinem Hotelzimmer zu besuchen, als ich sie hinunter gehn sah. Ich senkte den Kopf und blieb stehn, um sie vorbeigehn zu lassen. Meine Geste war jedoch nicht bestimmt genug, und schließlich habe ich sie beinahe an das Treppengeländer gedrückt, ich habe sogar meinen Arm mit einer lässigen Bewegung gehoben

und die offene Hand an die Wand gedrückt; es schien, als wollte ich sie doch nicht vorbeigehn lassen.

Frau Tschisik nahm das ganz natürlich. Sie blieb stehn und sagte: »Ich bin eben auf dem Weg zu meiner Tochter. Wir möchten an die Moldau gehn.«

Ich äußerte meine Bedenken, ob sie warm genug gekleidet sei. Sie trug nur eine dunkle Bluse mit Ausschnitt. Einen Regenschirm führte sie auch nicht mit sich, obwohl es nach Regen aussah. Ich sprach in kurzen, raschen Sätzen und schaute dabei ihre entblößten Schultern an. Ich ließ den Arm fallen und berührte beinahe ihre Hand, als wollte ich nachsehen, ob sie schon friere. Ich hatte Angst um sie und meinte, sie könne sich leicht verkühlen.

»Nein«, sagte sie. »Ich verkühle mich nicht: Ich habe ja einen Shawl.« Sie hob ein wenig ihren dunklen Shawl, den ich vorher nicht bemerkt hatte, legte ihn um die Schultern und zog ihn eng um die Brust zusammen.

Ich senkte die Augen. Möglicherweise hatte sie bemerkt, wie mein Blick an ihrem wohlgeformten Hals entlangglitt, und die ruhige, bestimmte Geste, mit der sie mir ihre Verlegenheit zeigte, deutete darauf hin, daß sie meine allzu aufdringliche Nähe nicht wünschte.

Ich spürte einen merkwürdigen Trotz in mir, und obwohl mir klar war, daß ich sie endlich vorbeilassen sollte, wich ich nicht von der Stelle. Ich lobte ihre Umsicht, der Shawl schien mir aber nicht ausreichend warm. Er war aus zarter Spitze gearbeitet und mußte noch ihrer Mutter oder sogar Großmutter gehört haben. Ich äußerte diese Vermutung, die sie bestätigte.

»Ja. Dieser Shawl ist für mich von großem Wert. Meine verstorbene Mutter hat ihn mir geschenkt. Er ist der wertvollste Gegenstand, den ich besitze, außer einer Rubinbrosche, die Sie kennen.« Sie lächelte mich an und ließ den Shawl von den Schultern gleiten, als hätte sie meine unziemlichen Blicke bereits vergessen.

Sie machte einen Schritt vorwärts und befand sich eine Stufe tiefer. Ich folgte ihr. Als wir schon gemeinsam die Treppe hinuntergingen – plötzlich hatte ich mich nämlich ganz fest entschlossen, nicht von ihrer Seite zu weichen –, dankte sie mir mit etwas pathetischen, aber in ihrem Mund natürlichen Worten für den Blumenstrauß, den ich ihr nach der gestrigen Vorstellung hatte überreichen lassen.

Es stellte sich heraus, daß meine armen Blumen, die fast fünf Stunden darauf gewartet hatten, überreicht zu werden, und von unzähligen Händen berührt worden waren, an diesem Abend die gewünschte Wirkung verfehlt hatten. Loeb hatte mit keinem Wörtchen erwähnt, daß die Blumen von mir waren. Bis heute um eins, als er endlich aufwachte und zu Pipes ins Zimmer kam, wo man ihn seit über einer Stunde erwartete, hatte Frau Tschisik nicht gewußt, von wem die Blumen waren.

Meine ganze Liebe blieb unbemerkt, nur der Blumenstrauß fand Aufmerksamkeit. Ich hatte gehofft, durch diese Blumen meine Liebe zu ihr ein wenig zu befriedigen, es war ganz nutzlos. Es ist nur durch Literatur oder durch den Beischlaf möglich.

Das Töchterchen von Frau Tschisik wartete schon recht lange im Vestibül, aber obwohl die Mutter sich deutlich verspätete, saß die Kleine ruhig auf ihrem Stuhl am Fenster, leicht nach vorn gebeugt, als hätte sie draußen etwas Spannendes bemerkt. Nachdem sie uns erblickt hatte, sprang sie vom Stuhl auf und lief der Mutter entgegen, blaß, mit einem leicht aufgedunsenen Gesicht, ihre rechte Hüfte hob sich etwas unnatürlich im Rhythmus der Schritte, als litte das Kind an einer leichten Behinderung.

Frau Tschisik schaute ihre Tochter liebevoll an, anscheinend ohne an ihrem Aussehen etwas Merkwürdiges wahrzunehmen. Ich lächelte der Kleinen zu, aber sie erwiderte mein Lächeln nicht und sah mich ernst und konzentriert an.

Ich riet Frau Tschisik, den Altstädter Ring zu umgehn und durch die Teingasse und die Niklasstraße direkt zum Ufer zu laufen. Ich fing sogar an, ihr den Weg detailliert zu schildern,

bemerkte aber bald, daß es für sie schwierig würde, meinen Ratschlägen zu folgen.
»Vielleicht dürfte ich Ihnen also den Weg zeigen«, sagte ich und wunderte mich sogleich über meinen Mut und mein Selbstvertrauen.
Ja, ich spürte, daß ich Frau Tschisik nicht allein lassen würde. Das plötzliche Aufsteigen von Energie, die von nun an fortwährend durch meinen Körper floß und mich mit einer Art Stolz erfüllte, erleichterte mir die Aufgabe.
Wir gingen hinaus auf die Straße, und ich geleitete Mutter und Tochter zum Fluß. Unterwegs sprachen wir nicht viel, hie und da erklärte ich ihr irgendeine Einzelheit, wir überlegten auch, wohin die Schauspieler schließlich fahren würden – nach Pilsen oder nach Teplitz. Dort könnten sie nämlich ein, zwei Vorstellungen geben, sich etwas ausruhn und erst dann weiterfahren.
Als wir die schmale Treppe der Čechbrücke hinabgestiegen waren, ich zuerst, Mutter und Kind scheinbar vor der Gefahr des Ausrutschens auf den glatten Stufen schützend, erblickten wir den Fluß aus nächster Nähe. Trotz unsicheren Wetters und bedeckten Himmels spiegelte sich das Licht im Wasser, und der Glanz brachte Steine und Sand am Ufer zum Leuchten. Ich führte Frau Tschisik einen Pfad entlang bis hin zur Anlegestelle, wo einige Boote lagen. Ein Schiff hatte gerade abgelegt, man konnte sehn, wie es sich langsam und erhaben entfernte.
Die kleine Tschisik lief zu einem der Boote, kletterte hinein und schaute sich, nach vorn gebeugt, die kleinen glitzernden Wellen an. Die Mutter rief sie aber zurück, und wir gingen noch ein Stückchen weiter, zu einem reinen, hellen Sandfleck, der förmlich dazu verführte, sich die Schuhe auszuziehen und seine weiche Wärme zu spüren. Es überraschte mich dann auch nicht besonders, daß Frau Tschisik es tatsächlich tat und sich in Strümpfen – diese auszuziehn hätte sich in der Tat nicht geziemt – in die Mitte der freundlichen Sandfläche stellte.
Nach einer Weile setzten wir uns in den Sand und schauten

dem ruhig fließenden Strom zu. Die Sonne schien durch die Wolken hindurch und wärmte Frau Tschisiks ausgestreckte Füße. Ich wagte es nicht, sie anzuschauen, aus Angst, Frau Tschisik könnte die Kraft meines Blickes spüren.

Sie erschien mir viel zarter als auf der Bühne, wo sie ja meistens Königinnen, stolze Jungfrauen oder Frauen verkörpert, die heldenhaft ihrem tragischen Schicksal trotzen. Ihre Hände, die ich so oft schon in Bewegung beobachtet hatte, lagen nun ruhig im Sand, die Finger waren leicht gekrümmt, die Haut wahrscheinlich von der Arbeit ein wenig rauh.

Sie legte sich den Spitzenshawl um den Kopf und bedeckte dabei ihr dunkles, dichtes Haar. So wirkte ihr Gesicht noch feiner, und das kleine Mal am Mund trat noch deutlicher hervor. Ich wollte das starke Verlangen bändigen, das sich meiner bemächtigte, damit sie es mit den geschärften Sinnen einer Schauspielerin nicht erahnte. Aber auch wenn sie meine Begierde spürte, so ließ sie sich doch nichts anmerken. Sie glättete den Sand um ihr Kleid herum, das sich – weit ausgebreitet – in weiche Falten legte.

Ich fragte sie nach ihrer Rolle in »Bar Kochba« und bekundete sogleich meine Bewunderung für ihre innere Kraft. »Sie haben die ganze Vorstellung geleitet wie eine Hausmutter. Sie haben allen eingesagt, selbst aber niemals gestockt, Sie haben die Statisten belehrt – diese ›rohen Juden‹, wie Loeb sie bezeichnet –, sie gebeten, schließlich gestoßen, wenn es sein mußte.«

Wir konnten uns beide vor Lachen nicht halten, als ich die Szene im Gefängnis erwähnte, wo sie dem sie besuchenden römischen Statthalter – gespielt von dem jungen Pipes – den Helm abnehmen und ihn sodann sich selbst aufsetzen muß. Sie tut das mit einer weichen, sanften Handbewegung, aber was nutzt es schon, wenn in den Helm ein zusammengedrücktes Handtuch hineingestopft ist, das dann direkt vor ihre Füße fällt. Ohne verlegen zu werden, mit einer Geste voller Würde, schiebt sie das Handtuch mit der Schuhspitze beiseite und aus dem Blickfeld der Zuschauer. Nur Pipes, seine szenische Betrunkenheit vergessend, schaut sie vorwurfsvoll an, als sei es

ihre Schuld, daß er vorher nicht an das Abnehmen des Helms auf der Bühne gedacht hat.
Schön war die Szene, als Frau Tschisik mit den römischen Soldaten kämpfte, die sie fesseln wollten. Die Schauspieler fürchteten sich offenbar, sie anzurühren, sie mußte ihre Hände erst an sich reißen, und die dadurch verlangsamten Bewegungen der Männer folgten fast, nur fast, dem Rhythmus ihres Gesangs.
Sie gab zu, daß es tatsächlich so war und daß sie den Rhythmus lenken mußte, um den Ablauf der ganzen Szene nicht zu stören. Während sie das erzählte, ließ sie den Shawl auf ihren Rücken gleiten und zog ihn mit einer sanften Bewegung mal nach links, mal nach rechts. Ich zitterte bei der Vorstellung, ihre Arme zögen mich trotz meines Widerstands zu ihr. Unter dem Vorwand, ihre Tochter aus den Augen verloren zu haben, erhob ich mich und schaffte ein wenig Abstand zu ihr.
Sie blickte zu mir auf, leicht verwundert durch meine rasche Bewegung. Dann stand sie ebenfalls auf und sah sich nach dem Kind um. Mit einer hohen, klangvollen Stimme rief sie nach ihrer Tochter. Als die Kleine ihr aus der Ferne zuwinkte, beruhigte sie sich und kehrte zu der unterbrochenen Unterhaltung zurück. Wir setzten uns aber nicht wieder hin, sondern gingen an dem sandigen Ufer auf und ab.
Frau Tschisik trug ihre Schuhe in der Hand, was mich immerfort etwas verlegen machte. Ihre Füße hinterließen kräftige, deutliche Spuren im Sand.
»Als ich die Rolle der Braut in Perez' Stück einstudierte«, sagte sie, »machte ich verschiedene Übungen. Dieses Mädchen ist die reine Sanftmut, vollkommen frei von Bosheit. Wissen Sie, es ist viel leichter, Jähzorn, schlechte Angewohnheiten oder Ängste zu spielen, als diese sanfte Güte und Wehrlosigkeit. Ich wußte, daß ich mich von jeglicher Unruhe befreien mußte, um die Braut so darstellen zu können, wie Perez sie sah. Ich ging morgens an den Fluß, genau wie heute, kniete nieder und zeichnete mit breit ausgestreckten Armen Figuren in den Sand. Dann beugte ich mich zurück, so ...« Frau Tschisik blieb

stehn und bog den Hals und den Oberkörper weit nach hinten mit einer unerwartet geschmeidigen Bewegung, wenn man das sie festschnürende Mieder bedenkt. »Dann schlug ich mit der vollen Kraft meiner Hände auf die Figuren im Sand, als wenn ich eine lebendige Person angreifen oder ihre Schläge erwidern wollte. Die Hände versanken im Sand, glitten über ihn hinweg, der Atem wurde tiefer. Nach einem Augenblick lockerten sich die Muskeln, und die ganze verborgene Wut, derer ich mir vorher nicht bewußt war, verschwand.«
Ich verfolgte diese Erzählung mit großer Freude und stellte mir die Szene und das entspannte, verzückte Gesicht von Frau Tschisik vor, nein, sah es beinahe zum Greifen vor mir. Sie meinte auch, daß nach mehreren solcher Schläge eine unkontrollierte, dumpfe, fremd anmutende Stimme aus ihrem Inneren entwiche, irgendwo aus der Gegend des Zwerchfells. Danach fühlte sie sich gereinigt, und nach einigen tiefen Atemzügen war sie bereit, ins Hotel zurückzugehn. Dort konnte sie weder der Lärm, noch das Alltagsgetümmel noch irgendeine Boshaftigkeit aus dem Gleichgewicht bringen, in dem sie sich unverrückbar bis zur Abendvorstellung befand.
Ich wußte bereits, daß Frau Tschisik eine wahre Schauspielerin ist, aber von solchen speziellen Schauspielerübungen habe ich nichts geahnt. Der Gedanke daran beschäftigte mich so stark, daß ich gar nicht merkte, wann sie ihre Schuhe wieder anzog und wir den Strand verließen, um mit festen Schritten in Richtung Hotel zu gehn.

Dein F.

Loeb an Franz

Prag, Dezember 1911

Eine Menge Sorgen haben wir zur Zeit, lieber Herr Franz. Alles ist verpfändet worden, wie üblich, und doch ist es noch schlimmer, wir können uns nicht einmal das Mittagessen leisten. Ich bin an so etwas gewöhnt, aber was haben diese Frauen und ihre Kinder verbrochen? Frau Kluge hat ihr gesamtes Vermögen im Pfandhaus, alle Ringe, die sie von ihrer Mutter geerbt hat. Wird sie sie jemals wieder auslösen können?

Aber weshalb schreibe ich Ihnen, mein lieber Freund? Große Ungeduld frißt mich auf, ich kann es kaum erwarten, Ihnen das alles zu erzählen: Wir haben ein großes Vorhaben – ein neues Stück wollen wir aufführen. Ich habe es zufällig in meinen Papierhaufen gefunden und mich so sehr dafür begeistert, daß ich an gar nichts anderes denken kann. Man bräuchte für dieses Stück einige Dekorationen, ach, am besten die, die wir von Berek in »Bar Kochba« noch hatten, aber, um es kurz zu machen – die gibt es nicht mehr. Dabei waren sie so schön ausgemalt! Sie wurden damals – soll ich es Ihnen wirklich sagen? – zerfetzt, als ich aus dem Hotel in Karlovy Vary floh, da ich nicht imstande war, die Rechnung für die Übernachtungen in einem Gemeinschaftsschlafsaal zu begleichen. Ein ganzes Jahr lang könnte ich übrigens davon erzählen!

Als ich im Kristallpalast Leipzig im »Wilden Menschen« von Gordin mitspielte, gab es da ein Fenster, das man öffnen konnte, einen Diwan und einen Thron. Auf einem Thron kann ich auch wirklich der König sein. Aber hier? Wir haben einen Tisch, einen Stuhl und einen zerbrochenen Leuchter. Wie wir den Schlußtanz der Vögel in diesem neuen wunderbaren Stück spielen sollen, weiß ich nicht. Lieber Herr Franz, können Sie mich verstehen?

Aber vielleicht erzähle ich Ihnen aus diesem Stück, das den Titel »Die falsche Braut« trägt, dann werden Sie gleich wissen, worüber ich mir solche Sorgen mache. Den vollständigen Text des Stückes haben wir nicht, da es ihn gar nicht gibt. Es ist ein in Teilen anonymes Werk, zu dem die nachfolgenden Generationen der Schauspieler immer wieder etwas Neues hinzugefügt haben. Es wurde von Künstlern weitergegeben, die weder schreiben noch lesen konnten. Jeder hat es um etwas Eigenes ergänzt, und trotzdem läßt sich aus diesem Chaos eine geschlossene Einheit bilden. Nur die Lieder bleiben, wie üblich, unverändert, der Rest kann nach Belieben gespielt werden, ganz wie wir wollen.

Als wir das Stück im Hotelzimmer lasen, bis spät in die Nacht, entschlüpfte es vor uns aus dunkler Verhüllung und leuchtete mit so einem Glanz auf wie Salomo vor der Königin von Saba. Es wird Ihnen gefallen, da in ihm die Poesie der längst vergessenen, in der Tiefe unserer Seelen verborgenen Bilder zu uns spricht.
Ehrlich gesagt, nur ich weiß davon. Der Rest der Truppe hat andere Sorgen, nämlich ob das bisher unbekannte Stück das Publikum anzulocken vermag und was sich daraus ergeben wird. Oder zum Beispiel, was für Dekorationen für diese oder jene Szene anzufertigen sind, welchen Bart der Vater, welches Kleid die Braut tragen soll.
Wir haben dieses Stück noch nie gespielt, wir kennen weder seine Geschichte noch seine Tradition. In anderen Werken ist alles klar. Es hat sich eingebürgert, daß man als Abraham einen ganz bestimmten Bart trägt, daß in Manoachs Gemach eine bestimmte Dekoration hängt und daß man die Chorknaben im »Sulamith« so und nicht anders auf der Bühne plaziert. Hier muß man aber von vorn beginnen. Eben das beschäftigt die Schauspieler, und das Wichtigste beschäftigt sie nicht – die hehre Moral, die sie den Zuschauern vermitteln sollen.
Wie ich die Szenen dieser Geschichte in ihrer Abfolge sehe? Ich werde es Ihnen erzählen, vielleicht können Sie mir Ratschläge geben, so daß ich Argumente für den Kampf mit meinen Schauspielerkollegen habe.
Es beginnt an einem Schabbatabend im Hause einer Familie. Um den Tisch versammelt sitzen: der Vater, ein reicher Kaufmann, seine Gattin, eine liebevolle Frau, die heiratsfähige Tochter und der Sohn – ein junger Kaufmann. Die Mutter zündet die Schabbatkerzen an und singt: »Wenn jedes Kind eine Kerze bekäme, gäbe es keine Sünden auf der Welt« und hält die Hand vor die Flamme. Die Tochter wiederholt die Geste ihrer Mutter, den Blick dabei zum Himmel hebend.
Der am Kopfende des Tisches sitzende Vater ist ein mächtiger Mann im Kaftan, dessen Schöße sich zur Seite öffnen und so etwas wie Flügel bilden. Seinem Sohn ist er ein strenger Vater.

Sein Lied heißt: »Der Väter Macht und Stärke«. Bereits in der ersten Szene erfahren wir, daß er von seinen Kindern Gehorsam verlangt, den er ihnen mit Liebe und Schutz zu vergelten gelobt. Der Sohn ist ein gelehrter und empfindsamer Jüngling. Am liebsten würde er sein Leben dem Talmudstudium widmen, der Vater aber hat ihn gezwungen, Kaufmann zu werden. Seine Schwester ist noch ein unschuldiges Mädchen, ohne deutliches Profil, ihr Lied sagt aber, daß sie ihren Bruder liebt und zu ihm steht.

In der Szene danach wird der Jüngling nach dem Willen des Vaters mit einer reinen Jungfrau (gespielt von Frau Tschisik) verlobt, die ihn liebt. »Ach, du, meines Herzens Krone«, singt sie in ihrem rituellen Lied und tanzt den Tanz der Frischverlobten. Alle sind erfreut, und selbst der Jüngling, ergriffen von der Schönheit des Liedes, scheint sich mit seinem Schicksal versöhnt zu haben. »Ach, laß mich dein helles Gesicht sehen«, singt er das verschleierte Mädchen an. Sie zeigt sich ihrem Bräutigam jedoch nicht.

Inzwischen erscheint eine Freundin der Braut und singt ein verführerisches Lied, so schön und reizend, daß der junge Mann ihrer Stimme folgt und ihr seine Liebe schwört. Von der Bühne ertönt nun der Chorgesang: »Einmal dem Fehlläuten der Glocke gefolgt...«

Der Vater, der alles durchschaut hat, hält dem Sohn einen Vortrag. So spricht er: »Weil sie die Röcke gehoben hat, weil sie die Röcke so gehoben hat, die widerliche Gans. Weil sie die Röcke so und so und so gehoben hat, hast du dich an sie herangemacht und damit du an ihr ohne Störung dich befriedigen kannst, hast du unserer Mutter Heiligkeit geschändet und deine wahre Braut betrogen.«

Die weiteren Ereignisse folgen nun rasch aufeinander. Die »falsche Braut« will den Jüngling allein für sich haben und schmiedet eine Intrige. Sie schreibt im Namen des Jünglings einen Brief voller Liebeserklärungen an sich selbst und läuft zu ihrer Freundin, um ihn zu zeigen. Die »wahre Braut« singt gerade verliebt vor sich hin: »Wie der Hirsch lechzt nach

frischem Wasser, so schreit meine Seele zu dir.« Die »falsche Braut« zeigt ihr den Brief und spricht: »Schau, wie er mich liebt und wie er dich betrügt.« Die Jungfrau will es zunächst nicht glauben, die Freundin gibt ihr aber den Rat: »Komm morgen ans Fenster deines Bräutigams und lausche!«
Das arme Mädchen singt: »Er, der Feine, will mir untreu werden!« Dann geht sie zu ihrem Bräutigam und macht ihm Vorwürfe. Er beteuert, keinen Brief an eine andere geschrieben zu haben.
Die nächste Szene spielt am folgenden Abend im Haus des Bräutigams. Die Jungfrau sieht die »falsche Braut« im Fenster, als diese gerade dem Jüngling den verhängnisvollen Brief zeigt und bekennt, ihn selbst geschrieben zu haben. Dabei beruft sie sich aber auf seine Liebesschwüre, die der Jüngling nicht leugnen kann. Von der Schönheit des Mädchens vollkommen betört, erklärt er ihr erneut seine Liebe. Wir sind Zeugen einer treuebrecherischen Liebe und gleichzeitig des Leids und der Verzweiflung der »wahren Braut«.
Plötzlich hört man Schritte. Der Vater nähert sich laut schnaufend, so daß man ihn schon von weitem kommen hört. »Ach, wehe uns!« ruft der Jüngling. Die »falsche Braut« aber greift die auf dem Stuhl liegenden Herrenkleider und zieht sie rasch an. Ihr Haar verbirgt sie unter einem Käppchen und einem großen Hut.
Der Vater tritt ein und bleibt stehn, überrascht von dem Anblick eines fremden Jungen. »Wer ist dieser Jüngling?« fragt er. »Das ist mein Schüler«, sagt der Sohn, »ich lehre ihn ein frommes Lied, das wir gemeinsam im Bethaus singen werden.« Er gibt dem Mädchen ein Zeichen, sie solle singen.
Die wunderschöne Stimme des angeblichen Jünglings entzückt den Vater, er tritt auf ihn zu, um sein Gesicht besser zu sehen, doch plötzlich poltert es draußen vor dem Fenster. Es ist die »wahre Braut«, die, ohnmächtig geworden, von der Leiter gefallen ist. Das als Jüngling verkleidete Mädchen weiß genau, was passiert ist, und schreit laut: »Ein Dieb! Ein Dieb! Faßt den Dieb!« Dann läuft sie aus dem Haus und ruft nach

der Dienerschaft. Der Vater sagt: »O ja, faßt ihn. Er hat sich bestimmt in dem ausgetrockneten Brunnen versteckt. Eilt dahin, und wenn er trotz Aufforderung nicht herauskommt, so füllt den Brunnen mit Wasser!«

Der Bräutigam läuft vor das Haus und findet dort den Schleier seiner wahren Braut. Alles erahnend, hastet er entsetzt zu dem ausgetrockneten Brunnen. Als er keine Antwort auf seine Rufe erhält, läßt er sich selbst hinab bis zum Boden. In diesem Moment kommen die Diener angelaufen und gehorchen dem Befehl ihres Herrn – sie füllen den Brunnen mit Wasser. Der Jüngling ertrinkt singend: »Das Herz der Quelle ist erwacht, ich aber sterbe!«

Vater, Mutter, Schwester und die »falsche Braut« eilen zum Brunnen. Beim Anblick dessen, was passiert ist, verzweifeln sie. Der Vater singt: »Ich, Unglückseliger, habe dieses Urteil über meinen eigenen Sohn verhängt. Wehe, o meine alten Jahre!« Die Mutter klagt: »Wenn jedes Kind seine Kerze hütete, gäbe es kein Unglück auf der Welt.« Die Schwester bittet: »Zügelt eure Klagen. Hört auf, mein Herz zu zerreißen.« Die »falsche Braut« wiederum erklärt dem ertrunkenen Jüngling ihre unsterbliche Liebe und gelobt große Buße.

Währenddessen ist die »wahre Braut« aus der Ohnmacht erwacht, aufgestanden und wandert nun ohne Ziel, bis sie zu einem einsamen Ort gelangt. Hier beginnt die Wüste. Die Braut singt weinend: »Ach, du, meines Herzens Krone«. Plötzlich erscheinen unheilverkündende Geier, die schwarzen Engel. Sie schließen einen Kreis um sie. Die »wahre Braut« stirbt, verwandelt sich in eine weiße Taube und entschwindet in der Höhe. Der Tanz der Vögel und das Lied des Chors beenden die Szene.

So nimmt sich diese traurige Geschichte aus, die wir aufführen wollen, ohne die dazu notwendigen Mittel zu besitzen. Unser größter Trumpf ist unsere schauspielerische Kraft. Die »wahre Braut« wird – wie Sie wissen – wunderschön von Frau Tschisik gespielt, die »falsche Braut« von Frau Kluge, der Sohn vom jungen Pipes, der Vater – von dem, der dies hier niederschreibt.

Fällt es Ihnen auf? Ich werde also die Rolle des Vaters spielen, obgleich ich selbst der verlorene Sohn bin und die strengen väterlichen Ermahnungen verdiene.
Nun, ich bin ja auch Schauspieler, und das hat mehr zu bedeuten als Sohn, Vater, Ehemann oder sonstwer zu sein. Ich weiß, daß Sie, mein lieber Freund, die bittere Ironie meiner Worte erkennen.

Franz an Hugo

Prag, Dezember 1911

Mein Lieber,
schon wieder möchte ich Dir von meinen Schauspielern und ihren Leistungen berichten. Dieses so gute und doch so unterschätzte Theater erfüllt mich mit Begeisterung ob seiner Einfachheit und der Tiefe seiner Weisheit. Hier herrscht die talmudische Melodie genauer Fragen, Beschwörungen und Offenbarungen. Über das neue Stück, das sie nie zuvor aufgeführt haben, schreibe ich Dir unmittelbar, noch in dieser Nacht, da der Eindruck ganz frisch ist.
Von der Bühne begrüßte uns Frau W. mit Tanz und Gesang. Sie war verkleidet als Mann, im Kaftan, kurzen schwarzen Hosen und weißen Strümpfen. Auf dem Kopf hatte sie ein Käppchen und einen schwarzen weichen Hut mit breitem, hochaufgebogenem Rand. Die Schauspieler, die eigentlichen Schöpfer der Vorstellung, hatten sich diese nicht allzu ernste Einleitung zu einem wahrlich dramatischen Stück einfallen lassen, da das bisher unbekannte Werk das Publikum vielleicht nicht von Anfang an mit seinen schönen und traurigen Bildern in seinen Bann hätte ziehen können.
Frau W. suchte sich unter den Zuschauern zwei etwas ältere Juden aus, und hauptsächlich für sie sang sie ihre Lieder. Die beiden Männer klatschten im Rhythmus der Melodie und strahlten eine Glückseligkeit aus, wie es Menschen tun, deren tiefste Bedürfnisse auf angenehme Weise die vollste Befriedigung erfahren. Um die beiden Männer noch stärker anzuhei-

zen, rief Frau W. ihnen zu: »*Tateleben*, so singt doch mit!« Dabei streckte sie die Arme aus und wiegte sich in ihren breiten Hüften.

Diese Geste unterstrich das Zwitterhafte ihrer Person und machte sie beinahe zu einer mythischen Gestalt. Ein weiblicher Körper wurde in Herrenkleidung gesteckt, so daß der Kaftan von dem Busen beinahe gesprengt wurde und die Hose sich über dem wohlgeformten Hintern und den Hüften spannte. Da ihr Haar unter dem Hut bis auf die letzte Strähne sorgsam zusammengesteckt war, nahm man sehr deutlich ihre helle, breite Stirn und besonders die Nase wahr, die, im Profil betrachtet, etwas wehmütig hinabhing und ihrem Gesicht den Ausdruck unbeabsichtigter Trauer verlieh. Schönheit und Häßlichkeit dieser Frau wirkten auf uns, ohne dabei jedoch die Begierde und die ungesunde Neugier zu erwecken, die stets entstehen, wenn wir im Saal eine Christin erblicken.

Frau W. ist Jüdin, und Juden sind wir auch, so können wir uns ruhig dem Zittern hingeben, der bei ihrem Anblick unsere Körper durchfährt. Als die Schauspielerin von der Bühne herunterkam und sich direkt zwischen uns setzte, fühlten wir uns ein wenig verlegen, da sie in diesem Augenblick ihre ganze magische Kraft verloren hatte. Sie wurde ganz einfach zu einem der Zuschauer, den man ungehindert anfassen und mit dem man wie mit seinesgleichem sprechen konnte.

Bald schon schauten wir aber wieder auf die Bühne. Da sie mit ihren drei Wänden, dem Stuhl und dem Tisch allen Vorgängen würde genügen müssen, erwarteten wir um so mehr die Schauspieler, und um so stärker wurden wir von dem Gesang hinter den leeren Wänden angezogen, der die Vorstellung einleitete.

Schon die erste Szene, in der die Plazierung der Personen das allzu Bekannte und Vertraute in Erinnerung rief, hat mich sehr berührt. Loeb als Vater, voll strenger und erhabener Kraft, erschien allein dadurch, wie sich sein dunkles, glänzendes Gewand in Falten legte, als mächtiger Mann. Sein langer Bart fiel weich auf die Brust, und während er sein erstes Lied sang und

dabei die breiten Hände wie ein Mühlrad drehte, wiegten sich die Bartsträhnen leicht im Rhythmus der Melodie.
Der Sohn, ein bleicher, magerer Jüngling, der vor der Macht des Vaters zittert, erinnerte mich unwiderstehlich an mich selbst. Ich schäme mich, Dir das zu sagen, kann diese Tatsache aber nicht verbergen. In dem Moment, als ich diese inneren Bande – über den Saal, die Tische, die Bühnenrampe hinweg – mit dem jungen Mann auf der Bühne entdeckte, lief mir ein Schauer über den Rücken, und von diesem Moment an verfolgte ich das Bühnengeschehen mit überspannter Aufmerksamkeit.
Mit wachsender Sehnsucht erwartete ich auch Frau Tschisik. Und nach vielen Sprechszenen und Liedern erschien sie endlich in der Verlobungsszene. Sie spielt in diesem Stück die Rolle der »wahren Braut«. Was das zu bedeuten hat? Die »wahre Braut« ist die dem Jüngling von Gott und den Menschen bestimmte Braut, und ihre Wahrhaftigkeit soll im Gegensatz zur Gestalt der »falschen Braut« stehn, die der Volkskunst so wohlbekannt ist.
Frau Tschisik verkörpert in dieser Rolle die mädchenhafte Reinheit und Unschuld. Während sie Menschen zum Opfer fällt, die von starken, leidenschaftlichen Gefühlen getrieben werden, bleibt sie treu und rein bis zum Schluß. Es ist schwer, diese unglückselige Jungfrau zu spielen, aber Frau Tschisik erreicht hier die Höhen ihrer schauspielerischen Kunst, besonders in den Visionsszenen, die sie selbst geschaffen und dem von den Schauspielern festgelegten Text hinzugefügt hat. Zu den Kunstgriffen ihres Spiels gehören: das Werfen der Fäuste nach vorn, das Drehen des Armes und der Hand, mit der sie unsichtbare Schleppen hinter sich herzieht, das Drücken der gespreizten Finger an die Brust.
Frau Kluge, die die »falsche Braut« spielt, verwendet schauspielerische Mittel mit stärkerer Ausdruckskraft, ihre Figur ist hitzig, verführerisch und bösartig. Wenn sie beim Tanz ihre Arme ausstreckt und mit den Fingern schnippt, erinnert das an das Liebeswerben östlicher Tänzerinnen oder biblischer Dirnen, die die alten Patriarchen verführten.

Ihre an den bleichen Jüngling gerichteten Gesten wirken womöglich zu lustvoll. Einen Bräutigam, der voll unverborgener Wünsche seine Geliebte erwartet, könnte doch schon weit weniger in den Wahnsinn treiben.

Hervorragend ist Loeb in der Rolle des Vaters. In der Szene, wo er seinem Sohn vorhält, daß dieser sich von der »falschen Braut« hat umgarnen lassen, erzielt er eine unerwartete Wirkung, indem er einen flüssigen Übergang von der reinen Poesie seiner Lieder – den Psalmen Davids gleich – hin zum brutalen Realismus dieser Worte schafft: »Weil sie die Röcke so und so und so gehoben hat ...« Der Rhythmus dieser drei »so« hebt sich, schlägt Wellen, dauert an, und ihr Sinn bleibt für immer erinnerlich. Kein anderer als Loeb ist imstande, die innere Musik und die Unwiederbringlichkeit der Ereignisse zu zeigen.

Das Stück endet tragisch. Der Bräutigam und seine »wahre Braut« sterben. Der Sohn, zu Tode verurteilt durch seinen eigenen Vater, der hier – wenn auch unbewußt – die Rolle der letzten Instanz spielt, hat den Tod verdient, da er schuldig ist. Er ist dem Fehlläuten der Glocke gefolgt und hat seinen wahren Weg nicht erkannt, und das eben reicht aus, um das Urteil über ihn zu verhängen.

Merkwürdigerweise wird die »falsche Braut« nicht bestraft, die Hauptschuldige an allem Leid. Weshalb? Vielleicht, weil sie als eine in ihrer Leidenschaft einheitliche Gestalt konsequent nach ihrer klar bestimmten Natur handelt: Sie liebt und will den Gegenstand ihrer Liebe erobern. Das bestraft man nicht.

Die »wahre Braut« dagegen stirbt, und der Sinn der letzten Szene, in der sie im hellen Gewand als Taube in die Höhe entschwindet, widerspricht dem Prinzip von Schuld und Strafe. Sie war doch nicht schuldig und wurde nicht bestraft. Ihr Davonfliegen mag bedeuten, daß Wesen, so rein wie sie, keinen Platz für sich auf dieser Erde finden und deshalb dorthin entfliehen, wo sie von lichten Engeln empfangen werden.

Wir lauschten unsern Schauspielern mit nicht nachlassender

Aufmerksamkeit, und nur hie und da (wie es mir gerade bewußt wird) mischten wir uns in die Handlung ein, so stark ergriffen waren wir von ihr. Kleine Versprecher, Gedächtnislücken und ein gewisser Mangel an Flüssigkeit einiger Szenen störten mich nicht. Sie fangen doch erst an, dieses Stück zu spielen, erschaffen es sozusagen vor unsern Augen und erreichen alles aus eigener Kraft.

Das Mitleid, das wir mit diesen Schauspielern haben, da sie so gut sind und bei weitem nicht genug Dank und Ruhm bekommen, ist eigentlich nur das Mitleid über das traurige Schicksal vieler edler Bestrebungen, vor allem der unseren.

Es ist schon vier Uhr morgens. Ich spüre jeden einzelnen Muskel meines Körpers wie eine Bogensaite nach dem Pfeilschuß zittern. Ich sehe Bilder an mir vorüberziehn, Frau Tschisik wird auf Seilen an die Bühnendecke hochgezogen, ihr Gesicht umrahmt vom dunklen Haar, ihre glatte Haut im Schein der Gaslampen, und die Flamme, die an ihrem Kleid entlangläuft, ihre ganze Gestalt durchschneidet und eine Grenze zwischen Dunkelheit und Licht zieht.

Dein F.

Loeb an Franz

Prag, Januar 1912

Lieber Herr Franz,

zu unserer letzten Vorstellung sind Sie nicht gekommen. Wie schade! Das Publikum ging so mit, daß man richtig Lust aufs Spielen hatte. »Kol Nidre« von Scharkansky war zum Abschluß gar nicht falsch gewählt. Ein womöglich ziemlich schlechtes Stück, aber mit einigen guten Szenen. Sie haben ja selbst zugegeben, daß das Gebet der Verlobten und die Briefschreibszene schön, lustig und rührend sind. Am nächsten Abend gab es »Die Irrgeister«. Zum Abschied spielten wir alle nacheinander, und als die Stelle kam, wo ich von meiner Frau – gespielt von Frau Kluge – verlange: *»Sog mir dem Emes«*, sag mir die Wahrheit, waren die Zuschauer so aufgeregt, daß sie

laut riefen: *»Sog nischt, sog nischt, saj nischt a Kappore!«* sag nichts, sag nichts, laß dich nicht zum Sündenbock machen. Es hätte Ihnen gefallen.
Wir konnten uns lange von dem Publikum nicht trennen und sangen dann noch zum Schluß einige unserer Lieder, so daß es bis Mitternacht ging, aber wir waren alle sehr glücklich, wenn auch furchtbar müde. Am nächsten Tag schlief ich bis nachmittags um vier, und da ich vorher allen befohlen hatte, auf mich zu warten, und sich keiner traute, mich zu wecken, so haben sie den Brünner Halbfünf-Zug versäumt. Übrigens waren sie sich immer noch unschlüssig, wohin sie fahren sollten. Vielleicht wäre Nürnberg besser. Dort gebe es eine große Judengemeinde, ein Saal sei leicht zu bekommen. Und so stritten sie noch ganze zwei Tage lang, bis sie sich schließlich auf Teplitz einigten – wie Sie es ihnen geraten haben.
Unsere Frau Tschisik war ganz dieser Meinung und berief sich sogar auf Sie. »Wozu gleich nach Nürnberg fahren?« sagte sie. »Es ist doch besser, eine Zwischenstation zu machen, sich zu erholen, ein, zwei Vorstellungen zu geben und erst dann weiterzuziehen. Herr Doktor (Sie sind gemeint) hat uns einen Empfehlungsbrief gegeben, und das hat was zu bedeuten.« Sie hat sogar Ihren Brief aus der Tasche hervorgeholt und lange Ihre Schrift betrachtet. Die kleine Pipes wollte den Brief auch sehen und streckte schon ihre Hand danach aus. Da ließ ihn Frau Tschisik in die Tasche zurückfallen und schloß diese mit einem lauten Klick. Wir haben alle gelacht, sie war etwas böse, aber lächelte auch.
Die Tatsache, daß ich in Prag bleibe, während die anderen abreisen, würde mir Kummer machen, wenn ich Sie hier nicht hätte. Es ist ein wahres Glück, daß Sie mir helfen, einige Poesieabende zu veranstalten. Ich möchte Sie keineswegs enttäuschen, verspreche also, mich sofort an die Arbeit zu machen. Sie wissen ja, wie fleißig ich sein kann.
Ich habe Ihnen aber noch etwas zu sagen, vertraulich, es betrifft eine Dame. Als ich gestern im Hotel unterwegs zu meinem Zimmer war, traf ich Frau Tschisik, die gerade dabei

war, die in Seidenpapier eingepackten Kostüme für »Kol Nidre« hinunterzutragen. Sie hielt an, und so standen wir eine Weile im Korridor und unterhielten uns leise. Sie bat mich ganz herzlich, Ihnen ein Dankeswort für all die Abende auszurichten, die Sie mit uns im Café Savoy verbracht haben. Sie wunderte sich, daß Sie zu den letzten zwei Vorstellungen nicht erschienen sind, ich erklärte es ihr aber. Dennoch war sie besorgt und untröstlich. Ich weiß, wovon ich spreche. Wenn wir nämlich gemeinsam auf der Bühne sind und sie traurig ist, werde ich auch von dieser Stimmung angesteckt, und die letzten zwei Abende war sie eben traurig. Sie bat mich auch, Ihnen ihre Adresse zu geben, falls Sie Lust hätten, ihr zu schreiben.
Danach gingen wir gleich auseinander, da ihre kleine Tochter angelaufen kam, und auch Herr Ts., einen Teil der Dekoration schleppend, auftauchte. Wir müssen uns ja selbst behelfen, einen Träger können wir uns nicht leisten.
Dann saßen wir noch bis spät in die Nacht bei Pipes und zählten unsere Einnahmen. Die Geschäfte der Truppe gehen zur Zeit elend. Auch wenn das Publikum jeden Abend den Saal gefüllt hat, hat sich das leider nicht besonders ausgezahlt. Es ist unbegreiflich, wie gleichgültig die Mehrheit der Prager Juden dem Jargon gegenübersteht. Andererseits hat sich aber unser Repertoire bereits erschöpft, wir hätten hier gar nichts mehr aufzuführen. Man muß also weiterfahren. Darüber waren sich alle einig. Übrigens gehören Schauspieler zu einem Menschenschlag, der es nirgends länger aushält. Manche nur, wie zum Beispiel Frau Tschisik, sind hier noch in ihre Erinnerungen und Empfindungen verhaftet, alle anderen spüren schon den frischen Wind in den Segeln. Morgen sind sie nicht mehr da.
Die Abreise hat sich also um zwei Tage verzögert. Sie können noch in letzter Minute vorbeischauen. Damit werden Sie jedem, da bin ich mir sicher, eine große Freude bereiten.

Max an Hugo

Prag, Januar 1912

Liebes Doktorlein,
Du bist also doch nicht nach Prag gekommen. Ich kann verstehn, daß der Fall der Frau R. ganz außergewöhnlich war und Dich bis heute in Berlin aufgehalten hat. Ich bin auch der Meinung, daß die hysterische Lethargie eine genaue medizinische Beschreibung verdient. Jetzt nutzt aber Deine Bereitschaft, baldigst zu kommen, nichts mehr, die Schauspieler haben nämlich gestern am frühen Nachmittag Prag verlassen. Ich war mit Franz und Loeb am Bahnhof. Loeb wird noch eine Weile hierbleiben, Franz organisiert für ihn ein paar Vorträge und versucht, ihn in das Prager Zionistenmilieu einzuführen.

Im Laufschritt kamen wir auf dem Bahnsteig an. Von weitem schon sahen wir das Getümmel an einem der Waggons. Dort wurden gerade die Koffer unserer Schauspielertruppe eingeladen. Die Schauspieler selbst machten es sich bereits in mehreren Coupés bequem, so daß wir eine Weile nach dem Ehepaar Tschisik suchen mußten. Für Frau Tschisik ist Franz eben fast den ganzen Weg gerannt. Er wollte sie noch einmal sehen, und obgleich er heimlich tat, wußte ich doch genau, daß es ihm um sie ging.

Wir fanden sie endlich, als Frau Ts. sich plötzlich aus dem Zugfenster lehnte. Sie trug einen offenen Reisemantel und einen Hut, mit einer dunkel behandschuhten Hand machte sie ihren Mann im Inneren des Coupés auf etwas aufmerksam. In ihrem Gesicht erblickte ich Überraschung und Freude zugleich, die bleichen Wangen erröteten vor Aufregung. Ihre Tochter drückte das Gesicht ans Fenster und sah uns schweigend an.

Loeb fragte, ob sie alles Wichtige erledigt und bequeme Plätze gefunden hätten. Herr Ts. stellte sich direkt neben seine Frau ans Fenster und sprach noch eine Weile mit Loeb. Frau Ts. ging währenddessen zu einem anderen Fenster, kämpfte einen Moment mit dem Griff und lehnte sich dann zu Franz hinaus,

der mit erhobenem Kopf und an die Brust gedrücktem Hut dastand und sie bewundernd ansah.
Mit lauter Stimme verwickelte ich den Ehemann von Frau Tschisik in ein Gespräch, damit sich die beiden noch ein Weilchen aneinander erfreuen konnten. Ich hörte, wie Frau Tschisik bedauerte, daß Franz den beiden letzten Vorstellungen nicht beigewohnt hatte. »Ich habe ›Bore Isroel‹ aus ›Sejdernacht‹ eigens für Sie gesungen. Ich weiß, daß Sie das Lied besonders lieben, Herr Doktor«, sagte sie. Franz erwiderte etwas, was ich nicht verstehn konnte, da gerade ein Pfiff ertönte und das erste Zeichen zur Abfahrt gegeben wurde.
Irgendwer lief an uns vorüber, irgendwer stieß mich. Frau Tschisik – bereit zum Abschiednehmen – holte aus ihrer Tasche ein weißes Taschentuch hervor. Als der Zug sich langsam in Bewegung setzte, lehnte sie sich gefährlich weit hinaus und winkte. Franz sprang kurz auf ihr Fenster zu, als hätte er Angst, sie könnte herausfallen. Ich habe gesehen, daß sie sich bis zum letzten Augenblick anschauten. Dieser Blick war der einzige Liebesbeweis, den sie ihm geben konnte.
Sie ist eine ehrbare, tugendhafte Frau und durch diese kleine Gefühlsverwirrung wird sie der Welt ihrer Pflichten bestimmt nicht für länger entrissen als für die wenigen Wochen, in denen sie fast allabendlich jemanden verkörpert hat, der sie in Wirklichkeit nicht ist und nie sein wird.
Armer Franz. Er wählt sich immer Frauen, für die er nur ein »Doktor ihrer Phantasie« sein kann.
Wir gingen schweigend zurück. Ich weiß nicht, woran Franz und Loeb dachten. Ich erinnerte mich wehmütig an die Abende, als wir die jüdische Phantasiewelt in uns einsaugten, einfach, naiv und doch so tief, daß sie unsere vergessenen Gefühle zu berühren und unsere Herzen zu erwecken vermochte.
Es war schon fast dunkel geworden, aber die Straßenlaternen brannten noch nicht. Auf dem Gehsteig wateten wir durch Schneematsch, und obgleich es immer kühler wurde und aus den Seitengassen die durchdringende winterliche Feuchtigkeit

hervorkroch, wählten wir den längeren Nachhauseweg. Wir wollten noch einmal am Ziegenplatz vorbeischauen. Im Café Savoy brannten schon die ersten scheuen Kerzenlichter, es war aber noch leer. Wir konnten uns dessen versichern, indem wir durch das Fenster hineinschauten und nur einen einzigen Kellner sahen, der untätig in der Ecke herumstand.

Vor dem Caféfenster stehend, brachen wir in lautes Lachen aus, was die Passanten leicht staunen ließ. In diesem Lachen steckte aber mehr Trauer über das Ende eines Vorhabens als Freude darüber, daß doch etwas gelungen war.

Es wurde spät. Loeb verabschiedete sich von uns und ging seines Weges. Ich und Franz liefen durch die Bilekgasse bis hin zur Niklasstraße. Ich hatte es ein wenig eilig, nach Hause zu kommen, da mich dort viel Arbeit erwartete, aber Franz hielt mich auf. Wir unterhielten uns, vor einem Haustor stehend. Ich erfuhr, wie viel er schon für die Schauspieler getan hatte und was er noch alles, besonders für Loeb, tun wollte. Er soll bereits ganz allein einen Abend im Jüdischen Rathaus veranstaltet haben, wofür er auch selbst die Einladungen verschickt, die Plakate bestellt und einen Klavierspieler gebucht hat.

Seine Pläne sind wahrlich beeindruckend. Wenn er bloß mit gleicher Energie in eigener Sache tätig wäre ... Es erwartet ihn noch ein Treffen mit dem Bar Kochba-Verein, der eben nach Prag gekommen ist. Er hat vor, ein Rundschreiben an die tschechischen Zionistenvereinigungen zu verschicken, mit der Frage, ob sie Interesse an Gastauftritten dieses Vereins in Prag hätten. Der Verein könnte einen wunderschönen Liederabend mit vom altrussischen Chorgesang beeinflußten Volksliedern anbieten.

Franz fragte mich um Rat, wie er den Brief an Trutnov wegen eines Gastspiels von Loeb formulieren sollte. Ich versuchte, ihm einen Vorschlag zu machen. Dabei war ich bereits so verfroren, daß ich meine starren Finger förmlich nicht mehr strecken konnte. Franz, der auf wunderliche Weise trotz seines dünnen Paletots nie friert, merkte, daß ich schon mit den Zähnen klapperte, und nahm mich mit auf sein Zimmer.

Wir saßen noch eine Stunde beisammen, und er zeigte mir seine letzten Arbeiten. Was er schreibt, ist außergewöhnlich. Seit langem rede ich ihm zu, seine Miniaturen zu sammeln und bei Rowohlt vorzulegen. Der Verleger wartet übrigens schon darauf. Diesmal gelang es mir aber nicht, ihn zu einem Gespräch über sein Schreiben zu bewegen.
Beim Hinausgehn begegnete ich Franz' Vater, und obgleich ich es um jeden Preis vermeiden wollte, entsponn sich daraus etwas Gesprächsartiges. Armer Franz!
Ich werde Dir nächstes Mal darüber schreiben.

Ich drücke Deine Hand.

Loeb an Franz

Prag, Februar 1912

gerade habe ich, mein lieber Freund, Ihr Manuskript des Vortrags über Jiddisch erhalten, den Sie als Einleitung zu unserem gemeinsamen Rezitationsabend im Jüdischen Rathaus halten werden. Ihre Worte haben viele wunde Stellen in mir berührt. Viele Erinnerungen. Sie bitten darin um Stille vor dem Aussprechen des ersten Wortes: »Wenn Ihr still werdet«, sagen Sie, »dann werdet Ihr Euch plötzlich so stark im Jargon wiederfinden, daß Euch nicht mehr vor ihm, sondern vor Euch selbst Angst überkommen wird. Ihr wäret nicht imstande, diese Angst zu beherrschen, flösse nicht aus dem Jargon gleichzeitig ein Glaube an Euch selbst, der jener Angst widerstehn, ja sogar stärker sein wird als die Angst, und Ihr werdet Euch nicht mehr ausgestoßen fühlen...« Wie gut kenne ich das, wie gut begreife ich, was Sie meinen.
Als ich mit vierzehn zum ersten Mal ein jüdisches Theater besuchte, wurde gerade »Bal-Tschuwe« von Schumor gegeben, ein komisches Stück in sechs Akten und zehn Aufzügen. Es gab da viel Tanz und Gesang, alles gefiel mir sehr, und ich verstand alles. Manche Schauspieler, wie zum Beispiel der Geliebte, sprachen Hochdeutsch, die Komiker jiddisch.
Mich begeisterten die Kostüme der Schauspieler, bunt und

lustig oder grau und traurig. Und ihre Gesten, derb oder zurückhaltend, je nach Charakter der dargestellten Person. Es war wie das Leben selbst – komisch und tragisch –, es war wie wahres Theater, jüdisches Theater. Die Menschen um mich waren mir auch nah. Sie bedienten sich zwanglos des Jargons, sprachen laut und gestikulierten heftig. Ich brauchte mich weder meines langen Kaftans zu schämen noch die Schläfenlokken zu verbergen, da doch alle rings um mich herum ähnlich aussahen, so wie ich mich von ihnen in nichts unterschied.
Die Sprache, die von der Bühne floß, erfaßte mich wie eine lebendige warme Welle. Hier konnte ich mich wie zuhause fühlen. Bewirkt wurde dies von der Melodie des Jargons, da Jiddisch einfach alles ist – der Buchstabe, das Wort, die Körpergebärde und die chassidische Sinnesart. Ich begriff, daß ich von nun an jetzt keine Ruhe mehr finden würde.
Am nächsten Morgen rief der Vater mich und die Mutter zu sich. Er ging unruhig auf und ab, zupfte an seinem Bart, knetete die Finger. O wei, das sieht nicht gut aus, dachte ich bei mir. Der Vater sah mich nicht an, nur die Mutter, und an sie, nicht an mich, richtete er seine Worte: »Er wurde gestern im Theater gesehen«, sagte er, und die Mutter rang vor Verzweiflung die Hände. Ich schwieg, um alles nicht noch ärger zu machen. »Was soll man mit diesem Kind bloß tun? Ist denn schon alles zu spät?« fragte der Vater. Wir schwiegen eine Weile, bis er endlich sagte: »Denk daran, mein Sohn, es wird dich weit, sehr weit führen.« Und er schaute mich traurig an, wie man jemanden anschaut, der schon am anderen Ufer angelangt ist und dem eine zur Hilfe gereichte Hand nichts mehr nutzt.
Heben wir also den Vorhang und decken die Wunde auf. Nur so ist Heilung möglich.
Kurze Zeit danach verließ ich das Haus meines Vaters, kehrte wenig später für ein paar Jahre zurück, um wieder wegzugehen, diesmal endgültig. Kindliche Neugier scheint ungefährlich zu sein. Wenn wir jedoch nach dem Apfel vom Baum der Erkenntnis greifen, wissen wir nicht, daß wir bereits unwider-

ruflich eine Wahl getroffen haben. Was sage ich da! Bin ich derjenige, der die Wahl trifft? Es ist doch offensichtlich – *ejn berira*, es gibt keine Wahl, oder es gibt doch eine: Leben oder Tod, es ist aber gesagt: »Wählet das Leben.«

Wissen Sie, mein lieber Freund, daß der paradiesische Apfelbaum ein Zedrach gewesen sein könnte – ein Baum, der seine Früchte zwei Jahre lang trägt, so daß die Früchte den Blättern vorauszueilen scheinen. Eine interessante Geschichte, deren Schluß zugleich ihren Anfang bildet. Allerdings behaupten die Rabbis im Talmud, die verbotene Frucht sei weder der Apfel, noch die Zedrachfrucht, sondern das Korn gewesen. Auf diese Weise verbinden sie den Fall des Menschen mit seiner Hauptnahrung. Das spricht mich an – habe ich das nicht selbst schon erfahren? Indem ich das von der Bühne fließende Jiddisch wie eine lebensnotwendige Nahrung in mich einsaugte, bereitete ich meine Vertreibung vor.

Die Versuchung schlechthin für mich war also nicht die Wißbegierde, sondern das Begehren dabeizusein. Ob das meine Schuld mindert? Ich weiß es nicht. Vielleicht wissen Sie das, mein Freund, in Sachen Schuld und Strafe sind Sie ja ein Fachmann.

Jetzt bin ich in den besten Jahren, älter als Sie, geübt im sündigen Leben, und doch kehre ich in Gedanken zu diesen fernen Tagen zurück, in denen ich mich als junger Knabe, beinahe noch ein Kind, mit der Sünde infiziert habe. Wundert Sie das, daß ich immerfort von Sünde spreche? Ich weiß, es wundert Sie nicht. Sie kennen die Menschen gut genug, um meine Überzeugung zu bestätigen: Am Anfang war die Sünde.

Mit diesem Wort bezeichne ich nicht meine kindliche Auflehnung gegen den Vater und auch nicht den Augenblick, als ich zum ersten Mal vor einer Frau stand, und sie war *Goje* und ... verheiratet. Ich freute mich, daß sie keine reine Jungfrau war, dadurch wurde meine Auflehnung größer und die Sünde schmerzlicher. Es war auch nicht die ärgste Sünde, daß ich gegen die Gebote der Väter verstieß – den Schabbat nicht feierte, nicht in die Synagoge ging, Schweinefleisch aß. Auch

nicht, daß ich Morphium nahm und dann nicht ich selbst war, sondern ein Fremder, der fremden Göttern huldigte.
Die Sünde begann, als ich das erste Mal das Theater besuchte und mich von der lieblichen Melodie des Jargons verführen ließ. Mein Vater hatte recht. Er schützte mich vor dem ersten Schritt, da dieser Schritt auf den Weg ins Verderben führte. Alles, was danach geschah, war nur ein Lauf über eine schiefe Ebene, unumkehrbar, wenn man sich einmal darauf befindet.
Ich bin Ihnen dankbar dafür, was Sie über meine Sprache schreiben, und für die Erinnerung an die Augenblicke, die zwar längst vergangen sind, in meinem Herzen aber immerfort leben.

Max an Hugo

Prag, Februar 1912

Lieber Dottore,
Du hast mich gebeten, Dir über den seit langem angekündigten und ersehnten jüdischen Rezitationsabend zu berichten. Er hat vorgestern stattgefunden. Franzens Vortrag war ein schönes Vorspiel für den Auftritt des Schauspielers Jizchak Loeb. Ich weiß, daß Franz sich zwei Wochen lang darauf vorbereitet hatte. Er lebte in einer inneren Erregung, konnte lose Gedanken über Jiddisch nicht ordnen und klagte bereits über sein Scheitern. Im letzten Augenblick, meint er nun, sei ihm das Kunststück gelungen, einige wichtige Beobachtungen zu einem Ganzen zusammenzufügen. Du weißt, wie es mit Franz ist. Er glaubt ja nicht im geringsten an sich.
Als der Moment seines Auftritts gekommen war, war er gesammelt, sprach klar und deutlich, mit einer schönen wohlklingenden Stimme. Ich spürte förmlich, wie er von dem Thema mitgerissen wurde, und es schien mir, daß einige seiner Aussagen vom Einfluß plötzlicher Eingebung improvisiert waren. Was er über das Jiddische sagte, hätte auch Dir Freude gemacht. Wer kennt den Wert der Sprache besser als Du? Gäbe

es die Sprache nicht – in Deinem Fall die deutsche –, wüßtest Du nicht, wie Du selbst mal gesagt hast, wer Du bist: Italiener, Jude oder Deutscher.

Als dann plötzlich Loeb wie aus dem Boden geschossen auf dem Podium erschien, zog er sofort die Aufmerksamkeit aller auf sich. Dieser gedrungene kräftige Mann mit heiß blickenden dunklen Augen kann ein wunderbarer Künstler sein. An diesem Abend führte er uns die wahre, inzwischen vergessene Rezitationskunst vor. Er ist aber nicht immer so – er ist ein unbeständiger Mensch, mit der Gabe, seine Zuschauer in Staunen und Bewunderung zu versetzen. Wenn er aber einen schlechten Tag hat, ist er nervös, seine Hände zittern, er vergißt den Text. Es ist ein schwerer Beruf, nicht Loeb selbst hat ihn jedoch gewählt, es war das Theater, das ihn erwählt und zu sich gerufen hat. Seit seiner frühen Jugend hat dieser Mensch seine ganze Seele der jüdischen Kunst gewidmet.

Er eröffnete den Abend mit drei Gedichten: Rosenfelds »Di grine« – Grünschnäbel, über die Neuankömmlinge in Amerika, »Die Nacht ist still« von Frischmann und »Sand und Sterne« von Frug. Das letzte ist eine bittere Interpretation der biblischen Prophezeiung: »Wir werden sein wie der Sand am Ufer des Meeres und wie die Sterne am Himmel.« Niedergetreten wie Sand sind wir schon, meint der Dichter, wann aber wird sich das mit den Sternen erfüllen?

Zum Abschluß trug Loeb den Monolog aus Goldfadens »Bar Kochba« vor. Seine kräftige Stimme, die sich in dunklen Modulationen immer wieder hob und senkte, hielt die Zuhörer wie an eine Leine gefesselt, die er nach eigenem Willen lenkte.

Als die letzten Worte verklungen waren – einer sich entfernenden Melodie gleich –, trat zunächst langes Schweigen ein, und erst nach einer Weile ertönte Beifall. Ich beobachtete Franz, sein Gesicht strahlte, selten sieht man ihn so. Er bemühte sich, seinen Stolz und seine Zufriedenheit zu verbergen, ich kenne ihn aber zu gut und weiß, was er empfand. Als nach der Veranstaltung sein Blick durch den Saal schweifte, wußte

ich auch, daß er nach seinen Eltern suchte, die zwar eingeladen, an diesem Abend jedoch im Rathaussaal nicht erschienen waren.
Den Nachhauseweg durch die Stadt traten wir alle gemeinsam an, begleiteten uns gegenseitig und konnten uns lange nicht voneinander trennen.
So war es, Dottore.
Ich drücke Deine Hand fest und herzlich.

Franz an Hugo

Prag, März 1912

Mein Lieber,
Du wolltest wissen, wie unsere Familienabende aussehn. Hiermit bekommst Du einen solchen Abend beschrieben, vielleicht einen weniger typischen, da sich an ihm eine Kleinigkeit ereignete, die es zuvor noch nie gegeben hat. Seit einer Stunde schon saß ich am Wohnzimmertisch und schrieb. Du hast mich gebeten, Dir zu erzählen, woran ich gerade schreibe, aber glaub mir, es wäre eine unnötige Zeitverschwendung, also lassen wir es!
Meine Schwestern waren in ihre Lektüre vertieft, Mutter nähte etwas im Licht der Glühlampe. Der Vater war hinausgegangen, sollte aber bald wiederkommen. Es war vollkommen still, da selbst die Köchin sich gerade ausruhte und der übliche Lärm der hin und her gerückten Töpfe nicht aus der Küche drang. Es war mir bereits gelungen, einige Seiten zu schreiben, und so lehnte ich mich bequem in meinem Stuhl zurück, streckte die Beine unter dem Tisch aus und starrte auf einen an der Wand flimmernden Lichtfleck.
Der Vater trat plötzlich herein, doch ohne die übliche Vorwarnung, die aus lautem Stapfen im Flur, dem Herbeirufen des Dienstmädchens und schließlich aus den unter seinen Schritten knarrenden Holzdielen besteht. Sein leises Erscheinen überraschte alle.
Wir schauten schweigend zu, wie Vater an das Schränkchen

herantrat, ihm ein Glas entnahm, das er mit Kräuterlikör füllte. Dann setzte er sich an den Tisch, stellte das Glas vor sich hin, die Blätter, die mir gehörten, dabei zur Seite schiebend. Ich wußte, daß die Ruhe dieses Abends für mich zu Ende war.

Der Vater war in der Fabrik gewesen, wo er von meinen Unternehmungen hatte erfahren müssen, und nun erwartete ich Vorwürfe wegen meiner vollkommenen Unfähigkeit, mich um die Geschäfte zu kümmern. Ich richtete mich unbewußt auf, als bereitete ich mich schon auf einen Angriff vor, dabei verfolgte ich mit dem Blick die Finger seiner linken Hand, die auf der Tischplatte gleichmäßig den Takt der vorbeifließenden Zeit trommelten.

Aus dem Augenwinkel sah ich, wie Ottla vom Kanapee aufstand, sich näherte und dicht hinter mich stellte. Ich spürte die Wärme ihrer Hände, mit denen sie sich auf die Stuhllehne stützte. Ihre Nähe spendete mir zusätzliche Kraft, obgleich ich wußte, daß wir es auch zu zweit mit unserem Vater nicht aufnehmen konnten.

»Was schreibst du?« fragte der Vater und griff ohne Umschweife nach einem der Blätter. Ohne zu antworten, beobachtete ich diese merkwürdige Szene – der Vater liest, was ich geschrieben habe. Die Seite enthielt folgendes Fragment: »Als er die Tür des elterlichen Wohnzimmers öffnete, sah er seinen Vater, einen glattrasierten Mann mit schwerem Fleischgesicht, der Tür zugekehrt, an einem leeren Tisch sitzen.

›Endlich‹, sagte dieser, kaum daß Oskar den Fuß ins Zimmer gesetzt hatte, ›bleib, ich bitte dich, bei der Tür.‹

›Aber Vater‹, sagte Oskar und merkte erst beim Reden, wie er gelaufen war.

›Ruhe‹, schrie der Vater und stand auf, wodurch er ein Fenster verdeckte. ›Ruhe, befehle ich. Und deine ‚Aber' laß dir, verstehst du.‹ Dabei nahm er den Tisch mit beiden Händen und trug ihn einen Schritt Oskar näher. ›Dein Lotterleben ertrage ich einfach nicht länger...‹«

Der Vater legte das Papierblatt zur Seite und stupste es leicht

mit den Fingern in meine Richtung, so daß sich das Blatt wie ein Segeltuch aufblähte, um dann traurig niederzufallen.
»Tja«, sagte er. »Immer das gleiche. Wer kann das gebrauchen? Was soll das denn nutzen?« Dann sprach er so leise, daß nur ich ihn hören konnte: »Ein wahrer Taugenichts, Schmarotzer, Nichtstuer...« Er stand auf und schob den Stuhl laut zurück. »Nicht der Rede wert«, sagte er noch und verließ das Zimmer, ohne mich anzuschauen.
Ich blieb zurück mit diesen Worten des Vaters, meiner Mutter und meinen Schwestern gegenüber, wie mit einem Urteil, das sich fortwährend wiederholt, und es war so, als erlangte diese Verurteilung bereits eine wirkliche Bedeutung, als sollte sie schon bis zum Schluß wirksam sein.
Möchtest Du mir etwas sagen? Möchtest Du diese Szene erklären? Siehst Du etwas in ihr, was ich übersehe? Eins will ich noch hinzufügen: Es war nicht das erste und nicht das letzte Mal, daß ich mit einem so gleichgültigen Tritt aus der Gemeinschaft verbannt wurde, als hätte man ihn einem fremden Hund verpaßt, und wenn Du glaubst, daß ich darunter litte, dann irrst Du Dich. Ich empfinde dabei so etwas wie stille Freude, obgleich ich Dir die Art der Befriedigung, die ich an jenem Abend verspürte, nicht eingehender erklären möchte.
In der Nacht schlief ich recht gut, und erst gegen vier Uhr morgens riß mich ein Gefühl aus dem Schlaf, als wenn eine Seidendecke begänne hinabzurutschen. Um sie zu halten, mußte ich mich aufrichten, im letzten Augenblick versuchte ich noch, sie am Saum zu fassen, sie aber glitt unwiderruflich hinunter. Vollends aus dem Schlaf gerissen und vor Kälte zitternd setzte ich mich aufs Bett. Bald darauf schlief ich jedoch wieder ein, obgleich meine Füße und Hände eiskalt waren, und ich hatte einen Traum.
Man befiehlt mir, jemanden auf den Rücken zu nehmen und ihn zu tragen. Mit meiner Last erklimme ich einen endlosen Hügel. Ich spüre, daß ich am Ende meiner Kräfte bin, der sanfte Hügel verwandelt sich aber in eine steile Wand, an beiden Seiten von Felsen umfaßt, so daß ich mich in einer

Felsschlucht befinde. Direkt neben mir sehe ich meinen Vater, der die Wand fast tanzend ersteigt, den Boden lediglich mit Fußspitzen berührend, und bald schon die Wandspitze erreicht. Ich kann nicht einmal den Kopf heben, um ihn anzuschauen, so sehr wird mein Nacken von der Last zu Boden gedrückt. Plötzlich spricht eine Stimme von oben: »Genug!« Ich befinde mich auf einem flachen, geräumigen Felsvorsprung, richte mich auf, werfe die ungeheure Last des toten Gefährten von mir (Du weißt, wie schwer Tote sind) und beuge mich über ihn. Ich sehe ihn an. Ich bin es selbst!

Diese kurze Schilderung kann die wirkliche Grausamkeit meines Traums nicht wiedergeben. Es ist so schwierig, Träume zu erzählen, weil für den Träumenden der ihm übermittelte Sinn immer, wenigstens im ersten Augenblick, vollkommen unbegreiflich ist. Aber Du hast mich um meine Träume gebeten – also gebe ich Dir diesen. Was sagst Du dazu?

Dein F.

Max an Hugo

Prag, März 1912

Lieber Dottore,

ich sollte Dir einen meiner Besuche bei Franz zuhause schildern. Normalerweise ist es so, daß ich mich leise auf sein Zimmer schleiche und wir dort eingesperrt wie in einer Festung sitzen. Manchmal gelingt dieses Manöver jedoch nicht, und ich treffe auf die Mutter oder den Vater. Halb so schlimm, wenn es die Mutter ist, eine stille, ängstliche Frau, die ihren Franz so liebt, als wäre er immer noch ein kleiner Knabe. Gerate ich aber an den Vater, so ist ein Wortwechsel unvermeidlich.

Neulich hat Franzens Vater scheinbar nur so nebenbei, als beträfe es keine bestimmte Situation oder Person, gesagt: »Wer sich mit Hunden zu Bett legt, steht mit Wanzen auf«, Franz war aber gerade dabei, seiner Mutter den Besuch von Loeb anzukündigen, es war uns allen also klar, daß sein Vater auf

diese schlichte Weise verkündete, was er von Schauspielern, Künstlern und allen andern »unnützen Menschen« hält.
Franz, für gewöhnlich so sanft und still, konnte sich nicht zurückhalten und sagte in großer Aufregung, daß er am Ende sei, es nicht mehr lange aushalte und ausziehn werde. Sein Vater schwieg und schien vollkommen ruhig zu sein. Als wir uns aber der Wohnungstür näherten, sprach er mit der schwachen Stimme eines verletzten Kindes: »Du weißt, daß ich mich nicht aufregen darf und geschont werden muß. Du bist ein schlechter Sohn und hast eine Familie wie die unsere gar nicht verdient...«
Franz blieb wie vom Donner gerührt stehn, und ich dachte schon, er würde nun dem Vater die ganze Wahrheit entgegenschleudern, er sprach aber genauso leise, beinahe sich entschuldigend: »Vater, ich strenge mich an, mich zurückzuhalten, verzeih, ich kann aber nicht, ich kann nicht...« Dann faßte er meinen Arm und schob mich in die Diele.
Als ich im Treppenhaus war, sprang ich förmlich die Treppe hinab, nichts wie fort von hier, erst auf der Straße atmete ich erleichtert auf. Auf dem Nachhauseweg dachte ich mit tiefer Trauer daran, daß so ein Mensch wie Franz, ausgerechnet er, derartige Qualen leiden muß.
Ich war bereits Zeuge mehrerer solcher Situationen, wie viele muß er erlebt haben? Ich kenne keinen andern Vater, der so wenig Verständnis für seinen Sohn hat. Franzens Vater ist Kaufmann, ein tüchtiger, zäher und fleißiger Mensch. Er hatte eine schwere Kindheit, schon als Knabe mußte er arbeiten und hat das nie vergessen können. Er erzählt seiner Familie davon bis zum Überdruß. Wenn sie am Mittagstisch sitzen, der in diesem Hause meistens reichlich mit gebratenem und gekochtem Fleisch gedeckt ist – Franz allerdings ist Vegetarier –, so hält der Vater den Kindern jeden einzelnen Bissen vor, indem er bildhaft seinen Hunger in jenen Zeiten, als er sich mit trokkenem Brot begnügen mußte, schildert.
Sieht er Franz fasten, macht er nicht endenwollende Bemerkungen über Schmarotzer, Nichtstuer und *Meschuggener.*

Auf diese Weise zerstört er das innere Gleichgewicht und untergräbt Franzens Gesundheit. Mir fehlen die Worte der Empörung über so ein Vorgehen. Seine Mutter ist nicht imstande, die ausgleichende Kraft zu bilden, da sie dem Vater vollkommen unterworfen ist, und nur gelegentlich, das Leid des Sohnes ahnend, sich heimlich auf seine Seite stellt. Das wiederum äußert sich in einer übermäßigen Fürsorglichkeit, und Franz fühlt sich dabei wie in einer Falle. Bei den Versuchen, sich aus dieser Falle zu befreien, verletzt er seine Mutter, was er später sehr bereut. Und so steckt er fest in diesem Familienkreis, der mehr einem Folterrad als einem trauten Zuhause gleicht.

Seine Schwestern sind noch jung und unterliegen denselben Gesetzen. Franz ist dies bewußt und er macht sich unendliche Vorwürfe, daß er ihnen nicht helfen kann. Besondere Sorgen bereitet ihm das Schicksal der jüngsten Schwester, die mit ihrer Auflehnung gegen den Vater wahre Donnerschläge auf sich zieht.

Ich sage Franz immer wieder, er solle sich das Gerede seines Vaters nicht so sehr zu Herzen nehmen, bleibe damit aber völlig erfolglos. Die Autorität des Vaters ist für Franz nach wie vor nicht zu überwinden. Ich glaube, er zittert innerlich aus Angst vor den Eltern, er betet beinahe zu ihnen, stumm um Gnade flehend. So verhält es sich, so sehe ich es.

Ich drücke Deine Hand. Auf ein baldiges Wiedersehn.

Franz an Hugo

Prag, März 1912

Lieber Hugo,

ich bewundere sehr Deine Interpretationskunst, und doch möchte ich Dich bitten: Deute die Träume nicht. Nur wenn Du sie unerklärt läßt, kannst Du Dich vielleicht gemessenen Schrittes ihrer wahren Bedeutung nähern. Wenn Du Dich aber schon mit Träumen beschäftigst und mich um welche bittest, so sende ich Dir einen weiteren. Er folgte in der nächsten

Nacht dem Traum, den ich Dir im letzten Brief beschrieben habe.
Ich befand mich wieder an demselben Ort wie zuvor – auf dem geräumigen Felsvorsprung, hinter dessen Kante sich ein tiefer Abgrund auftat. Ich spürte ein Pulsieren in meinem Innern, ein Drängen von Kraft, die nach draußen drängte. Aus meinem Mund begann sich ein neuer Mensch herauszupressen; zuerst der Kopf, dann quetschten sich Hals und Schultern mit Mühe durch eine breite Öffnung, wie bei einer Geburt.
Als der Neue bereits zur Hälfte herausgekommen war, griff er mit den Händen nach meinem Hals und stützte sich auf die Arme wie ein geschickter Turner. Seine obere Körperhälfte hing schon aus meiner Mundhöhle, mit den Fingerspitzen berührte er beinahe den Boden, und schließlich purzelte er mit einer kräftigen Bewegung gänzlich heraus, dabei mit den Beinen einen schönen Luftschwung machend. In dem Moment, als er zu Boden fiel, sprang er sofort federnd hoch und stellte sich auf leicht zittrige Beine.
Jetzt waren wir zwei, einander vollkommen gleich. Die Tatsache, daß ich einen Doppelgänger hatte, nahm ich ganz natürlich. Wir standen uns gegenüber, maßen uns mit Blicken, und plötzlich stürzten wir uns aufeinander in einen Kampf auf Leben und Tod. Ich jedenfalls verspürte den Willen zum Kampf ohne Gnade und Erbarmen und drückte mit aller Kraft meine Finger um den Hals des anderen. Bald spürte ich jedoch, wie sich der Druck meiner Hände lockerte. In diesem Augenblick begann er mich zu würgen, so daß sich alles vor meinen Augen drehte, und schließlich sank ich dahin, wie von einem sanften Flußstrom fortgetragen.
Als ich im Traume die Augen wieder öffnete, sah ich nicht nur einen, sondern mehrere Neue vor mir, die sich wie ein Ei dem andern glichen und sich mir kampfbereit näherten. Sie griffen mit den Händen nach Ästen, Steinen, kleinen Tieren und Erdklumpen und gingen geradewegs auf mich zu. Obgleich es um mich herum viele von *mir* gab, wußte ich genau, daß ich allein war. Mich zurückziehend, stieß ich an die Felswand, stolperte und fiel zu Boden.

Nun lag ich auf einer Opferstelle, meine Beine waren gefesselt, der Oberkörper und der Kopf hatten sich verwandelt – sie waren von einem Tier. Unter den Fingern, die menschlich geblieben waren, spürte ich weiches Fell und zarte Haut, unter der frisches Blut pulsierte. Die Gesichter der mich umringenden Opferpriester waren wie Masken, starr, mit Lichtstrahlen anstelle von Pupillen. In den Händen hielten sie Zweige mit festgebundenen Wollfäden. »Haben sie vor, mich mit diesem weichen Flaum zu töten?« fragte ich mich, und plötzlich wechselte das Bild.

Ich sah ein Zimmer bei uns zuhause. Alle außer mir saßen friedlich im Lampenschein am Tisch bei einer Festmahlzeit. Ich hörte eine der Schwestern sagen: »Wie opferbereit er ist!« Dieser Satz hallte, als wenn er an hohe Berge prallen und zu mir zurückkehren würde. »Wo bin ich?« fragte ich mich, und in diesem Moment schwankte die Tischlampe, und in ihrem Schein sah ich meinen Körper, ausgestreckt auf einer weißen Tischdecke.

Ich bin ja so mager, daß niemand einen Nutzen von mir haben wird, dachte ich so traurig, daß mir Tränen in die Augen schossen. Dann sah ich meine Schwestern sich über mich beugen, eine von ihnen nahm den Zipfel eines bunten Seidentuchs in die Hand und zog ihn aus meiner Hüfte hervor, indem sie ihn um ihren Körper wickelte und dabei um den Tisch tanzte.

Vater trat mit ausgestreckten Armen auf mich zu, ernst und erhaben, einem Priester gleich. Aus meinem Bauch rollte er wie aus einer hohlen Schüssel einen riesigen Brotlaib heraus. Dann teilte er ihn und reichte Mutter ein Stück. Sie nahm diese Gabe entgegen und strich zärtlich mit der Hand über mein starres Gesicht.

Ich erwachte auf einem tränendurchnäßten Kissen.

Es stimmt nicht ganz, daß ich erwachte. In Wirklichkeit war ich schon früher aufgewacht und erlebte diesen Traum mehr als eine Vision denn als einen normalen Traum. Damit meine ich, daß die Wirklichkeitstreue der Bilder schon an den Wachzustand grenzte.

Lieber Hugo, weißt Du, manchmal möchte ich sterben und sehn, wie mich alle betrauern. So spiele ich für mich immer wieder die gleiche Szene: ich sterbe (wohl eher: lebe nicht mehr) und betrauere immerfort mich selbst. Das soll der einzige Kommentar zu dieser Traum-Vision bleiben, deren Sinn mir unklar bleibt, wenngleich ich vermute, daß diese leidenschaftlichen Bilder eine tiefe Wahrheit meines Lebens zum Ausdruck bringen.

Dein F.

Franz an Hugo

Prag, April 1912

Mein lieber Doktor,
unaufhörlich denke ich an unser Zusammensein und muß mir eingestehn – es war mißlungen. Ich weiß, es ist meine Schuld, bestreite es bitte nicht. Mit mir kann man nicht auf menschliche Art leben, weil mir selbst die geringste menschliche Wärme fehlt. Deine berufliche Kompetenz konnte meine Kühle nicht besiegen, und so mußtest Du als Arzt scheitern. Im übrigen weißt Du, daß ich zur Psychoanalyse nicht tauge. Das wissen wir beide. Als Freund hättest Du jedoch nicht verlieren müssen, aber eben das ist an diesem Nachmittag geschehn, obgleich Du Dich sehr bemüht hast, mich nicht zu verletzen, und ich versucht habe, die mich ergreifende fürchterliche Kühle und Leere zu beherrschen.
Erinnerst Du noch, wie Du mich einmal nach meiner Einweihung in die Liebe gefragt hast und ich mich sträubte, darüber zu sprechen. Zu Unrecht, es ist doch nichts Beschämendes dabei. Damals verschloß ich mich dagegen, weil es mir schien, daß ich nichts Interessantes zu erzählen hätte und meine Kindheitserinnerungen für Dich nicht hörenswert wären. Ich habe mich geirrt. Später habe ich darüber nachgedacht und aus meinem Gedächtnis sind Bilder aufgetaucht, sehr präzise Bilder sogar.
Ich sah mich selbst als einen kleinen Knaben. Ich war damals

recht zart gebaut, hatte schmächtige Arme und eine schmale Brust. Ich erinnere mich, wie mein Kinderfräulein sich über mich beklagte und – um mich zu erschrecken – erzählte, daß ich bald so dürr wie Herr Stöckchen werden und ins Schlüsselloch hineinpassen würde. Seltsam, von ihr war das als Drohung gemeint, mir jedoch gefiel diese Vorstellung, und eine Zeitlang träumte ich von dem Sichdurchzwängen durch schmale Spalten und Öffnungen.

Trotzdem ich zart und schwächlich wirkte, war ich in Wirklichkeit ein heiterer, gesunder Junge voller Energie.

Wir wohnten damals am Altstädter Ring gegenüber dem barocken Portal des Schubert-Hauses, in einer Reihe alter, noch mittelalterlicher Gebäude, im sogenannten »Minuta«. Dieses direkt am Rathaus stehende Haus trennte den Altstädter Ring vom Kleinen Ring. Die Eltern arbeiteten den ganzen Tag im Geschäft, die Mutter sah ich häufig erst abends, kurz vor dem Einschlafen. Im Hause regierte die Köchin, Frau Anna, eine Person, die mit ihrer Körperfülle und Kraft Bewunderung weckte.

Um mich kümmerte sich das Kinderfräulein. Sie war eine gute Frau, manchmal mißbrauchte sie jedoch ihre Macht. Sie pflegte mir einen Spaziergang zu versprechen, zugleich aber Bedingungen zu stellen, und wenn ich diese nicht erfüllte, beraubte sie mich sofort der Hoffnung. Ich zwängte mich dann zitternd vor Aufregung und Unruhe hinter einen großen Schrank im Wohnzimmer. Heute noch erinnere ich, wie schnell damals mein kleines Herz schlug.

Meistens aber stimmte das Kinderfräulein dem Spaziergang zu, legte sich den Umhang um, setzte den Hut auf und langte nach den Handschuhen, die auf dem Ablagebrett lagen. In dem Moment spürte ich, wie mir ein Schauer über den Rücken lief. Die braunen abgenutzten Glacéhandschuhe meines Kinderfräuleins waren der zentrale Punkt, um den die ganze Geschichte des Spazierengehns, einfach alles, was dann geschehn sollte, kreiste.

Auf der Straße angekommen reichte ich dem Kinderfräulein

die Hand. Das leichte Pochen in ihrer Hand durch das Handschuhleder spürend, ging ich festen, gleichmäßigen Schrittes an ihrer Seite. Es war ein angenehmes Erlebnis, über den Kleinen Ring zu gehn, von dort liefen die Straßen in verschiedene Richtungen auseinander, und jede von ihnen war spannend, weil ich eben überall etwas Ungewöhnliches hätte erleben können. Ich ging aber weiter geradeaus durch die Straßen U Radnice und Maislova. Die Häuser schienen mir freundlich gesonnen zu sein, aus jedem duftete es nach etwas anderem: nach frischen Semmeln, Petroleum, kochender Hühnersuppe oder Tabak. Wenn die Düfte langsam ihre Kraft verloren und sich unmerklich zerstreuten, so bedeutete dies, daß wir uns dem Stadtpark näherten.

Immer wenn wir über die letzte Straße gingen, riß ich mich von dem Kinderfräulein los und lief voll freudiger Unruhe auf den alten Mann zu, der vor dem Eingang saß. Er war immer da, hatte einen langen weißen Bart und zwei Körbe voller Semmeln. In der Tasche hielt ich eine Münze bereit. Seit längerem drehte und wärmte ich sie bereits mit der Hand, als wollte ich sichergehn, daß ich sie immer noch hatte.

Für die Münze bekam ich eine Salzstange und zwei Brezeln, wartete dann auf das sich nähernde Kinderfräulein, reichte ihr die Semmeln, und wir passierten gemeinsam das weit geöffnete Tor. Im Innern des nicht allzu großen Parks befand sich ein mit einem Eisengeländer eingefaßter Teich. Enten planschten im Wasser. Am Teichrand liefen meist einige Kinder mit ihren Betreuerinnen, und ich schaute neidisch zu, wie sie ihre Semmeln zerkrümelten und den Enten zuwarfen. Mein Kinderfräulein nahm mich aber stets bei der Hand, und wir gingen ans Geländer. Ich berührte die mit Grünspan überzogenen Metallstäbe und spürte, wie mich ein Gefühl der Behaglichkeit und vollkommenen Geborgenheit erfüllte. Der Handschuh meines Kinderfräuleins war weich und anschmiegsam, das Geländer kühl und erfrischend.

Endlich kamen die vom frischen Futter angelockten Enten auf uns zugeschwommen. Ich ließ die Hand des Kinderfräuleins los, nahm die Salzstange, brach sie in kleine Stücke und warf diese den Enten zu. Sie schnappten die Krümel mit ihren Schnäbeln, tauchten sie ins Wasser und erst so befeuchtet schluckten sie sie. Ich wußte bereits, wie das Glück aussieht.

Einige Zeit später verließ uns das Kinderfräulein, ihren Platz nahm eine zänkische tschechische Gouvernante ein, ich wurde zu groß, um im Stadtpark Enten zu füttern, es blieben nur die braunen Glacéhandschuhe auf der Ablage, vergessen von allen außer mir.

Zu dieser Zeit beteiligte ich mich an den Raufereien im Ziegenwinkel, wohin die Jungen nach der Schule immer liefen. Von diesen Streifzügen kehrte ich immer schmutzig heim, oft mit abgerissenen Knöpfen und zerschundenen Knien. Die Köchin ärgerte sich über mich, und einige Male nannte sie mich Ravachol. Ich fragte sie, wer das denn wäre, sie aber zeigte nur auf mich und wollte nichts mehr sagen.

Bald bedrückte mich dieses schreckliche Geheimnis so sehr, daß ich eines Abends die Mutter fragte, wer Ravachol sei. Der Vater antwortete zuerst: »Das ist ein Verbrecher, ein Mörder.« Ich verstummte, Mutter schaute mich aufmerksam an.

Von nun an war ich ein Verbrecher, und die Tatsache, daß die Köchin als erste die unbestreitbare Bosheit in mir erkannt hatte, versetzte mich in anhaltendes Staunen und erfüllte mich zugleich mit Bewunderung für ihren Scharfblick.

Viele Wochen waren seitdem vergangen, das Schuldgefühl hatte sich bereits fest in mir eingenistet. Ich lief nicht mehr mit den Jungen zum Ziegenwinkel, wurde immer stiller und ruhiger. Man lobte mich jetzt für meinen Gehorsam und mein gutes Benehmen, ich aber wurde immer überzeugter, schuldig zu sein. Viel schuldiger als zuvor, da ich jetzt meine Bosheit tief in mir vergrub und als einziger ihr bestürzendes Ausmaß kannte.

Einmal, spät am Abend, quengelte ich besonders lange, hing stur an Mutters Rock und bettelte, mich nicht allein zu lassen. Ich spielte eine aufkommende Krankheit vor, und so gelang es mir, sie länger in meinem Zimmer zu halten. Schließlich ging sie hinaus, ich aber konnte immer noch nicht einschlafen und wälzte mich unruhig im Bett hin und her. Dann stand ich auf und ging durch das Wohnzimmer bis zur Tür des elterlichen Zimmers. Trotzdem man mich gebeten hatte, dort nie ohne Erlaubnis einzutreten, öffnete ich diesmal, ich weiß nicht weshalb, die Tür ein wenig und steckte ganz leise meinen Kopf hinein.

Das Ehebett meiner Eltern war aufgedeckt, zwei Nachthemden lagen darauf, am Kopfende türmten sich die Kissen. Ich sah, wie der Vater seine Hand auf Mutters Brust legte, ihre Bluse aufknöpfte und den Kopf neigte, als wollte er trinken, einem durstigen Tier gleich. Mutter taumelte, verlor das Gleichgewicht und fiel aufs Bett.

Ich wollte ihr schon zur Hilfe eilen, ihr gurrendes leises Lachen hielt mich aber zurück. Meine Mutter lachte fallend. Ich zog mich leise zurück, blieb für die Eltern unbemerkt, lief rasch auf mein Zimmer und sprang ins Bett wie in ein Rettungsboot.

Am nächsten Morgen wachte ich mit Fieber auf, einige Male erinnerte ich mich noch an die Szene im Zimmer der Eltern, dann dachte ich nicht mehr an sie, aber das Bild ließ mir keine Ruhe. Ist es etwa merkwürdig, daß ein zwölfjähriger Junge so wenig über die Welt der Erwachsenen weiß? Nun begann ich aber mich an gewisse Worte, an Ereignissplitter, unklare Anspielungen und geheimnisvolle Frauenstimmen in der Küche zu erinnern.

Alles regte mein Denken an. Sätze wie: »Ach, du Vögelchen, du bist gar nicht mehr so klein« oder »ein hübsches Bürschchen bist du, die Mädchen werden ihre Freude an dir haben«, das Geflüster in der Ecke des Kanapees, wo Mutter mit ihrer Freundin saß und sie gleich die Stimmen senkten, sobald ich mich ihnen näherte. Die Katze, die sich an meinen Beinen rieb, das Dienstmädchen, das – schwerfällig kniend – mit den graubraunen Rockfalten zwischen den dicken Schenkeln den Ofen anheizte, oder Bilder, die sich die Jungen versteckt hinter der Wand der Kohlkammer zeigten. All das drang nun mit großer Kraft in mich ein.

Einige Tage später wachte ich am Morgen schweißgebadet auf. Ich blieb im Bett liegen, das Fieber stieg Stunde um Stunde, so daß am Abend sogar der Vater sich in der Tür meines Zimmers zeigte, bekümmert, mich anlächelnd, scheinbar kleiner als üblich, mit ratlos am Körper hängenden Armen.

Ich weiß nicht, was dann geschah. Ich fiel in einen Abgrund voller Wahnbilder, die erst, als das Fieber nachließ, deutlicher wurden, so daß ich sie erkennen und sogar in Erinnerung behalten konnte. Endlich ging das Fieber vorüber, die Krankheit, die man Angina nannte, gab nach, und ich wurde wieder gesund. Innerlich jedoch blieb ich krank. Ich war unrein.

Als ich dreizehn, eigentlich schon fast vierzehn war, kam eine neue Gouvernante zu uns, eine Französin, deren Aufgabe es war, mir Französisch beizubringen. Sie muß recht jung gewesen sein, ich glaube, nicht älter als zwanzig.

Anfangs war ich ihr nicht wohlgesonnen, weil sie zu laut lachte und fröhlich war, ich dagegen fühlte mich in meinem Alter bereits zu erwachsen und zu tragisch, als daß ich solche Sorglosigkeit ruhig hätte ertragen können. Allmählich begann ich aber, den Unterricht mit Babette zu mögen, und fand mich mit ihrer Anwesenheit zuhause ab. Mit Freude lauschte ich dem rhythmischen Klacken ihrer Absätze, wenn sie, aus der Stadt kommend, den Flur rasch durchschritt.

Zu der Zeit fieberte ich wieder. Heiße Stirn, glänzende Augen, und schließlich auch kalter Schweiß, der den Rücken hinunterströmte. Die Krankheit ohne erkennbare Ursache ließ schließlich nach, und ich begann, merkwürdige Träume zu haben, die mich mit Angst erfüllten.

In einem dieser Träume schnitt ich mir den Zeigefinger ab und vergrub ihn in einer Mulde in der Erde. In einem andern quetschte ich mich durch einen engen Kanal und blieb unterwegs stecken, konnte mich weder vorwärts noch rückwärts bewegen. Manchmal wurde ich von Bestien verfolgt, ich floh vor ihnen und fiel in ein tiefes Loch, aus dem ich nicht wieder herauskommen konnte.

In einem meiner Träume gelangte ich auf einer Wanderung zu

einem wunderschönen Garten. Langsam schritt ich unter den Bäumen, die sich über mich beugten. Es herrschte eine Stille, wie im Paradies nach der Vertreibung der Menschen. In der Ferne spazierten wilde Tiere, kamen mir aber nicht näher. Bald stand ich vor einem Holzhaus, dessen schräges Dach und zahlreiche Anbauten in den Bäumen und ineinander verflochtenen Kletterpflanzen verschwanden. Am Hause gab es Apfel- und Pflaumenbäume, ihre Äste bogen sich förmlich unter der Last der Früchte. Im Gras lagen Körbe, als hätte sie jemand in Eile liegenlassen, daneben erblickte ich einen hölzernen Gartentisch. Auf dem Tisch lagen Äpfel, so schön, daß ich stehnblieb und sie gierig anschaute.

Plötzlich kam ein Mann aus dem Haus und ging auf mich zu. Er wirkte riesig, stark und mächtig, weckte aber keine Angst. Ohne ein Wort zu sagen, nahm er einen Apfel vom Tisch und reichte ihn mir mit ausgestreckter Hand, mit der Geste eines Gastgebers, der seinem Gast etwas anbietet.

Ich zögerte einen Augenblick. Als ich schließlich den Apfel ergriff, tat ich es deshalb nicht sicher, er fiel mir aus der Hand und rollte über das Gras.

Ich drehte mich um und vergaß sogleich den riesigen Mann, so sehr konzentrierte ich mich auf den goldroten Apfel. Er rollte, als wäre die Welt hier eine schiefe Ebene. Je rascher ich lief, um so rascher rollte der Apfel. Ich gab mich aber nicht geschlagen, schon deshalb nicht, weil ich das Gefühl hatte, ihn beinahe mit den Fingerspitzen zu berühren.

Kurz vor einem Abgrund blieb ich stehn. Der Apfel lag einladend und unschuldig im feuchten Gras. Tautröpfchen glänzten auf seiner prallen Haut. Kleine summende Insekten umschwirrten ihn, und eben dieses Summen war das erste Geräusch, das ich vernahm, als hätte ich plötzlich meinen Gehörsinn wiedergewonnen. Ich kam näher und blickte hinunter. Der Abhang war steil, Sand und kleine Steine rieselten raschelnd hinunter. Der Abgrund schien bodenlos zu sein. Ich erwachte.

Es war eine der wenigen Visionen, an die ich mich erinnern

kann. Meistens begann ich die Traumbilder bereits an der Grenze zwischen Schlaf und Wachsein zu vergessen, und es geschah dies so rasch, als zöge jemand an einer am Boden liegenden Schnur, die unerbittlich im Spalt unter der Tür verschwindet.

Zu dieser Zeit fiel mir auf, ohne daß ich mir dessen jedoch wirklich bewußt wurde, daß, wenn ich krank war, Babette mich öfter als gewöhnlich in meinem Zimmer besuchte. Die Köchin und die Aufwartefrau überließen ihr gerne das Vorrecht, mich zu bedienen, und Babette brachte mir Kräuter, Cacao oder kühle Umschläge für den Kopf. Sie brachte auch Bücher, deutsche und französische. Ich hörte gerne zu, wenn sie mit ihrer melodischen, schön modulierten Stimme vorlas und dabei die schwierigeren Textstellen erklärte. Die Themen, von denen die Bücher handelten, interessierten mich, und ich machte rasch Fortschritte im Französischen.

Eines Tages kam Babette zu mir mit einem dicken Buch unter dem Arm. Nur das Dienstmädchen war zuhause, die Köchin war mit meinen kleinen Schwestern in den Park gegangen. Das Fieber, das mich die letzten zwei Tage geplagt hatte, begann gerade zu sinken, ich wurde lebhafter, meine Aufmerksamkeit schärfer, wie immer, wenn eine Krankheit wich.

Babette setzte sich auf den Bettrand, zunächst ganz sittsam, bald schob sie sich aber weiter aufs Bett, legte das geöffnete Buch auf meine Knie und beugte sich zu mir, um es gemeinsam mit mir betrachten zu können. Es war ein Buch mit Photographien und Zeichnungen. Zuerst schauten wir uns mythologische Szenen an, in denen die Gestalten nackt waren. Es brachte mich ein wenig in Verlegenheit, aber schließlich hatte ich bereits mehrmals Statuen nackter Götter und Göttinnen mit durchaus anschaulichem, jedoch natürlich geformtem Geschlecht gesehn. Nun betrachtete ich die Bilder und hörte Babettes französischen Erklärungen zu, aber gleichzeitig blickte ich sie auch verstohlen an.

An diesem Tage besuchte sie mich in einer weißen Bluse mit hohem Kragen. Es war ihre Ausgehbluse voller Paspeln,

Rüschen und kleiner Falten. Der Kragen bedeckte scheinbar ihren Hals, in Wirklichkeit entblößte er ihn aber stärker, als wenn sie ein Dekolleté und nackte Schultern gehabt hätte. Sie war dunkelhaarig, ihr Teint schimmerte golden, das Weiß ihrer Bluse unterstrich die sanften Schatten hinter ihren Ohren, den dunklen Flaum und den hellen Hals.

Es wird Dir vielleicht merkwürdig vorkommen, daß ich im Alter von nicht einmal vierzehn Jahren den Farbton ihres Teints wahrnahm, vergiß aber nicht, daß mein krankhaftes Bedürfnis nach Details mich bereits seit früher Kindheit plagt. Immer habe ich erschreckend deutlich sowohl das Schöne wie auch das Widerliche gesehn. An diesem Tage saugte ich alles mit schmerzhafter Aufmerksamkeit auf, und obgleich ich später vergessen wollte, was geschehen war, gelang es mir nicht. Nichts habe ich vergessen.

Babette blätterte langsam die Buchseiten um, und die Bilder wurden immer wunderlicher. Es gab da chinesische Miniaturbilder von obszönem Charakter, Anleitungen zu derart raffinierten Stellungen, daß ich, ehrlich gesagt, nicht so recht wußte, worum genau es sich dabei handelte. Die Botschaft dieser Bilder erreichte mich jedoch wider Willens, und ich bekam rasch eine starke Erektion.

Babette rutschte noch näher an mich heran, eigentlich lag sie schon so gut wie neben mir, und plötzlich spürte ich ihre Hand auf meinem Glied. Babettes Hand ruhte einen längeren Augenblick reglos, getrennt von meinem Körper nur durch dünnen Stoff. Wir sagten nichts, das Buch betrachteten wir auch nicht mehr. Erst das Zuschlagen der Wohnungstür riß uns aus dieser merkwürdigen Starre. Die Köchin kam zurück. Babette riß das Buch an sich und lief so rasch aus meinem Zimmer, daß der Schwung ihrer Röcke die lose auf einem niedrigen Schränkchen liegenden Papiere hinunterflattern ließ.

Du wirst Dich gewiß nicht wundern, wenn ich sage, daß ich knapp eine Woche später erneut krank wurde. Und die Szene mit Babette wiederholte sich. Sie, dicht bei mir sitzend, schob ihre Hand unter die Decke, diesmal aber fischte sie mein Glied aus den Stoffalten heraus und berührte mich mit der bloßen Hand.

Ich lag reglos, erregt durch die eigene Begierde, vollständig mit mir selbst beschäftigt und gar nicht bemüht, dem Mädchen näherzukommen. Das schien sie überhaupt nicht zu kümmern. Sie legte den Kopf in den Nacken, ihr schwer atmendes Gesicht entfernte und näherte sich abwechselnd. An ihrem Hals pulsierte ein Äderchen, und ich fragte mich kurz, was geschehn würde, wenn ich es mit meinen Händen drückte.

Babette lachte leise, es klang wie die Stimme einer lockenden Lachtaube, öffnete dabei leicht den Mund, und ich sah ihre gesunden starken Zähne, die zweifellos ein Stück rohes Fleisch hätten zerfetzen können. Ich spürte ihre nackte Hand auf mir, und die Erkenntnis, daß es zwischen meiner und ihrer Nacktheit kein Hindernis gab, traf mich plötzlich wie ein Blitz. Einen Augenblick später hielt Babette in ihrer Hand nur noch eine traurige Erinnerung an meine vergangene Stärke.

Als die Gouvernante am nächsten Tag mein Zimmer mit einer neuen Portion Medikamente, die ohnehin nicht wirkten, betrat, lagen die braunen Glacéhandschuhe meines Kinderfräuleins auf dem Nachttisch. Am Morgen hatte ich sie, unter dem Pyjama versteckt, zu mir geholt.

Babette setzte sich wie üblich dicht neben mich. Im Zimmer war es warm, da wegen meiner Krankheit auch tagsüber geheizt wurde. Das Feuer flackerte in der leicht geöffneten Ofentür. Das Dienstmädchen hatte erst vor kurzem geheizt und machte sich nun am andern Ende der Wohnung zu schaffen, so daß man von ihrem geschäftigen Treiben nichts hörte. Babette holte aus einer großen, in den Rockfalten verborgenen Tasche ein Buch mit chinesischen Miniaturbildern, wir schlugen es aber nicht einmal auf. Ich heftete meinen Blick auf die weichen, abgenutzten Glacéhandschuhe und spürte dabei den gleichen unbeschreiblichen Geschmack der Erwartung wie damals, in meiner Kindheit.

Sie muß viel Intuition gehabt haben. Obgleich ich kein einziges Wort sagte, nahm sie einen Handschuh vom Tisch und zog ihn an. Ich legte den Kopf zurück, schloß die Augen und gab mich rückhaltlos hin. Dabei schaute ich Babette nicht an, um ihren offenen Mund, ihre Zähne und die langsam auf ihrem Hals und Dekolleté hervorkriechenden roten Flecken nicht zu sehn.

Die Tatsache, daß es zwischen uns etwas gab, weich wie Maulwurfspelz, brachte mich Babette auf eine merkwürdige Weise näher. Ich brauchte sie nicht zu fürchten, sie war nur eine Hand in einem glatten Handschuh, die wie ein kleines lebendiges Tierchen pulsierte.

Der Handschuh meines Kinderfräuleins wurde damals völlig zerstört. Es gelang mir nicht, ihn zu reinigen, und aus Angst vor Verdächtigungen warf ich diese letzte Spur meiner vergangenen Kindheit fort.

Babette besuchte mich nie wieder. Der Grund dafür ist mir unbekannt geblieben. Hat jemand doch etwas geahnt? Kurze Zeit später hatte ich eine neue Gouvernante, eine große fettleibige Dame mit Oberlippenbart, die ich nicht leiden konnte.

Du fragst Dich wahrscheinlich, ob ich über das, was geschehn war, nachdachte, ob ich mich vor der Sünde und der Macht der Erwachsenen fürchtete? Damals schien mir das, was ich mit Babette machte, nicht ärger, als wenn man selbst Hand an sich legte. Du weißt doch, wie man damals gegen die Onanie vorging, wie man uns davor warnte.

Erwachsene Männer – der Vater, der Lehrer, sogar die Onkel und Hausfreunde –, sie alle beanspruchten das Recht, uns zu verbieten, was sie selbst in reifer Form betrieben, indem sie nach Lust und Laune ihre Frauen begatteten.

Der Vater sprach mit der ihm eigenen Verachtung über meine Schulkameraden: »Sie schwitzen, haben Pickel und spielen häßliche Spielchen unter der Decke.« Er schaute mich dabei an und zögerte nicht zu sagen, was er täte, sollte ich wie meine Gleichaltrigen sein.

Nachdem Babette gegangen war, hatte ich Träume, in denen

ich mit monotoner Regelmäßigkeit eigene Körperteile sah. Im Traum beobachtete ich die Arbeit der inneren Organe, spürte ihre Eigenständigkeit. Es gab zwischen ihnen keine Verbindung, kein harmonisches Ganzes, alles war fremd.
Bei Tageslicht untersuchte ich meinen Körper, der sich zu der Zeit übermäßig streckte, dünn und unproportioniert wurde. Ich spürte den Herzschlag und hatte das Gefühl, das Herz bliebe immer wieder stehn, als wollte es nie mehr schlagen. Der Bauch bildete eine Welt für sich, unbegreiflich, mit eigenen, von meinem Willen unabhängigen Regeln. Die Füße wirkten so weit entfernt von Kopf und Herz, welches das Blut pumpte, daß ich Angst hatte, sie würden eines Tages aus Mangel an lebensnotwendiger Nahrung absterben. Die Geschlechtsorgane lebten ihr eigenes Leben und wollten mir nicht gehorchen, obgleich ich ihnen Ruhe befahl. Und all dies hatte nichts mit meinem Gehirn zu tun, das, wenn auch träge, mir doch hie und da geistige Befriedigung brachte, die mir Magen, Leber, Lungen oder Penis nie hätten bringen können.
Mein lieber Hugo, jetzt reicht's. Zunächst wollte ich gar nichts erzählen, nun habe ich Dich förmlich mit Bildern überschüttet, deren Erinnerung ich, ehrlich gesagt, lieber entsagen würde. Ich erinnere mich aber an alle und werde es immerfort tun.

Dein F.

Franz an Max

Prag, April 1912

Lieber Max,
gestern verspürte ich ein so dringendes Bedürfnis nach jemandem, der mich wenigstens freundlich berühren würde, daß ich mit einer Dirne im Hotel war. Sie meinte, sie sei zu alt, um noch melancholisch zu sein, es schmerze sie nur, auch wenn es sie nicht wundere, daß man zu Dirnen nicht so zärtlich sei wie zu Geliebten. Ich tröstete sie nicht, weil auch sie mich nicht getröstet hatte.

Meine Wahl traf ich bewußt. Ich habe diese Frau bereits mehrmals am Graben gesehn. Sie wirkt wie jede andere, etwas müde und ungepflegt, eine, an der man auf der Straße gleichgültig vorübergeht. Kein Mensch findet etwas Reizendes an ihr, nur ich. Ich weiß, wer sie ist, sie hingegen hat mich wohl nicht einmal bemerkt.
Es war ein leichtes, sie wiederzufinden, da ich ihren Namen kannte. Ich bat nur, sie möge sich mit mir im Hotel treffen. An diesem furchtbaren Ort, wo Frauen und Männer ihre menschlichen Gesichter verlieren, wäre ich nicht einmal imstande, sie anzusehn.
Als ich auf sie wartete, hatte ich das Gefühl, dem Hotelzimmer zu entfliehn und so lange rennen zu müssen, bis ich an den Rand eines Abgrunds gelänge, aber selbst das hätte mich nicht aufhalten können, fort von hier, nur fort von hier!
Trotzdem saß ich immer noch da, reglos wie ein Stock, den man vergessen hat, und wartete auf etwas, obgleich ich wußte, daß es mir nur noch tiefere Trauer und Demütigung bringen würde.
Endlich kam sie. Ihr dunkler Mantel und der Hut mit Schleier ließen sie wie eine Ehebrecherin aussehn, die zum Stelldichein mit ihrem Geliebten erscheint. In gewisser Weise war ich ihr dafür dankbar. Zitternd erwartete ich irgendeine derbe Bemerkung, zum Glück kam aber nichts dergleichen. Sie war sachlich, aber nicht kühl, und die fürchterliche Anspannung, unter der ich die letzten Minuten gestanden hatte, löste sich.
Aus der Nähe betrachtet, wirkte sie stattlicher und kräftiger als auf der Straße, wo ich sie von Ferne heimlich beobachtet hatte. Ein großes helles Gesicht mit hohen Wangenknochen, flach wie ein Teller gleich nach dem Ablecken, die Lippen etwas geschwollen – was bei mir sofort einen unguten Verdacht weckte – und ein spitzes Kinn.
Sie stand vor mir, in der Hüfte leicht eingeknickt. Ich weiß nicht, ob es am Fensterlicht lag, daß sie irgendwie unförmig wirkte. Als sie sich jedoch dem Stuhl näherte, verschwand dieser Eindruck, und ich mußte zugeben, daß sie recht gut gebaut war.

Ich schwieg, bis sie mich schließlich etwas erstaunt ansah und fragte, ob ich bestimmte Wünsche hätte. Da ich keinen Ton von mir geben konnte, schüttelte ich nur den Kopf.
Sie begann sich zu entkleiden, und zwar so langsam, daß ich mich wieder etwas sammeln konnte. Noch in Unterkleid und Mieder verschwand sie hinter einem Paravent, unterdessen mußte ich mich an der Tischkante festhalten, um nicht zu der erlösenden Tür zu stürzen.
Endlich kam sie hinter dem Paravent hervor, streifte Unterkleid und Mieder ab und blieb in Schlüpfer und Strümpfen stehn. Sie sagte, sie hätte mich einmal auf der Straße gesehn, als ich sie beobachtete, und war mir dankbar, daß ich damals nicht auf sie zugekommen war. Schließlich legte sie ihren halbnackten Körper vor mir aufs Bett wie ein *corpus delicti*. Ich schaute auf ihren leicht geöffneten Mund, der einer Höhlenöffnung glich, in der sich soeben eine Maus verbarg.
Ich werde Dir nicht erzählen, was dann geschah. Tatsache ist, daß ich diese Frau nicht befriedigt habe. Ich war kalt wie die sibirischen Weiten, tot wie ein Stein; ärger noch, ein Stein kann ja die Wärme der Sonnenstrahlen in sich aufnehmen, ich bin nicht einmal dessen fähig.
Ich schloß die Augen, um ihr Gesicht nicht zu sehn. Die ganze Zeit sah ich dafür mich selbst auf einem Müllhaufen liegen, faulende Abfälle fielen auf meinen Kopf. Mit stumpfer Präzision registrierte ich die mich umgebenden Details: das Loch im Kissenbezug, die weißen Daunenknäuelchen, den Fleck an der Wand, dessen Umrisse mich an die Insel der Verurteilten erinnerten, den Nachttopf, nicht diskret genug unter das Bett geschoben, den Geldbeutel auf dem Tisch, der unzweideutig zu verstehn gab, daß man für Schande zahlen muß. Und doch, als all das vorbei war und sie mit dem Rücken zu mir ihre Stiefelchen schnürte, hat mich die Unschuld dieser kindlichen Geste zutiefst berührt.

Ružena an Max

Prag, Mai 1912

Sehr verehrter Herr Doktor,
durch einen außergewöhnlichen Umstand sehe ich mich gezwungen, Ihnen zu schreiben. Andernfalls würde ich es nie wagen, den sehr verehrten Herrn zu stören. Zufällig bin ich in den Besitz Ihrer Visitenkarte mit der Adresse des Bureaus gekommen, und daher schreibe ich, denn ich hoffe, Sie können mir helfen, eine Angelegenheit zu erledigen, die keinen Aufschub duldet. Ich werde mich klarer ausdrücken, der verehrte Herr ergeht sich wohl schon in Vermutungen, worum es sich handeln mag.
Neulich war ein Herr bei mir zu Besuch, ein wohlhabender und wichtiger Beamter, ein Doktor, der aus Versehen wichtige Notizen bei mir liegengelassen hat. Ich dachte mir, daß der Herr bald wiederkommen würde, wie er es mir versprochen hatte, aber die Zeit vergeht, und er läßt sich nicht blicken. Ich kenne weder den Namen noch die Adresse des Herrn Doktor, aber unter seinen Notizen habe ich eben Ihre Visitenkarte gefunden.
Ich erbitte deswegen eine Ihrem Wunsch entsprechende Kontaktaufnahme, damit ich zurückgeben kann, was mir nicht gehört. Ich möchte nur noch hinzufügen, daß der besagte Herr sehr groß ist, schlank, jüdischen Glaubens und gar ungewöhnlich zart.
Ich verlasse mich darauf, daß der verehrte Herr ihn kennt und mir in dieser heiklen Angelegenheit behilflich sein wird.
Sie ahnen wahrscheinlich schon, wer ich bin. Ich muß aber dazu sagen, daß ich aus einer ehrbaren Handwerkerfamilie stamme und mein Vater ein redlicher Mensch ist. Ich habe die Volksschule abgeschlossen, und nur äußerst unglückliche Umstände haben mich in meine heutige mißliche Lage gebracht. Wäre ich nicht gezwungen, dem besagten Herrn seine Notizen zurückzugeben, hätte ich es nie gewagt, Sie mit meiner Wenigkeit zu derangieren. Ich entschuldige mich vielmals und verbleibe zu Ihren Diensten.

Max an Franz

Prag, Mai 1912

Lieber Franz,
nun kurz zu Deinen Notizen. Ich habe sie bereits abgeholt. Sie sind sicher bei mir, Du brauchst Dir keine Sorgen zu machen. Diese Person übergab sie mir am Montagmittag. Du mußt nicht fürchten, daß sie in Deinen Papieren gelesen hat. Sie hätte es nicht einmal gewagt, sie anzurühren. Ihre Haltung Dir gegenüber ist nämlich fast andächtig zu nennen. Mit Begeisterung spricht sie von Dir und erwartet eindeutig ein weiteres Treffen.
Ich bin jedoch der Meinung, es wäre besser, Du könntest bei Personen dieser Art etwas vorsichtiger sein. Eine andere hätte an ihrer Stelle Deine Zerstreutheit ausgenutzt. Es sind dies keine subtilen Frauen, sie scheint sich freilich von ihren Kolleginnen zu unterscheiden. Also, wie gesagt, Deine Notizen sind bei mir, ich bringe sie Dir baldmöglichst vorbei, damit Du Dich nicht weiter darum zu kümmern hast.

Dein Max

Max an Hugo

Prag, Mai 1912

Liebes Doktorlein,
ich weiß, daß Franz Dir von seinen Sorgen mit einer gewissen Frau geschrieben hat, Sorgen der Franz eigenen Art. Nun, es ist nichts passiert, was man nicht wieder ins Lot bringen könnte. Nur ein kleines Mißgeschick. Franz hat sich wohl dreimal mit dieser Frau getroffen. Ziemlich aufgeregt erzählte er mir davon, weil er beim dritten Mal so zerstreut war, daß er seine Notizen im Hotelzimmer vergaß. Die Ursache dafür war wahrscheinlich die Eile, mit welcher er den Ort verließ, den er den »Warteraum des Gewissens« nennt.
Stell Dir vor, ich habe von dieser Person ein Billett erhalten, in dem sie erklärte, wie sie in den Besitz meiner Adresse gekommen war und um ein Treffen bat. Ich schwankte, ob ich

einwilligen sollte, schließlich sah ich ein, daß es besser wäre, die Angelegenheit rasch zu erledigen, und freute mich sogar, meinem Freund unnötige Sorgen zu ersparen.

Ich habe mich mit ihr in der Poříč verabredet, in einer Bar, wo meine Bekannten nicht verkehren und die Damen, die ich kenne, bestimmt nicht hingehn. Ich war mir sicher, sie leicht zu erkennen – an ihrer Kleidung, an ihrem Gesichtsausdruck, was weiß ich, woran noch. Das Leben bereitet uns aber immer wieder Überraschungen und lehrt uns, Menschen nicht geringschätzig zu behandeln, nur weil sie nicht so leben wie wir selbst.

Ich kam vor der verabredeten Zeit und setzte mich an die Wand gegenüber der Tür. Es war Mittagszeit, es konnte also niemanden verwundern, daß ich hier saß und auf eine Bekannte wartete. Keine der hereinkommenden Frauen konnte jedoch diejenige sein, auf die ich wartete.

Die Zeit verging, ich wurde langsam ungeduldig. Im Innern des Saals sah ich zwar eine junge Frau, die, wie ich, kein Mittag bestellte und die nach einer Weile verstohlen in meine Richtung blickte, ich reagierte aber nicht. Sie wirkte zu bescheiden und unscheinbar, als daß ich sie für ein leichtes Mädchen hätte halten können. Als ich aber ein in schwarzes Leder gebundenes Notizbuch in ihren Händen erblickte, begriff ich, daß sie es war.

Ich ging auf ihren Tisch zu, immer noch unsicher, jederzeit bereit, die junge Dame um Entschuldigung für den Überfall zu bitten. Sie trug eine dunkelbraune Jacke, eine weiße Bluse mit Brustkrause, ihr Haar war unter einem kleinen dunklen Hut verborgen. Ihr helles hübsches Gesicht war völlig ungeschminkt. Sie sah mich an, und in ihren Augen zeigte sich die Spur eines verlegenen Lächelns.

Bevor es mir gelang, mich vorzustellen, nannte sie schon ihren Namen.

»Ach, Sie sind es!« platzte es aus mir heraus, und sogleich verstummte ich wieder. Es war mir ziemlich peinlich, und ich wußte nicht, wie ich mich diesem Mädchen gegenüber verhalten sollte, das so jung, hübsch und unschuldig war, als wäre ihr ganzes bisheriges Leben nur eine Vorbereitung auf das Erwachsensein. Ich setzte mich, obgleich ich mir vorher geschworen hatte, nur das verlorengegangene Notizbuch entgegenzunehmen und dann sofort zu gehn.

»Es tut mir sehr leid, daß es so gekommen ist, und ich bitte Sie vielmals, meine Kühnheit zu entschuldigen«, sagte sie, während ich auf ihre vollen Lippen, ihre Stupsnase und auf den über ihrem Kragen entblößten glatten weißen Hals schaute.

Sie legte das Notizbuch zwischen uns auf den Tisch. Ich hätte die Hand ausstrecken, es an mich nehmen und gehn können, ich aber klebte an meinem Stuhl fest, schweigend und reglos. Sie blickte mich scheu an, immer noch voller Schuldgefühl, und doch bemerkte ich in der Art, wie sie ihren Kopf hob, einen unbewußten oder vielleicht verborgenen Stolz.

»Möchten Sie vielleicht etwas essen? Es ist doch Mittagszeit«, sagte ich für mich selbst unerwartet.

Ich bemerkte ein leichtes Staunen, das sie ihre Augenbrauen hochziehn ließ. Sie verneinte jedoch entschieden. »Ich möchte Ihnen keine Unannehmlichkeiten bereiten. Ich werde gleich gehn. Mein Kunde ... das heißt, der Herr, mit dem ich beisammen war, hätte denken können, daß ich absichtlich etwas behalten habe, was ihm gehört. Es stimmt aber wirklich nicht, ich habe noch nie etwas an mich genommen ... Und ein solcher Herr, ein solcher Herr hätte glauben können ...«, stockte sie.

»Aber der Herr hat so etwas doch gar nicht gedacht«, unterbrach ich sie. »Und er verübelt Ihnen nichts. Er möchte nur seine Papiere zurückerhalten«, sagte ich und legte dabei meine Hand auf das Notizbuch.

Sie zog ihre Hand zurück, als hätte sie Angst vor jeglicher Berührung mit mir.

Eine merkwürdige Frau, dachte ich, wohl nicht sehr erfahren in ihrem Fach. Ehrlich gesagt, tat mir dieser Gedanke einen Augenblick weh. Von dieser Art Frauen erwarten wir doch eben Routine, Skrupellosigkeit und das Wissen, was es bedeutet, das zu sein, was sie sind. Gleich schalt ich mich aber innerlich für solche Gedanken. Über die Tatsache, daß die mir gegenübersitzende Person weder arglistig noch vulgär war, sollte ich mich eigentlich freuen.

Ich spürte, daß unser Treffen sich hinauszog und daß es ihr lieber gewesen wäre zu gehn, und doch fragte ich sie noch, ob sie Hilfe benötigte und ob sie Geld als Belohnung für die Rückgabe des Notizbuches annähme. Sie schaute mich an, daß ich sofort hätte verstummen müssen. Und doch ritt ich mich immer weiter in die Sache hinein. Natürlich wollte sie kein Geld annehmen. Sie war schon beinahe dabei, sich vom Tisch zu erheben, aber meine Hartnäckigkeit brachte sie in Verlegenheit. Sie traute sich nicht, mir ihren Willen zu zeigen, und ich nutzte die Situation und meine Überlegenheit aus. Plötzlich sagte ich:

»Ich möchte mich aber doch bei Ihnen bedanken. Darf ich Sie besuchen?« Ich wußte, daß ich mit dieser Frage endgültig das Spiel unterbrach, das sie womöglich spielen wollte, und damit die Illusion zerstörte, sie wenigstens eine Weile lang wie eine ehrbare Frau behandeln zu können.

»Notieren Sie bitte«, sagte sie irgendwie streng und entschieden. »Sie finden mich...« und gab mir die Adresse des Bordells.

Es war gräßlich, aber gleichzeitig war ich zufrieden, daß ich mit dieser Frau so umgegangen war. »Ich werde sicher kommen«, sagte ich, sie war aber bereits aufgestanden und entfernte sich, ohne mich anzuschauen.

Ich weiß noch nicht, ob ich zu ihr gehn werde. Eine merkwürdige Kraft treibt mich allerdings zu dieser Frau. Mein Doktorlein, Du weißt wahrscheinlich besser als ich, was das ist. Schließlich ist das Erforschen der dunklen Seite der menschlichen Natur Dein Fach.

Ich drücke Deine Hand.

Franz an Hugo

Prag, Juni 1912

Mein lieber Hugo,

Du fragst mich nach Ružena, da Du – wie ich Deinem Brief entnehme – richtig neugierig geworden bist auf diese januskopfige Person, von der ich meine, sie sei weder jung noch hübsch, Max dagegen sie als ein wunderschönes, reizvolles Mädchen beschreibt. Ich weiß, er trifft sich mit ihr, sie ist seine dunkle Faszination geworden.

In meiner Demütigung beginne ich auch, so etwas wie Nähe zu dieser Person zu empfinden. Es wundert Dich wohl, Du weißt ja, daß ich nicht fähig bin, Nähe zu empfinden, aber was ich meine, ist etwas anderes. Dank dieser Frau wird mir mit großer Klarheit meine Unreinheit bewußt.

Sie bewundert mich. Diese stumme Bewunderung nährt sich von der Vorstellung meiner Erhabenheit und Würde, und nur ich alleine weiß, wie falsch ihr Bild von mir ist. Ich bin ein Rattenloch für heimliche Gedanken; glaub mir, wir kommen vor Schmutz triefend auf die Welt. Schmutz ist der unterste Boden, an den wir gelangen, und dieser unterste Boden enthält nicht Lava, sondern Schmutz. Er ist das Unterste und das Oberste zugleich. Zwinge mich nicht, das zu erklären, es genügt, daß ich es mit jedem einzelnen Nerv spüre, mit jedem Muskel meines Korpers.

Ružena und ich, wir stehn uns nah im Untergang, ich habe allerdings tiefer hinabgeblickt als sie. In meinem Unglück lasse ich mich dazu hinreißen, mit einer Dirne über die Sünde zu reden. Ihr hilft es vielleicht sogar, mich treibt es immer tiefer hinab. Gut so – sage ich mir –, so soll es sein. Dank dessen werde ich mich vom Boden abstoßen und ohne Illusionen, somit stark, meinen humpelnden Kreis weiterziehn.

Wenn ich mit ihr beisammen bin, leide ich unter Visionen, in denen ich mich selbst foltere. Ich überlege, ob die Stelle am Hals, dicht über dem Schlüsselbein, gut genug sein wird für einen Stoß, ob die Wunde sich leicht öffnet oder ob das Blut langsam sickern wird, bis zum Schluß. Zuweilen sehe ich ein

Messer, das blitzschnell und erstaunlich rhythmisch in meine Hüfte stößt. Eine durchdringende Kälte überkommt mich dann.

Sie versteht mein Verhalten und meine plötzlichen Rückzüge nicht. Manchmal jedoch sehe ich in ihrem Blick eine Spur von Mitgefühl und vermute, daß auch sie leidet, daher vielleicht dieses Verständnis ohne Rührseligkeit, ohne unnötiges Mitleid, fast möchte man sagen: ein maskulines Verständnis.

Willst Du wissen, wie unsere Treffen aussehn und wovon wir sprechen? Dann hör zu.

»So kann man nicht leben«, sage ich zu ihr und meine dabei meinen eigenen Untergang.

»Ich weiß, was soll ich aber tun?« fragt sie, denkt dabei an sich selbst und bringt mich so auf eine klare und eindeutige Antwort.

»Man muß ...«, beginne ich, und sie schaut mich vertrauensvoll an, wie jemand, der die Hoffnung noch nicht gänzlich verloren hat, ich beende den Satz aber nicht. Wie kann man nur im Schweinestall über Reinheit sprechen, im Schlachthaus über Mitgefühl und über Askese, wenn man den Bauch bis zum Hals vollgestopft hat?

»Sag, was soll ich tun?« bittet sie mich, und ich möchte ihr helfen, suche jedoch vergeblich nach den richtigen Worten.

Sie ist ein einfaches, gutes, verirrtes Mädchen. Ich habe mich davon überzeugt, als sie mir von ihrem Kind erzählte, das für sie, wie für die meisten Frauen ihrer Art, das wichtigste, vielleicht sogar das einzige Lebensziel ist. Für dieses Kind will sie mit ihrem bisherigen Leben Schluß machen und eben wegen des Kindes kann sie es, wie sie meint, nicht tun.

Verstoßen und einsam sucht sie jedoch nach einem Halt, nach einem Platz, wo sie sich hinstellen und sagen könnte: Das ist mein Streifen Erde. Nun, in Wirklichkeit hat sie für ihre Füße nicht einmal so viel Platz, wie ein vom Baume gefallenes Blatt bedeckt. Und so kann sie zwar das nötige Gleichgewicht nicht halten, greift aber nicht nach andern, wie die meisten Menschen es tun, die, um sich selbst zu retten, ihre Mitmenschen mit sich in den Abgrund ziehn.

Sie weiß, daß ihr niemand helfend die Hand reichen wird, findet sich damit ab, und vielleicht ist eben deshalb für sie eine Rettung noch möglich. Ich erzähle ihr von Ausflüchten, Mitteln und Kniffen, mit denen wir die Welt hinters Licht führen, das kann sie aber nicht trösten, weil sie eine so einfache und natürliche Ehrlichkeit in sich bewahrt hat, daß der ganze Schmutz, in dem wir leben, sie nicht wirklich zu besudeln vermag.

Die Zeit vergeht, wir liegen auf dem Bett, um uns ein Durcheinander. Ich verstumme, weil mir selbst schon die Worte ausgegangen sind, und plötzlich sagt sie:

»Ich werde kein Geld von Dir nehmen.«

»Unmöglich«, antworte ich.

»Dann komm bitte nie mehr wieder.«

»Ja, das ist möglich«, meine ich und stehe auf.

Stille. Sie sagt nichts. Wendet das Gesicht zur Wand. Ich kleide mich eilig an, lasse ihr das ganze Geld, das ich bei mir habe, und gehe, ohne mich umzuschauen, hinaus.

Die Treppen hinunterstürzend, stelle ich mir vor, wie sich eine Schnur, an der ich hinuntergezerrt werde, in meinen Hals einschneidet, wie mein Kopf auf die Treppen schlägt, immer schmerzhafter und immer lauter, bis sich ganz unten der letzte Schlag als tödlich erweist.

Dein F.

Max an Franz

Prag, Juli 1912

Mein Lieber,

Du konntest also doch nicht kommen. Wirklich schade! Wir haben uns fast alle im »Arco« getroffen. Otto, Felix, Oskar, selbst Loeb war da. Fast zwei Stunden haben wir dort gesessen und auf Dich gewartet. Nach sieben sind wir dann in die Toynbeehalle gegangen. Um halb neun, also mit halbstündiger Verspätung, begann das angekündigte Abendprogramm.

Felix trug seine »Lebenslieder« vor, die mich besonders begei-

sterten, ich las dann Fragmente aus »Arnold Beer«, Martin hielt einen hervorragenden Vortrag über »Den Mythos der Juden«. Schließlich gab es eine lebhafte Diskussion, und nach einer Stunde las Martin, auf unsere Bitten hin, noch einen Auszug aus seinen wunderbaren »Chinesischen Geschichten« vor. Ich habe welche für Dich behalten und gebe sie Dir bei nächster Gelegenheit.
Das Publikum war an diesem Abend ausgezeichnet, die Reaktionen kamen spontan, die Spannung ließ keinen Augenblick nach, und niemand schlief in seinem Sessel ein, wie es sonst bei beinahe jedem Vortrag geschieht.
Und nun, mein lieber Franz, noch eins: Ich möchte Dich an Dein Buch erinnern. Du weißt ja selbst, der Verleger wartet schon darauf. Du darfst nicht allzu lange zögern. Ich hoffe, daß Du »Kinder...« und »Das Unglück...« beibehältst, die Anordnung, die Du vorschlägst, scheint die bestmögliche zu sein, ändere ja nichts daran. Solltest Du selbst nicht an Dich glauben, so vertraue wenigstens mir. Dieses Buch muß so bald wie möglich erscheinen. Du erwartest es mit gleicher Ungeduld wie wir alle, willst es Dir nur selbst nicht eingestehn.
Franz, ist Deine Reise nach Jungborn realistisch? Wenn ja, so flehe ich Dich an, bereite Dein Buch jetzt schon vor. Wir sehn uns bald. Ich erwarte Dich wie üblich am Dienstag um drei Uhr vor Deinem Bureau.

Max an Hugo

Prag, Oktober 1912

Lieber Dottore,
an Arbeit mangelt es mir in letzter Zeit nicht, ich weiß selbst nicht, wie ich es schaffe, alle meine Beschäftigungen unter einen Hut zu bringen. In Gedanken beschäftige ich mich bereits mit einem neuen Buch, darüber werde ich Dir aber ein andermal schreiben. Die Sache ist erst dabei auszuschlüpfen.
Gestern abend habe ich mich mit Franz getroffen. Er las mir

eine Erzählung vor, die er in der Nacht vom 22. auf 23. September von zehn Uhr abends bis sechs Uhr früh in einem Zug geschrieben hat. »Die Geschichte ist wie eine regelrechte Geburt mit Schmutz und Schleim bedeckt aus mir herausgekommen«, sagte er, und glaub mir, mein lieber Hugo, die Zweifellosigkeit der Sache bestätigt sich.
Diese Geschichte, die auf den ersten Blick im Lichte der Psychoanalyse klar und verständlich erscheint, entzieht sich jedoch beim zweiten oder dritten Lesen einer eindeutigen Interpretation. Sollte Franz Dir diese Erzählung zeigen wollen, so hättest Du bestimmt viel darüber zu sagen.
Schöne, wenn auch bedrohliche Bilder, die Franz wohl aus der tiefsten Tiefe hervorgeholt hat, verfolgen mich. Sie erinnern mich an etwas, was wir, wie mir scheint, vergessen haben, oder woran wir uns nicht erinnern wollen.
Ich frage mich übrigens, ob dieser Zustrom an schöpferischer Kraft – Franz hat bereits das erste Kapitel eines großen Romans begonnen – seine Quelle nicht in einer gewissen Begegnung hat, deren Zeuge ich war. Darüber möchte ich aber nicht sprechen, vielleicht erzählt er Dir selbst davon.
Ich drücke Deine Hand fest und herzlich.

Franz an Hugo

Prag, Oktober 1912

Mein lieber Hugo,
der Herbst ist schon wieder da ... Ich bin gerade von einem Spaziergang zurückgekehrt. Heute ging ich alleine meine gewohnte Strecke. Ich mag diese Abende, wenn die Passanten sich in die Haustore flüchten, die letzten Kaufleute ihre Geschäfte schließen und nachhause eilen, während der Wind selbst die wilden Katzen aus den Kellerfenstern fegt. In einem leichten Mantel, ohne Schal – einen Regenschirm führe ich allerdings immer mit, es ist nämlich unnütz, im Regen naß zu werden –, war ich heute schnellen Schrittes unterwegs. Die Luft war frisch, als zöge bereits der erste Frost heran, mein

Atem verwandelte sich in eine milchige Dampfwolke. Ich traf niemanden, und niemand traf mich.

Zuhause besteht mein Nachtmahl in letzter Zeit stets aus Gemüse, Obst und einem Glas Cacao. Danach fühle ich mich leicht wie mein eigener Geist und kann mühelos bis eins, zwei oder sogar halb drei Uhr nachts am Schreibtisch sitzen. Letzthin saß ich sogar bis sechs Uhr früh an einer Erzählung, und als das Dienstmädchen leise das Zimmer betrat, um den Ofen zu heizen, und überrascht auf das unberührte Bett schaute, sagte ich, mich dabei streckend, daß ich diese Nacht überhaupt nicht geschlafen hätte.

Ich muß Dir, mein lieber Hugo, sagen, daß sich bei mir zuletzt vieles verändert hat, und zwar dank einer Begegnung, die bereits vor einiger Zeit stattgefunden hat, im August.

Ich war mit Max bei ihm zuhause verabredet, wir sollten die letzte Korrektur meines kleinen Büchleins vornehmen. Ich verspätete mich ziemlich arg, wie üblich, und fürchtete sogar, daß seine Familie unzufrieden sein würde, besonders der Bruder, der früh ins Bett geht. Als ich aber das Wohnzimmer betrat, sah ich alle am Tische sitzen und unter ihnen ein mir unbekanntes Fräulein.

Ihre Anwesenheit dort erschien mir sogleich natürlich und selbstverständlich. Sie reichte mir zur Begrüßung die Hand, eine große, breite und warme Hand. Wie gut, daß sie da ist, dachte ich bei mir, und unbewußt hielt ich ihre Hand einen Augenblick länger, was ihren Blick aufmerksamer werden ließ. Als ich mich setzte, wußte ich bereits alles über sie, das heißt, ich wußte, was ich von ihr wollte.

Ich wünschte, sie möge mich in ihr Leben hineinlassen. Die Tatsache, daß sie, wie ich gleich erfuhr, in Berlin wohnte, entsprach nur meinen Wünschen. Sie war also eine Frau, deren Existenz zwar selbstverständlich war, mich aber keineswegs bedrohte, eine nahe und gleichzeitig ferne Person, körperlich, und doch vom ersten Augenblick an, wie ich ahnte, die Königin der Idealwelt.

Je länger ich das Mädchen beobachtete, desto sicherer spürte ich, wie sehr sie mir bereits gehörte, einem Opfer gleich, das man im nächsten Augenblick mit den Händen packt. Ich war so beeindruckt von ihr, daß ich mein Buch vollkommen vergaß und deshalb am nächsten Tag gezwungen war, nochmals Korrektur zu lesen. Meine Gedanken kreisten um Felice, wie Nachtfalter um die Lampe. Sie hat einen glücklichen Namen, dachte ich, vielleicht gibt sie auch mir ein bißchen von dem, was ich so vermisse.

Einige Wochen konnte ich mich nicht entschließen, einen Brief an sie zu senden. Vielleicht erinnerte sich Fräulein Felice überhaupt nicht mehr an mich, vielleicht würde beim Anblick meines Namens ein Schattenbild vor ihren staunenden Augen vorüberziehn, und sie würde streng fragen: Wer ist denn das, und wer gibt ihm das Recht, mir zu schreiben? Ja, das war gut möglich, und doch wurde der Brief verschickt, und schon bald bekam ich eine Antwort.

Auf diese Weise entstand zwischen uns ein vertrauter Briefverkehr. Erinnerst Du Dich, wie Du mir erzähltest, daß man mit dem Schreiben die Mädchen um den Finger wickeln könne? Was sagst Du dazu, daß ich von Fräulein Felice inzwischen einige Briefe erhalten habe und daß sie mir, wenigstens auf Distanz, außerordentlich wohlgesonnen ist?

Eben jetzt, während ich diesen Brief an Dich schreibe, schaue ich hin und wieder auf das rechte obere Schubfach meines Schreibtisches, wo – mit einem Schlüsselchen versperrt – sich aneinander schmiegende weiße Kärtchen ruhen. Bei jedem einzelnen Brief von ihr male ich mir aus, wo sie ihn geschrieben hat, zu welcher Tageszeit, und was sie machte, nachdem sie den noch nicht fertigen Brief in eine Schublade zurückgelegt hatte, obgleich ich ihn so heiß erwartete.

Ich habe gerade einen ihrer Briefe herausgeholt und betrachte ihre Schrift. Die Buchstaben reihen sich aneinander wie disziplinierte Soldaten. Selbst die bescheidensten Zeichen haben hier ihren Platz, und ihr gleichmäßiger Schritt führt ohne Zögern zum Ziel. Die großen Buchstaben überragen den Rest, sie haben das Gewicht und die Kraft des Anfangs, die Punkte verleihen den Sätzen auf ihre Weise Entschlossenheit: »Ja.« Wenn ich diese Blätter in den Händen halte, sie wende, an die Augen und an den Mund führe, spüre ich einen zarten Hauch um sie, der an die Farbe von Schwertlilien und ihr haariges Innere denken läßt.

Die Buchstaben sind zwar gerade und entschieden, aber der unregelmäßige Zeilenabstand schafft eine Unordnung. Felice hat diesen Brief im Bett geschrieben, wie sie mir unbekümmert und unschuldig mit ihrer kleinen zuversichtlichen Schrift mitteilt. Diese leichte Unordnung, scheinbar so fehl am Platz, läßt mich an ihr nachlässiges Negligé denken. Es erregt mich. Die Unordnung der Bettwäsche, die zerknüllten Kissen, die bloßen Hände auf der Decke. Auf dem Stuhl daneben vielleicht irgendwelche Teile der Intimgarderobe...

Ist es hingegen überhaupt möglich, daß sie, so pedantisch und gewissenhaft, ihre Dessous einfach zur Seite werfen könnte, ohne an den Anstand zu denken? Vielleicht ja doch...

Und während ich eben den Brief an Dich schreibe und gleichzeitig die Wärme und den ruhigen Glanz ihrer Kärtchen in mich einsauge, sehe ich, wie Felice zum Tisch nach einem Umschlag langt. Der Ärmel ihres Nachthemdes rutscht dabei von der Schulter und zeigt den feuchten Schatten der Achselhöhle. Dann steckt sie den sorgfältig gefalteten Brief in den Umschlag, klebt ihn zu und hinterläßt dabei am Rande eine Spur ihres Speichels.

Kann es sich so zugetragen haben? Was denkst Du? Und sollte mich all das, was mir zuletzt geschehn ist, nicht in der Überzeugung bestärken, daß eben dieses Mädchen mir für das Gute wie das Schlechte bestimmt ist?

Dein F.

Felice an Franz

Berlin, Oktober 1912

Gnädiger Herr,
mit einer derart erstaunlichen Genauigkeit haben Sie alle (fast alle) äußeren Begebenheiten jenes Abends des 13. Augusts geschildert, daß ich nun voller Bewunderung bin und mich frage, ob ich überhaupt noch etwas hinzufügen kann. Darum haben Sie mich ja gebeten; durch meine Ergänzungen würde ich Ihnen, wie Sie meinen, eine große Freude machen.
Mein Tee kühlte gänzlich aus, während ich Ihren außergewöhnlichen Brief las, einen Brief voller Einzelheiten, die sicherlich niemand außer Ihnen bemerkt hätte.
So hat es sich also zugetragen? Es war schon recht spät geworden, wohl nach zehn Uhr, als Sie hereingekommen sind. Als Sie die am Tisch versammelte Gesellschaft erblickten, zuckten Sie an der Tür kurz zurück, als wollten Sie sich mit einem Sprung in den dunklen Flur retten. Sie haben sich jedoch anders entschieden, sind an den Tisch herangetreten, und noch bevor es Herrn Direktor B. gelang, mich Ihnen vorzustellen, reichten Sie mir Ihre Hand mit einer tiefen Verbeugung, und da der Tisch riesig war, mußte ich mich leicht erheben, um Ihre Hand ergreifen zu können. Sie schienen mir in dem Moment sehr groß und kräftig gebaut.
Nun ja, ich erinnere den Gegenstand der Unterhaltung nicht mehr genau, weiß aber, daß ich eine spürbare Veränderung feststellte, nachdem Sie sich an unserem Tisch niedergelassen hatten. Sie schauten mich nicht an, und obgleich ich meine Fragen direkt an Sie stellte, wurden sie von anderen beantwortet.
Ich hatte an diesem Abend das Gefühl, daß meine Anwesenheit bei Familie B. Ihnen nicht gelegen kam. Sie besuchten Max, um gemeinsam an etwas zu arbeiten. Ich wußte nicht, ob es sich dabei um eine wissenschaftliche Abhandlung oder um ein Gerichtsprotokoll handelte.
Überhaupt habe ich mich damals in Prag etwas unbehaglich gefühlt. Ich kannte dort fast niemanden außer der Familie B.

und Herrn Geistl, mit dem ich am Tag zuvor eine Kutschfahrt über den Hradschin unternommen hatte. Es erwartete mich noch eine weitere Fahrt, deren Einzelheiten mir nicht bekannt waren, und es gab niemanden, der mich hätte begleiten können.

Sie schreiben, ich hätte Sie nicht beachtet und meinen Kopf gar nicht von den Photographien der Thaliareise gehoben. Das ist nicht wahr. Ich sah Sie mehrmals an, allerdings zugegeben nur dann, wenn Sie den Kopf vornüber geneigt und den Blick gesenkt hatten.

Es waren eben diese Neigung des Kopfes und der leicht gekrümmte Rücken, wie von einem ungewissen Schuldgefühl erzeugt, die meine Aufmerksamkeit weckten. Es schien mir, als ob Sie mir gegenüber Ihre Eigenständigkeit betonten und nur auf eine spezielle, sehr spezielle Art und Weise mit meiner Anwesenheit in Ihrer Nähe einverstanden wären.

Eins hat mich an Ihrem Brief überrascht. Als Herr Direktor B., schreiben Sie, den illustrierten Band der Propyläenausgabe von Goethes Werken brachte, hätte ich den Satz zitiert: »Er bleibt ein König auch in Unterhosen.« Dies habe nicht ich gesagt, sondern der Herr Direktor, und er hat dabei die berühmte Abbildung von Goethe ohne Hose gezeigt.

Und noch eins: mein Hut hatte ein schwarzes Futter und kein weißes, wie Sie es in Erinnerung behalten haben.

Adieu

Felice an Franz

Berlin, Oktober 1912

Lieber Herr Franz,

Sie fragen nach der Straße, in der ich wohne. Der Namensgeber unserer Straße ist tatsächlich kein imaginärer Immanuel Kirch, sondern ganz einfach die gute alte Immanuel-Kirche. Wenn ich um viertel zehn das Haus verlasse und zur Arbeit eile, laufe ich an eben dieser Kirche vorüber. Dabei schaue ich mir die mich umgebende Welt allerdings nicht an, nur selten merke ich, wie das Wetter ist, es sei denn, es beginnt gerade zu regnen, und ich habe, wie üblich, keinen Regenschirm dabei.

Im Bureau bleibe ich bis kurz vor fünf Uhr, hin und wieder sogar länger. Ich muß gleich hinzufügen, daß dies nicht meine einzige Beschäftigung ist – dreimal in der Woche arbeite ich bei einem Professor. Ich tippe seine Manuskripte mit der Schreibmaschine ab oder schreibe nach Diktat. Ich mag das sehr. Stellen Sie sich vor, in einer Stunde bin ich imstande, fünfzehn Manuskriptseiten abzuschreiben, und zwar hauptsächlich deshalb, weil ich gelernt habe, die Schrift des Professors schnell und fehlerfrei zu lesen.

Auch meine Turnübungen vernachlässige ich nicht – zweimal in der Woche in der Mittagspause. Trotzdem hungere ich nicht: nach dem Turnen gibt es zwei Brötchen mit Rinderschinken und ein Glas Milch. Das muß dann bis zum Abend reichen, wenn wir alle gemeinsam, mit dem Vater, den Schwestern und dem Bruder, zuhause essen.

Das ist noch nicht alles. Ich gehe gerne ins Theater. Mögen Sie Theater? Ich mag es sehr, allerdings eher Komödien, Operetten und Farcen. Meine Lieblingstheaterhäuser sind das Residenz-Ensemble und das Metropoltheater. Hier kann man immer etwas der Zeit und Stimmung Angemessenes finden. Oft komme ich recht spät heim vom Theater, und das Haustor ist bereits verschlossen. Dann klatsche ich mit den Händen im Rhythmus eines bei uns zuhause bekannten Liedes, meine Mutter schaut aus dem Fenster und läßt das Tor öffnen. Es ist wahr! So benachrichtige ich spät abends meine Mutter über meine Rückkehr. Durch eine besondere Art des Händeklatschens. Wir wohnen auch gar nicht so weit unten, sondern in der zweiten Etage, wo man gut hören kann, was auf der Gasse passiert. Wir werden aber nicht mehr lange hier wohnen bleiben, da wir bald in eine neue Wohnung übersiedeln. Darüber gleich mehr.

Sie fragen, ob in Berlin zur Zeit jüdische Schauspieler auftreten. Ich weiß es nicht, werde mich aber mit Vergnügen danach erkundigen, um Ihnen zu berichten. Vor einiger Zeit war ich zweimal bei Auftritten einer solchen Truppe, wohl aus Lemberg, die Titel der Stücke sind mir jedoch entfallen. Einmal wurde auch ein jüdisches Stück im Metropoltheater gegeben, daran kann ich mich etwas besser erinnern. Es war wahrscheinlich »Bar Kochba«.

Ich muß allerdings gestehen, daß diese Art Theater, eher volksnah als ernsthaft, kein großes Interesse in mir geweckt hat. Und die Schäbigkeit der Bühne und des ganzen Theatersaales konnte jeden Gast wahrlich ein für allemal verschrekken. Ach, ich erinnere mich doch an den Anfang einer der Aufführungen. So ging es: Eine Schauspielerin kommt durch den Publikumsraum auf die Bühne, in ihrem Gefolge eine Schar kleiner Kinder. Alle halten kleine Torarollen in den Händen und singen: *»Tojre is die beste Schojre«*, also wohl: »Die Tora ist die beste Ware.« Was halten Sie davon? Mir scheint das lächerlich und unernst.

Wenn Sie aber so viel Interessantes an diesem Phänomen finden, dann bin ich gerne bereit, hinzugehen und ihre Lieblingsschauspieler zu sehen. Möglicherweise hat diese zauberhafte, aus dem Osten stammende Welt eine verführerische Kraft, die ich bisher noch nicht entdeckt habe. Ja, ich bin nun mal eine praktische Natur, die deutliche Situationen und Bilder bevorzugt, solche, bei denen ich nicht nach dem verborgenen Sinn suchen muß.

Und nun erzähle ich Ihnen vielleicht ein wenig über unsere neue Wohnung. Wir möchten im Vorfrühling umziehen, deshalb finden dort bereits rege Renovierungsarbeiten statt. Es ist eine Fünf-Zimmer-Wohnung, wunderschön, in der Wilmersdorferstraße, im Westen von Berlin. Gestern war ich in dieser noch völlig leeren, fast unfreundlichen Wohnung, um nach den Handwerkern zu schauen.

Unterwegs kaufte ich ein paar rosarote Orchideen. Sie waren so schön, und der Anlaß schien mir auch passend zu sein. Wenn man nämlich den Ort besucht, an dem man wohnen wird – mit der Familie, in einem trauten Zuhause –, so möchte

man ihn mit etwas unschuldig Schönem beleben, um damit zu demonstrieren, daß man ihn in Besitz nimmt.
Als ich mich dem Haus näherte, stellte ich mir unser Wohnzimmer vor, mit einem großen Tisch in der Mitte und einer über ihm von der Decke herabhängenden Lampe. Beinahe sah ich mich an den Tisch herantreten und die Blumen in einer Glasvase richten. Als ich mich dann aber tatsächlich dort befand, stand eine Kiste voller Farbdosen in der Mitte des Zimmers, und unter der Decke brannte eine nackte Glühbirne, ohne Lampenschirm.
Ich bin keine Träumerin, aber dieses allzu realistische Bild beraubte mich jeglicher Illusion. Meine freudige Stimmung verging trotz allem nicht, und ich dachte mir, daß es meine Blumen – statt in einer leeren Berliner Wohnung zu stehen – in Prag besser haben würden, in einem gewissen, wie man mir schreibt, traurigen Bureau, wo am Schreibtisch ein gewisser trauriger, aber außerordentlich sympathischer Herr sitzt. Gefallen Ihnen meine Blumen?
Ich mußte gerade das Schreiben unterbrechen, da meine Mutter ins Zimmer trat und mich dabei zu Tode erschreckte. Sie tut das um diese Zeit sonst nie (es geht schon auf zehn Uhr zu). Anscheinend hat sie geahnt, daß ich mich mit etwas ihrer Meinung nach Unpassendem beschäftige. Es tut mir leid, das zu sagen, aber seitdem meine Mutter erfahren hat, daß ich mit Ihnen im Briefwechsel stehe, zeigt sie sich dem gegenüber nicht allzu wohlwollend.
Man kann es ihr schwerlich verübeln, sie kennt Sie ja nicht so wie ich, sie hat Sie nie gesehen, und das einzige, was sie weiß, ist, daß Sie Doktor und Konzipist sind. Das ist ja nicht viel, wie Sie zugeben müssen.
Mutter bemerkte gar nicht, daß ich gerade einen Brief schrieb, es war mir nämlich gelungen, alles unter der Bettdecke zu verstecken, so daß ich meine Hände frei hatte und es so aussah, als hätte ich mich, abends im Bett liegend, meinen Träumereien hingegeben. Nachdem Mutter das Zimmer verlassen hatte, verharrte ich übrigens eine ganze Weile an die Kissen gelehnt und schaute zum dunklen Fenster hinaus …

Haben Sie nicht zufällig vor, in den nächsten Wochen nach Berlin zu reisen? Ich frage, obgleich ich weiß, wie sehr Sie im Bureau gebraucht werden und wie beschäftigt Sie sind. Vielleicht werden Sie jedoch an eine Reise über Weihnachten denken können, wenn es einige arbeitsfreie Tage gibt.

Adieu

Felice an Franz

Berlin, November 1912

Lieber Franz,
wie wunderschön das kurze Wort »Du« in Deinem Mund klingt. Endlich! Ich darf Dich also auch so anreden? Es ist eine wahre Freude, das laut aussprechen zu dürfen, was man im Stillen bereits hundertfach wiederholt hat.
Ich sitze gerade im Bureau und obgleich ich alleine bin, schaue ich mich unsicher um, ob niemand hört, wie ich laut vor mich hin spreche: Du, Du, Du! Auf meinem Schoß liegt eine Tasche, darin Deine drei letzten Briefe: der vom Morgen, vom Mittag und vom Abend – oder eigentlich schon aus der Nacht. Der letzte Brief ist voll Unruhe, ich spüre sie deutlich, obgleich ich ihren Grund nicht kenne.
Du hast mir bereits so oft geschrieben, ich solle in der Nacht ruhig schlafen, die Nacht sei nämlich zum Träumen da. Und was machst Du selbst? Bleibst bis zwei oder vier und einmal sogar bis sechs Uhr wach und widmest Dich dem Schreiben von Erzählungen. Ist das Schreiben wirklich so dringend, daß es nicht bis zum nächsten Morgen und bis zu einer freien Stunde warten könnte, um Dich dann zu plagen? Wenn ich bei Dir wäre, risse ich Dir nicht nur das Papier, die Feder und das Tintenfaß weg, sondern auch die Lampe und fragte Dich einfach, so wie in dem chinesischen Gedicht, das Du mir geschickt hast: Weißt Du, wie spät es ist?
Vielleicht hat Deine abendliche Unruhe etwas mit Deinem Familienleben zu tun, mit Deiner vollständigen Isolierung innerhalb der Familie? Mir ist die Szene in Erinnerung geblie-

ben, die Du mir geschildert hast: Beim Nachtmahl, zu dem Du äußerst wenig zu Dir nimmst, weniger als alle, die ich kenne, sprichst Du kaum mit Deinen Eltern und Schwestern. Dein Vater hält sich die Zeitung vors Gesicht, um nicht zu sehen, was auf Deinem Teller liegt. Obgleich Deine Mutter Dich inständig darum bittet, etwas mehr zu essen, vertilgst Du schweigend Dein Obst und Deinen Cacao. Dann spielen die Eltern Karten, Du bleibst noch eine ganze Weile sitzen, weiterhin schweigend, und nur hie und da fängst Du Mutters Blick auf, die Dich hinter dem Kneifer hervor beobachtet, wahrscheinlich mit Sorge, obgleich Du in ihrem Blick Abneigung zu spüren vermeinst.
Wie soll das denn möglich sein? Deine Mutter liebt Dich doch sehr, wie jede Mutter ihr Kind, und sie will nur Dein Bestes. Du schreibst, Du hättest in den Eltern schon immer Verfolger gesehen, weil sie nichts anderes wollten, als uns wieder zu sich hinunterzuziehen, in die alten Zeiten, aus denen man aufatmend aufsteigen möchte...
In diesem Punkt verstehe ich Dich etwas besser. Auch ich habe den Eindruck, daß unsere Eltern uns manchmal zu sehr an ein und derselben Stelle festzuhalten versuchen, in der Meinung, das Wohlbekannte sei auch das Sichere. Sie tun das aber ausschließlich aus Liebe. Wenn Du schreibst, Du kämest Dir zuhause wie irgendeine leblose Sache vor, dann glaube ich Dir das nicht. Du kannst gar nicht gleichgültig sein, mein lieber Franz, das kannst Du einfach nicht!
Vielleicht ist es vorgekommen, daß Dein Vater zu streng zu Dir war, vielleicht manchmal sogar ungerecht, aber es ist doch Dein Vater, und seine Stärke sollte die väterliche Macht sein. Was wäre diese Welt, wenn in ihr keine Hierarchien gelten und die Autoritäten Schaden nehmen würden? Der Vater soll doch stark sein, er ist schließlich das Oberhaupt der Familie. Die Mutter ist dagegen die Königin im Reich der Liebe, das ist ihre Macht. Gibt es übrigens eine Mutter, die ihrem Kind keine Liebe entgegenbringt? Ich liebe Kinder, besonders die kleinen, die ihren kindlichen Flaum noch nicht verloren haben, der aus

ihnen so weiche, zarte und anfällige Wesen macht. Du hingegen behauptest, Dich vor ihnen zu fürchten.
Wie warst Du als Kind, Franz? Erzähl mir davon. Am besten, Du schickst mir eine Photographie von Dir aus diesen fernen Zeiten, als Du Dir noch nicht hättest träumen lassen, irgendwann einmal ein wichtiger Herr Doktor zu sein. Ich bin mir sicher, aus Deinem kindlichen Gesicht mehr herauslesen zu können, als Du glaubst. Schick also bitte erst nur ein Bild, erzählen über die Kindheit wirst Du mir später.
Als ich über den Alexanderplatz ging, sah ich zufällig an einer Anschlagsäule ein Plakat Deiner jüdischen Lieblingsschauspieler. Zwei Stücke werden sie aufführen: »Sulamith« und »Die falsche Braut«. Leider weiß ich noch nicht, ob ich Zeit haben werde, die Aufführungen zu besuchen. Ich habe den Plakattext gelesen. Über Herrn Jizchak Loeb heißt es, er sei ein »Dramatist«, was ist das? Auch Frau Kluge und Frau Tschisik wurden genannt, Frau Tschisik sogar mit dem Zusatz »Primadonna«, die anderen Namen habe ich nicht behalten. Ich hätte gerne gewußt, welche von ihnen Deine Lieblingsschauspielerin ist, die Du so hoch für ihren Ernst und ihre Würde schätzt.
Eigentlich sollte alleine das, was Du über diese Frau sagst, mich dazu bewegen, zur genannten Adresse zu gehen, eine Eintrittskarte zu erwerben und eins der Stücke oder sogar beide zu sehen. Versprochen!
Ich sende Dir einen herzlichen Kuß.

Franz an Hugo

Prag, Dezember 1912

Lieber Hugo,
in meinem jetzigen unglücklichen Zustand, einer vollkommenen Gefühlsverwirrung, wende ich mich mit der Bitte um Hilfe an Dich.
Felice hat aufgehört, mir zu schreiben. Ich weiß nicht, was ich davon halten soll. In ihrem letzten Brief gab es unklare An-

deutungen, Sätze wie: »Es wird wohl besser sein, wenn ich jetzt aufhöre zu schreiben«, »ich kann Dich nicht verstehn«, »möglicherweise sollten wir uns treffen…«
Ich glaube, Felice beginnt jetzt zu ahnen, was für ein Mensch ich bin. Nun, ich habe es ihr selbst gesagt, bereits in den ersten Briefen. Sie aber ließ sich von ihrer Güte und ihrem Edelmut leiten, wollte es gar nicht glauben und wartete wohl auf irgendeine Erklärung, auf etwas, woran sie sich hätte festhalten können, um das für einen Augenblick verlorene Gleichgewicht zurückzugewinnen.
Nichts dergeichen ist meinerseits geschehn, und nun weiß sie endlich, daß ich ein kalter, eigennütziger und gefühlloser Mensch bin, allzu vorsichtig und wahnsinnig ängstlich. Sie weiß nun, daß ich mich in düsteren Kellerräumen aufhalte, wohin kein Tageslicht gelangt und wo ein Mädchen wie sie es keine Minute aushielte, auch wenn sie von einem leidenschaftlichen Gefühl in dieses Schattenreich geleitet worden wäre.
Könnte sie mich überhaupt liebgewinnen? Nein. Das ist die richtige Antwort auf meine verzagten Fragen, auf all die Zweifel, die mich förmlich auffressen.
Du fragst Dich jetzt wahrscheinlich, womit Du mir helfen kannst, wenn ich selbst keine Rettung für mich sehe, was erwarte ich dann von Dir, mein lieber Hugo?
Ich habe folgendes Bild vor Augen: Im Blumengeschäft in der Friedrichstraße holst Du die von mir ausgewählten Blumen und gehst zu Felicens Bureau, stellst Dich vor ihren Schreibtisch, überreichst ihr wortlos die Blumen und wartest auf ein gutes Wort für mich, mit dem Du mir dann Mut zusprechen könntest, siehst freilich bald, daß das Warten hoffnungslos ist, und gehst hinaus. Das ist alles.
Nun möchte ich Dich aber doch bitten, persönlich mit Felice zusammenzukommen und zu fragen, warum sie mir nicht mehr schreibt. Jede Erklärung werde ich entgegennehmen, wie ein vor Hunger Sterbender eine Scheibe Brot.

Dein F.

Hugo an Felice

Berlin, Dezember 1912

Sehr verehrtes, gnädiges Fräulein,
als eine Person, die meinem Freund nahesteht, darf ich Sie wohl so ansprechen. Franz und ich kennen uns seit zwei Jahren. Wir schreiben uns häufig. Ich komme aus Triest, meine Mutter war Italienerin, mein Vater Deutscher, meine Familienbande sind aber derart verworren, daß ich mit deren Schilderung Ihre Geduld nicht strapazieren möchte. Es verhält sich so, daß ich zur Zeit in Berlin wohne, wo ich eine Praxis für Nervenkrankheiten führe. Auch beschäftige ich mich mit der Psychoanalyse, aber erschrecken Sie bitte nicht, es klingt nur so bedrohlich.

Franz vertraute mir neulich in einem Brief an, wie sehr ihm an Ihrer Freundschaft gelegen ist. Mein Freund ist, wie Sie wahrscheinlich bereits bemerkt haben, ein außergewöhnlich zarter, überempfindlicher Mensch. Manchmal kann er sogar den Eindruck erwecken, Schwierigkeiten mit der praktischen Seite des Lebens zu haben, sich darin nicht ganz zurechtzufinden. Es ist aber nur scheinbar so. Wenn es darauf ankommt, ist er sogar sehr klug und geschickt in der Wahl praktischer Mittel. In Angelegenheiten, an denen ihm besonders viel liegt, wird er jedoch leicht ein wenig nervös.

In Ihren letzten Briefen wurde er der Ankündigung unbestimmter, ihn aber sehr beunruhigender Möglichkeiten gewahr. Er fürchtet, durch eigenes Ungeschick, wie er mir schreibt, von Ihnen möglicherweise mißverstanden worden zu sein. Die Ungewißheit plagt ihn so sehr, daß er mich gebeten hat, die Tatsache zu nutzen, daß Sie und ich in ein und derselben Stadt wohnen, um mich persönlich mit Ihnen zu treffen und für ihn Fürbitte zu leisten.

Zunächst werde ich mir jedoch erlauben, Sie im Bureau anzutelephonieren. Werden Sie mit einer Zusammenkunft einverstanden sein? Wenn ja, bitte ich Sie, Zeit und Ort zu bestimmen...

Hugo an Franz

Berlin, Dezember 1912

Lieber Franz,
Deiner Bitte folgend, habe ich mich mit Fräulein Felice getroffen. Alles habe ich genau nach Deinen Anweisungen getan. Zunächst habe ich sie antelephoniert. Wie Du vermutet hast, ist ihr das Telephonieren nichts Neues oder Außergewöhnliches. Ihre Stimme klang im Telephonhörer melodisch, energisch und heiter. Sie lachte gerne und viel. Deine Befürchtungen haben sich nicht bestätigt, sie hat überhaupt nichts gemerkt. Franz, ich möchte Dich bitten, das gut in Erinnerung zu behalten: Sie hat nichts gemerkt. Sie ist bester Dinge und voll Optimismus, was Eure Freundschaft anbelangt. Am Telephon brachte ich Deine Probleme nicht eingehender zur Sprache, das behielt ich mir für das persönliche Gespräch vor.
Wir haben uns recht lange am Telephon unterhalten. Am Ende sagte Fräulein Felice unerwartet: »Er schreibt mir ziemlich viel, aber es kommt in den Briefen zu keinem Sinn, ich weiß nicht, um was es sich handelt...« Dies ließ mich aufhorchen, nun erwartete ich das Treffen mit ihr nicht mehr als etwas von vornherein günstig Bestimmtes. Ich spürte, daß sich unter der glatten Oberfläche der Konversation Unsicherheit und Mißtrauen verbergen könnten, auf jeden Fall Unverständnis. Ich will damit sagen: ihr Unverständnis Dir gegenüber.
Unsere Zusammenkunft erfolgte bald. Sie kam pünktlich. Als Erkennungszeichen hielt sie eine weiße Rose in der Hand. Sogleich machte sie auf mich den Eindruck einer vernünftigen, nicht haarspalterischen Person. Ich weiß, Du möchtest alles erfahren, auch wie sie gekleidet war.
Sie trug einen hellgrauen Lodenmantel mit einem dunklen Pelzkragen, einen grauen Hut, eine Nuance dunkler als der Mantel, geschmackvoll, ohne diese fürchterlichen Federn und Blumen, die manche Frauenzimmer auf dem Kopf tragen. Ihr schlichtes Kleid hatte einen reich verzierten Spitzenkragen. Die Hände ohne Schmuck. Am Hals ein großes ovales Medaillon an einer dünnen Kette. Was noch? Ihr Blick ist klar und

entschlossen – dies war mein erster Eindruck, mit der Zeit jedoch, als unser Gespräch immer persönlicher wurde, bemerkte ich in ihrem Blick eine gewisse Schläfrigkeit, Weichheit oder vielleicht Zerstreutheit.

Wie bereits gesagt, habe ich sofort feststellen können, daß sie an Deinen Briefen nichts Beunruhigendes bemerkt hat, vielleicht außer der Tatsache, daß sie ein wenig anders seien als das, was sie bisher gewohnt war. Es ist ihr noch nicht in den Sinn gekommen, mein lieber Franz, daß jede Deiner Bewegungen nach vorn bereits die Absicht zum Rückzug in sich trägt. Mach Dir keine Sorgen. Sie wird es nicht so bald bemerken.

Aus diesem Grunde ließ ich die Angelegenheit ruhn, sagte nichts von all dem, was Du gesagt hättest, wenn Du da an meiner Stelle, direkt neben ihr, gesessen hättest. Ich weiß, was Du gesagt hättest, bedenk aber bitte, dieses hätte sie Dir gegenüber sehr mißtrauisch stimmen müssen.

Meine Aufgabe bestand doch darin, Euch beide einander näherkommen zu lassen, nicht wahr? Ich habe mich bemüht, dies so gut wie nur möglich zu tun.

Fräulein Felice ist eine ehrliche, unkomplizierte und natürliche Person, und ich glaube, eben deshalb konnte sie Dir gefallen. Der Weg zu ihr ist genauso unkompliziert wie sie selbst, aber, lieber Franz, sei tapfer oder halte Dich an etwas fest, was sich gerade in Deiner Reichweite befindet: Um den Heiratsantrag wirst Du nicht herumkommen. Sie ist ein ehrbares Fräulein voll Konventionen, dazu noch eng mit ihrer Familie verbunden, besonders mit der Mutter, einer, wie es scheint, starken und keinen Widerspruch duldenden Person, die eine allzu große Freizügigkeit nicht zulassen wird, es sei denn, Eure Bekanntschaft bliebe geheim, eine Lösung, zu der Fräulein Felice in gewisser Weise zu neigen scheint.

Als wir am Tische saßen und der Kellner bereits unsere Bestellung aufgenommen hatte, griff Felice nach einigen Höflichkeitsbemerkungen den Satz auf, mit dem sie unser Telephongespräch beendet hatte, und ich verstand, daß ihre Genauigkeit nicht geringer ist als die in ihr wachsende Unruhe und Unsicherheit.

»Ich weiß nicht, um was es sich handelt«, sagte sie, »wir sind einander nicht nähergekommen, und es ist keine Aussicht darauf, vorläufig.«
»Sie wissen aber bereits viel voneinander«, begann ich vorsichtig. »Manchmal sagt uns ein einziger Blick mehr als lange Gespräche, die die Klarheit dieses ersten Blickes trüben.«
»Das stimmt«, sie lächelte irgendwie schüchtern und unsicher. »So begann eben unsere Bekanntschaft. Wir haben uns nur einmal gesehen, ein paar Stunden lang. Haben Sie das gewußt?«
Ich verneinte, um sie nicht zu unterbrechen. Ich wollte ihr die Gelegenheit geben, alles zu erzählen. Plötzlich aber zog etwas anderes ihre Aufmerksamkeit auf sich. Sie bemerkte Bekannte, die sie beim Hereinkommen grüßten. Innerlich fluchte ich, da ich fürchtete, diese Zerstreuung würde sie zum Schweigen bringen.
Ich schaute ihr aufmerksam zu, als sie ihren Bekannten ein paar Worte über die Tische hinweg zuwarf. Es machte sie offensichtlich nicht verlegen, daß man sie im Café mit einem Unbekannten traf. Fräulein Felice ist eine selbstbewußte und energische junge Dame. Eine Stelle, die ihr Unabhängigkeit bietet, verantwortungsvolle Arbeit und ein wahrscheinlich gutes Gehalt machen sie zu einer modernen Frau. Ein solches Mädchen errötet nicht wegen jeder Kleinigkeit.
»Glauben Sie, daß zwischen Franz und mir ein tieferes Verständnis möglich ist?« fragte sie plötzlich, den Blick dabei von ihren Bekannten zurück zu mir wendend.
Ich erzitterte. Du mußt zugeben, daß ich das nicht mit voller Sicherheit bestätigen konnte, und sagte doch: »Es hängt hauptsächlich von Ihnen ab.«
»Wie meinen Sie das?« fragte sie und schaute mich dabei direkt an. Sie lachte nicht mehr wie zuvor, wurde ernsthafter und aufmerksamer.
»Ich rate Ihnen zu großer Nachsicht, Geduld und viel Zartgefühl. Franz ist ein außergewöhnlicher Mensch, solche Menschen sind oft überempfindlich. So ist es eben mit meinem

Freund. Er belastet sich mit Schuldgefühlen für Sachen, die er nicht begangen hat, und leidet, als wäre er tatsächlich der Schuldige. Glauben Sie bitte nicht an seine Schuld. Mein Freund gibt auch oft allzu schüchtern oder nur andeutungsweise zu verstehn, was er wirklich wünscht und was seine Absichten sind. So kann es leicht vorkommen, daß man ihn mißversteht oder daß er einem vollkommen unverständlich bleibt.«

»O ja, vieles verstehe ich nicht«, sagte sie mit einer gar zu lebhaften Stimme. »Ich weiß nicht, ob Herr Franz mit mir befreundet sein möchte. Das heißt, ob er mich sehn will. Ich habe ihm eine Zusammenkunft vorgeschlagen und einige Möglichkeiten genannt, habe aber keine klare Antwort bekommen. Außerdem berichtet er mir davon, wie sehr die literarische Arbeit an seinen Kräften zehrt, eine Arbeit, der er sich bis spät in die Nacht zu widmen pflegt. Und so schläft er kaum noch und leidet dauernd unter Kopfschmerzen. Als ich ihn jedoch bat, dieses Amüsement auf bessere Zeiten zu verlegen, wurde er richtig zornig. Ich weiß, daß seine liebe Mutter ihm das auch rät, aber auch ihr traut er nicht.«

Du ahnst gewiß, daß ich während dieses naiven Vortrages über das ernsthafte Problem nachdachte, wie ich Fräulein Felice erklären sollte, was das Schreiben für Dich bedeutet. In Gedanken suchte ich nach einem Bild, das sie ohne Worte überzeugen könnte, fand aber nichts. Ich spürte, daß in diesem vernünftigen und besonnenen Mädchen das kleine bißchen Wahnsinn fehlt, an das man appellieren, das man ansprechen könnte.

»Das Schreiben ist für Franz kein Amüsement, Fräulein Felice, vielmehr ist es die Grundlage seiner Existenz«, begann ich und merkte sogleich, wie schlecht der Anfang war.

Sie schaute mich ernsthaft und überrascht an. »Soweit ich weiß, hat er einen gutbezahlten und beneidenswerten Posten inne. Er ist ein hervorragender und hochgeschätzter Beamter. Ist dies nicht die Grundlage seiner Existenz?«

»O ja, im rein praktischen Sinne, aber sein Geistesdasein

nährt sich von etwas ganz anderem«, sagte ich. Ich hatte allerdings bereits begriffen, daß jegliche Erklärungen nichts fruchten würden. Franz, eine große Arbeit erwartet Dich. Wenn Du es mit diesem Mädchen ernst meinst, so wirst Du sie mit aller Dir zur Verfügung stehenden Kraft überzeugen müssen, daß die Literatur Deine Berufung ist, andernfalls steht Euch der Untergang bevor.
Ich weiß, ich habe mich mit Felice nicht getroffen, um danach die Vision Eurer Niederlage vor Dir auszubreiten. Du bist doch derjenige, der das Scheitern für die einzig mögliche Folge jeglichen Tuns hält. Ich sollte Dich eher überzeugen, daß ein Sieg möglich ist.
Nein, ich werde die Unterhaltung mit Deiner lieben Freundin nicht weiter kommentieren. Meine Aufgabe war nur zu berichten, also erzähle ich weiter:
»Ich verstehe allerdings nicht«, sagte sie, »wieso er sich unglücklich fühlt, wenn er doch liebevolle Eltern, eine ihm verbundene Schwester, Freunde und einen guten Posten hat. Er sagt das zwar nicht geradewegs, aber aufgrund einiger Andeutungen ahne ich, daß er leidet und keine Unterstützung in seiner Umgebung findet. Es ist mir bekannt, daß er neulich ein Buch veröffentlicht hat, somit hat auch seine literarische Karriere erfolgreich begonnen.«
»Ja, Sie haben vollkommen recht. Das alles sind berechtigte Gründe, zufrieden zu sein. Betrachtet man sie aber aus nächster Nähe, so kann sich zeigen, daß alle diese Sachen, an und für sich erfreulich, kein harmonisches Ganzes bilden. Um ein wahres Gleichgewicht zu empfinden, braucht Franz zweierlei...« Ich hielt kurz inne und beobachtete Felice.
Sie hatte mir sehr aufmerksam zugehört, ohne sich wieder umzuschauen. Meine Worte erwartete sie nun wie eine endgültige Entscheidung.
»Nämlich die zarte Freundschaft einer Frau und die Literatur. Das eine kann das andere nicht entbehren. Wenn Franz sich der Existenz der Frau, die ihm zuhört, sicher ist, so schreibt er mit Eingebung; und nur wenn er schreibt, hat er das Gefühl, die Frau, an die er seine Worte richtet, zu verdienen.«

»Und was halten Sie von der Möglichkeit einer Zusammenkunft mit Franz?« fragte sie plötzlich, und ich war mir nicht sicher, ob sie begriff, was ich ihr eben mitteilen wollte. Sie überraschte mich mit dieser so konkreten, nahezu schroff wirkenden Frage.

Ich weiß, Du ziehst eine Begegnung von Angesicht zu Angesicht gar nicht in Betracht, und außerdem hast Du mich ja gebeten, sie von der Idee einer Zusammenkunft innerhalb der nächsten Wochen abzubringen.

»Ich bin davon überzeugt, daß Franz sich das sehr wünscht, zur Zeit ist er jedoch sehr beschäftigt. Ihnen mangelt es, soweit ich weiß, auch nicht an Pflichten. Die Zeit Ihrer Zusammenkunft wird bald kommen. Franz gibt Ihnen in dieser Hinsicht keine klare Antwort, da es ihm wahrscheinlich peinlich ist, sich mit der Unzahl seiner dienstlichen und familiären Verpflichtungen entschuldigen zu müssen. Ich weiß nicht, ob er Ihnen davon geschrieben hat, daß er Anteile an einer Fabrik besitzt, gemeinsam mit seinem Vater und seinem Schwager, und daß er zweimal in der Woche dorthin gehn muß, um dringende Angelegenheiten zu erledigen. Diese Sache belastet ihn völlig unnötig ...«

Hier unterbrach sie mich lebhaft.

»Was ist das für eine Fabrik?« fragte sie. »Was für Verpflichtungen hat Herr Franz dort? Ich würde gerne etwas darüber erfahren, vielleicht könnte ich ihm mit meinem Rat behilflich sein. Er hat mir nichts von einer Fabrik gesagt.«

Sie schien angenehm überrascht zu sein und bedauerte Dich nicht im geringsten. Das solltest Du wissen, Franz.

Schließlich nahmen wir den letzten Schluck des kühl gewordenen Kaffees, und Fräulein Felice erhob sich. Ich sprang auf, um ihren Stuhl zurückzuschieben. Dabei streifte ich die Rose, die sie gerade eben noch zart gestreichelt hatte, so daß diese vom Tisch fiel.

»Sie welkt«, sagte ich und reichte ihr die Blume.

Sie lachte aus vollem Halse, ich weiß allerdings nicht, was sie so belustigte. Übrigens schien sie überhaupt nicht bekümmert

zu sein, obgleich unsere Unterhaltung um keine einfachen Themen kreiste. Sie wirkte überaus zufrieden und dankte mir herzlich für unser Treffen.
Wir werden sehn, welche Folgen mein Auftrag haben wird. Ich hoffe, Dir keinen Bärendienst erwiesen zu haben und daß Fräulein Felice bald schon einen dieser Briefe schreibt, die Dir unsere verworrene und düstere Welt etwas erträglicher erscheinen lassen.

Felice an Franz

Berlin, Dezember 1912

Lieber Franz,
drei Briefe und Deine Photographie habe ich erhalten. Ich betrachte diesen kleinen Knaben auf dem Bild, und er wird mir immer vertrauter. Dieser Knabe hat schmale Schultern, zarte Hände und ein Gesicht wie eine kleine Faust, er ist so wehrlos, daß man ihn, vielleicht sogar gegen seinen Willen, ins Zimmerinnere führen möchte. Du meinst, er war schüchtern. In seinem Alter ist das ganz natürlich, und es oblag ausschließlich den Erwachsenen, zu entscheiden, ob dieses schmollende Gesichtchen und dieser mißmutige Blick schlechte Neigungen verbargen oder einfach nur eine stumme Bitte: »Sprich mit mir und versuch, mich zu verstehen.« Sollte ich entscheiden, welchen von Euch ich lieber mag, den aus der Vergangenheit oder den Heutigen, wäre ich mir meiner Wahl nicht sicher. Vielleicht wäre es am schönsten, das schüchterne Kind mit den großen hellen Augen an die Hand zu nehmen und dem Erwachsenen entgegenzugehen?
Im nächsten Brief werde ich Dir ein Bild aus den Zeiten schikken, als ich noch ein glückliches, fröhliches Kind war. Jetzt habe ich eine aktuelle Photographie für Dich, zögere aber, ob ich sie wirklich beilegen soll, weil mein Gesicht darauf so dunkel ist, daß es beinahe negerhaft wirkt. Vielleicht wirst Du dennoch in diesem Bild etwas für Dich finden können. Also werde ich es doch schicken. Ich befinde mich darauf in Ge-

sellschaft anderer Personen, und da Du mich ausdrücklich gebeten hast, Photographien nicht zu zerstören, nur um aus ihnen das herauszuschneiden, was ich für zeigenswert halte, so belasse ich diesmal meine Gesellschaft unversehrt.
Links auf der Photographie steht meine Cousine Marta aus München, rechts mein Cousin Erik. Meine Bande zu ihm sind geheim, das heißt, ich habe noch niemandem von Erik und davon, was sich vor beinahe fünfzehn Jahren zwischen uns ereignet hat, erzählt. Vielleicht hat diese Geschichte auf Dich und auf eben diesen Augenblick gewartet, um erzählt zu werden?
Ich war damals nicht älter als neun, hatte dünne Zöpfe und ein rundes Gesicht. Ich glaube, er hat mir zu dieser Zeit gefallen, und zwar nicht nur deshalb, weil er nett zu mir war, sondern auch wegen seiner hohen Reitstiefel und einer schwarzen Kappe, die er immer bei sich trug.
In unserer damaligen Wohnung, die düster und verwinkelt war, befanden sich einige Fenster in tiefen Erkern. Sie waren mit schweren, dunklen Vorhängen versehen, die bei Dämmerung von dem Dienstmädchen immer dicht zusammengezogen wurden. So entstanden zwischen den Vorhängen und den Fenstern kleine Kämmerchen, in die das Licht von der Straße hereinsickerte.
In einem solchen Kämmerchen, vor allen anderen verborgen, zeigte mir Erik seine Trophäen. Es waren die unterschiedlichsten Nachtfalterarten, die er abends fing und mit Äther erstickte. Ich bewunderte ihr flauschiges Fell, die Flügelmuster und die dicken, etwas abstoßenden, aber doch faszinierenden Köpfchen. Manchmal brachte Erik in einer Hosentasche das Kästchen mit Nachtfaltern und bunten Käfern mit und in der anderen eine Tafel Chokolade.
Ich zögerte, die Chokolade zu essen, die womöglich in der Nähe dieser toten Wesen gelegen hatte, meine Liebe für Chokolade ist jedoch so stark, daß ich selbst heute von ihr nicht lassen kann. Damals war ich sogar bereit, mir für das versprochene Chokoladenstück die großen bedrohlichen Kreuzspinnen anzuschauen.

So verbrachten wir lange Augenblicke hinter dem Vorhang, und es muß sich dies über mehrere Monate hingezogen haben, da ich mich erinnere, wie die stickige Atmosphäre des Raumes im Winter, wenn alles dicht verschlossen war, sich dann im Frühling und Sommer veränderte, wenn man durch die angelehnten Fenster die Stimmen der Passanten und das Geratter der Droschken hörte, im Herbst wiederum die Regentropfen und das Aufspritzen der Pfützen unter den Rädern schwerer Kutschen.

Ich wollte Dir aber davon erzählen, was sich einmal zwischen mir und Cousin Erik ereignet hat. Also, Erik hat mir streng geheim eine Verlobung vorgeschlagen. Er behauptete, kürzlich Zeuge einer solchen Verlobung gewesen zu sein und ganz genau zu wissen, wie es zu geschehen hat. Er versprach auch, sich selbst um alles zu kümmern und für alle notwendigen Requisiten zu sorgen. Ich war einverstanden. Die Verlockung war groß, und die Tatsache, daß alles geheim bleiben sollte, ermutigte mich.

Wir vereinbarten einen Termin wenige Tage später. Eine gewisse Eile war nur natürlich. In unserem Alter fiel es leicht, Verpflichtungen zu vergessen. Erik aber vergaß sie nicht. Als wir uns an dem vereinbarten Tag hinter dem Vorhang versteckten (es war ein langer Sommerabend, und das bläulich-goldene Licht fiel immer noch in den Erker), holte er einen Spitzenschleier und einen Myrtenkranz unter der Jacke hervor. Ich nahm beides voller Ernst entgegen und bedeckte meinen Kopf mit dem Schleier. Erik zeigte mir zwei Ringe aus Tombak. Der meinige hatte einen Rubinstein. Ich war so entzückt, daß ich gar nicht richtig zuhörte, was Erik sagte. Er wollte, daß ich ihm etwas verspräche, aber der Sinn des Ganzen drang zu mir wie durch dicken Nebel. Ich starrte nur auf den Rubin. Schließlich begriff ich jedoch, daß wir zur Besiegelung unseres geheimen Schwures irgend etwas essen sollten. Bereitwillig stimmte ich zu. Als Erik jedoch ein Kästchen öffnete, in dem eine besonders große und gräßliche Spinne lag, zuckte ich bis an die Wand zurück. Er riß dem Monster zwei lange, faden-

artige Beine ab, und bevor ich aufschreien konnte, schluckte er eins. Das andere reichte er mir.
Alles Bitten und Flehen half nichts, weinend sprang ich hinter dem Vorhang hervor, direkt in die Arme meiner Mutter. Die Verlobung war also ungültig, Cousin Erik verlor ich bald darauf aus den Augen. Ich glaube, er hat ordentlich Schelte bekommen, vielleicht hat er sogar alles gestanden, obgleich ich, trotz großen Schreckens und großer Enttäuschung, den Mund gehalten habe. Die Erwachsenen haben sich übrigens, zum Glück, nicht allzu sehr um uns Kinder gekümmert, so daß wir uns selbst überlassen blieben.
Lange noch dachte ich mit Entsetzen an dieses Ereignis. Cousin Erik habe ich erst einige Jahre später wieder getroffen, über die Vergangenheit sprachen wir nicht. Heute belustigt mich meine kindliche Angst vor der Verlobung. Die Verlobungszeit halte ich nun für einen Zustand, der größte Hochachtung verdient.
Mein lieber Franz, werden wir uns bald wiedersehen?

Franz an Hugo

Prag, März 1913

Mein Lieber,
es ist immer noch nicht sicher, ob ich für die zwei Osterfeiertage nach Berlin reisen werde. Wenn es mir gelingt, zwei Hindernisse – wovon eines ganz und gar harmlos, wenn auch lästig ist – zu überwinden, dann fahre ich unwiderruflich.
Ich muß fahren, ich muß Felice, irregeführt durch meine Briefe, die ganze Wahrheit über mich offenbaren. Du wirst wohl fragen, wie ich das zu tun gedenke? Möglicherweise werde ich gar nichts tun müssen, es reicht, wenn sie mich genau ansieht. Wenn ich wirklich da sein werde, wird sich nur wenig verbergen lassen. Die Gegenwart ist unwiderleglich. In den Briefen hielt ich bewußt oder unbewußt mein wahres Gesicht verborgen. Jetzt darf ich aber nicht länger jemanden spielen, der ich nicht bin.

Sobald ich in ihrer Nähe bin, wird sie sehn, wem sie ihr Schicksal anvertrauen wollte, und sich dann sicher von mir abwenden. Ich weiß es, es ist aber besser so, hundertfach besser, als wenn wir, aneinander gebunden, gemeinsam untergehn sollten.
Ich habe gerade das Geschriebene durchgelesen und festgestellt, daß ich im Brief an Dich Argumente anführe, die für sie bestimmt sind. Dabei sieht die Wahrheit noch anders aus, sie ist ganz einfach und ziemlich schrecklich: Ich fürchte mich so sehr vor der Nähe, vor der Verbindung mit einer Frau, vor dem Verlust meiner Freiheit, daß ich bereit bin, trotz der mich lähmenden Angst, selbst, eigenhändig das zu zerstören, was ich monatelang zu errichten versucht habe. Lieber Hugo, halte mich nicht davon ab. Jeder hat das Schicksal, welches er verdient.

Dein F.

Felice an Grete

Berlin, April 1913

Liebe Grete,
ich habe so sehr mit Deinem Besuch in Berlin gerechnet. Ich erhoffe mir viel von unserer beginnenden Freundschaft. Wann werden wir uns sehen können? Ich habe Dir so viel zu erzählen.
Endlich bin ich mit Franz zusammengekommen. Zum ersten Mal seit jenem Augusttag im letzten Jahr...
Im Grunewald wollte ich ihm einen See zeigen, es gab aber keine Zeit dafür. Zunächst, irregeführt durch widersprüchliche Angaben in seinen Briefen, dachte ich schon, er würde schließlich doch nicht kommen. Ich erwartete ihn also nicht mehr, obgleich ich, zugegeben, enttäuscht war. Plötzlich bekomme ich am Sonntagvormittag die Nachricht: »Und nun bin ich seit gestern in Berlin, muß am Nachmittag um vier oder fünf wegfahren, die Stunden vergehn...«
Ich telephoniere unverzüglich im Hotel an. Er wartet schon

am Apparat. Ich höre seine Stimme wie vom Boden eines tiefen Brunnens. Nach einem kurzen Gespräch verabredeten wir uns in der Königsallee. Ich fuhr mit der Droschke dorthin. Um keine Zeit zu verlieren, stieg ich an der Stelle aus, wo er wartete, und bereute es sogleich, da er den Eindruck machte, durch mein plötzliches Erscheinen überrascht, ja sogar erschrocken zu sein.

Wir gingen in Richtung Wald. Seine Schritte sind entschlossen, rhythmisch, er geht schnell, ich mag solch schnellen Marsch, und so gingen wir gemeinsam, als würden wir schon seit eh und je gemeinsam gehen. Ich schaute ihn immer wieder von der Seite an, wenn ich glaubte, er bemerkte es nicht. Er ist groß, schlank, dunkelhaarig, außerordentlich elegant gekleidet. Ich habe an ihm eine ungewöhnliche Sorgfalt um jede Einzelheit der Garderobe festgestellt. Die dunkle Kleidung und der lange Mantel ließen ihn etwas ernsthafter erscheinen. Er wirkt noch so jung, obgleich er beinahe dreißig ist.

Ich erzählte ihm ein wenig über das Bureau, über meine Freundinnen und über die Familie; er lachte, und mir schien, ihn amüsierten die Geschichten. Als ich jedoch nach seinen Eltern fragte, verdüsterte sich sein Gesicht, und es hellte sich erst wieder ein bißchen auf, als er von seiner jüngsten Schwester Ottla sprach.

Wir schritten immer tiefer in den Wald hinein. Schließlich setzten wir uns auf den Stamm einer riesigen, alten, umgefallenen Kiefer. Ich holte seine letzten Briefe aus meiner Tasche hervor und wollte nach den Stellen suchen, die ich mir angestrichen hatte, weil mir ihr Sinn unverständlich geblieben war. Beim Anblick der weißen, mit seiner eigenen Schrift beschriebenen Blätter wurde er bleich. Ich war schon dabei, sie wieder einzustecken, als er meine Hand zurückhielt. Seine Berührung war so kalt, daß ich erzitterte.

»Sollen das die Beweisstücke der Anklage werden?« fragte er.

Ich war erstaunt, daß ihm so ein Gedanke in den Sinn kam. Natürlich verneinte ich das, er schien es mir aber nicht zu glauben.

»Ich wollte Dich mit diesen Briefen überzeugen«, sagte er, ließ dabei meine Hand los und nahm einen der Briefe. »Ich wollte, daß Du an meine Existenz glaubst.«
»Das tue ich, ich sehe Dich doch«, erwiderte ich. Er lächelte irgendwie ratlos und traurig. Ich nahm den Brief, den er immer noch in seiner gesenkten Hand hielt, wieder an mich, steckte ihn mit den anderen Briefen in meine Tasche zurück und drückte sie fest an mich.
»So soll es sein. Ihr Platz ist in Deiner Nähe, nur da erwachen sie zum Leben.« Er sah mich an, und seine Augen leuchteten auf.
Wir verstummten, ich fühlte mich immer unsicherer. Ich wollte ja so viel erfahren, ihm so viele Fragen stellen, und nun, als er endlich bei mir war, hielt ich mich krampfhaft an meiner Tasche fest und blickte zur Seite.
Plötzlich beugte er sich zu mir, streckte seine Arme aus, und ich spürte ihr Gewicht auf meinen Schultern. Er küßte mich mit trockenen, heißen Lippen.
Bis heute erinnere ich mich an die Berührung seiner Finger an meinem Hals und an das Gefühl, daß dieser Mann mich nicht umarmt, sondern nach mir greift wie ein Ertrinkender nach seiner letzten Hoffnung.
Es war unser erster Kuß, und ich möchte nicht, daß es einen zweiten solchen geben wird. Deshalb habe ich mich entschlossen, ungeachtet dessen, was noch kommt, Franz zu retten, unbedingt.

Deine Felice

Felice an Franz

Berlin, April 1913

Lieber Franz,
es ist doch alles, wie es war. Du brauchst Dir keine unnützen Sorgen zu machen. Ich wechsle meine Stimmungen nicht wie das Hemd, schon gar nicht meine Entschlüsse. In Deinem Brief vom Freitag schreibst Du, Du könntest die Verantwor-

tung für uns beide nicht tragen, so groß sei sie. Ich fürchte mich nicht. Ich werde die Verantwortung für alles auf mich nehmen. Woher ich so viel Kraft und Mut habe, fragst Du. Die Antwort ist ganz einfach: Ich fühle, daß Du mir unentbehrlich geworden bist, ich brauche Dich.

Du schreibst: »Ohne Dich kann ich nicht leben, und mit Dir auch nicht.« Ich bin ein dummes Kind und verstehe Deine Worte nicht, erkläre mir bitte, was sie bedeuten.

Im Grunewald hast Du so wenig gesagt. Wir beide haben geschwiegen, obgleich wir uns so viel zu sagen hatten. Als Du Dich auf dem gefallenen Baumstamm dicht neben mich setztest, sagtest Du etwas von Glück, davon, daß die Menge des Glücks in der Welt begrenzt sei. Ich hörte deutlich das Wort »Glück«, vielleicht deshalb, weil ich selbst in diesem Moment an Glück dachte. Dir ging es aber um Kraft. »Die Menge der Kraft in der Welt ist begrenzt«, sagtest Du und wiederholtest diesen Satz.

Franz, hat es mit dem zu tun, was Du Deine Schwäche nennst? Was ist das für eine Schwäche? Zunächst wollte ich an sie gar nicht glauben, Du schreibst aber so oft davon. Als Du kurz vor dem Abschied sagtest: »Ich kenne niemanden, der so schwach wäre wie ich, wenn Du in meiner Nähe bist«, dachte ich bei mir, daß Du es nicht ohne Grund sagtest.

Möchtest Du, daß ich meine Kraft mit Dir teile?

Wir werden nicht teilen. Ich schenke Dir meine ganze Kraft...

Franz an Hugo

Prag, April 1913

Mein Lieber,

nach der Rückkehr aus Berlin habe ich eine Woche lang wie im Rausch gelebt. Ich liebe Felice, so weit ich dazu nur fähig bin. Ihr Gesicht, real, menschlich, unvollkommen, hat mich zutiefst gerührt. Sie glaubt an mich. Ich war in ihrer Nähe, sie schaute mich an und sah nichts von dem, was in mir sündhaft, dunkel und böse ist. Mir fehlte die Kraft, ihr die Wahrheit zu offenbaren. Jetzt warte ich auf unsere Zusammenkunft an Pfingsten, die sie mir versprochen hat, es ist nicht mehr lange hin.

Du gibst mir den Rat, nicht zu viel zu denken, nicht jeden einzelnen Schritt zu überlegen, sondern einfach zu leben ... Lieber Hugo, das eben ist das schwierigste für mich. Das Leben bedrängt mich, fordert ein Opfer, ich schlafe wieder schlecht, mein Kopf brennt, der Atem ist flach geworden wie bei einem alten Mann, dabei soll ich doch leben und die Erwartungen der Frau erfüllen, die ich liebe.

Seit einigen Tagen arbeite ich bei einem Gärtner in der Prager Vorstadt Nusle, im kühlen Regen ohne Jacke, nur im Hemd. Ich möchte diese schweigsame, einsame und gesunde Arbeit leisten, um müde zu werden, damit endlich der stärkende Schlaf kommt, den ich mir verdient habe.

Der Garten befindet sich am Rande einer Siedlung, dahinter erstrecken sich nur noch Felder. Dem Mann, der mich angestellt hat, habe ich gesagt, ich möchte ein wenig Gärtnerei erlernen, da ich in absehbarer Zeit ein eigenes Stück Land haben werde. Ich gehe nachmittags hin und bleibe bis zur Dämmerung. Die Erde ist inzwischen schon weich und riecht nach Sonne. In Vertiefungen sammelt sich Wasser, der Wind trocknet es zwar aus, aber das Wasser glänzt immerfort in den Furchen wie Glassplitter. Die Aprilschauer haben bewirkt, daß die Blätter an den Bäumen ihre vorfrühlingshafte rosagelbliche Farbe bereits verloren haben und sich mit Grün sättigen.

Kurz vor der Dämmerung beginnt eine Amsel zu singen, kaum sichtbar an der Spitze einer vertrockneten Pappel, ihre Stimme – klar und durchdringend – begleitet mich bis in die vollkommene Dunkelheit. Dann sammele ich das Werkzeug zusammen, stelle es ab und gehe fort, beinahe ruhig, müde und entspannt.

Der Garten ist ein Ort, an dem ich Schutz vor dem Hagel der Schläge suche, den die Welt für mich bereit hält, ein Ort, an dem ich vorübergehend Zuflucht finde. Hier nehme ich an den stillen Riten der Eintracht, der Demut und des Mitgefühls teil. Die Spannung geht vorüber. Ich erinnere mich an Zorn, Groll und ein längst vergessenes Zartgefühl. Melancholie, Sehnsucht und eine steigende Todesangst beginnen sich meiner zu bemächtigen.

Ich schaue mich um, sehe einen alten Baum, einen reglosen Stein, der seit eh und je hier liegt, ich höre dem Gesang des Vogels zu, aber die Unruhe vergeht nicht, ganz im Gegenteil, sie steigert sich, wird riesengroß und drückt auf meine Brust. Jedoch alles, was im Garten geschieht, ist unbestreitbar gut, und ich weiß, daß das im Garten erworbene Gute weitergereicht werden muß.

Merkwürdige Menschen leben hier. Der Gärtner ist ein schweigsamer Mann, der sehr bescheiden lebt, man sieht ihm aber an, daß er diesen Ort wegen seiner Ruhe und Abgeschiedenheit gewählt hat. Ich habe mich mit seiner Tochter unterhalten, einem nicht mehr ganz jungen Fräulein. Auch sie sucht hier Schutz vor der Welt. Sie erzählte mir von melancholischen Stimmungen, unter denen sie leidet, besonders im Winter, und von ihrem Bruder, der hier in diesem Haus vor einigen Monaten Selbstmord begangen hat.

Sie konnte sich nicht damit abfinden, daß er gegangen war und sie allein gelassen hat. Sie erzählte mir, wie die beiden oft schweigend auf einer Bank gesessen und in den leeren Raum des Herbstfeldes geschaut hatten, und wie sie zusammen auf den Friedhof gegangen waren, da ihnen die Nähe eines fremden Todes Linderung verschaffte und die zitternden Nerven beruhigte.

Solche Melancholien, Neurosen und Depressionen suchen oft ganze Familien heim. Kinder erben sie von ihren Großeltern, Verwandten oder Eltern. Ich denke zum Beispiel an die Familie von Grillparzer: der Vater, ein Hypochonder und Einzelgänger, die Brüder schwierig; der ältere ein ewig Leidender, der jüngere hat sich mit siebzehn in die Donau geworfen, vor Angst, ein schlechter Mensch zu werden.

Und schließlich seine Mutter, mit welcher er sehr verbunden war. Sie litt unter langwierigen, an den Wahnsinn grenzenden Depressionen, bis Grillparzer sie eines Nachts tot neben ihrem Bett fand. Er beschrieb diese Tatsache in seiner Selbstbiographie: »Ich hielt meine Mutter tod in meinen Armen. Wahrscheinlich war ihr während der Nacht der Gedanke wiedergekommen in die Kirche zur Kommunion zu gehen. Während sie sich ankleiden wollte traf sie ein Schlagfluß, wobei ihr Rücken gegen die Mauer lehnte, während ihre Kniee sich gegen den vor ihr stehenden Nachttisch stemmten, so daß sie aufrecht im Tode dastand.« So hat sich der Tod der Mutter in sein Gedächtnis eingeprägt, ein zufälliger, aber würdevoller Tod. Die Wirklichkeit war jedoch eine ganz andere: Seine Mutter hat sich erhängt.

Und in meiner Familie? So viele merkwürdige, geheimnisvolle Gestalten. Die Urgroßmutter mütterlicherseits sprach nach dem frühzeitigen Tod ihrer einzigen Tochter Esther mit niemandem mehr, weigerte sich zu essen. Eines Tages ging sie aus dem Hause und kehrte nie wieder zurück. Sie wurde gesehn, wie sie, ohne anzuhalten oder den Schritt zu verlangsamen, ins Wasser ging, ihr weit ausgebreitetes Kleid hielt sie noch eine Weile an der Oberfläche, dann verschwand sie, ihre Leiche wurde nie gefunden. In der Familie pflegte man zu sagen, die Wassergeister hätten sie zu sich gerufen.

Einer der Brüder dieser Urgroßmutter, David, hatte so suggestive Visionen, daß er sie von der Wirklichkeit nicht zu unterscheiden wußte und in eine Art sanften Wahnsinn verfiel. Man sperrte ihn in einen abgetrennten Raum, und nur die Kinder besuchten ihn heimlich. Aus seinem Kämmerchen drangen manchmal merkwürdige Stimmen – es war David, der mit den Gestalten sprach, die seine Phantasie gebar.

Allgemein bekannt war auch der Onkel Rudolf, ein Sonderling, Junggeselle, der nie das kleine Städtchen in Südtschechien verlassen hat, wo er ganz allein lebte und jahrelang einen gewissen, wenig bekannten Kommentar aus dem Talmud studierte.

Eine der Großmütter, auch mütterlicherseits, aus der männlichen Linie des Geschlechts, verlor angeblich bereits in jungen Jahren ihr Spiegelbild. Erinnert Dich das nicht an die geheimnisvolle, grausame, zugleich aber wunderschöne Welt der deutschen Legenden, an Spikher aus Hoffmanns Geschichte und Schlemihl von Chamisso? Obgleich ich ein kühler Skeptiker bin, fällt es mir schwer, mich des Eindrucks zu erwehren, die Wirklichkeit sei doch reicher und geheimnisvoller als es uns vorkommt.

Dein F.

Franz an Max

Prag, Mai 1913

Lieber Max, diese Woche werde ich mich mit Dir nicht treffen können. Ich reise schon wieder nach Berlin, diesmal auf Einladung von Felicens Eltern. Ich wollte nicht fahren, wie Du weißt, im letzten Augenblick habe ich mich aber anders entschieden. Jetzt gibt es kein Entrinnen mehr, sie erwarten mich. Also fahre ich hin...

Felice an Franz

Berlin, Mai 1913

Franz,
ich bin soeben vom Kurfürstendamm zurückgekehrt, wo ich kleine Besorgungen in einer Parfümerie gemacht habe. Draußen hat es dermaßen gegossen, daß ich mir die Stiefel völlig durchnäßt habe, erinnerst Du Dich: dieselben, die ich am Tage unserer ersten Begegnung trug. Kaum daß ich in der Wohnung angekommen war, reichte mir das Dienstmädchen einen Brief von Dir. Ich freute mich, ihn so bald zu erhalten, wir haben uns zwar erst vor drei Tagen gesehen, ich war aber neugierig, welchen Eindruck meine Familie auf Dich gemacht hat.
Zweimal habe ich Deinen Brief gelesen, um doch noch etwas

Gutes in ihm zu entdecken, jedoch vergeblich. Du schreibst, meine Mutter erschrecke Dich mit ihrer Strenge, Du hättest bei ihr vollständige Resignation Dir gegenüber erblickt. Du meinst gespürt zu haben, wie Du trotz all unserer Liebenswürdigkeit und Gastfreundschaft beobachtet und beurteilt wurdest, und glaubst nun, die Beurteilung sei nicht allzu günstig ausgefallen.

Nun, Du irrst Dich. Mein Vater hat über Dich gesagt: »Dieser junge Mann steht mit beiden Beinen fest auf dem Boden, seine Vorgesetzten haben sicherlich großen Nutzen von ihm.« Meine Mutter, die nicht so streng ist, wie Du glaubst, möchte die Liebe, die sie mir entgegenbringt, auch auf Dich übertragen, sie hat es mir selbst gesagt, und Du mußt wohl zugeben, daß dies Gutes für die Zukunft verheißt.

Erna, die Dir als einzige sympathisch vorkam, hat Dich tatsächlich vom ersten Augenblick an lieb gewonnen, ich rate Dir allerdings, Dich vor ihren Gefühlen in acht zu nehmen, meine Schwester ist ziemlich unbeständig.

Wie Du also siehst, hat meine Familie Dich akzeptiert. Du jedoch hast in allen strenge Richter gesehen, mächtige Gestalten – wie Du schreibst –, deren Macht durch die Tatsache bestätigt wird, daß sie eine Familie bilden.

Ja, es bedarf viel Kraft und Mut, eine Familie zu bilden, Du selbst hast mir doch mehrmals gesagt, wie sehr Du bei anderen diese Fähigkeit bewunderst.

Die Zeit vergeht, Du hast immer noch den Verlobungsbrief an meinen Vater nicht abgeschickt, obgleich Du behauptest, die endgültige Version bereits verfaßt zu haben. Ich möchte endlich etwas offen und ehrlich darüber hören. Nach einer halbjährigen tagtäglichen Korrespondenz und nachdem Dich nun meine Eltern kennengelernt haben und auch Du Dir ein Bild von ihnen hast machen können, habe ich wohl das Recht, etwas von Dir zu erwarten, was uns beiden die notwendige Klarheit verschaffen würde.

Ich weiß, Du hegst gewisse Bedenken gegenüber Dir selbst, gegenüber Deiner Lebenslage, die Dir nicht ausreichend fest

erscheint, schließlich auch gegen Deine Charakterstärke. Das, was Du über Dich schreibst, finde ich jedoch allzu streng und ungerecht.
Wäre ich ängstlich und hätte an Deine Selbstanklage geglaubt, so hätte ich längst schon meine Zimmertür verschlossen, damit mich nie mehr ein Brief von Dir erreichen könnte. Aber ich fürchte mich nicht, ich öffne die Tür weit und warte auf Dein Kommen. Hab keine Angst, tritt mutig über die Schwelle, die Dir heute noch zu hoch erscheint, ich versichere Dir, sobald Du den ersten Schritt getan hast, wirst Du alle kindlichen Ängste hinter Dir lassen.
Franz, solltest Du jedoch immer noch allzu viele Zweifel hegen und die Zukunft fürchten, so wende Dich doch an Deine Familie. Ich weiß, daß Du keine besonders gute Beziehung zu Deinem Vater hast, da Du ihm Deine Kindheit und sein Verhältnis zu Deinen Schwestern und zu Deiner Mutter übelnimmst, ich glaube aber daran, daß Du in der Tiefe Deines Herzens der Liebe Deines Vaters und dessen, daß er Dein Bestes will, sicher bist. Was Deine Mutter betrifft, hast Du wohl keine Zweifel, daß sie Dich bis zur Selbstaufgabe liebt, wie jede Mutter ihr Kind.
Schöpfst Du aus diesen Tatsachen nicht die Kraft und Zuversicht, daß Dir nichts Böses zustoßen kann in einer Welt, in der Dich die elterliche Liebe und die innigen Blutsbande beschützen?
Denk noch einmal an Deinen Vater, diesen tapferen, starken Mann, von dem Du mir so oft mit einem verborgenen Zartgefühl geschrieben hast. Wie lieb er seine Enkelkinder hat, wie er sich um sie kümmert, wie hart er arbeitet. Glaub mir, ich würde ihn gerne kennenlernen, und es wird wohl auch bald geschehen, wenn nämlich unser gemeinsames Glück in Erfüllung gehen sollte, so wird möglicherweise ein Besuch Deines Vaters in Berlin notwendig sein, damit alle Angelegenheiten mit meinem Vater besprochen werden können.
Franz, die Familie ist uns unentbehrlich, um gesund und sinnvoll leben zu können, und sobald Du mir innerlich in diesem

Punkt zustimmst, wenn Du es Dir ehrlich überlegst, wirst Du mir recht geben müssen.

Adieu

Franz an Felice

Prag, Juni 1913

Meine Liebste,
Deine Briefe in meiner Brusttasche erwärmen mein Herz. Aber nicht der letzte, nicht der! Du schreibst darin über Familie, und wer weiß es besser als ich, mit welcher Kraft die Familie uns an die Welt binden kann! Allerdings verbindet mich mit meinen Eltern nicht viel mehr als das gemeinsame Judentum und die seltenen Momente, in denen sich unsere Blicke begegnen.
Du, Felice, siehst in der Familie nur das Gute. Von meinem Vater sprichst Du so freundlich, obgleich Du ihn gar nicht kennst, ich empfinde es aber, als würdest Du Dich auf seine Seite stellen, um Dich mit ihm gegen mich zu verbünden.
Ich, Felice, sehe in der Familie die ewige Verschwörung der Erwachsenen gegen das Kind. Jeder von uns war doch vor langer Zeit einmal Kind, trug ein Königsgewand, fühlte sich erhaben, wurde mächtig, die Welt erschien ihm wie das Paradies am Morgen des ersten Tages. Nun aber treten Vater und Mutter hinzu. Die Familie umgibt das Kind mit Liebe, ich aber glaube, Felice, daß jede Liebe eine Form von Gewalt ist.
Mit Gewalt beraubt man das Kind seiner Heiligkeit, seines Irrsinns, seiner Poesie, und gibt ihm statt dessen etwas, was ihm das Leben in der Welt der Erwachsenen ermöglicht – die Normalität. Aber haben sich die Eltern überhaupt einmal gefragt, was ein normaler Mensch ist? Es ist doch ein betäubter, ahnungsloser Mensch, einer der seinen Verstand, seinen wirklichen Wert, ja sich selbst verloren hat.
Der normale Mensch ernährt sich vom Körper ermordeter Tiere, der normale Mensch pflegt das Ungleichgewicht, damit er um so leichter seine Macht behalten kann, die normalen

Menschen töten ihre Mitmenschen, die auch normale Menschen sind.
So sehe ich das, Felice. Die Tatsache, daß wir die Gewalt, der wir in jedem Augenblick unseres Lebens ausgesetzt sind, nicht stark genug spüren, zeigt nur, wie wirksam sie ist. Wir alle erfahren die gleiche Gewalt, obgleich wir unterschiedlich auf sie antworten. Meine Antwort ist Angst und Gleichgültigkeit. Angst habe ich schon immer empfunden, Gleichgültigkeit ist zur Waffe dessen geworden, der Angst hat.
Du bittest mich, ich solle mich an meine Familie wenden, wenn ich mich schwach, unsicher und wankelmütig fühle. Schauen wir uns also gemeinsam das an, was Familie genannt wird. Gerne zeige ich Dir ihre Zentren und Bollwerke, in ihrem Aufspüren und Demaskieren bin ich nämlich ein wahrer Meister geworden. In ihnen eben verschanzt sich die Familie, schützt sich und verstärkt ihre Macht. Man hätte so gerne Flügel an den Füßen, um sich loszureißen und fortzufliegen, den ganzen Sumpf hinter sich lassend.
Die Eltern sind jedoch stark genug, um Dich zurückzuhalten, und zwar deshalb, weil sich gleich nebenan das eheliche Schlafzimmer befindet und dort das Bett mit zerwühltem Bettzeug und unordentlich hingeworfener Wäsche. Dort eben zeugt man diejenigen, die bald selbst das sich unaufhörlich drehende Rad der Gewalt antreiben werden.
Vom Schlafzimmer führt ein Seitengang zum Kinderzimmer, dieser Brutstätte der Ängste, wo unschuldige, heilige Wesen schlafen und bereits von Gespenstern träumen. Im Speisezimmer steht ein Tisch, an dem während der familiären Mahlzeiten Tag für Tag die Erziehungsmaßnahmen praktiziert werden. Mein Vater belehrte uns, schimpfte und verteilte seine Schläge am liebsten eben während des Essens, hier waren wir nämlich vollkommen wehrlos, vom Tisch durfte man sich ja nicht entfernen.
Vom Speisezimmer gelangt man durch die Diele, in geheimnisvolle Dunkelheit gehüllt, in die Küche, den Lebensbereich, in dem die Frauen regieren und wo das Feuer brennt, dieser

Scheiterhaufen, auf dem immer neue Generationen von Fischen, Hühnern, Truthähnen und Lämmern geopfert werden. In unserer Küche regierte die Köchin, eine Person, die einen lebhaften Anteil am Entstehen meiner Ängste hatte. In jeder Küche wohnt eine solche Köchin, deren geheime Mission es ist, stets die Quellen unserer Angst zu speisen.
Felice, ich bin nicht irrsinnig geworden, daß ich das alles sage, ich stehe bloß vor meiner Familie und schwinge unaufhörlich die Messer im Kreise, um die Familie immerfort und gleichzeitig zu verwunden und zu verteidigen. Was wäre ich denn bloß ohne das bißchen familiärer Wärme, an der ich mich aufwärme wie ein in endlosen Weiten verirrter Wanderer?
Jedoch nach all dem, was ich hier gesagt habe, kannst Du, meine Liebste, mit Recht fragen, weshalb ich heiraten will. Ich werde Dir dann antworten: »Weil ich Dich liebe, Felice.« Und Du, noch nicht überzeugt, wirst weiter fragen: »Und die Familie, vor der du dich so fürchtest?« Dann werde ich sagen: »In dem Buch Sohar wird gesagt, daß ein Mann ein Opfer bringen wollte. Man fragte ihn, ob er verheiratet sei, wenn nicht, so sei sein Opfer unecht, und seine Hand sende keine Segnung, weder nach oben, noch nach unten.«
Es gibt keinen guten Ausweg, Felice. Die Vorstellung, daß die Ehe und möglicherweise die Vaterschaft das Leid in der Welt vergrößern wird, ist für mich furchtbar, aber der Gedanke, daß mein Opfer nicht angenommen wird, macht mich nutzloser als einen Ast, den der Wanderer in einer Winternacht im offenen Feld von sich wirft.

Franz an Max

Prag, Juni 1913

Liebster Max,
beurteile selbst, was ich Dir erzählen werde. Mir fehlt die Kraft dazu. Ich weiß nicht einmal, ob es wirklich geschehn ist oder ob ich es nur geträumt habe. Oder, ich weiß es doch – es ist wirklich geschehn, nur habe ich mich daran halb im Schlaf

beteiligt, und so, als hätte ich mich nicht ganz entscheiden können: Bin ich noch am Leben oder bereits tot?
Gestern abend erhob ich mich mit Felicens Brief in der Hand vom Schreibtisch und öffnete die Zimmertür. Die Lampe über dem Tisch brannte so schwach, daß sich die Mutter mit den vor ihr ausgebreiteten Karten im Schatten befand. Ich sah den Vater, der gerade auf dem Kanapee stand und die Wanduhr aufzog. Mit immer noch erhobenen Händen wandte er sich zu mir, und im gleichen Augenblick ging ich auf ihn zu.
In seinem dunklen knöchellangen Schlafrock erschien er mir riesig und patriarchalisch, gleichzeitig aber auch klein und merkwürdig alt in dieser nächtlichen Bekleidung, unter der die Hose und ein Streifen des über der Brust aufgeknöpften Hemdes hervorlugten. Die Uhr tickte gleichmäßig, der Vater senkte seine Arme immer noch nicht und sah aus, als wollte er einen unsichtbaren Balken packen, sich in die Höhe schwingen und so von oben herab auf mich schauen.
Ich hob die Hand mit dem Brief, als ob ich mich damit vor einem Schlag schützen wollte. In diesem Brief schrieb mir Felice, sie sei damit einverstanden, meine Frau zu werden, kein Wunder also, daß ich ihn wie eine weiße Fahne schwenkte.
Endlich ließ Vater seine Arme sinken, blieb aber weiterhin – mich so überragend – auf dem Kanapee stehn und sah mich nun direkt an. Ich spürte auch Mutters Blick vom Tisch herüber, aus der Dunkelheit, und griff nach ihm wie nach einer hilfsbereiten Hand, obgleich ich wußte, daß ich das nicht tun durfte und es mir später berechtigterweise vorwerfen würde.
»Vater, was sagst Du dazu, daß ich heiraten will?« fragte ich.
Der Vater legte seine rechte Hand an die Brust und horchte. Ich konnte beinahe spüren, wie ungleichmäßig und dumpf sein Herz unter dieser Hand schlug.
»Die Kinder ersparen uns nichts«, sagte er. Seine Stimme klang dabei wie ein Glockenschlag. »Habe ich nicht recht, Julie?« Er wandte sein Gesicht der Dunkelheit zu, aus der Mutters Seufzer kam. »Ja, ja«, setzte er fort, »rede und bitte, daß sie dir auf

die alten Tage Sorgen ersparen, und bitte schön, da hast du die Bescherung! Der Herr Sohn ist wohl unzufrieden, daß er um Rat fragen muß. Du hättest kommen sollen, bevor du dich entschieden hast!«
»Es ist noch nichts endgültig entschieden, Vater«, sagte ich schnell, und es mochte den Eindruck erwecken, ich würde mich von Felice lossagen wollen, aus Angst vor dem Vater wäre ich bereit, sie ohne Kampf aufzugeben. Es stimmte jedoch nicht, und der Vater durchschaute mein Spiel leicht.
»Ich weiß Bescheid!« schrie er aus vollem Halse. »Zum Glück braucht keiner den Vater zu lehren, wie er seinen Sohn durchschaut. Und jetzt, wenn Du glaubst, daß du ihn niedergeschlagen hast, ja niedergeschlagen, daß du dich mit deinem Hintern auf ihn setzen kannst und er sich gar nicht regt, jetzt hat sich also mein Herr Sohn entschieden, zu heiraten! Er kommt hierher, um Rat bittend, den Verlobungsring hat er aber schon gekauft...«
Aus dem Augenwinkel sah ich, wie die Mutter sich vom Tisch erhob und an den Vater herantrat, er stieg vom Kanapee herunter, auf dem er unbewußt die ganze Zeit fast reglos verharrt hatte. Nun, als sie dicht nebeneinander standen, merkte ich, daß der Vater, obgleich wirklich groß, mir kaum bis zum Kinn reichte.
»Drum prüfe, wer sich ewig bindet...«, setzte die Mutter an, ich aber winkte nur ab und sagte etwas wie: »Es ist nichts, es ist nichts...«
»Du hast ihn so verzogen! Der junge Mann hat doch wohl alles, was das Herz begehrt, und will von zuhause fliehen.« Der Vater wandte sich unerwartet gegen die Mutter, vielleicht weil sie so ohne weiteres hinzugetreten war und man nicht genau wissen konnte, auf wessen Seite sie sich stellen würde.
»Na gut. Du willst also meinen Rat?« sagte der Vater und ging schwer atmend zum Tisch. Wir folgten ihm, und nach einem Augenblick saßen wir im Lichtkegel der über dem Tisch hängenden Lampe.
»Was sind deine Vorzüge als künftiger Ehemann? Laß uns

überlegen«, begann er. »Du bist noch jung, und man kann nicht ausschließen, daß es dir gelingen wird, uns diese Vorzüge zu zeigen. Also: Du bist jung. Ob es dein Verdienst ist, weiß ich nicht. Was meinst du, Julie?« fragte er und fuhr fort, ohne die Antwort abzuwarten: »Zweitens hast du eine Familie, die dir notgedrungen zur Seite steht. Ich pfeife zwar schon auf dem letzten Loch, aber was soll's, so ist wohl mein Schicksal...«

»Vater, ich werde dich nie um Hilfe bitten«, sagte ich, und obgleich ich mich bemühte, diese Worte in einem bestimmten Ton auszusprechen, erklangen sie leise und undeutlich.

»Was? Ich verstehe nicht, was du sagst«, schrie der Vater.

»Franz sagt, daß...«, flüsterte die Mutter.

»Unwichtig, was er sagt«, der Vater winkte ab und erhob sich im Stuhl, als machte er sich zu einem Angriff bereit. »Ich sage, dieser Junge taugt nicht zur Ehe! Mit deinem Gehalt erwartet euch die Not. Was du auch anfaßt, wird zum Fehlschlag. Du hast so lange auf mich eingeredet wegen der Beteiligung an der Fabrik, unselige Fabrik, verdammter Asbest, den niemand kaufen will, wieso habe ich mich darauf eingelassen! Hatte ich nicht schon genug Sorgen mit dem Geschäft, mit dem Personal, diesen Nassauern, die umsonst den Teller voll kriegen wollen. Ihr wollt mich in den Ruin treiben, dabei sägt ihr aber den Ast ab, auf dem wir alle sitzen. Jeder kommt angelaufen mit ausgestreckter Hand, ich habe aber keine Kraft mehr.«

»Vater, ich möchte dich trotz allem bitten, daß du nach Berlin fährst und mit Felicens Vater sprichst. Was du jetzt sagst, wird schon das Richtige sein. Ich möchte dich auch bitten, nichts, was mich angeht, zu verheimlichen. Seit langem bemühe ich mich schon darum, Felice meine wirkliche Situation zu schildern, richte mich dabei nach der Wahrheit und nichts als der Wahrheit. Und doch fürchte ich, nicht ganz verstanden worden zu sein. Du, Vater, wirst es besser machen als ich.«

Der Vater schaute mich sichtbar überrascht an. Es war wohl die längste Rede, die er je von mir gehört hatte.

»Gut«, sagte er. »Ich bin bereit, ihre Eltern zu besuchen, und

sollte ich trotz der Einwände, die meines Erachtens unwiderlegbar sind, Einwilligung in die Eheschließung erfahren, so werde ich mich dem nicht länger widersetzen.«
Wie üblich nach einem aufreibenden Gespräch wurde der Vater still, zerstreut und unaufmerksam. Er versuchte zwar noch, die Mutter zu einer Runde Franzefuß zu überzeugen, war aber bereits so geschwächt, daß sie ihn ohne Mühe ins Schlafzimmer brachte. Ich blieb allein.
Ich weiß nicht, wie ich es geschafft habe, mein Zimmer, direkt nebenan, zu erreichen. Die ganze Nacht kämpfte ich mit Dämonen.
Ein Hammer hämmerte die halbe Nacht seinen seltsamen, monotonen Rhythmus in meinem Kopf. In einem Augenblick, den ich natürlich nicht richtig erfaßte, setzte er aus, als wäre er in der Luft hängengeblieben, und ich fiel in den Schlaf. Es war aber kein besonders tiefer Schlaf, da bald schon die ersten Traumbilder auftauchten. Zunächst undeutlich, in Dunkel gehüllt. Irgendwo in der Ferne erschien dann ein Licht, eine Gestalt trug einen Leuchter und erhellte damit ein großes Zimmer, in dem ich mich befand.
Ich sah mich selbst, die Hände und das Gesicht auf eine schwarze Tischplatte gestützt. Ich blickte leicht schräg nach oben, am andern Tischende saß Felice.
Ihre Gestalt war verschwommen, oder vielleicht sah ich die Welt auch nicht richtig klar, da sich herausstellte, daß mein linkes Auge blind war. Ach ja, dachte ich, ich erblinde also bereits, und das erschien mir völlig selbstverständlich. Trotzdem wurde Felicens Gesicht heller und näherte sich mir; ich verspürte ein so starkes Verlangen nach ihr, nach ihrer Nähe, daß ich meine Hände ausstreckte und die Wange dabei an die kühle, glatte Fläche der Tischplatte drückte, wie ein Kind, dem man den Lebenstrank verweigert und das sein erhitztes Gesichtchen kühlt.
Plötzlich packte jemand meine ausgestreckten Arme, spannte schmerzhaft meinen ganzen Körper und zog mich auf den Tisch. An den Seiten erblickte ich schwarzgekleidete Perso-

nen, die mich forschend betrachteten. Mein Vater, meine Mutter und Felicens Eltern waren darunter.
»Nun wird es sich zeigen, was du taugst. Heute ist *Empfangstag*«, hörte ich die Stimme meines Vaters.
Was heißt denn das, ich kenne dieses Wort gar nicht, dachte ich und spürte das in mir wachsende Entsetzen.
»Verlobung«, erklärte man mir, obgleich ich niemanden gefragt hatte.
Ach ja, heute ist also unsere Verlobung, atmete ich erleichtert auf. Felice, Felice, rief ich stumm, ihre Gestalt entfernte sich wieder, und ich sah sie erneut wie durch einen Nebel.
Man zog mich ein Stückchen über die glatte Tischfläche, und mir schien, als hätte mich diese Bewegung der ersehnten Mädchengestalt nähergebracht. Die Eltern bewegten ihre Lippen, die Stimmen kamen jedoch von oben herab, was mir völlig natürlich erschien. Es waren dies doch unbegreifliche göttliche Wesen, die über mich streng, aber gerecht zu richten hatten.
Ich schob mich unaufhörlich über den Tisch, und mit meinem entblößten Unterleib spürte ich die makellos glatte und kühle Oberfläche. Das gegenüber gelegene Tischende entfernte sich jedoch, anstatt sich zu nähern, und eben dort wartete Felice. Die Stimmen der Eltern drangen zu mir – mal laut, mal leise.
»Das ist dein Ruin«, sagte Felicens Mutter.
»Du Tölpel!« schrie mein Vater.
»Laßt mich alle in Frieden«, bat Felicens Vater, während meine Mutter flüsterte:
»Ich habe dir gesagt, daß du auf dich aufpassen sollst.«
Mutter, es ist doch alles gut, wollte ich schon sagen, plötzlich aber drückte mir ein gewaltiger Schlag eine Luftsäule in die Kehle und erstickte mein Stöhnen.
»Wer nicht hören will, muß fühlen!« brüllte mein Vater.
»Was sind das für Töne?« fragte Felicens Mutter.
»Eins, zwei, drei, und eins«, dirigierte Felicens Vater, und ich sah, wie sich die Eltern im Rhythmus seiner Worte erhoben, ganz in Schwarz, mit weißen Gesichtern und dunklen Mundhöhlen, und sich von der Tischkante entfernten.

Man zog unablässig an mir, bis ich merkte, daß ich mich dem andern Tischrand näherte. Ich versuchte diese Bewegung und den unvermeidlichen Sturz aufzuhalten, aber meine Beine fanden keinerlei Ritzen oder Sprünge auf der glatten Fläche. Meine Arme und mein Gesicht hingen schon in der Luft, unter mir erblickte ich einen Abgrund, in den ich durch das Gewicht des eigenen kraftlosen Körpers glitt. Mein Kopf schlug dumpf auf, und ich begriff, daß ich auf dem Fußboden lag und der Abgrund nur ein Gespinst meiner grenzenlosen Angst war.
Dieselben Kräfte, die mich über den Tisch gezogen hatten, griffen mir nun unter die Arme und stellten mich auf meine wackeligen Beine. Felice, Felice, flüsterte ich, bis ich sie endlich erblickte. Sie kam auf mich zu. Ihre auf mich gerichteten Augen waren dunkel, aber in der Mitte jedes Auges war ein Punkt, der glänzte wie Feuer und Gold. Wir reichten uns die Hände, hakten unsere Arme ineinander. Ich spürte, wie man uns Handschellen anlegte und uns nach vorn schob. In der Ferne vor uns zeichnete sich deutlich wie eine Schwertschneide der Umriß eines Schafotts ab. Wir schritten darauf zu, wie ein Liebespaar aus den Zeiten der Französischen Revolution, von hinten ertönte unterdessen immer lauter ein Hämmern, als würde jemand mit einem Hammer auf meinen nackten, haar- und hautlosen Schädel einschlagen.
Erscheint Dir der Sinn dieses Traumes nicht genauso selbstverständlich wie die Tatsache, daß ich ein für die Welt verlorener Mensch bin?

Franz an Felice

Prag, Juni 1913

Du schreibst, wir gehören bereits seit langem zusammen. Meine liebste Felice, ich wußte es in dem Augenblick, als ich Dich zum ersten Mal sah. Heute erinnere ich mich an diesen Tag mit der Gewißheit, daß mich das Gefühl der Dankbarkeit für die Gnade dieser Begegnung nie verlassen wird. Ich erinnere mich an jede Einzelheit unserer Unterhaltung, an Deine Blicke und meine Gedanken. Als Du mir damals auf meine Bitte hin Deine Hand reichtest und damit das Versprechen einer gemeinsamen Palästinareise bekräftigtest, wurde die ganze Welt für mich zu einem wahren Gegenüber.

Wir alle streben nach Ganzheit und Einheit, da wir als Teile des Ganzen unsere Begrenztheit schmerzhaft empfinden. Als ich Deine Hand in meiner hielt, fühlte ich, daß Du mir die Welt als Ganzes und als Einheit schenkst. Felice, denk bloß, was wäre ich ohne Dich – ein Teil, der das Ganze nicht kennt?

In den Augenblicken jedoch, in denen mich Zweifel überfallen, vergesse ich unsere glückliche Einheit. Ich sehe uns getrennt, einsam, versunken in eigenen Gedanken. Stets werde ich durch Bilder von Häusern in der Ödnis, von versperrten Türen oder blinden Fenstern heimgesucht. Und ich frage mich, bin ich denn nur ein Zimmer, in das Felice zwar hineingeschaut hat, sich aber zurückzog, sobald sie dort die Unordnung erblickte und die von den Wänden strömende Kühle verspürte, erbost die Tür hinter sich zuschlagend? Das Schuldgefühl gewinnt wieder die Oberhand, ist stärker, hundertfach stärker als die Liebe.

Felice, unterschätze nicht die mächtige Kraft des Schuldgefühls und der Angst. Von der Angst weißt Du bereits, ich habe Dir darüber geschrieben. Die Angst ist das, was mich zwingt, vor dem Tor des Hauses stehenzubleiben, in dem Du längst schon wohnst. Ich fürchte mich, über die Türschwelle zu treten und hineinzugehn, fortgehn kann ich aber auch nicht, und so bewundere ich nur dieses Haus, verbeuge mich tief vor ihm und schmücke es mit Kränzen. Einziehn kann ich in dieses Haus nicht. Noch nicht…

Du glaubst, wenn auch nicht ohne Vorbehalte, an unsere gemeinsame Zukunft und schreibst mir, die einzige für Dich denkbare Form des Beisammenseins mit mir sei die Ehe, Du könnest Dir nichts anderes vorstellen. Also die Ehe, Felice? Ja … das wäre etwas Konkretes. Darin läge eine Klarheit.

Aber, meine Liebste, weißt Du denn wirklich, was für ein Mensch ich bin? Wovor ich eigentlich Angst habe? Ich fürchte mich doch vor jedem, der sich mir auf Blickentfernung nähert, ich will ihn nicht kennen, nicht sprechen, Gespräche langweilen mich zu Tode. In meinem Zimmer versperre ich mich wie in einer Festung, die Wände werden zum Schutz für meinen immerfort ängstlichen Körper, und selbst das Hereinkommen einer mir nahestehenden Person empfinde ich als Eindringen und Verletzung meiner intimsten Sicherheitszone.

Solche Angst ist in einer Ehe nicht hinzunehmen – ich bin mir dessen bewußt. Die Ehe bedeutet nicht nur ein Zuhause, ein gemeinsames Zimmer, ein Bett für beide, sie bedeutet auch Nähe, die ich als Einsaugen, Zerfließen des eigenen »Ichs« in dem Andern empfinde.

Menschen suchen nach Nähe, da sie Erholung von sich selbst brauchen, Linderung, sie wünschen sich, im Inneren des Anderen zu sein. Diese Menschen sind möglicherweise mit einem starken »Ich« ausgestattet, die Verschmelzung braucht für sie nicht den Verlust ihrer Selbst zu bedeuten. Für mich ist es jedoch eine wahre Bedrohung. Ich fürchte, ein Mensch, ein teurer, geliebter und doch anderer, fremder Mensch, könnte mich der schwer errungenen Eigenständigkeit berauben, mir dieses bißchen lebensnotwendiger Kraft entreißen.

Letzthin hast Du gesagt, die Liebe erweitere unsere Existenz, ja, so hast Du es genannt, da sie Verdoppelung sei, Aufnahme des Anderen in sich selbst. Felice, so schön verstehst Du die Liebe, weißt Du aber, wie ich sie verstehe? Eher als eine Steigerung seiner selbst durch die Beherrschung des Anderen. Du wirst zugeben müssen, daß es der Gewaltsphäre gefährlich nahekommt. Indem ich liebe, soll ich mich also sozusagen von der andern Person ernähren, sie mir Stück für Stück einverleiben, in mich einsaugen, mich durch sie anreichern, womöglich auch gegen ihren Willen?

Betrachte ich meine Mutter, die sich der Liebe vollständig und bedenkenlos hingegeben hat, so erzittere ich vor Schmerz. Wir verschlingen sie alle, nach und nach, der Vater, ich, meine Schwestern, jetzt auch die Kinder meiner Schwestern. Was ist noch von ihrer Großzügigkeit, ihrer Reinheit, ihrem regen

Verstand übriggeblieben? Nur so viel, damit ich ahnen kann, daß sie einst wunderschön, mächtig und liebevoll gewesen ist.
Felice, muß es so sein? Ich weiß es nicht, meine einzige Antwort auf diese Frage ist nur die steigende Angst. Ich habe Angst, Felice, und trotzdem, trotzdem – bleib bei mir.

Franz an Hugo

Prag, Sommer 1913

Mein Lieber,
schon wieder sehe ich mich als kleinen Knaben, ein Kind noch, der Macht gegenübergestellt, die mein Vater verkörperte. Von seinem Lehnstuhl aus regierte er die Welt, erließ Gesetze, deren Gültigkeit ich anerkannte, da sie von ihm stammten. Ich wußte doch, daß ich von der höchsten Instanz, die er damals für mich war, nur Gutes zu erwarten hatte. Ich war mit allem einverstanden und bewunderte ihn.
Es kam jedoch der Zeitpunkt, an dem ich den ersten Spalt in dem einheitlichen Gebäude seiner Macht entdeckte. Allzu früh schaute ich durch diesen Spalt hindurch, und das, was ich erblickte, erschreckte mich und bewirkte, daß ich mich ein für allemal aus dem Paradies verstoßen fühlte.
Mein Vater – riesig, lärmend, selbstsicher, mutig und stark – war nicht konsequent. Er erließ Gesetze, die für uns Kinder gültig sein sollten, aber bald schon vergaß er sie wieder und ersetzte sie durch andere, nicht selten widersprüchliche. Damit nicht genug – wir sollten Befehle ausführen und Gesetzen gehorchen, die für ihn nicht galten, da er sich über seine eigenen Gesetze stellte.
Was in unserer Kinderwelt das Böse geheißen wurde, konnte in seiner Welt das Gute bedeuten, was für uns als ungerecht galt, war für ihn Gerechtigkeit, uns versagte er das, was er selbst gern und reichlich genoß. Vom väterlichen Lehnstuhl aus wurden nicht nur Befehle, sondern auch Urteile verkündet. Der Vater hatte sich das Recht gegeben, uns zu bestrafen.

Oft kannten oder verstanden wir die eigene Schuld nicht, die Strafe bestärkte uns aber in der Überzeugung, doch schuldig zu sein. Ich wäre von der hohen Instanz nicht bestraft worden, ohne schuldig zu sein, sagte ich mir immer wieder, und manches Mal half es, das Leid zu ertragen, ließ den Schmerz sogar mit der Zeit zu einem unerwarteten Genuß werden.
Es ziemte sich, den Vater zu lieben, und so liebte ich ihn eben, wie ein Kind seinen Vater liebt, indem es seine Befehle ausführt, denn Lieben hieß Gehorchen. Wäre ich bis zum heutigen Tage in der kindlichen Sphäre geblieben – und so ist es womöglich –, dann müßte die Liebe für mich mindestens zwei Gesichter haben: ein helles und ein dunkles, eins voll Vertrauen in die Güte des Höchsten Wesens und eins mißtrauisch seinen zweideutigen Gesetzen und Befehlen gegenüber. Hell wäre die Welt vor der Vertreibung aus dem Paradies (wo »sein« und »verpflichtet sein« unzertrennlich waren), dunkel die Zeit, als ich nach der Vertreibung in der väterlichen Macht auch das Böse bemerkte, das durch nichts zu rechtfertigende Sichhinwegsetzen über das eigene Recht. Ich sah es und erkannte trotzdem seine Herrschaft als rechtskräftig an. Ich war einverstanden, seine Befehle auszuführen.
Was kann ein Kind übrigens anderes tun, als sich der Herrschaft mit ihrer ganzen Güte und Bösartigkeit zu unterwerfen? Von ihr hängt doch seine gesamte Existenz ab, eine Auflehnung würde vielleicht die Befreiung von der väterlichen Dominanz mit sich bringen, aber ein schwaches und noch unsicheres Wesen, das ein Kind ist, geriete so ins Chaos und unter die Herrschaft unbekannter, gefährlicher Mächte.
Und doch begann ich, mich aufzulehnen. Bald wurde für mich das Nichterfüllen eines väterlichen Befehls zum höchsten Befehl. Der Vater bemerkte zunächst gar nichts, nach und nach wurde es ihm aber immer bewußter, daß ich Widerstand leistete. Äußerlich war es schwer, irgend etwas zu bemerken, scheinbar ließ ich des Vaters Herrschaft gelten und stellte sie nicht in Frage. In meinem Innern jedoch wurde ein Kampf geführt, immer schrecklicher, immer verbissener. Dieser Kampf schwächte bereits von Anfang an meine Kräfte.

Du weißt gar nicht, wie seltsam und hinterlistig dieser Kampf war. Mit einem Messer in der Hand tanzte ich in einem Zauberkreis, verwundete mich selbst dabei, damit mein Vater es sehe und vor Entsetzen erzittere, damit er Mitleid mit mir habe. Aber die Herrschaft kennt kein Mitleid, da sie die Erfüllung des Rechts anstrebt. Als der Vater sah, wie ich mich selbst bestrafte, bestärkte ihn das nur in der Überzeugung, daß ich schuldig war. Die Strafe bestätigte die Schuld. Lag ich bereits blutend da, so entfernte sich der Vater, gesättigt und gestärkt, und die dunkle Unruhe, die an seinem gepanzerten Gewissen nagte, dämpfte er mit der Feststellung: Ja doch, er ist schuldig.

Ich war schuldig und wußte es. Immer wenn ich mein Innerstes untersuchte, mußte ich mir doch selbst eingestehn, daß es nicht mein wahres Ziel war, ein guter Mensch zu werden und einem höchsten Gericht zu entsprechen, sondern eine solche Erkenntnis der menschlichen Vorlieben und Ideale zu erlangen, um mich leicht und ungehindert nach ihnen richten zu können und dadurch die allgemeine Liebe und das Recht zu gewinnen, offen, sozusagen vor aller Augen, der mir innewohnenden Niedertracht zu frönen. Es ist gut so, sagte ich mir, daß der Vater kein Erbarmen kennt, daß er sich nicht schuldig fühlt. Bereits damals spürte ich unklar, daß es sich nicht lohnt, Herrscher und Sieger zu beschämen. Ich habe verstanden, daß ein beschämter, mit Schuldgefühl beladener Vater mich leicht des einzigen Rechts hätte berauben können, das ich mir erkämpft habe – das Recht, Opfer zu sein.

Zwar muß einer, über den gerichtet wird, der also auf irgendeine Weise verfolgt wird, zweifellos schuldig sein. Die Richter sind ja dafür da, die Schuld zu beweisen und ein gerechtes Urteil zu fällen. Am schönsten wäre es übrigens, wenn das eigentliche Gerichtsverfahren auf sanfte und doch unerbittliche Art in die Urteilsverkündung münden würde. Andererseits jedoch beinhaltet schon der Begriff des Opfers Unschuld in sich, und eben dies war eine Chance für mich – wenigstens teilweise konnte ich mich freigesprochen fühlen.

Damals dachte ich nicht so klar darüber nach, ich handelte unter dem Einfluß dunkler, mir selbst unbegreiflicher Gefühle. Sozusagen instinktiv bewegte ich mich in dieser Welt, die mir ihr gefährliches Ungleichgewicht allzu früh offenbarte – die Leichtigkeit auf der Seite der Macht und die Schwere auf der Seite dessen, der dieser Macht untertan war.
Der Wille zur Unterwerfung und die Auflehnung – dies waren zwei einander ausschließende Wünsche, die meine Kindheit beherrschten. Möglicherweise überwog sogar die Auflehnung. Ich begann, streng und ungerecht über meinen Vater zu urteilen. Ich, der ich so gerne die Opferrolle für mich beanspruchte, wurde meines eigenen Vaters Richter.
Bald schon sollte ich das bitter bereuen. Es ist ein schweres Schicksal für einen Sohn, den Vater von der Höhe zu stürzen, auf die er selbst ihn emporgehoben hat. Die ohnehin schon undurchschaubare Welt versank plötzlich in Finsternis. Die Kraft meiner Auflehnung wurde schwächer. Erneut erblickte ich in meinem Vater eine gewaltige Kraft, um so mehr, da, während ich mich in einem inneren Kampf völlig erschöpfte, der Vater nichts von seiner Kraft einbüßte, sondern seine Position weiter stärkte oder jedenfalls weiterhin dort verharrte, wo sein Platz war – auf dem Gipfel der Macht.

Dein F.

Felice an Grete

Berlin, Oktober 1913

Liebe Grete,
Franz ist abgereist! Läßt nichts von sich hören! Ich weiß nicht, was ich tun soll. Neulich schrieb er noch: »Komm hierher, laß uns unverzüglich heiraten, laß uns die Sache zu Ende führen.« Dann schickte er mir einen Brief, in dem er mich anflehte, ich selbst solle Schluß mit ihm machen. »Verstoß mich, weise mich zurück, wie man etwas Häßliches und Abscheuliches von sich zurückweist, wie Abfälle, Unrat, unreine Wesen« – schrieb er. Grete, manchmal denke ich, er ist wahnsinnig.

Sofort schrieb ich zurück und versuchte ihn zu beruhigen. Ich beteuerte, ich ersehne ihn weiterhin, wolle mit ihm beisammen sein, und dies sei meine einzige Wahrheit. Er antwortete, er schätze die Wahrheit der Gefühle am höchsten, aber eben dazu sei er nicht fähig. Höre, was er schreibt: »Ich kann mitgenießen, aber nicht mitleben. Ich getraue mich nicht, Wahrheit dauernd im Zusammenleben zu erhalten, zugleich könnte ich aber ein Zusammenleben ohne Wahrheit nicht ertragen.« Und zum Schluß: »Wir müssen Abschied nehmen.«
Danach schickte er mir noch Karten von seinen Reisen, von dem Zionistischen Kongreß, aus Wien, dann aus Venedig. Nun ist er verstummt. Schon seit Wochen habe ich keine Nachricht von ihm. Liebe Grete, ich muß Dich um Hilfe bitten. Schreib ihm, triff mit ihm zusammen. Siehe selbst, was er für ein Mensch ist, erforsche, was für Pläne und Absichten er hat. Nur Du allein kannst mir helfen.

Deine Felice

Grete an Franz

Wien, Ende Oktober 1913

Sehr geehrter Herr,
obgleich wir uns nicht kennen, erlaube ich mir, Ihnen zu schreiben, weil mir das Glück meiner Freundin Felice am Herzen liegt. Beunruhigt durch Ihr anhaltendes Schweigen, hat sie mich gebeten, mit Ihnen zusammenzutreffen. Es fügt sich gut, daß ich Anfang November dienstlich in Prag zu tun haben werde. Wenn es Ihnen also beliebt, könnten wir uns kennenlernen. Von Felice habe ich bereits viel Gutes über Sie gehört und vertraue darauf, daß unsere Zusammenkunft von doppeltem Nutzen für mich sein könnte. Es gäbe mir die Möglichkeit, die Bitte meiner Freundin zu erfüllen und zugleich einen außergewöhnlichen Menschen kennenzulernen. Bestimmen Sie bitte Zeit und Ort...

Franz an Hugo

Prag, November 1913

Mein Lieber,
ich höre die Turmuhr schlagen. Es ist halb sechs. Ich schaue aus dem Fenster und durch die Dunkelheit hindurch sehe ich, wie der Wind die Zweige eines kümmerlichen, an die Mauer geschmiegten Bäumchens zaust und die gelben Blätter eins nach dem andern hinunterfallen läßt.

Von Felice habe ich keine Nachricht. Kein Wunder, eben das habe ich ja gewollt. Ich habe mich entschieden, ihr nicht mehr zu schreiben. Es wäre besser so, es gäbe darin eine Art Gewißheit, und trotzdem, trotzdem ...

Als ich den Brief von ihrer Freundin, Fräulein Grete, erhielt, in dem diese ihren Besuch in Prag ankündigte, erzitterte ich vor Freude und Angst. Es ist schon wieder so, wie es vorher war, F. wird zum Mittelpunkt aller meiner Gedanken.

Ich verabredete mich mit Fräulein Grete im Vestibül des Hotels Erzherzog. Ich hatte mir bereits einen längeren Vortrag zurechtgelegt und setzte mich, diesen nun in Gedanken wiederholend, auf das Kanapee unter einer Palme. Ich erwartete eine ältere Person, in der Art der gutmütigen beleibten Damen, über deren Oberlippe ein weicher Flaum wächst und deren wacher Blick aus dunklen Augen Mut macht und dazu verführt, sich ihnen anzuvertrauen. Als jedoch eine zarte, junge Frau auf mich zukam, vergaß ich gleich all das, was ich so kunstvoll zusammengefügt hatte, und völlig verlegen, irgend etwas Sinnloses vor mich hin stammelnd, folgte ich ihr in einen Nebensaal.

Fräulein Grete sprach viel und ohne Hemmungen, weniger über sich selbst, dafür mehr – meinen heißen Wünschen entsprechend – über Felice, ihre aktuellen Sorgen, die Lage ihrer Familie, über das Bureau und die Unmengen an Arbeit, die sie zur Zeit hat, schließlich auch über Felicens Zahnleiden. Hier sparte sie nicht an Details, ich bewunderte ihr Wissen im Bereich der Zahnmedizin und verschlang die abscheulichen Einzelheiten wie eine lebensnotwendige Nahrung. Mit einigen

Informationen zur eigenen Person beendete sie die Begegnung, und wir verabredeten uns wieder für den nächsten Tag.
Ich zögerte, ob ich hingehn sollte, als sich jedoch die verabredete Stunde näherte, lief ich so rasch dahin, als hätte mich jemand mit lauten Rufen angefeuert.
Fräulein Grete erzählte ein wenig über ihr Bureau und ihre Arbeit sowie über ihren Bruder, den sie liebt und bewundert und über den ich früher schon von Max viel Gutes gehört hatte. Bald wurde unsere Unterhaltung immer weniger konventionell, immer persönlicher. Ich betrachtete Fräulein Gretes veränderliches, obgleich ruhiges Gesicht, ihren festen weißen Hals, das durch blaues Chiffon der Bluse verdeckte Dekolleté und den etwas zu flachen Busen, als wäre ihm die Luft entwichen. In der Gestalt dieser jungen, ein wenig seltsamen Frau begann ich jemanden aus meinen Träumen wiederzuerkennen. Wer konnte sie sein – Zeugin, Helfende, Feindin? Ihre auf die Tischplatte gestützten Hände mit den kurzen, leicht durchgebogenen Fingern bewegten sich so fließend im Rhythmus des Gesprächs, als übten sie bereits seit langem die schwierige Kunst des Tanzes.
Sie spricht in Sätzen, denen scheinbar das Prädikat und der Punkt fehlen, und doch beraubt es die Gedanken nicht ihrer Klarheit und Präzision. Ihre Sicht der Welt besitzt möglicherweise eben das, was ich so hoch schätze – Offenheit, das Fehlen endgültiger Entscheidungen, die Möglichkeit unerwarteter Interpretationen.
Ich bemühte mich, ihr gerecht zu werden und das Gespräch zu führen, indem ich meine Hand tiefer, schläfriger unter das uns erwartete Thema schob, um es leicht zu heben und uns beide von ihm in die Höhe ziehn zu lassen, wo die Worte ihren eigentlichen Sinn gewinnen.
Wir unterhielten uns über menschliche Gesichter. Ich vertraute Fräulein Grete an, wie treffend ich F.'s Charakter ausschließlich durch Beobachtung ihres Gesichts, ihrer Bewegungen und Gestik erraten hatte.

»Der erste Eindruck täuscht uns aber manchmal«, sagte sie, und ich mußte ihr zustimmen.
»O ja, es kommt vor, daß wir uns bei einer Person völlig irren, wenn wir nur ihr Äußeres betrachten. Wahrscheinlich sollte man das gar nicht tun, seine Urteile statt dessen ganz vorsichtig und langsam fällen, während man den Charakter dieser Person immer besser kennenlernt. Ich aber bin ein Schriftsteller«, meinte ich und spürte zugleich die Heuchelei und Überheblichkeit dieser Aussage, »und glauben Sie mir, das Erforschen der menschlichen Gesichter kann für mich sehr lehrreich sein.«
»Was sagen Sie denn dazu?« fragte sie und zog den um die Schulter geworfenen, grauen Schal vor ihr Gesicht.
Versteckt hinter dem weichen Tuch erinnerte sie ein Weilchen an eine östliche Frau, eine stolze Beduinin oder Konkubine eines Patriarchen. Langsam ließ sie den Vorhang fallen, entblößte ihre Stirn, die Augenbrauen, hob die halb geschlossenen Augenlider, und ich sah, daß ihre Augen mandelförmig, graublau mit goldenen Sprenkeln waren.
Sie schaute mich geradewegs an, und mir schien, als sähe ich in ihren Augen eine Kraft und Entschlossenheit, wovon ich nur träumen kann, die mir aber nie gegeben werden. Die Empfindung war so deutlich, daß ich beinahe spürte, wie mich eine mächtige Hand nach oben hob und neben mich selbst stellte – im Stuhl gekrümmt, das Gesicht in den auf dem glatten Marmor der Tischplatte ausgebreiteten Armen verborgen. Es dauerte einige Sekunden, die Zeit war aber so mit Emotionen getränkt, daß sie nicht enden wollte.
Das Mädchen war weiterhin dabei, den Schleier hinuntergleiten zu lassen, sie zeigte ihre Wangen, die Nase, kurz, mit stumpfer Spitze, und den vollen, doch unerwartet streng wirkenden Mund. Die untere Gesichtspartie war nicht mehr so regelmäßig wie die Formung der Stirn, der Schläfen und der Augen. Sie wirkte beunruhigend, da sich in ihr Bitterkeit und Leid abzeichneten, wohl noch gar nicht erlebt, aber bereits erahnt. Ich begriff, was sie mir zeigen wollte – ein Gesicht

voller schönster Verheißungen, deren Erfüllung jedoch zu einer bitteren Frucht werden kann.
All das geschah im Schweigen, und falls jemand die Szene beobachtete, konnte er annehmen, daß diese schöne junge Frau den Mann hypnotisierte und er unter dem Einfluß ihrer Zaubergeste erstarrte.
Es war Fräulein Grete selbst, die dieses Schweigen unterbrach und zu dem vorherigen Gesprächsthema zurückkehrte, als wollte sie mich dadurch wieder entzaubern. Und tatsächlich verspürte ich plötzlich so etwas wie einen leichten Schlag auf den Hinterkopf, der mir das für einen Augenblick verlorene Gleichgewicht wiedergab.
»Was soll ich sagen, Sie sind eine Zauberin, Fräulein Grete«, meinte ich. Sie lächelte mich an.
Wir unterhielten uns weiter, ich weiß aber kaum noch worüber, da ich stets das Bild einer mutigen jungen Frau vor mir hatte, und es schien mir, als näherte sie ihre Lippen meinem Gesicht und sagte: »Komm mit mir, jetzt, sofort! Laß alles und komm!« Ich konnte mich ihres Blickes nicht erwehren und ihrer Stimme, die in meinem Innern bat, lockte, rief. Ich konnte meine Augen von ihr nicht lösen.
Unmerklich legte sich das Bild von Felice über Fräulein Gretes Gesicht, einer Maske gleich schob es sich nach einem Weilchen leicht zur Seite und ließ Gretes Gesicht wieder sichtbar werden, und so ging das Spiel zweier Mädchengesichter vor sich, und ich – in diesem Anblick versunken, verloren – wußte nicht mehr, welche der beiden mir nahe und bekannt war und welche ich erst kennenlernte.
Dieses Mädchen mit den zwei Gesichtern reizt mich als eine gewisse vielversprechende Möglichkeit. Ich stelle mir vor, wie die strenge Felice sich in das verführerische Fräulein G. verwandelt, und umgekehrt Grete – trügerisch und irreal – die Gestalt meiner allzu wirklichen und fordernden Felice annimmt.

Dein F.

Felice an Grete

Berlin, Januar 1914

Liebe Grete,
also doch! Dein Auftrag ist geglückt. Ich bin mit Franz zusammengetroffen, unsere Beziehung ist wieder aufgenommen, er schreibt mir wie früher. Wir werden nach einer Wohnung in Prag suchen. Vielleicht wird es nicht so schwer, wie es im Moment scheint.
Trotz allem bin ich guter Dinge. Er hat wohl endlich auch die Entscheidung getroffen, sich der Herausforderung unseres gemeinsamen Schicksals zu stellen.
Es ist ausschließlich Dein Verdienst, daß ich nun ruhiger bin und die Angelegenheit in eine günstige Richtung läuft.

Adieu, meine Liebe

Grete an Franz

Wien, Februar 1914

Lieber Herr Doktor,
Felice schrieb mir, wie sehr sie sich freue, nach Prag zu fahren und mit Ihnen zusammenzukommen. Ich weiß, daß ihr die Angelegenheit mit der Wohnung auch am Herzen liegt.
Ich stelle mir vor, daß die Wohnungssuche für Sie recht beschwerlich sein muß, trotzdem schreiben Sie so amüsant darüber. Denken Sie aber bloß, was für eine Freude es sein wird, wenn Sie endlich die einzig richtige finden werden, in der Sie und Felice wirklich glücklich sein werden.
Ich kenne mich auch ein wenig mit Wohnungssorgen aus, die in Wien ähnlich aussehen wie in Prag. Auch hier begrüßt uns in Wohnungen für 900 Kronen an der Tür eine Wirtin, deren Kleid noch an ferne Zeiten erinnert, die Ruhe, der uns diese gutmütige Frau versichert, bedeutet stundenlanges Klaviergeklimper im Zimmer nebenan, Töpfeschlagen und Gespräche im Theatergeflüster, damit uns schließlich nachts Seufzer, Schnarchen und Sichherumwälzen der Nachbarn davon überzeugen, daß der einzige Ausweg durch das Fenster, vier Stockwerke in die Tiefe, führt.

Zum Trost schicke ich Ihnen Blumen und einen Obstkorb, stärken Sie sich bitte damit in diesen schweren, schönen Tagen. Jetzt werden Sie Felice in Ihrer Nähe haben, ich möchte Sie nicht stören, und doch bitte ich Sie geflissentlich, Felicens Gefühle mir gegenüber zu erkunden. In der letzten Zeit wurden ihre Briefe an mich irgendwie kühler, außerdem schreibt sie nur selten. Ich habe den Eindruck, als hätte sie sich verändert, als würde sie mir insgeheim etwas übel nehmen. In dieser Hinsicht bin ich sehr empfindsam, manchmal erblicke ich schon in kleinen Gesten, im Wortklang, selbst in der Eile, mit der jemand die Buchstaben aufs Papier setzt, etwas gegen mich Gerichtetes. Kennen Sie auch dieses unbehagliche Gefühl?
Oft werde ich von starker Unruhe, sogar von Angstzuständen heimgesucht, besonders wenn ich kränkele. Körperliche Beschwerden bringen mich immer für lange Zeit aus dem Gleichgewicht. Im Moment werden die Zahnschmerzen, von denen ich Ihnen bereits berichtete, immer stärker. Es gibt keine Besserung. In Ihrem letzten Brief fragen Sie, wie ich meine Zähne pflege, was der Zahnarzt sagt, und ob ich nicht glaube, daß der Zahnschmerz die Folge des Fleischessens sei. Was das Letzte betrifft – Fleisch esse ich nur selten.
Ich vermute, daß dieser plötzliche Anfall seine Ursache in der Zugluft hat. Ich liebe die Wärme, den Süden und die Sonne. Unsere Frühlingszeit, wenn es plötzlich richtig heiß wird und dann gleich wieder kalt, bringt mich zur Verzweiflung. Der Pelz, der Ihnen so mißfallen hat und von dem Sie so viel in Ihrem Brief schreiben, leistet mir eben zu solchen Zeiten gute Dienste.
Als wir uns das erste Mal begegneten, trug ich einen Pelzschal, es war doch November. Sie kritisierten diese Bekleidung streng, einen besonders schlechten Eindruck machte auf Sie die Tatsache, daß ich mit diesem Schal meinen Mund bedeckte. Ja, darin muß ich Ihnen zustimmen, es ist tatsächlich gar nicht vernünftig, zwar wird es dadurch wärmer, aber die feinen Härchen bleiben an den Lippen und an den Wangen haften und irritieren beharrlich. Ich verspreche Ihnen, daß der Pelz-

schal im obersten Schrankfach landen wird, und wenn die Zeit unserer nächsten Zusammenkunft kommt, werde ich meinen allerschönsten Reisemantel tragen, dessen einzigen Schmuck phantasievolle Knöpfe ausmachen.
Sie fragen mich bereits zum zweiten Mal, ob ich Sie beide gleich nach der Hochzeit in Ihrer neuen Wohnung besuchen komme. Ich habe diese Frage zunächst unbeantwortet gelassen, da sie mich ein wenig überrascht hat, wenn Sie aber Ihre Einladung wiederholen und Felice nichts einzuwenden hat, dann nehme ich sie natürlich an und verspreche, Ihre Hand so lange wie nötig in der meinen zu halten, damit Sie Mut und Zuversicht in Ihre eigene Kraft schöpfen und zu glauben beginnen, daß auch Sie das Recht haben, glücklich zu sein.

Grete an Franz

Wien, März 1914

Gnädiger Herr,
ich schicke Ihnen die Photographien, um die Sie gebeten haben, eine mit zwei Freundinnen, eine an einem Denkmal zusammen mit meiner alten Freundin Marta – diese mag ich besonders –, und eine weitere, die in meinem Bureauzimmer aufgenommen wurde. Beachten Sie bitte die Menge an Korrespondenz auf dem Schreibtisch und die Tatsache, daß ich mit dem Rücken zum Fenster sitze, um mich durch nichts ablenken zu lassen. Sie können sich eine dieser Photographien aussuchen oder alle zurücksenden, falls Sie kein Interesse mehr an einem Abbild von mir haben.
Ich habe das Zimmer von Grillparzer besucht, nicht nur, weil Sie mich darum gebeten haben, sondern weil es mir ein inneres Bedürfnis war. Nachdem ich »Den armen Spielmann« gelesen hatte, verspürte ich große Lust, zu sehen, wie dieser unglückliche Mensch gelebt hat. Dieser Ort ist genauso ruhig und schön wie auf der Photographie, die ich Ihnen auch beilege, sogar der Sessel steht am selben Platz vor dem Fenster. Damals soll der Blick aus dem Fenster durch nichts verstellt gewesen

sein, möglicherweise hat sich also der Schriftsteller bei Sonnenuntergängen schönen Betrachtungen hingegeben. Er war jedoch, das werden Sie, Herr Doktor, zugeben, ein schwieriger Mensch, nach der Lektüre seiner Selbstbiographie hatte ich einige Nächte lang schwere Träume, selbst am Tage wurde ich von seinem Geist verfolgt.
In letzter Zeit leide ich beharrlich unter Schlaflosigkeit. Und wie sieht es mit Ihrem Schlaf aus? Ich hoffe etwas besser. Manchmal scheint es mir, als wäre Schlaflosigkeit die Strafe für irgendwelche Sünden, nur weiß ich wahrlich nicht, für welche. Wüßte ich es, würde ich wahrscheinlich wie ein unschuldiges Kind schlafen.
Was schreibt Felice? Bekommen Sie regelmäßig Briefe von ihr? Früher wußte ich immer über alles Bescheid. Felice schrieb mir, Sie schrieben. Seit einiger Zeit habe ich das Gefühl, daß Felice mich meidet, mir ihre Sorgen nicht mehr anvertraut...
Ihr letzter Brief hat mich traurig gestimmt. Ist es wirklich wahr, daß Sie sich vor der Zukunft fürchten, Angst vor der Ehe haben? Ich hoffe, es geht dabei nicht um Felice, nicht um ihre Person, und daß die Ängste alleine mit der Veränderung zusammenhängen. Sie schreiben: »Alles mache ich von der Gesundheit abhängig ... Eine große Hypochondrie hat sich meiner bemächtigt und in mir so zahlreiche und tiefe Wurzeln geschlagen, daß ich ohne sie nicht mehr leben könnte.« Mit Ihrem Gesundheitszustand ist wirklich nichts Ernstes, glauben Sie mir. Sie werden leicht damit fertig. Es kann ja gar nicht so schlimm sein, wenn es sich nur um eine Hypochondrie handelt, von der man sich doch – bei ein wenig Hartnäckigkeit – leicht heilen kann. Möge nur der Hochzeitstag glücklich kommen, und Sie werden sehen, wie durch Freude die letzten Ängste zerstreut werden, die Sie völlig unnötig plagen.
Ich habe noch eine Bitte an Sie: Schicken Sie mir nach Ihrer Hochzeit meine Briefe zurück, oder verbrennen Sie sie. Allzu leichtsinnig habe ich Ihnen von gewissen Dingen geschrieben. Das ist mir jetzt klargeworden. Als verheirateter Mann dürfen

Sie nicht einmal durch die geringsten Verpflichtungen belastet werden, jegliche Beziehungen und Freundschaften aus der Zeit vor der Ehe müssen der neuen, wunderbaren Wandlung weichen.
Wir werden uns also Anfang Juni in Berlin sehen, am Empfangstag, wenn Sie offiziell Felices Verlobter werden und der ganzen Welt Ihr Glück verkünden können.

Grete an Hugo

Wien, März 1914

Lieber Hugo,
etliche Wochen habe ich Dir nicht geschrieben, verzeih mir bitte. Das heißt jedoch nicht, daß ich nicht an Dich gedacht hätte. In letzter Zeit rufe ich immer öfter stumm nach Dir und bitte darum, daß Du mich, wie bisher, in wichtigen Augenblicken meines Lebens begleiten mögest. Von Deiner Weisheit werde ich geleitet. Ich brauche mich nur an unsere Zusammenkünfte zu erinnern, und das Leben wird gleich leichter und begreiflicher.
Und doch hat die dunkle Seite der Welt immer noch Macht über mich. Die bedrohliche Gestalt meines Vaters verfolgt mich weiterhin, obgleich Du Dich so sehr bemüht hast, mich von dieser Angst zu befreien.
Ich habe jenen Maitag vor drei Jahren nicht vergessen, als ich Dich besuchte – fröhlich, im hellen Kleid und mit einem neuen Hut, während draußen alles so gleichsam explodierend aufblühte. Ich trat in Dein Behandlungszimmer ein, legte den Hut ab und richtete meine Haare vor dem Spiegel. Mit dem Rücken zu mir gewandt, sagtest Du etwas. Ich verstand Deine Worte nicht, aber der Ton machte mich nachdenklich. Auf halbem Wege zu Dir blieb ich stehen. Du erhobst Dich aus Deinem Sessel und standest riesengroß vor dem Hintergrund eines sonnendurchfluteten Fensters. Ich streckte meine Hand aus, aber Du reichtest mir Deine Hand nicht. Ich spürte, daß Du diesmal etwas ganz Besonderes für mich in petto hattest.

Ich setzte mich Dir gegenüber, und Du wolltest, daß ich von diesem, Jahre zurückliegenden, Tag erzähle, als meine Mutter sich im Wohnzimmer eingesperrt hatte. Ich weiß, obgleich ich selbst es nicht gesehen habe, daß sie auf einem Stuhl am Tisch saß, vollkommen starr, mit auf die Schenkel gepreßten Händen, fürchterlich angespannt und ohne eine einzige Träne. Die Mutter war auf meiner Seite, und doch empfand ich ihr Schweigen als Verrat – sie ließ mich allein, Auge in Auge mit der demütigenden Macht des Vaters.

Mein Vater war nicht böse, er war streng. Er schlug mich immer nur mit der Hand, nicht allzu schmerzhaft, und er schrie nie. Vielleicht wollte er mich für das Leben in einer Welt abhärten, über die er keine Illusionen hatte?

Immer wenn es geschah, empfand ich ein seltsames Gefühl. Die Gestalt des Vaters entfernte sich, immer schneller, immer schneller, und der Raum zwischen uns wurde beinahe greifbar, hatte die Härte und das Gewicht eines Steines. Ich kniff meine Augen zusammen, und nun gab es nur noch diesen sich erweiternden Raum, der mit Kälte und einer dumpfen Stille gefüllt war.

Kannst Du glauben, daß diese Empfindung mir mit der Zeit einen gewissen Trost spendete? In dieser kalten Leere zwischen uns wurde ich zur Königin. Ich sah mich selbst in einem Königsgewand und mit einer Krone auf dem Kopf. Ich spürte, daß der Vater keine Macht über mich hatte, daß er mich dort, wo ich mich befand, in dieser steinernen Welt, nicht verletzen konnte. Ich denke, in diesen Augenblicken war ich wirklich frei, auch wenn ich es damals so nicht zu nennen wußte und mich nur an den Bildern der Königsmacht labte.

An jenem Tage, von dem ich Dir erzählen sollte, rief mich der Vater zu sich und schlug mir ins Gesicht, was er mit einem völlig belanglosen Vergehen begründete. Das tat er zum ersten und letzten Mal. Dann sagte er: »Du bist erwachsen.« Seitdem hat er nie mehr die Hand gegen mich erhoben.

Immer wenn der Vater mich schlug, saß meine Mutter starr vor Entsetzen im Wohnzimmer, weder sie noch ich sind dabei je in Tränen ausgebrochen, aber die Welt wankte, da es in ihr keine Liebe gab. Mein kindliches Herz fragte: Warum leide ich? In jenen Jahren dachte ich oft an Leid und Tod und wiederholte stets diese eine Frage: warum?

Eines Tages besuchten wir Verwandte auf dem Land. In der riesigen Küche des Holzhauses, in dem wir wohnten, sah ich, wie eine alte Frau, Oma Noemi genannt, Fische schuppte. Ich stellte mich neben sie und schaute zu. »Oma, warum schuppst du die Fische, wenn sie noch leben, es tut ihnen doch sehr weh«, sagte ich und begann zu weinen. »Weine nicht«, sagte Oma Noemi und lächelte gutmütig. »Sie spüren nichts. Fische sind so etwas gewöhnt.«

Ich schaute weiter zu, nicht überzeugt, und spürte den Schmerz einer Verwandlung in mir. Ich wurde zu einem dieser Fische und schrie mit ihnen in nicht-menschlichen Qualen, ihr Leid war nämlich kein Menschenleid, sondern das von Fischen. Mein Schrei war stumm, wie der der Fische. Ich hatte keine Angst, ich sehnte mich nur nach Erlösung, nach dem Ende der Quälerei. Ich wünschte, sie lebten nicht mehr. Ich wollte sterben.

Erneut fragte ich: Warum leiden wir? Warum sterben wir? Und während ich meine Fragen stumm für mich wiederholte, antwortete mir eine Stimme aus meinem Inneren oder vielleicht auch von oben: »Mach dir keine Sorgen. Es ist nichts. Menschen sind so etwas gewöhnt.«

Damals, an diesem Frühlingstag, als ich Dich besuchte, wolltest Du wissen, was rundherum geschah, als der Vater mich zum letzten Mal schlug – wie ich gekleidet und frisiert war, welche Tageszeit es war, ob ich Geräusche aus dem Haus vernahm, wo sich die Mutter befand, auf welche Art der Vater mir befahl, zu ihm zu kommen, wie er seine Hand erhob … Und plötzlich sagtest Du still und entschlossen: »Schlag mich«, und gabst mir eine Ohrfeige.

Ohne zu zögern, schlug ich zurück, aber nach einem Augenblick brach ich in Tränen aus. Ich weinte wohl sehr lange. Als ich mich endlich beruhigte, sah ich Dein strahlendes Gesicht

über mir. Ich spürte eine Leichtigkeit, als sollte ich sogleich fliegen. Die nicht geweinten Tränen, die so lange mein Herz erstickt hatten, waren endlich aus mir herausgeflossen.
Erinnerst Du Dich daran?

Deine Margarethe

Grete an Franz

Wien, März 1914

Gnädiger Herr,
also wieder einmal eine Krise? Felice schreibt Ihnen nicht mehr. Der langersehnte, entscheidende Brief ist nicht gekommen. Sie lassen noch eine letzte Hintertür offen: »Kommt morgen nicht irgendein ganz unvorstellbarer Brief von Felice, dann sind wir beide, F. und ich, frei.« Dieses »morgen« ist vor drei Tagen vergangen, und? Vielleicht ist der Brief noch nicht angekommen, vielleicht ist er unterwegs verlorengegangen? Ich weiß, was Sie mir antworten werden: »Verloren gehn nur Briefe, die nicht geschrieben wurden.«
Jetzt, in diesen schweren Zeiten, dürfen Sie den Mut nicht verlieren. Aus ganzem Herzen möchte ich Ihnen helfen, weiß aber wirklich nicht, wie. Ich kann Felice nicht schreiben, da mich ihre Angelegenheiten bereits zu oft beschäftigt haben und sie sich möglicherweise eine Vermittlerin zwischen Ihnen beiden nicht wünscht. Was würde übrigens ein Brief schon ausrichten können?
So oft haben Sie mich inzwischen um eine Zusammenkunft gebeten ... Ich habe gezögert, aber jetzt bin ich einverstanden. Lassen Sie uns nächsten Sonntag zusammentreffen, wie Sie es geplant haben. Wir werden gemeinsam ins Theater gehen. Auf dem Rückweg werde ich Sie bis Gmünd begleiten, so werden wir auch Zeit für ein Gespräch haben.
Vielleicht schreibe ich mir einen zu großen Einfluß auf Sie zu, und doch glaube ich, daß es mir gelingen wird, Ihre Unruhe zu zerstreuen.
Mögen meine innigsten Gedanken und mein Zartgefühl Sie bis

ans Ziel der Reise begleiten, bis ich Ihre lieben Hände in den meinigen werde halten können.

Grete an Franz

Wien, April 1914

Wie soll ich Dich, Lieber, anreden? Alles, was in letzter Zeit in meinem Leben geschieht, ist geheimnisvoll wie ein Traum. Ich kann die Wirklichkeit von Traumbildern nicht unterscheiden. Ob wir uns erst gestern oder schon am Anfang der Welt getroffen haben? Du hast es gesagt: »Ich empfinde es, als wärest Du kein anderer Mensch, sondern mein eigenes Gewissen, ausgestattet mit einem selbständigen, guten und liebenswerten Leben.« Franz, ich weiß es, jetzt deutlicher als je zuvor, jetzt, wo ...

Letzte Nacht träumte ich von zwei Männern, einem älteren und einem jüngeren. Ich sehe sie noch, sie ähneln einander sehr. Ich bin einer der beiden, der jüngere. Ihm-mir gegenüber sitzt im Lampenschein der andere, ältere. Er ist mir unendlich nah, da ich in ihm mich selbst und zugleich einen Anderen erahne. Dieser Mann besitzt all das, was in mir verborgen schlummert – Weisheit, Mut, Güte. Noch im Traum wird mir bewußt: Jemanden zu lieben, heißt, das Beste an uns selbst in dem Anderen zu entdecken.

Die scheinbar unbewegten, handlungslosen Bilder dieses Traums lenkten meine Empfindungen unter die Oberfläche der Ereignisse, in die Tiefe, dorthin, wo sich das wahre Leben abspielt, dorthin, wo wir von Angesicht zu Angesicht unserem Doppelgänger gegenüberstehen – dem Erlöser, dem Weisen, dem Geliebten, dem, in dem der Andere und ich vereint sind.

Die Körper, die Gesichter, die Augen dieser beiden Männer, die ich selbst war, näherten sich, durchdrangen einander, ohne jedoch für den kleinsten Moment zu einer Einheit zu werden. Dieses Sich-Nähern und Entfernen beunruhigte und beruhigte mich gleichermaßen.

Ich verließ meinen Traum ganz sanft, als tauchte ich aus einem warmen Bad auf. Als ich schon vollkommen wach auf dem Bett lag, spürte ich plötzlich eine in mir pulsierende Lichtkugel. Was war diese Kugel? War sie das Sinnbild der Liebe? Oder bedeutete sie Erfüllung, Einheit?
Habe ich Dir schon gesagt, daß der Mann aus meinem Traum Dein Gesicht hatte? Franz, weißt Du, daß ich Du bin?

Grete an Hugo

Berlin, Anfang Juni 1914

Mein lieber Hugo,
Herr Franz hat mir so lange zugeredet, Wien, das er nicht mag, zu verlassen, daß ich schließlich nachgegeben habe, und nun bin ich endlich in Berlin angekommen! Diese große, lebendige Stadt scheint mir nach Wien eine wahre Erlösung zu sein. Hier habe ich Familie (obgleich das Verhältnis zu meinem Vater, wie Du weißt, nie besonders gut war), Bekannte und Arbeit, die ich mag.
Ist Dir bekannt, daß Felice und Herr Franz sich wieder vertragen? Kürzlich fand ihre Verlobung statt, zu der ich mit meinem Bruder eingeladen war. In gewissem Sinne fühle ich mich für die beiden verantwortlich, da ich mich sehr darum bemüht habe, daß sie – zerstritten und unglücklich – sich endlich doch vereinten.
Felicens Eltern haben diese Feier mit großem Pomp veranstaltet, völlig unnötig, da der Bräutigam nichts anderes wünschte als eine stille, kleine Zeremonie im Kreise der Nächsten. Du kennst ihn ja und weißt, wie er sich vor Verwandten, Reden, Glückwünschen und all dem fürchtet, was sich bei uns immer noch untrennbar mit einer jeden Familienzusammenkunft verbindet.
Er hatte mich innig gebeten, während der Verlobung bei ihm zu sein. Mit Freude erfüllte ich ihm diese Bitte. Ich habe den Eindruck, daß ich ihm in dieser Situation zu einer wahren Hilfe wurde, da er nicht in bester Verfassung war, obgleich er sich sehr darum bemühte, es sich nicht anmerken zu lassen.

Aber vielleicht erzähle ich Dir, wie sich das Ganze abgespielt hat, so wird es einfacher.
Die Verlobung begann am Nachmittag um fünf Uhr. Ein Gewitter zog gerade auf, mein Kopf tat weh, beunruhigt beobachtete ich Franzens Gesicht. An der tiefen Furche zwischen seinen Augenbrauen konnte ich erkennen, daß er litt. Ich spürte seine wachsende Anspannung, und es schien mir, als wäre ich er und erlebte das gleiche wie er.
Nachdem sich alle im Wohnzimmer versammelt hatten, erschien Felice, um von ihrem Bräutigam Glückwünsche und den Verlobungskuß entgegenzunehmen. Mit ihrem hellen Spitzenkleid, dem hochgesteckten Haar und dem von Franz geschenkten Anemonenstrauß sah sie sehr schön aus. Ich schaute sie aufmerksam an, sie blickte aber nicht ein einziges Mal zu mir, so sehr war sie mit der schwierigen Kunst der offiziellen Verlobung beschäftigt. Ihr Blick war irgendwie leer, ihre Augen emotionslos. Ich schrieb das der Ermüdung zu, einer übrigens berechtigten Ermüdung, da die Verlobungsvorbereitungen fast die ganze Nacht gedauert hatten und Felice erst am frühen Morgen zu Bett ging.
Ich trug ein grünes Samtkleid mit breitem Kragen. Seinen hauptsächlichen Schmuck machten die um einen Ton helleren Satinbänder aus, die auf dem Kleid ein ausgefallenes Muster bildeten. Aus den Blicken, mit denen Franz mich würdigte, konnte ich schließen, daß mein Kleid seine Anerkennung fand. Dabei muß man wissen, daß er sehr streng über Kleidung zu urteilen pflegt und alles Überflüssige, Falsche oder Unpassende sofort bemerkt.
Felicens Schwester Elza und der geliebte Bruder Ferry sind nicht zur Verlobung gekommen. Sie wohnen zu weit entfernt, Felice hatte Verständnis dafür, und doch war sie untröstlich. Die Zahl der nahen und entfernten Verwandten, die an diesem Tage in Felicens Elternhaus weilten, war allerdings nicht gering, sie konnte wirklich zufrieden sein. Bald mußte sie auch ihren Bräutigam stehenlassen und sich um die Gäste kümmern. In diesem Moment gesellte ich mich zu ihm, wir stellten

uns ans Fenster und betrachteten die dunklen, von Windböen getriebenen Wolken.
Franz ergriff meine Hand und drückte sie so stark, als hänge von diesem Händedruck sein Leben ab.
»Endlich sehen wir uns wieder«, sagte er leise. »Es ist ein wahrer Segen, finden Sie nicht?«
Ich schwieg, sein Tonfall, beinahe leidenschaftlich, verunsicherte mich. Ich zog meine Hand aus der seinen, obgleich er versuchte, sie festzuhalten.
»Verlassen Sie mich bitte nicht«, flüsterte er. »Alle bemühen sich, mich zum Leben zu bringen – ein Gespenst-Bräutigam ist ja völlig unbrauchbar –, aber erst in Ihrer Nähe spüre ich, daß ich noch lebe.«
»Ein Gewitter zieht auf«, sagte ich, um seine beunruhigende Exaltiertheit zu unterbrechen, und eben in diesem Moment ertönte in der Ferne der erste Donner. In seinem Gesicht sah ich Erleichterung.
»Sie leiden?« fragte ich. Der Blick seiner dunklen Augen war mir Antwort genug.
Das Gewitter brach los, das Stimmengewirr wurde lauter, als wollten alle das Rauschen des immer stärker strömenden Regens übertönen. Felice war irgendwo verschwunden. Wir standen bereits so lange beisammen, daß die Anstandsregeln beinahe nicht mehr zählten. Zweifellos war er, hier am Fenster stehend, in jeder Hinsicht mehr mit mir zusammen als mit seiner Braut.
Wir merkten gar nicht, wie Felicens Mutter auf uns zukam. Plötzlich stand sie direkt vor uns.
»Sie stehen hier so allein?« fragte sie. »Felice wartet auf dich, Franz. Habt ihr etwa Streit gehabt? Geh zu deiner Braut!«
Ich blickte zu Franz und sah, wie das Blut aus seinem Gesicht wich. Er entschuldigte sich bei mir und ging sogleich in ein Nebenzimmer, wo Felice, umgeben von ihren Cousinen, saß. Durch die weitgeöffnete Tür sah ich, wie er auf sie zuging, sich leicht verbeugte und sie zur Seite geleitete. Ein Gespräch mit mehr als einer Person übersteigt anscheinend seine Kräfte.

Felicens Mutter mag mich nicht, und so überraschte es mich auch nicht, daß sie mich düster anschaute und – nachdem ihr Auftrag erfüllt war – sich sogleich entfernte.

Ich blieb allein und, glaub mir, ohne Franz fühlte ich mich plötzlich, als hätte man mich um einen Teil meiner eigenen Person beraubt. Ich trat etwas näher an die Nebenzimmertür, um die beiden sehen zu können. Sie standen sich gegenüber – Felice kerzengerade, starr, der Blick auf die Fingerspitzen geheftet, Franz leicht gebeugt, erdrückt, wie mir schien, von einer großen Trauer. Er sagte etwas zu ihr, sie aber schwieg.

Plötzlich kam mir die Erleuchtung: Sie sollten nicht zusammensein! Es war ein schreckliches Mißverständnis! Alle, die hierher gekommen waren, die ununterbrochen redeten, unaufmerksam und lärmend, waren Zeugen eines grausamen Irrtums. Sie freuten sich und beglückwünschten das junge Paar, ohne zu merken, wie unglücklich die beiden bereits jetzt miteinander waren.

Ich schauderte vor Angst. Ich habe sie doch einander nahegebracht. Zerstritten, wie sie gewesen waren, hätten sie sich für immer getrennt, wäre ich nicht mit meiner scheinbaren Selbstlosigkeit aufgetaucht, mit meiner falschen Güte und einer sträflichen Unkenntnis ihrer wahren Gefühlslage. Ausgerechnet ich habe es gewagt, mich zwischen zwei Menschen zu stellen, die sich nicht mehr liebten, und ihnen einzureden, daß sie ein gemeinsames Glück erwarte. Und was nun? – dachte ich verzweifelt.

Das Gewitter begann sich unterdessen zu entfernen. Der Regen hörte auf, durch das offene Fenster kam eine erfrischende Brise herein. Felicens Mutter orderte Kaffee und Torten, die dann auch gleich ins Wohnzimmer getragen wurden. Plötzlich merkte ich, daß Felice allein stand und mich mit leichtem Winken zu sich rief. Schnell ging ich zu ihr.

»Laß uns von hier fortgehen«, sagte sie leise, hakte sich bei mir unter und zog mich in die Tiefe der Wohnung.

»Wo ist Herr Franz?« fragte ich, aber sie lächelte nur traurig und sagte nichts.

Wir blieben stehen in einem dunklen engen Flur, der zu den Schlafzimmern führte. Dort gab es niemanden, nicht einmal die lauten Gespräche im Wohnzimmer gelangten dorthin.
»Was hältst du von all dem?« begann Felice, und ohne meine Antwort abzuwarten, als interessiere sie sie gar nicht, fuhr sie fort: »Ich mache mir wirklich Sorgen, welchen Eindruck Franz auf meine Verwandten macht. Wirkt er nicht doch ein wenig zu schweigsam und zurückhaltend? Und seine Schrullen, die sich nicht verbergen lassen ...«
»Felice, was kümmert dich die Verwandtschaft!« sagte ich vielleicht ein wenig zu heftig. »Am wichtigsten ist doch dein Herz, und das, was es dir sagt.«
»Ich habe eine böse Vorahnung, Grete. Franz macht mir das Leben nicht leichter. Gerade eben hat er sich wieder aller möglichen Fehler beschuldigt, sich gedemütigt, mich um Verzeihung angefleht, und obgleich ich ihn gebeten habe, sich selbst und mich an unserem Verlobungstag nicht zu quälen, hat er seinen Jammer nicht beherrschen können. Ich ahne darin eine große Gefahr für unsere Beziehung. Grete, ich will doch einen Mann zum Gatten, und nicht einen sich in Asche windenden Wurm.«
Ich sah Tränen in Felicens Augen, und völlig verlegen griff ich nach ihren Händen.
»Beruhige dich, bring deine Haare in Ordnung, lächle und suche deinen Bräutigam«, sagte ich und streifte dabei mit meinen Lippen leicht über ihre Wange.
»Felice, du bist tapfer. Das Herz blutet mir, wenn ich euch sehe, ich glaube aber, daß du es schaffen wirst.«
»Ja, sicher, ich werde mir schon zu helfen wissen«, sie strich ihr Kleid glatt, hob den Kopf und ging voraus.
Ihr folgend, dachte ich an diese merkwürdige Fügung, daß etwas, was voller Freude und Hoffnung sein soll, sich unerwartet in Trauer und Verzweiflung verwandelt.

Deine Margarethe

Grete an Felice

Berlin, Ende Juni 1914

Liebe Felice,

Eure Verlobung ist also Wirklichkeit geworden. Bis zum letzten Augenblick war ich mir nicht sicher, ob Ihr Euch zu diesem Schritt entschließen würdet. Als wir uns danach gesehen haben, schienst Du mir ruhig und recht zufrieden, obgleich nicht ganz frei von Bedenken. Jetzt, Felice, schreibe ich einen Brief, da ich mir nicht sicher bin, ob ich dies hier sagen kann, wenn ich Dir gegenüber sitze. Es ist so schwierig, besonders für mich, da ich Herrn Franz doch sehr schätze, Dich innig lieb habe und Dein Bestes wünsche. Noch vor Eurer Verlobung erhielt ich einen Brief von ihm, der mich beunruhigte, doch von dem letzten, der nun eingetroffen ist, muß ich Dich in Kenntnis setzen.

Darin schreibt er: »Manchmal weiß ich wirklich nicht, wie ich es verantworten kann, so wie ich bin, zu heiraten. Eine auf die Festigkeit der Frau begründete Ehe? Das wird ein schiefes Gebäude, nicht?« Felice, wenn Du Dich an Franz bindest, mußt Du genau wissen, was Du von dieser Verbindung erwartest und was Du selbst bereit bist zu geben, andernfalls werdet Ihr beide zugrunde gehen.

Auf meine Frage in einem der letzten Briefe, wie es um sein Verhältnis zu Dir wirklich bestellt ist, gab er mir keine Antwort. Auf meine Feststellung hin, daß ich Dir einen heiteren, temperamentvollen, intelligenten und grundguten Mann wünsche, schrieb er mir zurück, daß er ein solcher ganz bestimmt nicht sei. Auch eingedenk der Tatsache, daß Herr Franz sich allzu gern aller möglichen Schwächen beschuldigt, und wir beide wissen, daß es nicht die ganze Wahrheit ist, so wissen wir doch auch, welch ein Neurastheniker, welch ein tief trauriger und übertrieben ernsthafter Mensch er ist.

Du mit Deiner Fröhlichkeit, Energie und praktischen Lebenseinstellung brauchst möglicherweise einen anderen Mann. Ich schreibe Dir das natürlich sehr verspätet, da Franz bereits Dein Bräutigam ist und der Hochzeitstag unvermeidlich im-

mer näher rückt. Ich sage es aber noch einmal – ich will, daß Du Dir klar darüber bist, was Deine Zukunft betrifft.
Im letzten Brief von Herrn Franz findet sich der Satz: »Nun habe ich Sie also überzeugt, Fräulein Grete, und Sie fangen an, in mir nicht Felicens Bräutigam, sondern Felicens Gefahr zu sehn.« Ich beschuldige Deinen Bräutigam nicht, behaupte nicht, er wolle bewußt Dein Verderben, bestimmt nicht, ganz im Gegenteil, er will Dein Glück, dessen bin ich sicher, sehe jedoch immer deutlicher, daß er nicht fähig ist, es Dir zu geben.
Ihr beide verdient es, glücklich zu sein, Ihr beide habt das Recht, Eure besten Seiten zu entwickeln. Ich habe Euch getrennt gesehen und habe Euch beisammen gesehen. Wenn Ihr Euch einander nähert, werdet Ihr traurig wie bei der eigenen Beerdigung, Du weinst im geheimen, er leidet Qualen der Ungewißheit und der Angst um Eure gemeinsame Zukunft.
So sieht es doch aus, oder etwa nicht? Liebe Felice, in seinen Briefen finden sich viele Ansichten über Dich, die Du erfahren solltest. Ich wollte es Dir ersparen, aber Ehrlichkeit zwingt mich dazu, Dir diese Briefe zu zeigen.
Deswegen möchte ich Dich bitten, daß wir so bald wie nur möglich im Café Royal zusammenkommen. Am Donnerstag um fünf wäre mir recht. Ich erwarte Deine Nachricht.

Felice an Franz

Berlin, Anfang Juli 1914

Franz,
in der letzten Zeit habe ich Dir nicht geschrieben, da ich meine ganze Freizeit der Vorbereitung der Aussteuer widmete. Ich war dumm. Wozu brauche ich eine Aussteuer, wenn Du mich nicht liebst. Würdest Du mich lieben, so hättest Du diese schrecklichen Briefe an Grete nicht geschrieben.
Ich war der Meinung, daß die Grundlagen unserer Beziehung ein für allemal festgelegt worden waren, daß wir gemeinsam durchs Leben gehen wollten, gestärkt durch unsere Gefühle

füreinander. Mit Deinen Briefen, mit Deiner gesamten bisherigen Haltung hast Du mich überzeugt, daß Du mich haben mußt, da hiervon Dein ganzes Schicksal abhängt. Ich habe Dir geglaubt, obgleich ich gewisse Bedenken gegenüber meinen eigenen Gefühlen hegte und fürchtete, sie seien vielleicht nicht stark genug, um Deine und meine Ängste zu tragen.
Und doch willigte ich ein, Deine Frau zu werden, und wollte allem zum Trotz zu dieser Entscheidung stehen. Jetzt jedoch, in Anbetracht gewisser Tatsachen, in Anbetracht dieser Briefe, die mir gezeigt wurden, kann ich meine Zuversicht nicht bewahren.
Erinnerst Du Dich, wie ich Dir im Tiergarten sagte, Du sollest aufhören, mich zu bitten, Du jedoch wolltest immer noch das Unmögliche. Dort sagtest Du das, was mich zutiefst berührte: »Willige ein, selbst wenn du deine Gefühle für mich unzureichend für eine Ehe findest; meine Liebe für dich ist stark genug, um alles auf sich zu nehmen.«
An diesem Tage begann ich, Dir zu glauben, und alles schien sich zum Guten zu wenden. Heute bin ich am Ende meiner Kräfte. Die ganze Nacht habe ich überlegt, was zu tun ist, wie man aus dieser ausweglosen Lage hinauskommen kann. Franz, gemeinsam sind wir in eine Sackgasse geraten, und gemeinsam müssen wir eine Lösung finden. Unsere Gespräche haben bisher nicht viel gebracht, deshalb wünsche ich jetzt, daß wir Zeugen dabei haben, vielleicht werden sie uns in unserem Unglück einen Rat geben können.
Ich erwarte Dich somit im Askanischen Hof in den kommenden Tagen. Ein genaues Datum werden wir telephonisch vereinbaren. Sei bitte mit diesem Treffen einverstanden, darin sehe ich den letzten Hoffnungsschimmer.

Adieu

Franz an Hugo

Prag, Anfang Juli 1914

Mein Lieber,
es ist soweit, man hat mich vorgeladen. Ich habe geahnt, daß es dazu kommen muß, der Zeitpunkt scheint allerdings willkürlich zu sein. So hat es übrigens zu sein: Der Angeklagte wird verhaftet, wenn er es am wenigsten erwartet. Felice verlangt Erklärungen; als ihre Zeugen und Verteidiger bringt sie Schwester und Freundin mit.
Ich weiß, dieses Gericht ist nicht dazu ermächtigt, über mich zu urteilen, da ich mich immerfort, in jedem Augenblick meines Lebens, vor den Obersten Gerichtshof stelle, dessen Anklagen kein Ende finden. Nun kann ich es ihr aber nicht verweigern, da meine Schuld, wenn auch geheim und Felice nicht bewußt, unbestreitbar ist. Also folge ich dieser Vorladung, und versuch bitte nicht, mich von dieser Entscheidung abzubringen.

Dein F.

Franz an Hugo

Prag, Juli 1914

Lieber Hugo,
der Gerichtshof tagte im Askanischen Hof in der Königgrätzerstraße, in einem Hotelzimmer um drei Uhr nachmittags. Draußen Hitze und Lärm der ständig vorüberfahrenden Kutschen. Felice erhob sich, schloß das Fenster, setzte sich wieder und sagte gut Durchdachtes, lange Bewahrtes, Feindseliges. Ich betrachtete ihr Gesicht, gerade eben noch fast schläfrig, nun mit einer kleinen Konzentrationsfurche zwischen den Augenbrauen. Sie strich sich durch die Haare und ließ dann die Hand wie einen leblosen Gegenstand in den Schoß fallen. Ihre Lippen öffneten und schlossen sich, sprachen Sätze aus, die ich seit langem schon erwartet hatte, und doch blieb ihr Gesicht reglos, erstarrt wie das in Stein gemeißelte Antlitz einer bedrohlichen Gottheit aus fernen, vergessenen Zeiten.

Schaute ich zur Seite, fing ich die Blicke ihrer Schwester Erna ein. Ich sah die beiden so unterschiedlichen Gesichter, Ernas zarte Hände, und bemerkte, daß sie im Begriff war, etwas zu sagen, aber Felicens entschlossener Ton preßte ihr die Worte in den Hals zurück, wie einen kleinen runden Ball. Erna hob ihre Hand und faßte sich an den Hals, als drohte sie gleich zu ersticken.

»Vielleicht könnten wir das Fenster aufmachen«, bat sie, aber Felice hörte nicht auf sie, schaute sie nicht einmal an.

Auf den kreisförmig aufgestellten Stühlen saßen: mein Vater, neben ihm Erna, Felice und Fräulein Grete, neben mir Doktor Preiss, der sich einverstanden erklärt hatte, die Rolle meines Verteidigers zu übernehmen, und ich, etwas außerhalb von ihnen allen, in die Ecke des Zimmers hineingezwängt, wie ein Verbrecher.

Felice sprach ununterbrochen, den Sinn ihrer Worte begriff ich nur mit Mühe, als sie jedoch sagte: »Wir würden beide durch eine Heirat viel aufzugeben haben, wir wollen es nicht gegenseitig abwägen, wo ein Mehrgewicht entstehn würde. Es ist für uns beide recht viel«, empfand ich plötzlich – trotz der im Zimmer herrschenden Hitze – eine Kälte wie im Augenschein einer tödlichen Gefahr. Ich konnte nicht glauben, daß sie es gesagt hatte, und doch sprach sie weiter: »Ich müßte mich selbst verlieren. Ich müßte mein ganzes Leben ändern, mich vielleicht sogar von meiner Familie lossagen. Ich kann nicht verstehn, weshalb Franz meiner Mutter gegenüber so streng und ungerecht ist. Sie ist der beste Mensch auf der Welt, so rechtschaffen und edel. Man könnte meinen, gerade Franz würde meine Mutter mit aller ihr gebührenden Gerechtigkeit beurteilen, in Wirklichkeit aber ...«

»Franz, hast du schlecht über Felicens Mutter gesprochen?« fragte mein Vater, und während ich dies verneinte und hinzufügte, daß mir davon nichts bekannt sei, konnte ich nur schwerlich das Zittern meiner Hände beherrschen.

»Du hast mich gebeten, die möglichen Gewinne und Verluste einzuschätzen, die uns die Ehe bringen könnte, Du selbst hast

darum gebeten.« Felice schaute mich an. Sie ließ ihren Blick so lange nicht von mir, bis ich das Abbild meiner auf dem Stuhl sitzenden Person in ihren Pupillen sah. Ich wurde immer kleiner, bis ich schließlich völlig in ihrem düsteren Blick verschwand. Diese Empfindung war um so stärker, da ich zugleich beinahe physisch das Schrumpfen des eigenen Körpers verspürte und das Gefühl hatte, in die Tiefe hinabzufallen.
In Wirklichkeit saß ich reglos auf dem Stuhl und lächelte vor mich hin, völlig ohne Bezug zu dem, was um mich herum in dem Hotelzimmer geschah.
»Nun, Franz verweigert mir das, was anderen Leuten so selbstverständlich wie im Schlaf zufällt – ein gemütliches, sicheres, familiäres Zuhause mit Tisch, Schrank und Bett, ein Zuhause, in dem Mann und Frau sich zu jeder Tageszeit begegnen und sich nicht für ganze Nächte in eigenen Zimmern einsperren. Franz, Du hast mich gebeten, daß es keine Verlobungsfeierlichkeiten im Tempel gibt. Warum? Sollen wir uns etwa schämen, daß wir eine Familie gründen, daß wir gemeinsam auch in die Gemeinschaft eintreten wollen, die größer, weitgehender ist und nicht nur das Erdreich umfaßt?«
»Franz hat es sicherlich nicht so gemeint, Fräulein Felice«, unterbrach sie mein Vater. »Sich der Verbindung mit Ihnen schämen? Aber er prahlt doch bis zur Besinnungslosigkeit damit. Ich kenne ihn, es ist überhaupt nicht so, überhaupt nicht ...« Vater sprach immer lauter, sein Gesicht wurde dabei purpurrot.
Ich sah es mit steigender Unruhe. Die zweideutige Haltung meines Vaters, der prinzipiell immer gegen mich war und nun bedrohlich auf meine Seite neigte, entsetzte und schwächte mich mehr als irgend etwas anderes, da sie das schwierige, für mich aber lebensnotwendige Gleichgewicht verletzte und mir die letzte Waffe aus der Hand schlug: die Waffe des Schwachen – den Haß auf den Peiniger.
Felice schaute meinen Vater ruhig an, ihre Mundwinkel umspielte so etwas wie ein leichtes Lächeln, und der Vater, der mich so unerwartet in Schutz genommen hatte, begann nun zu

zögern. Er wandte seinen massiven Körper zu ihr, ergriff ihre Hand und küßte sie. Felice wehrte sich nicht dagegen, schien sogar durch diese Geste fast beruhigt zu werden.
Doktor Preiss beugte sich plötzlich zu mir und flüsterte mir etwas zu, was ich nicht verstand. Ich konnte es gar nicht verstehn, da ich mich gerade mit meinem ganzen Ich zwischen den beiden befand, zwischen Felice und meinem Vater. Der Austausch von Zärtlichkeiten dauerte nur wenige Sekunden, dann erhob Felice ihren Kopf wieder, das Lächeln wich aus ihrem Gesicht. Sie begann zu sprechen:
»Franzens Verhältnis zu meiner Familie läßt viel zu wünschen übrig. Es mangelt ihm an Interesse, an der üblichen Freundlichkeit. Als mein Bruder in Schwierigkeiten geriet und gezwungen war, Europa zu verlassen und sein Glück in Amerika zu suchen, war ich bestürzt und verzweifelt. Ich wandte mich an Franz um Hilfe, aber auf die Frage, ob ich in dir, Franz, eine Stütze finden würde, die ich damals notwendig brauchte, bekam ich eine ausweichende Antwort. Da verstand ich, daß Franz meine Schwäche fürchtet und mir die Fürsorge verweigert, die der zukünftigen Ehefrau von dem Mann zusteht, dem sie ihr Schicksal anvertraut. Wovon sprach Franz, als ich unter der Last der feindseligen Welt beinahe zugrunde ging? Von seinen Ängsten, von sich selbst, immer nur von sich ...« Felice blickte mich erneut an, und in ihren Augen sah ich direkt gegen mich gerichtete Dolche aufblitzen.
Ich schwieg, eine Verteidigung war hier nicht möglich. Sie war ja im Recht, daß sie mir diesen schrecklichen, gewaltigen Egoismus vorwarf. Das einzige, was ich tun konnte, war, die Klingen, mit denen sie mir drohte, bis zum Heft in den eigenen Hals zu versenken.
»Ich spüre eine unüberwindbare Angst vor der Ehe mit dir, Franz«, sagte Felice und fuhr fort, als wäre es schon nicht mehr wichtig – und sie würde nur weitersprechen, um das sowieso ausreichend deutliche Bild unseres künftigen gemeinsamen Unglücks um diese Einzelheiten zu ergänzen: »Ich müßte Berlin, das Bureau und meine Kolleginnen verlassen, ich müß-

te schöne Kleider entbehren, möglicherweise müßte ich III. Klasse fahren und sicherlich hätte ich schlechtere Theaterplätze.«

Ich wandte meinen Blick ab, um Felice nicht anschauen zu müssen, während sie all das sagte. Eine heiße Welle des Schamgefühls überströmte mich, mit meinen geschärften Sinnen spürte ich, wie die unterdrückten Seufzer der Anwesenden die Luft im Zimmer verdichteten. Doktor Preiss stand auf, schob dabei den Stuhl etwas zu heftig zurück, als wollte er damit die Worte unterstreichen, die er zwar nicht laut ausgesprochen hatte, die ihm aber, ich spürte es, auf der Zunge lagen.

Er ist Felicens erklärter Feind. Von Anfang an hat er mir geraten, Abstand von ihr zu wahren und sie so klar zu sehn, wie er es tut. Ich habe ihm gesagt, daß ich Felice mit allen ihren Schwächen sehe und daß es womöglich eben diese Schwächen sind, die mich am meisten zu ihr hinziehn. Ich liebte sie nämlich so, wie sie war, mit all ihrer Güte und Bosheit. Nun aber, während ich ihr zuhörte, mußte ich mir die Frage stellen, ob sich hier nicht die Nutzlosigkeit der Liebesschwüre mit ihrer ganzen endgültigen, schweren und schmerzhaften Macht offenbarte.

Auch Erna erhob sich, ging zum Fenster und riß es weit auf. Sofort drangen Lärm und ein heißer Windstoß in den schwülen Raum. Der Vater holte ein Taschentuch hervor und wischte sich die verschwitzte Stirn, Erna lehnte sich halb aus dem Fenster hinaus, so daß ich mich leicht in meinem Stuhl erhob, nahezu gemeinsam mit ihr in die Tiefe gezogen, nach draußen, wo das fiebrige Leben der Straße pulsierte.

Diese kurze Pause ließ mich aufatmen und Kräfte sammeln. Ich war müde wie ein Tier, das seinen Todfeind nicht für einen einzigen Augenblick aus den Augen läßt. Erna trat einen Schritt vom Fenster zurück, stellte sich mit dem Gesicht zu mir und hob ihre Arme in einer flehentlichen Geste oder vielleicht auch nur, um dem Körper die nötige Entspannung zu geben. Sie schaute mich kurz an, und ich begriff, wie unendlich viel mir jetzt ihr mitfühlender Blick bedeutete.

Und wieder war es Felice, die das Fenster mit einer entschlossenen, keinen Widerspruch duldenden Bewegung schloß. Wer hätte schon gewagt, dagegen zu protestieren, auch wenn es im Zimmer gleich wieder unerträglich schwül wurde.
Aus dem Augenwinkel bemerkte ich eine kleine Geste der Verständigung zwischen Felice und Fräulein Grete, die nun zu sprechen begann, zuerst leise und undeutlich, dann immer nervöser, mit einer vor Aufregung brüchigen Stimme.
»Daß ich mit Gewalt in einer Verlobung ein Glück für Sie beide sehn wollte und Sie, Herr Franz, in diese Richtung beeinflußte, schafft für mich eine grenzenlose Verantwortung, der ich mich nicht mehr gewachsen fühle. Meine Furcht und Ratlosigkeit haben sich als berechtigt erwiesen. Ich begriff es, als ich nochmals diese Briefe las...«
»Welche Briefe?« fragte der Vater, und ich spürte, wie es mir den Boden unter den Füßen wegzog.
»Ach, Herrn Doktors Briefe an mich«, sagte Fräulein Grete und holte aus ihrer geräumigen Ledertasche eine flache, mit einem kleinen Schlüssel verschlossene Mappe hervor. In ihrer Aufregung rang sie länger mit dem Schlüssel, als sie es mit einer sicheren und ruhigen Hand vermocht hätte.
Was soll denn diese Vorsicht, dachte ich. Begründen die Ausmaße meines Verbrechens tatsächlich derartige Vorkehrungen? In Gretes Händen sah ich meine Briefe, nur einige, dabei hatte sie doch mehrere Dutzend von mir erhalten. Es waren also nur die ausgewählten, die nun ihre Rolle zu spielen hatten.
Fräulein Grete reichte einen Brief an Felice, die, trotzdem sie ganz genau wußte, was er beinhaltete, stumm die unterstrichenen Sätze las. Ihr Gesicht wurde dabei immer düsterer und trübsinniger, beinahe archaisch im Ausdruck erstarrten Zorns. Sie streckte ihre Hand mit dem Brief meinem Vater entgegen, nahm gleichzeitig von Grete den nächsten, und so wurden diese weißen, von mir beschriebenen Blätter von Hand zu Hand gereicht.
»Du hast Grete geschrieben, du seist gar nicht der glucklichste

Bräutigam«, sagte Felice, fuhr mit ihren Fingern über das Gesicht und setzte hinzu: »Du hast auch geäußert, daß du die Ehe mit mir für eine Notwendigkeit hältst, zu der du dich gewissermaßen verpflichtet fühlst. Und hier! Bitte schön«, Felice schlug mit dem Handrücken auf einen Brief, den ihr Fräulein Grete gerade eben reichte, »ja, ich zögere nicht, so unangenehme Einzelheiten wie zum Beispiel diese offenzulegen: ›In erster Zeit mußte ich, um die Wahrheit zu sagen, vor F.'s Zähnen die Augen senken, so erschreckte mich dieses glänzende Gold (an dieser unpassenden Stelle ein wirklich höllenmäßiger Glanz) und das graugelbe Porzellan.‹ Spricht so ein liebender Bräutigam über seine Braut? Es sind Kleinigkeiten, die in Anbetracht des ganzen künftigen Lebens vielleicht keine große Bedeutung haben, aber ich empfinde es anders.«
»Felice, laß das!« Fräulein Grete riß Felice den Brief aus der Hand. »Ich hätte nicht...«, sie stockte und verstummte.
Ich schaute den Vater an. Dunkle Flecken waren in sein Gesicht gekrochen, an der Stirn zitterten Schweißtropfen. In den eigenen Lungen verspürte ich seinen aufsteigenden Zorn, ich selbst aber, ruhig und kühl, plötzlich außerordentlich wachsam, registrierte jede Einzelheit, fühlte beinahe die Schwingungen der Luft, die durch die Atmung der Anwesenden in Bewegung gesetzt wurde.
Die Briefe kreisten weiter, alle beugten sich einander zu, der Kreis wurde enger, ich sah keine Gesichter, nur die Hände, die sich die Briefe reichten, die weißen Blätter, die an sich unschuldigen Beweise meiner Schuld.
»Sind Sie denn fertig, Fräulein Felice?« sprach plötzlich ganz unerwartet Doktor Preiss, der als einziger die Briefe nicht in seine Hände nahm, sondern das Gesicht stur dem Fenster zukehrte.
Felice hob ihre Augen und sagte schnell und entschieden: »Nein, das ist noch nicht alles. Schauen Sie bitte hier.« Sie zeigte auf einen Satz, den sie dann auch nicht vorzulesen versäumte: ›Ich wäre auch nicht fähig, mit ihr zusammenzuleben, F. ist zu meinem Verderben geworden.‹ Herr Doktor, Sie wer-

den wohl zugeben, daß dies genügt, um das Vertrauen in die Möglichkeit einer gemeinsamen Zukunft zu verlieren. Außerdem begreife ich gewisse Dinge nicht, Franz. Erkläre mir bitte«, Felice sah mich direkt an, »warum du so sehr darauf bestanden hast, daß Grete gleich nach der Hochzeit bei uns einzieht? Wolltest du sie oder mich heiraten? Und mußtest du, als du auf der Flucht vor mir nach Riva reistest, in die Arme einer anderen Frau fallen und mir dann auch noch darüber berichten?«

»Schweig!« sagte ich, und es war wohl das einzige Wort, das man von mir während dieser zweistündigen Verhandlung gehört hat.

»Schweig!« wiederholte ich und verstummte.

Es wurde still. Nach einer Weile drang aus der Stille ein undeutliches Summen einer Fliege hervor. Zunächst klang es wie ein zartes Locken, näherte sich vibrierend, dann verstummte es, um sich gleich wieder zu verstärken. Eine mal dumpfe, mal durchdringend hohe Stimme kam vom Fenster her. Eine Fliege bewegte sich in ihrem rhythmischen Tanz über die Fensterbank.

Nun konnte man sie ganz deutlich sehn. Eine große, schwarze, pelzige Fliege lag auf dem Rücken, drehte sich im Kreis und strampelte dabei unglaublich schnell mit den Beinchen. Das Ziel ihrer unaufhörlichen Bewegung war nicht mehr die Rettung – eine Erlösung war unmöglich. Ihr Rufen war auch keine Bitte um Gnade – Gnade existierte nicht. Die kreisförmigen Figuren, die sie, über die Fensterbank gleitend, zeichnete, hinterließen auf der weißen Oberfläche Zeichen, die nur ich deuten konnte. Der Schrei der sterbenden Fliege verstärkte sich, wuchs, zerplatzte an den Wänden. Und plötzlich beendete mein Vater mit einem entschlossenen Faustschlag den Todeskampf.

Ich hörte, wie alle erleichtert aufatmeten, sich von ihren Sitzen erhoben und miteinander sprachen. Ich sah sogar Felice lächeln, mein Vater bot etwas zu trinken an, Doktor Preiss drückte meine Hand, Erna kam auf mich zu und fragte, ob sie mich zum Bahnhof begleiten dürfe.

Grete und Felice standen schweigend nebeneinander. Ich ging zu ihnen, um mich von Felice zu verabschieden. Alles deutete darauf hin, daß wir uns womöglich nicht mehr sehn würden. Nun hatte sie einen beinahe freundlichen Gesichtsausdruck und sah ganz ruhig aus.

»Das alles war gar nicht nötig«, sagte ich und schaute dabei Felice und Grete an. »Es war nicht nötig, denn in Wirklichkeit bin ich auf euren Plätzen gesessen, immer ebendort, auf der Seite der Richter, die über mich urteilen.«

Sie schwiegen. Wir reichten einander die Hände. Ich verließ das Zimmer gemeinsam mit Erna und Doktor Preiss. Wir beschloßen, im Restaurant Belvedere an der Strahlauer Brücke zu Mittag zu essen. Dazu tranken wir Wein. Doktor Preiss versuchte mich mit scharfen Worten gegen Felice und Fräulein Grete ins Leben zurückzurufen, ich bat ihn aber, es zu lassen. Felice hatte das Recht, sich zu wehren, ich habe sie doch gedemütigt – gegenüber ihrer Freundin, gegenüber meiner und ihrer Familie. Allerdings hätte sie nicht den Angriff als die einzige Form der Verteidigung zu wählen brauchen.

Ich wollte nicht, daß Doktor Preiss nun irgendeine der im Hotelzimmer versammelten Personen kritisierte, weil er dadurch meinen Richtern den ihnen gebührenden Ernst und die Würde abgesprochen hätte.

Als Erna, den Kopf in die Hand gestützt, meinte, es würde sich alles noch zum Guten wenden, es sei noch nicht alles verloren, sah ich Tränen in ihren Augen.

»Sie hoffen noch auf einen guten Ausgang?« fragte ich, »wie ist das möglich? Erna, Sie waren doch mit mir dort, Sie haben es selbst gesehn.«

»Manchmal sieht man etwas anderes als das, was wirklich geschieht«, sagte sie, und ich wußte nicht, hatte ihr Intuition, hellseherische Fähigkeit oder einfach ihre Weisheit diese Worte eingeflüstert.

Wir blieben lange im Belvedere sitzen, verzehrten unsere bestellten Gerichte, unter denen – zu meinem Erstaunen – Fleisch überwog. Ich selbst erlaubte mir eine ungeheuerliche

Freßgier, indem ich eine riesige Portion gekochtes Rindfleisch am Knochen aß. Wäre Felice hier bei mir gewesen, hätte ich sicherlich Knackmandeln und ein Quellwasser aus dem Harz bestellt.
Ich empfand meinen schmerzenden, bestraften, nun mit Fleisch gestärkten Körper als etwas Widerliches. Ich war unschuldig, wenn auch auf eine recht teuflische Art. Gleichzeitig war ich auch schuldig, woran meine Richter nicht einen Augenblick gezweifelt hatten.
Eine stille Freude bohrte ihre dunklen Gänge in mir, da mir das Wichtigste gelungen war: Es war mir gelungen, die Sieger nicht zu beschämen.
Unsere Unterhaltung entfernte sich bald vom Hauptthema, welches jedoch weiterhin unsere Gedanken und Gefühle beschwerte, und so kehrten wir immer wieder unmerklich zu ihm zurück in den herbeigerufenen Bildern des einsamen Kampfes eines Einzelnen gegen alle.

Dein F.

Loeb an Franz

Budapest, Herbst 1914

Lieber Freund,
wir waren gerade im Begriff, Budapest zu verlassen, da das Geld zu Ende war und es niemanden gab, für den wir hätten spielen können, aber der Krieg hat uns festgehalten. Die Schauspieler versuchen trotzdem abzureisen und zu ihren Familien zurückzukehren. Ich habe nirgendwohin zu fahren, werde mich also auf das Schicksal verlassen.
Lieber Franz, Du schreibst, sowohl die Liebe als auch die Verlobung oder die Ehe seien eine Niederlage, es sei Dir aber nicht gegönnt gewesen, diese Niederlage vollkommen zu erfahren, da alles, was Du anfaßt, in Deinen Händen wie morsches Holz zerfalle. Du fragst, ob ich das verstehen könne. Wer kann Dich denn in der Niederlage besser verstehen als ich?
Das Gericht hat also stattgefunden, und das Verlöbnis ist auf-

gelöst. Verzeih mir bitte die Kühnheit dieser Frage, aber bekümmert oder erfreut Dich das? Das Junggesellendasein hat es an sich, daß wir uns selbst alles verdanken – das Gute wie das Schlechte. Vielleicht ist es Dir bestimmt, die Last der Welt ab jetzt allein auf Deinen Schultern zu tragen. Nur war das Gericht und die Demütigung ganz und gar unnötig; als würde uns das Leben nicht schon genug demütigen und zu Boden drücken.

Ich kenne eine Geschichte über das Gericht und möchte sie Dir erzählen, vielleicht kann sie Deine jetzige Not etwas erträglicher machen. Pinches aus Korc hat sie mir einmal erzählt, sie handelt vom Sohn eines reichen Sünders und Nichtsnutzes. Dieser hatte folgenden Traum:

»Ich träumte«, erzählte dieser Sohn des Reichen, »daß ich auf Reisen war. Die Reise dauerte eine Ewigkeit. Plötzlich verspürte ich großen Hunger. In der nächsten Stadt ging ich also in ein Wirtshaus und bestellte ein Mittagessen. Man brachte mir Schweinebraten. Es störte mich nicht im geringsten, daß es ein verbotenes Gericht war. Schon war ich dabei, das erste Stück in den Mund zu schieben, als plötzlich ein Mann auf mich zukam und sagte: ›Ich komme, um dich vors Gericht zu führen. Gegen dich ist ein Gerichtsverfahren angestrengt worden.‹ Ich sagte, mir wäre nicht bewußt, etwas Schlimmes getan zu haben, wenn aber jemand gegen mich vor Gericht ziehen wolle, solle er zunächst einfach zu mir kommen und sagen, worum es ihm gehe, und seine Ansprüche entsprechend begründen. Dann werde ich alles sofort in Ordnung bringen. Was soll da ein Gericht? ›O nein, so nicht‹, sagt der Mann, ›deine Angelegenheit erfordert, daß du dich dem Gesetz stellst. Du bist vorgeladen, und das Gericht hat bestimmt seine Gründe dafür.‹ Das Aussehen des Ankömmlings war so voller Würde, seine Stimme so ernsthaft, daß ich mich wohl oder übel vom Tische erhob und ihm folgte, ohne den kleinsten Bissen gegessen zu haben. Wir betraten das Gericht. Ein Gerichtsdiener ging auf uns zu und fragte nach meinem Namen. Ich antwortete, er runzelte die Stirn und sagte: ›Ja, tatsächlich, du bist vorgeladen worden. Aber im Moment hat das Gericht keine Zeit, deine Angelegenheit zu verhandeln. Geh zurück und warte!‹ Ich kehrte in das Wirtshaus zurück und machte mich an das Essen, aber sogleich erschien wieder der Unbekannte und befahl mir, ihm ins Gericht zu folgen.

Alles wiederholte sich genau wie zuvor. Erbost ging ich ins Wirtshaus zurück, setzte mich an den Tisch und machte mich erneut ans Essen. Ich war bereits hungrig wie ein Wolf. Zum dritten Male erschien der Unbekannte vor mir und befahl, mit ihm zu gehen. Diesmal machte der Gerichtsdiener die Türe weit auf und sagte: ›Komm herein, es wird über dich gerichtet!‹

Ich betrat einen prächtigen Saal, in dessen Mitte ein großer Tisch stand. Um den Tisch herum saßen ehrwürdige alte Männer mit langen Bärten, es waren die Richter. Der unbekannte Mann, der mich dorthin gebracht hatte, trat vor und zählte den Richtern all meine Sünden auf, alle, die ich je begangen hatte. Die Sünden waren so schwarz, daß mir die Haare vor Entsetzen zu Berge standen. Manche von ihnen, die kleineren wie die größeren, verblaßten ein wenig, da sie bereits längst vergessen zu sein schienen. Ich stand da, versteinert vor Schrecken, wollte fliehen, konnte aber nicht. Meine Beine waren wie aus Holz. Schweißtropfen traten mir auf die Stirn. Mir war, als sollte diese Aufzählung kein Ende haben. Meine Sünden türmten sich vor mir auf wie widerliche Haufen toter Ratten und anderer unreiner Tiere – wie Skorpione und Schlangen.

Endlich endete die Rede des Anklägers. Totenstille trat ein. Ich hörte das eigene Herzklopfen wie aus einer unendlichen Ferne kommen. Es waren wahrlich grauenvolle Augenblicke. Sie bedrückten mich mit der Last bleierner Felsen und ergossen sich in dem endlosen Nebel der Ewigkeit.

Schließlich unterbrach einer der Greise die Stille: ›Welche Strafe werden wir über ihn verhängen?‹

›Welche Strafe verhängen wir über ihn?‹ wiederholten die anderen in gespenstischem Einklang. Und wieder herrschte Stille.

›Es bedarf viel Zeit, um über ihn zu urteilen‹, sagten sie nach einer Weile. ›Er soll hier stehenbleiben, bis wir alles genau besprochen haben.‹
Plötzlich wurde mir bewußt, daß es nur ein Traum war. Aber eine innere Stimme sagte mir, dieser Traum würde eine Ewigkeit dauern, und ich würde nie mehr daraus erwachen. Ich weinte, rang vor Verzweiflung die Hände, flehte die Richter um Gnade an. Ich wollte Mitleid bei ihnen erwecken, erklären, daß ich noch jung war, versprechen, daß ich mich bessern würde.
›Das stimmt‹, sprach einer der Greise, ›dieser Mann kann sich noch bessern. Geben wir ihm eine Chance! Er soll ins Leben zurückkehren.‹
Ich hob die Augen. Wer spricht denn für mich Unwürdigen? Ich schaute in sein Gesicht – es war der fromme Rabbi Pinches!
In dem Moment fiel ich aus dem Bett.«
Ob Traum oder nicht, es lohnt sich, darüber nachzudenken. So ist es eben – das Gericht tagt ununterbrochen und kennt keine Gnade. Seinem Zorn, das das billige Recht genannt wird, entgeht man nicht. Selbst die Gerechten möchten sich vor dem Gerichtshof verbergen, wo aber ist der Ort, an dem ihm der kleinste Fleck auf dem Gewand des Frommen entgehen würde? Einen solchen Ort gibt es nicht. Im Paradies verbergen sich die gerechten Männer vor dem Zorn des Allmächtigen unter seinem Thron. Dort warten sie die Augenblicke des Schreckens ab. Aber das Gericht setzt sich auf keinen Thron, da es überall ist und in jedem Moment unseres Lebens unsere Sünden prüft, um nach dem Tod zu entscheiden, wem oder was unsere Seele einverleibt werden soll. Also beklage ich mich nicht, daß man mir in diesem Leben die Gestalt eines sündigen Menschen gegeben hat, ich hätte doch ein Schwein, ein Eunuch oder sogar ein Spucknapf, den jeder nach Belieben benutzt, werden können.
Das Gericht hat seinen Kläger und Verteidiger, seinen Satan und *go'el*. Wußtest Du, daß Satan im Hebräischen ›Kläger‹

heißt? Es ist aber nicht so schlimm, daß wir nur angeklagt und der Macht des Satans übergeben werden. Wir haben auch das Recht auf einen Verteidiger. In der Beschreibung des Gerichts, vor welches Du geladen wurdest, hast Du den Verteidiger vergessen. Es gibt ihn, und er wartet nur auf Dein Zeichen, denke daran.

Felice an Grete

Berlin, Herbst 1914

Die Verlobung ist aufgelöst worden. Liebe Grete, bei Dir suche ich jetzt Verständnis und Trost, da Du mir in diesen schwierigen Augenblicken am nächsten gestanden hast. Meine Schwester Erna ist mir fremd geworden, seitdem sie sich so bereitwillig auf Franzens Seite gestellt hat. An sie schreibt er nun seine hinterlistigen Briefe.

Im Askanischen Hof schwieg er beharrlich, gegen mich. Ich habe diese Zusammenkunft doch gewünscht, um zu klären, was zwischen uns schmerzhaft war, was ich nicht verstand und bis heute nicht verstehe. Grete, kannst Du mir denn sagen, warum er so darauf besteht, daß ausgerechnet unser Zuhause anders sein sollte als die Häuser der Leute aus unseren Kreisen?

Franzens Traumwohnung befindet sich im obersten Stockwerk, also unvorstellbar hoch, damit niemand über unseren Köpfen herumtrampelt, und sie ist beinahe leer, weil dort ein strenges Eintrittsverbot für Schränke, Ehebett und sogar für einen Eßtisch herrscht.

Ich habe Franz eine Liste der Möbel vorgelegt, die mir unentbehrlich erscheinen. Grete, urteile selbst, was war denn falsch daran, daß ich beim Möbellager Rosmann ein Patentschlafsofa aus Mahagoni, mit Doppelpolster und Verzierungen, sehr geschmackvoll, bestellen wollte, und dazu zwei passende Nachtschränkchen, einen Toilettentisch mit Marmorplatte, einen dreitürigen Kleiderschrank, eine Speisezimmergarnitur aus Eiche, ein Gästebett, ach, und noch einen chinesischen Paravent erster Qualität zum »Müllern«. Franz wünschte sich, nackt am offenen Fenster »müllern« zu können, ohne den Leuten von gegenüber die Gelegenheit zu bieten, mit uns gemeinsam zu turnen.

Ich war bereit, mich damit zufriedenzugeben, Franz rügte mich aber streng, daß ich mich auf Schränke besser verstünde als auf ihn, daß ich ihn in den vier Wänden einsperren und aus unserer Wohnung eine lebenslange Haft machen wollte. Eines Tages sagte er: »Felice, denk nur, Adam und Eva waren glücklich im Paradies, obgleich sie doch nicht einmal einen Kleiderschrank hatten.« »Nun«, antwortete ich, »sie liefen nackt herum, und Feigenblätter wuchsen an den Bäumen.« Damals lachten wir beide darüber.

In meiner Verwirrung und Verzweiflung, daß wir uns nicht verständigen können, war ich nicht imstande, seine Argumente zu behalten. Wie viele Tränen habe ich wegen dieser Möbel vergossen, dabei ging es mir doch gar nicht wirklich um die Möbel. Ich sehnte mich nach Ruhe und Geborgenheit, also nach genau dem gleichen wie Franz. Allerdings suchen wir beide wohl woanders danach.

Franz reicht zum Leben ein kissengepolstertes Zimmer, so daß nicht das kleinste Geräusch ins Innere dringt, mitten in diesem Zimmer liegt er einsam auf dem Kanapee und nährt sich von Milch und Honig, neben ihm steht ein mit Papieren überladener Tisch. Er streckt seine Arme aus, greift nach der Tischplatte, und im Schreiben hievt er sich an die Oberfläche.

Und wie sonderbar dieses Schreiben ist. Dir, Grete, kann ich es sagen: Ich verstehe nicht, was Franz schreibt. Einmal bat ich ihn, mir zu erklären, was er in seinen Fabeln ausdrücken wollte. Darauf sagte er freundlich, aber entschlossen: »Bitte nenne das, was ich geschrieben habe, nicht Fabel, das sind keine Fabeln, es ist mir schon lieber, du sagst Tiergeschichten.«

Grete, glaub mir, in dieser sonderbaren Welt, in dem kalten Zimmer, neben diesem Mann gibt es keinen Platz für mich. Obgleich ich sagen muß, daß er gerne andere Frauen empfängt ... Ja, ja, er hat mir selbst von all den Schauspielerinnen, Blumenfrauen und Sanatoriumsbekanntschaften erzählt.

Am tiefsten hat mich die Geschichte mit der Schweizerin verletzt. Als wir uns letztes Jahr zerstritten, bevor Du erschienen bist, floh er vor mir nach Riva und verliebte sich dort in eine sehr junge Frau. Es ist wirklich schrecklich, erfahren zu müssen, daß Dein zukünftiger Ehemann ein Schürzenjäger ist und jedes abenteuerlustige Fräulein bei ihm etwas für sich findet.
Mit den Frauen, von denen ich Dir so offen schreibe, verhält es sich nicht so, wie es auf den ersten Blick scheinen mag. Du hast Franz bereits ein wenig kennengelernt und weißt, daß er alles Schmutzige, Unredliche und Sündige wirklich nicht duldet. Er hat mir von seinen Abenteuern erzählt, da er die Lüge verabscheut.
Ein anderer würde davon gar nicht sprechen, würde versuchen zu vergessen, die Tür hinter sich zuzuschlagen, um das, was ihn an seinen Fall erinnert, nicht mehr sehen zu müssen. Wenn ich etwas Abscheuliches sehe, etwas, was bei mir einen Schauer des Ekels hervorruft, wende ich sofort meinen Blick davon ab. Franz hingegen nicht, er schaut eben gierig hin, kostet es aus, prägt sich diesen Ekel, vor dem er sich fürchtet, mit peinlichster Genauigkeit ein. Er – verzeih mir, Grete – beschnüffelt diesen Ekel beinahe. Immer noch kann ich nicht in Ruhe von all dem sprechen.
Wir haben unsere Verlobung aufgelöst, und nun möchte ich von Franz nichts mehr hören. Ich habe meinen Bräutigam verloren, und doch bin ich weniger unglücklich als die Mädchen, deren Männer jetzt in den Krieg ziehen. In der heutigen Unruhe und dem allgemeinen Chaos scheint mir meine Trauer manchmal so unwichtig ...

Deine Felice

Grete an Hugo

Berlin, Herbst 1914

Mein lieber Hugo,
seit den Juliereignissen lebe ich in einer ständigen Unruhe, geplagt von Gewissensbissen, wie im Fieber. Ich habe dafür

gesorgt, daß Felice und Franz im Askanischen Hof zusammengetroffen sind, und ich fühle mich verantwortlich für den schlechten Ausgang ihrer Verlobung. Immer und immer wieder, mit plagender Eintönigkeit, erforsche ich meine Gefühle.

Zunächst hegte ich keine Zweifel daran, den beiden helfen zu wollen, damit sie sich besser kennenlernen und verstehen. Mit der Zeit begann ich jedoch, in mir andere Gefühle wahrzunehmen, dunkle, für mich selbst unbegreifliche, aus einer Tiefe emporsteigende Gefühle, deren Existenz mir selbst nicht bewußt war. Ich verstand, daß es mein wahrer Wunsch war, diese Beziehung scheitern zu sehen. Und zwar nicht, weil ich in Felice und Franz zwei Leute sah, die zueinander nicht paßten, sondern weil ich Franz für mich behalten wollte.

Ich nehme an, für Dich als Arzt, der sich auch mit der Psychoanalyse beschäftigt, ist das nichts Überraschendes. Du hast wahrscheinlich meine wahren Gefühle geahnt, aber für mich hat diese plötzliche Klarheit zu einem Nervenzusammenbruch geführt.

Ja, ich habe mein geheimes Ziel erreicht – sie sind auseinandergegangen. Aber was habe ich dabei gewonnen? Nichts. Und verloren habe ich viel! Felice ist zwar meine ergebene Freundin geworden, ich genieße ihr volles Vertrauen, denk aber, wie ich mich fühle, wenn ich nun mit voller Klarheit sehe, daß sie gerade mir nicht trauen sollte, da meine Freundlichkeit ihr gegenüber falsche Beweggründe und meine freundschaftlichen Ratschläge ein einziges Ziel hatten – ihr den Bräutigam auszuspannen.

Ich erfreue mich Felicens Wohlwollen, habe aber Franzens Freundschaft verloren. Das wollte ich doch um keinen Preis. Ich sah ihn vor dem Gericht, war Zeuge seiner schmerzhaften Demütigung und weiß, daß er mir das nie verzeihen wird. Manchmal glaube ich, er selbst wollte die Auflösung dieser Verlobung, und in seiner Ratlosigkeit, wie er sich aus Felicens Armen befreien sollte, benutzte er unbewußt mich, damit ich diesen endgültigen Schnitt ausführte.

Merkwürdige Gedanken kommen mir in den Sinn, sag aber selbst, sind bei heftigen, stürmischen Gefühlen nicht gerade die merkwürdigsten und erstaunlichsten Motive am wahrscheinlichsten? Und meine Gefühle sind heftig. Ich werde wahnsinnig vor Trauer, Franz verloren zu haben.

Ich erinnere mich an unsere erste Zusammenkunft und die Rührung, die ich empfand, als er meine Hand ergriff, sanft und zärtlich, obgleich er mich noch gar nicht kannte. Seine Briefe flößten mir Kraft ein, ich wartete auf sie, und da Franz ein pünktlicher Briefschreiber ist, regte der unaufhörliche Rhythmus seiner Briefe meine Lebensgeister an. Immer schon hatte ich viel gelesen, nun verbrachte ich jede freie Minute mit Büchern, die er mir empfahl, und schrieb ihm über meine Lektüre. Dann versprachen wir uns ein Zusammentreffen, ich wartete darauf...

Nachdem ich Franz kennengelernt hatte, begann sich mein Verhältnis zu Felice unmerklich zu verändern. Zunächst war ich mir dessen gar nicht bewußt, so sehr beschäftigte mich meine Aufgabe, die zerstrittenen Verlobten einander näherzubringen. Als ich jedoch endlich erreicht hatte, daß Felice wieder an Franz schrieb, stellte ich überrascht fest, daß meine Freude darüber von Eifersucht getrübt wurde. Ich konnte Felice nicht mehr als eine gute Freundin ansehen, der ich nur Gutes tun wollte. Das helle Bild meiner selbst trübte sich.

Ich schreibe Dir, als wäre mir all das damals so klar gewesen wie heute, aber so war es nicht. Erst jetzt, nachdem sich alles dergestalt zugetragen hat, ist es mir bewußt. Damals jedoch handelte ich unter dem Einfluß mir selbst unbegreiflicher Gefühle.

Du mußt in meinen früheren Briefen die ganze Wahrheit erkannt haben, warum hast Du sie mir denn nicht enthüllt? Vielleicht wäre dann nicht passiert, was ich in meinem Wahn anstrebte? Vielleicht hätte das Gericht im Askanischen Hof nicht stattgefunden?

Als ich mich bereits im Hotelzimmer unter all den dort versammelten Personen befand, verstand ich, daß dies der letzte

Platz war, an dem ich mich hätte befinden sollen, ich hatte aber keine Wahl – ich mußte an diesem abscheulichen Ritual teilnehmen. Ich fühlte – als wäre ich er – seine Angst, seinen Widerwillen, seinen schmerzhaft verletzten Stolz.
Ich weiß nicht mehr, was ich sagte, ich weiß nicht, was mit mir geschah. Mit den Augen suchte ich seinen Blick, er schaute mich aber nicht an. Erst als alles vorbei war, als er mir seine Hand zum Abschied reichte, schaute er mich an, und ich sah, wie traurig, wie unendlich traurig seine Augen waren.
Ich komme mit dieser Trauer nicht zurecht, ich kann mit ihr nicht leben.

Deine Margarethe

Grete an Franz

Berlin, Herbst 1914

Gnädiger Herr,
lange habe ich überlegt, ob ich mich wieder an Sie wenden darf. Nach dem, was geschehen ist, müssen Sie mich hassen. Die Zusammenkunft im Askanischen Hof war für uns alle schrecklich, aber Ihnen ist dort das schlimmste widerfahren, was einem Unschuldigen widerfahren konnte.
Vermutlich überrascht es Sie, daß ich »unschuldig« sage, obgleich ich mich damals auf die Seite der Ankläger stellte und ehrlich an Ihre »Schuld« zu glauben schien. Das war aber nur der trügerische Schein.
Vom ersten Augenblick an, von dem ich mich dort befand und Ihr todbleiches Gesicht erblickte, spürte ich, daß ich in einer Falle war. Ich habe nicht die Absicht, Ihnen von meiner Angst und meinem Leid zu schreiben, ich möchte nur, wenn überhaupt möglich, meine große Schuld Ihnen gegenüber rechtfertigen.
Anfangs war ich auf Ihrer Seite, und Ihre Argumente schienen mir zu überwiegen, jedoch kurz vor dieser verhängnisvollen Zusammenkunft im Askanischen Hof waren Felice und ich einander näher gekommen als zuvor. Das zerbrechliche

Gleichgewicht, das ich die ganze Zeit zu erreichen suchte, um Ihre und Felicens Argumente gerecht abzuwägen, geriet ins Wanken. Nun stand mir Felice gewissermaßen näher oder jedenfalls schien es mir so.

Und schließlich haben Ihre Briefe – beunruhigend, alarmierend –, in denen Sie fast geradeheraus sagen, daß Sie diese Ehe mit Schrecken erfüllt, meine Bedenken bestätigt. Ich entschied mich, Felice vor Ihnen zu warnen, und sie, obgleich nicht zum erstenmal Zeugin Ihrer Ängste und Zweifel bezüglich der Chancen Ihrer Verbindung, erwies sich diesmal erstaunlich entschlossen. Ich gab nur ein Warnzeichen, Felice tat das Übrige. Ich will sie nicht beschuldigen, wir beide wissen ja, daß sie das Recht hatte, sich zu wehren.

Als sie jedoch zu sprechen begann und der für mich furchtbare Augenblick kam, damals im Hotel, als sie mich zur Zeugin der Anklage machte, ich den Kopf gänzlich verlor und sie selbst schließlich die verhängnisvollen Briefe vorlesen mußte, war mein einziger Wunsch, um jeden Preis zu fliehen, auch wenn der einzige Fluchtweg ein Sprung aus dem Fenster gewesen wäre.

Was mich zurückgehalten hat, war der Blick, den Sie mir schenkten. In ihm fand ich eine Chance zur Vergebung. Habe ich mich damals geirrt? Ich hege starke Hoffnungen, daß nicht. Und doch, trotz allem, ich stand damals auf der Seite der Richter ... Eine Kugel, die wir auf den Scheitelpunkt einer schiefen Ebene legen, muß bis zum Ende rollen. Und so schien es mir auch keinen Widerruf zu geben.

Dennoch gab es eine Person, die sich aus unserem magischen Kreis losriß. Es war Felicens Schwester. Felice hatte sie doch als Sprecherin der eigenen Argumente mitgebracht, ihr von vornherein die Rolle der Anklägerin zugewiesen, und Erna war damit einverstanden gewesen. Später jedoch, als sie sah, was geschah, besann sie sich auf die elementaren Dinge: Mitgefühl, Güte und Wahrheit. Ich konnte nicht einfach gütig sein, da ich gerecht sein wollte.

So stellte ich mich auf die Seite der Ankläger. Ich traf eine Wahl, die mich viel kostete. Ich weiß, was geschehen ist, kann ich nicht rückgängig machen, ich weiß aber auch, daß ich dank dessen viel verstanden habe. Ein für allemal habe ich gelernt, mich nie und nimmermehr auf die Seite der Richter, auf die Seite derer, die Urteile fällen, zu stellen.

Felice an Franz

Berlin, November 1914

Ich schreibe diesen Brief, lieber Franz, um das Schweigen zwischen uns zu brechen. Ich habe bereits viel gesagt, Du fast nichts. Ich möchte ein einziges Wort von Dir, aber eins, auf das ich mich stützen könnte.

Du behauptest, all das zwischen uns Unausgesprochene erfülle mich mit Angst, und diese Angst reiße alles mit sich, was ich an Dir nicht verstehe: Deine Launen, Deine Lebensweise, Deine Arbeit. Es ist nicht wahr, ich habe keine Angst, da ich genug Kraft in mir spüre, um all das zu tragen und Dich ans helle Tageslicht zu führen. Nein, ich fürchte nicht die Schwierigkeiten des gemeinsamen Lebens mit Dir, aber eins fürchte ich sicher – Deine Angst. Es war die Angst, die Dich die Augen fest zukneifen und blind um Dich schlagen ließ, wie ein Kind. Mit verschlossenen Augen konntest Du jedoch nicht sehen, wen Du von Dir stießt. Es war ich. Ich wollte Dir helfen. Ich hatte die Fähigkeit, Dich von der Angst vor Deinem Vater und von so vielen anderen Ängsten zu befreien.

Ich wollte Dir helfen, da ich Dich für schwach hielt. Du hast mir so viel über Deine Schwäche erzählt.

Ich habe aber festgestellt, daß Du stark und eigensinnig bist.

Du hast mir mehrmals gesagt, daß Du in Ehrlichkeit leben wolltest. Und doch hast Du gelogen und behauptet, die Lüge sei die einzige Waffe des Schwachen.

Du hast von Deiner Liebe zu mir gesprochen, ich sah aber, daß Du nicht einmal fähig bist, Dich selbst zu lieben.

Einmal hast Du gesagt, ich würde auf der Seite der Welt stehen, die Schläge austeilt und verwundet. Du fürchtest Dich so sehr davor, verwundet zu werden, sieh aber hin, was Du mit mir getan hast. Zunächst dachte ich, ich wäre das Ziel, das Du anstrebst. Nun habe ich begriffen, daß ich für Dich nicht das Ziel, sondern der Fluchtweg war, ich war für Dich eine der Möglichkeiten, Dich aus der Falle zu befreien, für die Du, Franz, das Leben hältst.

Nun, ich hätte mich sogar damit abfinden können. Jede Art Hilfe für den Anderen ist gut, Du aber begannst schon bald, mich als eine neue Falle zu sehen, eine vielleicht noch schlimmere als all die anderen. Welche Frau könnte sich damit abfinden? Sag es selbst.

Unsere Einheit haben wir verloren, das weiß ich ganz bestimmt, ich weiß nur nicht, wo man nach ihr suchen soll, und ob es überhaupt einmal möglich sein wird, sie wiederzufinden.

Eine Ahnung dieser verlorenen Einheit empfand ich gestern nacht im Traum. Ich träumte, ich wäre im Wald. Ich wanderte zwischen uralten Bäumen, jeder einzelne dieser Bäume war über 300 Jahre alt; solche Wälder gibt es gar nicht mehr, dieser schien aus einer fernen Vergangenheit zu stammen, aus Zeiten, in denen wir glücklich waren. Schließlich befand ich mich auf einer riesigen sonnenwarmen Waldlichtung.

Ich fühlte mich plötzlich müde und legte mich auf den weichen Boden. Im Traum sah ich kleine Moosblüten und Insekten, die zwischen den Spitzen der sich wiegenden Gräser umhersummten. Aus dem Wald traten Tiere. Sie kamen auf mich zu, umringten mich freundlich und vertrauensvoll. Unter ihnen sah ich Rehe, Wildkatzen, Dachse, Nagetiere, Schlangen und Vögel. Sie versammelten sich paarweise, wie in der Arche Noah, ich streckte meine Hände nach ihnen aus und fühlte mich sicher. Bei dem Gedanken, einmal aufstehen zu müssen, ergriff mich jedoch plötzliche Angst.

Ich wußte, daß ich, wenn ich mich aufrichtete, das beglückende Gefühl der Vollkommenheit verlöre, die mir gegeben war, als ich glücklich zwischen den Tieren lag. Ich erwachte, bewegt von zwei widersprüchlichen Gefühlen – der Sättigung und der Unruhe.

Ich sende Dir einen Kuß, *Adieu*

Franz an Felice

Prag, November 1914

Liebe Felice,
das Schweigen zwischen uns ist randvoll gefüllt. In Wirklichkeit hat sich doch gar nichts geändert. Ich spreche mit Dir ohne Worte, auf Entfernung, und Du, so fern, bist mir wohlgesonnener, als wenn wir uns in die Augen schauten. So ist es, Felice. Ich habe begriffen, daß ich nicht in Deine Nähe kommen darf, da Du, wenn Du mich siehst, so wie nur ich sein kann, bereit bist, es vor Verzweiflung bis zum Äußersten zu treiben.

Es wundert mich nicht, daß Du Dich an die Gemeinschaft mit der Bitte um Hilfe gegen mich gewendet hast, ich nehme es Dir nicht übel. Es war richtig, so mußtest Du handeln. Aber weißt Du, Felice, daß eben Du mein größter Trumpf im Kampf um die Zugehörigkeit zur Gemeinschaft sein solltest? Ich glaubte daran, daß ich, durch Dich und von Dir gestärkt, meinen Platz auf Erden finden würde. Die ganze Ironie liegt nun darin, daß Du zu meinem Ankläger und Richter geworden bist.

Als wir uns damals im Askanischen Hof gegenüber saßen, sehnte ich mich am allerstärksten danach, in einen Abgrund zu rutschen, vielleicht weil es an die Worte »hinabgestoßen werden« erinnerte. Du erwartetest ein entscheidendes Wort von mir, ich aber, F., hatte nichts Entscheidendes zu sagen. Du wolltest ein Wort, um Dich darauf zu stützen, aber konnte ein fallender Mensch Dir ein solches Wort geben?

Du fragst, wie es mir geht. Nicht schlecht, gar nicht schlecht. Die Kopfschmerzen haben aufgehört, und seit einer Woche schlafe ich jede Nacht ununterbrochen sechs Stunden. In der letzten Zeit habe ich auch nicht wenig geschrieben, und zwar mit gutem Erfolg. Und die Trauer, die mich nicht verläßt, ist einfach eine gute Bekannte von mir, in meiner Nähe fühlt sie sich eben am wohlsten.

Weißt Du, was Dein wunderschöner Traum, in dem Du auf dem Boden zwischen wildem Getier gelegen und Dich glücklich gefühlt hast, bedeuten könnte?

Der Stehende – regiert, erteilt Befehle, ist überlegen.
Der Sitzende – auch wenn es ein Kanapee im Wohnzimmer sein sollte, läßt die Welt das Gewicht des eigenen Körpers spüren; er teilt zwar keine Schläge aus, fällt aber dem völlig unschuldigen Kanapee zur Last.
Der Liegende – mit dem Kopf ins weiche Moos gebettet – regiert nicht, herrscht nicht und bedrückt die Erde nicht.
Gute Nacht, meine arme, arme Felice.

Felice an Grete

Berlin, November 1914

Liebe Grete,
Du hast so undeutlich von irgendwelchen ernsthaften Sorgen geschrieben. Lange Zeit hast Du mich gemieden, nun mußt Du aus Berlin fortfahren ... Du kannst mit mir nicht zusammentreffen ... Was hat das alles zu bedeuten? Ich hoffe, Du wirst doch noch ein wenig Zeit für mich finden und mir von Dir erzählen. Wenn Du Kummer hast, könnte ich Dir doch vielleicht behilflich sein. Zwischen uns hat sich nichts verändert. Ich schätze und mag Dich wie früher. Jetzt bist Du mir sogar vertrauter, obgleich wir derart unangenehme Erinnerungen an den Sommer dieses Jahres haben.
Du hast Dich also als erste bei Franz gemeldet. So sollte es sein. Man darf ihn nicht allein lassen, da, obgleich er behauptet, die Einsamkeit zu lieben, ich doch weiß, daß er zu schwach ist, um sie zu ertragen. Ich habe auch bereits begonnen, ihm zu schreiben. Wir tauschen nun ruhige, freundschaftliche Briefe. Unsere Verständigung dringt womöglich nicht bis in die tiefste Tiefe hinein, dort herrscht immer noch Dunkelheit, trotzdem aber zählt jede Geste, auch eine so unbedeutende wie das Winken mit der Hand aus der Ferne.
Zur Zeit werden übrigens die Briefe wegen der Kriegshandlungen zensuriert und sind so lange unterwegs, daß wir uns entschlossen haben, kurze Ansichtskarten zu schicken, die bei der Zensur wesentlich weniger Zeit in Anspruch nehmen.

Könnte es sein, daß Du eben aus dem gleichen Grund mir nicht schreiben willst, worum es sich handelt, und ob Deine Sorgen Dich selbst, Deinen Bruder oder vielleicht Deine Eltern betreffen? Liebe Grete, ich warte auf ein Zeichen von Dir...

Deine Felice

Felice an Franz

Berlin, Januar 1915

Lieber Franz,
ich habe keine Nachrichten von Grete. Sie hat Berlin verlassen, angeblich ist sie nach München gereist, hat aber keine Adresse hinterlassen. Ich vermute, es handelt sich um eine Nervenverstimmung, und unsere Freundin hält sich nun in irgendeinem Sanatorium auf, wo sie ihre strapazierten Nerven kuriert.
Ich werde Dich benachrichtigen, sobald ich etwas von ihr erfahre. Ihr Bruder hat sich freiwillig gemeldet und ist jetzt an der Front, aber nicht das war wohl die Ursache für ihren Nervenzusammenbruch.
Und was ist mit uns? Könnten wir vielleicht zusammentreffen? Du wirst wohl endlich einen Paß bekommen müssen, sie können ihn Dir nicht immer wieder verweigern. »L'Education sentimentale« habe ich zum zweiten Male gelesen, jetzt fange ich mit »Salammbô« an. Wir könnten beisammensitzen und uns über den Autor unterhalten, den Du so gerne magst.

Ich sende Dir einen Kuß.

Grete an Hugo

Berlin, April 1915

Mein lieber Hugo,
ich bin nach Berlin zurückgekehrt. Bald nehme ich meine Arbeit im Bureau wieder auf. Über die vergangenen Monate kann ich nicht sprechen. Ich wollte allein sein, und doch wurde ich gestört. Es kamen Briefe voller Fragen.

Mein Schuldgefühl Felice und Franz gegenüber wird jedoch schwächer. Es ist schon besser geworden. Ich kann ihm wieder schreiben, aber ob eine Zusammenkunft bereits möglich ist, weiß ich nicht. Dafür bin ich mit Felice zusammengekommen. Wir sind wieder herzlich zueinander, obgleich ich ein gewisses Mißtrauen und einen bitteren Nachgeschmack der vergangenen Ereignisse verspüre.
Das Verhältnis zwischen ihr und Franz ist korrekt, aber an eine Ehe denken die beiden nicht. Sie möchten jedoch in der Tschechischen Schweiz zusammentreffen, und nun erfahre ich, daß Franz eine Bedingung stellt – ich soll sie begleiten. Als wer soll ich denn zwischen ihnen stehen? Welche Rolle spielen? Von wem werde ich mehr gebraucht – von ihr oder von ihm? Und sind sie denn gar nicht mehr in der Lage, allein miteinander zu sein?
Es gibt viele Fragen. Ich denke über all das nach und finde keine Antwort. Ich weiß noch nicht, ob ich diesem Plan zustimmen werde. Das Gleichgewicht, welches mir gelungen ist, in der letzten Zeit zu erreichen, ist sehr empfindlich, allzu starken Regungen möchte ich es nicht aussetzen.

Deine Margarethe

Grete an Hugo

Berlin, Mai 1915

Lieber Hugo,
soeben bin ich aus der Tschechischen Schweiz zurückgekehrt, wo ich zwei Tage mit Felice und Franz verbracht habe. Im Januar waren sie ein paar Tage gemeinsam in Bodenbach.
Sie haben sich miteinander ausgesöhnt und wollen es noch einmal versuchen. Beide baten mich so herzlich darum, sie zu begleiten, daß ich es ihnen nicht abschlagen konnte. Wir sollten uns alle drei zum ersten Mal seit der denkwürdigen Zusammenkunft im Askanischen Hof im Juli vergangenen Jahres sehen. Du weißt, wie ich mich vor diesem Wiedersehen fürchtete, ich war mir nicht sicher, ob eine Versöhnung möglich sei.

Felice wirkte heiter und freundlich. Sie kümmerte sich sehr um mich, immer etwas beunruhigt um mein Wohlbefinden, um meine Gefühls- und Gemütslage. Ich fühlte mich wohl, verging aber vor Eifersucht.
Lieber Hugo, Du weißt so viel über mich, Dir kann ich mehr als irgend jemand anderem sagen. Ja, ich war eifersüchtig auf jeden einzelnen Blick, den er ihr, und nicht mir, schenkte.
Wir machten lange Spaziergänge, wählten dafür sanfte Strekken voller Sonne und frischer Luft. Das hohe Gras bog sich unter den Windstößen, auf den kleinen Wiesen, wo wir uns zur Erholung niederließen, duftete es herb nach Kräutern.
Franz zog seinen Pullover jedes Mal aus, reichte ihn Felice und legte sich hin, nur im Hemd, mit unter dem Kopf gekreuzten Armen. Felice, die sich doch sehr vor der Feuchtigkeit fürchtete, setzte sich immer auf die warmen Steine, und so lag ich auf Franzens Pullover, dicht neben ihm. Fast hörte ich sein Herzklopfen.
Am Abend saßen wir auf der Terrasse und schauten auf die waldbewachsenen Hügel, die Dämmerung senkte sich langsam, Franzens Augen leuchteten hell wie Bergkristalle in dem sich grau färbenden Licht. Wir schwiegen lange; endlich erhob sich Felice, wie immer praktisch gesinnt, um eine Lampe zu holen. Dann lachten wir herzhaft bei der Erinnerung an ein Vorkommnis in dem Wirtshaus, wo wir zu Mittag gegessen hatten. Nachtfalter und kleine Fliegen kreisten unaufhörlich summend um das Licht. Felice stand auf und ging unter dem Vorwand von Kopfschmerzen auf ihr Zimmer. Beim Hineingehen schaute sie Franz an, als würde sie sagen: Ich erwarte dich bald.
Ich dachte, er würde auch gleich gehen, aber nein; er setzte sich tiefer in seinen Korbsessel, und es schien, als wollte er mir etwas sagen. Ich erwartete strenge, vielleicht sogar unfreundliche Worte, fürchtete, daß er zu den schlimmen Erinnerungen zurückkehren würde, gerade jetzt, als wir für einen Augenblick allein waren.
»Hast Du irgendwelche Sorgen? Erzähl mir von ihnen«, bat er.

Einen Moment lang kämpfte ich mit der Versuchung, ihm alles zu sagen. Ich schaute in seine Augen, und es kam mir vor, als würde er sagen: Komm in mich hinein, ruhe dich aus, lerne mich kennen, erlerne mich. Schon wollte ich mit meiner Beichte beginnen, als ich in ihm plötzlich die wohlbekannte Angst erblickte. Ich wich zurück. Ich konnte es nicht übers Herz bringen, ihm neue Wunden zuzufügen. Ich antwortete nicht, und er wiederholte seine Frage nicht.

Ich fragte ihn nach seinem Roman, dem unvollendeten, zwischen anderem Papier vergessenen.

»Seit langem schreibe ich nichts mehr«, sagte er, als würde er deshalb eine Art Befriedigung empfinden.

»Das glaube ich nicht! Bei deiner Begabung?« sagte ich mit erhobener Stimme, und Franz verzog leicht das Gesicht.

»Ich weiß, ich habe ein wenig Begabung, aber selbst dieses kleine bißchen des Guten ist nicht mein Verdienst. Es gibt so viel Schmutz und Bosheit in mir...«

»Franz, vielleicht ist das Gute an dir nicht dein Verdienst, aber das Böse ist doch auch nicht deine Schuld, denk daran!«

»Schuld, Schuld! Das Schuldgefühl hat sich längst in mir eingenistet. Eben dank seiner spüre ich, wie ich sterbe und wiedergeboren werde, und für diesen Augenblick des Triumphs lohnt es, Opfer zu bringen.«

Ich streckte meinen Arm aus und berührte mit dem Handrükken den Ärmel seiner Jacke. Er schaute mich an und lächelte ein warmes, gutes Lächeln.

Warum sage ich ihm nicht die Wahrheit, belüge und betrüge ihn, dachte ich bei mir, ihm verdanke ich doch, daß ich Geste und Worte wiedergefunden habe, auf die meine Sehnsucht so viele Jahre vergeblich gewartet hat.

»Es ist schon spät«, sagte er.

Ich erhob mich, er folgte mir. Kurz kehrte er zurück, um die Lampe zu löschen. Im Dunkeln suchten wir uns den Weg zu unseren Zimmern.

Am nächsten Morgen klopfte ich an die Tür zu Felicens Zimmer. Sie war allein. Gerade beendete sie ihr Frühstück. Sie

empfing mich herzlich, als ich mich jedoch neben sie setzte, sah ich, daß sie traurig war.
»Ist etwas passiert?« fragte ich, ahnend, daß ihre Trauer mit Franz zu tun hatte.
»Nein, eigentlich nicht, nur siehst du, Franz ... Gestern kam er vorbei, um mir gute Nacht zu sagen. Das Gespräch wollte nicht so recht in Gang kommen. Ich weiß eigentlich nicht, wie ich ihm näherkommen soll. Er ist so kalt.«
»Franz kalt? ... Wie ein Stück Eis, das einem die Finger verbrennt.«
»Er beschuldigt sich ständig.«
»Ein denkender Mensch fühlt sich immer schuldig.«
»Du kennst ihn wohl besser als ich«, Felice wandte sich ab, leicht beleidigt. Ich dachte, daß ich sie nicht unnötigerweise plagen sollte.
»Mach dir keine Sorgen, alles wird gut.« Ich umarmte sie. Sie erwiderte meine Umarmung und lächelte sogar, fast getröstet.
Frischgemacht, mit neuen Hüten gingen wir untergehakt vors Haus. Die Luft roch nach Wald und Feuchtigkeit. Vor uns tauchten die Berge aus dem Morgennebel auf. Franz stellte sich plötzlich so leise hinter uns, daß wir uns beide gleichzeitig verschreckt umdrehten.
»Du weißt, daß ich das nicht mag«, sagte Felice lachend.
»Es ist doch nichts«, sagte er. »Das bin nur ich oder mein Schatten; kümmert euch bitte nicht um mich.«
Er faßte uns bei den Händen, und wir liefen zusammen den schmalen Weg hinunter.
So war es. Was Felice empfindet, was Franz denkt, weiß ich nicht. Mein lieber Hugo, ich würde gerne mit Dir zusammentreffen. Du wärest bestimmt in der Lage, meinen sonderbaren Gefühlen einen Namen zu geben und die Dunkelheit zu erhellen, in der ich immer tiefer versinke.

Deine Margarethe

Loeb an Franz

Berlin, Sommer 1915

Mein lieber Freund,
Gott ist groß, wenn er gibt, so gibt er von allen Seiten ... Ich bin gerade aus dem Krankenhaus entlassen worden, wo man versucht hat, meine Kopfschmerzen zu heilen. Gleich wurde ich von meinen Gläubigern umringt, Schulden habe ich nämlich haufenweise, aber keinen einzigen Freund. Aus den Aufführungen ist nichts geworden, die Schauspieler haben sich in alle Winde zerstreut, da ich kein Geld hatte, um sie zu bezahlen, und so bin ich allein mit dem ganzen Kram geblieben. Aber wieso beschäftige ich die Welt mit meiner Trauer, wenn meine Sorgen im Chaos und Leid der Welt doch nicht mehr als der Schatten eines Tropfens im Ozean sind, obgleich ich mich mit ihnen abplagen muß.
Du schreibst mir von Deinem Hebräischunterricht. Jiři ist Dein Lehrer, also hast Du die bestmögliche Wahl getroffen. Die Welt des Alphabets ist eine Welt der wahren Glückseligkeit. Die gesamte Natur kann man als ein unendliches Buch lesen, es ist aber wahr, daß der Schöpfer sich am vollkommensten in der heiligen Schrift offenbart. Die Welt imitiert nur die Tora, die die wahre Königin ist.
Die deutsche Sprache belastet Dich, die heilige Sprache des auserwählten Volkes hättest Du gerne zur Muttersprache, aber Hebräisch, obgleich auserwählt, ist wie jede andere Sprache auch die Sprache der Trennung und des Untergangs.
»Im Lesen der Buchstaben suche ich nach Erlösung«, hast Du geschrieben, ich bin aber der Meinung, daß unsere Stimme am sichersten Gott erreicht, wenn wir schweigen. Du verurteilst jüdische Schriftsteller, die deutsch schreiben, am meisten Dich selbst. »Selbst Jiddisch wäre wahrhaftiger, näher, da in ihm ein Abglanz des Heiligen ist«, hast Du geschrieben, aber kannst Du Dich noch erinnern, was ich Dir von der süßen Melodie des Jargons gesagt habe? Schneller und wirksamer als alles andere hat sie mich zum Untergang geführt. Es stimmt allerdings, daß in den Buchstaben eine unerschöpfliche Kraft des

Schaffens und Zerstörens steckt. Durch das Auslassen oder Umstellen eines einzelnen Buchstaben kann man die Welt vernichten. Einer der Buchstaben des Alphabets ist unvollständig in seiner Form – es handelt sich um »Schin«, den wir mit drei Köpfchen schreiben, obgleich er vier haben sollte. Einige Talmudgelehrte sehen in diesem Irrtum die Ursache für die Existenz des Bösen in der Welt.

Manchmal sehe auch ich mein Schicksal als ein weißes Stück Leinen, zur Hälfte mit Buchstaben beschrieben, die eine unsichtbare Hand unaufhörlich stickt, ob sie aber das Muster vollendet oder mitten im Wort abbricht, das weiß ich nicht.

Vielleicht hast Du, mein lieber Freund (nur noch Dich kann ich so nennen, der Rest sind lauter Schurken), gehört, was mit den Tschisiks los ist? Angeblich sind sie nach Warschau gereist, aber dort hat das Theater jetzt keinen Zuspruch, was sollten sie denn da zu tun haben? Die Tschisik war die einzige, die Mitleid mit mir hatte und nicht schimpfte, daß alle meine Pläne in Schall und Rauch endeten. Sie hat eben dieses Verständnis, diese einfache menschliche Güte. Die ganze Familie P. wollte dagegen nach mir fahnden lassen und verlangte Gott weiß was von mir, dabei bin ich bereits fast ein menschliches Wrack. Kluges sind nach Berlin gefahren und der Herszkowicz-Truppe beigetreten. Und ich, obgleich ich mich noch kaum auf den Beinen halten kann, spinne schon wieder neue Pläne. Neue Schauspieler habe ich gefunden – eine große Sache –, nur sind sie aber wie Diamanten, die noch geschliffen werden müssen. Wir werden ein etwas anderes Theater machen als bisher, etwas moderneres, da auch die Zeiten anders geworden sind. Die Welt ändert sich, also muß man ihr hinterherlaufen. Aber all das erzähle ich Dir, mein lieber Freund, wenn wir in Prag zusammenkommen.

Hugo an Grete

Prag, September 1915

Liebste Margarethe,

Du wolltest wissen, wie ich meine Zeit in Prag verbringe, wohin ich gehe, was ich mir anschaue und wen ich treffe. Der Krieg dringt überall ein, und das Lebenstempo wird immer rascher, die Menschen verlagern sich von Ost nach West und von West nach Ost, die Bewegung ist nicht nur äußerlich, besteht nicht nur in ständigen Menschenwanderungen, sondern auch innerlich, geistig, läßt manchmal an eine große Umwälzung denken.

Unser Freund Jiři ist gerade aus dem Osten zurückgekehrt. Du kennst ihn nicht, ich lernte ihn vor einigen Jahren als sehr jungen Knaben kennen. Franz kennt ihn auch. Jiři schlendert gerne mit ihm abends durch die Prager Gassen. Ich glaube, sie haben sich viel zu sagen. Jiři ist ein junger, erst 21jähriger Mann, aber bereits eine reife, tief mystische Persönlichkeit. Vor zwei Jahren ist er nach Ostgalizien gereist, und dort, im Städtchen Belz, studierte er an einer berühmten chassidischen Schule, im Einflußbereich des Rabbi Jissachar Dow Bera.

Manchmal gelingt es uns, ihn zu bewegen, daß er uns von seinem Leben unter den Chassidim erzählt. Es sind wunderschöne Geschichten, voll zarter, längst vergessener Gefühle.

Jiři lief bis vor kurzem durch Prag in einem *Jibize*, einem knochellangen Kaftan, auf dem Kopf, tief in den Nacken geschoben, trug er einen Samthut, und um sein Gesicht flatterten lange helle Schläfenlocken. Selbst für Prag, wo man rundumher viele orthodoxe Juden sieht, war das ein sonderbarer Anblick. Um die Aufmerksamkeit nicht auf sich zu ziehen, hat er schließlich seinen Kaftan kürzen lassen, seinen Samthut gegen einen gewöhnlichen Filzhut getauscht und die Schläfenlocken hinter die Ohren gesteckt.

Heutzutage erscheint er niemandem mehr sonderbar, da nach Prag immer mehr Juden aus dem Osten kommen, besonders aus Polen. Es sind Juden, die vom Krieg von einem Ort zum anderen getrieben werden. Ein Teil von ihnen sucht Unter-

schlupf in Ungarn, große Hilfe bekommen sie auch von den Rumänen, die Juden schon traditionell vor den Pogromen und jeglichem menschlichen Wahnsinn schützen.
Jiři ist wahrlich ein außergewöhnlicher Junge. Anfangs dachten wir, sein chassidisches Abenteuer sei bloß eine jugendhafte Begeisterung für etwas Neues und Unbekanntes gewesen, so ist es aber nicht. Es ist eine tiefergehende Angelegenheit.
Trotzdem er in sein Elternhaus zurückgekehrt ist, ist er kein gewöhnlicher Kaufmannssohn mehr, sondern Schüler eines Gottgefälligen, und das verändert den Sachverhalt ungemein. Tagsüber führt er gute Taten aus, nachts studiert er gelehrte Schriften, schläft nicht viel, ißt wenig und nur das, was er sich selbst gekocht hat, da er niemandem traut. Hauptsächlich ist es auf einem Gaskocher geröstete Buchweizengrütze, Brot und Zwiebel. Er führt ein reines, strenges Leben, Frauen schaut er nicht an und reicht ihnen nie die Hand, ich bin mir nicht einmal sicher, ob er für seine Mutter eine Ausnahme macht.
Er beherrscht Hebräisch, Jiddisch, Aramäisch, Deutsch, Tschechisch, Arabisch, Englisch und Französisch, seinen Unterhalt bestreitet er durch ein unregelmäßiges Lehrergehalt, da, obgleich seine Schüler ihn vergöttern, die Schulbehörde immerfort nach einem Vorwand sucht, ihn zu entlassen.
Zu schlafen pflegt er in einer kleinen Kammer neben der Küche im Elternhaus, mit dem Kopf gen Osten, bei offener Tür und offenem Fenster, im Warten auf ein Zeichen. Im vergangenen Jahr hat er tatsächlich ein Zeichen erhalten: In der Küche sah er den Rabbi aus Belz sitzen, mit dem Buch auf dem Schoß winkte er Jiři zu sich. Wenige Tage später war der Junge bereits unterwegs. Er fuhr zu seinen Chassidim. Jiři ist eine schöne reine Seele, ein unschuldiges Kind mit der Weisheit eines reifen Mannes, ein unruhiger Vogel auf der Suche nach seinem Nest.
Auch Jizchak Loeb, ein Jargonschauspieler und verkappter Talmudist, den Du in Berlin kennengelernt hast, ist hier unter uns. Nachdem seine Truppe auseinandergefallen war, kam er wieder nach Prag. Franz hilft ihm, wie er nur kann, es ist aber

ein schwieriges Unterfangen. Loebs Freundschaft ist eine bittere Frucht, Franz will ihn aber in dieser moralischen Notlage nicht fallenlassen.
Loeb ist, im Gegensatz zu Jiři, ein Jude, der aus dem Osten in den Westen geflüchtet ist. Er hat weiterhin Kontakt zu seinem Vater, einem Rabbi aus der Nähe von Warschau, aber seine Bande zum Judentum sind anderer Natur als bei Jiři, es ist kein Mystizismus und kein Wunder der Verwandlung, sondern ein leiderfülltes Wälzen im Gefühl der Schuld und Sünde. Dieser Mann leidet und hört doch nicht auf, immer tiefer hinabzusteigen, als bedeutete für ihn das »Gehen« vor allem ein »Fallen«. Es ist nicht leicht, ihn zu verstehen, und selbst Franz verliert manchmal die Geduld mit ihm.
Aber ich wollte Dir doch von unserem Besuch beim Zaddik erzählen, da dieser Besuch sich auf geheimnisvolle Art für Franz als wichtig erwiesen hat, und wie ich weiß, schätzt Du Franzens besondere Natur und willst so viel wie möglich über ihn erfahren.
Vorigen Samstag sind wir zu viert zu einer der »Dritten Mahlzeiten« am Schabbatausgang dort hingegangen: Jiři, der uns zu diesem Besuch überredet hat, Loeb, Franz und ich. Das Wirtshaus, in dem der Rabbi abgestiegen ist, befindet sich in der Harantova Straße. Um das Haus herum war großer Betrieb, Kinder machten Lärm, und es war so viel Verkehr wie an einem Markttag.
Wir stiegen eine schmale Treppe hinauf, hinter uns folgten schon die nächsten. Oben war es vollkommen dunkel, ein paar Schritte tappten wir mit ausgestreckten Armen im Finsteren. Dann erblickten wir einen Raum voll bleicher Abenddämmerung, grauweiße Wände.
Im ersten Raum warteten die Frauen. Schmale Gesichter, weiße Kopftücher, langsame Handbewegungen. Erstaunlicherweise herrschte hier Stille, es schien nur, als würden viele unausgesprochene Worte in der dichten Luft schweben. Wir passierten den Raum schnell, ohne uns umzuschauen, damit unsere Blicke nicht falsch verstanden würden.

In einem etwas kleineren Zimmer nebenan drängten sich die Männer in Schwarz, von überall hörte man laute Gebete. Schließlich betraten wir einen großen Raum mit vier Fenstern, wo am Tisch der Rabbi saß. Wir kamen gerade während einer Mahlzeit, stellten uns also mit ein paar Männern und Frauen an der Wand auf und warteten.

Der Rabbi war ein großer alter Mann im Samtkaftan, unter dem die Unterhose hervorlugte, auf dem Kopf hatte er einen *Schtrajmel* – einen Fuchskalpak mit dreizehn kurzen Zobelschwänzchen. Es schien, als würde dieser Mensch keine Notiz von seiner Umgebung nehmen. Er benahm sich, als wäre er ganz allein im Zimmer, schnäuzte sich in die Finger, kratzte sich am Kopf und schreckte dabei wohl einen Schwarm von Insekten auf, die er jedoch nicht tötete. Seine schweren Lider fielen zu, bedeckten die Augen, und es sah so aus, als würde der Rabbi hin und wieder in einen kurzen Schlaf versinken.

Der Helfer des Zaddiks holte hinter einem Paravent eine Schüssel Wasser hervor und näherte sich dem Zaddik mit einem über die Schulter gelegten Handtuch. Er stellte die Schüssel auf die Bank, löste von seinem Gürtel ein Wasserkännchen und tastete mit den Fingern die Kante ab, um zu prüfen, daß sie nicht schartig war. Dann reichte er dem Rabbi, der plötzlich lebhafter wurde und die Augen öffnete, das Kännchen und das Handtuch. Der Rabbi hielt das Gefäß mit der rechten Hand und füllte es mit dem Wasser aus der Schüssel, dann nahm er es von der rechten in die linke Hand, beträufelte die rechte Hand, wusch die linke, rieb die beiden Handflächen aneinander und pries dabei den Gott dafür, daß er uns mit seinen Geboten geheiligt und uns das Waschen der Hände befohlen hat. Beim Trocknen seiner Hände war die linke stets von dem Handtuch bedeckt. Seine Bewegungen waren langsam, konzentriert und würdevoll.

Nun folgte ein Augenblick vollkommener Stille, da man nach dem Waschen der Hände kein einziges Wort aussprechen darf. Der Helfer brachte auf einem Korbtablett die Mahlzeit: einen Striezel, einen Hering mit Kopf und Schwanz, ohne Zwiebel, sowie ein Glas mit einer durchsichtigen Flüssigkeit.

Der Rabbi segnete das Brot, griff nach dem Hering und verschlang ihn ganz, angefangen mit dem Kopf, dann hob er das Glas an den Mund und trank es zur Hälfte leer, dabei leicht das Gesicht verziehend, da es reiner Wodka war. Er brach ein Stück Striezel ab, leerte gleichzeitig das Glas und begann nun, sich an dem duftenden Brot zu laben.
Es dauerte nicht lange, der Rabbi war kein Schlemmer, und dieses bescheidene Mahl stellte ihn völlig zufrieden. Der Helfer räumte die Essensreste weg, auf die die Gläubigen bereits gewartet hatten. Nun griffen sie gierig nach dem Tablett. Der ganze Raum kam in Bewegung, die Wartenden machten sich bereit, dem Zaddik ihre *Kwitlech* vorzulegen. Frauen mit flehentlich ausgestreckten Händen drängten nach vorn. Er nahm ihre Zettel entgegen, und kaum daß er auf sie geschaut hatte, sprach er ein einziges Wort aus: »zum Arzt«, wenn es eine Bitte um die Wiederherstellung der Gesundheit war, »Brautwerber«, wenn um einen guten Ehemann für die Tochter gebeten wurde, »zum Richter«, wenn es sich um Vermögensangelegenheiten handelte.
Anscheinend baten einige Mädchen um Glück in der Liebe, da der Zaddik manche Zettel mit der Hand zudeckte und etwas flüsterte, was die Mädchen freudig lächeln ließ. Für einen Mann wendete er eine Münze dreimal in seinen beweglichen Fingern und machte sie dadurch zu einem bösen Zauber bannenden Amulett. Die unterschiedlichsten Menschen waren hierher gekommen, Gebildete standen neben Ungebildeten, Junge neben Alten, Dienstmädchen neben ihren Herrinnen, und sie alle schienen innigst an die Macht des Gottgefälligen zu glauben.
Loeb, Franz und ich machten hier wohl die Ausnahme. Keiner von uns nahm den Rabbi richtig ernst, und es war nichts als reine Neugierde, die uns hierher gelockt hatte. Jiři wußte das und war trotzdem einverstanden, mit uns gemeinsam hierher zu kommen.
Franz hatte kein *Kwitel*, genauso wie wir anderen, in seinem Fall war es aber auch gar nicht nötig, da der Rabbi ihn plötz-

lich zu sich winkte. Alle schauten ihn mit unverhohlenem Neid an, der Zaddik hatte nämlich bisher noch niemanden persönlich zu sich gerufen.

Franz erblaßte – ich sah es deutlich –, wich leicht zurück, legte gleichzeitig die Hand auf sein Herz, als wollte er fragen: Meinen Sie mich? Ich bin doch ein Niemand. Grete, Du kennst diese Geste bei ihm.

»Ja, genau du«, sagte ein Helfer des Zaddiks.

Jemand schubste Franz leicht nach vorne, und ich hörte die Leute flüstern: »Geh, geh, du bist doch Jude.« Jiři schaute mich an, und ein seliges Lächeln breitete sich über sein bleiches Gesicht aus: »Ich wußte, daß er ihn erkennen würde«, flüsterte er mir zu.

Franz gelangte endlich zum Tisch, und der Zaddik wies auf einen Platz neben sich. Fast konnte man hören, wie die Versammelten tief Luft holten und in Begeisterung erstarrten.

»Willst du mich nach etwas fragen?« sagte der Zaddik im Jargon, und Franz, der ihn ganz gut versteht, antwortete laut und deutlich: »Ja.«

Der Zaddik beugte sich zu ihm, und ich sah, wie Franz ihm etwas ins Ohr flüsterte, was wir jedoch nicht hören konnten. Der Rabbi versank in Gedanken, faltete die Hände wie zum Gebet, stützte sein Kinn darauf und sagte: »Ein Mann begegnete auf seinem Wege einer Wolfsmeute. Viele Wölfe waren es, frei und wild. Er erschrak so sehr, daß er sich ihnen anschloß.«

Angespannt schauten wir auf Franz, um seine Gedanken zu durchdringen und aus den Bewegungen seiner Lippen zu erkennen, wonach er nun den Zaddik fragte. Er beugte sich aber so nah zum Rabbi, daß man nichts hören konnte.

Die Stimme des Rabbi erklang zum zweiten Mal laut und deutlich: »Nein.« Der Rabbi schwieg ein Weilchen und setzte fort: »Die Weisheit der Blätter des Baumes ziemt dir nicht mehr. Nun ist die Zeit der Weisheit der reifen Früchte und starken Wurzeln gekommen.«

Es wurde vollkommen still. Jeder versuchte auf seine Weise,

den Sinn dieser Worte zu erschließen. Plötzlich erhob der Gottgefällige seine Hand in einer sanften, zugleich aber entschlossenen Geste. Franz stand auf und kehrte lautlos zur Wand zurück. Seine Lippen trugen einen Ausdruck von Strenge, die Augen waren halb geschlossen, ich konnte sehen, wie weiß die Knöchel seiner zusammengedrückten Fingern waren.

Wir verließen gemeinsam das Wirtshaus, schweigend, jeder auf seine Weise erstaunt über unseren für eine Weile wiedergewonnenen Glauben. Nur Jiři wiederholte ständig: »Franz, ich wußte, daß er dich erkennen würde, ich wußte ...«

Und als er sich von uns verabschiedete und die Straße hinabging, leicht, irgendwie freudig, im offenen Mantel und dem in die Stirn geschobenen Hut, sagte Franz zu uns: »Meint ihr nicht, daß Jiři aussieht wie der letzte im Zug der tanzenden Chassidim auf dem Weg in das Reich, wo alles möglich ist?«

Dieses Bild habe ich stets vor Augen. Ich werde es nie vergessen.

Ich denke an Dich, meine kleine Margarethe.

Franz an Felice

Prag, September 1915

Liebste,

ich war mit Jiři und Loeb bei einem Rabbi. Jiři hatte uns vorgewarnt, daß alle Rabbis verwegen aussehn, zum Glück stimmte es bei unserem nicht. Unser Rabbi hatte einen Samtkaftan an, unter dem die Unterhosen hervorschauten. Sein Nasenrücken war behaart. Ständig schob er seine pelzbesetzte Mütze auf dem Kopf hin und her.

Als ich im tiefen Schatten an der Wand stand, stellte ich mir vor, daß mich ein Geruch von Naphtalin, Staub und altem Fett umwehen würde, sobald ich ihm näherkäme. Als ich mich jedoch dem Tisch näherte, an dem er saß, spürte ich um ihn herum etwas Ursprüngliches, Unschuldiges, ich möchte beinahe sagen, Kindliches.

Er war ein starker, stattlicher alter Mann, weder vergreist noch kindisch, eher außergewöhnlich aufgeweckt, sobald er nur die Augen öffnete und einen auf seine durchdringende Art anblickte. Als er für ein Weilchen die Hand auf den Tisch legte, sah man das Weiß seiner Haut; ein ähnliches Weiß hat man wohl nur in kindlichen Träumen gesehen. Damals waren übrigens auch die Eltern rein. Plötzlich mußte ich an Loeb denken. Er stand da an der Wand, der Unglückselige, dem ich so gerne helfen wollte. In seiner Sünde ist er rein, wie die entblößte Hand des Gottgefälligen, und das Tragische an seinem Schicksal besteht darin, daß er nie aufgehört hat, ein jüdischer Knabe aus einem kleinen polnischen Städtchen zu sein.

Den Tag des Besuchs beim Rabbi hatte ich nicht ohne einen Hintergedanken gewählt. Siehst Du, Felice, es ging nicht bloß um einen Samstag, ein für die Juden heiliger Tag, ich feiere den Samstag ja nicht wie die anderen. An diesem Tag aber war Vaters Geburtstag, und ich wollte von Zuhause fliehn, an einem andern Ort sein, nicht da, wo am Tisch meine ganze Familie beisammen saß. Meine Flucht erwies sich jedoch, wie immer, nur als das Kriechen eines Wurms, dem es scheint, daß er in seinem Lauf die ganze Welt mit sich reißt, da ich, vor dem Vater fliehend, mich vor den Rabbi stellte – der Verkörperung des Höchsten Väterlichen Wesens.

Felice, stell Dir folgendes Bild vor. Ein großer Erdball. Ich betrachte ihn aus gewisser Entfernung. Ich sehe Kontinente, Meere, Ozeane, ein wie auf einen Globus gezeichnetes Netz von Meridianen und Medianen, lebhafte Farben, Blau, Grün und Gelb in allen Abstufungen bis zum Rot, das die Berggipfel markiert. Auf diesem riesengroßen Erdball müßte es Platz für mich geben, ich weiß es und möchte aus den Lüften hinabschweben und mich auf ihn stellen, ihn unter meinen Füßen spüren. Nun sehe ich aber, daß ein Riese den Erdball in seine Gewalt gebracht hat. Er hält ihn mit beiden Händen fest, drückt ihn dabei an Bauch und Brust; eigentlich liegt er auf ihm wie auf einem riesigen Ball.

Dieser Mensch, der die ganze Erde an sich gerissen hat, das ist mein Vater.
Ich sehe es und stelle fest, daß für mein Leben nur die Gegenden in Betracht kämen, die nicht in seiner Reichweite liegen. Und das sind nicht viele und nicht sehr trostreiche Gegenden. Eigentlich sieht man ganz deutlich, daß für mich höchstens Wüstenstreifen, Ozeanfragmente und Berggipfel übrigbleiben, so hoch, daß die dünne Luft das normale Atmen erschwert.
Diese Vision begleitet mich seit langem und erstaunt mich immer wieder aufs neue. Denk aber nicht, Felice, daß es ohne Kampf abgegangen ist, daß ich meinen Platz auf Erden fügsam und schweigend abgegeben habe. Der Kampf zwischen Vater und mir war kurz, aber grausam. Beide trugen wir Wunden davon, ich jedoch, als Kind, war so viel schwächer, und nicht mit dieser Waffe ausgestattet, die Erwachsene so gut beherrschen, so daß ich überzeugt bin, verloren zu haben, ohne Hoffnung, endgültig.
Mit einem starken Schlag wurde ich in die Höhe geworfen, dorthin, wo das normale menschliche Leben erstirbt. Mein Vater hat sich der Erde bemächtigt. Seine Macht ist groß, weil er Vater ist und weil er ein solcher Vater ist. Schon der Gebrauch eines Bruchteils dieser Macht, die er besitzt, könnte mich zu einem willenlosen Wesen machen. Er ist sich aber seiner Macht nicht bewußt.
Es ist mir schon immer aufgefallen, selbst als ich noch Kind war, daß der Vater seine Übermacht nicht spürt. Ich erinnere mich, wie wir in ein städtisches Schwimmbad gingen und ich beim Ausziehen quengelte, so daß der Vater mich manchmal aus der Kabine hinaustreiben mußte, damit ich – an seiner Hand – schmächtig und kümmerlich wie ein Küken zu den Leuten auf die Mole ginge. Der Vater war kräftig, stattlich, männlich, ich schwach, mager, kindlich. Ich fühlte mich durch seine entblößte Körperlichkeit erdrückt.
Oder ein anderes Ereignis aus der fernen Kindheit. Ich winselte einmal in der Nacht immerfort um Wasser, das man mir

aber hartnäckig verweigerte. Vielleicht wollte ich damit auf mich aufmerksam machen, vielleicht hatte ich wirklich Durst.

Ich kann mich erinnern, wie der Vater – verärgert über mein Bitten – mich aus dem Bett nahm, auf die lange hölzerne Pawlatsche trug und mich dort in der Dunkelheit ein Weilchen stehn ließ. Ich konnte nie begreifen, weshalb er das eigentlich tat. Noch nach Jahren litt ich unter der quälenden Vorstellung, daß der riesige Mann, mein Vater, die letzte Instanz, fast ohne Grund kommen und mich in der Nacht aus dem Bett auf die Pawlatsche tragen konnte und daß ich also ein solches Nichts für ihn war.

So war es, liebste Felice, ich erinnere mich daran und kann es nicht vergessen. Vielleicht bin ich immer noch jenes staunende Kind, das im Dunkel auf ein Wunder wartet. Das Wunder ist nicht geschehn. Die Herrschaft hat auf ihre Übermacht nicht verzichtet. Die Gewalt hat sich nicht in Liebe verwandelt.

Ich hasse jede Herrschaft.

Der Kampf zwischen Vater und mir ist ein Kampf auf Leben und Tod.

Ich werde als erster sterben.

Grete an Hugo

Berlin, Winter 1915

Mein lieber Hugo,

ich habe Franz getroffen. In einem Hotelzimmer las er mir einige Kapitel aus seinem neuen Roman vor. Felice meinte, sie würde auch ein kurzes Fragment daraus kennen, konnte mir aber nichts Näheres darüber sagen. Er las wunderschön, mit langem Atem, und obgleich die Bilder viel Grausames in sich hatten, waren sie manchmal auch unwiderstehlich komisch. Als einer der Wächter in der Rumpelkammer sich mit Josefs Rock die Tränen trocknete, konnte ich mir das Lachen nicht verkneifen. Franz lachte mit mir bei der Beschreibung der kleinen Pflegerin mit schwarzen, vorstehenden Augen und

Froschhändchen, die mit solchem Eifer auf Josefs Knie kletterte, um dann gleich quietschend auf den Fußboden hinunterzurutschen. Das Lachen konnte jedoch das Grauen dieser Welt nicht verdecken, in die Franz mit schmerzhafter Hartnäckigkeit eintaucht. Hier kommt die Strafe vor der Schuld, und der Angeklagte verantwortet sich für Taten, die er gar nicht begangen hat.

Als er mit dem Vorlesen fertig war, fragte ich ihn, ob Schuld, die man nicht kennt, bestraft werden kann.

»Ignorantia iuris nocet.«

Ich begriff, daß meine Frage falsch gestellt war, daß es mir darum nicht ging. »Kann über eine Schuld, die es nicht gibt, geurteilt werden?«

»Schuld gibt es immer, es gibt allerdings unterschiedliche Formen der Schuld.«

»Wie kann ein Mensch überhaupt schuldig sein?« fragte ich.

»Genau, aber so pflegen die Schuldigen zu sprechen.«

»Solange man mir keine Schuld nachweist, werde ich mich stets für unschuldig halten«, sagte ich. »Du, Franz, sprichst wie ein Richter, vielleicht auch wie ein Angeklagter, aber nicht wie ein freier Mensch. Deine Königsmacht hast du schon als Kind abgegeben, nun glaubst du, daß man dich mit Recht vor Gericht geladen hat, und krümmst dich unter der Last nicht begangener Vergehen. Die Menschen sollten ihre Macht nutzen, damit die anderen die ihre nicht mißbrauchen können. Wenn wir auf unsere Macht verzichten, lassen wir die aggressive Kraft unbeschränkt wachsen und somit das herrschende Böse sich vermehren.«

»Der Angeklagte hat keine Wahl mehr. Allein die Tatsache der Anklage beraubt ihn jeglicher Macht, und so ist es gut. Ich bin lieber Angeklagter als Ankläger.«

»Auf diese Weise wirst du eher zum Opfer in einem sich stets wiederholenden und nie endenden Gewaltakt. Und indem du Opfer bist und dich damit bereitwillig und widerstandslos abfindest, stärkst du doch die Position des Verfolgers. Vielleicht bist du sogar der Hauptgrund seiner Existenz. Du selbst hast doch gesagt, daß zum Machtmißbrauch das Ungleichgewicht gehört, und mit einer solchen Haltung verstärkst du nur noch dieses Ungleichgewicht. Wo es das herrliche Gleichgewicht gibt, von dem du mir soviel erzählt hast, gibt es keine Macht, obgleich es dort die wahre Kraft gibt.«

»Vielleicht ist es so, wie du sagst, und die Gesetze verdanken ihre Daseinsberechtigung ausschließlich dem Gehorsam derer, die sie zu befolgen suchen. Die Macht unterliegt nicht dem Gesetz, das sie selbst erlassen hat, ihre Existenz verdankt sie denen, die nach ihren Vorschriften leben. Ja, vielleicht ist es so. Aber vielleicht befinden wir uns dank dessen, daß wir uns dem Gesetz und dem Gericht unterwerfen, die für uns ein undurchdringliches Geheimnis sind, noch immer im Paradies, auch wenn wir uns dessen selbst nicht bewußt sind. Die Geschichte der ersten Eltern sollte uns eine Lehre sein: Wer das Gesetz nicht befolgt, das für ihn erlassen worden ist, wird, auch wenn er dessen Sinn nicht begreifen sollte, für immer vertrieben werden.«

»Franz, auch wenn du so überzeugt von der erlösenden Rolle des Gerichts sprichst, glaube ich dir nicht, da ich weiß, daß du dich vor dem Gericht fürchtest, es haßt und dich ihm eben deshalb fast klaglos, beinahe fröhlich, unterwirfst. Du nimmst die Rolle des Opfers an, also desjenigen, der keine Entscheidung zu treffen braucht, weil andere für ihn entscheiden: Sie halten Gericht über ihn und verhängen die berechtigte Strafe. Aber niemand ist doch ausschließlich Ankläger oder Angeklagter, und jeder von uns trifft Entscheidungen, in jedem Augenblick seines Lebens – allein schon die grundsätzliche Wahl: Leben oder Sterben. Sind wir am Leben, so heißt es, daß wir eine Wahl getroffen haben, und jede Wahl bedeutet ein Urteil. Du, Franz, bist vor allem Schriftsteller, du setzt Worte zusammen, und auch das ist eine Wahl, und eine solche Wahl ist auch ein Urteil. Du mußt wissen, daß du auch wählst, du auch urteilst. Das heißt – du kämpfst doch.«

»Den Kämpfenden gegenüber empfinde ich üblicherweise Neid, vermischt mit Haß. Den Kämpfenden wünsche ich leidenschaftlich alles Böse«, sagte er. Ich schwieg, zu gut kannte ich bereits seinen selbstverneinenden Verstand und wußte, er könne sich jederzeit aus der soeben entworfenen Konstruktion der Welt zurückziehen, in der unbekannte Gesetze, unbewußte Schuld und gnadenlose Gerichte herrschen, die grausame Urteile fällen.

Auch Franz schwieg, als hätte sich seine zerstörerische Kraft endlich erschöpft, als wollte er in dieser Stille ein bißchen Ruhe und Selbstvertrauen wiederfinden. »Manchmal denke ich, daß ich mich gar nicht mehr in der Welt befinde, sondern in einem Leerraum treibe«, sagte er nach einer Weile. »Dann ist mir das Schuldgefühl die beste Form der Sühne und die einzige Gewißheit in dem großen Unbekannten.«

Ich schaute auf seine Lippen, schmal und doch voller Süße, seine ausgeprägte Nase, die gerade Furche zwischen seinen dichten Augenbrauen und hatte Lust, meine Hände auf seine Augenlider, zart wie Schmetterlingsflügel, zu legen. Er war wehrlos wie ein kleiner Junge, der noch nicht weiß, was ihm bevorsteht, jedoch ahnt, daß die Welt für ihn mehr als eine traurige Überraschung bereit hält.

Ich liebe Franz, so wie er ist, besiegt durch die feindliche Welt, der er sich aber bis zum letzten Atemzug nicht ergibt. Obgleich er nicht weiß, wie ich wirklich bin, da ich das bittere Geheimnis meiner Liebe vor ihm verberge, ändert es nichts daran, daß er mich tiefer und durchdringender versteht als alle, die ich kenne.

Von der Zusammenkunft mit Franz kehrte ich beruhigt zurück, voller Vertrauen, daß das Leid nicht so tief in uns eindringen kann, als daß es das Lachen zu töten vermag, das Lachen, das uns gegenüber der Transparenz der Gottesurteile überfällt, so daß selbst ein von dunklen Absichten geleiteter Mensch an den leuchtenden Grund dieses Lachens gerät.

Deine Margarethe

Grete an Franz

Berlin, Frühling 1916

Lieber Franz,
der Traum von einem verfolgten Kind, den Du mir beschrieben hast, ist eine vollendete Erzählung. Man sollte sie nur ihr eigenes Leben leben lassen. Und diese Bilder voller Grauen und unerwartetem Lachen! Deine Traumwelt erstaunt mich.
Beim Lesen Deines Briefes erinnerte ich mich an eine Geschichte aus meiner Kindheit. Ich war neun und spielte mit der Tochter unserer Nachbarn. Sie wohnten in einer Villa, umgeben von einem Garten voll Blumen und im Frühling blühender Sträucher. Es waren wohlhabende tschechische Kaufleute, ihre Tochter hieß Marzenka. Sie wurde reich und prachtvoll gekleidet, oft bekam sie kostbare Geschenke, sie war wunderhübsch, wenn auch ein wenig bleich, ihre Augen hatten immer einen leicht überraschten und erschrockenen Ausdruck.
Eines Tages vertraute sie mir im geheimen an, daß sie nicht die echte Tochter ihrer Eltern sei, sondern ein Kind von Bettlern, die vor langer Zeit schon verstorben waren. Ich wollte das nicht glauben, konnte mir aber auch nicht erklären, wieso Marzenka nicht das Kind reicher und freigiebiger Eltern sein wollte.
Ganze Tage verbrachte sie allein, nur mit der Gouvernante und der Großmutter, einer energischen, oft laut werdenden Frau. Es war eben die Großmutter, die über Marzenkas Erziehung wachte. Oft hörte ich, wie sie dem Mädchen endlos die Benimmregeln aufzählte, von den allgemeinen bis zu den detailliertesten, und Marzenka hörte zu, immer im Stehen, da sie sich in Großmutters Gegenwart nicht setzen durfte, trat von einem Bein auf das andere und verbog sich nervös die Finger an den Händen, die sie am Rücken halten mußte, um korrekte Körperhaltung zu üben.
Tausendfache Bemerkungen und Belehrungen der Großmutter, die auch ich zu hören bekam, flogen an mir vorüber wie Nachtfalter. Sie streiften mich, verursachten einen kurzen Schauer der Bange und flogen fort in die Dunkelheit. Ich be-

hielt keine dieser Ratschläge im Gedächtnis, Marzenka aber mußte es. Der kleinste Verstoß, das kleinste Vergessen oder Versehen wurden salbungsvoll und mit grausamem Ernst bestraft.

Ich sehe folgendes Bild vor mir: Durch die scharfe Stimme der Großmutter beim Spielen unterbrochen, antwortet Marzenka: »Was? Ich komme!« Die alte Frau kommt auf uns zu, von weitem schon schreiend: »Was für ein ›was‹? So, so! Weißt du nicht, wie man Erwachsenen antwortet?« In der Hand hält sie eine Gerte.

Marzenka erbleicht und weicht zurück. Immer hat sie versucht, an dem Platz Schutz zu suchen, wo zwei Wände eine Ecke bildeten. Die Großmutter blieb stehen und befahl ihr, den Tonfall ins Flüstern wechselnd, das Röckchen hochzuziehen. Marzenka erfüllte den Befehl völlig teilnahmslos, ihr Blick haftete am Gesicht der Großmutter, ihre Bewegungen waren steif und erinnerten an Szenen aus einem Puppentheater.

Ich stand in einer gewissen Entfernung, eilte ihr nicht zur Hilfe, und mein Körper wurde hart und unempfindlich wie ein Holzstock. In großer Anspannung verfolgte ich jede Bewegung, die Luftschwingungen, hervorgerufen durch die sich hebende Hand der Großmutter, das Sausen der Gerte, sah Marzenkas weiße Haut mit den verblassenden Spuren der alten Schläge und mit den der neuen, die auf ihrem Körper Zeichen bildeten, die sich zu einer Geheimschrift fügten. Sie schrie nicht, gab keinen Ton von sich, bat um nichts, entschuldigte sich nicht. Nach einer Weile war die Großmutter mit dem Vollzug der Strafe fertig und wies Marzenka mit dem Blick in Richtung eines Holzschuppens: »Dort bleibst du bis zum Mittagessen sitzen«, sagte sie und versperrte die Tür mit einem Vorhängeschloß.

Sobald ihre schweren Schritte über den Kiespfad verstummten, schlich ich zu der verschlossenen Tür, drückte mein Gesicht an die warmen Bretter und horchte auf Geräusche aus dem Inneren. Bald konnte ich Marzenkas beschleunigten

Atem unter anderen Lauten heraushören. Durch die Bretter spürte ich fast ihren nun weichen, erschlafften Körper und die Handbewegung, mit der sie vorsichtig die auf der Haut anschwellenden Spuren betastete. Nie gelang es mir, bis zu dem Moment zu warten, in dem Marzenka freigelassen wurde, und so konnte ich nicht sehen, ob ihr Gesicht bei Tageslicht tränennaß oder in ihrer Sturheit verbissen war.

Nachts tauchten in meinen Träumen unaufhörlich Bilder auf, in denen sich alles ganz ähnlich, wenn auch ein bißchen anders als in Wirklichkeit, abspielte. Wieder sah ich Marzenkas entblößten Körper und ihre leeren, erstarrten Augen, es war aber ich, die die Gerte in der Hand hielt. Ich schlug sie und spürte die süße Angst dessen, der schlägt, und die inbrünstige Entzückung des Geschlagenen. In diesem Traum war ich zugleich Opfer, Verfolger und Beobachter, und die Wandelbarkeit der Empfindungen – von Schmerz über Zorn bis hin zu Genuß – bewirkte, daß ich wie ein Komet brannte, explodierte und in Millionen heißer Teilchen zersplitterte.

Ich fürchtete mich vor diesem Traum und rief ihn doch herbei. Ich fürchtete mich auch vor der Tageszeit, wenn Marzenka sich über die Zaunstäbe hinauslehnte und mir winkte. Ich wollte nicht zu ihr gehen, wollte die Strafe nicht sehen, die man ihr für nicht begangene Vergehen verpaßte, und doch lief ich erwartungsvoll hin: Vielleicht wird auch heute ein kleiner Stolperer, etwas Belangloses, diese kalte Furie auslösen, die peitscht und dabei gleichzeitig Schmerz und Entzückung zufügt.

Nach einiger Zeit zogen Marzenkas Eltern fort und nahmen sie in eine mir unbekannte Gegend mit. Ich vergaß sie schnell und hörte auf, meinen seltsamen Traum zu träumen. Erst als Erwachsene erinnerte ich mich wieder an die Marzenka von damals – ein unaufhörlich verfolgtes, bleiches, Unrecht leidendes Kind.

Wenn ich heute an diese Ereignisse denke, wird mir Deine Sicht von Schuld und Strafe klarer. Bei Dir eilt die Strafe der Schuld voraus, und der Schuldige ist in Wirklichkeit unschuldig. So ist es eben. Ich habe selbst gesehen, wie die Gerte vom Haken genommen wurde, bevor das unselige »Was?« fiel. Es ist schwer, an die Schuld eines Kindes zu glauben, und doch wurde die Strafe mit der ganzen Strenge unbegreiflichen Rechts ausgeführt.

Vielleicht sollte man das Recht, das wir nicht begreifen, aber in dessen Namen wir leiden, einfach Unrecht nennen? Franz, was denkst Du darüber?

Jeder von uns war wenigstens einmal Zeuge solchen Unrechts. Wir gehen daran vorüber und vergessen es. In Deiner Geschichte eines Angeklagten gibt es eine Szene, in der Josef K. die Tür zur Rumpelkammer öffnet und sieht, wie der Prügler die Wächter auspeitscht. Er bittet um Gnade für sie und rennt davon, als er aber am folgenden Tage wieder da ist und in die Rumpelkammer hineinschaut, stellt er fest, daß die Exekution fortdauert. Er schlägt die Tür hinter sich zu, weiß aber, daß *das hinter der Tür* nicht aufhört. Dies ist unser aller Erfahrung, nur öffnen manche von uns die Tür einfach nie.

Franz an Max

Marienbad, Juli 1916

Liebster Max,

seit einigen Tagen schreibe ich wieder. Sommernächte und die milde, warme Luft tun meinen angespannten Nerven gut. Der Geist ist leichter geworden, die Kopfschmerzen haben aufgehört, und nach dem nächtlichen Schreiben beim Licht der Petroleumlampe auf dem Balkon kann ich sogar fünf Stunden schlafen, ohne zwischendurch aufzuwachen. Woher dieser ungewöhnliche Zustand, wirst Du fragen. Ich weiß es selbst nicht.

Als ich hier ankam, wurde ich liebevoll von Felice auf dem Bahnhof empfangen. Aufgeregt, im Reisefieber, bemerkte ich sie zunächst gar nicht, so sehr war ich bemüht, sie so rasch wie möglich zu finden. Die Station ist zwar nicht groß, und man mag meinen, es sei schwer, hier einander nicht zu finden, aber

Felice hatte sich etwas seitlich gestellt, so daß ich – geblendet von der Julisonne – beinahe an ihr vorüberlief und mich erst umdrehte, als ich eine Berührung spürte. Sie war es. Bald danach schloß ich die Tür meines Zimmers, das an Felices Zimmer grenzt. Zwischen den Zimmern haben wir eine Tür, der Balkon gehört uns gemeinsam.
Die anfängliche Qual des Zusammenlebens machte mich ohnmächtig. Ein durch Fremdheit, Mitleid, Begierde, Feigheit und Eitelkeit erzwungenes dünnes Bächlein, das den Namen Liebe verdiente, sickerte irgendwo im tiefen Grunde; sonst nichts.
Und doch begann sich etwas langsam, ganz langsam zu verändern. Eine Geste, ein über die Kaffeetasse zugeworfener Blick, lebhaftere Aufmerksamkeit im Gespräch, das Heben der Arme in der heißen Sonne, all das bewirkte, daß ich Felice anders wahrnahm, daß sie nicht mehr dieses strenge, prinzipielle Mädchen war, vor dem ich mich fürchtete, sondern eher eine Frau voll Wärme und Energie.
Die Tage sind wunderschön, und abends, wenn es kühler wird, machen wir lange Spaziergänge. Wir sprechen viel über uns, über die Zukunft. Und so haben wir beschlossen, sobald der Krieg zu Ende ist, zu heiraten und in Berlin zu leben. Dort werde ich mehr Arbeitsmöglichkeiten finden als in Prag, und Felice muß nicht das Bureau verlassen, das sie so gerne mag.
Vor zwei Tagen ist Loeb hierhergekommen. Gemeinsam mit Jiři, der schon seit langem hier ist, gingen wir den Gerer Rebben besuchen, den Zaddik aus Kalvarienberg. Es begann in Strömen zu regnen, und wir liefen mit Flaschen durch die Stadt, auf der Suche nach Heilwasser für den Zaddik. Ich habe ihn von weitem gesehn. Er sieht aus wie ein Sultan, ehrwürdig, gemächlich und gebieterisch. Hinter ihm schritt ein wahres Gefolge von ungefähr zehn Chassidim. Diese ganze farbenfrohe Gesellschaft blieb immer wieder stehn, da der Zaddik stets nach dem einen oder andern fragte oder sich irgend etwas genauer anschauen wollte. Wir folgten ihnen eine Weile, ich verabschiedete mich jedoch früher und kehrte – völlig durchnäßt – ins Hotel zurück. Genaugenommen unterscheidet sich

eine solche Zaddikverehrung nicht mehr allzuviel von den Riten eines wilden afrikanischen Stammes. Krasser Aberglaube.
Jiři und Loeb blieben beim Gerer Rebben. Sie glauben daran – dank religiöser Erziehung, dank dessen, daß sie mit ihren Wurzeln immer noch in dieser dunklen, schmutzigen und doch lebenspendenden Erde stecken.
In ein paar Tagen fahre ich fort von hier. Werden wir uns in Prag wiedersehn?

Franz an Felice

Prag, Sommer 1916

Liebste,
gut waren die Tage in Marienbad, so voll Luft und Stille. In der Ferne sehe ich den Schatten einer Hoffnung, eine zaghafte Verheißung der Fülle. Ist das möglich? Felice, ich kann es nicht glauben. Wird endlich Linderung kommen?
Riemen, mit denen ich gefesselt war, lockern sich. Nun sehe ich Dich mit anderen Augen. Ich erinnere mich an unsere kurze Zusammenkunft im Januar in Bodenbach, an meine Erwartungen, meine Angst und mein Zittern, das mich tief durchdrang. Damals im Hotel kamst Du von alleine in mein Zimmer, direkt von der Reise. Dein Köfferchen wurde in Dein Zimmer gebracht, Du selbst schautest dort gar nicht hinein. Du bliebst in der Tür stehn. Eine fast religiöse Angst überwältigte mich. Über dem Kleid trugst Du einen dunklen Reisemantel mit Kapuze. Diese Kleidung, die mit der Dunkelheit um Dich herum zusammenfloß, erschien mir riesengroß und Du, so gekleidet, unendlich und unantastbar. Dies verstärkte noch mein erwartungsvolles Verlangen.
Ich lag nur im Hemd auf dem Bett, und trotzdem mir der Respekt vor Dir befahl, sofort aufzuspringen und meine Kleidung zu vervollständigen, verharrte ich, die Arme unter dem Kopf gekreuzt, und schaute Dich an.
Aus der Dämmerung tauchte Dein Gesicht auf. Deine Augen

– leicht wie Schmetterlinge – näherten, entfernten sich, flimmerten, hoben sich bis zu den Gesimsen und flossen herunter zu meinem Mund. Du machtest einen Schritt nach vorn, zogst die Handschuhe aus und legtest sie sorgsam auf den Tisch. Worauf wartete ich so lange?

Im nächsten Augenblick war ich schon vor Deinen Füßen und küßte Deine entblößten Hände. Du wichst zurück, hobst die Hände, als wolltest Du mich bitten, Dich in Ruhe zu lassen, schautest mich dabei an wie einen bleichen Wurm, der sich in der Asche windet.

So sah ich Dich damals. Als eine Herrscherin, deren strenger Blick die Macht eines Befehls besitzt. Jede Deiner Gesten deutete ich so, als wäre sie direkt gegen mich gerichtet. In Deinen Worten und Deinem Schweigen suchte ich stets nach Verachtung. Ich wurde zu einem finsteren Sammler von Augenblikken, in denen ich mir sicher war, Du würdest mich nun für immer verstoßen. Der Kuß im dunklen Flur, den Du mir verweigertest, das Zurückziehen der Hand, die ich an meine Wange schmiegte, dieser Nachmittag in Bodenbach, als ich Dir die Erzählung über Bram vorlas, die Worte dumpf aneinander schlugen, meine Stimme in der Dunkelheit versank und ich im Begriff war, den Glauben zu verlieren, daß ich Dich je erreichen könnte. Liebste, mußte es so sein?

Erst jetzt habe ich verstanden, daß Du Deine Hände ausstrecktest, um mir zu helfen, aber in eine Leere stießt. Dein Herz fand in meinem nicht seine lebensnotwendige Nahrung. Ich traute Deiner Liebe nicht, dachte, sie wäre nicht ausreichend stark, um die Last unserer gemeinsamen Ängste zu tragen. Und doch versicherte ich Dir innigst die Kraft meiner Gefühle. Ich irrte mich, es war anders. Meiner Liebe fehlte eben dieser harte Kern, das, worauf man sich hätte stützen können. Nun habe ich begriffen: Auch wenn es in uns unendlich viel guten Willen geben wird, aber keine Liebe, so wird es gar nichts in uns geben.

Ich trug so wenige gute Gefühle in mir, und dieses kleine bißchen ging verloren in der Angst, in der Scham, in tausend-

fachen Ausflüchten. Erst jetzt, als ich in Deine Augen schaute und Du Dein Gesicht nicht abwendetest, sah ich, daß Glück möglich ist.
Felice, nehmen wir uns bei den Händen – zwei Menschen, die stets in gegensätzliche Richtungen gehn –, halten wir uns fest und schauen gemeinsam nach vorn!

Hugo an Max

Berlin, Herbst 1916

Lieber Max,
Du fragst, wie ich die beiden, Franz und Felice, sehe, und ob sie zueinander passen. Eine berechtigte Frage, wenn man sie beisammen gesehn hat. Starr und schweigend; sie in einem prachtvollen Kleid, aber mit einem strengen Gesichtsausdruck, ohne Lächeln, ernsthaft, ihrem Alter weit voraus, Franz hingegen schüchtern und traurig.
Und doch meine ich, daß die beiden einander nicht ohne tieferen Grund begegnet sind und ihre bereits einige Jahre andauernde Beziehung ein starkes Fundament besitzt. Ich begriff das, als mir Franz einen Traum beschrieb. Diese Bilder verrieten mir viel über sein Verhältnis zu Felice und zu seinem Vater.
»Man sagte mir, mein Vater riefe nach mir«, so beginnt Franz die Beschreibung seines Traums in einem Brief an mich. »Ich ging in ein düsteres Zimmer und sah im Inneren des Raumes meinen Vater. Er war jünger und größer, wie zu den Zeiten, als ich ein heranwachsender Jüngling war. Es überraschte mich. Als ich aber sah, daß der Vater mir zuwinkte, ging ich auf ihn zu. Ich erblickte sein Gesicht in einem Licht, dessen Quelle aus dem Inneren seines Körpers zu strahlen schien. Vaters Gesicht war zornig, und ich erzitterte vor Angst, Vorwürfe oder etwas vielleicht noch weit Schlimmeres ahnend – einen gewaltigen, beinahe göttlichen Zorn.
Ja, dies war der Vater, wie ich ihn kannte – gerecht und gnadenlos. Als ich mich schon abwenden und unbemerkt entfer-

nen wollte, sah ich plötzlich eine weibliche Gestalt, die hinter Vaters Rücken hervortrat. Ich erkannte Felicens helle Bluse, voll Spitzen und Paspeln, die, in der sie so hübsch und verführerisch aussieht. Nun fiel das Licht auf Felicens Gesicht, und ich sah ihr Lächeln, ihre heiteren Augen, die vor Energie, Selbstbewußtsein und Kraft strotzten. Vaters boshaftes Antlitz verschwand irgendwo im Dunkeln, und ich versank in Felicens liebevollem Blick.

Ich schaute sie lange an, bis sich die Gestalt des Mädchens wie auf einer Drehbühne verschob und ich ihre Rückseite zu sehn bekam – es war mein Vater.

Mit dem Rücken zueinander gestellt, durch einen unsichtbaren Mechanismus bewegt, waren sie wie eine janusköpfige heidnische Gottheit.

Ich verstand, daß diese Gesichter einander ergänzten, und zwar eben deshalb, weil sie in gegensätzliche Richtungen blickten. Würden sie sich jedoch einander zuwenden, würden sie einfach einander anschauen, so müßten sie sich gegenseitig vernichten.

Nach dem Aufwachen dachte ich gleich an meine anderen Träume, in denen Zwillingsbrüder, finstere Doppelgänger, sich vermehrten und beim Anblick des Anderen aufeinander stürzten, um bis zur völligen Auslöschung gegeneinander zu kämpfen. Jene Träume erschöpften mich immer, dieser hingegen bewirkte, daß ich begann, an die Möglichkeit der Fülle zu glauben.«

Ein wunderschöner Traum, nicht wahr? Es fällt doch schwer, mit einem bedrohlichen Bild des strafenden Vaters zu leben. Im Traum hat Franz also dieses Bild geteilt – in eine helle und gute Hälfte: Felice, und eine dunkle und strenge: den Vater. Felice ist des Vaters helle Seite, die von Franz für ihre Tapferkeit, Lebensfreude, Kraft und ihren Mut geliebt werden kann. Diese Frau hätte als einzige die Kraft, die Last seiner Schwäche zu tragen.

Im Traum hat Franz ihr liebevolles Gesicht gesehn. War es aber ihr wahres Gesicht oder eine Maske, also nur ein Teil des Ge-

sichts? Ihr Gesicht wurde von dem des Vaters vervollständigt – einem dunklen und bösen –, und – wie Franz behauptete – erst diese beiden Masken bildeten ein wahres Gesicht, also ein Ganzes.
Franz ist sich bereits seit langem bewußt, daß er nicht die wirkliche Felice – die aus Fleisch und Blut – liebt, sondern die Felice in der Maske der Liebe, und daß er sich nicht vor dem wirklichen Vater – einem alten, starrsinnigen Mann – fürchtet, sondern vor dem Vater in der Maske eines Strengen Richters. Er hat also den Traum der Vereinigung geträumt – des Guten mit dem Bösen, der Liebe mit dem Haß.
Für Franz ist jedoch selbst der schönste Traum zu wenig. Er ist beherrscht von der Leidenschaft, sämtliche Masken fortzuwerfen, und von der Hoffnung, das wahre Gesicht des inneren Menschen zu finden. Er sucht nach diesem Menschen in sich selbst und wird dabei immer wieder tragisch mißverstanden, er sucht nach ihm auch bei anderen. Ich weiß, daß er mit einem Bild von Felice, das nur ein Teil ihres wahren Gesichts ausmacht, nicht einverstanden sein kann. Ob er jedoch fähig sein wird, die Wahrheit über sie, die er wahrscheinlich bereits kennt, aufzunehmen, und aus ihr sein Recht auf das Leben in der Gemeinschaft abzuleiten, das weiß ich nicht. Was meinst Du dazu?

Felice an Grete

Berlin, Frühling 1917

Liebe Grete,
es ist wunderschön geworden, ein wahrer Frühling, und ich fühle mich auch irgendwie so gut und ruhig, obgleich das Leben schwer über sein unebenes Bett fließt. Ich bin auf der Suche nach einer Wohnung, das ist aber zur Zeit in Berlin nicht einfach, und bisher habe ich noch nichts gesehen, was mir gefiele. Franz und ich haben beschlossen, sobald der Krieg zu Ende ist, zu heiraten und in Berlin zu leben. Es ist ein alter Plan von ihm, jetzt wieder aktuell. Franz mag Berlin und hofft,

hier ohne die familiären Belastungen etwas freier leben zu können.
Es stimmt, daß Prag eine Provinzstadt ist und daß er eines breiteren Atems und neuer Möglichkeiten für seine literarische Arbeit bedarf. Ein Haus in Berlin hätte für mich auch den Vorteil, daß ich nahe bei der Familie bleiben und im Bureau weiterarbeiten könnte, das ich doch so gerne habe und ohne das ich mir mein Leben gar nicht mehr vorstellen kann.
Franz erwartet von mir Antworten auf seine alten Fragen und macht unser künftiges Zusammenleben von meiner Einwilligung abhängig. Ach Grete, wie er mich plagt! Unsere Gespräche kreisen unaufhörlich um das Thema Einsamkeit, Ruhe, Schreiben.
»Kannst du in Abgeschiedenheit leben?« fragt er mich. »Ich bin ein ungeselliger Mensch, wir werden die Familie nicht einladen, und nur manchmal werde ich die Gegenwart der Freunde ertragen können. Bist du damit einverstanden?«
»Ich weiß es nicht«, antworte ich.
»Kann ich dir all die Menschen ersetzen, auf die zu verzichten du gezwungen sein wirst?«
»Ich weiß es nicht«, antworte ich wieder.
»Nachts schreibe ich, am Tage schweige ich. Wird das nicht zu schwer für dich sein?«
»Ich weiß es nicht.«
»Denk dran, daß ich im Grunde ein kalter, eigennütziger und gefühlloser Mensch bin.«
So stellen sich unsere Gespräche dar. Es gibt Augenblicke, in denen ich ein panisches Fluchtbedürfnis in mir beherrschen muß. Ich weiß, er empfindet ähnlich, und trotzdem halten wir uns fest bei den Händen. Siehst Du dieses Bild? Zwei Menschen, die in verschiedene Richtungen schauen, und nur dieses verzweifelte Händehalten. Und doch will ich die Herausforderung annehmen und mit Franz zusammensein. Ich will es.

Deine Felice

Franz an Hugo

Prag, August 1917

Mein Lieber,
lange habe ich von mir nichts hören lassen, nun schreibe ich an Dich als meinen Freund und Arzt zugleich. Es ist mir immer gelungen, den Händen der Ärzte zu entschlüpfen, heute kann es sich als schwierig erweisen. Professor Pick, zu dem mich Max nach langem Drängen und trotz meines hartnäckigen Widerstands geschleppt hat, hat folgendes festgestellt: »Katarrh in beiden Lungenspitzen, Anfänge von Tuberkulose!«
Vor drei Wochen erwachte ich plötzlich in der Nacht mit einem merkwürdigen Gefühl. Mir schien, als hätte sich etwas in mir geöffnet und würde unaufhörlich aus tiefster Tiefe hinausfließen, einer heißen Welle gleich, die man nicht mehr aufhalten kann. Es war Blut. Aus dunklen Winkeln meines Körpers drang es ans Tageslicht: das erlösende, reinigende, pulsierende Blut.
Ich fürchtete nicht den Tod, dachte gar nicht daran. Mit Neugier sah ich zu, wie sich das weiße Taschentuch mit dunklem Rot vollsog. Als der Blutsturz aufhörte, setzte ich mich im Bett auf. Ich verspürte Erleichterung: Der Kampf war – zumindest vorläufig – beendet, nun konnte ich mich ausruhn. Ich legte mich wieder hin und schlief ein. Am nächsten Morgen notierte ich im Tagebuch: »Jetzt ist das kleine Mädchen gestorben, das ich in meinem Inneren verbarg, als die Zeit der Asche gekommen war, war ich gezwungen, sie zu töten.«
Lieber Hugo, Du weißt doch, daß meine Krankheit in Wirklichkeit keine Tuberkulose, sondern mein allgemeiner Bankrott ist. Allzu lange lebte ich im Ungleichgewicht, so etwas rächt sich. Wenn nicht Tuberkulose, so wäre es etwas anderes, es handelte sich ja um einen Kampf. Die Welt verlangte ein Opfer von mir. Zwar bin ich jetzt an die Krankheit gebunden wie ein Kind an seine Mutter, ich habe aber auch so etwas wie eine herrliche Freiheit gewonnen.
Jetzt werde ich bestimmt nicht mehr heiraten! Es wäre ein ungerechtes Urteil, die Lunge des eigenen Kindes flöten zu hören. Nein, das will ich nicht!

Vorher schon habe ich an Felice zwei Briefe geschrieben, beide von der Sorte, die man nicht abschickt, und doch habe ich sie wie im Traum abgeschickt, mit geschlossenen Augen. Eine andere hätte begriffen, daß ich nichts außer Leere empfinde, mir selbst dessen nicht sicher bin, sie aber antwortete im Ton der Versöhnung. Nun habe ich jedoch vom Blut, von meiner Krankheit geschrieben.
Ein fünfjähriger Kampf ist zu Ende. In keinem Märchen ist um die Prinzessin mehr und verzweifelter gekämpft worden, als ich um Felice in mir gekämpft habe. Und kein Held hat eine so schimpfliche Niederlage erlitten. Und doch ..., und doch fühle ich mich ... befreit.
Der Arzt hat mir ein paar Monate Urlaub verordnet. Ich habe eine einzigartige Möglichkeit – Ottla wird einen Bauernhof unseres Schwagers in Zürau bewirtschaften, unweit von Karlovy Vary. Ich fahre zu ihr. Schreib mir an folgende Adresse ...

Dein F.

Grete an Felice

Berlin, September 1917

Liebe Felice,
Du fragst Dich selbst – warum? Mußte es so kommen? Wer trägt die Schuld, und kann man in diesem Falle überhaupt von Schuld sprechen? Die Trennung scheint endgültig, damit mußt Du Dich abfinden. Die Krankheit, die man bei Franz festgestellt hat, entscheidet noch über nichts, ich stimme dem zu. Er braucht jetzt nur viel Ruhe und eine gute Pflege. Du schreibst, Dein erster Gedanke, als Du erfuhrst, wie krank er ist, war, sofort zu ihm zu fahren, ihm zu helfen, bei ihm zu sein.
Die Reise dauerte viele Stunden, und als Du Dich endlich an Ort und Stelle, in Zürau, befandest, sah er gar nicht krank aus, ganz im Gegenteil, anscheinend ging es ihm recht gut ... Liebe Felice, ich weiß es nicht, ich habe ihn in letzter Zeit nicht gesehen, aus dem Brief, den ich von ihm erhalten habe, geht hervor, daß das Bewußtsein einer so schweren Krankheit zwar

seine Lebenspläne grundsätzlich geändert hat, zugleich aber etwas wie ein unerwarteter Trost für ihn geworden ist. »Ich klammere mich an die Krankheit wie ein Kind an die Rockfalten seiner Mutter«, schrieb er mir.

Franz braucht Sicherheit, festen Boden unter den Füßen. Du warst für ihn, für mich auch, ein heilender Boden. Dank Dir haben wir beide begriffen, daß das Berühren der Erde schwierig, schmerzhaft und doch notwendig ist. Möglicherweise lag Dein Fehler jedoch darin, daß Du ihn um jeden Preis auf die Erde herunterziehen wolltest, dorthin, wo Du Dich am sichersten fühltest. Er schätzt an Dir, daß Du fest auf eigenen Beinen stehst, aber selbst hat er immer geschwebt, ohne die Erde zu berühren. So hättest Du ihn lassen sollen. Die Höhe und die Tiefe ergänzen sich gut.

Du sagst, Franz hätte all die Jahre gar nichts gelernt, würde seine alten Fehler wiederholen. Das stimmt – da, wo es nur Wiederholung gibt, schreitet die Zeit nicht voran, und es stimmt auch, daß Franz sich ungern verändert. Vielleicht will er durch das Wiederholen erreichen, daß die Welt sich endlich verändert und ihm, Franz, recht gibt. Franz führt seinen alten, nicht enden wollenden Streit mit der Welt. Du warst ein wichtiges Argument in diesem Kampf. Jetzt bist Du es nicht mehr.

Die Worte aus Franzens Brief, die Du mir zusammen mit Deinem eigenen verbitterten Kommentar zitierst: »Kant kenne ich nicht, der Satz aber soll wohl nur für die Völker gelten, für Bürgerkriege, auf ›innere Kriege‹ bezieht er sich kaum, hier ist der Friede wohl nur jener, den man der Asche wünscht«, sollst Du bitte wörtlich lesen. Es ist Schluß, und frag nicht, warum er entschieden hat, daß Schluß ist. Demütige ihn nicht so.

Jahrelang tauchte er in eine blutige Wunde ein, die auch Du warst, Felice. Nun kommt für ihn die Zeit der Asche. Werden die in ihr glimmenden Funken aufflackern? Vielleicht. Du solltest Dich jedoch nicht mehr darum kümmern, auch für Dich beginnt nun die Zeit eines neuen Lebens. Beschuldige ihn also nicht, verurteile ihn nicht, laß ihn dort, wo sein Platz ist.

Franz an Hugo

Zürau, Oktober 1917

Mein Lieber,

bereits seit einem Monat bin ich hier. Ottla hat das Haus, in dem wir wohnen, warm und weich wie ein sicheres Nest ausgelegt und trägt mich förmlich auf ihren Flügeln durch die schwierige Welt. Als ich die Schwelle dieses gemauerten, hoch unterkellerten Hauses betrat, nahm mich die Stille in den Arm. Wir gingen durch leere Räume, und der Klang unserer Schritte breitete sich aus wie Ringe über glattem Wasser. Erst konnte ich es gar nicht glauben, nach all dem, was ich immer wieder in gemieteten Zimmern und fremden Wohnungen erlebt hatte.

Ottla ging voraus, und als sie die Tür zu meinem Zimmer weit öffnete, dachte ich ein Weilchen, es sei ein Traum. Ein geräumiger quadratischer Raum, mit dunklem Gebälk an der Decke und weißen Wänden, drei Fenster in einer Reihe, mit Aussicht auf einen kleinen Obstgarten, das Feld und die fernen Hügel. Ein großer Holztisch, ein schmales Bett, in der Ecke ein Schrank, leere Wände, keine seit Jahren angesammelten Gegenstände, nichts, was die Aufmerksamkeit ablenken würde. Der bisherige Zimmerbewohner, ein kleiner grau-weißer Vogel, erschrak über mein Eintreten, flog rasch an die Decke und stieß sich dabei schmerzhaft die Flügel. Ich öffnete das Fenster weit und zog mich zurück, damit er den Platz verlassen konnte, den ich nun in Besitz nahm.

Ich rückte den Stuhl näher ans Fenster und setzte mich. Ottla entfernte sich, und meine Gedanken liefen ihr hinterher, wie Haustiere ihrem Frauchen. Ich saß lange da, und zum ersten Mal seit vielen Jahren mußte ich feststellen, daß meine Theorie der begrenzten Macht und des begrenzten Glücks in der Welt, wovon ich immer ausgenommen war, nicht stimmte – nun war es auch mir erlaubt, meinen kleinen Teil davon zu nehmen und mich daran zu erfreuen. Mein lieber Hugo, ich war einfach glücklich.

Nach einer Stunde verließ ich widerwillig mein neues Zimmer und ging in den Hof hinaus. Alles gefiel mir: Ziegen, die an den

Weidenkörben knabberten, die an der Veranda standen, das Regen ankündigende Krähen des Hahns, das Pferd, das seinen Kopf aus dem Stall herausstreckte und mit sanften, glänzenden Augen schaute, das Mädchen, das mit einem Korb voll nasser Wäsche an mir vorüberging, selbst der Junge, der gerade im Begriff war, einen dampfenden Misthaufen zu wenden.

Ich ging um das Haus herum. Die Südseite ist mit Wein bewachsen, Äpfel glitzern golden und rot auf den Bäumen, ein Meisenschwarm tummelt sich in den Zweigen, und weiter, hinter dem Zaun, erstreckt sich ein zu dieser Jahreszeit abgeerntetes Feld.

Dieser erste Tag erschien mir so lang, als sollte er nie zu Ende gehn. Am Abend setzte ich mich mit Ottla an den Ofen, den ein junges Mädchen mit pausbäckigem Gesicht und mutigem Blick angeheizt hatte. Es war warm, still und ruhig; an diesem Tag habe ich mich nicht ans Schreiben gemacht, bin früh ins Bett gegangen und bald schon eingeschlafen. Im frühen Morgengrauen wachte ich kurz auf, um gleich wieder in einen traumlosen Schlaf zu fallen.

Die nächsten Tage verbrachte ich damit, die neue Umgebung zu erkunden. Bald stellte ich fest, daß von allen Seiten Wege auf das Städtchen zulaufen, Schotterstraßen und Feldwege, oder besser gesagt: aus dem Herzen des Städtchens breiten sich, wie Adern und Venen, Wege in die Welt aus. Einer der Wege hatte es mir schon beim ersten Spaziergang angetan – es war die Straße nach Oberklee, mit hochgewachsenem Wermut, Schafgarbe und den in der Ferne rot leuchtenden Heckenrosen. Diesen Weg könnte ich ohne Pause, gegen den Wind und im strömenden Regen gehn und dabei vergessen, warum ich hier bin, was ich hinter mir gelassen habe und was für eine Zukunft mich erwartet.

Wir stehn frühmorgens auf und verzehren gemeinsam das Landfrühstück: frisches Brot, Spiegeleier, Milchsuppe. Dann, während die anderen hart arbeiten, sitze ich untätig in meinem Zimmer. Ich schreibe ein wenig, manchmal sogar mit Erfolg. Alte Sachen führe ich nicht zu Ende, neue reißen mich mit, wenn auch nicht für lange. Abends lauschen wir dem Gezirpe der letzten, sterbensnahen Grille, die sich unter dem Fußboden eingenistet hat, draußen dröhnt der Wind, daß die Wände zittern. Ottla erzählt mir alles, was am Tage geschah, und trotzdem es scheinbar bedeutungslose Ereignisse sind, verschlinge ich sie wie lebenspendende Nahrung. Oft erinnern wir uns an unsere Prager Spaziergänge, an Ottlas kleines Haus in der Alchimistengasse und den letzten strengen Winter, in dem ich den Nachhauseweg rennend zurücklegen mußte, um mich wenigstens ein bißchen aufzuwärmen.

Hier versuchen wir auch, Abendspaziergänge zu machen, die Nächte sind aber mondlos, das Licht dringt durch die verdeckten Fenster der Häuser nicht hindurch, und man watet förmlich in der Dunkelheit.

»Erinnerst du dich an die Laternen auf der Kleinseite?« fragt mich Ottla. »Und die zitternden Schatten? Es schien, als lebten sie ihr eigenes Leben...«

Ich bin ein Mensch mit einem zu langen Schatten und weiß ganz genau, wovon meine Schwester spricht. Immer wenn sie mich erschrecken wollte, sprang sie über meinen Schatten, und trotzdem ich mich über sie ärgerte und meinen Schritt beschleunigte, lief sie mir oder eigentlich meinem dunklen Doppelgänger hinterher und fragte, um mich noch mehr zu ärgern: »Welcher von euch ist echt?« So ist Ottla eben, immer mutig, und ein Schatten kann sie nicht erschrecken. Mit mir verhielt es sich anders. Meinen Schatten habe ich nie gemocht, und manchmal, wenn das Laternenlicht die Schatten vervielfachte, so daß es mir schien, als folgte mir nicht einer, sondern mehrere, lief ich rasch in die Dunkelheit hinein, um sie schneller loszuwerden.

Lieber Hugo, Du beschäftigst Dich ja mit solchen Dingen, also wird es Dich wohl nicht wundern, daß ich die Doppelgänger des eigenen Schattens gesehn habe. Hier werde ich von dergleichem nicht heimgesucht, da sich alle Gespenster beim Anbruch der Dunkelheit in die Ecken verkriechen.

Max war einige Tage bei uns zu Besuch, er machte hier Station auf dem Weg zu einem Vortrag in Komotau. Kurz darauf kamen auch Martin und Otto. Ganze Nachmittage verbrachten wir mit Gesprächen. Gestern abend sind sie abgereist. Ottla und ich haben sie zum Bahnhof gebracht. Auf dem Nachhauseweg war der Himmel voller Sterne, und von den Feldern zog ein frostiger Wind, der wirkliche Kälte ankündigte. Ich stand dann noch auf der Veranda, schaute zum Himmel, hörte Ottlas Schritte im Innern des Hauses langsam verstummen und empfand eine große, beglückende Einsamkeit.

Max an Hugo

Prag, Oktober 1917

Lieber Dottore,
ich war bei Ottla und Franz, drei Tage bloß, es kommt mir aber vor, als wäre in der Zeit so viel geschehn. Wir unterhielten uns viel – zuhause, am großen Ofen, in den man dort breite Birkenscheite legt, auf dem Weg nach Oberklee, entlang den von Nagetieren durchpflügten Feldern, zwischen trockenen Heumieten und auf dem Hügel, auf den mich Franz, ohne uns eine Atempause zu gönnen, durch kleine Talkessel führte, die mit aus verflüssigtem Nebel gewebter Luft angefüllt waren. Auf dem Gipfel angelangt blieb er stehn, atmete tief durch und breitete seine Arme aus. »Endlich«, sagte er, »endlich frei!« Diese Freiheit erkämpfte er sich mit Mühe, für kurze Augenblicke, und doch gibt es Momente, wie er mir anvertraute, in denen er spürt, daß er sich von dem, was ihn fesselt, losreißt, das Überflüssige fortwirft, wie ein Ertrinkender sein Gepäck von sich wirft, damit das Boot das sichere Ufer erreicht. Seine Meditationen kreisen hartnäckig um das Wort »sein«, nicht »existieren«, nicht »Ihm gehören«, sondern einfach »sein«. Mit geschlossenen Augen, im Gesicht so bleich, als wäre er Zeuge seiner eigenen Beerdigung, und mit zu Fäusten geballten Händen schilderte er mir dieses seltsam grauenvolle Bild.
Er sieht sich unter sich selbst liegen wie unter einem schweren

Kreuz. Es scheint ihm, daß er sich nie davon befreien, sondern so erdrückt, von der Welt vergessen, für immer liegenbleiben wird. Und doch gelingt es ihm durchzuatmen, ein Auge zu öffnen, dann das andere, dann kommt ein leichtes Zittern der Finger, eine innere Bewegung, und schon erhebt er sich ein wenig, um gleich zu knien und mit den Armen den belastenden, halbtoten Körper des Doppelgängers von sich zu werfen. Auf diese Weise »befreit er sich«, das Unzerstörbare in sich, dann braucht er nur noch den eigenen Kreis unaufhörlich zu verengen und zu prüfen, ob er sich nicht irgendwo außerhalb dieses Kreises verbirgt. Genau so hat er das gesagt, und ich sah, wie seine ganze Gestalt sich dabei lockerte, als wäre er ein anderer Mensch, nicht der, den ich seit so vielen Jahren gekannt und geliebt, an den ich immer mit Sorge und Unruhe gedacht habe. Er ist nicht mehr dieser Mensch, dessen einzige Antwort auf die Behauptung, daß er existiert, daß er da ist, Zittern und Herzklopfen war. Hat es die Krankheit bewirkt, oder dieser entlegene, ruhige und Geborgenheit spendende Ort?

Hier, wie er mir sagte, haben ihn endlich die Dämonen verlassen, diese Wesen, die sich von seinem Körper ernährten, die Bewohner der Finsternis, diese auf Leben und Tod kämpfenden Brüder, Spiegelbilder, Doppelgänger, Geister und Schatten. Er erzählte mir, wie ihn die Bilder des unaufhörlichen Ringens plagten, in denen diese Gestalten, einander aufs Haar gleich, sich gegenseitig vernichteten, um gleich wieder zum neuen Kampf wiedergeboren zu werden.

»Und es gab immer noch keine Antwort auf meine Fragen, immer noch wußte ich nicht, wonach ich frage«, sagte er.

»Die Frage nach dem Doppelgänger ist eine Frage nach der Unsterblichkeit der Seele.«

»Jetzt weiß ich es«, sagte er lächelnd. »Ich weiß auch, daß die Antworten sich dort befinden, wohin die Fragen nicht reichen, wir sollten also nicht die hohe Instanz, die schweigt, für unser Unwissen beschuldigen, sondern uns selbst. Aber diese Wahrheit habe ich längst schon geahnt.«

Ich beobachtete Franz, und aus meinem Inneren, ganz schüchtern, erreichte mich folgender Gedanke: Vielleicht wird sich Franz, indem er krank geworden ist, endlich jetzt, trotz allem, aus seinen Vorstellungen heilen, er sei nicht vollständig geboren, tot zu Lebzeiten, »durch Vaters Schuld« von der Welt nicht angenommen. Vielleicht wird ihn hier, zwischen den stillen Hügeln und Wäldern, das durchdringende Gefühl des Fremdseins verlassen? Vielleicht vergeht diese große Anspannung, die in ihrer Kraft dem Ringen eines Glaubenden gleicht, dem die Gnade des Glaubens genommen wurde, und Franz wird beginnen, wirklich zu leben.
In diesen Tagen und Nächten, die wir bis zum Morgengrauen mit Gesprächen verbracht haben, habe ich sehr viel begriffen. Was mir früher bei Franz als Willensschwäche, Seelenkrankheit, Ansteckung mit dem Tod erschien, sehe ich heute anders. Ich habe immer nach Eindeutigkeit gestrebt, er hingegen hat mich zu überzeugen versucht, daß alles, was wir tun, alles, was mit uns geschieht, von tiefer Zweideutigkeit durchdrungen wird. Möglicherweise ist also der Zwiespalt, der bei ihm die beunruhigenden Formen des Kampfes mit dem eigenen Körper annahm, in erster Linie ein inneres Gespräch mit der eigenen Seele?
Am letzten Tage meines Aufenthaltes bei Ottla und Franz kamen Martin und Otto. Wir sollten gemeinsam zum Vortrag nach Komotau reisen. Und schon wieder saßen und redeten wir bis spät in den Abend. Martins Gegenwart ließ die Gesprächstemperatur deutlich ansteigen. Gerne würde ich Dir unsere Gespräche wiedergeben, verzeih mir aber bitte die Unordnung meines Berichtes. Oft waren wir gegensätzlicher Meinung, oft widersprachen wir uns selbst, nach Lösungen suchten wir, im Dunkeln tappend.
Angefangen hat alles, wie üblich, mit den Plänen einer Palästinareise. Jeder von uns hat damit sein eigenes intimes Anliegen. Seit langem denken wir an die Rückkehr und sagen uns immer wieder: »Nächstes Jahr in Jerusalem ...« Keiner von uns hat jedoch bisher Schritte unternommen, um dies zu ver-

wirklichen, wenn wir uns aber fragen, wo unser Platz ist, so kommen uns gleich Bilder der uralten Erde in den Sinn, voll Würde und Barmherzigkeit für Vertriebene.

»Nach dem Krieg will ich nach Palästina reisen«, sagte Franz. »Hier ist jeder Weg ein Labyrinth, jedes Aufsetzen des Fußes die Berührung der Wüste, dort ist unser Ziel.«

»Man sollte endlich handeln«, stellte ich fest. »Wir dürfen unsere Aktivität nicht in leeren Worten zerstreuen, schaut bloß, was mit der Aktivität unter den Westjuden passiert. Sie wird zu ihrem eigenen Gegenteil und heißt Assimilation.«

»Vielleicht sind wir keine Juden mehr, sondern bloß Westeuropäer?« Otto lächelte traurig.

»Über die jüdische Identität nachzudenken heißt, sie bereits verloren zu haben, es heißt aber auch – sich immer noch an ihr festzuhalten. Zwischen diesem ›bereits‹ und dem ›immer noch‹ erstreckt sich ein leerer Raum, in dem sich nun die Westjuden befinden, der Gefahr ausgesetzt, sich völlig zu verirren«, sagte Martin.

Bald schlug unser Gespräch eine andere Richtung ein. Wir überlegten, woher die Rettung kommen könnte. Wir waren uns einig, daß es vor uns einen einzigen Weg gibt – einen schweren und gewundenen: den Weg zu den Quellen, zu den alten Büchern, zu den vergessenen Worten und Bildern. Dort eben ist die jüdische Identität, in diesen alten Texten, in ihnen steckt nämlich die Macht des geschriebenen Wortes, die Kraft der Überlieferung.

Dann sagte Otto: »Möglicherweise ist die Anerkennung des im Wort liegenden Ernstes die letzte Weisheit der Westjuden, und wahrscheinlich wird das Volk eben dank des Wortes seine biblische Vergangenheit erkennen.«

Franz erblaßte bei diesen Worten, preßte die Lippen zusammen und erhob sich beinahe aus dem Stuhl. Wir schauten ihn überrascht an, als er wie ein Geschoß von sich schleuderte: »Literatur lügt!«

Wir verstummten. Alle wußten wir doch, was das Schreiben für Franz bedeutete. Das Schreiben soll ihn rechtfertigen und heiligen, beinahe seine Existenz auf der Welt begründen.

»Literatur wird die Hungrigen nicht sättigen, den Traurigen die Tränen nicht trocknen und das Leid der Unschuldigen nicht lindern«, sagte er und setzte sich schwer nieder, stützte sich dabei mit den Händen an die Tischkante, als hätte er Angst, in einen Abgrund zu fallen.

»Das ist nicht wahr!« schrie ich. »Außerdem sollen wir von der Literatur nicht verlangen, daß sie das erledigt, was die Aufgabe der für das gesellschaftliche Leben Verantwortlichen ist.«

»Franz geht es um etwas anderes«, sagte Martin. »Franz stellt die ewigen Fragen: Woher kommt das Böse, warum leiden Unschuldige, was ist der Sinn des Leidens? Bedeutet es nicht eine Welt ohne Gott, eine Erde, auf der der Mensch selbst entscheidet, was gut und was böse ist? Vielleicht zeigt das Leid der Opfer einen Gott, der auf jegliche Offenbarung verzichtet und uns dadurch zur wahren Reife zwingt?«

»Aber was ist mit dem Bösen, mit dem Leiden?« meinte Otto. »Warum muß der Gerechte leiden?«

»Der Gerechte, der leidet, hat seinen Wert nicht in seinem Leid, sondern dank seiner Gerechtigkeit. Seine Gerechtigkeit ist eben die große Herausforderung an das Leiden.«

Es war bereits tiefe Nacht, so wie sie nur auf dem Lande im Spätherbst sein kann, wenn sich nicht einmal die Hunde in der Ferne anheulen und es am Himmel keinen einzigen Stern gibt. In dieser tiefen Nacht überlegten wir, wie gegen das Böse zu kämpfen sei.

»Unser Gott ist ein Gott der Rache, und die Tora ist voll schrecklicher Strafen für Sünden. Auge um Auge, Zahn um Zahn ...«, sagte ich. »Man wirft uns Grausamkeit und einen leeren Himmel ohne Barmherzigkeit vor. Unser Gott ist barmherzig, er ist aber auch streng und gerecht. Und Gerechtigkeit fordert Strafen für Sünden. So muß es sein. Würde unser Gott nicht strafen, wäre er unendlich barmherzig, wäre dann das Böse nicht unendlich böse? Gegen das Böse darf man nicht kämpfen, indem man ihm die andere Wange hinhält, sondern indem man den Schlag erwidert.«

»Es gibt noch einen anderen Weg«, begann Martin. »Das Böse in sich aufzunehmen und es in Liebe umzuwandeln. Dies kann nur der erreichen, der Reife erlangt und seine Seele ins Gleichgewicht gebracht hat.«
Alle schwiegen, nur Martin erhob sich und schritt im Zimmer auf und ab, als suchte er nach Argumenten in diesem schwierigen Kampf. Otto versuchte zwar, das Thema zu wechseln, aber niemand ging darauf ein. Franz verharrte im traurigen Nachdenken, Martin unterbrach seine monotone Wanderung durch das Zimmer nicht.
Schließlich sagte Otto: »Unser Glaube erhebt das Leiden nicht auf ein Piedestal, die Metaphysik des Martyriums liegt uns fern, den Mythos der Erlösung gibt es nicht, sondern das Prinzip der aktiven Umgestaltung der Welt. Falls Gott gegenwärtig ist, dann nicht durch die Inkarnation, sondern durch das Recht.«
»Der Gott, von dem du sprichst, verbirgt sich nicht nur vor uns, sondern verweigert uns auch den Zugang zum Recht. Wie grausam muß DER sein, dessen Gesetze die von ihm geschaffenen Wesen nicht erkennen?« sagte Franz.
»Ist das Im-Recht-Sein eine Sache des Wissens, des Bewußtseins, des Vertrauens oder der Gnade?« fragte ich.
»Vielleicht werden nur die unendlich Geduldigen und Vertrauensvollen zum Recht zugelassen«, sagte Martin.
»Wir warten das ganze Leben lang geduldig vor der Tür des Rechts, und doch wissen wir nicht, wie es zu betreten ist«, meinte Franz.
»Erklären wir unsere Blindheit nicht zum Prinzip der Welt.«
»Franz überlegt nur, warum wir blind sind.«
»Und warum verbirgt sich Gott vor uns?«
»Wir entfernen Gott von unserer Welt, um ihn nicht mit der Schuld für das herrschende Böse zu belasten. Wir sehen Ihn lieber als einen strengen und ungerührten, aber gerechten Richter, der über die Ordnung der Welt wacht. Der Gedanke an Gott, der sich das Leiden der Menschen und Tiere aus der

Nähe ansieht, erschreckt und überwältigt uns. Und doch sehen viele den Vater seine Macht mißbrauchen…«
»Wir denken an Gott auch als ein weltordnendes Prinzip. Aber vielleicht ist Gott die Vielfältigkeit der Prinzipien, ihre unendliche Mannigfaltigkeit, und dann wäre er nahe dem, was wir Zufall nennen würden«, sagte ich.
»Eine solche Vorstellung Gottes muß uns beunruhigen, weil wir – obgleich wir Gottes Finsternis anerkennen – Ihm doch durch das Recht nahe sein wollen.«
»Was ist Recht?« fragte Franz. »Ist das etwas Unerschütterliches in uns, dank dessen die Welt in ihren Grundfesten verankert ist? Gibt es ein Recht für alle? Oder gibt es so viele Rechtsauffassungen, wie es menschliche Existenzen gibt? Für jeden einzelnen eine getrennte Tür zum Recht, für jeden ein Recht, nach dem er handeln sollte, für jeden seinen eigenen Vater und Richter?«
»Würde dies die Relativität des Rechts bedeuten?« fragte ich.
»Wenn ich das Recht als eine persönliche Verantwortung auffasse, dann ist es nicht relativ, sondern individuell. Es geht nur darum, es richtig zu erkennen. Menschen erkennen das Recht nicht, finden zu ihm keinen Zugang, irren umher oder laufen ungeduldig daran vorüber«, sagte Franz.
Ich erinnere nicht mehr, wie unser Gespräch zu Ende ging, es dauerte jedenfalls bis zum Morgengrauen. Wir trennten uns ungern, vertieft in Gedanken.
Ich drücke wie immer Deine Hand.

Grete an Hugo

Berlin, Oktober 1917

Mein Lieber,
Deine Postkarte von der Front, voll Unausgesprochenem, erhielt ich erst vor kurzem. An diesen nicht zu Ende gebrachten Sätzen, an den wenigen Worten, scheinbar belanglosen, erkannte ich, daß Dein zusammengeschnürter Hals einen lauten

Schrei verhinderte. Also ist es so schrecklich dort? Und doch will ich, daß Du davon sprichst, ich will es wissen.
Wie gut, daß Du nach Hause zurückgekommen bist. Die Rückkehr zur Normalität (einer relativen Normalität) vollzieht sich nun für Dich, wie Du schreibst, durch den Kontakt mit Deinen Nächsten, Deinen Freunden. So wie wir alles denkbar mögliche von unseren Bekannten an der Front erfahren möchten, so brauchst Du selbst die unwichtigsten Kleinigkeiten aus dem Leben derer, die hiergeblieben sind. Du fragst mich nach Franz. Wie Du bereits weißt, haben die Ärzte ihn nach der Diagnose der Tuberkulose aufs Land geschickt. Endlich! Man hat ihn beurlaubt, und nun lebt er mit seiner Schwester in der Nähe von Karlsbad, in einem kleinen Dorf zwischen sanften Hügeln, und nach dem Ton seiner Briefe, die ich in letzter Zeit bekommen habe, zu urteilen, geht es ihm gut. Irgend etwas in ihm bricht auseinander, oder vielleicht eher – lockert sich. Diese fürchterliche Anspannung, unter der er während seiner Verlobungszeit stand, hätte ihn beinahe getötet. Über F. möchte ich nicht sprechen, sie leidet auch, ich vertraue aber darauf, daß sie schon bald genesen wird.
Du möchtest so viel wie möglich über Franz erfahren. Ich kann es verstehen, seitdem ich ihn kenne, werde ich von dem Wunsch erfüllt, alles über Franz in Erfahrung zu bringen. Es ist – zum Glück – nicht möglich.
Also gut, ich schreibe Dir einen Ausschnitt aus dem Brief ab, den ich von Franz bekommen habe. Ich bitte Dich jedoch um Diskretion. Nur die besonderen Motive Deiner Bitte und das Zartgefühl, mit dem Du Franz begegnest, können mich rechtfertigen. Ich weiß, Du hast angespannt die Anfänge seiner Krankheit verfolgt, ihre Entwicklung, und nun möchtest Du von ihrem allmählichen Zurückweichen erfahren. Der Prozeß dauert noch an.
Franz schreibt mir, daß er viel und gerne im Garten arbeitet, aber diese eintönige, man möchte meinen – gesunde – Anstrengung erfüllt ihn mit einer Art Trauer und Unruhe.
Hier der Ausschnitt seines Briefes: »Ich stehe, fest mit den

Füßen in den Boden gestemmt, und atme den bitteren Duft der herbstlichen Erde tief in mich ein, den Geruch der modernden Blätter und den kühlen Lufthauch von den Hügeln. Ich beuge mich vor, die Schnittkante des Spatens fängt den letzten Sonnenstrahl ein, die Sonne versteckt sich gerade hinter einer schweren Regenwolke, aber der Regen kommt nicht, und ich kann weiter mein Beet umgraben. Mit einem zu tiefen und energischen Spatenstoß zerstöre ich das Versteck einer jungen Kröte, die nun, aus der Tiefe hervorgeholt, glücklicherweise heil und unverletzt, reglos dasitzt. Ich knie mich nieder und scharre mit den Händen die Erde auseinander, um ihr ein neues Nest zu bauen. Die Erde ist klebrig, schwarzrostrot und hat eine vitale Kraft in sich, welche bewirkt, daß das Blut stärker in den Schläfen pulsiert, heiße Wellen laufen mir über den Rücken, in den Fingern spüre ich ein leichtes Kribbeln. Ich betaste die Drüsen am Hals und in den Achselhöhlen, sie sind angeschwollen, und schon ein leichter Druck tut weh. Ein plötzlich auftauchender Gedanke an das Ende durchdringt mich mit Kälte, ein Schauer überläuft mich. Ich glaubte, ich würde mich vor dem Tod nicht fürchten, ich würde ihn sogar herbeirufen, ihn mein Schwarzes Mütterlein nennen, nun aber, gebeugt über ein kleines schlafendes Wesen, das kühl-warme Pulsieren der Erde unter mir und ihren verlockenden Duft spürend, beginne ich eine Art ursprüngliche, tierische Angst vor dem Tod zu empfinden. Es geht nach einer Weile vorüber, ich spüre nur noch eine leichte Trauer. Kennst Du auch dieses Gefühl von Schwermut gegenüber all den unveränderlichen Vorgängen von Wachstum, Sterben, Faulen und Entstehen eines neuen Lebens auf den Überresten des vergangenen?

Ich kehrte nachhause zurück und schloß mich in meinem Zimmer ein. Ich bat, von niemandem gestört zu werden. Das Feuer im Ofen war erloschen, es wurde kalt, die Kälte begünstigte aber meine Gedanken. Ich sagte mir: Ja. Ja, ich bin mit meinem Ende einverstanden, wie auch immer es sein möge, und deshalb will ich nicht, daß irgend etwas mich in diesem

Einverständnis ins Wanken bringt. Bilder, die ich herbeilockte, bereiteten mir einen seltsamen Genuß, beruhigten meine zitternden Nerven, dämpften die Angst.
Wirst Du Dich wundern, wenn ich Dir erzähle, daß ich mich selbst in ausgehobener Erde habe liegen sehn, und die Vorstellung der Grube, die zu meinem Grab werden sollte, war so lebendig, daß ich mein Gesicht verdrehte, die Augen, das Gehör und die Nase anstrengte, um mir nichts von dieser finsteren Zeremonie entgehen zu lassen? Die Henker hatten, wie üblich, Masken im Gesicht, aber trotzdem ich sie nicht wiedererkennen konnte, ahnte ich, daß sie mir nicht fremd waren. Ich wartete angespannt, und als sie mich endlich hinunterstießen und die ersten Erdschollen auf meine Brust schlugen, empfand ich eine große Erleichterung und dachte mir, wenn uns das Leben zerreißt und verwundet, es nicht zuläßt, daß wir den Anderen – die Frau, die Wahrheit, die höchste Autorität – erreichen, dann kann die Verbindung nur im Tod erfolgen. Im Kreise des Todes sind der Eine und der Andere eins. Es ist doch das einzige, was zählt: den Anderen zu finden, mit ihm in einer Liebes- oder einer Todesumarmung zu verschmelzen, es ist das, wonach man sich sehnt. Dann gibt es keine Verbote mehr, keinen Widerstand, und man möchte nur berühren, umarmen, liebkost werden und sich endlich in einen Abgrund stürzen können, wie in einen dunklen, bodenlosen Brunnen.«
Lieber Hugo, es ist nur ein Fragment. Im weiteren beschreibt Franz sein Leben auf dem Land in etwas helleren Farben, und deshalb konnte ich Dir nun schreiben, daß – obgleich die Krankheit in ihm ausgebrochen war – seine große Anspannung nachließ.
Ich habe Franz seit langem nicht mehr gesehen, kann Dir also nicht berichten, wie er jetzt aussieht. Ich habe zwar gehört, er hätte zugenommen, was mir aber kaum wahrscheinlich zu sein scheint.
Bei mir nichts Neues. Ich arbeite viel. So versuche ich, schlechte Gedanken und Unruhe zu übertönen. Ich mache mir Sorgen

um meinen Bruder. In letzter Zeit hatte ich keine Nachricht von ihm.

Deine Margarethe

Loeb an Franz

Berlin, November 1917

Lieber Freund,
während des Aufenthaltes auf der Erde webt sich die Seele ein mystisches Gewand für das künftige Leben im Paradies. Ei, ein alter Sünder bin ich, und das Gewand, das ich webe, wird ganz schön löchrig werden! Jetzt sind es übrigens nichts als vergebliche Klagen, da mein Leben größtenteils schon vorbei ist und man nur noch die Sünden bereuen kann. Du schreibst, mein lieber Freund, daß auch bei Dir die Zeit des Nachdenkens gekommen ist, daß Du Zustände erlebst, die Du ohne Zögern als mystisch bezeichnen kannst. Nach meinen Reisen, meinen großen Erfolgen und noch größeren Mißerfolgen bin ich nun auch ruhiger geworden, bin stehengeblieben, und es ist möglich, daß ich zu den ersten glücklichen Augenblicken aus fernen Zeiten zurückkehre, als ich ein Jüngling voll reiner Gefühle war und die heilige Schrift studierte.
Nicht jedem ist es erlaubt, sich dem heiligen Körper der Tora zu nähern, aber die, die so viel gesündigt haben wie ich, sind vielleicht eben dessen würdig. Ich betrachte die heiligen Buchstaben, lese sie, berühre sie, und eine selige Ruhe strömt in meine schwarze Seele.
Du schreibst mir, die Buchstabenordnung entschlüssele Dir die geheime Chiffre der Welt. *Ajin* – hebräisch für Nichts, besteht aus denselben Lauten wie *ani* – ich. Du hast die geheimnisvolle Nähe dieser beiden Worte gefunden, und es freut Dich, da dies eben Dein tiefes Empfinden war, als Du erstmals bewußt das Wort »ich« aussprachst. Du glaubst daran, ein Nichts zu sein, und das Wortspiel bestätigt es noch.
Aber für die Kenner der Kabbala ist doch dieses geheimnisvolle Nichts, bezeichnet als die erste Sefira oder die höchste

Krone, die Tiefe, die durch jedes Geschöpf hindurchscheint. Bei jeder Verwandlung, beim Übergang von einem Zustand in einen anderen wird dieses Nichts immer aufs neue durchschritten. Kein Ding kann umgewandelt werden ohne das wunderbare, allmächtige Nichts, es ist die mystische Fülle, woraus einst die Welt entstand...

Falls Du einen Rat bei der Deutung der Buchstaben brauchst, soll Dir Abulafias Schüler ein wunderbarer Führer sein, welcher, das Gebot der Geheimhaltung brechend, seine mystischen Meditationen zu Papier gebracht und sich damit den Groll der Kabbalisten zugezogen hat. Beginnen muß man mit den Gegenständen, man muß sich vorstellen, wie ihnen eine innere Bewegung innewohnt, wie ein Ding aus dem anderen hervorgeht, wie sie sich zu einem verbinden. Dann sollte man die Buchstaben betrachten und versuchen, sie in Bewegung zu setzen. Dank der Buchstabenkombination erreicht man die »Sprungphase«. Dann muß man die Buchstaben in eine raschere Bewegung bringen, das erwärmt unsere Gedanken und erweckt Freude in uns. Das »Innere« wird sich nun als das »Äußere« zu erkennen geben, und wir werden es in Gestalt einer Glaskugel, eines Spiegels oder eines glänzenden polierten Kristalls erblicken. Dies wird die Stufe der sogenannten »Flamme des wirbelnden Schwertes« sein. Der auf diese Weise über die Stufen der Einweihung geführte Mensch wird *Malbusch* erreichen – das mystische Gewand, das ihn wärmen und schützen wird. Hast Du schon solche Praktiken ausprobiert? Hast Du eigene Erfahrungen in dieser flüchtigen Materie?

Ich möchte Dir noch etwas erzählen. Weißt Du, was die Israeliten hörten, als Gott auf dem Berg Sinai zu ihnen sprach? Die einen behaupten, daß die Stimme Gottes die zehn Gebote ununterbrochen vom ersten bis zum letzten sprach. Andere meinen, nur die ersten zwei Gebote seien zu hören gewesen, den Rest habe Moses den Juden übermittelt. Mendel Torum aus Rymanów sagt jedoch, das Volk hätte nur den ersten Konsonanten *Alef* aus dem Wort *anochi* in der Zeile »Ich bin der Herr, dein Gott« gehört. Ein Buchstabe – können wir sagen

und staunen: nur so wenig? Na! Aber was für ein Buchstabe! Der Anfang aller Dinge, ohne ihn würde es kein Wort geben, gar nichts. Dieser Buchstabe ist ein wahrer König!
Wenn wir einmal wieder zusammentreffen, erzähle ich Dir noch mehr solch schöner Geschichten, und wir werden gemeinsam über ihren verborgenen Sinn nachdenken.

Franz an Hugo

Zürau, November 1917

Mein Lieber,
wenn ich morgens aufwache, wandert mein Blick zuerst zum Fenster und gleich danach in die Ecke des Zimmers, auf einen Fleck der blassen Herbstsonne, der sich langsam bewegt, um nach einer Stunde zu meinem Bett zu gelangen. An jedem sonnigen Morgen legt sich der Hund als erstes in diesen hellen Fleck und schiebt sich mit ihm zusammen, bis das Licht erlischt und das Zimmer sich in Novembergrau hüllt.
Meine Versenkung in den Sonnenfleck beschäftigt mich lange Minuten. Meine tierische Seele belebt und sättigt sich mit der Wärme. Ich bin die Hundepfote, die in einem kurzen Traum vom Laufen zittert, dann wiederum die Nase des Hundes, die den Duft der kochenden Milchsuppe erhascht.
Manchmal kommt es mir vor, als sei ich eher der Sonnenfleck, dann erwacht meine pflanzliche Seele, das Gedächtnis der Blätter, Wurzeln, Mineralien. Der Gedanke, daß möglicherweise – wie mein Freund Loeb behauptet – der Hund im Sonnenlicht, der Sonnenstrahl an diesem Morgen, ich versunken in Betrachtung des Hundes und des Sonnenflecks, all das seine Urmuster auf dem Vorhang hat, der vor Gottes Thron gespannt ist, dieser Gedanke verwundert und beruhigt mich.
Also geht nichts unbemerkt vorüber, und alles wird dort aufgeschrieben, außerhalb von mir. Minuten, Viertelstunden vergehn, und schließlich stehe ich auf, gehe ans Fenster und genieße die Aussicht, immer die gleiche – hinter dem Weg das

Haus, hinter dem Haus das Feld, hinter dem Feld reglose Hügel. Hinter meiner Zimmertür, im Haus, nimmt das Leben bereits seinen Lauf. Ottla macht sich in der Küche zu schaffen, ich weiß es, trotzdem ich nichts höre, da die Zimmer, die mich vom Zentrum des Hauses trennen, alle Geräusche dämpfen. Die liebe teure Ottla hat an alles gedacht.
Ich öffne das Fenster, und die Weite draußen zieht mich an sich wie ein Mensch, der Dich mit offenen Armen begrüßt. Also gehe ich hinaus, nur mit einer leichten Jacke und einem um die Schulter gelegten Halstuch. Mein Hinausgehn wird vom Pferd, ein paar Hühnern und dem Jungen beobachtet, der sich reglos auf den Spatenstiel stützt.
Der Weg ist von Anfang an breit, mit der Aussicht auf den offenen, fernen Horizont. In diesem leeren Raum breitet sich eine unverdiente Trauer aus. Ich gehe schnellen Schrittes und halte nur hie und da an, um von den am Wegrand wachsenden Heckenrosenbüschen ein Handvoll dunkelroter, vom ersten Frost geschrumpfter Früchte zu pflücken. Fast alle Blätter sind schon von den Bäumen gefallen, und man kann jetzt sehn, wo die Vögel im Frühling ihre Nester gebaut haben.
Der Hund läuft über das Feld, am Weg entlang, mit der Nase dicht am Boden nimmt er die Spuren der fernen Waldtiere auf, muß sich aber mit unterirdischen Gängen und Nestern von Wühlmäusen begnügen, die er voll Ungeduld ausgräbt und dabei die dunklen, feuchten Erdschollen in die Höhe schleudert.
Der Spaziergang dauert nicht lange, bald schon kehre ich langsameren Schrittes, mit dem Schatten der Hügel im Rücken, heim. Ich atme tief ein, und – glaube mir – diese Handlung, für andere so einfach, die für mich seit einiger Zeit üblicherweise mit gewissen Schwierigkeiten verbunden ist, bereitet mir hier, zwischen diesen leeren, kühlen Feldern, eine wahre Befriedigung. Mit dem Gedanken, daß ich nun lebe, laufe, atme, betrete ich den Hof des Hauses, in dem ich zur Zeit wohne.
Ich habe hier keine Pflichten, die Mahlzeiten bringt mir Alenka, wir nachtmahlen nur gemeinsam. Es bleibt mir nur eins –

mich mit mir selbst zu beschäftigen. Darin habe ich, wie Du weißt, bereits gute Übung. Diese Aufgabe gehört aber nicht immer zu den angenehmsten.
Nun, ich werde Dir nicht meinen ganzen Tag schildern, sonst müßte es ein Bericht über lange Stunden werden, die ich auf dem Bett liege oder im Zimmer auf und ab schreite und dem Schlagen einer entfernten Uhr lausche.
Wie soll ich Dir erzählen, was ich denke, was ich empfinde, während ich, ohne mich vom Fleck zu rühren, große Weiten zurücklege, in die Höhe schwebe und wieder hinunterfalle, um mich unerwartet in einem altmodischen Wagen, vielleicht einem antiken Streitwagen wiederzufinden. Von diesem seltsamen Streitwagen werde ich Dir noch mehr schreiben, mit ihm verbinden sich nämlich meine neuen, mir bisher unbekannten Empfindungen.
Heute abend saß ich mit Ottla und unserem Gast im großen Zimmer – für eine Nacht kam Max uns besuchen, morgen fährt er fort. Draußen regnete es, es schien, als würde eine riesige Hand Wasser schöpfen und es leichthin gegen das Hausdach schütten.
Das Gespräch entwickelte sich nicht ganz in meinem Sinne. Nach Zürau bin ich gekommen, um meine Nerven und Lungen zu heilen, und Max, der von der Landluft irgendwelche Wunder erwartet, wollte unbedingt wissen, wie mein Befinden sei. Was sollte ich ihm sagen? Ich fühle mich wirklich hervorragend, und die durchdringend kalte, feuchte Luft schadet mir nicht, sie begünstigt sogar meine Pläne. Er wollte mir nicht so recht glauben.
»Die Krankheit mußt du bis zum Letzten besiegen, bis auf die letzte lebendige Zelle. Ja, Krankheiten muß man ein für allemal besiegen«, wiederholte er. »Oberflächlich geheilte Krankheiten ziehen sich in die Tiefe zurück und werden tückisch.«
»Meine Krankheit ist nur das ungelebte, verschmähte Leben, an dem man stirbt«, sagte ich und spürte, wie Ottla zusammenzuckte und tief seufzte.
»Vielleicht ist die Krankheit ein Mittel, mit dem wir uns von

etwas Fremdem befreien? Man muß sie zulassen, bevor man sie bekämpft, sie mit allem, was an ihr gut und böse ist, erleben. Das kann für uns eine Art Fortschritt bedeuten. Wir wissen so wenig über uns selbst, unser Raum ist so begrenzt. Wir wandern in diesem Raum eintönig auf und ab ...« Ottla stützte ihr Gesicht in die Hände und starrte in die Nacht draußen vorm Fenster.

»Ottli hat recht«, sagte ich, »es kann vorkommen, daß wir nur eine einzige Ecke in unserem Zimmer kennen, und es ist gut, wenn es ein Platz am Fenster ist, meistens bedeutet es jedoch, daß man vor der verschlossenen Tür steht.«

Ottla verabschiedete sich bald darauf von uns. Am nächsten Tag sollte sie in dunkler Frühe aufstehn, um den Landwirten bei irgendeiner Arbeit zu helfen, deren Sinn ich nicht begreifen konnte, sie bestand jedoch darauf, daß ihr Mitwirken absolut notwendig sei.

»Ich spüre, daß ich hier mit allem Schluß machen und mich nur auf das Zweifellose in mir beschränken werde, es ist nicht viel Zeit übriggeblieben«, sagte ich, aber Max unterbrach mich ungeduldig.

»Du hast noch viel Zeit und viel zu tun«, sagte er energisch.

Ich ging an den Ofen, in dem das Feuer langsam erlosch, nahm einen Holzscheit, einen, der schnell verbrennt, und sagte etwas, was ich gar nicht sagen wollte: »Schau, wie leicht es verbrennt. Ich tauge nicht einmal mehr zum Feuermachen.«

Ich spürte eher, als daß ich es sah, wie er mich mit dieser Mischung von Leid und Abscheu anschaute, mit der er mich immer anschaut, wenn er glaubt, ich merke es nicht.

Wir saßen noch eine ganze Weile beisammen am warmen Ofen, der Regen hörte langsam auf, und nur noch ein Ast schlug eintönig gegen das Fenster. Trotz allem fühlten wir uns wohl, im Schweigen sogar besser, als wenn die Worte schmerzhaft zwischen uns hin- und herstießen.

Dann folgte ich ihm auf sein Zimmer, um nachzusehn, ob er alles hatte, was er brauchte.

»Weißt du, ich beneide dich um deine Einöde. Schließlich sollte eben die Einöde unser Ziel sein«, sagte er.

»Ja, ihre Berührung spüre ich in jedem Augenblick meines Lebens.«

Ich verließ Maxens Zimmer, schloß die Tür leise hinter mir und tauchte sofort in die Dunkelheit ein. Im Haus herrschte absolute Stille. Im Dunkeln an den Wänden entlang tappend, erreichte ich mein Zimmer. Das Feuer im Ofen warf durch die angelehnte Ofentür einen Streifen Licht auf die Dielen. Schatten tanzten an der Decke, undeutliche Möbelumrisse tauchten aus der Dunkelheit auf. Hoffnungsvoll schaute ich zum Tisch, auf dem das unbeschriebene Papier weiß schimmerte.

Ich zündete die Lampe an und setzte mich zu meinen Buchstaben. In letzter Zeit versuche ich, nach alterprobten Methoden zu meditieren. Jiři lehrt sie mich, und Loeb, dessen Wissen ich bewundere, hilft mir bei schwierigeren Interpretationen. Die Anordnung der hebräischen Buchstaben bildet eine geheimnisvolle Welt, eine Welt voll unerwarteter Bedeutungen. Diese Welt zu betreten oder wenigstens durch die Hintertür in sie hineinzuschauen, kann eine Aufgabe für Jahre werden.

Letzthin habe ich wieder einen Brief von Loeb bekommen, einen der Sorte, wo er ganz wenig über sich selbst schreibt (dann weiß ich gleich, daß er keine Arbeit hat), dafür aber wunderschöne Talmudgeschichten erzählt.

Weißt Du, mein lieber Hugo, was Gott den Israeliten auf dem Berg Sinai kundgetan hat? Den ersten Buchstaben des ersten Gebotes: *Alef*. Dieser Konsonant entsteht als Kehlkopfverschluß, der dem Anlautvokal vorangeht. *Alef* ist der Stimmeinsatz, der einem Vokal am Wortanfang vorausgeht. Das *Alef* stellt also das Element dar, aus dem jeder artikulierte Laut stammt. *Alef* kann man eigentlich gar nicht hören...

Gott hat also gesprochen, hat auf unendlich sinnerfüllte Weise sein Recht verkündet, eine Weise, die doch ohne spezifisch hörbaren Sinn war. Moses hat die Sprache Gottes in die Sprache der Menschen übersetzt. Allein der Prophet war berufen, den Sinn der mystischen Offenbarung, was die Offenbarung

auf dem Berg Sinai in Wirklichkeit war, der Gemeinschaft zu übermitteln.
Soll demnach also der Inhalt dieser Botschaft nur die menschliche Deutung von etwas sein, das außerhalb von ihr existiert? Soll das Recht auch nur die menschliche, also unvollkommene, Deutung der mystischen Wirklichkeit sein? Das einzige, was der Mensch hören kann, ist der erste Buchstabe, dieses ungeheure *Alef*, dieser stumme Ansatz eines artikulierten Lautes, bloß Atemzug, Stille, Weiß...
Ich erzitterte vor Angst, vor unterdrückter Freude. Plötzlich wurde mir klar: Wir sind Teil eines großen Ganzen, ein Musikfragment in einer gewaltigen Sinfonie. An sich unendlich sinnvoll, aber bar eines bestimmten Sinnes, leben wir nach dem Recht, das nicht wir bestimmt haben, dessen Auslegung jedoch das Werk eines Menschen ist.
Meine ganze Anspannung, die ganze Verzweiflung zerfloß plötzlich in einem lindernden Bild des leuchtenden Sonnenflecks auf dem Fußboden an diesem Morgen, als ich den Hund beobachtete, der sich im Licht der kühlen Herbstsonne wärmte und diesem Licht folgte, dessen Quelle fern, außerhalb von uns, strahlte. Ich spürte, daß auch ich selbst so hartnäckig, mit einer unendlichen Hoffnung, der Quelle der Wärme, dem Licht folge, das sich außerhalb von mir befindet, unfaßbar wie der zitternde Fleck auf den Dielen, so fern und nah, daß es genügt, das Gesicht in dieses Leuchten zu legen und sich an ihm bis zum letzten Zug zu sättigen.
Ich löschte die Lampe. In die Dunkelheit starrend, lag ich da und spürte, wie alles kreiste, sich näherte und wieder entfernte. Die Welt war ein unaufhörliches Pulsieren, eingetaucht ins Innere einer Kugel, in deren Zentrum ich schwebte, ohne Arme und Beine, als wären sie von einem kalten Feuer verbrannt worden; ich spürte meinen eigenen Körper nicht, ich spürte gar nichts mehr, folgte bloß dieser Bewegung, so eintönig und regelmäßig wie Einatmen und Ausatmen, Einatmen und Ausatmen...
Ich muß wohl plötzlich eingeschlafen sein, tief wie noch nie,

und das erste, was ich sah, als ich am nächsten Morgen erwachte, war der Lichtfleck auf dem Fußboden, der hartnäckig seinem Ziel entgegen wanderte.

Dein F.

Max an Hugo

Prag, Februar 1918

Lieber Dottore,
nach Weihnachten, zu Jahresbeginn, war ich wieder zu Besuch bei Franz und Ottla in Zürau. Ich blieb nicht lange, aber auch diesmal, wie schon zuvor, erstaunte mich die Intensität, mit der dort die Zeit vergeht. Es ist ein entfernter, ruhiger Ort, das Leben spielt sich am Tage ab, erstarrt am Abend, da alle – ermüdet durch die Landarbeit – förmlich im Sitzen einschlafen. Und diese weiten schneebedeckten Felder! Der Wind hat den Weg ganz mit dem Schnee verweht, ich kam nur mit Mühe dorthin. Genauer gesagt, hat mich ein Bauer dorthin gebracht, ein großgewachsener, stattlicher Mann in einem nach außen gewendeten Schafspelz, er sah aus wie ein Tier, das soeben sein Winterlager verlassen hat. Er kannte Franz und freute sich, daß er »dem gütigen Herrn Doktor den verehrten Gast bringen konnte«, wie er unterwegs mehrmals wiederholte.
Auf den Hof kamen wir mit Pferdeschnauben und Glockenschlagen angefahren, und Franz, der mich schon seit einigen Stunden erwartet hatte, erschien gleich in der offenen Tür. Wir umarmten uns. Ich schob ihn sachte ins Haus zurück und schlug schnell die Tür hinter uns zu, da der Wind eisig kalt blies. Eine Weile blieben wir noch in der Diele stehn, feiner, trockener Schnee rieselte von mir, aus dem Hausinnern kam auch Ottla, Alenka nahm mir den Pelz ab, schüttelte ihn und hängte ihn an einen Haken.
Bereits im Dunkel der Diele bemerkte ich, wie beunruhigend blaß und abgemagert Franz war. Als wir aber das Zimmer betraten, in dem die Lampe ihren warmen Schein warf, schien mir, als hätte sein Gesicht lebhaftere Farbe bekommen.

»Du schaust mich an wie ein Gespenst«, sagte Franz und lachte. Ich verfluchte stumm meine Gedanken, die er immer zu erraten weiß.
»Ich kränkelte ein wenig ... Nachher erzähle ich dir davon. Du bist wohl hungrig, oder?« fragte er. »Gerne werde ich Dir beim Essen zusehn. Ich habe schon gegessen«, fügte er schnell hinzu. So kam er meiner – seiner Meinung nach übertriebenen – Fürsorge ihm gegenüber zuvor.
Und tatsächlich erschien im Handumdrehen eine Suppenschüssel auf dem Tisch, randvoll mit ländlicher Graupensuppe. Wir sprachen über den Krieg. Franz fragte mich nach seinen Verwandten, über die ich nun mehr wußte als er, eingegraben in dem hiesigen Schnee. Ottla fragte mich nach den Ehemännern ihrer Freundinnen aus, nach Bekannten, und ich, wohl wissend, daß sie nach Nachrichten über jeden, der im Krieg war, dürsteten, erzählte ununterbrochen. Schließlich fragte ich aber: »Was war das für eine Krankheit?«
»Grippe ... Er hackte Holz an einem der Tage, wo der Frost etwas nachgelassen hatte«, sagte Ottla. »Feuchtigkeit ist schlimmer als Frost.«
»Diese Verkühlung, an sich harmlos«, unterbrach sie Franz, »hätte schnell vorübergehn können. Sie artete aber in Bronchitis aus. Und so blieb ich zwei Wochen faulenzend im Bett. Jetzt geht es schon ganz gut, ich habe bereits zugenommen, oder jedenfalls sollte ich das«, lächelnd winkte er ab.
Ich wollte ihn nicht weiter ausfragen, seine Augenringe, die eingefallenen Wangen, der Anblick seiner abgemagerten Hand, all das sagte mir schon genug. Trübsinnig ging ich ins Gästezimmer, und kaum hatte ich mich aufs Bett gelegt, schlief ich schon ohnmächtig ein. Nach ungefähr einer Stunde wachte ich auf. Jemand schaute leise ins Zimmer herein. Im Halbschlaf, im schwachen Licht eines Lämpchens, hatte ich den Eindruck, als schwebte eine Gestalt über dem Fußboden. Mit großer Mühe machte ich mir bewußt, wo ich war, und im Bruchteil einer Sekunde, bevor ich ganz wach wurde, sah ich jemanden, der zugleich Franz und nicht Franz war. Als würde

die Luft durch ihn hindurchströmen, als wäre es eine wandernde Seele, körperlos, aber mit wohlbekannten Zügen ausgestattet.
Später dachte ich, mein lieber Hugo, daß wir manchmal, nach dem Ausschalten des Bewußtseins, Dinge, Menschen und Phänomene in einer unklaren, geheimnisvollen, aber vielleicht eben wahren Dimension sehn.
Ich setzte mich rasch im Bett auf, die Gestalt fiel genauso rasch zu Boden, und so näherte sich mir Franz mit dem Dir sicher auch wohlbekannten Lächeln und den leicht erhobenen Armen, als würde er sagen: »Betrachte mich als einen Traum. Ich gehe bloß vorüber und bin gleich wieder verschwunden.«
Und doch wollte er bleiben. Er war gekommen, um zu sehn, ob ich schlafe. Er konnte nicht länger auf ein Gespräch warten. Wir redeten sehr lange an diesem Abend. Ich gestärkt durch den Schlaf, Franz – wie abends üblich – lebhafter geworden.
Der Wind schlug gegen die Fenster, so daß die Fensterscheiben zitterten. Franz stellte sich an den noch warmen Ofen und sagte, wenn draußen ein solcher Schneesturm herrsche und man selbst hier in der Wärme sitze, so solle man dankbar sein und sich Mühe geben, nicht vertrieben zu werden.
Er fragte mich, ob ich je ein wirkliches Schneegestöber gesehen und ob ich das Weiß des hiesigen Schnees auf der Hinfahrt bemerkt habe. Ehrlich gesagt, hatte ich auf die mich umgeben den Farben gar nicht geachtet, die Welt um mich herum erschien mir schwierig und unwirtlich. Auch jetzt, als Franz mich an die Fahrt mit der vom Schnee förmlich verschütteten Britschka erinnerte, flog mich trotz der Wärme des Zimmers plötzlich Kälte an.
»Ich habe diesen Winter, diesen Schnee und Wind liebgewonnen«, sagte er. »Im tiefen Schnee durch die leeren Felder zu stapfen ist wie durch die Wüste zu ziehn. Das Weiß scheint dir endlos zu sein, die Augen sehn im blendenden Schneeglanz nichts mehr, die Beine werden schwer, der Atem stockt. Die Fremdheit dieser weiten Ebene, ihre Kälte und Starrheit, bringen dir das Land in Erinnerung, das man durchwandern muß, um in die Heimat zu gelangen.«

Nach einer Weile meinte er, er fühle sich so einsam, daß ihm selbst die verschneiten Tierspuren als zu nahe, zu vertraute Spuren einer Anwesenheit erschienen. Im Schnee, zwischen den erstarrten Bäumen und schwarz leuchtenden Büschen, die die längst vergessenen Wege markieren, käme er sich vor wie ein Ankömmling von einem fernen Planeten oder aus alten, verflossenen Zeiten, so fremd, daß es keine Sprache gibt, in der er sich nach dem Weg erkundigen könnte.

Er fragte, ob ich je daran gedacht hätte, daß Weiß die Farbe der Vertreibung sei. »Ich denke täglich daran«, fügte er hinzu.

»Der Auszug aus Ägypten und die Wanderung durch die Wüste sind die Grundtatsachen, vielleicht haben sie sich aber nicht nur ein Mal ereignet, vielleicht ereignen sie sich immer und immer wieder aufs neue ... Bis wir endlich aus unserem geistigen Ägypten ausziehn ...« sagte ich.

»Soll das möglich sein? Ich glaube, mir ist nur das Irren in der Wüste bestimmt.«

»Wenn es so ist, dann baue eine Schutzhütte, die du immer mit dir nehmen und weitertragen kannst. Dein Haus wird dort sein, wo der Traum ...«

Er lächelte und sagte, er hätte in einer Nacht darüber nachgedacht, als er schlaflos im Bett lag, dem Windheulen lauschte und plötzlich sah, wie sich die Zimmerdecke hob und mit der letzten Böe des Sturmwindes davonflog.

»Über mir erstreckte sich der schwarze, für die Unendlichkeit offene Himmel, und ich dachte bei mir, hätte ich ein solches Haus ohne Dach und könnte ich jederzeit dorthin, in die Höhe, schauen, dann wäre ich ein wahrhaftigerer Mensch.«

Ich hörte ihm angespannt zu, da ich – zugegeben – selbst solche Visionen und Ahnungen von besseren Welten gehabt habe. Franz, der davon wußte, sah mich erwartungsvoll an. In dieser Nacht war mir aber nicht nach Vertraulichkeiten zumute, da ich wußte, daß er derjenige war, der sprechen sollte. Die Zeit, die für ihn gekommen war, war nämlich die Zeit des Umbruchs.

Du weißt doch, wie sehr mir daran liegt, daß Franz endlich

diesen nur ihm eigenen Ton wiederfindet, daß er durch die stets zusammengepreßte Kehle Atem schöpft und die Tür des Hauses, in dem er sich selbst wie einen Schuldigen gefangenhält, weit öffnet. Ja, das wollte ich.

Dieses Haus ohne Dach, mit dem breit über unseren Köpfen gespannten Himmelszelt, gefiel mir. Es überraschte mich aber nicht, daß Franz nach einer Weile ein anderes Bild erwähnte – das Bild des Brunnens. Es war offensichtlich, da, wenn du nach oben schaust, du auch nach unten blicken mußt, oder – vielmehr – der Blick in die Tiefe bewirkt, daß wir gen Himmel schauen können.

»Erinnerst du dich an Loebs Theater, Frau Tschisik, die Kluges und diese wunderschöne Sache ...«

»Die falsche Braut?« erinnerte ich ihn an den Titel des Stückes. »In dieser naiven Handlung steckte wahre, längst vergessene Poesie.«

»Ja, ja ...«, er wurde lebhafter.

»Der Brunnen ... Die Hauptperson, der junge Jude, dieser Bräutigam, versteckte sich vor dem Zorn des Vaters im vertrockneten Brunnen ... Wir saßen damals im Publikum und konnten den Boden dieses Brunnens nicht sehn, hörten aber das Gebet des Jünglings und dann seinen Schrei, als die Diener den Brunnen mit Wasser füllten. So ist die ausgestorbene Quelle – Inbegriff des Todes – zum Zeichen einer großen Verwandlung geworden.«

Ich sagte, der Brunnen sei ein magischer Ort, die Verbindung dreier Weltordnungen: des Himmels, der Erde und der Hölle sowie dreier Elemente: Wasser, Erde und Luft, und die Talmudgelehrten vergleichen gerne die Tora mit einem Brunnen voll frischen Wassers, aus dem man immer neue Schichten des verborgenen Sinns schöpfen kann.

»Vielleicht hätte man sich wie dieser jüdische Bräutigam im vertrockneten Brunnen verbergen sollen, um den Sinn der Welt zu erschließen?« sagte Franz. »Indem er in die Eingeweide der Erde eintauchte, war er doch schon näher den Toten, vielleicht fragte er sie nach etwas, vielleicht antworteten sie ihm sogar. Und als er in diesem kurzen Augenblick, bevor sein zum Schrei geöffneter Mund mit Wasser angefüllt wurde, nach oben schaute, war die Brunnenöffnung wie ein helles Auge, gesprenkelt mit Sternen. In diesem Moment befand er sich auf der Achse, die die Welt im Gleichgewicht hält – den Mittelpunkt der Erde unten, den Himmel oben. Es hätte also so einfach sein können.« Er schaute mich an mit einem halb bitteren, halb traurigen Lächeln.

»Vielleicht einfach, aber der Knabe hat für diesen einen Augenblick der Erleuchtung mit dem Leben bezahlt.«

»Wir alle werden gezwungen, mit dem Leben zu bezahlen ...«

»Vergiß nicht, daß es nur Theater war, es geschah nicht wirklich.«

Dann erzählte mir Franz einen Traum, den er hatte, als er krank, mit hohem Fieber, im Bett lag.

An jenem Abend kamen mehrere Leute zu ihm ins Zimmer, vielleicht fürchteten sie um sein Leben, und jeder sagte etwas, woran er sich aber nicht mehr erinnern kann. Nur eine der sieben Nachbarstöchter ist ihm in Erinnerung geblieben, ein junges Mädchen mit langem hellem Haar. Er öffnete die Augen, da sie ihm die Hand auf die Stirn legte, und sah das sich über ihn beugende Mädchengesicht und direkt daneben die Schnauze eines weißen Kaninchens, das auf ihrer Schulter saß. Das Mädchen nahm das Tier von der Schulter, setzte es auf Franzens Bett und ging hinaus.

Mit der Hand zog er das Kaninchen zu sich, es leistete keinen Widerstand. Er kraulte in seinem elektrisierenden Pelz und fiel dabei in einen Zustand zwischen Wachsein und Traum. Er sah sich selbst in die Tiefe eines Brunnens schauen, auf dessen Boden sich wie in einem Spiegel sein Abbild abzeichnete. Die Bewegung brachte das flüchtige Bild zum Zittern, und Franz begriff, daß es nicht darum ging, sich die Spiegelung des eigenen Gesichts anzuschauen, sondern hinabzusteigen in die Tiefe des Brunnens, wie in die Tiefe seiner selbst, und aus dem Innern zu schöpfen. Im Traum grub er also ein tiefes Loch und schaute zu, wie das Wasser durch den Sand sickerte. Es sammelte sich in kleinen Furchen und floß ab, und dann sprudelte wieder eine kleine, erfrischende Quelle aus dem Boden hervor.

Am nächsten Tag wich das Fieber, und Franz begann zu genesen. Zum ersten Mal nach zwei Wochen Krankheit ging er am sonnigen Mittag hinaus, nachdem der Frost nachgelassen hatte, und doch verschluckte er sich mit der Kälte wie mit einem Schluck eiskalten Wassers. Er wollte schon in das warme Haus zurück, aber der Anblick spielender Ziegen hielt ihn auf. Sie stupsten sich mit den Schnauzen, drehten sich mit dem Hinterteil zueinander, schlugen aus und hüpften lustig dabei.

Franz erzählte, er hätte früher nie darauf geachtet, wie menschlich der Ausdruck ihrer schmalen, weißen Schnauzen sei. Er sprach von ihnen mit einem seltsamen Zartgefühl, und als er mir von einer der Ziegen erzählte, die auf ihn zulief, ihre Zitzen wie zwei randvoll mit Milch gefüllte Säckchen unter dem Bauch tragend, und ihm sein knochiges, mit rauhem Fell bezogenes Köpfchen vertrauensvoll zum Streicheln hinhielt, verstand ich, daß eben hier, zwischen den Feldern, Tieren und diesen Schneeweiten, Franz sich endlich näher fühlte ... der Welt näher.

Damit geht mein Brief noch nicht zu Ende, da – trotzdem wir in jener Nacht doch noch schlafen gegangen waren – bereits am nächsten Tage Otto und Martin kamen und wir wieder bis tief in die Nacht sprachen. In derselben Nacht habe ich mir Notizen von diesen Gesprächen gemacht. In den letzten einsamen Monaten hier auf dem Lande kreisten Franzens Gedanken hauptsächlich um solche Themen wie Vertreibung, Leere, Sünde. Es wird Dich also nicht wundern, daß wir die halbe Nacht eben darüber sprachen.

Den Anfang machte wohl Martin.

»Adam offenbarten sich zwei Bäume – der Baum des Lebens und der Baum der Erkenntnis, Schechina genannt. Der erste Mensch entschied sich für Schechina. Bevor er das tat, hatte er einen Lichtleib, *Kutnot 'or*, wörtlich ›Gewänder von Licht‹, als er aber das Leben von der Wahrheit trennte, das Männliche von dem Weiblichen, das Hohe von dem Niedrigen, kam es zu einem gefährlichen Ungleichgewicht, zur Trennung. Diese Wahl zerstörte die göttliche Harmonie, und die geistige Welt wurde zu einer materiellen.«

»Warum verurteilen wir eigentlich diese Geste, diese erste Wahl?« fragte Franz. »Der Mensch hat eine wunderschöne Wahl getroffen: Er entschied sich für den sichtbaren Teil Gottes, das weibliche Element, das Haus, da Schechina die Einwohnung Gottes in der Welt bedeutet. Woher hätte er wissen sollen, daß er durch diese Wahl die gemeinsame Wurzel beider Bäume durchtrennte und daß seitdem die Erkenntnis vom Leben getrennt wurde – woher hätte er wissen sollen, daß er durch die Wahl der Wahrheit den Tod wählte?«

»Selbst die Buchstaben machen diese Abhängigkeit deutlich«, stellte Martin fest. »*Emet* heißt ›Wahrheit‹, aber *met*, ohne das anlautende Aleph, heißt ›er ist tot‹.«

»Interessant.« Franz wurde lebhafter. »Das würde heißen, daß die Erkenntnis im Augenblicke des Todes kommt. Diese Möglichkeit habe ich schon seit langem geahnt.« Er dachte kurz nach. »Einer meiner Hauptfiguren hat sogar die Erlaubnis zum Leben von der hohen Instanz erst dann erlangt, als er mit einem vom Tod getrübten Blick nur die undeutlichen Umrisse der Gesandten der Macht erkennen konnte.«

»Von wem sprichst du?« fragte ich neugierig geworden.

»Von einem Landvermesser ...«

»Ist das etwas Neues?«

»Ach, nichts Wichtiges, vielleicht in der Zukunft ... Ich denke über einen Roman nach, die Sache ist aber noch nicht sicher.« Franz verstummte, erst nach einer Weile setzte er fort: »Der Tod kann eine Befreiung sein, was aber, wenn er nur der Übergang von einem Käfig zum anderen ist? Manchmal scheint es mir, daß die Vertreibung aus dem Paradies sich nicht in der Zeit, sondern im Raum ereignet hat. Das Paradies muß ein Ort gewesen sein, der alles in sich barg, der die Fülle war. Diesen

Ort trugen die ersten Eltern mit sich – dort, wo sie waren, war die ganze Welt. Heute besitzen nur noch Kinder diese Fähigkeit, manchmal ... Auf diese Weise existieren zwei Daseinsformen nebeneinander – die paradiesische und die weltliche ...«

»Wäre die paradiesische Form also die geistige und die andere die materielle?«

»Vielleicht. Aber vielleicht sind wir aus dem Paradies gar nicht vertrieben worden, und es dauert als eine gewisse Möglichkeit unveränderlich in uns an, nur wir wissen nichts davon?«

»Und doch geschah der Fall des Menschen in der Zeit«, sagte Martin. »Von diesem Augenblick an beginnt doch die Geschichte.«

»Eben, dieses betrügerische Kunststück des Teufels.«

»Sünde und Fall sind die Quelle der Geschichte. Das Ende der Geschichte, falls es kommt, wird sündenfreien, messianischen Zeiten gehören.«

»Vielleicht warten die Juden eben darauf, auf das Ende der Geschichte?«

An dieser Stelle brechen meine Aufzeichnungen ab. Wir müssen wohl müde geworden sein. Das Gespräch geriet ins Stokken. Am Nachmittag des nächsten Tages fuhren wir fort.

Ich drücke herzlich Deine Hand.

Otto an Max

Prag, Frühling 1918

Max, alter Freund,

die Reise, zu der Du mich überredet hast, liebes Mäxlein, hatte ihren Sinn. Das muß ich Dir zugeben! Die zwei Tage bei Franz in Zürau haben mich bereichert. In diesen langen, mit Gesprächen durchwachten Nächten habe ich mehr über ihn erfahren als in den letzten zehn Jahren.

Angekommen bin ich am Mittwochmorgen, bevor ich aber an Ort und Stelle war, verging noch einige Zeit. Auf dem Hof war niemand, ich wurde nur vom Meckern der Ziegen begrüßt.

Der Gehweg war völlig aufgeweicht, so daß ich meine Schuhe vor dem Übertreten der Türschwelle mit einem Bund Stroh putzen mußte. Ottla traf ich in der Küche an. Ständig hat sie etwas zu tun, sie kocht selbst, arbeitet sogar auf dem Feld. Sie kam mir größer vor, aber es war wohl eine Täuschung, vielleicht ist sie einfach etwas kräftiger geworden. Ich fragte sie, wo Franz sei, und sie zeigte mit der Hand nach draußen. Ich schaute aus der Tür und sah ein leeres Feld mit einem Kanapee mittendrin.

Ich muß wohl etwas erstaunt ausgesehen haben, sie lächelte nämlich, wischte ihre Hände an der Schürze ab und schubste mich leicht nach vorne. »Geh! Er erwartet dich«, sagte sie, und so folgte ich dem schmalen Pfad zwischen den rostbraunen, frisch umgepflügten Feldbeeten.

Am Ende des Feldes stand ein Kanapee, genau so eins, wie man es im Wohnzimmer aufstellt, dunkelrot, auf Entenfüßen und mit geschwungenen Lehnen. Erst als ich das Kanapee in dieser etwas ungewohnten Umgebung sah, wurde mir klar, was für ein lustiges Möbelstück es ist.

Franz war nirgends zu sehen; erst als ich ganz nahe am Kanapee war, entdeckte ich ihn, hinter der Rückenlehne versteckt. Er lag mit dem Kopf auf hoch aufgetürmten Kissen, zugedeckt mit einer karierten Decke. Er hatte einen grobgewebten grauen Mantel an, um seinen Hals war ein Tuch gebunden. Die eine Hand hielt er auf dem Kopf des Hundes, die andere auf der Brust. Du kennst diese Geste – als lauschte er dem eigenen Herzklopfen. Ich blieb stehen. Der Hund erhob sich, erkannte mich aber wieder und wedelte mit dem Schwanz. Franz schaute mich an, irgendwie von der Seite, aber außerordentlich freundlich, sagte aber nichts.

Ich blickte auf das, was Franz tagtäglich betrachtete. Über den Feldern flogen schreiend Krähen vorüber, hie und da setzten sie sich in die Erdfurchen und flogen gleich wieder auf. Du kennst diesen Anblick. Es war warm, von irgendwoher zog aber kühle Feuchtigkeit auf, und so sagte ich: »Gehen wir vielleicht ins Haus?«

»Ach, ins Haus«, seufzte er. »Gefällt dir mein Kanapee im Feld nicht?« Er rückte zur Seite und machte mir Platz. Dann sagte er, wenn er schon von hier fortfahren müsse, so wolle er sich noch am Anblick der Hügel sättigen. »Die Knospen schwellen schon langsam an, siehst du, dieser gelb-rosa Schimmer – das ist der Vorbote des Frühlingsgrüns. Den Höhepunkt des Frühlings werde ich nicht mehr sehen. Bald kommen die Leute mit der Karre.«

»Um deine Sachen zu holen?« fragte ich.

»Ja. Genausogut könnte es aber mein Sarg sein.«

Ich muß wohl ziemlich erschrocken ausgesehen haben, da er auflachte und hinzufügte: »Mach dir keine Sorgen, es wird noch etwas dauern. Ich habe hier viel gelernt, von Tieren, von Bäumen, von Menschen ... Schau dir diese Buchen an.« Er hob die Hand und zeigte auf die riesigen Bäume am Zaun. »Was für kräftige Pfoten sie haben, und wie stark sie sich in der Erde festkrallen. Weißt du, im Winter hatte ich hier eine wunderschöne Vision, nicht nur eine, diese aber war ganz außergewöhnlich. Hast du je Winterschatten beobachtet? Die Sonne steht tief, der Schatten ist sehr lang. Eines Tages blieb ich stehen, gleich hier in der Nähe, und plötzlich erblickte ich meinen Schatten so verlängert, daß er eher einem Baum als einem Menschen hätte gehören müssen. Ich hob die Arme, und der Schatten tat dasselbe, die Richtungen kreuzten sich, die Senkrechte und die Waagerechte. Es beschäftigte mich so sehr, daß ich eine ganze Weile damit spielte, mich im Kreis drehte, auf ein Bein stellte, mal den linken, mal den rechten Arm senkte.

Der Tag war heiter, trocken, der Boden war bedeckt von einige Tage altem Schnee, der schon recht festgestampft war, so daß die glatte Oberfläche in verschiedenen Farben glitzerte. Alles um mich herum war erstarrt, nur mein Schatten lebte sein eigenes bewegtes Leben in dieser Starre. Ich muß ziemlich lange so im Schnee gestanden haben, ohne zu bemerken, wie die Zeit verging, und plötzlich sah ich einen Baum voll grüner Blätter, Blumen, frühlingshaften Rauschens und Vogelgezwitscher. Dieser Baum – das war ich selbst, unter den Fingern spürte ich beinahe die Glätte meiner Baumrinde, Wurzeln, mit denen ich fest in der Erde verankert war, saugten die lebenspendende Feuchtigkeit auf. Ich legte das Ohr an den Baumstamm, und wie in der Kindheit hörte ich Geräusche, der Baum redete, oder war es eher das Rauschen meines eigenen Blutes, die Stimme meines Innern, eine geheime, unklare, aber immer lauter werdende Stimme, die nach Antwort, Erfüllung oder ich weiß selbst nicht wonach verlangte. Ich dachte, ein Baum, der mitten im Winter aufblüht, könnte der Baum des Lebens sein, der, den wir verschmäht, von dem wir noch nicht gekostet haben, der Baum, der nicht trennt, nicht unterscheidet...«

»... der weder das Böse noch das Gute kennt, weder Begrenzungen noch Verbote ... Ja, das könnte dieser Baum sein«, sagte ich.

»Siehst du«, freute er sich. »Du weißt, was ich meine. Die Vision dieses Baumes in mir, des Baumes, der ich selbst war, beflügelte mich. Als ich endlich zur Erde zurückkehrte – Minuten, vielleicht Stunden waren bereits vergangen –, rannte ich nach Hause, packte Ottla und tanzte mit ihr durch alle Zimmer.«

Franz erzählte mir das mit einem solchen Glanz in den Augen, daß meine Unruhe, geweckt durch den düsteren Witz über den Sarg, verging, und wir sinnierten noch lange über die Symbolik des aufgeblühten Baumes, über seine androgyne Natur und den Sinn der Verwandlung in einen Baum.

Es waren wunderschöne Tage. Franz erschien mir verändert. Zwar ist er seinen Pessimismus und seine Hypochondrie nicht losgeworden, hat aber hier innere Ruhe und so etwas wie Gewißheit erlangt. Er hat auch einiges geschrieben. Kurz vor der Abreise las er mir eine Erzählung über die Wüste vor. Ein Wanderer, Schakale und Araber sind die Hauptfiguren dieser kurzen Geschichte. Kennst Du sie vielleicht?

Als wir vor der Veranda Abschied nahmen, sagte er, er wüßte noch nicht, was für ihn diese dort verbrachte Zeit bedeutete.

Ich stieg in die Britschke und schaute mich zum letzten Mal um. Franz stand vor dem Haus in dunkelrotem Pullover, schwarzem Halstuch und hohen Schaftstiefeln. Er hielt seine Hand an die Stirn, als spähte er, oder war es vielleicht eine Abschiedsgeste? Grauweiße Ziegen stupsten ihn mit ihren Schnauzen, der Hund saß dicht neben ihm, oben flogen weiße Tauben vorüber, der Bauer auf dem Kutschbock schnalzte, die Britschke zog an, wir fuhren los. Nach hinten umgewendet, sah ich lange Franzens immer kleiner werdende Gestalt, bis zu dem Moment, als der kaum noch sichtbare rote Fleck seines Pullovers in der Ferne zerfloß. So habe ich ihn in meiner Erinnerung behalten.

Franz an Hugo

Prag, Frühling 1918

Mein Lieber,
soeben bin ich aus Zürau zurückgekehrt. Dort habe ich Ottla, Alenka, die Nachbarn, ihre sieben Töchter und außerdem noch Ziegen, Gänse, Pferde und Vögel im Garten zurückgelassen ... In Zürau habe ich mich so gut wie noch nirgendwo anders gefühlt. Mit Ottla, diesem liebenswerten Mädchen, habe ich mich wortlos verstanden. In ihr finde ich, was in unserer Mutter am besten war, aber nie völlig zum Vorschein kommen konnte: Großherzigkeit, Ehrlichkeit und Mut.
Stets denke ich an die vergangenen Monate, an die Zeit in der Stille, zwischen den erstarrten Feldern, mit dem fernen Brummen des Schneesturms und dem ersten frühlingshaften Luftzug von den Hügeln, und ich weiß nicht, immer noch weiß ich nicht, was diese Zeit für mich war.
Von Anfang an, vom ersten Augenblick an, war mein ganzes Leben ein Zögern vor dem Geborenwerden. Ist es nicht merkwürdig: noch nicht geboren zu sein und schon zum Leben, zum Umgang mit anderen gezwungen zu sein. Schon immer habe ich das Gefühl gehabt, daß es mich nicht gibt, daß ich nicht wirklich existiere. Es ist mir jedoch klar, daß ich nicht

zugleich nicht existieren und existieren kann. Ergibt sich das aus der Natur des Seins, oder aus der Natur des Wortes »sein«? Vielleicht ist dies die einzige Wahrheit, das, was ich dort im Laufe dieser Monate begriffen habe: Daß das ganze Glück und das ganze Unglück meines Lebens aus meiner Versenkung in das Wort »sein« erwachsen ist. Ich kann die Existenz nicht ablehnen, werde aber nie aufhören, mich zu wundern.
Sobald ich glaube, daß es mich gibt, daß ich so real existiere wie alle anderen, die es nicht einmal bemerken, dann sehe ich das Elternzimmer vor mir, das Bett der Mutter, in dem ich auf die Welt gekommen bin, die befleckten Laken, Blut und Geschrei, und mich, als wäre ich nicht ganz und endgültig geboren worden, sondern eher in dieses Chaos hineingestoßen, in den Untergang, in dieses Sein wie zum Schein...
So habe ich mich gefühlt, so habe ich darüber gedacht, aber in diesem Winter in Zürau hat sich doch etwas geändert. Immer wenn diese übelkeiterregende, angsterfüllte Vorstellung der Geburt auftauchte, kam mir ein Bild zur Hilfe. Erinnerst Du Dich, ich schrieb Dir bereits von der Vision eines Streitwagens, die ich dort hatte. Zunächst erschien er nur ganz kurz in meiner Meditation. Er näherte sich und zerfloß im Nebel. Dann wurde das Bild deutlicher, und ich konnte den Augenblick wahrnehmen, in dem der Wagen anhielt und ich in sein Inneres hineinschaute. Ich verstand, daß nur ein vertrauensvoller Blick es bewirken könne, daß ich diese endlose dunkle Ferne zu sehen vermag, in der nichts anderes erscheinen kann als dieser Wagen, der auf dich zurollt, immer größer wird, in dem Moment, in dem er bei dir eintrifft, die ganze Welt ausfüllt – und du versinkst in ihm wie ein Kind in den Polstern eines Reisewagens, der durch Sturm und Nacht fährt. Und dann bedeutet das Wort »sein« – ohne Angst dort drinnen zu verharren und zu spüren, wie der Weg unaufhörlich weitergeht.
So habe ich es empfunden. Das habe ich im Laufe der langen Wintermonate gelernt. Ich würde Dir gerne davon erzählen, wenn Du neben mir sitzt. Manchmal ist es zu schwierig, etwas

im Brief zu schildern, was eigentlich nur in unserer Phantasie ist.
Lieber Hugo, wir haben uns so lange nicht gesehn. Wird denn eine Zusammenkunft möglich, wenn dieser schreckliche Krieg endlich vorbei ist?

Dein F.

Grete an Franz

Berlin, Sommer 1918

Lieber Franz,
im letzten Brief hast Du mir so schön Deinen Abendspaziergang über den Hradschin und das, was sich daraus ergeben hat, geschildert ... Du fragst, ob ich mich an die Hradschiner Treppen erinnere. Natürlich erinnere ich mich – breit und freundlich sind sie, führen nach oben, gleichsam in Etappen. Auf jedem Treppenabsatz kann man stehenbleiben und nach hinten auf den zurückgelegten Weg schauen.
Das von Dir beobachtete Fräulein, das in einem Zuge den gesamten Raum der Treppen eroberte, wußte sicherlich nicht, daß sie beobachtet wurde. Ob das Überschreiten der Grenzen, an das Du so viel gedacht hast, für sie ein natürlicher Zustand ist, weiß ich nicht. Für die meisten Menschen, die wie im Traum leben, ist allerdings das Hinüberschreiten auf die andere Seite die einfachste Sache der Welt. Und es verhält sich genauso, wie Du schreibst, daß diese Menschen, durch halboffene Tür eintretend, sich unfehlbar in einem für alle gemeinsamen Zimmer wiederfinden. Du betrachtetest das Mädchen, das die Treppen hinaufging, wie ein geheimnisvolles Wesen, das leicht wie ein Vogel auf die andere, bessere Seite der Wirklichkeit wechselte.
Ich stimme Dir zu, daß es für Dich möglich ist, Deinen ganzen Angstzustand vollständig aus Dir herauszuschreiben. Dann könntest Du Dich, wie Du schreibst, »aus der Tiefe der Existenz in die Tiefe des Papiers erheben«. Ich interessiere mich auch für die Riten des Übergangs, die uns so oft im Kampf gegen Angst und Leiden behilflich sind.

Deine Erzählung von den zwei Wirklichkeiten – der des Traums und der des Lebens – hat mich entzückt. Sie hat mich so stark bewegt, daß aus meinem Gedächtnis ein Bild aufgetaucht ist, dessen Sinn ich erst beim Lesen Deines Briefes verstanden habe. Später werde ich Dir davon erzählen.

Aber um zu Deiner Geschichte zurückzukehren. »Eines Tages, als ich noch Kind war«, schreibst Du, »wachte ich aus dem Mittagsschlaf auf, und – ohne mich noch gänzlich dessen versichert zu haben, daß ich am Leben war – hörte ich die Stimme meiner Mutter auf dem Balkon: ›Was machst du denn da, meine Liebe? Was für eine Hitze!‹ Woraufhin eine Frau von unten antwortete: ›Ich bereite hier eine Jause im Grünen vor.‹«

Der Sinn dieser Worte drang langsam in Dein Bewußtsein ein, die Welt dort unten erschien Dir unfaßbar und die Kraft, mit der Menschen fähig sind, das Leben zu ertragen, groß und unverständlich.

Ich dachte lange an die Szene, die Du so einfach und suggestiv beschrieben hast, und versuchte den wahren Sinn Deines Erlebnisses zu verstehen.

Auch ich kenne das Gefühl des Staunens, wenn ich erwache und die Realität des Traumes derartig stark ist, daß ich einen Augenblick lang – oft voll unterdrückter Panik – nicht weiß, wo ich bin. Besonders stark empfindet dies ein Kind, für welches ein Traum sogar wirklicher sein kann als das Wachsein. Aus einem Traum (gab es in diesem Traum vielleicht schöne, luft- und lichterfüllte Bilder?) wurdest Du ja in die Wirklichkeit der Erwachsenenwelt (Deine Mutter und noch eine Frau waren ja dort) hineingestoßen.

Diese Welt erschien Dir unbegreiflich, nicht nur, weil sie so sehr wirklich war, sondern weil sie die Welt der selbstsicheren, allmächtigen Erwachsenen war. Du liegst im Bett, im Innern der Wohnung, siehst die Sprechenden nicht, hörst nur ihre Stimmen, geheimnisvoll und so nah zugleich, als würden sie aus Deinem Innern stammen. So ist es aber nicht. Die Frage kommt von oben, die Antwort von unten. Zwischen oben und unten, zwischen dem, was draußen ist, und dem, was drinnen,

befindet sich ein Fenster. Aus dem Fenster lehnt sich derjenige, der fragt, da sich die reale Welt in Wirklichkeit draußen befindet. Von dort kommt auch die Antwort.
Du schreibst, die Belanglosigkeit dessen, wovon die Frauen sprachen, bestürzte Dich. So ist also die Welt, das ist das Leben, ein solches Leben kann man ertragen, es für gut halten und sogar Befriedigung empfinden. Das, was in Deinem Innern war, Deine geträumte Welt, stieß auf das Äußere, das Reale, und dieser Zusammenstoß tat Dir weh. Wie ich ahne, wußtest Du einen längeren Augenblick nicht, ob Du lebst, oder Du wußtest nicht, daß Du lebst, bis Dich diese Stimmen in das grausame, unvermeidliche Sein zurückstießen.
Weißt Du, was mir an Deiner Geschichte am wichtigsten erscheint? Das Fenster. Die Öffnung, das Offene, das uns den Übergang ermöglicht – aus unserem Innern nach draußen, aus dem Traum in die Wirklichkeit, aus dem Nichtsein in die Existenz. Fenster, Türen, Treppen, Korridore dienen dem Übergang, aber ihr Geheimnis macht uns oft die Unmöglichkeit des Übergangs bewußt, oder es deutet auf die Gefahr der Grenzüberschreitung hin. Das Fräulein, das die Hradschiner Treppen emporstieg, entzückte Dich mit der Leichtigkeit, mit welcher sie den Übergang von unten nach oben schaffte. Die Mutter überraschte Dich mit der Selbstverständlichkeit, mit der sie, sich aus dem Fenster hinauslehnend, ihre Frage stellte, die Frau unten mit der Sicherheit ihrer Antwort. Du hast begriffen, daß die anderen (die Erwachsenen, der Rest der Welt) mit einer unbeschreiblichen Leichtigkeit die Grenzen überschreiten, die sie von der Welt trennen, mit einem Satz, einem Hinauslehnen aus dem Fenster finden sie draußen sich selbst wieder, in der Welt, in der Gemeinschaft. Eben vor dem Fenster, da unten, erstreckt sich nämlich der Raum der Gemeinschaft, eben dort bereiten sich die anderen ihre Jause im Grünen.
Franz, weißt Du, was es zu bedeuten hat, daß Du jetzt, als erwachsener, reifer Mensch, Dich an dieses Ereignis erinnerst? Du kannst immer noch nicht aufhören zu staunen. Diese Welt,

eine solche Welt, ist für die anderen nah, weil sie so leicht die Grenzen überwinden und sich draußen wiederfinden, dort oben, unten, vorm Fenster, vor der Tür, oben auf der Treppe, während Du der Welt gegenüber nichts als endloses Staunen, Kühle und Angst empfindest.

Ich habe Dir noch eine Kindheitserinnerung versprochen. Ich war damals nicht älter als zwei. Mein Bruder wurde geboren, als ich gerade eine der ansteckenden Kinderkrankheiten durchmachte, so haben mich die Eltern zu Verwandten geschickt. Es war die erste Trennung von meiner Mutter, und doch empfand ich keinen Trennungsschmerz.

Ich erinnere mich an folgendes Bild: Ich stehe im Bettchen am Fenster, und plötzlich, ganz unerwartet sehe ich das Gesicht meiner Mutter. Sie lacht und drückt die Nase an die Fensterscheibe wie in einem Kinderspiel, und obgleich sie sich selbst nicht ähnlich sieht, erkenne ich sie als den liebsten und am sehnsüchtigsten erwarteten Menschen auf der Welt. Ich tobe vor Glück, mit den Füßen trommele ich einen Negertanz der Freude. Der Gesichtsfleck löst sich indessen von der Scheibe und zerfließt. Ich wende den Blick zur Tür. An das Hereinkommen der Mutter erinnere ich mich nicht.

Fenster und Tür – der offene Raum, durch den man nach draußen gelangen kann oder durch den andere zu uns hereinkommen können.

Wir sind verschieden, Franz. Dich hat die Fremdheit und Unbegreiflichkeit der Welt vor dem Fenster erschrocken, mir ist etwas anderes widerfahren, dank dessen ich die erste wichtige Erfahrung gewonnen habe.

Die äußere Welt kommt zu uns in einer verzerrten, aber doch erkennbaren Form, ein Blick aus dem Fenster oder das Übertreten der Türschwelle ist das, was unsere Einsamkeit unterbricht.

Die Merkwürdigkeit und das Grauen der Existenz vor dem Fenster haben mich nicht überwältigt, dem Fenster verdankte ich die große Freude des Wiedersehens.

Franz an Max

Prag, Spätherbst 1918

Mäxchen,
ich werde doch ins Sanatorium fahren müssen. Der Arzt sagt es. Er behauptet, ich hätte nicht zugenommen, trotzdem ich anderer Meinung bin. Einige Orte habe ich angeschrieben, man hat mir unverzüglich geantwortet und die Modalitäten dargestellt. Nun, überall werden Fleischgerichte serviert, Injektionen gemacht, eigene Decken und Kissen sind mitzubringen, und die Preise – ungeheuerlich. Der Krieg ist zwar zu Ende, ich kann reisen, wohin ich will, ich kann es mir aber nicht leisten, und Decken oder Kissen habe ich nicht.
Es gibt noch einen Platz, in Schelesen. Wenn es dort nicht zu teuer ist, fahre ich hin. Wirst Du auch kommen? Wir könnten spazierengehn, und abends würde ich Dir vorlesen, was ich zur Zeit schreibe.
Weißt Du, wo Loeb sich derzeit aufhält? Man sagte mir, er war letzthin in Berlin, hatte keinen lumpigen Heller mehr, dafür aber jede Menge Ideen und Zukunftspläne. Stimmt das? Ich frage mich, wie unsere alten Bekannten den Krieg überstanden haben, von vielen habe ich gar keine Nachricht...

Loeb an Franz

Kalvarienberg, Dezember 1918

so weit haben wir uns, lieber Freund, voneinander entfernt, so lange habe ich von mir nichts hören lassen. Im Leben kommt es aber vor, daß man sich entfernen muß, um dann mit neuen Kräften wieder zueinander zu finden.
Ich hörte, Jiři habe Dir von mir berichtet, also weißt Du wohl, wie der Krieg für mich zu Ende gegangen ist? Alle haben sich in diesen Jahren zerstreut, sind in alle Himmelsrichtungen verschlagen worden, verschollen; das Theater ist völlig zerfallen, aus meinen Plänen ist auch nichts geworden, aber gegen Ende des Krieges vollzog sich eine wunderbare Wandlung. Ich habe mich den Chassidim des Gerer Rebben angeschlossen. Erin-

nerst Du Dich? Im Sommer 1916, in Marienbad, suchten wir nach Wasser aus der Rudolfsquelle für den Zaddik aus Kalvarienberg, der dort seine kranken Nieren kurierte. Mit uns war damals auch Jiři, der sich den Gesundheitszustand des Rabbis sehr zu Herzen genommen und sich verpflichtet hatte, dem Kranken jeden Tag das Heilwasser zu bringen. An jenem Tag bat er uns, ihm dabei behilflich zu sein.
Der Tag war, wie ich mich erinnere, sehr heiß, und am Abend kam ein kräftiger Regen. Zuerst konnten wir Jiři nicht finden, dann nicht die Quelle, aus der der Rabbi zu trinken pflegte. Schließlich nahmen wir Wasser aus der Ambrosiusquelle und liefen mit der Flasche des kostbaren Tranks im Regen umher, auf der Suche nach dem Rabbi und seinem Gefolge.
Er kehrte gerade vom Abendspaziergang zurück, eine kleine Gruppe Chassidim folgte ihm. Einer trug einen Sessel, ein anderer einen Silberstock, ein dritter ein Tuch. Der Rabbi selbst schritt durch den Regen mit Hut, im Samtkaftan, Gurt, weißen Hosen, Strümpfen und weichen Schuhen, so würdevoll und langsam, als spürte er seine durchnäßten Schuhe und das von seinen Schläfenlocken triefende Wasser nicht.
Wir schlossen uns ihnen an. Der Rabbi ging langsam, das eine Bein nachziehend, hustete, blieb immer wieder stehen, zeigte mit dem Finger auf die Häuser und stellte Fragen, die einer seiner Helfer beantwortete. Als wir uns näherten, hörte ich den Zaddik fragen: »Woraus sind die Hausdächer gemacht?« »Aus Stahlblech«, antwortete der Helfer. »Warum?« wollte der Rabbi wissen. »Zum Schutz vor Feuer.« »Dann könnten sie auch aus Dachziegeln sein.« »Aus Blech sind sie sicherer.«
Und so ging das Gespräch weiter, bis hin zum Hotel National, wo der Rabbi residierte. Unterwegs machte er scheinbar bedeutungslose Bemerkungen, und wir schmunzelten ein wenig über seine Naivität, wenn auch Jiři behauptete, daß alles, was der Gerer Rebbe sage, einen tiefen mystischen Sinn hätte. Diesen Sinn konnten wir damals nicht erkennen. Erst als ich Schüler des Rabbis wurde, begriff ich, wovon er damals gesprochen hatte. Das erkläre ich Dir aber gleich.

In den letzten Kriegsmonaten befand ich mich also wieder in Marienbad, wo auch der Gerer Rebbe mit seinem Hof weilte. Gemeinsam mit seinen Chassidim habe ich bis zum Kriegsende ausgeharrt und bin dann mit ihnen nach Kalvarienberg gegangen, diesem berühmten polnischen Städtchen, wo der Rabbi herstammt.
Seit einigen Monaten schlafe ich in einer Ecke, ernähre mich von *schirajim*, den Resten vom Tisch des Zaddiks, habe einen einzigen Kaftan und bin glücklich. Bald aber geht meine Lehre zu Ende, und ich weiß noch nicht, was ich dann machen soll. Übrigens denke ich nicht allzu oft daran, wir sind hier die ganze Zeit so beschäftigt, daß der Gedanke nicht weiter als zur Türschwelle des Hauses schweift.
Unser Rabbi ist ein Mensch, mit dem man sich schwerlich langweilen kann. Er stellt unaufhörlich Fragen, denkt laut, oft hält er einen lehrreichen Vortrag oder bittet, daß wir ihn belehren. Hin und wieder gerät er in Ekstase, was bewirkt, daß wir alle zitternd, begeistert und furchtsam umherlaufen. Den wechselhaften Launen des Rabbis sind am stärksten die *gabbajim*, seine Helfer, ausgesetzt. Indem sie sich ständig in seiner Nähe befinden und von seiner Heiligkeit belastet werden, werden sie mit der Zeit böse und nervös. Es ist also besser, ihnen nicht in die Quere zu kommen.
Oft gerät auch der Rabbi in Wut und schreit uns an: »Ihr seid Chassidim? Ihr seid Mörder!« Dann vergeht seine Wut, er setzt sich an den Tisch, trinkt Tee, wir schauen ihm zu, und die Seligkeit ergreift dabei unsere Herzen. Der Gerer Rebbe, wenn er Tee trinkt, süßt er ihn nie, sondern hält immer ein Stückchen Zucker in zwei Fingern seiner erhobenen Hand. Niemand wußte, warum er das tat, bis einer der Chassidim den Mut fand, an dem zur Seite gelegten Stückchen Zucker zu lecken. Und was stellte sich heraus? Er schmeckte nach gar nichts. Der Gerer Rebbe hatte die ganze Süße ausgesaugt. Die Chassidim erzählen sich an langen Abenden viele solcher Geschichten über den Zaddik.
Eines Tages besuchte uns der Zaddik aus Radzymin, ein großer Traditionalist, der alles Moderne bekämpft.

»Nun, was kann uns so eine teuflische Erfindung wie die Eisenbahn lehren?« fragte er unseren Rabbi. »Darüber, daß man in einem Augenblick alles verlassen kann.« »Und der Telegraph?« »Daß jedes Wort gezählt wird und man dafür zahlen muß.« »Na und zum Beispiel so etwas wie das Telephon?« »Daß dort gehört wird, was wir hier sagen.«

Manche Chassiden sehnen sich so sehr nach der Nähe des Rabbis, daß sie ihn auf Schritt und Tritt begleiten, die Schöße seines Kaftans ergreifen, ihn nicht vorbeigehen lassen.

Einmal begann der rothaarige Baruch dem Rabbi zu schmeicheln. Er sagte, der Rabbi sei der größte und stärkste von allen, einen zweiten solchen gebe es in der ganzen Welt nicht. »Es war schon einer vor dir hier, der schöner sprach«, sagte der Rabbi. »Wer denn?« »Der Satan.«

Das mit den Marienbäder Dächern, was uns einmal so belustigt hatte, erklärte mir einer der Schüler, dem man Rabbis Frage wiederholte. »Aus Stahlblech sollte das Dach, also das Herz des Menschen, sein, das Tag für Tag so viele Hiebe ertragen muß.«

Ich möchte Dir noch eine schöne Geschichte über unseren Gottgefälligen erzählen. Der Gerer Rebbe hatte vor Jahren einen Traum. Dabei befand er sich in einem armen Städtchen, in einer Gasse, in deren Mitte das Schmutzwasser floß, ausgemergelte Hunde liefen auf der Suche nach Essensresten herum, die Hüttendächer erhöhten sich kaum über die Straße, so eingesunken waren sie. Auf dem Schornstein einer der Hütten sah der Rabbi einen weißen Vogel sitzen, er bückte sich und trat über die eingefallene Türschwelle in die Hütte ein.

So arme Menschen wie die, die dort wohnten, hatte der Rabbi noch nie gesehen. In der Stube erblickte er eine Frau mit schwarz gewordenem Gesicht und eine Schar schmutziger und so ausgehungerter Kinder, daß sie nicht einmal die Kraft hatten, Lärm zu machen. Der Rabbi schaute sich um und sah auf dem Herd einen Tonkrug stehen. Plötzlich verspürte er großen Durst, ging also zum Herd und nahm den Krug in seine Hände. Er dachte: Auch wenn sie so arm sind, Wasser haben sie wohl genug, es wird auch für mich reichen.

Er neigt den Krug und sieht, daß es darin von goldenen und silbernen Münzen funkelt. Erstaunt schaut er sich um und ruft die abgemagerte Frau zu sich. »Warum hungert ihr, wenn ihr doch Gold habt?« fragt er. Und die Frau antwortet: »Das ist unser einziger Schatz, wir dürfen ihn nicht verlieren.«

Der Gerer Rebbe verstummte und wachte im eigenen Bett, in Kalvarienberg, auf. »Wir müssen dieses Haus finden«, sagte er zu seinen Helfern und machte sich auf den Weg.

Er reiste von einem Städtchen zum anderen und suchte nach der verfallenen Gasse und der armen Familie. Nach langer Suche gelangte er endlich an einen so gottverlassenen Ort, wo man einen Zaddik noch nie gesehen und nicht einmal von einem gehört hatte. Er ging zwischen die verfallenden Hütten und erkannte plötzlich die Gasse aus seinem Traum wieder. Auf dem Schornstein einer der Hütten erblickte er einen weißen Hahn mit ausgerupftem Schwanz, der kreischend krähte und mit den Flügeln schlug. »Hier ist es«, sagte der Rabbi, beugte sich und trat in die Stube ein.

Im Dunkel erblickte er eine magere Frau und Kinder, die an ihren Lumpen hingen. In der Ecke stand ein Knabe und hielt in seinen Händen den Krug aus dem Traum des Gerer Rebben. Der Zaddik näherte sich dem Knaben, nahm den Krug und schaute hinein. Der Krug war leer. Der Rabbi stellte ihn zurück auf den Herd, nahm den Knaben bei der Hand, ging auf die Frau zu und sagte: »Ich bin ein Zaddik aus Kalvarienberg, ich möchte, daß dein Sohn mein Schüler wird.« Die erschrokkene Frau stammelte nach einer Weile: »Er kann nicht sprechen.« »Er wird sprechen«, sagte der Rabbi und führte den Knaben aus der Stube hinaus.

Die Gefolgschaft des Rebben trat von der Hütte zurück. Der schmutzige Knabe mit zerzaustem Haar und scheuem Blick wurde gleich von den Chassiden umringt. Das geschah bereits vor einigen Jahren. Heute ist dieser Knabe unser Hellsehender, der künftige Nachfolger vom Gerer Rebben.

Mein lieber Freund, ich würde Dich so gerne sehen, mit Dir über die vergangenen Jahre plaudern. Ein elender Mensch bin ich, Du aber hast immer so viel Geduld mit mir gehabt. Du warst der einzige, der so gut zu mir war, Du hast so viel getan, um mich meinem Untergang zu entreißen. Heute könnte ich Dir vielleicht etwas geben, denn jetzt bin ich ein anderer Mensch und lebe anders als früher.

Wohin ich mich begeben werde, wenn meine Lehre hier zu Ende ist, weiß ich noch nicht. Die Welt ist groß. Vielleicht wird sie den Verbannten aufnehmen?

Franz an Hugo

Schelesen, Winter 1919

Lieber Doktor,

seit einem Monat bin ich hier bei Stüdl. Das Sanatorium gehört zu den freundlicheren, nicht alle bekommen hier Infusionen, die Kur besteht aus ständiger Überwachung, recht sanften Behandlungen und dem Abwarten, was sich aus alledem ergeben wird. Es geht mir gut. Du bist selbst Arzt, ich brauche Dir also nicht zu erzählen, daß das Fieber abends auf 37,8 ansteigt und der Husten nicht vergeht, trotzdem sich in ihm immer öfter vielversprechende Töne vernehmen lassen. Blut spucke ich gar nicht mehr.

Der Frost hat etwas nachgelassen, der Winter steigt mir in den Kopf, ständig der blendende, glitzernde Schnee, die Berge bedecken den Horizont wie Wolken, die Sonne trocknet die Luft aus, und der Boden zerbröckelt unter den Füßen. Manchmal kann ich mein Bedürfnis nach Bewegung nicht mehr beherrschen, laufe dann – soweit meine Kurzatmigkeit es erlaubt – den ausgetretenen Hang hinunter, dort angekommen überlege ich, wie ich es anstellen soll, ohne Anstrengung wieder nach oben zu gelangen.

Was bringt mich in eine solche Erregung, wirst Du wohl fragen. Du wirst es nicht glauben! Eine junge Frau, ein wahrlich jüdisches Temperament, wenn auch gewissermaßen auch typisch deutsch, eigentlich aber weder Deutsche noch Jüdin. Eine ziemlich gewöhnliche Erscheinung, unbedeutendes We-

sen, aber voll wunderbarer Möglichkeiten, hoffentlich nur wenig krank. Eigentlich bin ich schon vor einigen Monaten mit ihr in Prag zusammengetroffen. Sie stieg die alte Schloßtreppe in Richtung Hradschin hinauf, und ich, schwer atmend nach dem Zurücklegen bloß weniger Treppenstufen, beobachtete sie von unten.
Wie sie ging, wie sie nach oben lief, so leicht, als würde sie Glasperlen auffädeln. Es fiel ihr so leicht, diese Oben-unten-Grenze zu überschreiten und sich dort zu befinden, wo alle sind, außer mir. Es überraschte mich damals so sehr, begeisterte mich derart, daß ich eine Anstrengung unternahm, die mir dann teuer zu stehn kam: Ich stieg, ohne anzuhalten, die Treppe hinauf, um noch sehn zu können, wohin dieses Fräulein unterwegs war, und erspähte sie noch, als sie in ein Seitengäßchen einbog. Ich war mir sicher, daß sie meinen heißen Blick nicht einmal geahnt hatte, und doch stellte es sich später heraus (sie selbst hat mir das gesagt), daß sie mich damals bemerkte und – wie sie behauptet – von meinem aufdringlichen Blick über die Treppe nach oben gejagt wurde. Und nun traf ich sie gänzlich unerwartet in dieser durch Winter und Schnee von der Welt abgeschnittenen Pension wieder.
Unser Zusammentreffen war recht seltsam. Ich trat gerade aus dem Korridor hinaus, der zum Leseraum führt, als ich die junge Dame mit einem der Kurgäste an einem Bücherregal stehn sah. Dort eben lag die Zeitschrift, wegen der ich dorthin unterwegs war. Ich näherte mich dem im Gepräch vertieften Paar, mit der Absicht, ihnen diskret über die Schulter zu schauen und unbemerkt das zu ergattern, was ich benötigte. Sie bemerkten mich nicht, meine Schritte wurden von dem weichen Teppich gedämpft. Sie sprachen lebhaft über irgend etwas. Ich hörte das Mädchen sagen: »Es geht eben darum, daß man den Teufel nicht sehn kann. Der Satan steht hinter uns, aber wenn wir uns umdrehn, ist niemand da.« Um ihre Worte zu bestätigen, drehte sie sich so schwungvoll um, daß ich rasch zurücktreten mußte. Sie sah mich, und ihre Augen wurden

rund vor Erstaunen. Gleich danach errötete sie und öffnete ihre Lippen, um mich wohl um Entschuldigung zu bitten oder vielleicht auszuschimpfen, und so verharrte sie ein Weilchen, unfähig, einen Ton herauszubringen.

Ich hatte sie erschrocken, das sah man. Aber sie konnte nicht wissen, wie überrascht und beglückt ich über dieses Zusammentreffen war. Man hatte mich nun für den Satan gehalten. »Satan« heißt auf Hebräisch »Ankläger«, durch diese Frau war mir also zum ersten Mal im Leben passiert, woran ich insgeheim gedacht hatte: mich endlich einmal aus dem Kreis der Verbrecher loszureißen, über die Kampflinie hinauszuspringen und zum Richter der kämpfenden Gegner zu werden, vielleicht zum Ankläger derer, die sich ohne Ende gegenseitig morden. Was für ein Ereignis!

Als ich mich vom ersten Eindruck erholt hatte, erkannte ich das Fräulein von der Hradschiner Treppe wieder. Plötzlich brach das Mädchen in Lachen aus. Sie lachte, ich spürte aber, daß es kein Lachen der Belustigung war, sondern eher eins der Verlegenheit. Ihr Bekannter kicherte auch und wandte mir den Kopf zu. Das Lachen erwies sich als ansteckend. Ich spürte, wie es in meiner Brust anschwoll, in den Hals stieg, ich beinahe am Ersticken war, um es zu unterdrücken, aber das siegreiche Gelächter brach aus mir heraus, und nun lachten wir alle drei.

»Sie erlauben, daß ... ich mich vorstelle«, stammelte ich endlich. »Franz ...«, der Rest ging in einem Lachanfall unter. Ich ergriff ihre Hand und hörte bloß »Julia ...« und einen neuen Lachanfall.

Wir standen noch einen längeren Augenblick da, der Bekannte entfernte sich, und wir blieben allein. Das Lachen erlosch allmählich in uns, und endlich konnten wir uns mit etwas klarerem Blick ansehn.

Also Julia. Ein zartes Kindsgesichtchen, zusammengehalten und geglättet durch das Lachen, der Blick einmal kühn, einmal zur Seite flüchtend unter dem Einfluß unklarer Ängste und der sie lähmenden Schüchternheit. Mit der Kleidung versucht sie, ihre Unsicherheit gegenüber der Welt auszugleichen, und da sie eine begabte Näherin ist, was ich bald schon erfuhr, ist die Wirkung verblüffend.

Sie trägt einen Schleier und pudert das Gesicht. Ihr Körper, schlank und doch angemessen gerundet, in ausgesuchten Kleidern, harmoniert nicht mit ihrem Gesicht, einem hübschen und angenehmen, aber doch seltsam unscheinbaren, mäuseartigen Gesicht. Man möchte sie nach oben heben, auf Augenhöhe, und ihre menschlich-tierische Anpassungsbereitschaft beobachten. Mit einem schlicht erstaunlichen, unbewußten Eifer versucht sie nämlich den anderen Menschen zu ähneln, trotzdem sie besser daran tun würde, all das stolz zur Schau zu tragen, was an ihr anders ist: ihre Tapferkeit, Güte und Reinheit.

Ihre Familie, die in dem Vorort Vinohrady lebt, hat sie um den Preis großer Entbehrungen hierher geschickt. Ihr Vater ist Schuster und Tempelwächter, er muß seine Frau und einige Kinder (ich weiß gar nicht genau, wie viele) versorgen, hatte aber seiner Tochter versprochen, alles zu tun, damit sie wieder gesund würde.

Julia liebt die Operette, das Kino und das Kaffeehaus. Nach zehn Stunden Arbeit in der Nähwerkstatt kann sie sich noch zwei Vorstellungen ansehn, dabei abwechselnd weinen und lachen. Filme und billige Liebesromane sind die Hauptquelle ihrer Bildung, eine andere hat sie kaum genossen. Im allgemeinen mangelt es ihr sehr an Wissen, sie ist sich dessen aber nicht bewußt.

Sie erzählt mir viel über die Bewohner des Mietshauses in der Smeckygasse und über den Teil der Gasse, wo ausschließlich Juden wohnen. Es sind wunderschön amüsante Geschichten. Während des Erzählens erhellt sich ihr Gesicht, ihre Gestik wird lebhafter, ungezwungener, und ich muß zugeben, daß Julia eine verborgene schauspielerische Begabung besitzt. Wenn sie auch noch – ermutigt durch meinen heißen Blick – beginnt, jüdische Lieder zu summen, kommt es mir vor, als würde ich zu diesen Augenblicken zurückkehren, in denen mich der Jargon in Beschlag nahm und über einen schmalen Pfad geradewegs an die angelehnte Haustür geleitete.

Dein F.

Franz an Max

Prag, Frühling 1919

Liebes Mäxchen,
Du wirst zu dem Blumenladen in der Zeltnergasse gehn, Rosen oder besser noch, Nelken – rosa – bestellen, in der Konditorei an der Ecke eine Zuckerlschachtel kaufen und am Abend in die Smeckygasse gehn. Die Blumen überreichst Du der Mutter, die Zuckerl dem Fräulein. Sollte sie nicht zuhause sein, sei bitte so lieb und warte, bis sie zurückkehrt. Ich bitte Dich ganz herzlich, tu das für mich. Ah ja, und der Schachtel lege bitte diskret ein Kärtchen mit folgenden Worten bei: »Ich sende Ihnen diese Zuckerl, nicht weil sie so schmackhaft sind, sondern weil sie magische Kräfte besitzen. Man darf sie nicht anfassen. Man setze sich ruhig aufs Kanapee, stelle die offene Schachtel neben sich, und trotzdem ich weit weg bin, werde ich ein Zuckerl nach dem anderen in Ihren Mund legen, als säße ich dicht neben Ihnen.«
Wirst Du das für mich tun?

Franz an Hugo

Prag, Frühling 1919

Mein Lieber,
der gestrige Tag war still und hell. Bei wunderschönem, sonnigem Wetter ging ich aus dem Haus. Alles lockte mich, wie in den guten alten Zeiten, als ich noch jung war und die Hoffnung in mir noch nicht erloschen war. Weder die Löcher im Straßenpflaster, noch der Lärm vorüberfahrender Fahrzeuge störten mich. Ich blickte nach oben, in die angelehnten Fenster, schaute in die Höfe hinein, wo auf den Pawlatschen Wäsche zum Trocknen hing, Topfblumen auf den Geländern

standen, als sollten sie jeden Augenblick hinunterfallen, Frauen miteinander tratschten und Kinder die morschen Holztreppen hoch- und runterliefen.
Mehrmals war ich bereits diese Strecke gegangen, aber erst heute bemerkte ich eine in einer Mauernische verborgene Heiligenfigur mit einem frischen Myrtenkranz auf dem steinernen Kopf. Die Sonne spiegelt sich hier in den Fensterscheiben und wirft Lichtflecken auf die gegenüberliegende Hauswand. Ein Mädchen lehnte sich halb hinaus, öffnete weit die Fensterläden und rief einen Namen in die Gasse hinein. Ihr Haar war dunkel, die Schultern bis zu den Achselhöhlen entblößt, ihr Gesicht erschien aus dem Schatten wie eine pralle Frucht aus der Nußschale, frisch und schön.
Wenn wir suchend umhergehn und auf andere Menschen treffen, so werden unsere Schritte auf geheimnisvolle Weise von Eros gelenkt, dachte ich bei mir, als ich sie sah.
Über die Fahrbahn, zwischen den vorüberfahrenden Wagen und Krämerkarren, lief ein Junge und zog eine rumpelnde Holzkiste an einer Schnur hinter sich her, in der sein jüngerer Bruder gefangen saß und aus Leibeskräften schrie. Ich schaute mich nochmals um, sie waren aber schon um die Ecke verschwunden.
Ich beschleunigte meinen Schritt und befand mich schon unweit von Julias Haus, als es plötzlich heftig zu regnen begann. Förmlich im letzten Augenblick, bevor mich der Regenguß ernsthaft erreichte, sprang ich in ein Haustor. Eine Weile blieb ich dort stehn, bis sich der Regen etwas beruhigte, dann fragte ich eine vorübergehende Frau mit Perücke nach dem Haus, das ich suchte. Sie erklärte mir den Weg, lang und umständlich. Endlich begriff ich, daß man dorthin über unterirdische Treppen und Gänge gelangen konnte. Sie nannte die Namen der Häuser: Entenschüssel, Goldener Zahn, Schwarzes Schloß. Der Weg schien etwas unsicher, und doch flüsterte mir eine Stimme ein, eben ihn zu nehmen.
Ich lief über den Hof zum Haustor, hinter dem sich noch ein weiterer Hof befand, eng und voll Gerümpel, dann bog ich in

eine alte, nur in einer Türangel schwankende Tür ein. Ich befand mich in einem Haus und erblickte vor mir einen Korridor, gleich einer Spalte, eng, feucht, mit Steinwänden, überzogen mit grünlicher Schimmelflechte.
In immer dichter werdender Dunkelheit rückte ich vorwärts. Nur aus der Ferne drang ein schwaches Licht zu mir, als sikkerte es aus einer Öffnung direkt an der Decke. Es war still, als würde niemand in diesem Haus wohnen, und doch wußte ich, daß das nicht stimmte, spürte beinahe durch die Mauer den pulsierenden Lebensrhythmus. In der Ferne vernahm ich Schritte und beschleunigte meinen Gang, um nach dem Weg zu fragen, sah aber nur noch den um die Ecke verschwindenden Rock einer Frau, die mein Rufen nicht beantwortet hatte.
Plötzlich war der Korridor zu Ende, und ich ging hinaus auf eine Art Empore, recht hoch gelegen, trotzdem ich unterwegs keine Treppen bemerkt hatte. Unten zerspritzten quietschende Kinder das Wasser aus einer Pfütze, verstummten jedoch, sobald sie mich erblickten, und schauten mir nach, bis ich in die nächste Tür und ein mit Gaslampe beleuchtetes Treppenhaus eintrat. Die Treppe führte mich nach unten, und bald hatte ich die Wahl, nach links oder rechts zu gehn. Ich bog nach rechts ab.
Ehrlich gesagt, hatte ich schon das Gefühl, mich völlig verirrt zu haben, vergaß beinahe, wohin ich unterwegs war und wozu. Hier, in dieser anderen, verborgenen Stadt, von deren Existenz ich bisher nichts gewußt hatte, konnte man sich für immer verirren. Wie durch den Nebel erreichte mich das Bewußtsein, daß ich eben heute um Julias Hand anhalten wollte.
Es freute mich zu sehn, daß der schmale Gang, den ich gegangen war, zu einer Tür führte, hinter der ich Stimmen vernahm. Ich trat ein und befand mich plötzlich in einer Wohnung, oder genauer – in einer ganzen Reihe von Wohnungen die durch weit geöffnete Türen miteinander verbunden waren. Die Bewohner nahmen keine Notiz von mir, nur die Kinder, neugie-

rig und gemein, wie üblich, klammerten sich an meinen Beinen fest und machten mir streckenweise das Durchgehn unmöglich. Ich fragte laut, wo ich bin und wie ich weitergehn sollte. Eine Frau wandte ihren Kopf zu mir und sagte: »Sie verstehn kein deutsch.«

Als es mir endlich gelungen war, dort hinauszukommen, und ich auf einen weitläufigen Hof gelangte, wußte ich überhaupt nicht mehr, wo ich war. Beinahe resigniert schaute ich mir die Mauern der mich von allen Seiten umringenden hohen Mietshäuser an und entdeckte plötzlich die Hausnummer, nach der ich suchte.

Ich sah auf die Uhr, da ich das Gefühl hatte, mindestens eine Stunde unterwegs gewesen zu sein, in Wirklichkeit war aber nur eine Viertelstunde vergangen, der Himmel war inzwischen aufgeklart, und die Sonne schien wieder. Ich schritt über den Hof und erkannte schon die Fenster von Julias Wohnung.

Ich wurde erwartet, wie ich sogleich feststellte, als ich die feierlichen Kindergesichter und ihre Festtagsschürzen sah. Die Mutter kam mir entgegen, zupfte dabei etwas an ihrem alten, fettbefleckten Kleid zurecht, das sie aber voll Würde trug. Sie ist eine gütige Frau, mit Spuren einer längst vergessenen Schönheit, erschöpft durch die Kinderschar und die bescheidenen Lebensverhältnisse. Der Vater schaute etwas zögerlich aus einer kleinen Kammer hervor, die ihm als Werkstatt dient. Er ist ein stiller, schüchterner Mann, etwas mißtrauisch, spricht wenig deutsch, und anscheinend bringe ich ihn in Verlegenheit mit meiner, wie er meint, hohen Stellung, damit nämlich, daß ich Doktor und Beamter bei einer wichtigen Behörde bin. In einem Zimmer dieser Wohnung hatte man etwas Raum für einen Tisch und ein paar abgenutzte Stühle geschaffen. Man bat mich, Platz zu nehmen, und gleich sah ich schon Julia aus der Küche kommen. Eben dort hinten, in einer Art Kämmerchen, wohnt sie gemeinsam mit ihrer Schwester.

Es war schwül, alle Fenster waren verschlossen, aus der Küche roch es nach Wäsche und köchelnder Suppe. Die Mutter brachte eine Kanne herein und füllte die Gläser randvoll mit Tee. Wir saßen schweigend da, und mich überlief es kalt bei dem Gedanken, gleich etwas sagen zu müssen. Die Mutter rettete mich, indem sie begann, von den Kindern, dem Mann und all den Alltagssorgen zu erzählen. Julia wollte sie unterbrechen, ich versicherte aber, daß mich das Thema außerordentlich interessierte.

Und es stimmte tatsächlich. Ich habe ein merkwürdig unwiderstehliches Bedürfnis, in eine Welt einzutauchen, die mir absolut fremd ist und mich zugleich in sich hineinzieht, wie ein Tier die Beute in seine Höhle schleppt.

Ja. Familie, Familienbande, Krankheiten, Hochzeiten und Beerdigungen beschäftigen meine Gedanken, und manchmal kann ich mich der etwas grotesken Vorstellung einfach nicht erwehren, von all den nahen und fernen Verwandten, die – sich an den Händen haltend – in einem somnambulen Zug schreiten und tanzend ihren Kreis immer enger um mich ziehn. Die jüdische Familie, das ist noch eine Geschichte für sich, und wenn ich als Bräutigam angenommen und Julia heiraten werde, so werde ich zu einem vollberechtigten, vielleicht sogar einem der ehrwürdigsten Mitglieder dieser Familie. Die Schwestern und Brüder, heute klein und verrotzt, werden bald erwachsen, werden eigene Familien gründen, aber ihre Bande überdauern bis zum Tode. Wenn meine Verwandten feststellen, daß ich endlich genauso bin wie sie, werden sie mich wie einen von ihnen berühren können, werden verlangen können, daß ich an ihrem Leben teilnehme, immer anwesend bin. Nach meinem Tod wiederum werden sie alle das Recht auf meine geliebten sterblichen Überreste haben, und ich werde zwischen ihnen ruhen, für immer schon mit ihnen gemeinsam, unwiderruflich, ohne Hoffnung.

Lieber Hugo, ich habe an diesem Tage um Julias Hand nicht angehalten, sondern bin – meine vollkommene Gedanken- und Gefühlsverwirrung mit Kopfschmerzen erklärend – förmlich aus der Wohnung der Familie V. hinausgerannt. Julia

folgte mir und begleitete mich wortlos bis zu den Chotekschen Anlagen. Dort verlangsamte ich meinen Schritt und hakte mich bei ihr unter. Wir gingen zwischen den Bäumen, am Ende der Allee setzte sie sich auf eine weiße Gartenbank und ich auf die Banklehne, dicht neben sie. Wir schwiegen immer noch, und ich spürte, daß das Mädchen dem Weinen nahe war. »Weine nicht«, sagte ich, »ich verspreche dir, ich werde es tun.« Sie schaute mich dankbar an.
Lange konnte ich in ihre vertrauensvollen hellen Augen nicht sehn, also erhob ich mich, und wir gingen weiter. Es kam mir vor, als sähe ich uns beide, wie wir uns über den Gartenpfad zwischen den blühenden Sträuchern entfernten – zwei traurige Menschen.

Dein F.

Franz an Max

Prag, Herbst 1919

Liebster Max,
nun haben wir das nächste Familienerdbeben ... Nach Ottlas Entscheidung, zu heiraten, habe ich mich jetzt als mißratener Sohn erwiesen. Ich habe mich mit Julia verlobt. Ihre Eltern waren mir eher mißtrauisch gesonnen, aber das Drängen der Tochter, ihre Tränen und ihr Bitten waren schließlich erfolgreich, und nun scheint Julias Familie sogar recht zufrieden über einen solchen Verlauf der Angelegenheit zu sein. Mein Vater aber ...
Zunächst hatte Mutter einige Tage auf einen günstigen Zeitpunkt gewartet, um ihn auf das schwierige Gespräch mit mir vorzubereiten, konnte es aber nicht in alle Ewigkeit hinauszögern. Schließlich teilte ich dem Vater meine Verlobung mit.
Der Vater hatte bereits von meiner Bekanntschaft mit Julia gehört, wenigstens das Schlimmste – daß das Mädchen die Tochter eines Schusters ist und in einer Nähwerkstatt arbeitet – war ihm also bekannt. Und wenn schon! Nichts ist uns

erspart geblieben, uns, das heißt Mutter, Ottla und mir. Geschrei und Beschimpfungen, Herzattacke, Schwächeanfall, schließlich Schweigen und langandauernde Trauer waren der Vorgeschmack dessen, was meine Braut und mich erwarten könnte, falls ich nach der Hochzeit in der Nähe meines Vaters im Elternhaus in Prag bleiben wollte.

Später, als es mir schon schien, als hätte er sich mit dem Unglück abgefunden, das ihm widerfahren war, erfuhr ich, daß mein Vater jedem, ob der es hören wollte oder nicht, von meiner unerhörten Verlobung erzählte. Friseur und Metzger, Apotheker und Kutscher haben erfahren, daß ich heiraten muß, da ich eine so einfache Sache wie das Geschlechtsleben nicht auf natürliche Weise, also die Dienste der Prostituierten nutzend, in den Griff bekomme.

Ich bin zum Vater gegangen und habe ihn sehr entschieden gebeten, mir zu versprechen, nie mehr wieder auf diese Art mit anderen über mich zu reden, andernfalls werde es zu einem endgültigen Bruch zwischen uns beiden kommen. Der Vater schaute mich verblüfft an, sagte kein Wort, und ich verließ das Zimmer, ohne von ihm das mir lebensnotwendige Versprechen zu bekommen.

In so einer Lage habe ich mich entschlossen, ihm einen Brief zu schreiben. Der Brief an den Vater ist sehr gut durchdacht, es ist ein Advokatenbrief, auf ein paar Dutzend Seiten sage ich alles frei von der Leber weg. »Vater, ich habe einen Brief an dich geschrieben, ich möchte, daß du ihn liest«, sagte ich eines Abends vor einigen Tagen. »Ja, gut, leg ihn auf den Nachttisch«, war seine Antwort, wie immer, wenn ich ihm ein frisch erschienenes Buch von mir brachte. Wie z. B. das letzte – den »Landarzt« –, das ich ihm gewidmet habe. »Leg es auf den Nachttisch, ich schaue es mir später an.«

Und doch legte ich meinen Brief nicht dorthin, so wie er mich angewiesen hatte – die Mutter bat so lange darum, bis sie ihn schließlich von mir bekam und ihn dann so gut versteckte, daß er in diesem Versteck wahrscheinlich bis zum Jüngsten Gericht liegenbleiben wird. Ich protestierte nicht. So war es, lieber Max, so war's.

Wir werden sehn, was sich aus all dem ergeben wird. Eines weiß ich – das Mädchen habe ich absolut bewußt gewählt und bin mir sicher, daß man vernünftiger nicht hätte wählen können.

Franz an Hugo

Prag, Dezember 1919

Mein Lieber,
vor einer Woche hätte unsere Hochzeit stattfinden sollen. Frage nicht, ich bin nicht imstande, Dir zu erklären, warum sie nicht stattgefunden hat. Ich erinnere mich nur an einen Novembertag. Ich saß mit Julia in einer Ein-Zimmer-Wohnung in der Vorstadt. Unter großen Mühen war es ihr gelungen, dieses Zimmer zu finden, und nun war sie glücklich, da wir bald hier gemeinsam leben sollten. Auf einem schmalen Kanapee, dem einzigen dort vorhandenen Möbel, gaben wir uns einander mit einer verzweifelten Trauer hin.
»Ich habe nichts. Ich bin ein Verbannter«, sagte ich.
»Du hast mich. Ich werde dir treu sein und es niemals zulassen, daß man dir Schmerz zufügt.«
»Und wenn ich dir Schmerz zufüge?« fragte ich.
»Auch dann werde ich dich nicht verlassen.«
»Wenn ich dir aber befehle, zu gehn?«
»Ich kann nicht weggehn, schickst du mich aber fort, dann gehe ich. Schickst du mich fort?«
»Ja.«
»Und kommst nie mehr wieder hierher?«
»Nein.«
»Ich wußte, daß es so enden wird.«
Ein andermal standen wir unter dem Baum, den sie besonders lieb hat, der nun traurig aller seiner Blätter beraubt war.
»Dank dir hat sich mein Leben völlig verändert«, sagte sie, ohne mich anzuschauen. »Es ist, als hätte ich unter meinem Kissen eine Krone aus bunten Federn gefunden.«
»Was ist es denn?«

»Wenn auch du sie findest, wirst du es wissen.«
Dieses unscheinbare Mädchen besitzt eine seltsame Kraft, eine Gewißheit, die sie nicht verläßt und sie über einen sicheren Pfad zu führen vermag, wenn es mir bereits scheint, den Weg verloren zu haben. Vielleicht wäre mein Leben an ihrer Seite kein elendes Flickwerk mehr, und ich wäre fähig, es wie ein einheitliches Stück Stoff vor mir auszubreiten?
Als wir letzthin an einem späten Abend auf der Karlsbrücke standen und in das Schwarz des Wassers blickten, sagte ich, mehr zu mir selbst als zu ihr: »Ich bin gleichgültig, so gleichgültig wie diese Brücke, nach deren Geländer ich in meiner Verzweiflung greife. Diese Verzweiflung ist mein einziger Trost und meine einzige Hoffnung.«
Sie schwieg einen langen Augenblick und sagte schließlich: »Eine Brücke ist nie gleichgültig, sie führt uns so geradewegs und schön auf die andere Seite, wie sonst nichts. Was würden wir ohne Brücken tun?«
Wir gingen geradeaus im fahlen Licht der Laterne. Auf der Hradschiner Seite war der Boden unter den Füßen fest und unempfindlich. Ich erinnere nicht mehr, wann ich zuletzt meine Schritte so gut und leicht gespürt habe, als hätten sie mich die Gasse hinauf auf einem biegsamen, fest gespannten Seil getragen. Neben mir ging das helle, demütige, stille Mädchen.

Dein F.

Grete an Franz

München, Frühling 1920

Lieber Franz,
Du schreibst, zwischen Dir und Fräulein Julia habe sich nichts geändert, und nichts könne sich ändern, Eure Ehe sei aber nicht mehr möglich. Wie soll ich das verstehen? Dieses bescheidene jüdische Mädchen war, wie Du meintest, ein Zeichen der Vorsehung und entsprach vollkommen Deinen Wunschvorstellungen von einer Braut. Sind die alten Ängste

und Zweifel zurückgekehrt? Oder liegt der Grund für die Auflösung der Verlobung irgendwo anders?
Du fragst mich nach Felice ... Das ist gut, es heißt nämlich, daß wir schon ruhig über sie sprechen können. Wie Du weißt, hat sie geheiratet, und es geht ihr gut. Ihr Ehemann hat sich als redlicher und ruhiger Mensch erwiesen. Vor kurzem ist sie Mutter geworden. Ich teile Dir das mit, da ich weiß, daß Du Dich darüber aufrichtig freust. Deine Gewissensbisse und Dein Schuldgefühl sind wirklich nicht mehr angebracht. Waren es übrigens nie. Nein, Felice hat nicht nach Dir gefragt, was allerdings nicht heißt, daß sie Dich vergessen hat. Das könnte sie gar nicht, das weiß ich.
Es stimmt, daß der günstige Ausgang der einen Angelegenheit (Felicens glückliche Ehe) nicht bewirken wird, daß die Welt wieder ins Gleichgewicht kommt, aber glaube mir, ihr Leben ist geordnet und gut. Einmal hast Du ihr geschrieben: »Felice, versteh mich richtig, eine geordnete Welt bedeutet nicht die Ordnung der Welt.« Sie hat sich das gemerkt, sagte es mir einmal, verbittert darüber, daß Du es eben bist, der sie nicht versteht. Felice versucht nicht, die Welt zu erlösen, sie gibt sich mit dem Einfachen, Selbstverständlichen, Typischen zufrieden. Gerade darin steckt ihre Kraft. Übrigens ist mir bewußt, daß auch Du diese Unkompliziertheit an ihr geschätzt hast.
Nun schreib mir aber bitte, was mit Euch geschehen ist – mit Dir und Fräulein Julia. Ich spüre, daß sich in Deinem Leben etwas ereignet hat.

Max an Hugo

Prag, Frühling 1920

Dottore,
erinnerst Du Dich an Frau Milena, die bei der Begrüßung jeden so herrlich mit offenen Armen ans Herz drückt? Die Journalistin der Prager »Tribuna« und der »Národní listy«. Die sich einst wegen unseres Kaffeehauskönigs Ernst P., »des Allwissenden Pollak«, im übrigen ein hochgelehrter Mann, so

fürchterlich mit ihrem Vater zerstritten hat? Solltest Du sie nicht aus Prag erinnern (schwer vorstellbar, da sie eine wunderschöne Frau ist), dann mußt Du sie in Wien getroffen haben. Dort lebt sie eben zur Zeit, und es geht ihr nicht besonders gut, es ist aber eine traurige Geschichte, und ich wollte Dir ja nicht von ihrer seltsamen Ehe erzählen, sondern nur sagen, daß sie eben die von Franz so hoch geschätzte Übersetzerin seiner Erzählungen ist.
Diese junge, mutige Frau nimmt verschiedene Beschäftigungen an: Sie unterrichtet Tschechisch an einer Schule, gibt Privatunterricht, schreibt für Zeitungen, übersetzt, trägt Gepäck am Bahnhof, aber meistens hungert sie, wie ich neulich von Franz erfahren habe. Das alles ist sehr sonderbar und traurig, vor allem da Frau Milenas Familie über ein millionenschweres Vermögen verfügt.
Jetzt, da ihr Mann sie nicht nur vernachlässigt, sondern auch das bescheidene Geld verschwendet, das sie mit solcher Mühe zusammenbringt, könnte man meinen, daß ihr Vater etwas mehr Herz zeigen würde. Leider deutet nichts darauf hin ...
Das Schicksal junger Frauen, die mit solchem Mut und Durchhaltevermögen die Selbständigkeit wählen, versetzt mich in Erstaunen.
Franz, der (aber das sage ich Dir im Vertrauen) vom Zauber dieser Person sehr gebannt ist, wird sich – wie ich ihn kenne – nicht trauen, Dich um Hilfe zu bitten. Ich sag's aber offen. Ich möchte, daß Du Frau Milena ausfindig machst (ich werde Dir sagen, wo sie in Wien zu verkehren pflegt) und Dich diskret um sie kümmerst. Mit Deinem Wissen und Deinem Fingerspitzengefühl wird Dir das bestimmt möglich sein. Es könnte sein, daß sie zur Zeit nicht nur finanzielle Hilfe, sondern auch den fachlichen Rat eines Psychoanalytikers benötigt. Nach ihrem verworrenen und schwierigen Schicksal zu urteilen, wäre das nicht verwunderlich.
Dottore, wirst Du also bereit sein, in dieser heiklen und komplizierten Angelegenheit zu helfen?
Ich drücke Deine Hand fest und herzlich.

Max an Hugo

Prag, Juli 1920

Lieber Dottore,
heute am späten Abend bekam ich Besuch. Meine Frau öffnete die Tür, ich hörte gedämpfte Frauenstimmen, und plötzlich erschien Julia V. in der Tür meines Arbeitszimmers. Wasser triefte von ihrem Mantel, in der Hand hielt sie einen Regenschirm, sie trug Gummistiefel, und eben so, völlig naß, stellte sie sich in die Mitte des Zimmers. Meine Frau gab mir hinter Julias Rücken verzweifelte Zeichen, schließlich schloß sie leise die Tür und entfernte sich.

Ich fragte Julia, was geschehen sei, sie aber konnte lange nicht zu sich kommen, nur ihre Lippen zitterten, ihr Gesicht war naß, ich wußte nicht, waren es ihre Tränen oder der Regen. Seit dem frühen Morgen hatte es heute geregnet. »Herr Doktor, Sie sind sein Freund«, brachte sie endlich heraus, und ich wurde unruhig, daß vielleicht mit Franz etwas nicht stimmte. Es gelang mir schließlich, ihr Mantel und Schirm abzunehmen, sie in einen Sessel zu setzen und ihr ein Glas Wein einzuschenken. Sie schaute mich mit weit geöffneten Augen an; ihre Augen sind wirklich schön, dunkel, mit den langen Wimpern eines kleinen Mädchens. Anfangs verstand ich nicht viel aus ihren chaotischen Wortfetzen, letzten Endes wurde mir aber klar, daß diesem herzensguten, lieben, in seiner Aufopferung sich selbst zerstörenden Mädchen Schmerz zugefügt worden war. Und zwar von wem? Von meinem Freund.

Bereits seit einiger Zeit weiß ich von seiner beginnenden Romanze mit Milena. Vor kurzem hat Franz Julia den ersten Brief an seine Liebe gezeigt, dann schickte er ihr ein Briefchen, geschrieben – angeblich aus Versehn – auf der Rückseite eines angefangenen Liebesbriefes an Milena. Auf Julias beharrliche Bitten hin hat Franz ihr die Adresse ihrer Rivalin gegeben. Sie hat ihr geschrieben und eine Antwort erhalten. Nun zog sie den Brief aus ihrer Tasche und las mir auszugsweise daraus vor. Aufgeregt, wie sie war, hat sie den Brief bei mir liegengelassen.

»Julia, Sie werfen mir vor«, schreibt Milena, »ich sei keine Jüdin – was für ein seltsamer Vorwurf – und könne ihren Bräutigam weder verstehen, noch ihm wirklich behilflich sein. Es verhält sich jedoch vollkommen anders: Gerade weil ich keine Jüdin bin, kann ich Herrn Doktor eine wahre Hilfe in seinem Ringen mit der Welt werden ... Es stimmt, ich habe von ihm verlangt, daß er mit Ihnen Schluß macht. Ich will, daß er sich von jener Seite des Judentums befreit, die ihn fesselt, aufhält, verletzt ... Sie behaupten, ich würde die Juden nicht mögen und nicht begreifen. Sie irren sich. Mein Ehemann, für den ich mein Elternhaus verlassen habe, ist Jude, viele meiner Freunde ebenso. Ich schätze und achte diese Menschen ...«
Im weiteren wurde Julias Geschichte immer verworrener, erzählt in immer größerer Eile und Anspannung. Am Morgen schreibt sie einen Brief an Milena, wirft ihn ein, erinnert gar nicht mehr, was in ihm steht. Zugleich kommt bei ihr eine Nachricht von Franz an: »Den Brief nach Wien schicke erst, nachdem wir über ihn gesprochen haben.« Also rennt sie zur Hauptpost, dort wollen sie ihr den Brief nicht zurückgeben, sie steckt dem Beamten das ganze Geld, das sie bei sich hat, in die Hand – eine beachtliche Summe, wie sich später herausstellt –, greift den unseligen Umschlag und läuft zu Franz, der nicht ein einziges gutes Wort für sie findet und nur beharrlich schweigt. Dies eben hat bewirkt, daß das arme Mädchen, völlig verzweifelt, sich entschloß, bei mir Hilfe zu suchen.
Und was soll ich ihr sagen? Wie soll ich einer Ertrinkenden helfen, die von der Strömung bereits mitgerissen wurde? Alles geschieht so schnell. Die Gefühle sind stürmisch und unberechenbar. Franz ist verrückt nach Milena, Milena ist verrückt nach Franz. Diese zwei haben einander lange gesucht. Welche dieser beiden Frauen ist »die wahre Braut«? Dieses einfache Mädchen oder jene, die Herzdame?

Hugo an Max

Wien, Sommer 1920

Lieber Max,
natürlich erinnere ich mich an Frau Milena. Ich habe sie zwar nur flüchtig kennengelernt – W., mit dem sie befreundet ist, hat uns einmal einander vorgestellt –, ihre Cousine aber war seinerzeit meine Patientin. Frau Milena war dies bekannt, und als ich – auf Deine Bitte hin – diskret auf sie zugegangen bin, haben wir unsere Bekanntschaft eben durch die Anknüpfung an den Fall jener Cousine wieder aufgenommen.
Milenas Geschichte kenne ich von woanders, mit ihr habe ich über ihren Ehemann, ihren Vater und ihr schwieriges Leben nicht gesprochen, vorläufig nicht ... Wir haben uns in letzter Zeit bereits dreimal gesehen. Sie ist in der Tat eine hochinteressante Frau. Bei einem sehr lebhaften Temperament, sogar einer gewissen Überspanntheit, besitzt sie einen kühlen präzisen Verstand und beachtlichen Scharfsinn. Nach all dem, was ich sehe und inzwischen über ihre Angelegenheiten weiß, braucht diese junge Person, auch wenn sie sehr tapfer und selbständig ist, tatsächlich Hilfe. Als erster kann ich ihr diese Hilfe nicht anbieten, es wäre unpassend, sie weiß doch nicht, daß wir über sie sprechen. Es sei denn, sie wendet sich selbst an mich als an einen Arzt. Dann werde ich möglicherweise etwas für sie tun können. Leider bin ich soeben im Begriff, nach Berlin zu reisen. Ich habe sie gefragt, ob ich ihr schreiben darf. Sie war einverstanden und versprach mir, ich könne mit einer Antwort von ihr rechnen ...

Milena an Franz

Wien, Sommer 1920

Lieber Frank,
ich möchte Dir von meinen Eltern erzählen. Du hast nach ihnen gefragt ... Meine Mutter war eine verhinderte Künstlerin. Trotz zahlreicher Begabungen (sie spielte wunderschön Klavier, hätte ganz bestimmt Tänzerin werden können und

konnte hervorragend zeichnen) hat stets irgendein Überfluß oder Mangel sie daran gehindert, den einen besonderen Ton hervorzubringen, der sie auf ihren eigenen Weg geführt hätte. Von dem Leben meiner Mutter an der Seite meines Vaters möchte ich nicht sprechen, das ist eine lange und traurige Geschichte. Ich möchte nur noch sagen, daß sie als wahre Künstlerin nie imstande war, den Widerstand, den das Leben gegen sie leistete, zu brechen.

In den ersten Jahren meiner Kindheit stand ich ganz unter dem Einfluß meiner Mutter. Sie erzog mich auf ihre Weise, oder eigentlich nicht – es ist das falsche Wort –, sie beschwor mich. Sie glaubte, man brauche einem Kind nichts zu erklären, man brauche es nur zu beschwören, und je dunkler der Sinn einer Beschwörung, um so tiefer präge er sich dem Gedächtnis ein.

Ich wuchs also heran einer Wildpflanze gleich, stark und widerstandsfähig. Ob meine Mutter wußte, wer ich in Zukunft sein würde? Nein, sie hat das Unbekannte riskiert, hat auf sich gesetzt, auf ihr verborgenes Ich.

Meine Mutter war ein zartes, zerbrechliches Wesen. Ich erinnere ihre Hände mit den langen Fingern (meine Hände sind breit und kräftig), ihren Blick, der immer irgendwo über meinem Kopf schweifte (ich war ja noch so klein), den Duft ihres Kleids, ein paar belanglose Details. Es könnte scheinen, als hätte diese ätherische Gestalt, diese schwache und unentschlossene Frau, später krank, immer öfter und schlimmer leidend, ein trotziges, ungehorsames Kind nicht formen können. Und doch, gleich dem Meer, das, sich zurückziehend, Senken voll Wasser hinterläßt, immer flacher, zum Schluß kaum noch feucht – so hat auch sie ihre Spuren in mir hinterlassen. Und obgleich der Sand während der Ebbe ganz trocken wird, so höhlt ihn das Meer doch mit der nächsten Flut aufs neue aus und füllt ihn dabei mit immer frischem Wasser.

So kehrt auch meine Mutter, verstorben als ich sechzehn war, immer und immer wieder wie eine Meereswelle zu mir zurück und nimmt mich vollständig in Besitz.

Der Vater ist ganz anders – hart, gepanzert, vielleicht war er früher nicht so, nun ist er, statt sanfter, mit der Zeit noch härter geworden. Während die Mutter eine ewige Nichterfüllung war, eine Offenheit, ein Weg, dem nicht einmal der Tod ein Ende setzen konnte, ist der Vater endgültig geformt, geschlossen.

Manchmal, wenn ich ihn unbemerkt beobachte, meine ich zu sehen, wie sein inneres Wesen unter der harten Schale erstickt, ohne Luft, ohne Licht. Früher einmal hat dieses Wesen vielleicht von der Freiheit geträumt, jetzt aber – zusammengerollt und nackt, gleichsam hautlos, also bei jeder Bewegung leidend, liegt es reglos da, leblos, hoffnungslos.

So ist mein Vater. Äußerlich unerbittlich, im Inneren – voll Schmerz. Lange könnte ich über meinen Vater sprechen, über seine Vorurteile, seine Schrullen, über seine Grausamkeit. Davon später...

Du fragst, wie es kam, daß ich so bin, wie ich bin. Du hast mich ein »furchtloses Wesen« genannt, ich aber... habe mich früher zu Tode gefürchtet. Es gab eine Zeit, in der alles Angst in mir weckte: die Höhe und die Dunkelheit, unbekannte Orte, Hofhunde und die Elektrische ... Es ärgerte mich sehr, so sehr, daß ich eines Tages beschloß, die Angst zu besiegen.

Wir wohnten damals auf dem Hradschin, in einer großen Wohnung im obersten Stockwerk. Du kennst diese Häuser mit schmalen Gesimsen und Holzumgängen, die in Prag »Pawlatschen« genannt werden. Allein schon das Hinausschauen aus dem Fenster nach unten auf den steinernen Hof, ohne den kleinsten Streifen lebendiges Grün, fügte mir physische Schmerzen zu.

In einer Mondnacht öffnete ich das Fenster meines Zimmers und stellte mich auf die Fensterbank. Nach einer kurzen Überlegung machte ich den ersten Schritt. Genausogut hätte ich sofort hinunterspringen können, und doch gelang es mir, den nächsten Schritt zu machen, und so, mich an der rauhen Wand festhaltend, in der sich gnädigerweise zahlreiche Vertiefungen und Nischen befanden, schob ich mich langsam zum Geländer

der Pawlatsche hin. Was ich mir damals dabei gedacht habe, weiß ich wirklich nicht, als ich mich aber schon auf der Kante befand, überfiel mich eine mir bisher unbekannte Ruhe.
Ich kam glücklich am Ziel an, hielt mich an einem Holzsäulchen fest, sprang über das Pawlatschengeländer und war gerade dabei hinunterzulaufen – mir nun erst Gedanken machend, wie ich denn im Dunkel nach Hause zurückkommen sollte –, als ich auf der immer glatten Holztreppe ausrutschte, fiel und mir das Bein brach. Ich erinnere nicht mehr, was weiter geschah, und doch hat dieses scheinbar sinnlose Abenteuer mir das Fürchten abgewöhnt.
So einfach ist das also, wirst Du fragen. Wohl doch nicht. Diese Furchtlosigkeit, die möglicherweise nur die Kehrseite der Furcht ist, muß schon von Anfang an ein Teil meines wahren Wesens ausgemacht haben. Denk aber nicht, ich wolle damit sagen: Frank, wenn die Angst ein Teil Deines wahren Wesens ist, so … Ich glaube nicht, daß es so sein kann.
So viel wie möglich wolltest Du von mir wissen, also erzähle ich weiter. Mein Vater kümmerte sich nach dem Tod der Mutter nicht viel um mich, eigentlich tat er das nur, wenn ich ihm Schwierigkeiten bereitete. Ich führte mein eigenes unabhängiges Leben und fürchtete weiterhin nichts. Als ich mich mit 19 Jahren in einer geschlossenen Nervenheilanstalt wiederfand, veränderte ich mich nicht. Nach wie vor tat ich, was ich wollte, natürlich in den von der Spitalordnung streng bestimmten Grenzen. Ich lernte seltsame Menschen kennen, viel seltsamere als ich selbst und meine bisherigen Freunde. Am schmerzhaftesten prägte sich in meine Erinnerung ein gewisser Mann ein, der … vollkommen gesund war.
Herr N.N. befand sich bereits seit einigen Jahren in der Anstalt, die für ihn ein derartiges Gefängnis war, daß wir uns keine Vorstellung davon machen können. Dieser Mensch, ein etwas wunderlicher Kauz, der keinem schadete, hätte ruhig frei unter anderen Menschen leben können, wäre er nicht für seine Familie zu einer Art Bedrohung geworden. Unter dem Vorwand einer Geisteskrankheit hat man ihn in der Anstalt

des Doktor B. isoliert und seines Vermögens beraubt. Die Isolation war so streng, daß niemand in seine Nähe kommen durfte. Er bekam weder Zeitungen noch Bücher, und durfte nicht spazierengehen. Als dieser zartfühlige Mensch sah, daß ich mich ihm näherte, warnte er mich, da selbst die belangloseste Unterhaltung mit ihm für seinen Gesprächspartner mit der Strafe des Isolierzimmers zu enden drohte.

Ja, so war es wirklich. Mehrmals ging ich dieses Risiko ein, einige Male ließ ich mich einsperren, nur weil ich ihm Bücher borgte oder ihn fragte, wie er geschlafen hatte. Ich weiß, daß alle Versuche, Herrn N.N. aus der Anstalt herauszuholen, gescheitert sind, höchstwahrscheinlich wird dieser Mensch den Rest seines Lebens dort verbringen müssen.

Auf welche Art und Weise ich dorthin gekommen bin, fragst Du. Zehn Monate in einer Anstalt für Geisteskranke sind ein schlimmes Erlebnis für ein junges Mädchen. Es geschieht, daß man von dort nie wieder zurückkommt.

Man hat mich eingesperrt, und es war mein Vater, der das getan hat. Er behauptete, meine Trotzigkeit hätte ihn dazu gezwungen. Er hat sie lange Zeit ausgehalten. Die Tatsache, daß ich Kleidung und Essen von Zuhause für meine hungernden Freunde wegtrug, daß er mich einmal mit einem nackten Mädchen im Schlafzimmer ertappt hatte, sogar meine Versuche mit Kokain – all das hatte, wie er meinte, seine Geduld nicht erschöpft; als ich mich jedoch entschloß, die Verbindung mit einem Juden einzugehen, wurde er wahnsinnig. Und doch fand ich mich, und nicht er, in einer Nervenanstalt wieder.

Damals leistete ich blind Widerstand, versuchte gar nicht zu verstehen, was eigentlich geschah. Jetzt sehe ich, daß jede Tat, jedes Wort des Opfers dem Peiniger zum Vorwand werden kann, eine neue Waffe einzusetzen. Eine düstere Gier erwacht in den Menschen, sobald sie Macht bekommen. Den Verlokkungen der Macht entgeht wohl keiner. Die Eltern sollten jedoch unaufhörlich wachsam bleiben, denn ihre Macht ist besonders groß.

Du hast Deinem Vater erlaubt, Dich in Schuldgefühle hinein-

zujagen. Mein Vater liebt auch nur diejenigen, die seine Befehle erfüllen, er hat sich auch das Recht genommen, mich zu bestrafen, und mir von klein auf das Schuldgefühl beigebracht. Ich habe mich aber nie, nie ergeben.
Frank, das Schuldgefühl hat eine große zerstörerische Kraft. Du willst die Schuld der anderen auf Dich nehmen? Den eigenen Körper bestrafst Du für Sünden, die nicht Du begangen hast? Du vertraust darauf, daß, wenn Du Dich selbst beschuldigst, die Welt Dir recht geben und endlich laut gesprochen wird: Wir wissen, daß Du unschuldig bist. Dann wirst Du Dich wie ein Kind fühlen können, ein Kind aus vorgeschichtlichen Zeiten, als die Unschuld noch der einzig mögliche Zustand der Existenz war.
Es ist eine Täuschung. Laß Dich nicht täuschen.
Sobald Du Dich beschuldigst, wird die Welt Dir recht geben, und es wird laut gesagt: Wir wissen, daß Du schuldig bist. Das Gericht wartet nur auf Dein Geständnis, der Staatsanwalt ist dafür da, Dich anzuklagen und nie an Deiner Schuld zu zweifeln. Der Prozeß wird eröffnet, nicht um die Wahrheit zu beweisen, sondern um den Angeklagten zu vernichten. Frank, kennst Du das Märchen von der Schneekönigin? Die Welt der Ankläger – das ist ihr Reich: eine kalte, starre Welt ohne Liebe.
Klage Dich nie mehr wieder selbst an.

Milena

Milena an Hugo

Wien, Herbst 1920

Sehr geehrter Herr Doktor,
Sie fragen sich, ob ich Ihren Brief beantworten werde. Diesen außergewöhnlichen, liebenswürdigen Brief! Wie könnte es anders sein! Ihr Brief war für mich wie ein Gespräch mit einem Menschen, dem man viel anvertrauen kann, ohne dabei verwundert zu sein. Wir wissen doch so wenig voneinander und sprechen, als kennten wir uns bereits eine Ewigkeit lang. Ja. So habe ich Ihren Brief gelesen.

Darf ich eine Bitte äußern, Herr Doktor? Ich möchte Sie ganz herzlich bitten, mir zu sagen, wie Franks Gesundheitszustand wirklich ist. Danach gefragt, antwortet er immer: ausgezeichnet. Als wir vier Tage in Wien beisammen waren, hustete er nicht, ermüdete nicht, aß viel und lachte gern. Und doch weiß ich, daß er krank ist. Werden Sie mir als Arzt sagen, wie es wirklich um ihn steht? Verzeihen Sie bitte meine Neugier, aber ich muß es wissen.

Aber ... ich wollte Ihnen doch von meiner Zusammenkunft mit Frank erzählen. Es war ganz ungewöhnlich, wie alles, was mit ihm zusammenhängt. Jedes einzelne Wort von ihm, jede Geste, selbst die unausgesprochenen Gedanken, die ich auf jede mögliche Weise zu durchdringen suche, erfüllen mich mit Staunen und Bewunderung. Frank ist nämlich bewundernswert.

Also, wir waren in einem Restaurant. Wie Sie wissen, ist Frank Vegetarier. Es war nicht immer so, derzeit ist er aber sehr entschlossen in dieser Hinsicht. Ich wollte, daß wir in ein vegetarisches Restaurant gehen, oder zumindest ein koscheres, wo es auch Speisen ohne Fleisch gibt, und dazu noch dem Ritual gemäß zubereitet.

Er aber bestand auf dem Restaurant, wo hauptsächlich Fleischgerichte angeboten werden. Sie kennen seine Sturheit, diese stärkste Waffe des Schwachen. Keiner wird ihn besiegen, wenn er hartnäckig auf etwas beharrt.

Wir steigen also eine breite Treppe hinauf, ein buckelnder Kellner begrüßt uns an der Tür, geleitet uns zum Tisch. Wir warten auf die Aufnahme unserer Bestellung. Die Spezialität dieses Hauses sind Fischgerichte. In den Wänden des Saals sind Aquarien eingelassen, in denen Karpfen, Hechte und Forellen schwimmen. Wir traten heran, um sie uns anzusehen. Die Fische öffneten ihre Mäuler, flimmerten mit den glitzernden Rücken. Frank näherte sein Gesicht der Aquarienwand, und in diesem Moment kam ein großer goldbrauner Karpfen angeschwommen, durch die Bewegung auf der anderen Glasseite neugierig gemacht. Eine Weile blickten sie einander an,

und Frank sagte: »Ich kann dich ruhig ansehen, ich esse dich nicht.«
Ich betete im stillen, Frank möge nicht darauf kommen, wozu hier lebende Tiere gehalten werden. Er aber, manchmal so unpraktisch, abwesend, möchte man meinen, durchdringt die Wirklichkeit mit großem Scharfsinn und läßt sich nicht leicht hinters Licht führen. Er tat dann auch gar nicht so, als glaubte er an freundliche Beweggründe der Restaurantbesitzer. Er wußte, daß die Gäste frischen Fisch mögen, so frisch wie nur möglich – lebendig. Man wählt ihn auf Bestellung, bereitet ihn nach dem Rezept des Küchenchefs zu und serviert den gerade noch so lebendigen, nun mit bunten Gemüsescheiben im toten Mäulchen.
Ich bat ihn, »laß uns von hier fortgehen«, er aber wollte nicht, und ich sah, wie er seine Lippen schmerzhaft zusammenpreßte. Er bestellte einen Pfirsich, ein Spinatkotelett und Salznüsse, ich, mit schlechtem Gewissen, eine Bratente. Ja, ich war wirklich hungrig.
Als wir auf die bestellten Gerichte warteten, erzählte mir Frank, was er gerne essen würde, wenn er keine Magenbeschwerden hätte.
»Ach, diese Gier, die ich immer verspüre, wenn ich mich gesund fühle«, sagte er. »Besonders vor den Auslagen der Wursthandlungen stille ich diese Begierde.«
»O ja, Prag hat wunderbare Geschäfte mit ausgezeichneten Wurstwaren«, bemerkte ich, und wir beide lachten bei der Erinnerung an unsere Spaziergänge durch Prag und an ein lustiges Vorkommnis.
»Weißt du, wenn ich eine Wurst sehe«, sprach er weiter, »die man mir als alte, harte Hausmacherwurst anpreist, beiße ich in meiner Phantasie mit allen Zähnen in sie hinein, schlucke sie hastig, gleichmäßig, gnadenlos wie eine Maschine. Die Verzweiflung, die diese Tat selbst in der Phantasie sofort nach sich zieht, verstärkt nur meine Eile. Ich stopfe mich voll mit Heringen, Gurken, mit jeglichen verdorbenen, scharfen Speisen. Und Zuckerl fallen wie Hagel aus den Blechdosen in mich hinein.«

»Auf diese Weise sättigst du dich nicht nur mit Essen, sondern auch mit einer Art Leiden«, sagte ich.
»Ja, es ist aber schmerzlos und geht gleich vorüber.«
In diesem Augenblick brachte man uns die Vorspeisen.
Ich sah zu, wie Frank sich mit der unreifen Frucht plagte, indem er sie mit der Gabel zu halten und mit dem Messer zu schneiden versuchte.
Als die Bratente kam, die – eine große Portion, knusprig und duftend – mit süßen Früchten garniert war, verfluchte ich mich stumm dafür, daß ich so taktlos sein konnte, Frank den Anblick eines toten Vogels zuzumuten. Zu allem Überfluß kommentierten unsere Tischnachbarn, von einigen Flaschen Bier angeheitert, laut die Bratente, die auch sie bestellt hatten.
»Heute servieren sie eine Ente, die Fleisch hat.«
»Ja, das ist keine tschechische Ente, die tschechischen haben nur Schnabel, Federn und Knochen.«
»Seit kurzem importieren sie chinesische Enten, schwarzweiße.«
»Ich habe auch von französischen Enten gehört. Die haben besonders ausgeprägte Brüste.«
Ich wendete den Blick von ihnen ab, senkte die Augen und starrte verärgert meinen Teller an. Aber Frank, der liebe Frank, sagte: »Milena, iß bitte, ich sehe so gerne zu, wenn Menschen mit Appetit das essen, was ich mir versage. Der Anblick speisender Freunde ist mir ein wahrer Genuß.«
Also biß ich weiter in meine unselige Bratente, während Frank elegant und unauffällig sein grünes Kotelett verzehrte, das ich gar nicht ansehen konnte, so sehr erinnerte es mich an Futter, verdaut von einem großen, traurigen Tier. Dann knabberten wir die Mandeln und unterhielten uns in aller Ruhe.
Satt und entspannt betrachtete ich Frank. Er war weiterhin hungrig, wußte es aber selbst nicht. In seinen Mundwinkeln lauerte ein Schatten, die Augen waren unruhig, ständig schaute er zum Aquarium, aus dem man soeben ein neues Opfer gefischt hatte.

Warum verweigert Frank das Essen, was bedeutet eigentlich das Verzehren von Fleisch, überlegte ich, während ich ihm zuhörte.

»Der tierische Ernst des Essens erschreckt mich«, sagte er. »Alles, was du verzehrst, wird dir mit demselben antworten. In der Handlung des Essens verbirgt sich sowohl die Kraft des Lebens als auch die Drohung des Todes. Wir verschlingen die Körper der Tiere, ihre Hirne, ihr Herz und Blut, wie die Krieger die Körper ihrer Feinde verschlingen, um die eigene Macht zu stärken. Wir hüllen uns in Tierhäute, und kein anderes Gewand liegt dem Körper so nah wie das aus einem lebendigen Wesen geschaffene.«

In diesem Moment dachte ich, daß Frank vielleicht deshalb kein Fleisch ißt, weil es die wichtigste Nahrung in der Welt der Herrschaft ist, die man unter Gewaltanwendung erreicht. Die mit Fleisch Gesättigten sind die Stärkeren. Frank kann sich mit der Sattheit der Herrscher nicht abfinden.

Frank fürchtet die Gewalt.

Frank will keine Macht.

Gegenüber dem fastenden Frank sind die gewöhnlichen Menschen wie zivilisierte Menschenfresser, die zum Feiertag ihren Nachbar verspeisen.

So dachte ich bei mir, während ich Frank beobachtete. Diese Gedanken behielt ich aber für mich. Frank mag es doch nicht, wenn man von ihm spricht. Aber auf diese Weise gab mir ein gewöhnliches Mittagessen Anlaß zu Überlegungen, die mir viel verraten haben – nicht nur über Frank, sondern auch über mich selbst.

Milena an Max

Wien, Herbst 1920

Lieber Max,

ich verstehe es nicht recht, weiß nicht, wie mir geschieht. Und so muß es sein. Nichts darf in dieser Welt als sicher gelten. Eine im Lichttropfen verschlossene Welt wäre wie ein Insekt, erstarrt im Bernstein – für immer gleich und unwiderruflich tot.

Eines bin ich mir aber sicher: daß Frank mich liebt. Wie könnte er mich denn nicht lieben, er würde sich doch furchtbar schuldig fühlen. Ach, dieses Schuldgefühl in ihm, es ist so zerstörerisch, und doch bewahrt er es in sich, nährt es beinahe mit dem eigenen Körper. Armer Frank!

Du meinst, nicht das Schuldgefühl, sondern das Gefühl der Fremdheit bezeichne Frank am treffendsten, er fühle sich vor allem fremd. Er ist ein Fremder, und eben deshalb ist er mir so nah. Zunächst verstand ich ihn nicht, dann dachte ich, ich wüßte alles über ihn. Lächerliche Illusionen. Du klagst ja auch, ihn oft nicht zu begreifen, nach so vielen Jahren der Freundschaft sein Geheimnis nicht erkannt zu haben. Gesegnete Blindheit! Was für eine Macht würden wir mit den Geheimnissen unserer Mitmenschen erreichen! Was für eine Last, was für eine teuflische Versuchung!

Ja, Frank ist nicht einfach. Frank und irgend etwas Einfaches oder Leichtes? O nein, das wäre ihm nicht ähnlich. Also ist er schwierig, voll Hemmungen, hart wie der in Kämpfen gehärtete Stahl. Vor einigen Wochen fühlte ich mich sehr unglücklich, wollte ihn unbedingt sehen. Ich bat und flehte, er möge kommen, mir den erlösenden Rettungsring zuwerfen. Ich brauchte ihn, wie man Luft braucht, um Atem holen zu können.

Er kam nicht. Es schien mir damals, als wäre er unmenschlich, unvorstellbar egoistisch, als gäbe es in ihm eine Art Todesstarre zu Lebzeiten.

Es stimmt aber nicht! Man muß sich ihm Schritt für Schritt nähern, immer neue Verhüllungen aufdecken, hinter denen sich seine Güte und Weisheit, seine Reinheit verbergen. Er hat sie gut versteckt, hat sich gepanzert, sein Inneres zusammengeballt, wie eine zum Schlag bereite Faust. In seinem Innern gibt es aber Weichheit, Wärme, Sanftmut, die verletzten, für immer verletzten Gefühle.

Milena an Hugo

Wien, Winter 1921

Lieber Herr Doktor,
Sie haben mich gebeten, von Frank zu berichten, da er Sie interessiere. Mir geht es ebenso.
Ich wollte in diesem Winter mit ihm zusammentreffen, aber Frank, der liebe Frank, konnte sich schon wieder nicht entschließen. Er zögerte lange. Schließlich – kam er nicht. Es fällt ihm schwer, eine Wahl zu treffen, wissend, daß es unendlich viele Lösungsmöglichkeiten gibt.
Möglicherweise (sicher bin ich mir nicht) sieht er die Gegenwart als eine aus möglichen Welten zusammengesetzte Struktur, aus Welten, die gleichzeitig und unendlich sind. In jeder dieser Welten verbirgt sich eine mögliche und vorstellbare Zukunft.
Was soll man denn tun? Das, was Frank tut – die Unbeschränktheit der Wahlmöglichkeiten wählen. Ein Paradox? Ja, aber so ist Frank nun eben.
Ich weiß auch, daß er leidet, indem er sich mit den unbeschränkten Wahlmöglichkeiten einverstanden erklärt, da *jede* Wahl die Beschränkung der Unendlichkeit bedeutet.
Das ist aber noch längst nicht alles. Hat Frank eine Wahl getroffen, sich für die unbeschränkten Wahlmöglichkeiten entschieden, so beginnt er, der Welt gegenüber eine von ihm erarbeitete Methode anzuwenden – die Methode der Beschränkung.
Er schreibt mir in einem Brief: »Ich werde Dir nur den tausendsten Teil zeigen können, und davon wird mir nur der tausendste Teil gegeben. Davon werde ich nur der tausendste Teil sein ...«
Auf diese Weise begrenzt er den Raum so stark, daß es immer weniger Wahlmöglichkeiten gibt, schließlich so wenige, daß die Wahl schon wieder beinahe unmöglich wird.
So viel zu diesem Thema. Neulich machten wir uns, Frank und ich, Gedanken über den Sinn der Wörter »nein« und »ja«. Für Frank breitet sich zwischen »nein« und »ja« ein Feld unge-

ahnter Möglichkeiten aus. Zunächst gibt es das »Nein« an den eigenen Körper, an das Leben, an die Welt. Dann Unsicherheit, Angst, unaufhörliche Zweifel. »Ja« erscheint zum Schluß, im allerletzten Augenblick, wenn es oft schon zu spät ist.

Dem Körper gehört die Schwere (Frank ist sehr dünn), für den Körper ziemt sich die Materialität; der Körper sehnt sich nach Berührung. Frank fürchtet sich vor den Berührungen, sie geben ihm das Gefühl, als wollte sich ihm etwas Unbekanntes und Bedrohliches im Dunkel nähern.

Eben von Frank habe ich die Zweideutigkeit des Wortes »angreifen« erfahren, eines Wortes, das sowohl eine unschuldige Berührung als auch einen Angriff in sich birgt und in dessen erster Bedeutung immer ein kleines bißchen der zweiten mitklingt.

Frank fürchtet sich vor Lärm, er erträgt ihn nicht. Lärm fügt ihm Schmerz zu, es ist, als müsse er – indem er Lärm in sich aufnimmt – die »Stimmen der Welt« hören, die Stimmen der Pflanzen, der Tiere, sogar der Gegenstände, die sterbend unaufhörlich um Hilfe rufen.

Er atmet auch nicht richtig. Ist er denn nicht deshalb an Tuberkulose erkrankt? Er hält den Atem an wie ein Kind, das sich gegen das Leiden wehren will. Dabei sollten wir uns mit dem Schmerz abfinden, er warnt uns doch, ist eine Alarmglokke – paß auf, du mußt in deinem Leben etwas ändern. Einmal beobachtete ich ihn, als er sich von mir entfernte: Seine ganze Gestalt war leicht nach vorn gebeugt, als würde er sich auf den Zehenspitzen halten, die hochgezogenen Schultern deuteten auf die Angst, die ihn jederzeit zur Flucht bereit sein läßt, als er wiederum auf mich zukam und dicht neben mir stehenblieb, lag sein ganzes Körpergewicht auf den Fersen, so daß man ihn mit einem leichten Stups des kleinen Fingers hätte zu Boden strecken können.

Ich habe auch eine seiner typischen Gesten vor Augen: Er beugt sich vor und spricht leise, zart – in Halbdrehung des Körpers, den linken Arm nach hinten, wie beim Schwimmen, den rechten Arm in der Luft, den Zeigefinger nach unten gerichtet. In dieser Körperhaltung verbirgt sich eine gewisse Demut, Unterwürfigkeit und Falschheit, da unter den fast geschlossenen Augenlidern Zorn lauert, allerdings gut versteckt, so gut, daß selbst Frank nichts von ihm weiß. Er sieht es nicht, aber ich sehe es: Frank schaut die ganze Zeit den unsichtbaren Feind an. Das Problem der Verfolger ist ja ein Kapitel für sich. Er hat mir viel von den Dämonen erzählt, die ihn lange Zeit gepeinigt und immer noch nicht vollständig verlassen haben.

Ich habe oft überlegt, wie Frank Frauen sieht – das ist eine lebenswichtige Frage für mich. Die Sinnlichkeit drängt ihn zu einer Frau, aber die Höhere Gewalt zwingt ihn, sich von diesem fremden, unbegreiflichen, ja feindlichen Wesen abzuwenden. Vielleicht wünscht er sich, die Frauen mögen den Sirenen gleich sein, die an der Wasseroberfläche schweben, mit übermenschlich herrlichen Stimmen verführen, mit dem Unterteil ihrer Körper im Wasser, diesem ursprünglichen Element, worin der Körper – verborgen und unerreichbar – die irdische Schwerkraft verliert.

Es verwundert Sie, daß ich ihn so durchdringend, auf so grausame Art sehe. Es ist die Liebe, die mich führt, sie schärft die Sinne und läßt nichts Wichtiges unbemerkt entfliehen. Frank und ich stehen uns so nahe wie niemand sonst, aber zwischen uns breitet sich die See aus, in die wir in kleinen Booten von gegensätzlichen Ufern aus gestochen sind.

Milena an Franz

Wien, Frühling 1921

Lieber Frank,

ich erinnere mich an den Augenblick der Liebe, vielleicht den einzigen in diesen schwierigen Stunden in Gmünd, dort im Wald, als Du mit der einen Hand unter dem Kopf lagst, mit der anderen meine Brüste streicheltest und Dein weißes Hemd vor dem Hintergrund des immer noch saftigen Grüns von Gras und Moos leuchtete, obgleich der Herbst sich schon näherte und dieser Tag der letzte warme vor der herannahenden Kälte war. Ich hörte, wie sich die Kiefernwipfel unter dem über den Wald gehenden Wind beugten, die Espenblätter zitterten leicht, aber unaufhörlich, die Sonne schien wie durch einen Nebel aus fernem Rauch oder vielleicht aus der feuchtigkeitsgetränkten Luft, und aus dem Innern der Erde gelangte eine Art dumpfen Brummens zu uns, erinnerst Du Dich? Ich sah in Deine Augen und spürte, daß der Sommer zu Ende ging. Leise sprach ich unsere Beschwörungsformel: »Möge das, was niemals weint, in deinen Armen weinen, möge das, was niemals schläft, bei dir den Schlaf finden«, und in dem Moment begannst Du Dein Bußritual.

Ich glaubte Dich mit einem schärferen Wort zur Ordnung rufen zu können, Dich aus Deiner Waldhöhle herauszuholen, Du verstärktest aber nur die Selbstgeißelung. Und so schrie ich Dir ins Gesicht, daß ich es nicht mehr ertragen kann, daß Du mit Deiner Erniedrigung die Welt und die Menschen beleidigst, die Dir helfen wollen.

Schon früher habe ich die Zuversicht verloren, in der meine Liebe zu Dir wie in einem warmen Nest wohnte, nun fühlte ich mich in Deiner Nähe wie ein kranker Vogel. Ich hatte keine Kraft, keine Kraft mehr, Dich zu lieben!

Du sagtest, eine Höhle im tiefen Wald sei Dein Platz und werde es für immer bleiben, Du seist ein böses schmutziges Tier, das man nie mehr ans Tageslicht lassen dürfe, und so würdest Du nun dort, in Deinem Versteck, schon für immer bleiben.

Ich versuchte noch, uns zu retten, legte meine Hände auf Deine Augen, flüsterte Dir ermutigende Worte zu, spürte aber, wie Du erstarrtest, wie Dich das Leben verließ und nur eine halbtote Hülle dablieb, in der Dein armes, liebes Herz wie wahnsinnig schlug.

Wir gingen damals schweigend zurück, entlang der Geleise, die irgendwo in die Weite führten, zu einem Ziel – bittere Ironie, da wir keinen Weg mehr vor uns hatten.

So dachte ich damals. Als ich aber am Abend auf dem Bahnhof stand und Du – aus dem Fenster Deines Coupés gelehnt – die

Hand ans Herz drücktest, spürte ich, wie alles in mir wieder zu Dir drang, und so streckte ich meine Arme nach Dir aus, in diesem Moment aber setzte sich der Zug heftig in Bewegung, Du zogst Dich ins Coupé zurück, ich blieb allein und glaubte an meinen Tränen zu ersticken.
Schreib mir bitte! So wortlos können wir doch nicht auseinandergehen!

Milena

Max an Franz

Prag, Sommer 1921

Lieber Franz,
es stimmt, zwischen meinem und Deinem Fall besteht ein Unterschied; ich habe Ehefrau, Familie, dieses Glück ist uns aber zu einer wahren Qual geworden. Meine Frau erträgt, wie Du weißt, alles mit einer außergewöhnlichen, unerwarteten Geduld. Manchmal denke ich, sie weiß etwas, wovon ich noch keine Ahnung habe, sie sieht die Zukunft mit einer Intuition, die mir fehlt. Nun sieht es aber so aus, daß ich sie verlassen muß ... Ich will nach Berlin gehen, dort habe ich eine Arbeit und eine mir zugesicherte Wohnung.
Auch ich werde von seltsamen Träumen heimgesucht (welche Träume sind übrigens nicht seltsam), mit Motiven einer Reise, einer Wanderung, mit dem Herumirren in unbekannten Gassen fremder Städte, die mir wie längst verlorene und plötzlich wiedergefundene Orte scheinen.
Milena schreibt mir häufig. Ihre Briefe sind heiß und voll Verzweiflung. Sie könnte Deine Angst heilen. Warum fliehst Du vor ihr? Milena – das ist eine Naturgewalt, das Leben, der Sturm, nach dem der lebensspendende Regen kommt. In Milenas Person reicht Dir das Schicksal die Hand. Dir gehört die Wahl zwischen Leben und Tod. Es ward doch gesagt: »Leben und Tod lege ich dir vor, Segen und Fluch. Wähle also das Leben ...«
Ein zu pathetischer Ton, wirst Du wahrscheinlich sagen, aber

glaube mir, in der Liebe habe ich das Intermittierend-Göttliche am ehesten, am häufigsten erlebt. Warum sollst Du vor der Liebe mehr Angst haben als vor andern Angelegenheiten des Lebens?

Kannst Du oder willst Du mit Milena nicht mehr zusammentreffen? Sehr genau hast Du mir Deine Angst vor der Reise, vor dem Zusammentreffen, vor der Annäherung beschrieben. Du schreibst, daß Dich in Wirklichkeit eine unerhörte Angst vor dem Tod plagt, die gar nicht als Todesangst zum Vorschein kommen muß. Sie kann zur Angst vor der Veränderung werden, zur Angst vor Wien, vor einer gewissen Nacht im Hotel »Imperial« ... Möglicherweise hast Du recht, möglicherweise sind alle unsere Ängste im Grunde nichts anderes als diese eine – die Angst vor dem Nichts.

Du schreibst von Richtern, von einem Gerichtshof, vom Vater als Schöffen, von all denen, die nun hinter der verschlossenen Tür sitzen, während Du voll Angst auf den Augenblick wartest, in dem der Gerichtsdiener die Tür öffnet ... Aber was wirst Du antworten, wenn Dich der Richter fragt: »Was hast du mit der Gabe des Geschlechts getan? Was ist mit der Frau geschehn, die dich geliebt hat?«

Ich erinnere mich an ihren ersten Brief über Dich: »F. ist meine ganze Hoffnung«, schrieb sie damals. Und weiter: »Ich habe das Gefühl, als gäbe es mich gar nicht. Erst dank der Liebe beginne ich zu existieren. Früher gab ich mich hin, so wie man nimmt – stürmisch. Und immer wieder zerschellte ich in tausend Stücke. Ich bestehe ganz und gar aus den Splittern meines eigenen Herzens ...«

Sie liebt Dich. Das darfst Du nicht vergeuden.

Sie versteht Dich besser als alle anderen.

Auch wenn es Dir vorkommen sollte, als wollte sie Dir entfliehn, als fehlte es ihr an Mut und Entschlossenheit angesichts Eures gemeinsamen Lebens – all das ist nur trügerischer Schein. Vertraue Dir, finde die Kraft in Dir, glaube an diese Liebe, und Du wirst sehn, daß M. als erste zu Dir kommen wird – vertrauensvoll und offen.

Franz an Max

Matliary, Sommer 1921

Lieber Max,
ich gebe M. nicht »leichter Hand« fort. Nein. Ich werde gar nicht versuchen, Dir meine Verzweiflung darüber zu beschreiben. Lassen wir das! Du hast recht, wenn Du sagst, in M. reichte mir das Leben die Hand, aber hatte ich wirklich eine Wahl? Es scheint nur so. Gäbe es noch ein Delphisches Orakel, hätte ich es befragt, und es hätte geantwortet: »Die Wahl zwischen Tod und Leben? Wie kannst Du zögern?«
Wenn Du schreibst: »in der Liebe habe ich das Intermittierend-Göttliche am ehesten, am häufigsten erlebt« und gleich weiter: »Warum sollst Du vor der Liebe mehr Angst haben als vor andern Angelegenheiten des Lebens«, so ist es, als würdest Du mich fragen: »Warum nicht vor jedem Dornbusch die gleiche Angst haben wie vor dem brennenden?«
Der Kern dieser Sache, dieses so schmerzhaften Ganzen, ist vielleicht, daß ich nur fähig bin, das zu lieben, was ich so hoch über mich selbst stelle, daß ich es nicht erreichen kann...
Soviel über die Liebe, über die Angelegenheiten des Geschlechts... Ich habe Dir schon einmal erzählt, daß mich – seit ich mich erinnern kann – der Körper eines jeden zweiten mir gleichgültigen Mädchens reizt, aber der Körper eines Mädchens, in das ich meine Hoffnungen lege, mich gar nicht zu reizen vermag. So war es mit F., so war es mit J., so war es mit M. und mit allen andern, denen ich mich zu nähern versuchte.
Du wirst sagen, ich habe ganz einfach Angst. Ja, ich habe Angst, aber nicht davor, daß ich körperlich oder geistig nicht bestehen würde, ich habe nur Angst, daß ich es nicht schaffe, die Last eines andern Menschen, seines Lebens, seines Schicksals zu tragen.
Es gibt da aber noch etwas: Die Beziehungen mit anderen, um so mehr, wenn sie mir nahestehn, verursachen mir schmerzhafte Störungen. Sie bringen mich aus der Ruhe, aus dem Warten ... Erinnerst Du Dich, was ich Dir einmal über eine Brücke vorgelesen habe? Ein Mensch, der sich mit den Zehen

an das eine Ufer festkrallt, mit den Fingern an das andere klammert, ist eine Brücke, ein Bindeglied zwischen dieser und jener Seite. Menschen gehen über ihn, bringen ihn unvermeidlich ins Schwingen, verletzen ihn mit ihren schweren Schritten bis ins Fleisch, und er harrt so aus, im Warten, im stummen Schweigen vor dem Fall, bis er endlich hinabstürzt und unten an den Felsen zerschellt.

Ich kenne nur dieses Warten, kenne nur das...

Vier Nächte mit M. im Hotel »Imperial«, als nur die flüchtigen Augenblicke Linderung brachten, waren ein solches stummes Warten, der Rest ging im Schrei des Fallenden und im Getöse der stürzenden Steine verloren.

Alles ist Angst. Diese Angst besteht aber nicht nur aus Angst, sondern auch aus der Sehnsucht nach etwas, nach etwas mehr als alles, was angst macht.

Einer der beiden, die in mir leben, will es noch versuchen, will es hinauszögern, der andere sagt: Tue etwas, damit sie nicht mehr schreibt. Wahrscheinlich sind sie beide Schurken. Und doch, der weniger schurkenhafte bittet: Laß sie los. Sie ist hell und rein, besudele sie nicht mit deinem Schmutz.

Milena an Max

Wien, Sommer 1921

Max, ich verstehe nichts mehr! Bin wie von Sinnen! Warum mußte es so kommen? Warum hat er diese furchtbaren Worte geschrieben: »Nicht schreiben und verhindern, daß wir zusammenkommen, nur diese eine Bitte erfülle mir im stillen, sie allein kann mir irgendein Weiterleben ermöglichen, alles andere zerstört weiter.«

In den letzten Wochen umkreiste uns beide ein Schwarm von Träumen. Wir träumten voneinander, davon, daß wir beisammen sind, daß wir ein Kind haben ... Im Traum waren alle Hindernisse beseitigt, und beim Aufwachen umklammerte der Schmerz meinen Kopf wie mit einer Eisenzange. Einzig die Erinnerung an die vier Tage mit Frank letzten Sommer in Wien hat mich ins Leben zurückgerufen. Es waren wunderschöne Tage! Sie sind wirklich geschehen. Damals war mir noch nicht bewußt, wie krank Frank ist, wie geschwächt nicht nur seine Lungen, sondern auch sein Lebenswille ist, und wie die Angst, von der er so viel sprach und die ich mit meinen Küssen fortjagen wollte, gleich einem Vampir das ganze Blut aus ihm saugte.

Damals waren wir jedoch glücklich, wollten beisammen sein. Dann wurde alles komplizierter. Mein Mann kam zu mir zurück, wollte noch einmal von vorne anfangen. Jetzt kann ich ihn nicht verlassen, möglicherweise werde ich es gar nicht mehr tun können. Obgleich er mich betrogen, sich nicht um mich gekümmert hat und überhaupt kein guter Mensch ist, besitzt er eine geheimnisvolle Macht über mich. Frank weiß davon, ich konnte es ihm doch nicht verheimlichen. Mir schien, als hätte er es verstanden. Als ich ihm aber meine Argumente schilderte, wurde er sehr ärgerlich. Am ärgsten hat ihn die Sache mit den Schuhen verletzt. Vielleicht ist es lächerlich, aber so war es, mein lieber Max. Mein Mann sagte mir immer: »Meine Schuhe zeigen, wer ich bin. Was bleibt von uns? Eine Handvoll Gedanken, flüchtige Worte, nichts. Aber mit wunderschön geputzten Schuhen kann man ja selbst vor dem lieben Gott erscheinen.« Ich lachte darüber, aber es ist doch etwas Wahres daran. Immer habe ich mich selbst um die Schuhe meines Mannes gekümmert. Ja, wirklich! Keiner putzt Schuhe so gut wie ich. Einmal schrieb ich Frank davon, und er brauste auf. Er war nicht wiederzuerkennen. »Schuhe! Schuhe!« wiederholte er. »Ich kann doch nicht gegen die Schuhe deines Mannes kämpfen.«

Sie beide plagen mich so sehr, am liebsten möchte ich auf einem dritten Weg fortlaufen, der weder zu Frank führt noch zu meinem Mann, irgendwohin in die Einsamkeit.

Lieber Max, Du bist ihm näher, kennst ihn. Sage mir bitte, was ich falsch gemacht habe, warum ich schuldig bin. Warum kann ich Frank nicht retten?

Milena

Hugo an Max

Wien, Herbst 1921

Lieber Max,
ich weiß, daß Franz es uns verübelt, daß wir uns bei den beiden eingemischt haben. »Alle, alle wollten helfen und haben nur gestört« – so hat er mir gesagt. Ich denke aber, daß jede Liebe ihr eigenes Schicksal hat, das sich erfüllen muß, mit oder ohne uns. Gegen seine Vorwürfe wehre ich mich jedoch nicht. Ich schweige. Ich weiß ja, wie sehr er leidet.
Frau Milena fragt mich nach Franz, nach seinem Befinden, danach, was er zur Zeit macht. Sie beschuldigt sich immerfort. Wie groß muß bei Franz die Kraft des unterdrückten Zorns sein, was für eine Zerstörungswut, mit der er Milena angesteckt hat, wenn diese lebensfrohe junge Frau nun vor Verzweiflung rast und sich mit allen möglichen begangenen und eingebildeten Fehlern belastet!
Neulich hatte ich eine längere Unterredung mit ihr, sie bat mich um Hilfe. Den Inhalt des Gesprächs kann ich Dir nicht verraten. Ein tröstendes Wort möchte ich Dir aber sagen – ich glaube, Milena wird ihre Verzweiflung in den Griff bekommen. Um Franz ist es wohl schlimmer bestellt. Schreib mir bitte von ihm …

Milena an Hugo

Wien, Winter 1921

Lieber Herr Doktor,
Frank und ich schreiben uns nicht mehr, wir treffen nicht mehr zusammen, ich kann mich nur noch an all das erinnern, was er gesagt, was er mich gelehrt hat. Einmal sagte er zu mir: »Wir leben in einer durch und durch kalten Welt. Unsere Welt ist eine Nacht ohne Offenbarung. Es ist eine Nacht des Wartens. Wir erwarten eine Theophanie, von der wir nicht viel zu sagen wissen: Wir kennen nur ihren Ort, und dieser Ort heißt ›die Gemeinschaft‹.«
Für Frank, gerade für ihn, ist die Gemeinschaft das Allerwich-

tigste. Kennt man ihn nur oberflächlich, staunt man darüber. Dieser beinahe vierzigjährige Mann, dreimal mit zwei Frauen verlobt, die er, wie er behauptet, durchaus bewußt gewählt hat, hat bisher nicht geheiratet. Er wohnt im Haus seiner Eltern, mit denen er nie wie ein Sohn zusammengelebt, dieses Haus nie als sein eigenes empfunden hat. Den Großteil seines Lebens verbringt er in einem düsteren Bureauzimmer, in einem Amt, dem jegliche lebensnotwendige Wärme fehlt. Dort sitzt er einem Beamten gegenüber, der in ihm Angst weckt und dem er nie ein Stück nähergekommen ist, da sie beide in völlig undurchdringlichen Welten leben. In Wirklichkeit gehört er keiner Glaubensgemeinschaft an, da er die Religion für eine der dunkelsten Masken hält, mit denen die Menschen Gottes Antlitz verhüllen.

Wo ist also die Gemeinschaft, nach der ihn so dürstet? Ach, alles ist nur Schein. Lassen wir uns nicht täuschen. Das ist nur die Oberfläche, unter der sich die nicht erloschene Glut des heiligen Feuers verbirgt. Ja, ich bin mir absolut sicher, die Gemeinschaft ist ihm das Allerwichtigste.

Ein Sohn zu sein, Ehemann und Vater, und Kind Gottes. Einmal sagte er: »Nun beginnt die Zeit wahrer Gespräche, eines wahren Dialogs, zwischen der einen Gewißheit und der andern, zwischen dem einen sich öffnenden Menschen und dem andern. Erst dann wird sich die wahre Gemeinschaft offenbaren, keine Gemeinschaft dieses oder jenes Glaubens, sondern die Gemeinschaft der Lebenslage, der Angst und des Wartens. Nicht für mich! Ich kenne nur die Gemeinschaft der Angst.«

Das hält er für seine größte Niederlage, ich weiß es.

Woher kam diese Angst? Oh, glauben Sie mir, seine Angst war mir bereits zutiefst vertraut, bevor ich ihn kennenlernte. Auch mir war die Furcht nicht fremd, ich legte mir aber einen Panzer gegen sie an, sobald ich bei Frank die Krankheit in einer ersten hellseherischen Erleuchtung erkannte.

Denken Sie bitte nicht, ich hätte in ihm ein vor Angst zitterndes Bündel entblößter Nerven gesehen, einen Menschen, der von Mißtrauen oder Hoffnungslosigkeit gelähmt ist. Nein, nie und nimmer. Es ist mir bewußt, daß seine mystische Sicht selbst der kleinsten Sache, jedes Phänomens, und seine unendliche Bewunderung der Welt stärker sind als bei allen anderen Menschen, die ich kenne. Niemand bewundert die Welt so sehr wie er, und niemand sieht die Welt so durchdringend wie er.

Die Angst erwacht in ihm in Anbetracht all dessen, was schamlos lebt, atmet, einander gegenseitig verspeist, um schließlich zu sterben. Zum Beispiel der menschliche Körper. Frank schämt sich der Nacktheit, fürchtet sich vor ihr. Dieser Körper verlangt unaufhörlich nach Nahrung, er verdaut und scheidet aus. Auf der nackten Haut leben Millionen unsichtbarer Mikroben. Ja, der Körper muß ernährt werden. Wie Sie wissen, ist Frank Vegetarier. Er verweigert das Essen von Fleisch, um das Leid in der Welt zu mindern, und doch hegt er keine Illusionen – alles, was er gegessen hat, und essen muß er ja, hat vor kurzem noch gelebt.

Es war mir gelungen, ihn für eine Weile von der Angst vor dem Nacktsein zu befreien. Immer wenn er diese Angst spürte, sah er mir in die Augen, wir warteten eine Weile, als hätte es uns den Atem verschlagen, und dann ging es vorüber. Ratlos war ich jedoch gegenüber vielen anderen Ängsten, gegenüber seinen visionären Fähigkeiten. Wir normalen Menschen fürchten uns nicht so, wie er sich fürchtet, da wir die Wirklichkeit nicht auf die gleiche Art wahrnehmen wie er. In einer Ausstellung der französischen Malerei in Wien blieben wir einmal vor einem Bild stehen. Es war ein Bild von Picasso – rosarote Frauen mit riesigen Füßen. »Was für ein mutiger Verfremder«, sagte ich, während ich mir das Bild anschaute. »Finde ich gar nicht«, sagte er. »Er stellt nur Deformationen dar, die in unser Bewußtsein noch nicht eingedrungen sind.« Franks Weltsicht ist keine Deformation, es ist bloß die Wahrnehmung dessen, was wir noch nicht sehen. Würde man die Welt so wahrnehmen, wie er es tut, könnte man nicht leben.

Solange Frank die Welt so sieht, solange er diese Angst in sich trägt, wird er nicht genesen. Frank wird bald sterben.

Milena an Max

Wien, Winter 1921

Lieber Max,
ich muß mit Frank zusammentreffen, ich muß es einfach. Richte es ihm bitte aus, bitte ihn, überzeuge ihn, tue alles ... Das kannst Du mir nicht abschlagen. Nur noch dieses eine, einzige Mal...

Milena an Franz

Wien, Winter, Anfang 1922

Frank, war unsere Zusammenkunft wirklich nötig? Ich spüre, allzu schmerzhaft spüre ich, daß ich nichts mehr für Dich tun kann. Ich habe mir geschworen, daß dies unsere letzte Zusammenkunft bleiben sollte. Ich habe als erste Dein strenges Verbot überschritten: »Nicht schreiben und verhindern, daß wir zusammenkommen...« Ich bereue diese schwierigen Augenblicke des Beisammenseins nicht, weiß aber, daß Du recht hast – wir verletzen einander, ohne daß wir einander noch helfen können. Trotzdem träumen wir noch immer von uns, und die Welt erscheint in diesen Träumen freundlich und harmonisch.
Letzte Nacht jedoch träumte ich unruhig. Als ich schon dabei war, meinen Traum zu verlassen, blieb ein Bild haften, halb erträumt, halb wirklich: Ich stand neben einem Bett, in dem ein Mann mit einer Frau lag. Sie suchte nach irgend etwas, er suchte auch. Verbissen, Grimassen schneidend, ihre Köpfe ineinander bohrend, suchten sie etwas, und ihre Umarmungen und die zerrenden Körper ließen ihnen keine Ruhe ... Die Frau erhob sich schließlich, das vom Fenster hineinfallende Licht erhellte ihr Gesicht, und ich sah, daß ich es war. Ich hörte Deine Stimme. »Geh nicht«, sagtest Du, Deine Stimme verschwand aber gleich, und ich konnte den Rest nicht verstehen. »Wir gehen in den Traum, wir gehen in den Traum«, flüsterte ich, und vollkommen wach öffnete ich die Augen.
Mein Herz zerbricht bei dem Gedanken, daß ich Dich aus

eigener Schuld verloren habe. Du widersprichst, ich weiß es aber: Ich war nur ein gewöhnliches Weib wie alle Weiber auf der Welt, ein kleines, triebhaftes Weibchen. Ich wollte ein Zuhause, ein Kind, all das, was die anderen auch haben wollen. Deine Selbstkasteiung, Deine Ängste durchkreuzten meine einfachen Träume. Mit Dir zusammen müßte ich in einer ganz und gar unheroischen Askese leben, zwischen Himmel und Erde schwebend. Würde sich aber die Anziehungskraft der Erde für mich nicht als unüberwindbar erweisen? Bei dieser Zusammenkunft haben wir nicht darüber gesprochen, es hätte keinen Sinn gehabt, wir werden ja nicht mehr zusammenleben. Ich sehe jedoch, wie Du Dich quälst, wie die Ängste, die bereits nachgelassen haben, nun mit doppelter Kraft zurückkehren. Die feindlichen Mächte haben sich gegen Dich verschworen, die Verfolger kreisen Dich ein, die Schlinge um Deinen Hals zieht sich zu...

Du hast einmal gesagt, ich sei der einzige Dir bekannte Mensch, der weder zum Verfolger noch zum Opfer geworden ist. Du wolltest wissen, wie mir das gelingt. Frank, wir beide wollen keine Gewalt. Du bist lieber das Opfer, da Du die Verfolger so sehr haßt, ich will kein Opfer sein, da ich die Verfolger so sehr hasse.

Ich bitte Dich – es ist die letzte Bitte, bevor wir für immer auseinandergehen: Laß Deine verborgenen Feinde nie mehr wieder über Dich herrschen. Möge kein einziger Tropfen Deines Blutes mehr auf den Opferstein fallen.

Milena

Grete an Franz

München, Winter 1922

Lieber Franz,

eine lange Zeit haben wir uns nicht mehr gesehen. Ich weiß, wie schwer es Dir fällt, Dich zu einer Reise, einer Veränderung, zu entschließen. Ich weiß es, und doch möchte ich Dich um eine Zusammenkunft bitten. Der Zustand meiner Nerven ist nicht gut. Nicht ohne eine tiefe tragische Ursache...

Ich bin zutiefst unglücklich. Mein Leben ist auseinandergebrochen. Ich habe nur wenige Freunde. An wenige schreibe ich. Hugo weiß viel von mir, Felice auch, Du bist mir jedoch immer der ... Nein, keine Worte.
Es ist mir bekannt, daß auch Du zur Zeit unglücklich bist, wenn auch aus einem andern Grund als ich. Ist Deine Trennung von Frau Milena endgültig? Kann man aus zweifachem Unglück ein bißchen Hoffnung wecken? Ich bin einsam. Die Einsamkeit habe ich bewußt gewählt. Glaube mir, es war notwendig. Aber jetzt, wenn die Grundfesten meiner Welt unwiderruflich eingestürzt sind, werde ich hilflos zugrunde gehen ... Ich will Dir etwas verraten. Ich weiß, es ist bereits zu spät, und doch will ich es Dir sagen ...
Schreib mir bitte, ob eine Zusammenkunft möglich wäre!

Franz an Max

Prag, Winter 1922

Lieber Max, ich muß Dich um einen Gefallen bitten. Ich sage es geradeheraus: Ich möchte, daß Du nach München fährst, in meinem Namen mit Grete zusammentriffst und sie vorsichtig ausforschst. Sie hat mir geschrieben, sie sei unglücklich, einsam, sie müsse mit mir zusammenkommen.
Meine Schlaflosigkeit, die unaufhörlichen Kopfschmerzen, meine Lungen – all das wäre noch kein hinreichender Grund für die Absage. In meinem heutigen Zustand müßte aber jeder Ortswechsel die vollständige Katastrophe bedeuten.
Letzte Nacht, als ich schlaflos dalag, wurde mir bewußt, auf was für brüchigen Fundamenten ich lebe, über einem Abgrund, aus dem eine dunkle Kraft emporsteigt, sobald sie nur will und, ohne mein Wimmern zu beachten, mein Leben zerstört.
Gretes Brief wurde für mich zu einem wahren Erdbeben, ich muß stets an sie denken, die Nacht bringt Bilder einer endgültigen Niederlage mit sich, am Tage sage ich mir immer wieder: Ich muß fahren. Und doch kann ich mich nicht vom Fleck rühren.

Fahre bitte dorthin, sieh selbst, und solltest Du feststellen, daß es absolut notwendig ist, werde ich mit ihr zusammentreffen.

Max an Franz

Prag, Winter 1922

Lieber Franz,
ich bin soeben aus München zurückgekehrt. Grete habe ich gesehn, allerdings nur sehr kurz, und, verzeih mir, Franz, es ist mir nicht gelungen, etwas zu erfahren, was das Dunkel dieser Angelegenheit erhellen würde. Sie macht einen Nervenzusammenbruch durch, soviel ist sicher. Die Ursache dessen kenne ich jedoch nicht. Ein mit Grete befreundeter Musiker, Wolf S., kümmert sich derzeit um sie. Bald reist sie zu einem Sanatoriumsaufenthalt in die Schweiz, ich weiß nicht genau, wohin. Dort wird sie sich einer Kur unterziehen, wahrscheinlich das kommende halbe Jahr lang. Deine Reise nach München und das Zusammentreffen mit ihr sind also zur Zeit nicht aktuell. Vielleicht schreibt sie Dir wieder, vielleicht offenbart sie Dir von alleine ihr Geheimnis ...

Dein Max

Max an Hugo

Prag, Frühling 1922

Dottore,
in den letzten Tagen haben mich die Angelegenheiten zweier Frauen beschäftigt. Beide Frauen sind Dir bekannt. Bei Grete war ich als Franzens Gesandter, ich sah sie, sprach mit ihr, der Charakter unserer Bekanntschaft erlaubte mir jedoch nicht, nach ihren intimen Angelegenheiten zu fragen. Weißt Du etwas über Grete, was Du Franz mitteilen könntest? Er macht sich Sorgen um sie.
Von Milena habe ich einen traurigen Brief bekommen. Franz und sie sind zusammengetroffen. Es war ihre letzte Zusam-

menkunft, wie sie beide behaupten. Franz sprach nicht viel davon, Milena neigte mehr zu vertrauten Mitteilungen. Ihr Brief, trotz eines verborgenen Untertons der Verzweiflung, ist wenigstens am Anfang ruhiger als ihre Briefe von vor einem Jahr, so voller Fragen und durch Tränen erstickter Schreie.
Sie schreibt mir, daß die letzten Wochen, seitdem sie endgültig den Beschluß gefaßt hat, sich Franzens Nähe zu entziehn, für sie sehr schwierig waren; weder auf der Seite des Lebens, noch auf der des Todes. Genauso hat sie es geschrieben. Das Ganze empfindet sie als ihre vollständige Niederlage, beruhigende Worte nutzen hier gar nichts. Ich bin nicht der einzige, der sie zu trösten sucht, andere tun es auch, vielleicht nicht immer besonders geschickt und taktvoll. Einer ihrer Freunde versuchte sie zu überzeugen, daß sie in Franzens Person auf einen ganz speziellen Fall gestoßen war, auf einen Menschen, der sowohl im positiven als auch im negativen Sinne von der Norm abweicht. Aufgeregt schrieb sie mir: »Eben die angeblich so normalen Menschen sind nicht normal. Sie leben im Traum. Die wichtigsten Probleme ihres Lebens gehen wie in einer Traumerscheinung an ihnen vorüber – sie sind bloß ein Übergang von einem Zimmer ins andere, während der Traum weitergeht. Frank ist anders. Jede Sache hat für ihn vom ersten Moment an, vom ersten Blick von Angesicht zu Angesicht, ihre unendliche Geschichte. Er flieht nicht vor dem Leben in den Traum. Er lebt in vollem Bewußtsein, illusionslos. Er weiß, daß alles, was geschieht, jeder Augenblick, der kommt, endgültig ist, daß man die Tür seines Hauses nicht verschließen und dem Hilfsbedürftigen nicht sagen darf: Du bist nur ein Passant. Und wir alle«, schreibt Milena weiter, »haben Frank eben so verlassen, ohne Hilfe, geschwächt vor Hunger, den mächtigen Feinden preisgegeben; wir haben unsere Augen geschlossen, um ihn auf dem Opferaltar nicht zu sehn…«
Im weiteren zerfällt Milenas Brief in chaotischen Selbstbeschuldigungen und Gewissensbissen. Es wird vorübergehn. Es sind bloß diese schwierigen Momente, wenn etwas unwiderruflich zu Ende geht, dabei furchtbaren Schmerz zufügt

und die verborgenen Ängste weckt. Milena, obgleich sehr stark und »ohne Angst«, wie Franz sie beschrieben hat, besitzt eine Empfindlichkeit, die wie ein Seismograph die aufgepeitschten Wellen einer sterbenden Liebe registriert.
Es geht vorüber, ich weiß genau, es geht vorüber.

Franz an Max

Planá, Juni 1922

Lieber Max,
eine Woche habe ich schon hier in Ottlas Sommerhaus verbracht, ruhig, beinahe ruhig bis heute morgen, als ich aus dem Schlaf aufgescheucht wurde – einer Maus gleich, die, am Nakken gepackt, plötzlich losgelassen wird und im unbekannten Raum immer rascher ihre Kreise zieht. Ich wachte auf, konnte den Schlaf nicht wiederfinden und ging, resigniert, in den Garten hinaus. Es war noch kühl und grau, die ersten Vögel sangen schüchtern, und als ich den Pfad verließ, durchnäßte der dichte Tau sogleich meine Schuhe. Ich kümmerte mich nicht darum, verließ den Garten und schritt durch die Felder dem entlegenen Walde zu. Die Sonne ging auf, die Feuchtigkeit begann schnell zu verdampfen. Ich näherte mich der Baumwand, und nun befand ich mich ganz allein im dunklen Wald.
Ich mag den Wald, selbst am frühen Morgen – so düster noch –, aber nun begann ich mich zu fürchten. Ich kehrte um. Beruhigt habe ich mich erst wieder im Garten, zwischen den Johannisbeer- und Stachelbeersträuchern, den aufblühenden Pfingstrosen und dem verblühenden Flieder. Es war aber nur ein kurzer Augenblick der Ruhe. Die steigende Angst – woher sie kam, weiß ich nicht – bewirkte, daß ich bald das Gefühl hatte, als wären an jede einzelne meiner Sehnen, an jeden Muskel Seidenfäden gebunden, die sich spannten und mich – vor Schmerz Ohnmächtigen – an der Stelle festhielten.
Rasch lief ich in mein Zimmer zurück, wo mir Stille, Halbdämmerung und Reglosigkeit der Gegenstände Linderung brachten. Meine Hausgenossen wundern sich, daß ich es nicht

erlaube, hier aufzuräumen. Glaube mir, das Verrücken eines Möbelstücks, eine einzige Sache, die nicht an ihrem Platz liegt, jede, selbst die kleinste Veränderung tut mir weh. Wie soll man das erklären? Früher habe ich auch schon ähnliche Zustände gehabt, allerdings nicht so intensiv wie jetzt. Unordnung, Chaos, Ungleichgewicht wecken in mir Verwunderung und tiefe Trauer. Ich stelle den Stuhl auf seinen Platz, den Rock hänge ich in den Schrank, einen schief stehenden Schuh rücke ich zurecht. Ich weiß, ich verhalte mich wie ein Mensch, der ein Steinchen vom Trottoir wegtritt und dabei glaubt, Ordnung in die Welt zu bringen.
Du fragst, was ich hier so treibe. Wie ich meine Tage in diesem – immer noch ruhigen – Haus und in dem freundlichen, sonnenerfüllten Garten verbringe. Ich bemühe mich, lieber Max, unbemerkt zu bleiben. Es ist so herrlich, unsichtbar zu sein. Der Rest meines Sicherheitsgefühls stützt sich darauf: unsichtbar sein für die gefährlichen und rachsüchtigen Götter.
Der allersicherste Ort ist mein Schreibtisch, also halte ich mich an ihm fest, und jede Gefahr, z. B. eine Reise, erschreckt mich, am meisten eben deshalb, weil ich dann meinen Schreibtisch verlassen müßte, an dem ich endlose Stunden verbringe, einen Punkt anstarre, während die Gedanken – wie Bienen – in meinem Kopf summen.
Mit einer solchen Reise droht mir gerade Otto. Er will, daß ich nach Georgental fahre. Werde ich es tun? Die Vernunft sagt: ja. Der Wahnsinn schreit: nein. Wahrscheinlich werde ich doch fahren.

Max an Hugo

Prag, Juli 1922

Lieber Dottore,
also doch ... Er ist nicht nach Georgental gekommen. Du hast ihn dort mit Otto erwartet, er hat versprochen, auf jeden Fall zu kommen ... Ich weiß es, er hat mir geschrieben, erklärt, warum er nicht fahren könne. In Franzens jetzigem Zustand

erschüttert selbst das Verrücken des Tisches in seinem Zimmer die Grundfesten seiner Welt. Franz muß man seiner Einsamkeit überlassen, vor der er sich so sehr fürchtet und ohne die er nicht leben kann.

Ich erinnere mich an ein Gespräch mit ihm. Damals sagte er, die Einsamkeit sei seine größte Versuchung und sein Ziel, er habe sein Leben derart »eingerichtet«, daß die Einsamkeit dort immer einen bequemen Platz für sich finden könne.

»Du brauchst die Nähe, einen Freund, eine Frau, einen Andern...«, sagte ich, und ich weiß noch, was er mir darauf antwortete.

»Wie soll ich es dir erklären. Das Bedürfnis ist ein Mangel, der sich nach Erfüllung sehnt. Mein Bedürfnis ist aber ein Bedürfnis nach etwas, was mir nicht fehlt, ein Verlangen, das die Verschmelzung mit dem Verlangten nicht erstrebt. Es ist ein Verlangen nach etwas, was für mich fremd und unerreichbar bleiben soll. Ich bin ein Mensch der Angst, mein Verhältnis zum Andern befindet sich gänzlich eben in dem Bereich der Angst. Angst wovor, wirst Du fragen.

Ich habe Angst vor der Macht, die ein Anderer über mich haben könnte, aber noch mehr habe ich Angst vor der Macht, die ich über ihn haben könnte. Ich fürchte, daß er mir Schmerz zufügt, aber noch mehr fürchte ich, ihn zu verletzen ... Und wenn ich den Andern außerhalb von mir und über mich stelle, dann tue ich es nicht, weil er mächtiger ist, sondern deswegen, weil dank dessen meine Macht über ihn aufhört.«

Glaube mir, lieber Hugo, Franzens Angst vor dem Umgang mit Anderen ist keine gewöhnliche Angst vor der Begrenzung oder dem Mißbrauch der Macht, sie ist die Furcht von einem, der sagt: Der Andere steht Gott immer näher als ich.

Ich verstehe diese Angst und respektiere sie. Das heißt aber nicht, daß ich mir keine Sorgen um Franz mache.

Dein Max

Franz an Hugo

Berlin, August 1923
Miquelstraße

Mein Lieber,
ich weiß – ein ganzes Jahr habe ich mich bei Dir nicht gemeldet. Verzeih mir. Ich war nicht imstande, zu existieren, konnte aber auch nicht aufhören, zu existieren ... Was mit mir in diesem Jahr geschah, lassen wir ein Geheimnis von mir und meinen Dämonen bleiben.
Du wunderst Dich, daß ich aus Berlin schreibe? Nun, seit drei Wochen lebe ich hier, und zwar nicht allein. Die Geschichte meiner Übersiedlung ist kurz. Anfang Juli habe ich Fräulein Dora kennengelernt, Ende Juli bin ich, ohne auf das Klagen der Familie zu hören, mit ihr nach Berlin gegangen und beabsichtige, hier zu bleiben.
Wer ist denn Dora, dieses düstere Wesen voller Träume und Ahnungen? Sie ist ein junges Mädchen aus einer frommen chassidischen Familie, aufrührerisch gesonnen gegen die Vorurteile ihrer Umgebung und doch tief in ihr verwurzelt. Ich lernte sie vor knapp zwei Monaten, während der Ferien an der Ostsee, kennen. Dort war ich mit Ottla und ihren Töchterchen. Eines Tages ging ich an der Küche der Ferienkolonie eines Jüdischen Volksheims vorüber, und irgend etwas verführte mich, dort hineinzuschauen. Auf einem kleinen Schemel saß ein Mädchen und schuppte Fische für das Mittagessen. »So zarte Hände und solch eine blutige Arbeit«, sagte ich. Wir kamen ins Gespräch. Ich erinnere mich, wie wir – völlig unbekümmert – die Küche verließen und Dora mir an dem nahegelegenen Strand eine kleine Hebräisch-Lektion gab. Sie ist eine hervorragende Kennerin des Hebräischen. Mit der hebräischen Sprache begann eben unserer Freundschaft. Stell Dir eine schöne junge Frau vor, die ein Kapitel aus dem Buch des Propheten Jesaja in der heiligen Sprache der Juden vorliest. Liest? Vielmehr singt sie es, gleich einem vergessenen Lied unserer Ahnen, und dabei tanzt sie mit den Händen und dem ganzen Körper. Ihre Stimme verführte mich vom ersten Au-

genblick an; ein junger, klangvoller Alt, mit so tiefer Tonart, als spräche aus ihr die gesamte Weisheit der alten Propheten. Sie hat wahre Begabung, ist eine geborene Schauspielerin, trotzdem sie sich dessen gar nicht bewußt ist und naiv erklärt, sie wiederhole nur die einmal gehörte Intonation, und ihr gutes Gehör erlaube es ihr dann, den richtigen Ton zu treffen. Ich zögere auch nicht zu sagen, daß sie auf die allernatürlichste Weise das in sich trägt, wonach ich erfolglos beinahe vierzig Jahre lang gesucht habe. Meine Begeisterung verwundert Dich wohl. Du wirst aufhören, Dich zu wundern, wenn Du meine Dora kennenlernst.

Du fragst Dich wahrscheinlich, wie wir hier zu zweit zurechtkommen? Bisher gar nicht schlecht. Von meinen bescheidenen Mitteln bezahlen wir zwei Zimmer in Frau H.s Villa, den Rest verwenden wir für die vegetarische Küche. Ich bestehe jedoch darauf, keine Hilfe von der Familie anzunehmen. Das Haus, in dem wir wohnen, befindet sich in einer Berliner Vorstadt, voll Gärten, ruhiger Villen, breiter, mit doppelten Baumreihen bepflanzter Alleen.

Manchmal besuche ich den entfernten Botanischen Garten. Es ist eine sich weit erstreckende, herrliche, üppige Anlage. Mit dem Passieren des Gartentores finde ich mich in einer andern Welt wieder. Die Luft hier ist schwül, heiß, gesättigt mit Düften. Die Hauptallee führt leicht bergan, zwischen Spalierrosen, die in voller Blüte stehn und betörend duften. Der Rasen, an vielen Stellen nicht gemäht und dadurch um so schöner, wird unaufhörlich bewässert; ich weiß gar nicht, wozu, es scheint mir nämlich, daß die Feuchtigkeit hier zuweilen die zulässige Konzentration überschreitet.

Das Atmen fällt mir nicht leicht, nach einer halben Stunde verlasse ich deswegen dieses Dickicht aus Pflanzen, Vögeln und kleinen, im Gras verborgenen Tierchen. Ich kehre nach Hause zurück, das mir mit seinen bunten Glasfenstern über dem Vordereingang schon von weitem Signale sendet.

Unverzüglich mache ich mich ans Aufräumen. Nun bin ich doch das Oberhaupt unserer kleinen Familie, die aus zwei

Personen, einigen uns wertvollen Sachen und einem grünen Kanarienvogel besteht, den Dora auf jede Reise mitnimmt.
Vor kurzem begann ich einen Brief an Doras Vater zu schreiben, in dem ich ihm die Situation erklären und um Erlaubnis für unser Beisammensein bitten wollte. Angefangen habe ich ungefähr so: »Ich bin zwanzig Jahre älter als Ihre Tochter, ehrlich gesagt, fühle ich mich bereits wie ein alter kranker Mann ...«, Dora nahm mir jedoch das Blatt aus der Hand und zerriß es mit kindlicher Entschlossenheit. Vielleicht hatte sie sogar recht?
Nun kommen aber die Sorgen. Unsere Wirtin kann »wilde Ehen« nicht leiden, wie sie sich geäußert hat. Die Tatsache, daß ich eher Doras Vater oder vielleicht doch ihr Kind bin, überzeugt sie nicht. Diese Frau mit Haaren wie Strohhalmen, hochgesteckt zu einem Dutt, ist stets unzufrieden mit unserer Gesellschaft, auch wenn wir ihr aus dem Weg gehn und mäusestill in unsern Zimmern sitzen. Trotzdem hält sie sich für unsern kleinen Richter; ihre Strenge habe, wie sie behauptet, ihre festen Grundlagen im Gerechtigkeitsempfinden, in der Tradition und den hohen Ansprüchen, die ihre ganze Familie auszeichnen.
In letzter Zeit, genauer gesagt: seitdem wir bei ihr eingezogen sind, ist sie morgens immer öfter blaß, geplagt von Kopfschmerzen und beinahe unfähig zu arbeiten, womit sie ihre Verwandten sehr bekümmert. Ob ich sie ins Grab bringen wolle, fragte sie mich geradeheraus, als ich gestern unbemerkt in mein Zimmer schleichen wollte und dabei im Dunkel der Diele beinahe mit ihr zusammenstieß. Ich versicherte ihr, keine solchen Absichten zu hegen, sie aber drehte sich mit ihrer gesamten festgeschnürten Gestalt mir schwungvoll zu, hob die Hände mit gespreizten Fingern hoch, als wolle sie diese Finger an die schmerzenden Schläfen pressen, öffnete den Mund, gab aber auf, sagte kein Wort und entfernte sich, seltsam leicht und schlank, hin zum Licht, das aus der angelehnten Tür ihres Wohnzimmers sickerte. Ich habe den begründeten Verdacht, daß die Wirtin an unsern Zimmertüren lauscht und dabei im-

mer frustrierter wird, da sie nichts erlauschen kann, was ihre strenge Moral beleidigen würde. Die arme kleine Frau wird wohl bald Abschied von uns nehmen müssen, ich habe nämlich etwas Neues gefunden, unweit von hier, in einer wunderschönen Gegend.

Grunewaldstraße

soeben sind wir in die Villa von Frau Dr. R. eingezogen. Was für ein wunderschönes Haus! Wenn man von der Straße in die Vorderfenster schaut, sieht man einen lichten Durchgang mit Blick auf den alten Garten. Dank der großen Fenster ist das ganze Haus lichtdurchflutet, an den Hausmauern klettern die noch blühenden Rosensträucher. Die Zimmer – elegant, mit Elektrizität und Bad, eine breite Holztreppe führt ins Obergeschoß, die Fliesen bilden kunstvolle Muster, überall herrliche alte Möbel.

Unsere zwei Zimmer, wenn auch die bescheidensten im ganzen Haus, sind für uns jedoch sehr teuer. Wir versuchen erst einmal, nicht daran zu denken. Beide haben wir das Studium an der Hochschule für die Wissenschaft des Judentums in der Artilleriestraße aufgenommen: Dora studiert die *Halacha*, also die Talmudgesetze, ich die *Hagada* – die Legenden. Die Vorlesungen von Professor Torczyner fesseln einen wie das Starren ins Feuer, ich bin sehr froh, ihn hören zu dürfen. Beim Anblick meiner Hefte für Hebräisch-Übungen würdest Du staunen. Die Kosten, die diese Hefte verursachen, gehören zu meinen seltenen Ausschweifungen.

Dora hat aus ihrem Elternhaus nichts außer ihrer chassidischen Tracht mitgenommen, die sie – sorgsam gefaltet – in einem Köfferchen aufbewahrt. Es sind wunderbare Stunden, wenn sie die kurze Samthose, die weißen, wollenen Strümpfe und die schwarzen Lackschuhe mit schmaler Spitze anzieht und ein Käppchen aufsetzt, unter dem ihre kurzen rötlichen Locken hervorschlüpfen. Diese Tracht gehörte ihrem jüngeren Bruder, Dora bekam sie mit brüderlicher Segnung, als sie die Familie verließ.

Dora ist zart gebaut, hat üppiges Haar, beim Lachen zeigt sie große gesunde Zähne. Ihre Haut hat einen olivfarbenen Schimmer, um die Augen wird sie etwas dunkler, geht in ein zartes Braun über. Dora erinnert an die uns wohlbekannten jüdischen Mädchentypen, aber gleichzeitig ist sie auch vollkommen anders. Oft lacht sie unbändig und hat ein fröhliches Funkeln in ihren grauen Augen. Sie ist eine unverbesserliche Optimistin. Darin ähnelt sie ein wenig meiner Schwester.

Wenn sie hinter dem Paravent ihre chassidische Tracht anzieht, kann ich es kaum noch erwarten und treibe sie mit kurzen Rufen zur Eile an. Sie lacht nur geheimnisvoll und verspricht, sich mir gleich, sofort, in einem ganz kleinen Augenblick zu zeigen ... als ein junger Chasside. Ich habe sie nie jüdische Lieder gelehrt, ich wäre dazu gar nicht fähig, habe ihr auch nie erzählt, wie sich östliche Tänzerinnen bewegen, und doch, als sie zum erstenmal, noch schüchtern, einige Schritte machte und ihre Stimme in einem mir unbekannten Lied aufwärmte, wußte ich, daß dies eben ihr wirkliches Leben ist.

Sobald sie merkte, wie sehr mich ihr Tanz und Gesang beglückt, begann sie, daran mit dem vollen Eifer ihrer strahlenden Jugend zu arbeiten. Inzwischen kennt sie jiddische Lieder, hebräische Gesänge, sephardische Klagelieder mit Begleitung kleiner Trommeln, die sie selbst spielt. Ihre hebräischen Kehllaute gurren wie bei Tauben; sie kann einen Ton über die Maße hinausziehn, scheinbar endlos, um dann heftig abzubrechen. Aus ihrer Stimme kann sie einen elegischen Klang hervorholen, als würde sie nur die schwarzen Klaviertasten spielen, sie ahmt auch vor langer Zeit gehörte Stimmen nach, die dank ihr voll frischen Glanzes aus dem Dunkel emportauchen.

Dora hat Gesten, die nur ihr eigen sind: die Hände, in die Hüften gestemmt, warten auf ihren Auftritt, die Ellbögen zeigen nach außen, zuerst sind aber die Arme dran, die leicht im Rhythmus der Melodie zucken, die Hüften bewegen sich, die Stimme bekommt immer mehr Wärme, vibriert; Dora hebt die Arme empor, die Hände lösen sich vom Körper in einer heftigen Geste der Begrüßung, der Freude, der Furcht? Sie spreizt

die Finger und ... die Rührung schnürt mir jedesmal die Kehle zu, wenn der Lampenschein rosarot durch die zarte Haut ihrer Hände schimmert und bewirkt, daß aus den Fingern des Mädchens unzählige Lichtstrahlen sprühen.
Meine liebe kleine Dora lacht: »Ich war doch auf der Flucht vor all dem, und hier hat es mich wieder eingeholt.«
»Weißt du, was mir eine Hellseherin, die in unserem Schtetl herumlief, einmal gewahrsagt hat?« fragte sie mich eines Abends. »Merkwürdig, erst jetzt habe ich mich daran erinnert, dabei paßt es doch haargenau ... ›Ein Messias wird zu dir kommen. Ein großer, ansehnlicher Mann, ein Gelehrter aus Prag, zumindest ein Doktor‹, so sprach sie, und doch war ich diejenige, die dich fand.«
Wenn die Abende sich hinziehn, draußen der herbstliche Regen und Sturm tobt, kehrt Dora in der Erinnerung zu dem fernen polnischen Städtchen zurück, das sie verlassen hat, und da sie meine Zustimmung, mehr noch – meine wahre Begeisterung für diese wunderbaren Geschichten verspürt, erzählt sie mir von dieser Welt, als riefe sie sie aus einer tiefen Nichtexistenz ins Leben zurück. Beide erzählen wir uns übrigens von Menschentypen, die sich doch so ähnlich sind – ob in Prag, in polnischen Städtchen, in der Ukraine oder selbst hier, in Berlin, im jüdischen Viertel. Diese Menschen gehn auf den Straßen an uns vorüber, treiben sich auf dem Marktplatz herum, machen Geschäfte, beten, freuen sich und trauern. Hier hast Du den Juden: stämmig, klein, mit einem Bauch, als hätte er einen Ball verschluckt, schwarze Ränder um die leicht geschwollenen Augen mit ihren lichtdurchfluteten Pupillen, das Gesicht blaß, als würde er sich nur in Räumen aufhalten, in welche kein Tageslicht durchdringt. Und nun die Jüdin: der Oberkörper aufgedunsen durch die unzähligen Geburten, kann sie sich kaum noch auf den Beinen halten, und doch ähnelt ihre Vitalität der einer Pflanze, die selbst in einer schmalen Mauerspalte ein Plätzchen zum Leben findet. Junge Mädchen gehn vorüber. Ich sehe ihre schmalen olivfarbenen Gesichter mit schattigen Schläfen, ihre flaumbedeckten Wan-

gen. Sie bewegen sich, als rollten sie die ihre Körper verhüllenden luftigen Tücher aus.
Diese ganze Welt, die vor unseren Augen vergeht, erscheint für einen kurzen Augenblick, herbeigerufen durch die Kraft der zärtlichen Erinnerung.

Dein F.

Dora an Max

Berlin, Januar 1924

Lieber Max,
am besten beschreibe ich Dir unseren ganzen Tagesablauf, so erfährst Du, wie wir hier leben und wie gut wir mit diesem Leben zurechtkommen. Am frühen Morgen mache ich die Speisekammer auf und bereite das Frühstück vor. Unser Kühlschrank befindet sich vor dem Fenster, man braucht es nur zu öffnen und die Hand auszustrecken. In einem Einkaufsnetz haben wir alles, was wir brauchen, die Vögel sind allerdings meistens doch schneller ... Immer versuchen sie, an das Essen heranzukommen, so daß wir die Butter in einer Metalldose aufbewahren müssen, den Rest mit doppellagigem Papier umwickeln, und trotzdem finde ich morgens kleine Spuren von Meisenschnäbeln und die etwas größeren der Krähen. Wenn ich mich darüber ärgere, sagt Franz: »Laß uns den Vögeln gegenüber nicht geizig sein, sie haben auch das Recht zu leben.«
Während ich den Kaffee für mich und die Milch für Franz koche (natürlich nur wenn wir Spiritus haben), macht Franz seine Morgengymnastik. Damit ist er unerbittlich, auch wenn es im Zimmer richtig kalt ist und ich ihn anflehe, darauf zu verzichten. Das einzige, was ich erreicht habe, ist, daß er seine Gymnastik an der Côte d'Azur, das heißt am Ofen treibt (so nennen wir diesen Platz, da es hier sogar richtig heiß sein kann). Morgens erinnert der Ofen zwar nur noch an die Wärme des Vortages, aber immerhin zieht es hier nicht.
Wir haben sogar zwei Spirituskocher und eine Thermoskanne,

und wenn es mir gelingt, mit den Töpfen so gut zu wirtschaften, daß ich nicht nur das Frühstück, sondern auch gleich etwas für den Nachmittag warmmachen kann, dann verschließe ich es in der Thermoskanne und vergrabe sie zur Sicherheit unter dem Kissen. Unsere Wirtin meint, der Vormieter verbrachte nicht nur die ganzen Tage unter einer Decke, sondern kochte auch im Bett, wodurch er tagtäglich beträchtliche Summen einsparte, na ja ... Dazu sind wir noch nicht gezwungen.
Gleich nach dem Frühstück machen wir uns auf, die Welt zu erobern, jeder in seine Richtung. Auf diese Weise ergattert man mehr, obgleich neun Uhr morgens schon recht spät ist. Um diese Zeit sind die Schlangen bereits ziemlich lang. Wofür stehen die Leute Schlange, wirst Du, lieber Max, fragen. Nun, für alles, auch wenn Franz darüber lacht und meint, Schlange stehen lohne es in Wirklichkeit nur für den Himmel. Er fährt immer mit einer Tasche in die Stadt, in der er seine Manuskripte und eine Weinflasche für Milch hat; wenn er zurückkommt, ist die Flasche immer voll Milch, hin und wieder gelingt es ihm auch, bei dem Verleger etwas zu ergattern. Mehrmals habe ich ihn gebeten, mir diese Mühe zu überlassen – aus der Stadt kommt er nämlich mit grauem Gesicht zurück, wie aus einem Schlachtgetümmel –, er will davon aber gar nichts hören. »Ich bin wie alle anderen, weder besser, noch schlechter, ich muß auch meinen Anteil an diesem Überlebenskampf leisten.«
Manchmal treffen wir uns in der Stadt und essen zu Mittag bei den Vegetariern in der Friedrichstraße oder an der Ecke Dorotheenstraße. Franz ißt sehr wenig, da er sich meistens mit dem Gesicht zum Fenster setzt, von wo aus man das Schild »H. Unger« sieht. Er sagt, wenn er das als Hunger zusammenlese, vergehe ihm der Appetit. Ich kann mich über meinen Appetit nicht beklagen und esse alles, was man mir dort serviert. Franz geht dann Zeitung lesen, gemeinsam mit all denen, die sich die Tageszeitungen nicht leisten können oder zu geizig sind, sie zu kaufen.
Heute, lieber Max, war ein herrlicher Tag, sonnig und frostig,

auf den Straßen gab es weniger Menschen als üblich, und es gelang mir, eine Tasse echten Honig nach Hause zu bringen. Den ganzen Weg trug ich sie vor mir her wie eine Reliquie, und als ich mit Franz zusammentraf, der tapfer eine Flasche Milch mitbrachte, und wir beides auf den Tisch stellten, rief er aus: »Sind wir nicht Glückspilze? Wir leben doch in einem Land, wo Milch und Honig fließen.« Ich schaffte es sogar, daß er zwei Löffel dieser Spezialität zu sich nahm, dann steckte ich ihn ins Bett. Dort sitzt er mit Handschuhen und Halstuch und schreibt an einer Erzählung. Er hat einen herrlich weichen grauen Pullover an, so daß man sich an ihn schmiegen möchte, er wehrt sich aber dagegen. »Nicht so nah, Dora, nicht so nah«, sagt er, voll Angst, mich anzustecken, obgleich Doktor K. behauptet, Franzens Krankheit sei nicht mehr anstekkend.

Ich habe eine Bitte an Dich, Max. Könntest Du mir helfen, zu verstehen, was Franz schreibt? Ich habe nur seine Erzählungen gelesen, das ist wohl zu wenig, um diese sonderbare, wie aus einem Traum stammende Welt zu begreifen. Ich habe Franz einmal gefragt, warum er seine Hauptfiguren so gerne in Tiere verwandelt. Er wolle, daß sie anders, fremd, unwiderruflich verbannt seien, antwortete er mir. Ich muß mit Dir darüber reden.

Nun erzähle ich aber weiter. Täglich wiegen wir den vergehenden Tag auf einer Waage, die Franz eigenhändig gebastelt hat. Du kannst Dir gar nicht vorstellen, wie hübsch sie ist – aus phantasievoll geschwungenem Kupferdraht, mit Schalen aus Silbertellerchen. In die linke Schale legen wir alles, was schlecht war: Rechnungen für Strom und Einkäufe, Franzens Arzneien, die kaputte Uhr, die sich nicht mehr reparieren läßt, den Schuh mit abgerissener Sohle, den abgelaufenen Kohleschein. In die rechte Waagschale kommt alles, was gut war: Briefe von Freunden, die Blume, die Franz mir geschenkt hat, das Päckchen mit Essen, das neue Manuskript, einmal habe ich sogar ein kleines, im Hof gefundenes Kätzchen draufgesetzt. Wegen des Kanarienvogels mußte ich es dann aber weggeben.

Heute habe ich voll Stolz die Tasse Honig in die rechte Schale dazugestellt, und die Schale überwog. Wenn es aber das Schlechte ist, was seine Schale nach unten zieht, schreibt Franz unsere Träume auf einen Zettel und legt ihn in die rechte Schale. Dann überwiegt wieder die rechte. Das tut er nur auf mein inständiges Bitten hin, er selbst meint nämlich, daß die Waagschalen im Gleichgewicht bleiben sollen. »Du wirst Gleichgewicht erlangen, wenn in jeder Schale die gleiche Last liegt«, sagt er und betont dabei die Worte Gleichgewicht und Last. Er ist wahrlich besessen von dem Gedanken der Harmonie in der Welt; nach seiner Überzeugung kommt alles Böse aus dem Ungleichgewicht.
Heute ist es sehr kalt bei uns. Holz und Kohle sind uns ausgegangen, ehrlich gesagt, seit vier Tagen geht es schon so. Ich mache mir Sorgen um Franz. Ein Glück, daß wir wenigstens noch Spiritus und etwas Petroleum für die Lampe haben. Heute nachmittag, beim Einfüllen in den Kocher, floß ein bißchen Spiritus über und entflammte sich, als Franz den Kocher anzünden wollte. Er verbrannte sich die Hand und mußte sie lange ins eiskalte Wasser halten.
Bereits seit einiger Zeit beklagt er sich über die Unordnung in unseren beiden Zimmerchen, obgleich ich dort ständig aufräume und saubermache. Anscheinend geht es ihm um eine andere Unordnung, nicht um die äußere.
»Ich mag Ordnung«, sagt er. »Sie ist mein Traum. Eine Welt, in der alles still und reglos ist und jede Sache an ihrem endgültigen Platz ...« Er erzählt mir, in welcher peniblen Ordnung er zuhause seine Manuskripte gehalten hat, obgleich, wie er meint, sein Bureauzimmer mit verschiedenen Papieren förmlich zugeschüttet war und unter diesen Papieren völliges Chaos herrschte. »Nun, das war ja nur ein Amt«, sagt er, und wir lachen darüber, jetzt droht ihm nämlich kein Bureau mehr.
In letzter Zeit wurde Franz eindeutig von dem Manuskriptstapel am Fenster beunruhigt. Den Platz, wo sie liegen, nennen wir Sibirien. Es ist sehr kalt dort, und bei nächtlichem Schneegestöber dringt der Schnee durch die brüchigen Fensterrah-

men ein und legt sich auf die Papierblätter. Heute abend sagte Franz: »Ich möchte hier Ordnung haben und ein wenig Wärme. Dora, laß uns den Ofen anheizen. Was hältst du davon?« Ich stimmte sofort zu, auch ich war richtig durchgefroren.
»Nimm diese Papiere und verbrenne sie«, sagte er so entschlossen wie noch nie.
»Das kann ich nicht tun, es sind doch deine Erzählungen, Notizen, Briefe ...«, antwortete ich verwundert.
»Gerade deshalb mußt du es eben tun«, sprach er mit einer merkwürdigen Stimme. »Auch sie sollen für irgend etwas nützlich sein. Vielleicht wird es dank ihrer hier eine Weile lang etwas mehr Licht geben.«
»Tue das selbst«, bat ich, er aber deutete auf seine verbrannte Hand.
»Ich kann es nicht. Ich bin verwundet.« Dann spielte er, lieber Max, so lange komische Szenen, brachte mich zum Lachen und bettelte so lange, bis ich mich schließlich wie wahnsinnig auf die Papiere stürzte, sie zusammenraffte und in den Ofen warf.
»Was gibt es denn da zu bedauern?« rief Franz aus. »Wonach sehne ich mich? Nach jenem Leben? Es war entsetzlich! Ich bin im Kreis gelaufen, meinem eigenen Schatten hinterher, und bin mit mir selbst nicht zusammengetroffen!« Er nahm einige Blätter in die Hand und las irgendwelche Satzfetzen vor. »Ach, es sind doch meine alten Briefe. Wie sind die hierher geraten?« Er war überrascht. »Jahrelang habe ich mich an Briefen aufgewärmt, im Warten auf Wärme, sie entsteht aber nur, wenn Briefe im Ofen landen. Ins Feuer damit! Damit auch! Vielleicht ist es aber doch etwas wert?« Er parodierte sich selbst, konnte sich vor Lachen nicht halten, so daß auch ich in Lachen ausbrach. Als sein Lachen jedoch plötzlich in Husten überging, kam ich zur Besinnung, bat ihn, sich hinzulegen, und schob den Rest seiner Papiere unbemerkt unter den Schrank.
Lieber Max, ich weiß, Du wirst mir sehr böse sein, aber glaube mir, ich konnte nicht anders. Sogar noch jetzt, während Franz

schläft und ich mich einsam im kalten Zimmer meiner Traurigkeit hingebe, spüre ich, daß wenn er mir befehlen sollte, auch noch den Rest zu verbrennen, den ich gerettet habe, täte ich auch das für ihn.

Franz an Max

Berlin, Januar 1924

Lieber Max,
schon wieder hat man uns die Wohnung gekündigt. Am letzten Ort wurde dies moralisch begründet (Dora und ich sind nicht verheiratet), nun sind wir mit der Zahlung der Rechnungen in Verzug geraten. Ich habe jedoch das Gefühl, daß dies bloß ein Vorwand war, in Wirklichkeit reizt unsere »unmoralische« Beziehung die Gemüter zu sehr. In letzter Zeit kommt man angeblich nach Berlin, um sittliche Freizügigkeit zu genießen. Homosexuelle, Transvestiten, Morphinisten, sie alle finden hier einen Platz für sich, aber einen pensionierten Beamten und ein unschuldiges Mädchen vertreibt man von einem Ort zum anderen. Schade um dieses wunderschöne Haus in der Grunewaldstraße, aber was soll man tun...
Zum Glück haben wir von Otto eine neue Adresse bekommen. Eine Villa in der Heidestraße, ein wenig heruntergekommen, gehört einer Schriftstellerwitwe. Diese Dame ist wohl kaum älter als ich, ihre Ernsthaftigkeit und Mütterlichkeit lassen sie aber älter erscheinen. Als wir zum erstenmal bei ihr vorbeischauten, um nach freien Zimmern zu fragen, durchdrang uns der Blick ihrer dunklen Augen. Beide spürten wir, daß man vor dieser Frau nicht viel verbergen kann. Sofort hat sie gesehen, daß ich krank bin, aber versuche, es mir nicht anmerken zu lassen, sie hat auch geahnt, daß Dora ihr Zuhause verlassen hat und wir auf der Suche nach einem sicheren Ort in Berlin umherirren.
»Ja, ich habe zwei Zimmer für euch«, sagte sie. »Nicht teuer«, fügte sie gleich hinzu und bedeutete uns lächelnd, einzutreten. Wir traten ein und blieben schon da, gingen an diesem Tage nicht mehr zurück, um unsere Sachen zu holen.

Als ich dann in grauer Winterdämmerung am Fenster stand und auf den Garten voll verwilderter Sträucher und verfrorenem Unkraut schaute, dachte ich: Wie lange habe ich durchs Leben wandern müssen, um endlich hierherzufinden, in dieses stille Haus im winterlich erstarrten Garten. Es kam mir vor, als würde sich der Kreis meines Lebens schließen, als wäre ich nun am Ausgangspunkt angelangt, an dem die ewige Quelle sprudelt, aus der man trinken kann. Warum ausgerechnet hier, warum an diesem Ort – ich weiß es nicht...

Franz an Hugo

Berlin, Februar, 1924

Mein Lieber,
ich möchte Dir den gestrigen Samstag und meinen winterlichen Spaziergang mit Dora beschreiben. Der Tag war herrlich, sonnig und frostig. In unseren Zimmern herrscht die Kälte, die ganze Kohle ist verbraucht, der Kübel leer, der Ofen atmet Kälte, vor dem Haus Bäume starr im Reif und der Himmel wie ein silberner Schild gegen den, der von ihm Hilfe will. Dora schaut aus dem Fenster, während ich trotz allem noch versuche, einen kleinen Rest Kohle oder einen hinterm Ofen vergessenen Holzscheit zu finden. Nichts. Also setze ich mich auf den Kübel, der dabei unfreundlich brummt, und sage zu Dora: »Ich fahre, Kohle holen!« Sie dreht sich um, schaut mich an und bricht in Lachen aus. Das Kübelreiten ist umsonst, Kohle gibt es immer noch keine.
Wir beschließen, wie ein beispielhaftes Berliner Ehepaar spazierenzugehn. Mit der Bahn fahren wir nach Wannsee. Dort besuchen wir Kleists Grab am See. Du kennst gewiß den Ort, wo vor 112 Jahren, an einem Novembertag, der Dichter und seine Freundin unter der Last schwieriger Lebensumstände Selbstmord begingen. Vielleicht hat er das Beste gewählt, denke ich immer, wenn wir hier sind, sage es Dora aber nicht. Sie ist zu fröhlich, zu vertrauensvoll, zu jung dafür.
Ein verrostetes Gitter umzäunt das Grab, auf dem Stein liegt

ein Tannenkranz. Ein Stückchen weiter, am gegenüberliegenden Seeufer, auf einer kleinen Lichtung mit Blick auf alte Bäume, tranken die beiden zum letzten Mal Kaffee mit Rum. Sie lachten, warfen Steine ins Wasser, fühlten sich frei. Der Tod schien ihnen ein Abenteuer, eine große Entdeckungsreise zu sein.

Wir bleiben ein längeres Weilchen stehn, schauen auf die grauen, auf der dem Norden zugewandten Seite grünlich gewordenen Steine. Die Stille dieses Ortes, die Dunkelheit unter den hohen Bäumen, welche – selbst jetzt, ganz ihrer Blätter beraubt – sich auf eine freundliche Art über das einsame Grab neigen, wirkt immer sehr beruhigend auf uns. So gehn wir wieder zum Bahnhof, fahren nach Steglitz zurück, wo wir uns langsamen und gemächlichen Schrittes auf den Weg zu unserem Lieblingscafé in der Dorotheenstraße machen. Dort treffen wir jede Woche mit Freunden und Bekannten zusammen. Diesmal wurden wir schon von Max und seiner Freundin Emmy, von Robert M. – Mathematiker, Dichter und Soldat, eine hochinteressante Person – sowie von Werfel und Otto erwartet.

Drinnen war es schön warm. Uns, die solche Wärme nicht mehr gewöhnt sind, wurde bald schon richtig heiß. Wir setzen uns üblicherweise ans Fenster, ins Licht, während der restliche Raum im Halbdunkel verschwindet. Lange, von ständiger Benutzung schwarz gewordene hölzerne Tische und Bänke stehn hier. Zu dieser Tageszeit, wenn Gäste zum Mittagessen kommen, Musik spielt, der Klang der Ziehharmonika und der vielen Stimmen unsere Worte übertönt, müssen wir dicht zusammenrücken, um nicht zu schreien. Früher hätte ich das für unerträglich gehalten, nun bewirkt die Körperwärme der Freunde, die Nähe meiner kleinen Dora, ihr Lachen, der Glanz ihrer Augen, daß ich den mir bisher unbekannten Geschmack der Gemeinschaft genieße.

Wenn das Bier gebracht wird, bekomme auch ich meinen Bierkrug und stelle ihn auf einen Pappdeckel mit dem glatten Antlitz Seiner Hoheit Friedrich Wilhelms, dieses wahnsinni-

gen Monarchen ... Ich schaue mich um – andere trinken in großen Schlucken, ein Mann am Nachbartisch hebt seinen Krug hoch, mit einem Ausruf, wie ein Söldner Wallensteins, und macht sich dann ans Essen.
Glaube mir, mit wahrem Genuß sehe ich zu, wie man hier große Schüsseln voll dicker Zwiebelsuppe verschlingt oder riesige Teller Schweinefleisch mit Sauerkraut und Kartoffeln, heiße, von Fett triefende Würste, die beim Anstechen ein langes Quietschen von sich geben wie eine in der Falle gefangene Ratte. Ich esse so etwas natürlich nicht, was schadet es aber, mir das anzuschauen.
Die Bekannten treffen nach und nach ein. An diesem Samstag erschien sogar Jiři, der in Berlin seinen Bruder besucht. Es dürstet mich immerfort nach seinen Erzählungen, so mache ich ihm also Platz neben mir und überschütte ihn mit Fragen. Das Gespräch an unserem Tisch verläuft währenddessen in seinen eigenen Bahnen. Es wird von der Inflation gesprochen, der Mark, von denen, die soeben nach Berlin gekommen sind, und denen, die zur Zeit Berlin verlassen. Kaum zu glauben, wie viele Bekannte letzthin Berlin besucht haben.
Ich höre, wie Dora leise zu der neben ihr sitzenden Emma sagt, sie möchte im Frühling mit mir nach Palästina reisen. Liebe Dora, sie glaubt an die Geschichten, die ich ihr erzähle, trotzdem sie in Wirklichkeit doch weiß, daß meine großen Reisen nur mit dem Finger auf der Landkarte stattfinden.
Max, wie immer voll unverwüstlicher Lebensenergie (wie macht er das bloß?), hat den Vorschlag gemacht, eine Zeitschrift für all diejenigen zu gründen, die aus Böhmen, Österreich, Polen oder Sowjetrußland gekommen sind und zur Zeit nach einem Platz für sich in Berlin suchen.
Ich höre all dem zu, wie man Geschichten aus einer andern, fremden Welt zuhört. Ich nehme mir Menschenschicksale zu Herzen, stimme neuen Ideen zu, beobachte voll Freude Doras Begeisterung, aber all das geht mich nichts mehr an. Es kommt mir manchmal vor, als würde ich mich oben auf einem Wellenkamm befinden, und die Welle trägt mich in ihrem eigenen

Rhythmus, im Einklang mit den Meeresströmen, auf die ich nicht den geringsten Einfluß habe.
Sie unterhalten sich weiter, ich höre jetzt aber nicht mehr zu, sondern schaue aus dem Fenster auf die vorübergehenden Menschen, gewöhnliche, lächelnde Menschen, als würde gar nichts geschehn, als verharrte die Welt in einem herrlichen Gleichgewicht, als glitte sie nicht über eine schiefe Ebene nach unten. Die Menschen gehn aufrecht, stolpern nicht, fallen nicht, und ich komme nicht aus dem Staunen heraus. So ist also *diese* Welt?
Gegen vier Uhr begann der allgemeine Aufbruch. Wir nahmen Jiři mit uns. Als wir in die Heidestraße kamen, nachhause, in unser Zimmer, begrüßte uns Feuer im Ofen. Es war unsere liebe Wirtin, die wir Madame Frühling nennen, die Erbarmen mit uns hatte und in allen Zimmern einheizen ließ.
Manchmal lohnt es also, das Zuhause zu verlassen, um dann wieder zurückzukehren.

Max an Hugo

Berlin, Februar 1924

Lieber Dottore,
Du solltest es wirklich bereuen, letzten Samstag nicht hier gewesen zu sein. Wir, das heißt Jiři, Otto, ich und Emmy, die verspätet von einer Nachmittagsprobe im Theater dazukam, haben Dora und Franz besucht. Madame Frühling war auch dabei.
Dora kochte Wasser auf dem Spirituskocher und machte Tee für uns alle. In der Mitte des Zimmers steht ein großer runder Tisch, dank dessen ich mich dort wie zuhause fühle. Franz ruhte sich hin und wieder auf einem schmalen Sofa aus, das wir näher an den Ofen gerückt hatten, und kommentierte mit Witz unsere Unterhaltung am Tisch.
An jenem Abend waren wir alle sehr gesprächig. Unsere Aufregung steckte sogar den gelb-grünen Kanarienvogel an, den Dora zärtlich neckte.

Franz stellte eine Schüssel Wasser auf einen kleinen Schemel und bat uns alle, die Hände hineinzutauchen. »Es ist unser kleines Familienbad«, sagte er. »Wir tun das, wenn wir uns vom Schmutz des Tages reinigen wollen.«

Ich fragte Dora, wie ihr die Vorlesungen über die *Halacha* gefallen, und ob sie im *Schulchan Aruch* religiöse Weisungen gefunden hat, die sie gerne bei sich zuhause anwenden möchte.

»Wenn Franz und ich ein richtiges Zuhause haben werden, werden wir uns auch Gedanken machen über die wunderschönen Gebote des Glaubens, die im Dienste des Lebens stehn...«

»Sind diese detaillierten Vorschriften, die man gar nicht mehr beachten kann, heutzutage nicht völlig überholt?« fragte Otto.

»Für diejenigen, die wirklich glauben, gehört alles zum lebendigen Glauben, und nichts ist unmöglich«, sagte Dora. »Ich erinnere mich noch gut an unser Städtchen und an Menschen, die dort nach den zweitausend Jahre alten Geboten lebten, als hätte sich seit damals nichts geändert...«

»... und als glaubten sie, daß all das unverändert die nächsten Jahrtausende oder noch länger weiterginge«, fügte Franz hinzu.

»Erzähl uns eine Legende, Franz, du studierst doch die *Haggada*«, bat Otto. »Kann man aus diesen alten Geschichten heute noch eine Lehre ziehn?«

»Oh, sprich nicht so abfällig von den Legenden«, rief Dora hinter dem Paravent hervor, wo sie für uns ein kleines Gastmahl zubereitete.

»Ja, ja. Dora hat recht.« Franz erhob sich vom Kanapee und ging zum Tisch. »Die Zaubergeschichten und Legenden soll man nicht mißachten. In ihnen verbirgt sich eine große Weisheit. Jede Geschichte stammt aus der Tiefe des Blutes und der Angst, die Legenden tragen wiederum das Feuchte, Wilde und Ungezähmte in sich. Man kann in sie eintauchen, die Legenden kommen nämlich aus dem Wasser, die Gesetze dagegen aus der

Wüste. Zwanzig Jahre lang ergründete ich all das, was zur Welt der Gesetze gehört, ich bräuchte aber vierzig Jahre, die mir nicht gegeben sind, um zu den Legenden vorzudringen. Die Gesetze ziehn nach oben, die Legenden – nach unten. Oben und unten bilden eine Achse...«

»... oben ist die unsichtbare Welt, unten die sichtbare, oben ist Gott, unten der Mensch, der den sichtbaren Teil gewählt hat«, beendete Jiři, und es ließ mich ahnen, daß die beiden mehr als nur eine Nacht mit Gesprächen zugebracht haben.

Ich blickte aus dem Fenster, es war noch nicht zugezogen. Draußen wurde die Dämmerung immer dichter, Eiskristalle prasselten gegen die Fensterscheibe. Madame Frühling brachte eine Petroleumlampe, stellte sie in die Ecke und zerstreute damit die grauen Schatten. Dora stellte Kerzen auf einem Metalltablett auf. Wir warteten nur noch auf Emma, um die Schabbatlichter anzuzünden. Bald darauf rauschte sie herein, die Frische der winterlichen Kälte mit sich bringend. Sie warf den Pelz ab und zog ihre warmen Stiefel aus; an diesem Abend trug sie eine kurze Jacke und den moosgrünen Faltenrock, der so schön von ihrem hellen Haar absticht. Ich verspürte eine große Freude, wie immer, wenn ich sie wiedersehe – und wenn die Trennung von ihr auch nur eine Stunde zurückliegt. Im nächsten Augenblick leuchteten die Kerzen auf, und wir alle am Tisch rückten dichter zusammen.

»Sag mal, Franz«, setzte Otto ein. »Ist das wahr, daß ein Künstler ... Du bist Künstler«, sagte er nachdrücklich, als er merkte, wie Franz zusammenzuckte. »Ist das wahr, daß dem Künstler ein einziger Vers in Auftrag gegeben wird und sein ganzes Werk bloß ein Kommentar zu diesem Vers ist?«

»Ja, das ist gut möglich, ich würde aber das Wort ›Künstler‹ durch das Wort ›Mensch‹ ersetzen. Nun ja, das ganze Leben ist die Exegese eines einzigen Verses. Der springende Punkt ist aber, daß wir nie erfahren, um welche Worte es sich handelt – oder wir erfahren sie erst am Ende unseres Weges.«

»Kennt einer von euch die für ihn bestimmten Worte?« fragte Jiři, aber niemand antwortete. Schließlich unterbrach ich das Schweigen.

»Es ist eine so intime Sache, daß ich – auch wenn ich es wüßte – davon nicht reden wollte.«
»Und ich kenne meinen Vers«, meinte Franz. »Ich kenne ihn und weiß, daß ich meine Aufgabe schlecht erfüllt habe.«
Wir blickten uns alle an und lächelten diskret.
»Ach, Franz«, seufzte Jiři, »du solltest uns doch eine Legende erzählen, ich werde es aber für dich tun. Ich erzähle euch eine Geschichte, die ich von einem mittelalterlichen Kabbalisten aus Toledo kenne. Hört zu.
Ein hochgelehrter Mann fuhr einmal mit dem Boot übers Meer. Als er an einer der Inseln vorüberfuhr, von denen es in dieser Gegend viele gab, hörte er klagende Gebetsgesänge. Sofort erkannte er die Mantras der Hocheingeweihten. Er wußte, daß derjenige, der diese Mantras meisterhaft wiedergibt, die Vollkommenheit erreichen und die Fähigkeit erwerben wird, über Wasser zu gehn. ›Dieser Mensch wird die Einweihung nicht erlangen. Er ist ein unerfahrener Derwisch, und seine Aufgabe erfüllt er schlecht und unbeholfen‹, dachte der Weise, als er den Versuchen des Insulaners lauschte. ›Ich werde ihn belehren, werde ihm sagen, wie er zu meditieren hat, um das Ziel zu erreichen‹, beschloß der Gelehrte und steuerte sein Boot dem Inselufer zu. Er fand den Menschen, dessen Stimme er gehört hatte, und belehrte ihn. Der Derwisch hörte aufmerksam den Anweisungen des Gelehrten zu, bedankte sich und wünschte ihm eine gute Fahrt.
Nach einiger Zeit fuhr der Gelehrte wieder an der Insel vorüber und hörte, wie der Derwisch weiterhin unbeholfen an seiner Aufgabe arbeitete. Er seufzte tief, sinnierte über die Unvollkommenheit der menschlichen Natur, rief diesen Menschen zu sich und belehrte ihn erneut. Als er sich jedoch bereits so weit von der Insel entfernt hatte, daß er das Gejammer des Derwischs nicht mehr hören konnte, sah er plötzlich einen Mann seinem Boot hinterher übers Wasser laufen. Es war der Mann von der Insel. ›Meister, Meister, halte bitte einen Moment an‹, rief er über den Wellen schwebend, ›ich habe schon wieder vergessen, was du mir gesagt hast. Könntest du es noch einmal wiederholen?‹«

Franz – das Gesicht in die Hände gestützt – schaute vor sich hin und schwieg eine Weile. Schließlich sagte er: »Lieber Freund, du hast uns eine wunderschöne Geschichte erzählt, ich will sie aber nicht kommentieren. Lassen wir sie so einfach und klar wie ein Bergkristall bleiben. Ich werde sie in die Hand nehmen, und sie wird mich wärmen.«

»Mir gefällt diese Geschichte auch«, sagte Dora und kuschelte sich an Franz.

»Und nun ist es Zeit für den Wein!« Madame Frühling verließ das Zimmer, und wir begannen, die Teetassen vom Tisch zu räumen.

Dora und Emmy verschwanden im anderen Zimmer. Ich ahnte, daß sie sich umziehn wollten. Für diesen Abend hatten sie uns nämlich eine kleine Aufführung versprochen. Das Klavier, auf dem ich sie begleiten sollte, stand in Madame Frühlings Zimmer. Man mußte also ein Schränkchen beiseite rücken, das die Flügeltür im Durchgang verdeckte. Während Otto und ich uns an dem Schränkchen zu schaffen machten, kam unsere Wirtin wieder. Aus dem Augenwinkel sah ich ein Silbertablett, eine bauchige Karaffe, gefüllt mit selbstgemachtem Wein und Kristallgläsern. Diese Dame, auch wenn sie bescheiden lebt, achtet auf die Form und liebt schöne Gegenstände, die sie aus besseren Zeiten aufbewahrt hat.

Ich setzte mich sofort ans Klavier, um zu prüfen, ob ich beim Spielen den Auftritt unserer Mädchen würde verfolgen können. Aus der dunklen Tiefe des Wohnzimmers betrachtet, erschien Franzens Zimmer – beleuchtet mit dem warmen Kerzenlicht – als ein glücklicher, sicherer Ort, und die drei im Lampenschein über den Tisch gebeugten Männergestalten wirkten so sorgenfrei, daß ich für eine Weile der Illusion erlag, unsere Jugend sei zurückgekehrt.

Ich ließ meine Finger über die Tasten laufen, die Töne erklangen unerwartet klar. Madame Frühling kam herein, stellte eine Lampe auf den Tisch, setzte sich neben mich und öffnete das Notenheft. Wir begannen, ein leichtes Stück für vier Hände zu spielen. Ich hörte aufgeregte Stimmen der Mädchen. Der Kanarienvogel hüpfte wie ein flaumiger Ball unter dem Einfluß der Musik. Ich sah, wie Dora den Käfig mit schwarzem Seidentuch verdeckte, während Emmy sich über die Kerzen beugte, von denen einige bereits erloschen waren, und neue anzündete. Ihr Gesicht erinnerte an die Frauengesichter auf den Gemälden flämischer Meister.

Lieber Hugo, ich beschreibe Dir jede Kleinigkeit, weil der Abend wirklich außergewöhnlich war. Alles entwickelte sich in seinem geheimnisvollen Rhythmus, als hätte es schon irgendwann einmal stattgefunden und sollte sich nie mehr wiederholen.

Emmy ist eine wunderbare Vortragskünstlerin, und so sollte diese Aufführung mit Lyrik beginnen. Ich stand vom Klavier auf, um in ihrer Nähe zu sein. Sie trug ein schlichtes schwarzes Kleid und eine schwarze Schleife mit kleinen Brillanten im Haar. Als sie ansetzte, hielt ich den Atem an, und erst nach einer Weile, als ihre Stimme gleichmäßig, klangvoll und sicher floß, beruhigte ich mich soweit, daß ich den Sinn der Worte verfolgen konnte.

Das Gedicht über die Wanderung durch die Wüste klang auf deutsch merkwürdig fremd, aber eben durch diese Fremdheit wurde die Geschichte derer, die das Gelobte Land nie erreichen sollten, noch dramatischer.

Ich spürte die Rührung der Zuhörer, Franzens stille Konzentration, Doras Neugierde, Ottos und Madame Frühlings gesammelte Aufmerksamkeit. Ich schaute auf den an der Seite sitzenden Jiři und konnte ein Lächeln kaum unterdrücken. Er senkte den Kopf, schlug die Augen nieder und – als wäre das noch nicht genug – verdeckte die Augen mit der Hand. Armer Jiři, er kann sich immer noch nicht die Regel abgewöhnen, die er vor Jahren als Chassid beachtete. Damals schaute er nicht nur keine Frau an, er reichte einer Frau nicht einmal seine Hand oder sprach mit ihr. Nun war der Anblick einer wunderschönen jungen Frau, die Gedichte vortrug, und einer zweiten hübschen und liebreizenden, im weißen Kleid mit karmesinroter Schleife, allzu verführerisch für seine schamhaften Augen.

Nach dem Gedicht von den Wanderern folgte »Sand und Sterne« von Frug, dieses berühmte, auf jiddisch geschriebene Gedicht, das Emmy jedoch auf deutsch vortrug. Als sie das letzte Wort aussprach, sprang Dora von ihrem Stuhl auf, packte Emmy an der Taille und drehte sie in einem plötzlichen Freudenrausch. »Wunderschön, wunderschön«, rief sie. »Und ich habe eine Überraschung für euch. Dieses Gedicht wurde von Abraham Bernstein vertont, und ich kenne dieses Lied.«

Sie griff zu den Trommeln, stellte sich in die Mitte des Zimmers und trommelte den Rhythmus. Ich nahm ein Glas Wein zur Hand, nippte an ihm und schaute dem Mädchen zu. Ihre zarte anmutige Figur, das kurze rötliche Haar, der Glanz in ihren grauen Augen – all das gefiel nicht nur mir. Die tiefe dunkle Stimme ertönte ohne jegliche Begleitung so melodisch, daß ich dachte: Sie hat Talent! Zunächst stand sie beinahe reglos da, nur ihre Finger klopften leicht an die Trommel, aber schon nach einer Weile begann ihr Körper zu vibrieren, und es schien, als tanzte sie im Rhythmus der Melodie, obgleich sie sich in Wirklichkeit nicht von der Stelle bewegte.

Mit wachsendem Interesse hörte ich diesem Werk zu, dessen Kantilene auf *Taamej haMikra* basiert, also biblisch verankert ist. Der sich steigernde Rhythmus kam mir bekannt vor, und schließlich erkannte ich in ihm das Melodiemuster der »Begrüßung des Samstags«, dieses wunderschönen Gebets, das nun aus weiter Ferne auf mich zuströmte wie aus einem Traumbild. Diese Melodie, deren siebter Ton wie ein Magnet zu dem ersten zieht, dieses Ineinanderflechten von Lauten, die wie aus einer bodenlosen Quelle hervorsprudeln, entsprach vollkommen dem Text. Das Lied verstummte, wir aber summten es noch eine ganze Weile weiter.

»›Sand und Sterne‹, erinnerst du dich an dieses Gedicht?« fragte Franz, der plötzlich neben mir stand. »Wie Loeb es vor Jahren vortrug? Mit gedämpftem Zorn. Emmy hat aus diesem Gedicht seine verborgene Melancholie hervorgeholt. Wenn du spielen magst, werden sie singen«, fügte er hinzu und streifte

meinen Arm, als wollte er mich sachte in Richtung Klavier schieben.
Er brauchte nicht lange zu bitten. Ich kenne viele jüdische Melodien, schon nach einer Weile ertönte das fröhliche Lied »Buttersemmel«. Diesmal sang Emmy. Merkwürdigerweise wählt Emmy – von Natur aus ernsthaft – all die leichten, beschwingten Melodien in Dur und auch alle Parodien oder komischen Szenen, Dora hingegen – fröhlich und sorgenfrei – mag lieber elegische, dunkle und pathetische Töne.
Das eine Lied folgte dem anderen, die Stimmen der Sängerinnen klangen immer freier, in Duetten flossen sie unerwartet leicht zusammen, obgleich sie vorher nichts geprobt hatten. Liebeslieder überwogen, Dora sang sie wie ein wirklich verliebtes jüdisches Mädchen: mit niedergeschlagenen Augen, verschämt, mit einer lyrischen Weichheit.
In dieser Musik hört man das Echo jüdischer Gebete, Schabbatgesänge, hie und da eintönige Kehrreime, wie beim Gemara-Unterricht, und pentatonische Akzente der Tora-Vorleser. Ich erkannte die Molltonart wieder, im Modus, der in der liturgischen Musik *Ahawa rabba*, Große Liebe, genannt wird. Die erhöhte Sekunde dieser Tonleiter belebt die Melodie mit einer eigenartigen Schönheit: Verlaufen die Töne von unten nach oben, so drücken sie Zorn oder Bitten aus, steigen sie ab, so bedeuten sie Flehen und Weinen.
Ich konnte meinen Blick kaum von den beiden singenden Frauen wenden, von ihren erwärmten Körpern, ihren glühenden Gesichtern, ihren Händen, mit denen sie die Luft um sich in Bewegung setzten.
Madame Frühling sprang für mich am Klavier ein, da ich mich immer häufiger in den Tasten vergriff oder einfach zu spielen aufhörte, um besser sehn und hören zu können. Plötzlich sah ich Jiři mitten im Zimmer stehn, sich leicht – wie im Gebet – wiegend. Nun konnte ich nicht aufhören zu spielen, ganz im Gegenteil – mit der Musik, mit ihrem Rhythmus wollte ich alle zum Tanz mitreißen. Jiři – das Gesicht erhoben, die Augen fast geschlossen, die Arme mal oben, mal gesenkt, gleich einem

Vogel, der sich langsam zum Flug bereit macht – zog rhythmisch seine Kreise um die singenden Mädchen. Der bisher zurückhaltende Otto begann nun zu klatschen und mit den Beinen auf der Stelle zu treten, als schämte er sich immer noch dieser Bewegung, die auch ihn mit sich riß. Und dann sah ich, daß auch Franz sich Dora und Emmy näherte. Franz, unser lieber Franz tanzte...

Ich war vollkommen gebannt von diesem Bild. Dora und Franz in einem Taschentuchtanz. Er legt langsam seine linke Hand an die Stirn, senkt sie, hebt die Seiten seines Rockes, als wäre es ein jüdischer Kaftan, nähert sich dem Mädchen, um sich gleich wieder von ihr zu entfernen. Sie, geleitet durch den stummen Befehl des Mannes, nähert und entfernt sich von ihm im gleichen Rhythmus, trippelt in ihren zierlichen Schühchen, in den Fingerspitzen hält sie das weiße Tuch. Franz hebt die Arme hoch, ballt die Hände zusammen und öffnet sie wieder, sein Kopf ist leicht gesenkt, so daß ich sein Gesicht von der Seite sehe, sein Blick haftet irgendwo unten, die Finger über seinem Kopf ballen und öffnen sich, als griffen sie nach Lichtfäden und zögen sie an sich.

In seinem Gesicht entdecke ich den Ausdruck wahrer Glückseligkeit, als flössen unter seinen halb geschlossenen Lidern Bilder ferner, sonnengetränkter Landschaften vorüber, hohe Palmen, exotische Vögel, Länder, wo jeder, wie fremd, wie verbannt er auch sein möge, für sich einen Platz unter dem freundlichen Himmel findet.

Die anderen umkreisen die Tanzenden und klatschen im Rhythmus, der mal schneller, mal langsamer pulsiert. Jiři schnappt sich unerwartet irgendwo eine Flöte und beginnt, rein und klangvoll zu spielen. Emmy trommelt. Dora reicht Franz ein Tuchzipfelchen, und nun tanzen sie – durch diesen Streifen Weiß verbunden – wie ein schüchternes Brautpaar. Franz schaut das Mädchen kein einziges Mal an. Er dreht sich mit der Seite zu ihr, hebt leicht das Tuch, sie zieht ihre Kreise um ihn, zunächst weit, dann immer enger, nähert sich ihrem Partner, ohne ihn jedoch auch nur mit dem Rocksaum zu berühren.

Dora hält den langsamen, monotonen Rhythmus nicht lange aus. Sie läßt das Tuch fallen und wirft ihre Arme hoch in einer Geste ungezähmter Leidenschaft. Franz erstarrt für einen Augenblick, den Blick auf sie geheftet. Ein sanftes Lächeln erhellt sein Gesicht. Der Rhythmus der Trommeln und der Klang der Flöte laden zum Tanz ein, und ich sehe, wie Franz dieser Einladung folgt. Er hebt die Hände empor, die Handflächen nach oben, als hielte er eine riesige Kugel, und wiegt sie hin und her. Sein ganzer schlanker Körper ist in rhythmischer Bewegung.

Ich weiß nicht, ob Franz betet, ob er das je getan hat, als ich ihn aber beim Tanz betrachte, denke ich, daß ihm diese Gebetsform am nächsten liegt.

Wir spielen immer schneller, immer leidenschaftlicher. Dora packt Franzens Hand, Franz greift rennend nach Otto, der Jiři an sich zieht. Madame Frühling steht vom Klavier auf, schreitet würdevoll auf die Tanzenden zu. Sie schließen den Kreis.

Was für ein Anblick! Alle kreisen immer schneller. Emmy trommelt etwas Wildes, Ursprüngliches, also höre ich auf zu spielen, Klaviermusik paßt nicht zu diesen sinnlichen Gesten, zu diesen Gefühlen, die wie aus einem bodenlosen Brunnen emporsteigen, wie aus einer vergessenen Vergangenheit, die man nicht mehr unterdrücken kann.

Mit Freude schaute ich an diesem Abend Franz an, sein blasses, müdes, aber doch glückliches Gesicht. Er sollte sich etwas ausruhn, dachte ich mir, und in diesem Moment kam er auf mich zu, noch schwer nach Luft schnappend, legte die Hand auf seine Brust und beruhigte das Herz.

»Nun, Max, die Zeit der Worte ist vorüber, es ist spät geworden«, sagte er.

Ich weiß nicht mehr, wie lange unsere Selbstvergessenheit dauerte. Die endlose Winternacht war frostig, schwarz, nur durch die fernen Sternenpünktchen erleuchtet, aber unser Zimmer, und wir mittendrin, schwebte im grenzenlosen Raum, wie ein Boot, das sich sicher seinem Ufer nähert.

Max an Hugo

Prag, März 1924

Lieber Dottore,
ich wurde gezwungen, Berlin vorläufig zu verlassen und Emmy dort allein zu lassen. Meiner Frau geht es nicht gut, also bin ich nach Prag zurückgekehrt, um bei ihr zu sein. Inzwischen ist es etwas besser geworden, in unserer Ehe hat sich aber nichts geändert, auch wenn sie wohl im stillen darauf gehofft hatte. Vor kurzem ist auch Otto nach Prag gekommen und hat gleich bei mir vorbeigeschaut, da er mir unbedingt von seinem Treffen mit Franz in Berlin erzählen wollte.
Seit unserem gemeinsamen Besuch bei Franz und Dora in der Heidestraße hatte er die beiden bis zu jenem Tag nicht gesehn, an dem er – ganz zufällig über die Kaiserallee gehend – Franz vor einem Laden erblickte. Otto war von diesem Zusammentreffen sehr ergriffen, aber als er sich bemühte, sich an möglichst viele Einzelheiten zu erinnern, wurde er etwas konfus. Ich beruhigte ihn und bat, seinen Bericht zu wiederholen.
Es muß sich ungefähr wie folgt zugetragen haben: Der Tag war heiter, die Sonne schien, es tropfte von den Dächern. Die Schlange vor dem Laden war recht lang, Franz stand ganz am Ende mit einer Einkaufstasche, in der er eine Flasche für Milch und einen halben, in Zeitungspapier eingewickelten Brotlaib trug. Otto unterließ nicht die Bemerkung, daß – obgleich die Straße voll Matsch war – Franzens Schuhe wie üblich tadellos sauber glänzten, so daß er sich fragen mußte, wie Franz das schaffte. Obwohl er eigentlich zu einer Zusammenkunft eilte, entschloß er sich, Franz Gesellschaft zu leisten, und stellte sich neben ihm an.
Sie unterhielten sich zunächst über eine Lesung, im nachhinein konnte sich Otto aber überhaupt nicht mehr erinnern, wessen Lesung es war. Franz erschien ihm seltsam rotwangig, er dachte, daß es wohl vom Fieber käme, stellte aber keine Fragen. Franz erwähnte übrigens mit keinem einzigen Wort seine Beschwerden. In seinem Gesicht, in seiner Körperhaltung, im Klang seiner Stimme spürte man eine Art Linderung,

was Otto überraschte und ihn denken ließ, daß die Krankheit möglicherweise Franzens Willen endgültig gebrochen und gleichzeitig die Kraft seiner Selbstzerstörung begrenzt habe.
Otto registrierte all das in Bruchteilen von Sekunden, beinahe unbewußt, die Schlußfolgerungen kamen ihm eigentlich erst in den Sinn, als er nachher über alles nachdachte.
Die Schlange rückte inzwischen langsam nach vorn. »Ich sterbe, Otto«, sagte Franz plötzlich ganz leise. »Wann es genau passieren wird, weiß nicht einmal mein Arzt. Aber es ist sicher ... Ich sterbe für das Leben ...« Oder vielleicht hörte Otto »... im Namen des Lebens«. Otto hat nicht richtig gehört oder sich dann nicht richtig erinnern können, was Franz wirklich sagte. Franzens Ruhe und Gewißheit bewirkten jedoch, daß Otto gar nicht protestierte, wie man das üblicherweise gegenüber solchen Bekundungen tut. Er fragte Franz nur, ob er das gefunden habe, wonach er suchte, ob er begriffen habe, was er bisher nicht begriff.
Franz versank tief in seinen Gedanken und schwieg lange. Als Otto bereits die Hoffnung auf eine Antwort verloren hatte, sprach Franz leise: »Wohl nicht. Aber weißt du, ich habe einen Raum in mir gefunden, in dem ich manchmal glücklich bin.« Nach einer kurzen Überlegung setzte er fort: »In diesem Raum bin ich weder Mensch noch Tier, ich bin überhaupt kein lebendiges Wesen. Dort gibt es keine Opfer und keine Verfolger, keine Macht und keine Angst, es ist ein Bereich, frei von jeglichen Spannungen, dort haben nicht mal die Säfte Lust, die Stengel der Pflanzen zu durchdringen. Es gibt womöglich nur das Einatmen und Ausatmen, aber selbst dessen bin ich mir nicht sicher, weil zwischen dem Einatmen und dem Ausatmen sich eine unermeßliche Leere ausbreitet. Hier fühle ich mich erstmals endlich sicher, weil das einzige, was in Wirklichkeit zählt, eben diese Zwanglosigkeit ist. Eben sie bringt Freude. Dieser Raum befindet sich zur Zeit nur in meiner Phantasie, bald wird er aber möglicherweise meine einzige Wirklichkeit sein. Bald werde ich mein Zimmer nicht mehr verlassen, dann das Bett, im Bett wird mir eine einzige Position bleiben, dann nur Einatmen und Ausatmen ... und dann nichts mehr.«

Schweigend standen sie auf der Straße. Als Franz an der Reihe war, füllte er wortlos seine Flasche mit Milch, selbst beim Abschied sagten sie kein einziges Wort zueinander. Otto erinnerte sich noch, daß er in einem plötzlichen Impuls Franz an den Armen packte und an sich drückte und dann noch lange dastand und sah, wie der Freund sich entfernte, ohne sich umzuschauen.
Ich drücke Deine Hand fest und herzlich.

Max an Hugo

Prag, April 1924

Lieber Dottore,
Deine Ungeduld verstehe ich gut. Du willst so schnell wie möglich etwas über Franz erfahren. Leider habe ich keine guten Nachrichten. Nach einer rapiden Verschlechterung seiner Gesundheit – Ende März – wurde Franz zunächst ins Sanatorium, bald darauf in die Klinik von Doktor H. gebracht. Dort konnte er nicht bleiben – er litt sehr, der Gnade herzloser Ärzte ausgeliefert, von Schlaflosigkeit und Ängsten geplagt, ohne dem Anblick des Todeskampfes seines Bettnachbarn entkommen zu können. Von dem Sterbenden erzählte er mir in tiefer Trauer und voll Bewunderung für ihn.
Wir beschlossen, ihn in ein anderes Sanatorium zu bringen, in K. bei Wien. Ich konnte nicht mitfahren, aber Robert war bei Franz, und Dora natürlich auch. Es war ihnen gelungen, ein Automobil zu beschaffen, aber leider nur ein Cabriolet. Stell Dir vor, ein Cabriolet für einen an Kehlkopftuberkulose Erkrankten! Und ausgerechnet an dem Tag, als sie unterwegs waren, gab es starken Wind und Regen. Franz beklagte sich, wie üblich, mit keinem einzigen Wort, aber die arme Dora wußte förmlich nicht mehr, was sie tun sollte. Die ganze Fahrt verbrachte sie im Auto stehend, in der Hand einen Regenschirm, an dem der Wind unaufhörlich zerrte. Als der Schirm den Kampf gegen den Wind verloren hatte, versuchte Dora, Franz mit dem eigenen Körper zu beschützen.

Vor Ort stellten sie fest, daß die Gegend überaus schön und das Zimmer voll Licht war, mit Aussicht auf ausladende Fichten. Wenigstens so viel konnte man für den Kranken tun. Bei ihm blieben Dora und Robert, der ganz außergewöhnlich ist. Er hat beschlossen, seine wissenschaftlichen Forschungen einzustellen und Franz zu pflegen, so lange das nötig ist...
Die Tatsache, daß Franz aus Berlin nach Prag zurückkehren und wieder bei den Eltern wohnen mußte, war für ihn ein trauriger Abschied von der hart erkämpften Unabhängigkeit. Nun aber ist er, wie er meint, an seinem endgültigen Ort angelangt, aber immerhin reicht die Macht der Eltern nicht bis dorthin. Vorläufig will er sie auch nicht sehn, nicht weil er ihnen etwas verübelt, sondern weil er ihnen einen Schock ersparen möchte. Franz ist jetzt ein schwerkranker Mann geworden, muß fast die ganze Zeit liegen, spricht immer schlechter, und die Ärzte empfehlen ihm sogar vollständiges Schweigen. Er lehnt sich immer noch dagegen auf, er, der doch diese Möglichkeit schon immer erwähnte – zu verstummen, sich zurückzuziehn, in der Stille immer kleiner, ruhiger, nichtexistent zu werden.
Nun möchte er doch leben, will verzweifelt genesen, jetzt, nachdem ihn die Dämonen endgültig verlassen haben und – wie er mir sagte – er, gleich einer Schlange, der alten Haut entschlüpft ist. Es ist etwas Wahres daran: erschöpft, schwach, mit einem dunklen Gesicht, wie von Sonne und Wind ausgetrocknet, macht er den Eindruck, befreit zu sein. Wenn es bloß anhalten könnte, wenn es noch möglich wäre, Franz zu retten...

Milena an Max

Prag, April 1924

Lieber Max,
inzwischen weiß ich, wie schwerkrank Frank ist. Ich weiß es und bin nicht imstande, Dir zu schreiben, was das in Wirklichkeit für mich bedeutet. Schrecklich, schrecklich für mich

ist, daß ich bei ihm nicht sein kann, ihm nicht helfen kann. Ich habe mir selbst dieses Recht aberkannt.
Wenn ich an Frank, an seine Krankheit denke, stelle ich fest, daß er schon lange, schon von Anfang an »mit dem Tode angesteckt« war und sein Leben nichts als ein Selbstmord auf Raten ist. Erschreckt Dich, was ich sage? Mich auch, aber möglicherweise ist es die Wahrheit – Franks Wahrheit, deren er sich selbst bewußt ist und von der er in seinen schönen und grausamen Erzählungen spricht.
Frank hat Angst vor der Macht, er haßt die Gewalt – mehrmals hat er mir das gesagt, zwar mit anderen Worten, aber dem Sinn nach war es so. Die Macht dringt mit ihrer Überlegenheit überall ein, das Opfer kann der Verfolgung nicht entkommen, findet keine Zuflucht. Alle Fluchtwege sind abgeschnitten, es bleibt nur noch ein einziger – der Tod.
Frank hat sich dem Tode anvertraut, diesem Chaos, das die Fülle ist. Er hat sich selbst tot gesehen, und diese Bilder waren ihm der Inbegriff vollkommener Ruhe und Stille. Mit dem Ausbleiben jeglicher Bewegung endet nämlich auch die Herrschaft der Gewalt. Ein Toter kann nicht mehr verletzt werden, er kann auch andere nicht mehr verletzen.
Franks Erzählungen habe ich wiederholt gelesen. Seinen unvollendeten Roman über einen Angeklagten kenne ich in Auszügen. Wie Du weißt, befindet sich auch Franks letztes großes Werk – über einen Landvermesser – in meinem Besitz. Schon lange habe ich nach einem Bild gesucht, das in Franks Werken die wichtigste, die zentrale Position einnehmen, eins, um das herum sich alles andere gruppieren würde. Max, ich habe immerfort gespürt, daß es so etwas gibt, habe einzelne Elemente gesehen, die aber keine Einheit gebildet haben. Schließlich habe ich ein solches Bild gefunden. Statt es zu nennen, werde ich versuchen, es Dir zu beschreiben.
Denk an die Geschichte des Vaters, der ein Urteil über seinen Sohn fällt. Die Hauptpersonen dieser Erzählung, die Du kennst, verbinden miteinander seltsame, geheimnisvolle Bande. Der Sohn und sein abwesender Freund – sie beide sind

zwei Seiten ein und derselben Person – haben sich lange nicht mehr gesehen, stehen aber in brieflicher Verbindung miteinander. Der Sohn verlobt sich, betrübt damit zutiefst seinen fernen Freund, der – sowieso schon unterlegen und in den sibirischen Weiten verloren – dadurch noch schwächer wird. Die Kluft zwischen den beiden vertieft sich wegen der Gegenwart einer Frau an der Seite des Sohnes.

Zwischen dem Vater und dem Sohn findet ein Kampf statt. Der Sohn will dem alten Vater die Macht entreißen, die dieser immer noch besitzt. Er wünscht dem Vater den Tod: »›Jetzt wird er sich vorbeugen‹, dachte Georg, ›wenn er fiele und zerschmetterte!‹«

Das Ungleichgewicht zwischen Vater und Sohn verstärkt sich auch beträchtlich durch die Verlobung, da der Sohn von seiner Braut gestärkt und der Vater vom Tod seiner Frau geschwächt ist.

Es kommt zu einer Krise. Das Ungleichgewicht zwischen Vater, Sohn und Freund bewirkt, daß die Macht jedes einzelnen von ihnen sich in reine Gewalt verwandelt. Man muß also das Gleichgewicht wiederherstellen. Wie erreicht man das? Dafür kennt die Menschheit von Anfang an einen Weg – die Bestimmung eines Sündenbockes. Der Sohn wird zu diesem gemacht. Üblicherweise dient ein krankes, gebrechliches, andersartiges Wesen als Opfer. Vielleicht ist der Sohn ja nur scheinbar stark. Vielleicht in dem Moment, wenn der Vater aufrecht im Bett steht, sein Hemd hebt, so daß man auf seinem Oberschenkel die Narbe sieht – es ist eine Kastrationsnarbe –, und damit auf die Fruchtbarkeit des Sohnes anspielt, der doch gerade im Begriff ist, eine Familie zu gründen, verliert der Sohn für einen Augenblick die soeben gewonnene Macht – und der Vater erlangt das verlorene Gleichgewicht wieder?

Dieser Moment der Schwäche, oder vielleicht die Tatsache, daß der Sohn sich schuldig fühlt, ist entscheidend für die Wahl des Sohnes zum Sündenbock. Um den Sohn herum versammelt sich der mörderische Kreis. Zwar befinden sich im Zimmer nur der Vater und der in einen Zimmerwinkel gedrängte Sohn, aber die unsichtbaren Mörder nähern sich schon: »Georg stand in einem Winkel, möglichst weit vom Vater, [...] damit er nicht irgendwie auf Umwegen, von hinten her, von oben herab überrascht werden könnte.«

Wer sind die Mörder? Der Vater zählt sie auf: »... so hat mir die Mutter ihre Kraft gegeben, mit deinem Freund habe ich mich herrlich verbunden, deine Kundschaft habe ich hier in der Tasche!« Es ist also beinahe eine Menschenmenge, aber keine chaotische, sondern eine mit inneren Banden miteinander verbundene Menge, die eine von der zerstörerischen Krise bedrohte Gemeinschaft bildet. Um ihre Einheit und ihre festgelegten Hierarchien zu wahren, erläßt die vom Vater vertretene Gemeinschaft ein Urteil: »Und darum wisse: Ich verurteile dich jetzt zum Tode des Ertrinkens!« ruft der Vater seinem Sohn zu. Das in die Ecke getriebene Opfer stürzt sich aus dem Zimmer. Georg eilt über die Treppenstufen wie über eine schiefe Ebene. »Über die Fahrbahn zum Wasser trieb es ihn. Schon hielt er das Geländer fest, [...] rief leise: ›Liebe Eltern, ich habe euch doch immer geliebt‹, und ließ sich hinabfallen. In diesem Augenblick ging über die Brücke ein geradezu unendlicher Verkehr.«

Hörst Du, wie dieser Satz, indem er auf das Unabwendbare zusteuert, explodiert und die lang ersehnte Erleichterung bringt?

Ist das Opfer unschuldig? Ja und nein. Georg fühlt sich schuldig – er hat dem Vater den Tod gewünscht, hat ihn seiner Macht berauben wollen. Deshalb ist er damit einverstanden, sein Urteil selbst zu vollziehen. Es ist aber nur scheinbar ein Selbstmord. In Wirklichkeit wird das unschuldige Opfer von der Gemeinschaft umgebracht, die dadurch, wie ich meine, ihre Ruhe und ihre verlorene Ordnung wiedererlangt.

Und die Erzählung vom Ungeziefer, erinnerst Du Dich? Die Krise in Gregors Familie ist noch verborgen, eine Art Unordnung, Unzufriedenheit, das Bedürfnis nach Veränderung – all das kommt eher von Gregor. Als er jedoch eines Nachts zu einem Ungeziefer verwandelt wird, wird er langsam, aber entschieden aus dem Familienkreis verbannt. Denk daran, was die Attribute eines mythologischen Opfers sind: Hermaphroditismus, verschiedene Abnormitäten wie Zahnlosigkeit oder zu viele Zähne, riesenhafte Körpermaße, Vermengung menschlicher und tierischer Eigenschaften oder einfach die Verwandlung des Menschen in ein Tier. Weißt Du, was mir in den Sinn gekommen ist? Vielleicht ist das berühmte Ungeziefer, in das sich der Reisende aus Franks Erzählung verwandelt, ein mythologisches Tier?

Die Hauptperson dieser Erzählung ist ein zum Opfer gewordenes Tier. Nichts wird ihm erspart: Hunger, Angst, verschiedene Verwundungen, darunter die schlimmste, zugefügt vom Vater, der mit Äpfeln nach dem Sohn warf, so daß einer im Leib des Opfers steckenblieb, verfaulte und ihm große Schmerzen zufügte. Hinzu kam die Demütigung, die Entsagung, die Verbannung und schließlich der stille, ergebene Tod. Und beachte die Tatsache, daß wieder Ruhe, Ordnung und Liebe in die Familie zurückkehren, sobald Gregor stirbt.

Eine grausame Erzählung, und um so grausamer, da wir dem Leid eines Wesens zusehen müssen, das unschuldig ist und auf dem Altar der Gemeinschaft geopfert wird. Vielleicht ist es nur die Schwester, die das Opfer ihres Bruders zu schätzen weiß, wenn sie von dem Ungeziefer sagt: »Wenn es Gregor wäre, er hätte längst eingesehen, daß ein Zusammenleben von Menschen mit einem solchen Tier nicht möglich ist, und wäre freiwillig fortgegangen. Wir hätten dann keinen Bruder, aber könnten weiter leben und sein Andenken in Ehren halten.«

Franks Geschichten werden von Opfern erzählt, denen man so wirkungsvoll ihre Schuld einredet, daß sie tatsächlich daran glauben. Trotzdem hören sie nicht auf, Opfer zu sein, Wesen, die unschuldig leiden und sterben, um die anderen zu retten. Nur der Tod ist für das Opfer die Befreiung aus dem Kreis der Gewalt, nur durch den Tod des Opfers kann die Ruhe hergestellt werden.

Die Menschen wissen es nicht, sie wollen es nicht wissen oder

verdrängen diese Wahrheit vor sich selbst, damit sie nicht öffentlich wird und ihre Zaubermacht verliert, dank derer wir in Gemeinschaften leben, im Glauben, daß eben die Gemeinschaft die bestmögliche Lebensform ist. Nur einige wenige von uns – zum Beispiel die Opfer, die mit ihrem Schicksal nicht einverstanden sind – ahnen, daß die Ordnung unserer Welt sich auf Unrecht und Gewalt stützt.
Lieber Max, schreib mir bitte. Für jede Nachricht, selbst für ein einziges Wort, werde ich Dir dankbar sein.

Max an Hugo

Prag, April 1924

Ich war in Kierling. Sehr kurz nur. Ich wollte Franz sehn, wollte wissen, wie es wirklich um ihn steht. Als ich die Tür des Hauses in der Hauptstraße 187 öffnete, ließ mich eine Mosaikaufschrift auf dem Fußboden der Diele stehenbleiben: *Salve*. Franz muß sie auch bemerkt haben. Was dachte er dabei, da doch seine Krankheit nun in eine so gefährliche Phase eingetreten ist – »Sei gesund« oder »willkommen« ... Franz wurde unter der Nummer 2557 eingetragen. Sein Zimmer ist recht dunkel, schmal, aber mit herrlicher Aussicht auf den Garten und die Hügel ...

Dora an Max

Kierling, Mai 1924
Mittwoch

Liebster Max,
seit Deinem letzten Besuch hat sich hier nicht viel verändert, jedenfalls nicht zum besseren. Ich will damit nicht sagen, daß es schlechter geworden ist – letzte Woche stellte Professor C. sogar eine gewisse Verbesserung in Franzens Kehlkopf fest. Wir haben uns so sehr darüber gefreut, daß wir geweint haben. Und doch sieht es nicht gut aus. Franz und ich leben hier von der Welt ganz abgeschieden. Nur Robert, die Krankenpflege-

rin und der Professor bilden für uns die Verbindung zum Leben anderer Menschen. Einmal täglich gehe ich in die Stadt, um Obst und Blumen zu besorgen. Blumen bringe ich immer einen ganzen Armvoll und richte sie in den Vasen. Die Zeit der Maiglöckchen ist bereits vorbei. Sie dufteten zwar allzu betörend, Franz mochte sie aber gerne. Zur Zeit bringe ich immer Flieder mit, er ist so zart, besonders der weiße. Franz meint, der Flieder erinnere ihn an seine ersten Kindheitsjahre, und sein Duft sei so frisch wie Quellwasser, das er durstig zum Mund führt.

Lieber Max, ich werde Dir nun Aufzeichnungen dieser Tage schicken, jetzt zählt nämlich jedes einzelne Wort, und Franz liegt viel daran, daß nichts Wichtiges verlorengeht. Er ist so genau, so aufmerksam, daß man sich nicht traut, selbst über die kleinste Kleinigkeit hinwegzugehen. Alles ist wichtig.

Vor einigen Tagen hat Franz – seit längerem schon von dem Gedanken besessen, wir sollten heiraten – einen Brief an meinen Vater geschrieben, in dem er um meine Hand anhielt. Er hat sich auch bereit erklärt, mit mir den religiösen Geboten gemäß zusammenzuleben. Ich riet ihm davon ab, er beharrte aber darauf. Ich weiß selbst nicht, was dabei herauskommen wird. Franz bittet mich gerade, einen Traum aufzuschreiben, den er im März in Prag hatte, noch bevor die Kehlkopfkrankheit ausbrach.

»Mein Leib wird von zwei entgegengesetzten Kräften auseinandergerissen«, sagt Franz. »Die eine Kraft zerrt mich nach vorn, die andere nach hinten, ich aber bleibe reglos auf der Stelle stehen, und jeder Teil meines Innern ist ein großes explodierendes Ganzes. Ein Fluß fließt gegen den Strom durch mich hindurch. Um das Sonnengeflecht spüre ich seinen Rückstrom. Ich weiß, ich werde zugrunde gehen, sollte es mir nicht gelingen, den Wasserstrom zu wenden.

Ich spanne alle meine Kräfte an, und plötzlich läßt etwas los, als wenn sich Schleusen öffneten – der Fluß strömt vorwärts, in seiner natürlichen Richtung, durch meinen Körper hindurch. Ich sehe wirbelnde Bäche aus meinem Leib hervorströmen und sich zu einem breiten Fluß vereinigen. Und nun liege ich im seichten, kristallklaren Wasser, sehe silberne Fische flink an mir vorbeihuschen, glatte graue Steine, und auf dem Boden des Flusses Spuren meiner ausgebreiteten Arme, die sich schnell in der unaufhörlichen Wellenbewegung des Wassers verwischen.

Ich erhebe mich, stehe mitten im Fluß und höre eine Stimme, die mich herbeiruft. Ich beginne vorwärts zu gehen, tauche dabei immer tiefer ein. Das Wasser reicht mir bereits bis zur Hüfte, ich spüre den Sand zwischen meinen Zehen und die kühle Berührung des Flusses. Ich fürchte mich nicht, ich weiß, daß ich das gegenüberliegende Ufer sicher erreichen werde.

Als ich erwachte, war ich durstig, mein Rachen war ausgetrocknet und wund. Ich verstand, daß sich meine schlimmsten Ahnungen bestätigten.

Im Traum habe ich einen Fluß durchschritten – im Wachzustand wurde ich von einer tödlichen Krankheit heimgesucht.

Ich war gerettet und zugleich – unwiderruflich verloren.«

Samstag

Ich schreibe für Dich Franzens Worte ab: »Heute fällt mir das Sprechen leichter. Wie ich zu essen anfing, lockerte sich etwas im Hals, ich fühlte mich wunderbar frei und dachte schon an alle möglichen Wunder. Es ging zwar gleich vorüber, ich fühle mich aber ein wenig besser.

Gib mir bitte die Milchtasse, ich versuche, etwas davon hinunterzuschlucken. Ich möchte in großen Schlucken trinken, wie deine Mutter, als man ihr das Essen und Trinken erlaubte. (Ich habe Franz von der Krankheit und Genesung meiner Mutter erzählt.) Manchmal befriedigt mich allein schon der Durst. Ich stelle mir vor, daß ich trinke, und es geht mir besser. Immer wenn ich mit dem Essen anfangen soll, frage ich mich, was ein Gegenstand oder ein so unkompliziertes Wesen wie diese Fliege empfindet. (Im Zimmer flog gerade eine dicke brummende Fliege herum, die ich fortjagen wollte, Franz bat mich aber, sie in Ruhe zu lassen.) Sie ist nicht fähig zu essen, spürt also keinen Schmerz. (Die Fliege war inzwischen verstummt.) Wird sie zurückkommen?« (Ich schaute mich um, die Fliege war aber nicht mehr da, wahrscheinlich war sie durch das angelehnte Fenster fortgeflogen.)

»Ich erinnere mich an die Badeanstalt auf der Sophieninsel«, schreibt mir Franz. »Ich besuchte sie mit meinem Vater. Er – groß und stark, ich klein – nichts als Haut und Knochen. Der Vater zog sich immer so schnell aus, daß ich nicht mithalten konnte, um so mehr, da mich mein Schamgefühl lähmte. Zitternd stand ich am Rande des Schwimmbeckens und schaute, wie der Vater sich mit Geschrei und Geschnaufe ins Wasser warf, gleich einem starken Tier, das einen Energieüberschuß verspürt. Wenn er aus dem Wasser kam, vibrierten Wassertropfen auf seiner Haut.

Viele Jahre später beobachtete ich meinen Cousin, einen jungen, herrlichen Mann, wie er, mit dem gleichen Eifer wie einst mein Vater, turnte und schwamm. Kurz darauf lag der Cousin im Sterben, erkrankt an einer geheimnisvollen Krankheit, verlassen von den Ärzten, ohne Rettung, ohne Hoffnung.«

Nun folgt der Versuch, einige Schlucke Milch zu trinken. Es gelingt ohne übermäßigen Schmerz, und Franz läßt sich in die Kissen zurückfallen, geschwächt, aber glücklich über den Erfolg. Nach einer längeren Pause beginnt er wieder zu schreiben.

»Gestern hat eine verspätete Biene den Flieder ausgetrunken, ich habe es selbst gesehen. Kannst du den Flieder nun in die Sonne stellen?

Ich erinnere mich – vor vielen Jahren war ich an einem See ... Weißt du, daß ein See nirgendwo mündet? Ich wanderte um den See herum, er war nicht groß, an einer Stelle verband ihn ein schmaler Kanal mit einem Parkteich. Über den Kanal hatte man eine kleine Holzbrücke errichtet, ich ging zu dieser Zeit oft über diese Brücke. Sie war mit Moos bewachsen, glatt, aus den Spalten, wo sich etwas Erde abgelagert hatte, wuchsen blasse, zarte Pflanzen hervor. Es gab dort so feuchte, kühle

Schatten und zwischen ihnen heiße Sonnenflecken. Immer wenn ich mich der Brücke näherte, sah ich bereits von weitem Schlangen in der Sonne liegen, Ringelnattern mit gelben Flekken an den Wangen. Verscheucht durch meine Schritte, glitten sie – eine nach der andern – blitzschnell ins Wasser. Wenn ich schon ganz nah war, ergriffen die letzten die Flucht vor mir, und ich sah sie schwimmen, mit hoch erhobenen Köpfen, als hätten sie Angst, ihre königlichen Kronen zu benetzen.
Ich ging weiter. Im hohen, scharfen Gras begegnete ich einem Schwarm Libellen, sie waren groß und glänzten dunkelblau. Ihre steifen Flügel lassen mich immer an vollkommenes Gleichgewicht denken. Das ist eben der Grund, weshalb man Libellen liebt.«

Montag

Franz wird immer schwächer. Er ißt kaum noch, trinkt nur mit großer Mühe, der Arzt verbietet ihm das Sprechen, und trotzdem, liebster Max, arbeitet er an der Korrektur seines neuesten Buches. Dabei regt er sich auf, daß der Verleger seine Anweisungen nicht genügend sorgsam beachtet hat. Franz verlangt sehr viel Respekt für sich. Wenn man ihm achtungsvoll begegnet, legt er wenig Wert auf Formen. Tut man es aber nicht, ist er sehr gekränkt.
Nun sitzt er, auf die Kissen gestützt, schreibt die Reihenfolge der Erzählungen und kleine Korrekturen nieder, die er noch einfügen muß. Max, noch eins ... Franz möchte, daß ich Dir seine Bitte ausrichte. Ich wiederhole sie wortwörtlich: »Die letzte Erzählung schlage Otto vor, er kann auch alles, was er will, von den älteren Arbeiten drucken lassen, nimmt er es nicht, so schicke es so schnell wie möglich an ›Die Schmiede‹. Selbst das kleinste Honorar wird mit großer Freude entgegengenommen ...«
Lieber Max, ich mache mir solche Sorgen um Franz! In letzter Zeit lese ich ihm viel vor, Kleists »Die Marquise von O.« oder Bürgers Ballade »Lenore«. Er läßt sich die Stelle: »Der Mond scheint hell! die Todten reiten schnell!« und sein Lieblingsge-

dicht »Trinken wir also« mehrmals wiederholen, bittet auch um Beschreibungen von Meer, Wald, Bergen und winterlichen Landschaften. Oft erzähle ich ihm von den Chassidim aus meinem Schtetl, er liebt diese Geschichten und kann sie immer wieder hören. Am liebsten hat er meine Erinnerungen an die Fischverkäuferin Usia.

Franz bittet mich gerade, sie Dir zu beschreiben.

Auf dem Markt, wo ich immer mit unserem Dienstmädchen hinging, das nicht viel älter war als ich selbst, gab es viele Fischverkäufer. Meine Fischfrau war aber einzigartig. Eingehüllt in bunte Tücher, mit rabenschwarzer Perücke und zwei Paar Schuhen an den Füßen stand sie da. Verwundert schaute ich immer wieder auf ihre kurzen Galoschen, in denen sie noch irgendwelche zertretenen Pantoffeln trug. Usia hatte immer die beste Ware. Wenn sie einen Fisch mit der Hand packte – selbst die gewöhnlichste Plötze –, ihn vor unsern Augen hielt, leidenschaftlich gestikulierte und viel Lärm machte, spielten die Lichtstrahlen auf den Schuppen so bunt, daß es schien, als wäre der Fisch wieder lebendig und sollte gleich aus den Händen der Fischfrau gleiten und in die Tiefen des Wassers zurückkehren. In einem Augenblick konnte man von Usia alles über die Vorteile des Fisches erfahren, der gerade in ihren Händen glitzerte, über seine Intelligenz und seine Schläue und schließlich über die Kniffe, dieses schöne Exemplar zu überlisten.

Ihre Hände, Kleidung, Perücke, ihre Haut – ganz Usia war von dem Geruch der Fische durchdrungen. Es war kein angenehmer Geruch, und auch Usia selbst war nicht gerade die Hübscheste. Wenn es aber ein Fest gab, wenn die Zeit kam, sich zu amüsieren, so war keine so fröhlich wie sie. Sie sang und tanzte, wog sich dabei in ihren ausladenden Hüften, klopfte sich an die Seiten, warf die Arme empor und verfolgte mit ihrem Blick jeden – egal ob Mann oder Frau –, als wäre er der Beste, der Schönste, der wahre König.

Usia war unfruchtbar, der Mann war ihr deswegen davongelaufen, und so blieb sie – weder Witwe noch Geschiedene. Sie

machte jedoch ihren Angetrauten ausfindig und erbat von ihm einen Scheidungsbrief. Bald verkuppelte man sie mit einem jungen Mann, einem Wächter. Alle staunten, daß er sich an Usias Fischgeruch nicht störte. Aber es war wohl wahre Liebe, sie lebten nämlich gut zusammen, und schon nach kurzer Zeit segnete Gott den bisher unfruchtbaren Schoß der Fischfrau. Sie wurde hübscher, jünger und gebar jedes Jahr einen Sohn. Usias Mann, Abram ... Aber das ist schon eine andere Geschichte, obwohl Franz auch die sehr gerne hört.
Franz will, daß ich weitererzähle. Also: Am Markt in meinem Städtchen wohnte Zysio Zucker, ein reicher Kaufmann. Eigentlich hieß er Süß. Er handelte mit teuren Waren, jedes Jahr konnte man bei ihm *ethrog* und die besten bitteren Gewürze fürs Pessachfest kaufen. Ich sah mir gerne das Schild mit seinem süßen Namen an.
Die Leute bei uns im Ort machten sich einen Spaß daraus, die Namen der anderen zu verdrehen. So wurde zum Beispiel die Familie Bichtelmann in Wichtelmann umbenannt. Und so stellte ich mir diese Familie immer als Wichtelmännchen vor – diese heiteren kleinen Wesen, eine ganze, zahlreiche Wichtelmännchen-Familie, die, sich bei den Händen haltend, auf einer Lichtung im dunklen Wald tanzte.
Franz will, daß ich es ihm immer wieder erzähle, besonders das mit dem Wald. Die Vorstellung von kühlem Wald, Waldseen, Schatten unter hohen Bäumen, lindert sein Fieber und den ständigen Durst, den er nicht stillen kann.
Wir kümmern uns gemeinsam um die Blumen im Zimmer, Franz bittet mich mehrmals am Tag, die Stiele zu beschneiden, die Blumen in der Vase anzuheben, damit sie den Vasengrund nicht berühren, selbst reißt er die Blätter ab, riecht an den Blumen, taucht sein Gesicht in sie.
Zur Zeit schreibt er fast alles, was er mir mitteilen will, auf kleine Zettelchen. Zum Beispiel: »Besonders möchte ich mich der Pfingstrosen annehmen, weil sie so gebrechlich sind«, oder »der Flieder – sterbend trinkt er, säuft er noch.« Als ich ihm die ersten, wie durch ein Wunder ergatterten Walderdbeeren

brachte, schrieb er mir: »Ich bin schon so vergiftet, daß der Körper die reine Frucht schon kaum verstehen kann.« Er aß nur wenige, schüttete den Rest in seine Hand, genoß ihren Duft und schien einen Augenblick lang glücklich zu sein.

Donnerstag

Heute kam die Antwort meines Vaters auf Franzens Bitte um meine Hand. Wie es sich herausstellte, ist mein Vater mit Franzens Brief nach Kalvarienberg gereist, zu dem Zaddik, den er am meisten verehrt und von dem er sich in den wichtigsten Angelegenheiten beraten läßt. Der Gerer Rebbe empfing ihn sofort, nahm den Brief in seine Hände, schloß die Augen, schwieg eine Weile, und sagte dann: »Nein.« Nur das, Max, kein Wort mehr, keine Erklärung. Er pflegt nie Erklärungen zu geben.

Franz hat es nicht gut aufgenommen. Er sagte, er hielte das für ein schlechtes Vorzeichen. Eine Weile überlegten wir die Möglichkeit einer Heirat ohne die Zustimmung meines Vaters, Franz mißt dieser Sache aber zu viel Wert bei, um das richtig zu finden. »Das Schlechte soll schlecht bleiben, sonst wirds noch schlechter«, schrieb er mir.

Etwas später öffnete ich das Fenster und ging für eine Weile aus dem Zimmer. Als ich zurückkam, sah ich Franz einen Punkt an der Decke anstarren. Er deutete auf die Decke, ich konnte aber nichts sehen. »Ein Vogel war im Zimmer«, schrieb er auf einen Zettel. Es stellte sich heraus, daß ein kleiner weißer Vogel durch das offene Fenster hereingeflogen war. Franz hatte noch nie einen solchen gesehen. Der Vogel kreiste einige Male im Zimmer herum und flog wieder fort. Franz erschrak wohl sehr, immer wieder zeigt er mir nämlich die kreisende Flugbahn des Vogels und kann sich gar nicht beruhigen.

Es ist bereits dunkel geworden. Franz schläft, flach und unruhig, jederzeit kann er aufwachen. Vor dem Fenster sah ich gerade den Schatten einer Eule. Schon seit einigen Nächten setzt sie sich auf einen Baumwipfel gegenüber und ruft, hin und wieder wimmert oder weint sie wie ein neugeborenes

Kind. Dieses Weinen ist einfach unerträglich, aber obwohl ich hinausgehe und versuche, sie zu verscheuchen, kommt sie immer wieder zurück.

Freitag nacht

Franz schläft nicht, er spricht leise mit Robert. Ich höre ihn sagen: »Schweigen ist die schönste Sache der Welt, aber nicht jetzt, nicht jetzt...« Nach einer Weile bittet er um ein Schmerzmittel. Ich sehe Robert zögern, und sobald Franz die Augen schließt, gebe ich Robert ein Zeichen, zu mir zu kommen. Ich deute mit dem Blick auf das Fläschchen Pantopon. Die Stille im Zimmer erschreckt mich, ich weiß aber, daß Franz Geflüster nicht leiden kann, und laut zu bitten, geht ja nicht. Robert nickt, und nach einem Augenblick bekommt Franz, worum er gebeten hat.
Nach einer Stunde fühlt er sich etwas besser. Der Schmerz ist nicht ganz verschwunden, ist aber dumpfer, wie er mir schreibt. Robert ist hier die ganze Zeit mit uns, und ich weiß, daß Franz sich in seiner Gegenwart geborgen fühlt. Letzte Nacht schrieb er mir auf einen Zettel »Immer wieder Angst«. Nun sitzt er, an die Kissen gelehnt, und lächelt sogar. Er reicht Robert einen Zettel: »Trink etwas Wein. Ich sehe so gerne zu, wie du trinkst.« Robert protestiert nicht, füllt ein Glas mit Wein, hält es gegen das Licht, und eine Weile betrachten die beiden das tiefe Rot des Weins. »Guter Rat: eine Scheibe Zitrone hineinlegen in den Wein«, schreibt Franz.
Ich sehe sein nun ruhiges Gesicht vor dem Hintergrund des weißen Kissens, es ist so braun, als wäre er ein Halbindianer. So dachte ich übrigens von ihm, als ich ihn das erste Mal mit langen Schritten den Meeresstrand entlang wandern sah.
»Eines Sommers hätte ich mit meiner Braut und ihrer Freundin an die Ostsee fahren sollen, bin aber nicht gefahren, weil ich mich wegen der Magerkeit meines nackten Körpers schämte.« Franz reicht mir den nächsten Zettel – »Ich erinnere mich an einen Tag mit dem Vater in der Zivilschwimmschule. Ich stand am Beckenrand mit einer Stange zum Schwimmen-

lernen. Ich war noch ein Kind, ängstlich und erschrocken, aber diese in die Höhe gehobene Stange machte mich damals sehr stolz. Ich vertraute darauf, daß, wenn ich mich schon im Wasser befinden würde, sie mich auf der Oberfläche halten würde. Und so war es auch.«

Nach einer längeren Weile, in der Franz schwer atmend vor sich hin dämmerte, öffnete er plötzlich die Augen und schrieb auf einen Zettel: »Es schien mir, als hätte das Kind die Stange nach oben gehalten, jetzt sehe ich, daß es sie nach unten senkt. Wie soll ich das verstehen? Sind es zwei Jungen? Zwillinge? Halten sie Fackeln in ihren Händen? Der eine hält sie nach oben, der andere nach unten, als wollten sie sagen: Das ist Tag und Nacht, Anfang und Ende, Leben und Tod?«

Ich erschrak bei dem Gedanken, Franz verlöre das Bewußtsein. »Soll ich vielleicht das Licht anmachen?« fragte ich, im Zimmer brannte nämlich nur ein kleines Nachttischlämpchen. »So dunkel, so dunkel«, flüsterte ich.

»Nur im Dunkel sieht man Licht«, sagte er.

Er rief mich zu sich. Ich kniete an seinem Bett. Er begann, ganz leise zu sprechen, öffnete kaum den Mund, so daß ich mein Gesicht beinahe an das seine legen mußte. Er merkte es wohl gar nicht, sonst mag er nicht, wenn wir uns zu nahe über ihn beugen, wird dann gleich unruhig und sagt: »Gib bitte acht, daß ich dich nicht anhuste.«

Nun begriff ich, daß er sich an einen Sommertag und einen Spaziergang im Regen mit einer Frau erinnerte – mit seiner Braut oder Schwester. Die Worte stockten, wurden immer leiser, aber ich konnte sie verstehen.

»Es regnete unaufhörlich. Ein warmer Regen. Die Erde dampfte. Regentropfen zerplatzten an den Steinen, bildeten einen zarten Nebelschleier, der alles durchdrang. Der gedämpfte Duft erhitzter Pflanzen, der sommerlichen Luft, des mit Entenflott bedeckten Teiches. An jenem Tag ließ sich die Sonne nicht blicken, aber ich wartete, ich gab die Hoffnung nicht auf. Ich sagte zu mir: Bleibe doch, erwarte so die plötzlich und endlos einströmende Sonne, stelle dich dem Regen entgegen, laß die eisernen Strahlen dich durchdringen ...«

Ich beugte mich noch tiefer, um ihn besser zu hören, konnte seine Worte aber nicht mehr verstehen. Plötzlich schaute er mich ganz klar an und sagte: »Gib mir einen Augenblick die Hand auf die Stirn, damit ich Mut bekomme.« Dann wurde es still.

Loeb an Grete

Mittelmeer
Schiff nach Palästina, 1929

Liebe Frau Grete,
vor vier Tagen bestiegen wir das Schiff in Konstanza – Max, Dora, Frau Tschisik mit Tochter Mania und ihrer Familie und ich. An Bord befindet sich auch der Gerer Rebbe mit seinem Hof, das ist uns eine große Ehre. Sie fragen sich wahrscheinlich, wie wir alle auf dieses Schiff gefunden haben? Ach, es ist eine lange Geschichte, und ich werde sie jetzt nicht erzählen. Es genügt, daß wir hier alle beisammen sind, das ist doch das Wichtigste.
Und wieso wollten Sie eigentlich nicht mitfahren? Ich würde gerne verstehen können, was Sie mir gesagt haben, wie Sie ihre Entscheidung begründet haben, und doch bin ich mir nicht sicher, ob es sich wirklich so verhält. Sie, Frau Grete, haben gesagt, daß alle, die Sie geliebt haben, dort unter der Erde liegen würden und daß Sie sie nicht verlassen wollten. Ich denke mir aber manchmal, daß die Toten nicht ganz gestorben sind. Wichtig sind doch nicht ihre zu Staub zerfallenden Knochen, sondern die Gedanken und Worte, die sie uns selbst aus dem Grab noch senden. Wissen Sie, Frau Grete, manchmal höre ich sogar ihre Stimmen.
Wir reden hier viel miteinander und erinnern uns zurück. Jeder von uns hat das für ihn Wichtigste auf dieses Schiff, auf diese Reise mitgenommen. Es sind keine Dinge, die man für das tägliche Leben unbedingt braucht: keine Möbelstücke, Töpfe oder Kleidung. Der Gerer Rebbe hat seine Chassidim mitgenommen. Frau Tschisik, ihre Tochter Mania, auch Schau-

spielerin, Manias Ehemann, Schauspieler, und ich – wir haben mitgenommen, was uns aus unserem alten Schauspielerleben geblieben ist. Unsere Koffer sind riesig, voll mit Theaterrequisiten, Kostümen und Masken. Unser größter Schatz sind die Manuskripte von 29 Theaterstücken mit Anmerkungen und Notizen sowie die Liedernoten, falls jemand einmal eine dieser uralten Melodien vergessen sollte.

Frau Dora hat aus Europa ihre düsteren Erinnerungen mitgenommen, aber das neue Leben in Palästina will sie – wie sie mir selbst gesagt hat – mit leeren Händen empfangen. Max hütet seine Papiere wie seinen Augapfel, und unter ihnen sind ihm die Manuskripte seines Freundes Franz am allerwichtigsten. Es sollen Sachen von unschätzbarem Wert sein, hat er mir selber gesagt – Briefe, Tagebücher, noch nicht veröffentlichte Prosastücke. Er alleine weiß, was für einen Schatz er in seinem Koffer transportiert, wir fragen ihn nicht danach, es ist nämlich eine heikle Angelegenheit. Es geht um Franzens Testament, in dem er Max zum Vollstrecker seines letzten Willens gemacht hat. Franz hat kategorisch verlangt, fast alles von ihm Geschriebene zu verbrennen. Er hat sogar verboten, die schon veröffentlichten Schriften neu zu drucken. Ich erinnere mich, wie Max sich an den Kopf faßte und ständig wiederholte: »so viele Fragen, immer dunkler, immer dunkler.« Und doch hat er den letzten Willen des Freundes nicht erfüllt. Noch in Europa hat er hart daran gearbeitet, alles noch Existierende aufzufinden, zu ordnen, zu beschriften und herauszugeben. Er hat mir erzählt, wie schwierig es war, einen Herausgeber für Franzens Nachlaß zu finden. Da sich niemand fand, der bereit gewesen wäre, alles zu veröffentlichen, was von Franz erhalten blieb, war Max gezwungen, jeden einzelnen Band bei einem anderen Verleger herauszugeben. Manchmal frage ich mich, ob Max richtig gehandelt hat. Franz hatte doch das Recht auf seinen eigenen Willen, auch wenn dieser eigentümliche Wille uns Lebenden das Herz verwunden sollte. Und doch weiß ich ja – ich selbst würde auch kein einziges Wort von Franz vernichten lassen.

Frau Grete, Sie kennen die Tschisiks und ihre Tochter nicht, das ist wirklich schade. Es sind die allerbesten Freunde, die einzigen, die mir nach all den Stürmen und Wirren des Lebens geblieben sind. Frau Tschisik, die Franz als Schauspielerin sehr geschätzt hat, ist bereits eine ältere majestätische Dame mit Spuren ehemaliger Schönheit. Jetzt kann sie nur noch Mütter und Großmütter spielen, früher hat sie aber prachtvoll blutjunge Jungfrauen, Bräute oder heldenhafte Königinnen verkörpert. Ach, war das eine Frau! Heute ist ihre Tochter Mania, obwohl selbst schon Mutter (ihre dreijährige Tochter fährt auch mit uns), eine Schauspielerin geworden, von denen es nicht viele gibt. Ihr Talent wurde, gleich einem Diamanten, vom harten Leben geschliffen.

Frau Tschisik schreitet würdevoll über das Deck unseres Schiffes und murmelt ununterbrochen vor sich hin. Sie wiederholt ihre Rollen für den Fall, daß wir gleich nach dem Ankommen spielen sollten. Was für eine gutgläubige Frau! Ihre Tochter wiederholt keine Rollen (sie hat ein kristallenes Gedächtnis), sondern rennt über das Schiff ihrem quirligen Töchterchen hinterher. Dora, versteckt in irgendeiner Ecke hinter riesigen Taurollen, vertieft sich in ein Buch. Ich weiß nicht, was sie liest, wenn ich mich ihr nähere, läßt sie das Buch schnell in ihrer Jackentasche verschwinden. Gestern sah ich sie das Deck entlang gehen und hin und wieder etwas aufheben. Es waren Schwalben, die, im Flug eingeschlafen, aufs Schiff gefallen waren und nun erschöpft reglos dalagen. Die Arme voll mit den kleinen, zarten Körperchen, sah Dora aus wie eine übergroße Vogelmutter.

Auf unserem Schiffsdeck ist, ganz wie auf der Karlsbrücke, ständig etwas los. Wohin diese Leute rennen, wozu, warum sie so laut reden, weiß ich nicht. Wir sind auf diesem Schiff wie auf einer Insel, die schwimmt. Stundenlang bleibe ich auf einer Stelle stehen, betrachte das Meer, den Himmel, die selten vorbeifliegenden Vögel und die unter der Wasseroberfläche flimmernden Fische. Das Licht verändert sich immer wieder, die Brisen bringen ferne Düfte mit sich, die an etwas Vertrautes erinnern, vielleicht an den Geruch des längst verlassenen Zuhauses.

Wir alle hier sind Verbannte, Flüchtlinge, Irrsinnige. Alle glauben wir, daß dort, hinter dem Meer, unser Zuhause auf uns wartet, ein Zuhause, wie man es nur in kindlichen Träumen sieht. Nun, wir werden sehen.

Um den Gerer Rebben und seine Chassidim versammeln sich die meisten Neugierigen. Es ist ein herrlicher Anblick – unser lieber Zaddik, ein würdevoller alter Mann im weißen Mantel, mit langem Bart, den Hut in den Nacken geschoben, sitzt auf einem echten Thron, den man für ihn auf dem Deck aufgestellt hat, vor ihm ein Tisch, ein Glas Wodka, auf dem Teller eine angebissene Semmel, ein Buch, und in einer gewissen Entfernung seine treuen, lauschenden, in seinen Anblick versunkenen Anhänger. Der Rebbe schweigt zwar, kann aber doch jederzeit etwas sagen, und diesen Augenblick darf man nicht verpassen.

Das Einschiffen in Konstanza war ein wahres Affentheater, da der Zaddik auf dem Thron heraufgetragen werden mußte, auf dem er jetzt dasitzt. Warum, weiß ich nicht, es war aber furchtbar zu sehen, wie sich die *Gabajim* und andere Chassidim, die den Thron stützten, auf dem Fallreep drängten. Der Thron wackelte bedrohlich, aber der Rebbe saß aufrecht, reglos, seine blauen Augen schauten sich mit einer kindlichen Neugierde und ohne eine Spur Angst um. Als das Geschrei der Chassidim, die sich dicht an den Zaddik zu drängen versuchten, schlicht unerträglich wurde, schlug der Rabbi mit seinem Silberstab auf die ihm am nächsten stehenden ein, ohne dabei ein Wort zu verlieren, ohne mit der Wimper zu zucken, und das Geschrei verstummte sofort. Eine solche Macht hat unser Gottgefälliger.

Wenn ich sie mir so anschaue, ihre Stimmen, ihre Rufe und Redensarten höre, denke ich mit Wehmut an diese Menschen, die möglicherweise für immer den Ort verlassen haben, an dem sie geboren wurden. Das Wichtigste für sie ist nun die Erinnerung an ihre kleinen, armen Städtchen geworden – an

Belz, Kock, Berdyczów, Kalvarienberg –, Namen wie Sterne, die den Weg weisen. Dort eben, wie zu biblischen Zeiten, spielte sich die wahre Weltgeschichte ab.
Durch die vielen Eindrücke müde geworden, wende ich meinen Blick von ihnen ab, schaue wieder aufs Meer, spüre sein leichtes Wogen, die vom Wasser aufsteigende Feuchtigkeit umgibt mich wie ein leichter Nebel, der bis in die Lungen dringt. Das Meer ist wie der weibliche Schoß – feucht, warm und schützend. Wir überqueren es, als würden wir aufs neue geboren, und unser Schiff gleicht einer von der Mutter geschaukelten Wiege.
Frau Grete, Sie haben gefragt, warum ich nach Palästina reise, ob es mir in Europa so schlecht ergangen ist. Es ist mir nicht so schlecht ergangen, besonders in den letzten Jahren nicht. Wissen Sie, nach all meinen Niederlagen wendete sich doch noch das Blatt. 1925 bin ich für kurze Zeit nach Warschau gereist. Sie können aber gar nicht wissen, was ich damals so trieb, wir haben uns doch weder geschrieben noch gesehen. Ich hatte nicht vor, länger in Warschau zu bleiben, das Schicksal entschied es aber anders und hielt mich dort vier Jahre lang fest. Wie Sie wissen, ist das Theater meine größte Leidenschaft. Ich liebe es und ich hasse es. Ich möchte vor ihm fliehen, es gelingt mir aber nicht. Übrigens habe ich ja in meinem Leben nichts anderes gelernt, als einige Wochen im Jahr, Abend für Abend, auf die Bühne zu treten und fremdes Leben zu spielen. Ein eigenes habe ich kaum.
Aber warum ausgerechnet Warschau? Der Zufall wollte, daß mir kurz nach meiner Ankunft dort Turkow begegnete, als ich die Nalewki Straße entlangging – ohne Ziel, trübsinnig und verirrt. Sie kennen Turkow gar nicht, woher sollten sie auch diesen Schauspieler und Regisseur des jüdischen Theaters kennen! Aber ich sag's Ihnen, er ist ein ganz außergewöhnlicher Mensch, und seine Frau Ida ist eine herrliche Schauspielerin, Tochter der großen Rachel, der Mutter unseres Theaters.
Ich wäre schon an Turkow vorbeigelaufen, da ich den Kopf gesenkt hatte wie ein Trauernder auf einer Hochzeit, er aber

erkannte mich wieder und kam auf mich zu. Von ihm erfuhr ich, daß das Theater von Kamiński bereits seit einigen Jahren in Warschau war, daß Turkow und seine Frau dort erfolgreich spielten, daß sie im Theater »Scharlachrote Maske« die Uraufführung des »Dibbuk« gegeben hatten und ein großes Interesse des Publikums genossen. Turkow hatte mich vor langem, zu meinen guten Zeiten, in einigen Rollen gesehen und sich meinen Zaddik im »Dibbuk« gemerkt. Nun, als wir so mitten auf der Straße standen und ich ihm davon erzählte, wie meine Schauspieler sich in alle Winde zerstreut, meine Freunde mich betrogen hatten, wie ich zuletzt in Budapest Gordin gespielt, Habima und ihr Theater der Masken und Gestik gesehen hatte, rief Turkow plötzlich aus: »Mein Herr, wir brauchen doch eine Vertretung im ›Dibbuk‹! Sie laufen mir jetzt nicht fort, Sie kommen zu unserem Theater! Den Zaddik spielt jetzt der große Brydziński, ein polnischer Schauspieler, er muß aber bald aus Warschau fort, Sie schickt mir der Himmel ...« – und so weiter, und so fort.

Und so spielte ich tatsächlich den Zaddik, wenn auch nur zweimal, dann aber gab es andere Stücke, das Theater lief gut, und als das Warschauer Publikum unser überdrüssig wurde, reisten wir noch durch die Provinz. Ich mag diese kleinen Städtchen, diese provisorischen ärmlichen Bühnen, wo oft genug eine Katastrophe droht, weil man all die Treppchen und Winkel nicht kennt, weil die Dielen schlecht zusammengezimmert sind und der Stuhl ein gebrochenes Bein hat. Ich mag all das, aber wie lange Sie mich auch fragen würden, warum – ich wüßte es nicht. Ich spielte damals in »Stücken für Jedermann«, die wir operetten-kabaretthafte Melodramen zu nennen pflegten, weil da sowohl etwas Komödie als auch Tragödie dabei war, auch etwas Possenspiel, Gesang und Tanz. Als das Theater nach Warschau zurückkehrte, spielten wir auf der renovierten Bühne in der Oboźna Straße – »Die Nacht auf dem alten Markt« von Perez, »Die Zauberin« von Goldfaden, aber auch »Die Richter« von Wyspiański, »Herr Jowialski« von Fredro und viele andere Stücke.

Diese zwei Jahre, 1925 und 1926, waren für mich das wahre Paradies, muß ich Ihnen sagen. Ich lebte auf und ging wieder mit erhobenem Kopf. Und als mich dann noch Daniel Herman, auch ein großer Regisseur, in das kleine Theater Azazel einlud, das er damals gerade im Saal der Chauffeurschule gegründet hatte, öffnete die Welt nun wirklich ihre Tore für mich. In diesem Kleinkunst-Theater spielten ganz ansehnliche Berühmtheiten: Godik, der unersetzliche Conférencier und Spezialist für amüsante Monologe, sowie Lilith, ein wahrer Star internationaler Bühnen. Es gab dort viel Satire, Witz, Tanz und Gesang. Die Schauspieler nahmen sich ganz schön viel heraus, schonten niemanden, verspotteten Spießbürger, Politiker und verschiedene Aufwiegler – nicht ohne Grund holten sie sich den Namen Azazel für ihr Theater aus dem uralten Mysterienspiel der Sündenbock-Vertreibung.

Zu dieser Zeit hatte ich reichlich Gelegenheit zu sehen, was die anderen so machten, weil ständig irgendein Theater Warschau besuchte – mal aus Wilna, mal aus Lemberg, mal aus Krakau. Die berühmte Habima mit ihrem »Dibbuk«, den sie aus der neuen Welt mitbrachte, aus Sowjetrußland, machte großen Eindruck auf mich. Besonders die Gruppenszenen, der »Todestanz«, die überaus realistischen Szenen im Tempel und diese Gesichter der Schauspieler – gleich Masken, auf denen der Regisseur seine künstlerische Vision frei gestalten kann. Und doch schien mir unser Theater besser zu sein, näher an unserem Empfinden, da sich in ihm die wirkliche Welt so schön mit dem Jenseits verbindet, in den Menschen – klein und ärmlich – Sterne ungeahnter Größe leuchten und ein Geheimnis für immer geheimnisvoll bleibt.

Neulich beschloß ich, diese lange Zeit auf dem Meer dazu zu nutzen, eine kleine Probe unseres Theaters zu veranstalten, ganz ohne Dekoration und Kostüme. Wir versammelten uns in der Kabine, die ich mit dem Musiker Rubin teile. Sie ist die größte von allen, die unsere Truppe belegt, und doch hätten wir nicht genug Platz gehabt, also ließen wir die Kabinentür offenstehen. Als aber Frau Tschisik dazukam, verdeckte sie

mit ihrem massiven Körper die letzten Reste an Licht und Luft, die uns aus dem Korridor erreichten. Wie üblich kamen wir auch diesmal nicht ohne gegenseitige kleine Bosheiten aus, es gab auch Zank über unsere Pläne und über die Zukunft des jüdischen Theaters im allgemeinen.
Wir können uns immer noch nicht einigen, mit welchem Stück wir unsere Auftritte in Palästina eröffnen sollen. Auf den Vorschlag von Manias Mann, mit »Moses, oder der Zug der Israeliten durch das Rote Meer« zu beginnen, reagierte Frau Tschisik spöttisch: »O ja, lassen Sie uns nur auf das Plakat schreiben: Verehrtes Publikum, mit feierlichem Pomp präsentieren wir das weltberühmte Drama von den sieben Plagen, dank derer Moses den Pharao dazu zwang, das Volk Israel aus der Gefangenschaft ziehen zu lassen. Ihr werdet die bösen Blattern, den furchtbaren Hagel, die Verwandlung aller Gewässer in Blut, quakende Frösche und so weiter sehen.«
»Richtig«, sagte unser Musiker. »Die Kunst darf nicht auf den Pöbel bauen.«
»Ich bin für ›Die Nacht auf dem alten Markt‹ von Perez«, sprach ich. »Der Realismus kann sich hier mit der Magie zu einer wunderschönen Einheit verbinden. Schauspieler mit Masken, Licht und Schatten, dazu viele Gruppenszenen mit Gesang und Tanz in langsamem Tempo.«
Darauf sagte die Tschisik: »Loeb, Sie haben sich zu viel von diesen verschrobenen Aufführungen in Warschau angesehen! Schauspieler als Flachreliefe, Stilisierung der Masken, Bildhaftigkeit der Gruppenszenen – ich mag diese ganzen Merkwürdigkeiten im jüdischen Theater nicht. Haben Sie gehört, was man von Habima sagt? Als Leivik in Moskau der Vorführung seines ›Golems‹ in der Regie von Wachtangow beiwohnte, soll er während der Pause alle gefragt haben: ›Wessen Stück ist das?‹«
Die Tschisik, liebe Frau Grete, ist manchmal eine überaus unerträgliche Person. Ich werde wohl immer wieder mit ihr zanken. Das eigensinnige Schicksal hat mich mit dieser Frau auf demselben Schiff zusammengeführt, von hier gibt es keine

Flucht mehr, es sei denn, man sucht die Rettung in den Fluten.
»Vielleicht doch ›Bar Kochba‹?« sagte Dora.
Ich weiß, warum sie gerade dieses Stück so gerne mag. Darin singt sie Dinas Gefängnislied. Alle Schauspielerinnen, die ich kannte, sangen dieses Lied in einem resignierten, ergebenen Ton, Dora ist die erste, die es als ein Lied der Auflehnung singt.
Schließlich fiel unsere Wahl auf »Sulamith«. Am meisten hat sich Mania darüber gefreut, weil sie das Lied »Dos Jidl« der Sulamithin liebt. Einst war ihre Mutter eine unvergleichliche Sulamith in diesem herrlichen Gesangstück über Liebe und Betrug, das sich an die haggadische Geschichte »Die Wüstenkatze und der Brunnen« anlehnt. Dann zankten wir uns noch ein bißchen über dies und das, mußten aber bald schon die Kabine verlassen, um dort nicht aus Mangel an Luft zu erstikken.
Am Abend sind wir wieder an Deck gegangen. Auch viele andere Passagiere genossen hier die kühle Meeresbrise. Es war nichts zu machen, wir mußten unsere Probe unter zufälligen Zuschauern veranstalten. Wir wärmten uns auf mit einigen Szenenausschnitten und Fragmenten von Liedern, die wir mit gedämpfter Stimme summten. In der Phantasie sah ich vor mir mein Theater der Wahrheit und der Magie, voll harmonischer Bewegung und nachdrücklich gesprochener Worte. Bei »Sulamith« scheint mir die Bühnendekoration am wichtigsten zu sein. Den zentralen Punkt bildet hier der Brunnen, in den das Mädchen fällt. Aus der Tiefe holt sie dann der heldenhafte Absolon mit Hilfe der rotäugigen Wüstenkatze. Ich möchte, daß über der Bühne ein großes Brunnenauge hängt – ein runder Spiegel, in dem sich die Welt spiegelt.
Ich versank in meinen Träumen und merkte gar nicht, wie viele Menschen sich um uns herum versammelt hatten. Dora und Mania hatten inzwischen ihre Lieder gesungen, und Frau Tschisik war gerade dabei, den Monolog der Mutter vorzutragen. Ich muß zugeben, ihre schauspielerische Kunst hat, wie

alter Wein, mit der Zeit eine wirkliche Kraft bekommen. Ich schaue diese Frau an, wie sie auf dem Schiffsdeck steht, der Wind läßt den Schal um ihren Kopf flattern, und sie sieht aus wie eine biblische Matrone in der Wüste, die nach ihren aus fernen Ländern zurückkehrenden Söhnen Ausschau hält. Sie hebt sogar ihre Hand zur Stirn und macht eine Geste, als würde sie einen Vorhang vor ihren Augen zur Seite schieben. Der Anblick dieser Frauengestalt im Lichte einer Gaslampe, mit dem abgrundtief schwarzen Meer im Rücken, erinnerte mich plötzlich an ein Bild aus dem fernen Prag, an ein feuchtes Gäßchen am Ziegenplatz, wo ein Haus mit seinem staubigen, stickigen und vom Biergeruch durchtränkten Inneren stand – das Café Savoy. Die Lampenflammen zitterten dort genauso, die Stille vor der Aufführung führte mich auf die Bühne, und wenn ich mich dort in der Mitte der Bühne ins Licht stellte, tauchten aus dem Dunkel des Zuschauerraums – langsam und undeutlich – zunächst die Umrisse der Menschen an den Tischen, dann die Augen, weit geöffnet und auf uns, die Schauspieler, geheftet, die Augen von meinem Freund – Franz. Er hat immer so geschaut, als wolle er uns dort, auf der Bühne, mit seinem Blick aufwärmen, entflammen, bewirken, daß wir keine gewöhnlichen Sterblichen mehr sind, sondern Helden der Vergangenheit, reine Geister auf einer erstarrten Erde.

Wissen Sie, Frau Grete, in letzter Zeit habe ich viel an Franz gedacht. Eben hier, auf diesem Schiff, das uns nach Palästina bringen soll. Er wollte so gerne dieses Land sehen. In den letzten Monaten seines Lebens spann er phantastische Pläne und bis zum Ende lernte er Hebräisch. Dora hat mir das erzählt. Wir reden viel über Franz, über Prag und die alten Freunde. Sie ist immer noch in der Vergangenheit verhaftet, und obgleich sie eine junge Frau ist, läuft ihr Leben rückwärts. Bei allem, was sie tut, stellt sie sich die Frage: »Was würde Franz dazu sagen? Wäre er mit mir zufrieden?« Gleich nach seinem Tod im Sanatorium 1924 ist sie nach Prag gegangen und hat lange Zeit bei Franzens Eltern gewohnt. Damals ist eine tiefe Freundschaft zwischen ihr und Franzens Mutter entstanden. Nach einiger Zeit hat sie versucht, auf eigenen Beinen zu stehen, ständig aber gespürt, daß sie für sich keinen Platz auf Erden finden kann. Bis wir eines Tages vor einem Jahr zufällig in Prag zusammentrafen. Die ganze Nacht haben wir mit Gesprächen über die alten Zeiten verbracht, aber eigentlich ging es nur um eins – um Franz.

Dora hat eine wirkliche Begabung, kann wunderschön singen. Nach Franzens Tod wollte sie an dieser Kunst nicht weiterarbeiten. Vielleicht, weil sie diesen Verlust allzu schmerzlich erlebt hat, vielleicht aus irgendwelchen anderen heimlichen Gründen. Erst als ich mir Mühe gab, sie zum weiteren Lernen zu bewegen, als ich ihr erklärte, wie wichtig es – nicht nur für sie selbst – sei, erst dann ließ sie sich überzeugen. Im letzten Jahr haben wir viel gemeinsam geübt, und nun ist Dora eine wahre jüdische Schauspielerin geworden. Ihre stärkste Seite ist der Gesang, manche Werke bietet sie so dar, daß ich keine bessere Interpretin kenne. Sie sammelt und ordnet auch liebevoll alte jüdische Lieder, dank ihr haben wir bereits einen echten, dem Vergessen entrissenen Schatz.

Nun ist es Abend – am fünften Tag unserer Reise. Nach einer durchwachten Nacht schreibe ich Ihnen wieder.

Gestern spätabends stand ich noch an Deck. Alle hatten sich bereits in ihre Kabinen verkrochen. Ich war ganz allein und dachte über mein Leben nach – erstmals seit langem nicht wie an einen gewundenen Pfad durch Sümpfe, sondern wie an etwas, das trotz vielem Leid seinen tiefen Sinn hat. Ja, ich habe mich mit meinem Schicksal versöhnt.

Ich ging an die Reling und blickte aufs Meer. Am Himmel erhob sich der große rosarote Mond. Ich beobachtete das Lichtspiel. Die Luft stand still, obgleich oben ein leichter Wind wehte, den ich jedoch mehr ahnte, als daß ich ihn wirklich spürte. Der Schein des Mondes, der inzwischen schon etwas höher am Himmel stand, bildete einen wie flüssiges Silber glitzernden Streifen auf dem Wasser, der in die Ferne lief. Es wurde hell wie am Tag, und ich sah beinahe die kleinen

Wellen, die die glatte Wasseroberfläche krausten. Alles um mich herum erstarrte.
Plötzlich erblickte ich am fernen Ende des Mondweges eine Gestalt, die sich dem Schiff näherte. Die dunkle Kleidung des Mannes, der leicht über dem Wasser schwebend auf mich zukam, schien mir bekannt. Und diese Geste, diese Worte, die ich gleichsam in meinem Innern hörte: »Betrachte mich als einen Traum. Ich gehe nur vorüber. Gleich bin ich wieder fort.« »Franz, wo bist du?« rief ich aus, und der Klang der eigenen Stimme brachte mich zur Besinnung. Ich blieb noch eine Weile stehen und betrachtete den langsam verschwindenden Lichtstreifen auf dem Wasser. »Ich habe ihn gesehen!« rief ich dann laut und sprang die steile Treppe hinunter, in die Kabine, wo Dora schlief.
Die Tür war nicht abgeschlossen. Ich stieß sie ohne zu zögern auf und schlüpfte hinein. Dora hob den Kopf. »Ich habe ihn gesehen«, sagte ich. Sie stand auf und fragte vollkommen wach: »Jetzt? Hat er was gesagt?« als wüßte sie ganz genau, wen ich meinte. »Ja. Ich habe ihn gesehen«, wiederholte ich mit kindlicher Hartnäckigkeit. Sie ergriff meine Hände, und wir lachten beide durch die Tränen. In dieser Nacht fanden wir den Schlaf nicht mehr.

Heute ist der letzte Tag unserer Reise. Am frühen Morgen saß ich schon mit Dora an Deck. Wir schauten schweigend zum Horizont, und ich wußte, daß Dora immer noch mit stiller Freude das Ereignis von heute nacht genoß. Sie glaubt an geheimnisvolle Phänomene und Zeichen. Ich habe niemandem von meiner nächtlichen Erscheinung erzählt, da ich das Gefühl hatte, daß Dora mich wortlos darum bat.
Man hat uns gesagt, daß wir spätestens morgen früh im Hafen anlegen werden. Ist ja auch höchste Zeit – unsere Lebensmittelvorräte gehen zur Neige, und das Essen auf dem Schiff ist widerlich teuer. Zugleich wurde es auch verboten, sich in den Kabinen aufzuhalten, so daß an Deck bald schon ein richtiges Gedränge entstand und unser gemeinsames Schweigen unter-

brochen wurde. Alle wollten die Nähe der anderen spüren, als würde diese Nähe vor dem Neuen und Unbekannten schützen, dem man nun die Stirn bieten muß.

Da wir nichts Besseres zu tun hatten, sprachen wir wieder von der neuen geheimnisvollen Erde, der wir uns nun unwiderruflich näherten. Die meisten vertrauen auf eine glückliche Zukunft, aber ich, Frau Grete, glauben Sie mir, ich habe immer noch die Worte meines lieben Franz in Erinnerung. Bis zu seinem Tod hat ihn das Bild des Gelobten Landes verfolgt. »Moses, der sein ganzes Volk verkörperte, alle seine Toten und Lebenden, der mit einer großen Kraft versehen war und von Gott selbst geleitet wurde, hat das Land Kanaan nicht erreicht«, meinte Franz. »Er liegt begraben in einem Tal, irgendwo in der Moabiter Erde, und bis zum heutigen Tag kennen wir sein Grab nicht. Keiner von uns kann dorthin gelangen, wohin selbst Mose nicht gelangt ist. Unsere Bestimmung ist dieser vergessene Ort, einen Schritt vor der Bestimmung.«

Ich stellte mich an die Reling und blickte aufs Meer. Nach einer Weile kam es mir vor, als sähe ich schwache Umrisse von Land, es war aber nur Illusion. Am Abend versammelten wir uns alle an einem gemütlichen Plätzchen unter dem oberen Deck, mit dem Gefühl, unser altes Leben mit einer besonderen Geste verabschieden zu müssen.

Plötzlich begann Dora zu singen. Zunächst summte sie nur vor sich hin, dann erklang ihre Stimme sicherer, und wir lauschten einer Melodie, die wir alle gut kennen und doch jedesmal aufs neue entdecken. Dieses seltsame Lied singt man bei außergewöhnlichen Anlässen, begleitet von einfachen Instrumenten. Melodie und Begleitung sind hier wie Tag und Nacht – einander gegensätzlich, und doch können sie ohneeinander nicht existieren. Ich weiß, wie die Instrumente klingen, wie sich eintönig, scheinbar endlos ein und dasselbe Motiv wiederholt, gleich einem auf dem Opferstein geschlagenen Rhythmus. Die Melodie selbst ist einfach, dem Ohr gefällig, eine von der Art, die man sich leicht merken und sie dann vor sich hin summen kann, während man an einem sor-

genfreien Sommertag von einem Zimmer ins andere geht. Auch diesmal war Doras Stimme hell und heiter, und doch klang ein Echo dieser trübsinnigen, düsteren Begleitung im Gesang mit. Dora hat aber die Fähigkeit, dem Zuhörer allein durch ihre Stimme die Kunde von zwei Welten zu vermitteln – der guten, mitfühlenden und der anderen, der verborgenen Welt ohne Barmherzigkeit.
Der Gesang verhallte langsam. Noch versuchte der eine weiterzusummen, der andere mahnte ihn aber schon zur Ruhe. Wir schauten in die Dunkelheit, die alles um uns verhüllte, sobald nur die große purpurrote Sonne hinter dem Horizont verschwunden war, und wiederholten vor uns hin:
Morgen, morgen früh erreichen wir unser Ziel, morgen...

Max an Dora

Jerusalem, Frühling 1947

Liebe Dora, Du fehlst uns so sehr, seitdem Du fort bist. Meine Frau spricht stets von Dir und macht sich Sorgen, daß Deine Gelenkbeschwerden in dem kühlen und feuchten Londoner Klima wieder aufgetreten sind. Du schreibst so wenig über Dich. Abends, wenn wir in Ruhe am Tisch sitzen, reden wir viel von Dir und können uns immer noch nicht damit abfinden, daß Du Jerusalem verlassen hast.
Ich möchte Dich herzlich darum bitten, weiterhin nach den Spuren unserer nahen und fernen Bekannten zu suchen. Alles, was Du über ihre Kriegsschicksale in Erfahrung bringst, ist für mich von großem Wert. Vor einer Woche habe ich einen Brief aus Prag bekommen. Aus diesem Brief habe ich neue Tatsachen über den Tod von Franzens Schwestern erfahren. Bisher wußte ich nur, daß man sie aus dem Getto in ein Vernichtungslager gebracht hatte, aber selbstverständlich kannte ich keine Einzelheiten.
Wie es sich nun herausstellt, hat Ottla – noch bevor sie ins Getto ging – eine dramatische Entscheidung getroffen: Sie hat sich von ihrem Mann, der, wie Du weißt, Tscheche war, schei-

den lassen und Hilfe für ihre Töchter organisiert. Ottlas Töchter fanden Zuflucht in Frau Ruženas Haus am Stadtrand von Prag. Eben von Frau Ružena habe ich nun diesen Brief bekommen. Erinnerst Du Dich an sie? Du mußt sie kennengelernt haben, als Du bei Franzens Eltern gewohnt hast. Sie war mit Ottla befreundet, arbeitete in einer Blindenanstalt; eben Franz und Ottla verdankte sie, daß sie sich vor vielen Jahren aus Armut und Erniedrigung befreit hatte. Es ist dies aber bereits eine uralte Geschichte, über die ich doch gar nicht schreiben wollte.

Frau Ružena hat also die beiden Töchter von Ottla bei sich versteckt gehalten, und so haben sie den Krieg überlebt. Ihre Mutter beschloß hingegen, sich nicht zu verstecken. Während der Auflösung des Prager Gettos im Mai '42 wurde Ottla, die die ganze Zeit aktiv ihren blinden und jüdischen Kindern im Krankenhaus Hilfe geleistet hatte, gemeinsam mit andern in das Teresiner Lager gebracht. Dort meldete sie sich als Betreuerin einer Kindergruppe an, die nach Auschwitz gebracht werden sollte. Ružena schrieb mir diese Information ohne Kommentar. Auch mir fehlen die Worte. Meine Frau ist erschüttert, überhaupt erträgt sie diese ganzen Todesnachrichten ganz schlecht, und ich verschone sie nicht damit. In den letzten Monaten hat sich meine ganze Energie darauf konzentriert, den Kontakt zu Menschen zu suchen, die Zeugnis über die Schicksale unserer Verstorbenen ablegen könnten. Wenigstens das möchte ich retten – die Erinnerung an ihren Tod.

Franzens Schwestern sind umgekommen, Julia, seine ehemalige Verlobte, ist im Lager umgekommen, Milena auch ... Inzwischen wissen wir mehr von ihrem Lagerschicksal und ihrem Tod in Ravensbrück. Nur ihr Vater, weißt Du noch, dieser despotische Mann, heute ein vom Unglück gebrochener Greis, will an ihren Tod nicht glauben. Er sucht immerfort nach ihr, verbringt seine Zeit auf Bahnhöfen, wo er mit einer Aufschrift und Milenas Photographie auf dem Rücken auf den Bahnsteigen auf und ab geht.

Auch Loeb ist tot. Davon hast Du bereits gehört, kennst aber sicherlich keine Einzelheiten. Eines Tages im Frühjahr '38, als er noch in Jerusalem war, kam er mich besuchen. Ich habe Dir davon nicht erzählt, und doch kann ich mich an diesen Tag immer noch so gut erinnern, als hätte es sich soeben zugetragen. Loeb kam also zu mir und sagte: »Ich habe von Benio geträumt, meinem Bruder, der jung starb. Er stand auf dem Trottoir in der Gęsia Straße in Warschau. In den Händen hielt er eine Krone und zeigte auf mich. Ich will dahin fahren.« »Fahre nicht, vielleicht ist das eine Dornenkrone«, sagte ich. »Ich weiß, und eben deshalb muß ich fahren.« Und so fuhr er. An diesem Tag sah ich ihn zum letzten Mal. Keine einzige Nachricht bekam ich von ihm. Er verschwand auf Nimmerwiedersehen. 1942 erfuhr ich, daß mit der Auflösung des Warschauer Gettos begonnen wurde, hatte aber eine wahnwitzige Hoffnung, daß Loeb nicht dort war. Angeblich wurde er jedoch mit anderen Juden nach Treblinka abtransportiert. Wenn er sich in diesen Transporten befunden hat, ist er gewiß umgekommen. Er war schon kein junger und gesunder Mann mehr.

Letzten Monat war jemand aus Warschau bei uns zu Besuch, der seltsame Geschichten erzählte, auch von Loeb. Nach dessen Schilderung wurde Loeb nicht nach Treblinka gebracht, sondern versteckte sich im Getto und verharrte dort bis zum Getto-Aufstand im Frühjahr 1943. Dieser Mann berief sich auf eine zuverlässige Quelle und behauptete, daß Loeb im brennenden Getto gesehen wurde. Wer aber war jener, der ihn gesehen hat, wie ist es möglich, daß dieser Mensch überlebt hat, dort herausgekommen ist und das schreckliche Schicksal der anderen bezeugt hat? Alles war möglich, sagte mein Gesprächspartner und, um seine Worte zu bestätigen, brachte er jenen zu mir, der vor seiner Flucht aus dem Getto Loeb gesehen haben soll.

Loeb kämpfte anscheinend bis zum letzten, obgleich er wußte, daß er sterben würde. Ein brennender Balken begrub ihn unter sich. Seine Leiche ist unter Schutt liegengeblieben. Ich denke mir, daß es sich dabei um Loebs zehn Jahre jüngeren

Bruder handeln könnte – und daß dieser im Getto umgekommen ist. Einige Einzelheiten stimmen überein, daher meine Vermutung, daß man Loebs Bruder, der ihm sehr ähnelte, für Loeb gehalten hat. Ich weiß nicht, warum ich mit der Vorstellung von Loeb, der im Kampf umgekommen sein soll, nicht einverstanden sein kann, als wollte ich ihm den letzten Rest tragischer Freiheit aberkennen.

Wahrscheinlich weißt Du noch nicht von Jiřis Tod. 1939 floh er aus Prag und bestieg ein illegales Schiff nach Palästina. Du weißt, wie Jiři war. Er nahm keine Lebensmittel mit sich, schlimmer noch – nur einen leichten Mantel hatte er dabei, nicht einmal eine Decke. Unter den fürchterlichen Bedingungen, die auf dem Schiff herrschten, verkühlte er sich die Nieren. Zwar erreichte er das Ziel, die Krankheit verließ ihn aber nicht mehr. Er starb 1943.

Vielleicht hatte Hugo das größte Glück von allen. Kurz vor dem Kriegsausbruch starb er an einer Herzattacke. Angeblich schaute er einer Straßendemonstration zu, muß dabei hingefallen sein, niemand bemerkte ihn. Hätte er überlebt, hätten sie ihn als Deutschen in den Krieg geschickt oder als Juden in ein Vernichtungslager.

Immerfort denke ich an sie alle, immerfort sehe ich ihre Gesichter vor mir, erinnere mich an Worte, eigentlich Wortfetzen, ich weiß gar nicht mehr, wann sie gesprochen wurden, nun verleiht ihr Tod diesen Worten aber einen plötzlichen Ernst. Ottla hat einmal gesagt: »Vielleicht wird dieses Blut vergossen, damit ihr nicht zu bluten braucht.« Dieser Satz verfolgt mich. Warum habe ich ausgerechnet ihn in Erinnerung behalten? Hängt er mit ihrer letzten Entscheidung zusammen – dorthin zu gehen, statt sich zu retten...

Und auch Milenas Worte. Hat sie das wirklich gesagt? »Meine Asche wird heißer als ihr Leben sein.« Wann hat sie das sagen können, wieso erinnere ich mich daran? Es scheint, als wüßten wir so viel, dabei können wir uns an die einfachsten Sachen nicht erinnern.

Liebe Dora, meine Frau läßt Dich herzlichst grüßen und bittet: Vergiß uns nicht!

Max an Wolf S.

Jerusalem, Frühling 1947

Sehr geehrter Herr,
ich wende mich an Sie, Sie sind der einzige Mensch, der mir möglicherweise Auskunft über Frau Grete M. geben könnte. Vor kurzem habe ich erfahren, daß auch sie sich in meine Trauerlitanei eingereiht hat, die ich seit zwei Jahren führe. Es kommt einem mittlerweile vor, als wären alle umgekommen, und man weiß nicht, warum gerade wir am Leben geblieben sind und was wir auf dieser Erde tun.
Es ist mir bekannt, daß Sie Grete noch während des Krieges nahestanden. Lange Jahre hat sie in Berlin gelebt, dann ist sie in die Schweiz übergesiedelt. 1937 kam sie nach Jerusalem, wo wir damals nach vielen Jahren zusammentrafen. Ich hatte die Hoffnung, Grete würde hierbleiben, einen Platz finden und heimisch werden. Irgend etwas trieb sie aber weiter, auch der Zustand ihrer Nerven ließ viel zu wünschen übrig. Ich erinnere mich, wie sie mir ihre Ängste und dieses sich ihrer bemächtigende Gefühl tiefster Hoffnungslosigkeit anvertraute. Die Welt erschien ihr als Abgrund, der uns alle unrettbar verschlingen würde. Alles deutete damals auch darauf hin, daß selbst die düstersten Vorahnungen wahr werden sollten. Sie meinte, vor dem Grauen dieser Welt fliehen zu müssen. Die Richtung ihrer Flucht erschien mir jedoch selbstmörderisch. 1938 ging sie nach Italien und ließ sich in Florenz nieder.
Ich erwähne all das, damit Sie wissen, wann mein Kontakt mit Grete abzureißen begann. Aus Florenz schrieb sie mir noch, ich hatte auch ihre Adresse. Mit dem Ausbruch des Krieges verlor ich Grete endgültig aus den Augen. Sie lebten zu dieser Zeit auch in Italien. Vielleicht wissen Sie, was mit Grete bis zu ihrem tragischen Ende geschah (wann, wo, wie ist es passiert?). Ich möchte möglichst viel erfahren, jede kleinste Einzelheit ist für mich von Bedeutung. Von unschätzbarem Wert sind auch Papiere, die möglicherweise in ihrer alten Wohnung geblieben oder jemandem zur Aufbewahrung übergeben worden sind. Ich habe gute Gründe anzunehmen, daß Grete eine jahre-

lange Korrespondenz mit meinem mittlerweile verstorbenen Freund Franz geführt hat. Franzens Briefe an sie wurden nicht vernichtet, es gelang mir auch festzustellen, daß sie sich zur Zeit im Besitz eines gewissen Herrn Y. befinden könnten. Verfügen Sie vielleicht über die Kenntnis seines aktuellen Aufenthaltsortes? Kennen Sie jemanden, der Informationen über Gretes Schicksal geben könnte? Voll Ungeduld erwarte ich Ihre Antwort.

Wolf S. an Max

New York, Frühjahr 1947

Lieber Herr Doktor,
mit tiefer Ergriffenheit habe ich Ihren Brief gelesen. Die Erinnerung an diese schrecklichen Jahre ist immer noch so lebendig, daß es nicht viel bedarf, um sie wieder an die Oberfläche zu holen. Es vergeht kein Tag, an dem ich nicht der Verstorbenen gedenke. Grete war meine Freundin, von ihr zu sprechen bedeutet für mich eine große Freude und einen großen Schmerz zugleich. Es stimmt, Grete ist umgekommen. Ich schreibe es gleich als erstes, damit Sie keine vergeblichen Hoffnungen hegen. Wir kennen immer noch nicht die Schicksale derjenigen, die verschollen waren, von denen man nichts wußte und die man nun plötzlich wiederfindet. Von Grete weiß ich mit aller Sicherheit, daß sie gestorben ist. Dort im Lager war ich allerdings nicht bei ihr. Ich hatte Italien bereits verlassen, als Grete im Mai 1944, zusammen mit anderen Juden, von den Deutschen in ein Übergangslager gebracht wurde. Damals hielten wir noch Kontakt. Aus diesem Lager erhielt ich im Sommer 1944 zwei Briefe von ihr. Es schien, als könnte man dort trotz allem überleben, als wäre eine Rettung noch möglich. Das glaubten wenigstens Menschen, die ein relativ normales Leben in der Freiheit führten. Dabei hätte doch schon der Ton von Gretes Briefen keine Illusionen zulassen sollen. Grete ahnte, was ihr bevorstand. Sicherlich möchten Sie den Inhalt dieser Briefe erfahren. Hier also der erste: »Wir leben

hier alle zusammengepfercht«, schrieb Grete, »können Kontakt zueinander halten, Frauen und Männer. Kinder hat man bei ihren Müttern gelassen. Wir dürfen auch Pakete empfangen, die aus verschiedenen Teilen Italiens geschickt werden, von Menschen, die wir oft gar nicht kennen. Auch das Schreiben ist erlaubt. Ich habe etwas Papier, ein paar Bücher und einen Füller mitgenommen – all das habe ich bei mir und darf es gebrauchen. Wolf, ich habe keine Illusionen – das hier ist bald vorbei, wir werden weiterfahren ... Das Vertrauen meiner Mitgefährten erschreckt mich. Manche hoffen auf baldige Befreiung oder auf eine Arbeit im Reich, zwar eine Sklavenarbeit, aber immerhin Arbeit – das heißt Leben.

Hunger gibt es nicht, wir teilen untereinander die Pakete auf, Kinder bekommen zusätzliche ›Rationen‹. Wir brauchen nicht zu arbeiten, nur zweimal am Tag stehen wir auf dem Platz bei den immer länger werdenden Appellen. Es gibt schon die ersten Toten: gestorbenen an Herzversagen, am Alter, vor Angst. Erkrankt jemand, wird er isoliert, bekommt aber keine Hilfe. Es wird also immer mehr Opfer geben. In unserem Lager gibt es nicht nur Juden aus der Florentiner Gegend, sondern auch aus anderen Regionen, und sogar Menschen, die man hierher, keiner weiß warum und wozu, von weither gebracht hat: aus Österreich, Böhmen, Polen. Die sind anders, völlig illusionslos. Drei Juden aus Warschau und Lodz wurden, nachdem sie Schreckliches durchgemacht hatten, hierher gebracht; wie durch ein Wunder war es ihnen gelungen, nach Italien zu fliehen, dann wurden sie aber verraten und verhaftet. Sie sprechen ganz wenig, in ihren Augen ist etwas, was man im Blick der anderen Häftlinge nicht findet. Ich kann es nicht benennen – vielleicht ist es Trauer, Demut oder ein Lauern, wie bei umstellten Tieren, die bloß den nächsten Augenblick überleben wollen und dann noch den nächsten, weiter reicht ihre Hoffnung nicht.

Mit dem Mann aus Warschau habe ich mich länger unterhalten. Merkwürdig, aber wir sprachen über abstrakte Dinge, über Musik, Literatur ... Natürlich hatten wir nicht viel Zeit,

daher begrenzte sich das Gespräch auf Worte, die, ausgesprochen, eine Kette von Assoziationen und Bildern aus der Vergangenheit auslösten. Eines Tages erzählte mir dieser Mann von einem Freund, den er aus dem Getto einer kleinen Stadt im Osten Polens hatte retten wollen, den Namen der Stadt weiß ich nicht mehr – Drohocz, Drohicz? Als alles schon organisiert war, erfuhr er, daß sein Freund das Getto verlassen hatte und auf der Straße von einem Deutschen erschossen worden war. Es war im Herbst, an einem Novembertag. Der ermordete Freund war ein Zeichenlehrer und Schriftsteller.
Warum ich Dir ausgerechnet davon berichte? Nun, plötzlich sagte der Mann: ›Er hat den Roman eines in Polen unbekannten, genialen jüdischen Autors ins Polnische übersetzt. 1935 und 36 hat er daran gearbeitet, erschienen ist es wohl 1937.‹ Dieser Mann sprach von Franz. Weißt Du etwas davon? Hast Du von diesem ermordeten Schriftsteller gehört? Franzens Name an diesem Ort, in der Lagerbaracke, leuchtete für einen Augenblick auf wie ein Stern, um gleich wieder zu erlöschen. Das Geschrei draußen verscheuchte meinen Gesprächspartner. Er lief fort, versteckte sich an der Mauer. Es ist mir nicht gelungen, noch einmal mit ihm zusammenzukommen.«
Bald darauf erhielt ich noch einen kurzen Brief von Grete, eine kleine Impression. Ich schreibe ihn für Sie ab: »Schon immer hat mich die Schönheit der Welt entzückt, mit der Schönheit der Erde, des Wassers und der frischen Luft waren aber auch meine größten Ängste verbunden. Ich fürchtete nicht den Tod, sondern daß die Welt ihre berauschende Schönheit verlieren könnte, daß sie zu existieren aufhörte. Als ich noch sehr jung war, erstreckte sich mein gieriges Gefühl auf die ganze Erde, die fernen Orte, die unbekannten Landschaften und die Tiefen der Ozeane mit all ihren düsteren Reizen. Später kümmerte ich mich nicht mehr um das Ganze, widmete meine Aufmerksamkeit mehr den Details. Ein Fragment der Landschaft, eine Farbe, ein Baum, der sich im Fenster spiegelt, der Schatten eines vorüberfliegenden Vogels, all das löste wieder Freude und Leid in mir aus. Es gab immer wieder etwas Wunderschö-

nes, das man verlieren konnte, schlimmer noch, etwas, das aufhören konnte zu existieren. Im Laufe der Zeit schrumpften die Räume, um die ich vor Angst zitterte; ich begriff, daß ich in dem zerstörten, von den Städten in Beschlag genommenen Raum immer noch das allerschönste Bild retten kann: den Anblick einer Hummel im Innern einer Blume, den rauhen Stamm eines hundertjährigen Baums, den roten Schein eines fernen Sterns in der Nacht. Jetzt hat man mir aber all das fortgenommen und noch viel mehr: Von dem Platz, wo ich mich befinde, sieht man die Welt nicht, ein kleiner Streifen ist mir nur übriggeblieben, an den ich mich klammere wie an die letzte Hoffnung. Dieser Streifen ist so klein, wie der stets über den Barackenboden wandernde Fleck, gebildet von dem Strahl der schwarzen Sonne...«

Diesen Brief habe ich als ein schlechtes Vorzeichen empfunden, obgleich er scheinbar nichts Schlimmes enthielt, keine Tatsachen, keine Schilderung von Grausamkeiten, nur dieser Fleck auf dem Boden der Baracke und die Perspektive eines reglosen Beobachters. Vielleicht war sie in einer Zelle eingesperrt, vielleicht war sie hungrig, vielleicht mußte sie dem Sterben der andern zusehen? Ich weiß nicht, ich weiß nicht. Es war das letzte Zeichen von ihr, wie ein tiefer Seufzer vor dem Anbruch der Nacht.

Das Fehlen jeglicher Nachricht von Grete hat dazu geführt, daß ich Anfang 1945 eine Suche durch das britische Rote Kreuz veranlaßt habe. Am 16. Mai 1945 erhielt ich einen Brief: »Frau M. M. ist im Mai 1944 gemeinsam mit anderen Juden, die in dieser Gegend lebten, aus S. Donato di Comino, Frosinone, von den Deutschen abtransportiert worden. Wir bedauern, daß wir zur Zeit nichts mehr für Sie tun können.«

Bald darauf kam ein zweiter Brief, mit der Nachricht, daß Grete im Übergangslager, kurz vor dem Abtransport in ein Vernichtungslager, umgekommen sei. Meine Hoffnung, daß sie nicht in einer Gaskammer gestorben ist, hat sich also erfüllt. Wie tragisch jedoch! Es ist ihr gelungen, in den Tod zu fliehen. Das wünschte sie sich übrigens auch. Ich muß Ihnen gestehen, daß Grete noch lange vor dem Ausbruch des Krieges von Selbstmordgedanken verfolgt wurde. Sie war mit der Welt nicht einverstanden, sah diese Welt allzu durchdringend und illusionslos. Vielleicht waren es nur die seltenen Augenblicke der Freude und Entzückung über die Existenz, die sie damals daran hinderten, ihre Gedanken in die Tat umzusetzen. Sie hat bis zu dem schrecklichen Moment gewartet, als andere es für sie taten.

Ihr Brief, die Fragen, die Sie mir gestellt haben, und das Bewußtsein, wie wenig ich von Gretes Tod – möglicherweise auch von ihrem Leben – weiß, haben mich zu dem Entschluß bewogen, nach Europa zu reisen, nach Italien, nach Florenz. Ich kenne dort einige Leute, die etwas von Grete wissen könnten, was mir nicht bekannt ist. Vor Ort werde ich erfahren, ob sie mit mir darüber sprechen wollen.

Sie haben nach Briefen gefragt ... Ich vermute, daß sich in Florenz Papiere und Erinnerungen an Grete befinden, möglicherweise auch Briefe von Ihrem Freund Franz. Also mache ich mich auf den Weg. Sobald ich etwas erfahre, schreibe ich Ihnen.

Wolf S. an Max

Pension San Giorgio,
Florenz, Sommer 1947

Lieber Herr Doktor,

seit drei Tagen bin ich bereits in meiner alten Stadt, unverhofft glücklich darüber, sie wiederzusehen. Lange Zeit habe ich mich vor der Konfrontation mit dem Ort gefürchtet, an dem so viel Schlimmes passiert ist. Vielleicht war diese Angst auch der Grund, warum ich bisher nicht versucht habe, mehr über die letzten Monate im Leben meiner Freundin zu erfahren. Ich hätte sofort hierher kommen sollen, sobald es nur möglich war, dann hätte ich noch die Personen angetroffen, die sie gekannt und mit ihr gesprochen haben. Sie hatte nicht viele Bekannte. Nachdem sie sich nach einer kurzen Ehe von ihrem

Mann getrennt und sich in einigen Ländern aufgehalten hatte, um endlich nach Florenz zu kommen, führte sie hier ein eher einsames Leben. Und doch habe ich Menschen gefunden, die mit mir über Grete sprechen wollen.

Zu ihnen gehört vor allem Frau Grubach, die Inhaberin der Pension. Sie hat den Krieg in Florenz überstanden, ist überhaupt kaum je von hier fortgefahren. Die Pension befand sich also unter ihrer ständigen Aufsicht. Nun, lesen Sie, was ich erfahren habe! Als Grete im Mai 1944 abtransportiert worden war, glaubte Frau Grubach nicht, daß sie je zurückkehren würde, und ging in ihr Zimmer. Sie war die erste und einzige Person, die Gretes Sachen durchgesehen hat, dann hat sie alles eingepackt und auf den Boden gebracht. Es handelt sich dabei natürlich nur um Sachen, die Grete in der Pension hinterlassen hat. Ich habe allerdings erfahren, daß sie kurz vor der Inhaftierung irgendwelche Papiere an zwei Personen übergeben hat.

Auch in diesem Fall war Frau Grubachs Hilfe von unschätzbarem Wert. Sie hat sich gemerkt, wer zu dieser Zeit Grete in der Pension besuchte, kennt die Namen dieser Personen, Grete hat ihr sogar anvertraut, daß sie ein Päckchen Briefe, »sehr wertvoll« für sie, wie sie sich ausdrückte, Herrn Y. übergab, das Tagebuch hingegen, das sie seit Jahren geführt hatte, überreichte sie einer Bekannten, Frau Yvonne B. Die Pensionsinhaberin unterließ es aber nicht, mich sofort darüber in Kenntnis zu setzen, daß Grete noch im letzten Augenblick vor der Katastrophe die Auswanderung von Herrn Y. nach Chile organisiert hat, und daß er, gleich nach Gretes Internierung im Übergangslager, tatsächlich abgereist ist. Es ist mir bekannt, daß diese Briefe – zweifellos handelt es sich dabei um Briefe Ihres Freundes Franz sowie um Korrespondenz mit anderen Personen – sich noch 1946 im Besitz von Herrn Y. befanden. Er lebt weiterhin in Chile, seine Adresse kennen wir nicht, es besteht aber Hoffnung, seine Ex-Frau ausfindig machen zu können, die in Italien lebt.

Die Tatsache, daß Grete ein Tagebuch geführt hat, machte mich nachdenklich. Nie hat sie mir etwas davon gesagt, aber wie Sie wahrscheinlich wissen, war sie eine sehr zurückhaltende und verschlossene Person. Diesen Brief an Sie schreibe ich in Gretes ehemaligem Zimmer. Frau Grubach ist zwar eine sachliche Person, aber nicht ohne tiefere Empfindsamkeit. Da das Zimmer zur Zeit unbewohnt ist, ließ sie mich hier hineingehen, um mich umzuschauen.

Das Zimmer steht leer. Ich kann mich noch erinnern, wo das Bett, der Waschtisch und der Schreibtisch standen, wo an den Wänden Gretes Lieblingsbilder und ein paar geheimnisvolle Photographien hingen, von denen sie nicht sprechen wollte. Auf den Bildern war eine ältere Dame, aber nicht Gretes Mutter, und eine Kinderschar zu sehen. Und auch das Porträt eines kleinen Jungen mit zartem Gesicht. Einmal ertappte mich Grete mit diesem Bild in der Hand, ich schaute den Kleinen mit unverhohlener Neugierde an. Sie sagte kein Wort. Eine Weile später verschwand dieses Bild von der Wand.

Soviel für den Moment. Frau Grubach hat mir heute einen Besuch auf dem Boden versprochen. Wir sollen gemeinsam den Koffer aufmachen, in dem sich Gretes Sachen befinden. Ich ahne, daß ich dort etwas finde, daß mein Bild von ihr völlig verändern wird. Ich schreibe Ihnen bald wieder.

Wolf S. an Max

Pension San Giorgio,
eine Woche später

Lieber Herr Doktor,

nun also der Reihe nach. An einem heißen sonnigen Tag gingen wir auf den Boden. Die Hitze dort oben war trocken und staubig. Frau Grubach steuerte ihre Schritte, ohne zu zögern, auf eine große Kiste zu. Mit dem Schlüssel, den sie sogleich fand, öffnete sie die Kiste, allerdings nicht ohne gewisse Mühe. Man sah, daß hier seit langem nichts angerührt worden war. Zuoberst lag Kleidung, ein Federfächer, ein Hut. Frau Grubach legte die Sachen auf einen danebenstehenden Stuhl und sagte dabei, sie hätte diese Kleinigkeiten aus rein sentimentalen Gründen aufgehoben. Grete mochte dieses Kleid, meinte sie, und breitete einen aschgrauen Spitzenstoff aus, stellenweise etwas verblichen und doch immer noch schön. Unter diesen Sachen lagen irgendwelche Papierrollen, erst darunter Kladden, Mappen, wahrscheinlich mit Dokumenten, vielleicht Photographien, und ganz tief auf dem Boden der Kiste Bücher und Bilder.

Ja, es waren Gretes Sachen. Frau Grubach stand zunächst schweigend neben mir. Als ich aber das erste Heft in die Hand nahm und es aufschlug, entfernte sie sich diskret. Ich drehte mich um und sah sie noch in einem Lichtstreifen, umwirbelt von Staubpartikeln. Ich spürte, daß ich fast am Ersticken war, da ich die ganze Zeit das Atmen unterdrückt hatte. Nun atmete ich die trockene, im Hals kratzende Luft tief in mich ein.

Ich werde Ihnen diese Stunde nicht beschreiben, die ich dort oben nur dank einer ungeheuren inneren Anspannung aushielt, einer Anspannung, in der ich mich bereits seit einem Tag befand. Den Großteil von Gretes Papieren habe ich hinuntergetragen, in ihr ehemaliges Zimmer, und sie dort die ganze Nacht gelesen. Briefe, die ich fand, sind für Sie nicht von Interesse, ihre Notizen beschloß ich aber abzuschreiben. Verzeihen Sie bitte, daß ich Ihnen keine Originale schicke, sie sind mir zu wertvoll – während einer langen Reise könnten sie verlorengehen. Das früheste Datum ist das Jahr 1913, das letzte 1919. Nachdem ich diese Notizen gelesen hatte, verstand ich, daß sie Angelegenheiten betreffen müssen, die im Zusammenhang mit Ihrem Freund stehen. Ich bin der Meinung, daß Sie das Recht haben, diese Tatsachen zu erfahren, und daß die Lektüre der Ausschnitte aus Gretes Tagebuch für Sie von unschätzbarem Wert sein wird. Bewußt schreibe ich »Ausschnitte«, alles deutet nämlich darauf hin, daß Grete den Rest der Notizen ihrer Freundin Yvonne übergeben hat. Hier Gretes Aufzeichnungen:

November 1913

Wir haben uns im Park verabredet. Er sagte, er möge diesen Ort, komme oft hierher. Er versprach, mir Stellen zu zeigen, die man auf den ersten Blick nicht bemerkt und die selbst zu dieser Jahreszeit wunderschön seien.

Wir betraten den Park durch das Seitentor. Vom ersten Augenblick an gefiel mir der ein wenig klaustrophobe Charakter dieses Ortes. Hohe Thuja-Spaliere, säulenartig beschnittene Buchsbäume, geheimnisvolle dunkle Eiben, mit kleinen Tupfern ihrer giftigen Beeren, Statuen aus weißem Marmor mitten im Grün: ein kleiner Hermes, mit einem so leicht erhobenen steinernen Fuß, als hätte er sich soeben von der Erde abgestoßen, um in den Himmel zu fliegen, ein Mädchen, immer nur von hinten zu sehen, zeigte unschuldig ihre wunderschönen Pobacken, ein Hund, der wohl als einziger von der Gruppe »Diana bei der Jagd« hier zurückgeblieben ist.

Schmale Pfade führten uns ins Innere des Parks, aber immer, wenn wir im rechten Winkel abbogen, auf Richtungsänderung hoffend, stellte es sich heraus, daß wir uns in einer völlig gleichen schmalen Allee befanden, links und rechts durch einen Grünzaun eingegrenzt, und neben uns – parallel – flanierten andere, die wir jedoch durch das Nadeldickicht nicht sehen konnten. Wir vernahmen nur das geheimnisvolle Knirschen der Schritte über dem Kiespfad und Wortfetzen, wie aus einem Nebenzimmer.

Der Tag war etwas neblig, still, getränkt mit Feuchtigkeit, in hohen, ungemähten Grashalmen flammte hie und da ein Licht auf, es war aber nur noch eine vage Erinnerung an die ersten sonnigen Herbsttage. Schließlich führte er mich aus dem Labyrinth des Gartens hinaus, und wir setzten uns auf eine weiße Bank unter einer ausladenden Buche. Das Schweigen zwischen uns war voll Ruhe, frei jeglicher Anspannung. Er deutete mit dem Blick auf die gerade auf meinen Knien liegenden Handschuhe und fragte, ob mich nicht fröstele. Ich schüttelte nur den Kopf, um die Stille, die über dem Garten lag, nicht zu stören. Die Spaziergänger verschwanden, verscheucht durch

die aufziehende Kühle, in unserer Nähe ertönte nur ab und an der Gesang eines verspäteten Vogels, und ein leichter Windhauch streifte unsere Gesichter.
Das Zittern der Blätter über uns war spätherbstlich, so gänzlich anders als das Aneinanderreiben der frühlingshaften Zweige oder das Rauschen des Frühsommers, angefüllt mit Vogelgezwitscher, anders auch als das Rauschen der Blätter im September, wenn uns die Unruhe und Vorahnung dazu bringen, den Kopf leicht zu heben und mit Sorge das noch frische, aber schon leicht welkende Grün zu beobachten. Dieses Novemberrauschen war nur noch ein Ruf der letzten Blätter, die – sich noch verzweifelt am Baum klammernd – von feuchten Windstößen gezerrt werden und nichts anderes mehr sind als eine große Vorbereitung auf das unausweichliche Sterben.
Im Kaffeehaus entschieden wir uns für einen Tisch an der Wand. Wir tranken Kaffee (er auch, dachte ich bei mir, obgleich er einst geschworen hatte, nicht einmal Tee zu trinken), wärmten unsere Hände an den Tassen, von dem heißen Getränk stieg ein zarter Dampf auf, der seine Gesichtszüge verschwimmen ließ. Ich spürte, daß ich ihm folgen würde, wohin auch immer er wollte, wenn er mich nur darum bäte.
In der Droschke griff er nach meiner Hand und küßte sie durch den Handschuh. Ich schob den Wildledersaum hinunter, spürte seine trockenen Lippen und seinen heißen Atem, der meine Haut leicht kitzelte.
Es schien mir, als ließen wir, geborgen im Dunkel des geschlossenen Raumes, eine feindliche Welt an uns vorbeiziehen. Erst als ich flüchtig den Blick hob, sah ich durch einen Spalt zwischen den Vorhängen, daß wir über eine steinerne Brücke den Fluß überquerten, aber gerade in diesem Moment berührte er meinen Mund und drückte mich so fest an sich, als hätte er mich – schon für ewig verloren geglaubt – soeben wiedergefunden. Sein Herz flatterte wie ein zu Tode erschrockener Vogel, ich legte meine Hand auf seine Brust, um diese Angst zu beruhigen, in dem Moment hielt die Droschke an, und wir verließen sie wie den mütterlichen Schoß, geblendet vom Tageslicht.

Wir öffneten Türen, traten über Schwellen, und es kam mir vor, als entfernte ich mich immer weiter von dort, wo ich bisher war. Ein Duft von Staub und Lavendel erfüllte das Hotelzimmer, die Vorhänge waren dicht zugezogen, hinter dem chinesischen Paravent stand ein Waschtisch und ein Wasserkrug. Während er die Hände wusch, streifte ich mein Kleid ab, geleitet von einem mir bisher unbekannten Bedürfnis nach Nacktheit. Ich wollte mich von allem befreien, was mich fesselte, begrenzte, was mich in der Vergangenheit verharren ließ.

Und nun stand ich vor ihm – nackt, beraubt all dessen, was einem auf sein Ansehen bedachten Mädchen eigen ist, er kam auf mich zu, und mir schien, als hätte er mich durch seine Nähe zurückgestoßen, so daß ich hinfiel, sogleich geöffnet wie eine Muschel, in der man nach Nahrung sucht. Wird er an mir seinen Hunger stillen können? dachte ich und spürte dabei selbst einen gewaltigen Hunger von meinem Unterleib aufsteigen, Brüste, Hals und Mund füllen, so daß ich die Zähne mit aller Kraft zusammenpressen mußte, um diesen Körper, der sich nun vertrauensvoll an mich drückte, nicht zu beißen.

Den Augenblick der Vereinigung bemerkte ich nicht – als geschähe er nicht mir, sondern einer anderen Person, die nicht mehr ich war. Ich spürte seine Finger voll flüssigen Golds über meine Haut fahren, hörte von weitem meine Stimme, die jemanden mit Namen rief, und dieses seltsame Gefühl – der Einsamkeit und Fremdheit – näherte sich, wurde zu einer Kugel, die rollend Metallspäne und feine Glassplitter in sich aufnahm, immer größer werdend über uns rollte, dabei die zarte Haut zerschnitt, aufriß und in das entblößte, empfindliche Fleisch drang. Wir fanden uns in einer fernen, vergessenen Vergangenheit, in der alles noch wahrhaftig, nah, mit pulsierendem Blut erfüllt war.

Ich empfand in mir die Eile der Liebe – so läuft man dem Geliebten entgegen, so wiegt er einen in seinen Armen. Der Geschmack dieser Empfindung erinnerte mich an die Süße der Melisse, die man an einem sonnigen Nachmittag am Berghang pflückt, dabei von der Insektenwelt in ihr Vibrieren hineingezogen. Die Blüten zerfließen goldig am Gaumen, und die Zeit hat kein Ende.

Minuten, Viertelstunden, vielleicht Stunden vergingen, in denen uns schien, als kehrten wir zurück in die längst vergangene Zeit der Kindheit, oder als fänden wir einander in einem Traumbild, in dem der Genuß unaussprechlich groß ist und der Grund des Genusses derart gering, daß er uns im Wachsein nicht einmal erzittern lassen würde. Auf der Wanderung durch ferne Landschaften konnten wir gar nicht mehr stehenbleiben, verirrten uns immer weiter, dorthin, wo die vertrauten Stellen plötzlich fremd wurden, wo uns die Fremdheit beinahe erstickte und man in ihren Reizen nur tiefer versinken, sich noch weiter verirren konnte.

Wir wanderten Arm in Arm, dicht neben mir hörte ich seinen Herzschlag, und je näher ich ihn spürte, um so weniger vertraut war er mir, fern wie eine Landschaft, von der uns ein Reisender aus fremdem Land erzählt – exotisch, uns nicht gehörend, getränkt in heißer Sonne, die die letzten Feuchtigkeitstropfen aussaugt und die Reste eines noch glimmenden Lebens zu Asche verbrennt.

Es kam mir vor, als hätte man mein Verlangen und mit ihm mich selbst – beinahe ohnmächtig unter der glühenden Sonne – an einen Eisenpfahl gefesselt. Vor meinen Augen zogen Bilder vorüber: verbranntes Gras, Skelette verdursteter Tiere, von heißem Wind gefällte Bäume. Als ich jedoch die Augen öffnete, sah ich dicht vor mir sein Gesicht – bleich, zusammengezogen von einer inneren Kühle, und ich spürte seine kalten Hände, mit denen er meine Arme drückte.

Unsere Bilder sind sich nicht begegnet. Während ich unter glühender Sonne eine Wüste durchschritt, erstarrte er in der toten Luft endloser Schneeweiten. Als er davon sprach, erzitterte ich vor Furcht und Glück. Er war mir dermaßen fremd, daß ich leise – damit er es nicht hören konnte – vor mich hin sagte: Ich lebe; doch nun nicht ich, sondern ein Anderer lebt in mir.

März 1914

Zwar behauptet er stur, er sei unmusikalisch, ließ sich aber zu einem Opernbesuch überreden. Meine Wahl fiel auf »Die Zauberflöte«. »Turandot« habe ich mir auch überlegt, aber die kalte Welt der verletzten Prinzessin erschien mir unpassend für unsere kurze Zusammenkunft. Er ist mit dem Nachtzug gekommen und im Hotel »Zum goldenen Lamm« abgestiegen. Er bat mich, ihn zunächst allein zu lassen, da er nach der Reise seinem eigenen Geist gleiche. Wir verabredeten uns zum Mittagessen. Als ich das Hotelrestaurant betrat, wartete er schon auf mich. Wir schauten uns schweigend an, und ich muß zugeben, daß er mir im ersten Augenblick anders erschien, anders als im Spätherbst letzten Jahres, als wir uns zuletzt sahen, und anders als in den Briefen, die den ganzen Winter zwischen uns gewechselt wurden. Er muß mein Zögern gespürt haben, sein Gesicht erblaßte, die Augenbrauen zogen sich zusammen, als litte er unter einem quälenden Schmerz. Ich brauchte lange, um meinen Fehler wiedergutzumachen, nur mit großer Mühe gelang es mir, ihn ins Leben zu rufen.

Er hat kaum etwas gegessen. Als wir das Hotel verließen, schlug er einen Spaziergang vor. Die Stimmung unserer letzten Zusammenkunft in Prag – sonderbar, geheimnisvoll, als hätten wir damals ein und denselben Traum geträumt – wollte sich nicht wieder einstellen. Er sprach nur wenig, die meiste Zeit schwiegen wir. Die unschätzbare Zeit unseres Beisammenseins schrumpfte. Ich sah auf die Uhr, es war bereits an der Zeit, ins Theater zu gehen.

Später, als er neben mir saß, seine Hand auf der Armlehne dicht neben meiner, beobachtete ich ihn heimlich. Seine Augen waren geschlossen, als interessierte ihn das Bühnengeschehen gar nicht. Nachher sagte er, der Musik lauschend hätte er sich etwas Helles, Strahlendes vorgestellt, eine Art Kugel um sich herum, und in dieser Kugel eingeschlossen spürte er weder seinen Körper noch den Schmerz. Er fügte auch hinzu, er sei Mozart für diesen Augenblick dankbar und bedaure, daß er sich persönlich bei ihm nicht bedanken könne.

»Also bist du doch musikalisch«, sagte ich, und er gab zu, erstmals diesen unwiderstehlichen Rhythmus bei sich zu entdecken.

Vom Theater fuhren wir gemeinsam ins Hotel, um seine Reisetasche zu holen, und dann zum Bahnhof. Er mag den Duft von Gas, Kaffee und Bier auf dem Wiener Bahnhof, ich verbinde diesen Ort wiederum eher mit dem Duft einer heißen, dampfenden Lokomotive und mit etwas Fremdem, Fernem, das dazu verlockt, sich in einen Zug zu setzen, den Kopf an die kalte Fensterscheibe zu lehnen und zu verreisen.

Früher schon haben wir zwei Coupés nebeneinander reserviert. Ich habe nämlich beschlossen, ihn bis nach Gmünd zu begleiten. Dort sollte ich im Morgengrauen den Zug zurück nach Wien nehmen. Auf diese Weise haben wir noch ein paar gemeinsame Stunden gewonnen. Beim Mittagessen im Hotel dachte ich mit Furcht an den Augenblick, an dem wir alleine bleiben sollten, nun aber, als ich ihm durch den schmalen Zugkorridor mit rotem Teppich und lederbeschlagenen Wänden folgte, spürte ich seine Nähe plötzlich und stark. Im beheizten Coupé brannte ein Lämpchen mit gelbem Lampenschirm, das Bett war mit schneeweißer Wäsche bezogen. Ich hatte nicht die Absicht, es zu benutzen. Ich stellte mich an das Waschbekken und betrachtete mein Gesicht, das mir vor dem Hintergrund der mit rotem Plüsch beschlagenen Wände geheimnisvoll erschien.

Endlich hörte ich ein Klopfen, öffnete die Tür zwischen den Coupés und befand mich an einem identisch beschaffenen Ort. Wir setzten uns nebeneinander. Er küßte mich wie aus der Ferne, als wäre er nicht da, sondern nur jemand, der ihm so sehr ähnelte, daß selbst seine Pupillen sich auf die gleiche Art im Halbdunkel weiteten.

»Immerfort muß ich an diese Musik und diese Geschichte denken«, sagte er, und ich rückte etwas zur Seite, um ihn sprechen zu lassen. »Die Geschichte des Paares?« fragte ich. Er nickte. »Bei Mozart gibt es mehrere Paare. Tamino und Papageno, Königin der Nacht und Sarastro – Mond und Sonne, das

Böse und das Gute. Der Papageien-Mensch verkörpert die Macht und die Kraft der Instinkte. Eben auf seinem fruchtbaren Boden wächst Taminos Geisteskraft. Und dann das zentrale Paar, Tamino und Pamina – Mann und Frau im Streben nach Harmonie und Fülle. Ihr Weg zum Glück führt über die Eroberung von Weisheit und Herrschaft.« »Wie meinst du das?« unterbrach er mich. Ich spann meinen Gedanken weiter, indem ich von Taminos schmerzhafter Initiation sprach, von seiner inneren Kraft, seinem Reifen und dem Erlangen der Herrschaft, die ich als etwas Positives und Schöpferisches verstand.

Er tadelte mich für den unklaren Gebrauch der Wörter Kraft, Macht und Herrschaft. »Das Wort Herrschaft bewahre ich für eine Autorität, die die Ordnung bestimmt. Die Herrschaft führt, gerecht oder ungerecht, zur Unterwerfung. Macht ist dagegen die Fähigkeit, sein Ich auszudrücken. Diese Kraft trachtet nicht danach, andere zu unterwerfen. Aber –«, fügte er hinzu, »jedes menschliche Wesen, das sich der eigenen Macht bewußt wird, verfällt der Verlockung, sie zur Quelle seiner Herrschaft zu machen.« »Bei Mozart allerdings«, beharrte ich auf meinem Standpunkt, »steht die Herrschaft auf der Seite der Ordnung. Ist die Macht der Zauberflöte, die in einer magischen Stunde aus dem Herzen einer tausendjährigen Eiche geschnitzt wurde, ist die Macht ihrer Musik nicht ein Symbol für die Harmonie der Welt?«

»Du sprichst von der Harmonie der Welt«, sagte er leise und traurig, »aber lausche in sie hinein. Du wirst das Brüllen der Tiere bei der Schlachtung hören, das Schweigen der samt Wurzeln aus der Erde gerissenen Pflanzen und das Stöhnen derer, die am Folterrad aufgespannt wurden. Und was geschieht zwischen den Menschen ... Meinem Gegenüber bin ich wehrlos ausgeliefert, ich umkreise ihn und spüre, daß er mich würgt. Ein Dritter umkreist mich und spürt, wie ihn der Nächste würgt. Und so geht es weiter, bis hin zu den Sternen und noch über sie hinaus. Jeder Körper spürt Finger, die seinen Hals zudrücken.«

Unwillkürlich hob ich meine Hand an den Hals, er berührte sie zart und sagte, er wollte mich nicht erschrecken. »Jede Beschränkung, sei sie auch noch so gesetzeskonform, halte ich für Unterdrückung«, meinte er. »Denk an die Väter, an diese Väter, die heute die Kraft und die Macht ihrer Söhne beschränken, ihnen Leid zufügen, sie demütigen und ihnen dabei für den morgigen Tag die Fülle der Herrschaft versprechen. Es ist die väterliche Herrschaft, die sie ihren Söhnen versprechen. Sie wollen, daß die Quelle der Gewalt unaufhörlich gespeist wird.« Einen längeren Augenblick schwieg er, um dann – stark und entschieden – abzuschließen: »Und eben deshalb werde ich nie Vater sein.«
Wie tief hat sich das Messer hineingebohrt, das sich immer noch in seinem Fleisch dreht, dachte ich.

April 1914

Wir sind wieder zusammengetroffen. In der Nacht nach unserer Zusammenkunft träumte ich von zwei Männern, einem älteren und einem jüngeren. In diesem Traum stieg ich hinab unter die Oberfläche der Ereignisse, dorthin, wo wir uns Aug in Aug unserem Doppelgänger stellen – dem Erlöser, dem Weisen, dem Geliebten, dem, der zugleich ein Anderer und der man selbst ist.
Wir haben uns lange unterhalten. Ich muß an all das denken, was er mich gelehrt hat. Es gibt etwas sehr Maskulines in ihm, das gar nicht stark und entschlossen ist, sondern eher voll Zweifel, zugleich aber vertrauensvoll.
Wir haben von dem »unschuldigen Kind« und dem »teuflischen Menschen« gesprochen. Es sind seine Bezeichnungen. Das »unschuldige Kind« ist ein reines und heiliges Wesen, das sich im Paradies aufhält. Es kennt den Tod nicht, weil es ihm nicht gegeben war, ihn kennenzulernen. Das »unschuldige Kind« gehört zur Welt der Idylle.
Der »teuflische Mensch« ist vom Teufel verführt und aus dem Paradies vertrieben worden. Mit dem ersten Blitz der Erkenntnis erlangte er auch das Bewußtsein des Todes. Teuf-

lisch bedeutet nicht böse, sondern tragisch. Der »teuflische Mensch« gehört zur Welt der Tragödie.
Das »unschuldige Kind« ist zwar vertrauensvoll, kann aber nicht treu sein, da erst derjenige, der die Wandlung durchgemacht hat, wirklich treu sein kann. Der »teuflische Mensch« ist treu. Ich fragte ihn, wem oder was er selbst treu sein wolle. »Manchmal glaube ich, dem unschuldigen Kind, dem Wesen, das seine Reinheit und das Unzerstörbare in sich bewahrt hat. Oder vielleicht doch dem teuflischen Menschen, dessen reife Männlichkeit im Warten verharren und vertrauen kann?« antwortete er. »Man kann auch dem unschuldigen Kind im Innern des teuflischen Menschen treu sein«, erwiderte ich.
Er stimmte mir zu. Nach einem längeren Augenblick des Schweigens sagte er: »Treue heißt Verharren und Leere, keine Antworten auf Fragen, Anspannung des Wartens, Lauschen und Erkennen der Zeichen.«

Juni 1914

Meine Illusionen, daß ihm an mir etwas liegt, haben sich verflüchtigt. Er ist F. wieder nähergekommen, und sie nahm ihn auf, unter der Bedingung einer offiziellen Verlobung. So ist sie – Gefühle spielen keine Rolle, Hauptsache den Formalitäten wird Genüge getan.
Die Verlobung hat stattgefunden. Scheinbar ist alles in bester Ordnung, F. hegt jedoch Zweifel, ob es richtig von ihr war, in die Heirat einzuwilligen. Ich muß ihren Vertraulichkeiten zuhören, ihre Ängste besänftigen, dabei lebe ich selbst wie im Fieber. Meine eigenen Gefühle sind mir ein Rätsel. Ich fühle mich in einer Falle gefangen, und selbst wenn es einen Fluchtweg aus dieser Falle gäbe, erwartete mich draußen ein neues Gefängnis. Ich wollte eine heimliche Liebe, verborgen wie der Kern in der Frucht. Ich wollte es selbst, jetzt aber, in Anbetracht einer gewissen beunruhigenden Möglichkeit, wäre es mir lieber, sie würden wieder auseinandergehen. Sollte sich mein Verdacht bestätigen, bin ich verloren.

Herr Max, an dieser Stelle muß ich unterbrechen und erklären, worum es geht. Grete war nämlich zu diesem Zeitpunkt bereits in anderen Umständen, begann es aber erst zu ahnen. Bald schon nahmen die Ereignisse ihren unwiderruflichen Lauf. Soweit ich weiß, ist die Verlobung Ihres Freundes aufgelöst worden. Grete hingegen hatte ein ernsthaftes Problem. Sie entschloß sich, die Schwangerschaft und Geburt zu verheimlichen. Der einzige Mensch, den sie in ihre Sorgen einweihte, war ein älterer Herr, ihr guter Freund. Er half ihr, einen Ort zu finden, wohin sie sich zurückziehen und ihr uneheliches Kind zur Welt bringen konnte. Sie war jedoch gezwungen, den neugeborenen Sohn bei fremden Menschen zurückzulassen. Keiner wußte, daß sie Mutter geworden war.
Woher weiß ich denn all das, werden Sie gewiß fragen. Von Grete selbst. 1942 bekam ich einen Brief von ihr, in dem sie – nach langen Jahren – ihr Geheimnis lüftete. Sie schrieb mir von der Geburt des Kindes, von ihrer Entscheidung, gab aber den Namen des Vaters nicht preis, auch wenn einige Tatsachen auf die Person Ihres Freundes hindeuteten. Jetzt, da sie bereits so viel wissen, beschloß ich, den besagten Brief Gretes nicht verheimlichen zu dürfen. Er befindet sich bei mir zuhause in Amerika. Deshalb kann ich ihn leider nicht zitieren.
Eine Zeitlang gab es zwischen Grete und Ihrem Freund, soweit ich weiß, keinen Kontakt, dann kam es aber endlich zu einer Art Einvernehmen, und sie trafen sich sogar. Lassen Sie uns aber zu Gretes Notizen zurückkehren.

Ende 1918

An diesem Tage sind wir in Wien angekommen, aus zwei verschiedenen Richtungen, und haben zwei verschiedene Zimmer im Hotel belegt. Der Empfangschef trug uns getrennt ein. Wir konnten für zwei vollkommen fremde Menschen gelten. Als ich nach einer Stunde die Treppe hinunterkam, mich ans Geländer stellte und auf ihn wartete, sah ich plötzlich meinen Vornamen und den ersten Buchstaben des Namens nach der hiesigen Sitte auf einer großen Hoteltafel geschrieben. Direkt neben mir hatte man den Namen eines anderen Gastes plaziert: »Josef K.« Josef K.? überlegte ich, der Name kam mir bekannt vor, auch wenn ich im ersten Augenblick nicht wußte, woher. Als ich ihn die Treppe heruntergehen sah, deutete ich stumm mit der Hand auf die Tafel. Ich sah, wie er abrupt stehenblieb und erstaunt die Schrift betrachtete.

»Ich muß das überprüfen«, sagte er, »soll es sich etwa um mich handeln?« Nach einer Weile kehrte er leicht erblaßt zurück. »Was für eine seltsame Verwechslung. So bin ich eben in das Register eingetragen worden – als Josef K. aus Prag. Die hier wissen anscheinend besser über die Wirklichkeit Bescheid als wir selbst«, stellte er fest.

Als wir dann in der frostigen Mittagssonne die Straße entlang gingen, lachten wir über diesen Vorfall, in seinem Lachen hörte ich aber mehr Ironie als echte Belustigung. Im Park war es menschenleer. Zu dieser Jahreszeit wählen die Passanten die sonnige Straßenseite und meiden die kahlen Bäume und den Rasen im Rauhreif. Wir gingen an einer Mauer entlang. Die eiskalten Windböen gelangten nicht dorthin, das fahle Licht gaukelte sogar Wärme vor. Ich kann mich nicht mehr erinnern, wie unser Gespräch begann. Seine Nähe berauschte mich. So lange hatte ich ihn nicht mehr gesehen, und in den scheinbar sorgenfreien Briefen sagte ich ihm nicht alles. Ich verschwieg, was mir am wichtigsten war. Nun, als er langen, gleichmäßigen Schrittes an meiner Seite ging, schwieg ich ebenfalls. Seine Worte erreichten mich nicht, nur mit Mühe zwang ich mich zur Aufmerksamkeit. Mein Kopf war voll verworrener Gedanken. Ich hielt mein entflammtes Gesicht in den kalten Wind, und mit der Hand, von der ich den Handschuh gerissen hatte, berührte ich die verfrorenen Zweige. Er muß meine Unruhe gespürt haben, ich weiß es. Plötzlich blieb er stehen, stellte sich mir gegenüber und legte seine Hände auf meine Schulter. »Du hast mir nicht zugehört«, meinte er. Ich schaute ihn an. »Ich sagte gerade, daß wir alle Opfer unserer inneren Gewalt werden. Selbst der Krieg hat uns nicht so viel Böses zugefügt, wie wir uns selbst zugefugt haben.«

Auch ich hatte oft schon daran gedacht, jetzt aber, als er das sagte, tauchten aus den verborgensten Schlupfwinkeln meines Gedächtnisses schmerzhafte Bilder auf. »Die Gabe des Erinnerns und die Fähigkeit, zu vergessen ...«, hörte ich ihn sagen. Immer noch hielt er meine Schulter, als wollte er damit meine Aufmerksamkeit wecken. »Der Mensch ist das Wesen mit dem längsten Gedächtnis. Manchmal glaube ich, mich an Zeiten zu erinnern, in denen man Menschenopfer brachte.« »Jeder von uns hat aber das Recht, zu vergessen«, meinte ich. »Wir könnten nicht leben, wenn wir nicht vergessen würden.«
Er nahm die Hände von meinen Schultern, und wir gingen wieder nebeneinander durch die leere Allee. »Ich vergesse nichts«, sagte er. Nach einer Weile begann er, mir seine Theorie von Verfolger und Opfer zu erklären. Es war, als würde er sagen: Die Welt ist eine Faust, in der wir eingeschlossen sind. »Es ist ganz einfach eingerichtet«, meinte er. »Es gibt Verfolger und Opfer. Vielleicht ist es noch einfacher: Es gibt nur Opfer.« Ich wußte nicht, wie das zu verstehen war. Sollte das die Rechtfertigung des Bösen sein? Oder die Apologie des Opfers? Sollte die Selbstzerstörung der einzig mögliche Rettungsakt sein? Ich fühlte, wie sich in mir etwas gegen seine Worte sträubte, ich ging zwar weiter ruhig neben ihm her, plötzlich mußte ich aber beinahe schreien: »Du siehst die Welt, eingetaucht in eine Leere, den Menschen auf einem Trümmerhaufen, verzweifelt, in unaufhaltsamem Untergang, aber die Natur glaubt nicht an den Untergang. Schau nur, wie der Efeu über den morschen Baumstamm wuchert, wie alle Ruinen, früher oder später, dichtes Gras bedeckt, wie nach dem Regen die Wüste aufblüht ...« Ich wandte mein Gesicht ihm zu, sah in seine sich verdunkelnden Augen und hörte ihn sagen: »Ja, es gibt unendlich viel Hoffnung, unendlich viel, aber nicht für uns.« Es kam mir vor, als verlöre ich den Boden unter meinen Füßen. »Und doch fleht alles um Mitleid in dieser Welt ohne Barmherzigkeit«, sagte ich unerwartet leise. »Nur daß dieses Flehen unbeantwortet bleibt«, meinte er und sah mich an. »Es muß aber einen Ausweg geben«, beharrte ich. »Man muß alle

Hilfsmittel, alle ›Kniffe‹ von sich weisen«, erwiderte er. »Nicht die Umstände der Existenz sind tragisch – der Mensch muß gar nicht verloren sein, er kann gerettet werden –, tragisch ist die Existenz selbst. In dem Moment, in dem wir uns das vergegenwärtigen, verzichten wir auf alle Ausflüchte.«
Heute noch, lange Zeit nach unserem Spaziergang und lange nachdem wir Abschied voneinander genommen haben, möglicherweise Abschied für immer, höre ich seine Worte an die nackten Wände meines Zimmers prallen.
Heute habe ich beschlossen, mein Leben zu ändern. Ich will mit meinem Sohn beisammensein. Es wird nicht leicht, niemand darf es ja erfahren. Ich entwerfe einen Plan. Alles muß wohlüberlegt sein. Ich muß meinen Wohnort, meine Wohnung und meine Gewohnheiten ändern. Sobald alles bereit ist, fahre ich nach München. Mein Sohn wartet auf mich.

Anfang 1919

Alles habe ich so eingerichtet, daß wir es in dieser Vorstadtwohnung bequem haben und allein sein können. Nur Catarina ist hier mit uns, sie kümmert sich um den Haushalt, ich mich um meinen kleinen Sohn. Als ich ihn bei Schwester Berta abholte, sagte sie, das Kind würde zwar viel verstehen, spräche aber nicht. Nun hat er angefangen, in ganzen Sätzen zu sprechen. Jeder Tag bringt etwas Neues, etwas Wunderbares. Der Kleine ist sehr schmächtig, sieht nicht nach seinen vier Jahren aus, ich vertraue aber darauf, daß er bei mir bald schon kräftiger wird und nicht mehr kränkelt. Heute saß ich lange am Kamin, schaute ins Feuer und erinnerte mich an den Tag, an dem ich meinen Sohn zur Welt brachte. Ich gebar ihn so schnell, als wollte ich mich selbst davon überzeugen, daß alles beim alten war, daß ich weiterhin das Mädchen von früher war, aus der Zeit, bevor sich in mir dieses bedrohliche, unfaßbare Leben eingenistet hatte. Wie ein Fürbitteopfer brachte ich ihn zur Welt und ließ ihn zurück. Wie unendlich einsam muß sich ein von seiner Mutter verlassenes Kind fühlen. Mußte es wirklich so sein?

März 1919

Soeben habe ich einen Brief von Herrn Max erhalten. Er schreibt, er werde auf der Durchreise in München sein und möchte mich besuchen. Ich weiß nicht, was ich davon halten soll. Letztes Mal haben wir uns vor beinahe drei Jahren in Prag gesehen. Unsere Korrespondenz begrenzt sich auf nichtssagende Grußkarten zweimal im Jahr. Ich bin beunruhigt, weiß nicht, ob er es nach seiner Ankunft in München noch schafft, mich über den genauen Termin seines Besuches zu benachrichtigen. Ich kann nicht zulassen, daß er irgend etwas ahnt. Keinesfalls darf er den Kleinen sehen. Allzu sehr ähnelt er seinem Vater. Für Max könnte es ein Hinweis sein, den er nutzen wollen könnte ...

Steht dieser angekündigte Besuch nicht überhaupt im Zusammenhang mit meiner veränderten Lebenslage? Vielleicht soll er in Erfahrung bringen, warum ich eine gute Stelle aufgegeben habe und was ich eigentlich mache? Vielleicht hat sein Freund ihn darum gebeten, der gewöhnlich nicht selbst, sondern mit Hilfe anderer seine Angelegenheiten erledigt? Gut möglich. Genauso möglich ist es aber, daß Maxens Besuch ganz ohne geheime Absichten ist.

Herr Max war hier. Glücklicherweise war es mir gelungen, den Kleinen in den Schlaf zu wiegen. Catarina wachte bei ihm, während ich Herrn Max mit Tee und Kuchen empfing. Vom ersten Augenblick an hatte ich das Gefühl, daß er sich vor mir fürchtete. Immer wenn er sich unbeobachtet fühlte, sah er sich aufmerksam, wenn auch verstohlen, im Zimmer um. Was hatte das zu bedeuten? Erwartete er, hier etwas zu finden?

»Schön haben Sie es sich hier eingerichtet«, meinte er, nachdem er sich auf die Stuhlkante gesetzt und den Hut und Stock dicht neben sich gelegt hatte.

»Was führt Sie nach München?« fragte ich, aber er antwortete nicht sofort, schaute statt dessen zerstreut die Tür zum Nebenzimmer an.

»Ja, morgen findet also mein Vortrag über die Idee der Liebe in

Platons ›Phaidros‹ statt. Gehen Sie aus? Wenn ja, sind Sie herzlichst eingeladen.« Plötzlich begann er immer rascher zu sprechen, wie eine Maschine, die zunächst etwas stockt, dann aber zügig in Schwung kommt. Ebenso plötzlich verstummte er.

Ich schaute ihn nur schweigend an, was seine Aufgabe nicht leichter machte.

»Wie geht es Ihrer Gattin, Herr Doktor?« fragte ich endlich, als das Schweigen bald unerträglich wurde.

»Vielen Dank der Nachfrage, gnädige Frau. Meine Frau ist in anderen Umständen, in einigen Monaten erwarten wir die Niederkunft. *Apropos*, wenn man fragen darf, wie kommen Sie denn in Ihrer neuen Situation zurecht?« fragte er leicht stotternd, anscheinend in Verlegenheit gebracht durch das *Apropos*, mit dem er seine Frage so ungeschickt eingeleitet hatte.

»Sie meinen meine Beurlaubung vom Büro für einige Monate?« half ich ihm, und er leuchtete auf wie ein kleiner Junge, der unerwartet ein Geschenk bekommt.

»Ach, Sie sind also beurlaubt worden. Ich dachte, Sie hätten Ihre Stelle gekündigt. Aber es ist nur Urlaub.« Er lächelte, man konnte ihm deutlich die Erleichterung ansehen, die meine entschlossene Lüge hervorrief. »Erlauben Sie die Frage, ist es Urlaub aus gesundheitlichen Gründen? Haben Sie Beschwerden? Hoffentlich ist das nur vorübergehend, und Sie werden bald wieder vollkommen gesund. So eine junge Frau ...«, sagte er und schaute mich unsicher an. Seine Augen glänzten dabei etwas gerührt und melancholisch hinter den Gläsern seines Kneifers. »Ich hoffe wirklich, daß es nur vorübergehend ist. Sie sind eine so begabte und tüchtige Angestellte, ähnlich wie Frau Felice, es wäre schade um Ihre Begabung. Sie haben sich beide wirklich gesucht und gefunden. Ihre innige Freundschaft überrascht mich gar nicht.«

Nach diesen Worten blickte ich ihn womöglich etwas zu streng an, er riß sich plötzlich den Kneifer von der Nase und rieb sie nervös, bloß um seine Hände zu beschäftigen und mich nicht anschauen zu müssen.

Ist er also deswegen hierhergekommen? Um etwas über Felice zu erfahren? Sozusagen aus erster Hand? Die Freundin weiß mehr als Familie und Bekannte. Ein neuer Geliebter, womöglich ein Bräutigam, irgendwelche Heiratspläne? Vergeblich, mein lieber Herr, nichts wirst du von dem erfahren, was dich so interessiert – beschloß ich insgeheim.

»Aber lieber Herr Doktor, vergleichen Sie mich bitte nicht mit Felice! Sie ist tatsächlich eine hervorragende Angestellte, eine ausgezeichnete Organisatorin, und die Arbeit steht bei ihr an erster Stelle. Mich reizt meine Arbeit im Grunde gar nicht, obgleich ich, zugegeben, gerne unabhängig bin. Bald kehre ich ins Büro zurück. Ich verspreche es Ihnen«, sagte ich lachend.

»Und Felice...«

»Ja, was Felice...?« Er schaute mich aufmerksam an.

»Oh, ich weiß gar nichts von ihr. Seit drei Monaten schreiben wir uns nicht mehr.«

»Warum das? Heißt das, sie hat Sie in Ihrer Krankheit im Stich gelassen? Das ist doch unbegreiflich!«

»Meine Krankheit, verehrter Herr, heißt unglückliche Liebe! Ist es das, was Sie wissen wollten?« rief ich aus, und meine Stimme versagte fast bei dem Wort »unglückliche«.

Er erhob sich heftig von seinem Stuhl, als wollte er die Flucht ergreifen. Mit der Hand befahl ich ihm aber, sich zu setzen.

»Ich bin noch nicht fertig, Herr Doktor! Sie sind glücklich verheiratet, bald werden Sie Vater, vielleicht bekommen Sie einen Sohn, der Ihnen ähnelt, intelligent, subtil, er wird bald heranwachsen, sich das notwendige Wissen aneignen, fünf Sprachen, und Sie werden sagen können: Dies ist mein Sohn, mein Werk. Sie wissen doch, wie bedeutsam die Beziehung zwischen Vater und Sohn ist. Man braucht sich nur umzusehen, um unglückliche, der Vaterliebe beraubte, mißverstandene Söhne zu sehen, verstoßen und lebensunfähig. So wie Ihr Freund, Ihr bester Freund. Was für ein Sohn ist er, und was für einer könnte er sein, wenn er einen anderen Vater hätte, nicht wahr?« Ich konnte nicht mehr aufhören, irgend etwas setzte mich in Trab, dann in Galopp, und so ritt ich blindlings weiter.

Plötzlich beugte er sich über den Tisch und ergriff meine Hand. Die Haut seiner Hand war trocken und heiß.

»Ich habe Sie aufgeregt, dabei leiden Sie doch, brauchen Fürsorge und Hilfe. Wer ist Ihr Freund?« fragte er, das Wort »Freund« besonders hervorhebend. »Gibt es einen solchen Menschen?«

»Einmal habe ich es gehofft.«

»Er?«

»Genau.«

»Ach so. Dann kann ich Ihnen also nicht helfen«, sagte er, sah mich sanft an, erhob sich, nahm Hut und Stock vom Stuhl und verabschiedete sich.

Ich bat ihn nicht, länger zu bleiben.

An dieser Stelle brechen Gretes Aufzeichnungen ab. Vielleicht ist der Rest von jener Frau Yvonne aufbewahrt worden, ich kenne sie jedoch nicht. Es ist mir bekannt, daß Grete sich bis zum Jahre 1921, bis zum tragischen Ende, um ihren Sohn gekümmert hat. Davon berichte ich Ihnen aber, sobald ich Einzelheiten erfahren habe. Catarina, Gretes Haushälterin und spätere Freundin, ist Italienerin. Ich lernte sie noch vor dem Kriege kennen, wußte aber nichts von den näheren Umständen ihrer Freundschaft. Keine von beiden, weder Grete noch Catarina, sprachen in meiner Anwesenheit je von den alten Zeiten, als sie für einen kleinen geheimnisvollen Jungen sorgten. Catarina kenne ich also, und obgleich wir uns lange nicht mehr gesehen haben, ist es mir nun gelungen, Kontakt mit ihr aufzunehmen. Wird sie bereit sein, mir zu sagen, was vor siebenundzwanzig Jahren wirklich geschah? Wird sie sich an Grete aus dieser Zeit und an ihren Sohn überhaupt noch erinnern?

Max an Wolf S.

Jerusalem, Sommer 1947

Lieber Herr Wolf,
die Geschichte, die Sie mir in Ihrem langen Brief erzählt haben, ohne sie zu beenden – möglicherweise werden also noch neue Tatsachen ans Tageslicht kommen –, ist schier verblüffend. Es fehlt uns allerdings die Bestätigung dafür, daß der Junge, den Grete direkt nach der Geburt an fremde Menschen übergab, tatsächlich das Kind meines Freundes war. In derartigen Dingen muß man sowieso weitgehende Vorsicht walten lassen. Sollte es jedoch stimmen, dann muß man zugeben, daß das Leben hier eine Geschichte gesponnen hat, die auf erstaunliche Weise an all das anknüpft, was im Schicksal meines Freundes so abenteuerlich, kompliziert grausam und ironisch bitter war.

Beklommen las ich die Aufzeichnungen von Grete – einer Person, die ich nur wenig kannte, von der ich ein ganz anderes Bild hatte.

Den Inhalt und Sinn dieser Aufzeichnungen möchte ich nicht kommentieren, dafür sind sie zu intim. Ich kann sie nur schweigend zur Kenntnis nehmen. Der Gedanke an den kleinen Jungen läßt mir jedoch keine Ruhe. Mein Freund wünschte sich nichts sehnsüchtiger, als an der Wiege seines Kindes zu sitzen, und keiner Sache war er sich so sicher, als daß ihm dieses nie gegeben werden sollte. Hätte er erfahren, daß er Vater geworden war, wäre er vielleicht noch am Leben, vielleicht säße er heute neben mir, statt daß ich ins Leere hinaus schreibe. Vielleicht...

Wolf S. an Max

Neapel, Sommer 1947

Es ist mir endlich gelungen, Catarina, Gretes Freundin, ausfindig zu machen. Zur Zeit lebt sie in Neapel, auf Posilippo, einem dieser seltsamen Orte, die sich wie Nester an den steilen Felsen schmiegen. Sie lud mich zu sich ein. Nur mit größter

Mühe fand ich ihre Wohnung. Zunächst mußte ich das Haustor in der oberen Gasse finden, dann den richtigen Aufzug, eng wie der Käfig eines Kanarienvogels, durch einen teilweise in den Felsen gehauenen Schacht fuhr ich dann nach unten und trat in einen düsteren Korridor, in dem es stark nach Salz und Feuchtigkeit roch. Lange mußte ich nach Licht suchen, und als es endlich anging, erblickte ich vor mir einen endlosen Tunnel mit niedrigem Gewölbe. Es herrschte vollkommene Stille, keine Menschenseele war dort. Wie kann man bloß so wohnen, fragte ich mich, ging aber trotz allem tapfer vorwärts, bis ich mich in einer geräumigen Nische befand, wo ich an einer schweren, mit Eisenbeschlag versehenen Tür den Namen meiner Bekannten entdeckte. Sie erwartete mich. Mit Bange dachte ich einen Moment daran, was wäre, wenn ich sie nicht angetroffen hätte und diesen Ort allein hätte verlassen müssen, den Rückweg hatte ich mir nämlich nicht gemerkt.

Catarina ist zwar keine junge Frau mehr, aber immer noch hübsch anzuschauen. Ich stellte mir vor, wie sie damals war, als sie als junges Mädchen Grete in der schwierigen, wenn auch wohl einzig glücklichen Zeit ihres Lebens zur Seite stand.

Das Gefühl, daß mir die Luft zum Atmen fehlte, verstärkte sich noch, als ich die Wohnung betrat. Die winzigkleine Wohnung hatte zwar große helle Fenster, direkt vor ihnen war aber schon das Meer, und die aufgepeitschten Wogen schlugen laut gegen die breite Terrasse. Unser Gespräch wurde von unaufhörlichem Meeresgetöse begleitet, das die Gastgeberin anscheinend überhaupt nicht störte und das auch auf mich – erstaunlicherweise – nach einer Weile beruhigend wirkte. Von den Höflichkeitsfragen nach dem Befinden abgesehen, kam ich gleich zum Kern der Sache. Ob sie sich an die Jahre nach dem Kriege erinnerte, an Gretes Münchner Wohnung, ihren kleinen Sohn? Wie hieß er? Wie war er? Was ist mit ihm geschehen?

Sie schwieg ziemlich lange, schließlich meinte sie, es tue ihr leid, sie erinnere aber nur wenig. So viele Jahre seien ja inzwi-

schen vergangen ... Ich verbarg meine Enttäuschung, ließ aber nicht locker, sondern versuchte, auf eine etwas ruhigere Art ihr Gedächtnis auf die alten Zeiten zu lenken.
Sie war damals noch sehr jung, gut zwanzig, hatte gerade Liebeskummer und dachte an alles, bloß nicht an das Kind, für das Grete sorgte. Bereits zu jener Zeit wußte sie von der unklaren Herkunft des Knaben, aber ihre Brotgeberin weihte Catarina in ihre Angelegenheiten nicht ein. Eins wußte sie auf jeden Fall – sie sollte die Anwesenheit des Kindes in der Wohnung geheimhalten. Sie konnte sich nun erinnern, daß dies gar nicht schwierig war, da der Knabe – erst wenige Jahre alt – still und wortkarg war. Sie konnte sich aber überhaupt nicht mehr an seinen Namen erinnern, was sie selbst sehr überraschte. Eine mögliche Erklärung, wie sie meinte, sei wohl die Tatsache, daß sie, abgesehen von der Zeit in der Münchner Wohnung, später nie mehr wieder mit Grete über ihren Sohn gesprochen hätte. Außerdem kümmerte sich eben ausschließlich Grete um den Kleinen und wachte eifersüchtig über seine Gefühle.
Es war eine merkwürdige Mutterschaft, stellte Catarina fest. Zunächst gab die Mutter ihr Kind wenige Tage nach der Geburt fort, dann, als es schon über vier Jahre alt war, änderte sie ihr ganzes Leben, zog sich von den Menschen zurück, versteckte sich, und all das bloß, um mit ihrem Sohn zusammenzuleben. Catarina wußte nicht, was sich zwischen Mutter und Kind abspielte – jedesmal wenn sie unerwartet das Kinderzimmer betrat, verstummten die beiden. Außerdem war sie nur ein knappes Jahr dort, dann mußte sie fortfahren.
Nach München ist Catarina erst 1921 zurückgekehrt. Eines Tages bekam sie einen Anruf. Es war Grete. Sie sagte nur einen einzigen Satz: »Mein Sohn lebt nicht mehr.« Catarina, tief erschüttert, fuhr sofort zu ihr. Grete war allein. Bei diesem Besuch bekam Catarina den Eindruck, als hätte sich Grete in eine Art ruhigen Wahnsinns versenkt. Sie blieb bei ihr. Die beiden Frauen knüpften eine tiefe Freundschaft miteinander. Catarinas verharrende, schweigsame Anwesenheit linderte

Gretes Leid. Erst viele Wochen später erzählte Grete, unter welchen Umständen ihr Kind gestorben war.
Eines Tages war sie – wie an jedem Tag – mit dem Kind auf dem Schoß am Fenster gesessen. Plötzlich spürte sie, daß der Kleine Zuckungen hatte, drückte ihn fester an sich, als wollte sie das eigene, plötzlich vor Angst rasende Herz beruhigen, als sie aber nach einer Weile die Arme öffnete, fiel das Köpfchen des Kleinen kraftlos in ihre Hände. Er war tot. Der herbeigerufene Arzt stellte plötzlichen Todesfall mit unbekannter Ursache fest.
Das war schon alles, was Catarina damals erfuhr, mehr wollte oder konnte Grete nicht sagen. Im Laufe der langen Wochen, die Catarina bei Grete verbrachte, entstand jedoch nach und nach aus Gretes chaotischen, zusammenhanglosen Worten das Bild eines seltsamen Kindes, das so sanft und zart war, so sehr die lebensnotwendige Aggression vermissen ließ, daß es einfach sterben mußte.
Während der Zeit, die ich auf Posilippo in der klaustrophobischen, nach Schimmel riechenden Wohnung verbrachte, erinnerte sich Catarina allmählich an immer weitere Details. Grete sprach von ihrem Sohn nicht wie von einem gewöhnlichen Kind. Sie nannte ihn immer das unschuldige Opfer, das Opferlamm oder der weiße Vogel. Das Vogelmotiv erschien besonders oft in Gretes unruhigen Monologen. Catarina glaubte zunächst, es könnte sich dabei um einen weißen Papagei handeln, den Grete einmal dem Kind geschenkt hatte, oder um einen anderen gezähmten Vogel. Später begriff sie aber, daß es eher die Erinnerung an ein Spiel war, in dem der Junge sich mit verschiedenen Tieren identifizierte, am allerwichtigsten aber war die Verwandlung in einen weißen Vogel.
Catarina verlor sich in all dem, war aber voll Mitgefühl für das Leid der unglücklichen Mutter. Eines Tages, einige Monate nach dem tragischen Ereignis, betrat sie Gretes Zimmer und fand Grete, wie sie das weit geöffnete Fenster und das Fensterbrett anstarrte, auf dem ein weißer Vogel saß. Da verstand sie, daß man gegenüber einem Mirakel nur tiefes Schweigen bewahren kann.

Und doch wollte ich erfahren, was weiter geschehen war. Wie Catarina erzählte, flog der Vogel in die Wohnung hinein, Grete öffnete ein Zimmer nach dem andern, bis er sich im ehemaligen Zimmer des Jungen setzte. Dort nistete er sich ein.
Nach einer gewissen Zeit kam alles wieder zur Ruhe. Grete kehrte, wenigstens scheinbar, zum normalen Leben zurück. Bald darauf zog Catarina aus. Sie trafen dann noch ab und an als Freundinnen zusammen, aber die besondere Stimmung jener Tage zuhause bei Grete kehrte nie mehr wieder zurück.
All dies habe ich also in Erfahrung gebracht und möchte es mit Ihnen teilen. Unaufhörlich bin ich auf der Suche nach Gretes Spuren, und wohl schon bald werde ich Ihnen von ihrem weiteren Schicksal berichten können. Soeben hat sich nämlich herausgestellt, daß hier auf Capri ein Mensch lebt, der zur gleichen Zeit wie Grete im Übergangslager interniert war. Vielleicht gelingt es mir, Kontakt mit ihm aufzunehmen.

Wolf S. an Max

Neapel, Sommer 1947

Lieber Herr Doktor,
der Mann, von dem ich Ihnen schrieb, hatte – wenn auch ungern – einem Treffen mit mir zugestimmt. An dem verabredeten Tag sollte ich ihn anhand seiner Hinweise auf der Insel suchen. Er hatte mir weder seinen wahren Namen noch seine Adresse verraten.
Am Tag meiner Capri-Reise war es heiß. Die Umrisse der Insel schimmerten undeutlich im zarten Nebel. Emotionslos betrachtete ich die fernen Felsenhügel. Sie schienen wie unwirklich. Ich war noch nie dort gewesen, der Ruhm dieses Ortes schreckte mich eher von einem Besuch ab, als daß er mich dazu bewogen hätte. Anderthalb Stunden auf dem kleinen Schiff vergingen schnell. Zunächst beobachtete ich das sich entfernende Neapel, den alles überragenden Buckel des Vesuv, seinen mit schwarzem Wald bedeckten Berghang und seine Spitze, eingetaucht in ein rosarotes Licht, dessen Quelle aus

dem Innern der Erde zu strahlen schien. Dann ging ich über zum Bug und schaute mir die sich immer deutlicher abzeichnende Insel an, mit ihren weißen Häuschen, dicht nebeneinander aufgestellt im Sattel zwischen dem Monte Tiberio und dem Monte Solaro.

Wir fuhren in die Marina Grande. Auf der linken Seite zog sich zwischen zwei Felsen eine Steinzunge hinab, die Steine schimmerten hell, grünlich, rosarot. Ein Mensch lag reglos dort, ein einsamer Vogel kreiste über ihm. Der Hafen kam mir häßlich vor, wie die meisten dieser Orte, voll mit Menschen, Lärm und Dreck. Ich schaute mir die Schilder der Hotels und Kneipen an: Hotel Maresca, Bar Azzura, Hotel Belvedere und das ziegelrote Palatium. Der Mann, den ich treffen sollte, hatte mich gebeten, als erstes in die Bibliothek von Capri zu gehen, dort sollte eine Nachricht auf mich warten.

Schnell verließ ich das Schiff, aber der gewundene, steil ansteigende Weg kostete mich viel Zeit. Endlich erreichte ich einen kleinen Platz. Müde setzte ich mich in einen Korbstuhl an einem schattigen Cafétisch. Direkt daneben, in der Mitte der Piazzetta, stand ein großes steinernes Becken, in das unaufhörlich ein schmaler, klarer Wasserstrahl rann. Ich schöpfte es mit den Händen und trank lange. Glauben Sie mir, es war sehr heiß. Als es mir wieder besser ging, fragte ich nach der Bibliothek. Man wies mir den Weg, sie war gleich in der Nähe. Durch den Seiteneingang betrat ich einen mittelgroßen Saal; eine Frau schaute hinter einer Tür hervor. Als ich mich vorstellte, kam sie sofort auf mich zu und reichte mir einen Zettel mit einer Adresse, als hätte sie dort schon seit längerem gewartet und genau gewußt, daß ich gleich hereinkommen würde.

Ich fragte sie, ob sie wisse, mit wem ich zusammentreffen sollte. Sie nickte und sagte: »Er ist ein kranker Mensch. Er glaubt immer noch, sich verstecken zu müssen.«

Auf dem Zettel standen Straßennamen: via di Bottegne, via Fuorlovado, via Reginal Giuliani, dann irgendwelche Vogelnamen für Villen, an denen ich vorübergehen sollte, und schließlich: Professore Cleminis, via Liberto 6. Sollte er das sein? dachte ich bei mir. Die Bibliothekarin sagte, als hätte sie meine Gedanken erraten: »Er wird Ihnen noch ein paar Überraschungen bereiten.« Ohne weitere Fragen zu stellen, verabschiedete ich mich von ihr und verließ die Bibliothek.

Eine Gasse, so schmal, daß zwei Personen achtgeben müssen, wenn sie aneinander vorübergehen, führte mich sanft bergauf. In offenen Ladentüren sah man die Verkäufer, ein paar Frauen blieben mitten im Weg stehen und zankten miteinander. Ich passierte schnellen Schrittes die lange Gasse, die dann plötzlich in eine helle, breite, steil ansteigende Straße mündete. Auf beiden Seiten standen Villen, von Gärten umgeben, hie und da sah ich Weinreben und Feigenbäume – ausladend, reichlich Schatten spendend. Der Weg wurde immer steiler. Ich blieb stehen. Von hinten schützten mich die Felsen, von den Seiten Pinien und Zypressen, im dichten Gebüsch hörte ich den endlosen Gesang der Zikaden.

Ich setzte meinen Weg fort. Eine Woge von Geräuschen stürzte förmlich auf mich ein. Nach einer Weile, als ich das Gebüsch hinter mir gelassen hatte, wurde es schlagartig still. Es war schön, hier zu gehen, stets bergauf, mit den freundlichen Felsen im Rücken. Menschen gingen an mir vorüber. Sie sagten, das Haus des Professors befände sich unweit von der San Michele Arcangelo-Kirche. Ich beschloß, nach dem Besuch beim Professor dort vorbeizuschauen. Ich weiß nicht warum, es schien mir aber, als sollte eben der Professor mein Gesprächspartner werden oder als sollte ich in seinem Haus wenigstens den Mann treffen, mit dem ich verabredet war.

Nichts dergleichen, die Bibliothekarin hatte recht. Als ich an der genannten Adresse ankam, öffnete zunächst lange niemand. Ich wurde unruhig. Schließlich war ich nur für einen Tag hier, hatte Zeit bis zur Dämmerung, wenn das letzte Schiff fuhr. Was sollte ich tun, wenn ich den von mir Gesuchten nicht antreffen würde?

Am Ende einer schattigen, mit niedrigen Palmen gesäumten Allee lugte endlich hinter der Tür ein Mann hervor. Langsam schlurfte er zum Tor und öffnete es. In meiner plötzlichen

Verlegenheit wußte ich nichts zu sagen, als wir uns aber in dem düsteren Haus befanden, bemerkte der Alte, ohne mich dabei anzusehen: »Hier ist er nicht. Man ließ mir ausrichten, daß das Treffen dort stattfinden wird...« »Wo?« fragte ich erstaunt. »Auf dem Berg«, antwortete er und verstummte. »Um wieviel Uhr?« bohrte ich weiter, bekam aber keine Antwort. Ich begriff, daß die Zeit unseres Treffens nicht bestimmt worden war.

Dieses »dort auf dem Berg« konnte sich nur auf den Monte Tiberio beziehen, da die Straße, die ich zum Professor ging, wie ich bereits früher erfahren hatte, zu den Ruinen des Tiberius-Palastes führte. Der Professor, der sich für seine Umwelt wenig zu interessieren schien, ging unerwartet zum Tisch und füllte ein Glas mit Wasser; es war ein wunderschöner Gegenstand, ich verlor aber keine Zeit, ihn zu bewundern, trank rasch das Wasser, bedankte mich und machte mich wieder auf den Weg.

Es ging auf Mittag zu. In die Kirche, die sich tatsächlich etwas über dem Haus des Professors befand, schaute ich doch nicht hinein, zu sehr war ich bereits mit den Gedanken an das näherrückende Treffen beschäftigt. Die Häuser ließ ich bald hinter mir, der Weg führte über einen lavendelbewachsenen Hang. Es wurde immer heißer. Sehnsüchtig sah ich auf die Fläche des Meeres weit unter mir. Plötzlich öffnete sich vor mir eine freie Ebene mit einer einsam vor dem Hintergrund des Himmels aufragenden Pinie. In der Bucht sah ich weiße Boote träge vor sich hin dümpeln, das Wasser am Ufer hatte die Farbe himmelblauen Glases, es schien mir sogar, als könnte ich von oben kleine Steine und Wasserpflanzen auf dem Meeresboden ausmachen. Der vor mir liegende Hügel war in heißen Sonnenglanz gehüllt. Plötzlich hörte ich einen Hahn krähen, seine häusliche, die Nachtdämonen vertreibende Stimme kam mir an diesem Ort seltsam fremd vor. Die unschuldige Schönheit dieser Gegend ließ mich einen Augenblick verweilen. Diese Welt ist ein Paradies, dachte ich bei mir, und, glauben Sie mir, es war nicht übertrieben.

Hinter den Bäumen, auf dem Gipfel des Hügels ahnte ich schon die Palastruinen. Dorthin lenkte ich meine Schritte, spürte beim Wandern Schweißtropfen die Schläfen hinunterlaufen, obgleich die Hitze ihren Höhepunkt noch nicht erreicht hatte. Ein Mann ging bergab an mir vorüber, beantwortete aber meinen fragenden Blick nicht.
Der Weg machte nach einer Weile Halt und bildete eine natürliche Terrasse mit Aussicht aufs Meer an beiden Seiten. Ein weißes Häuschen schmiegte sich hier an die Felswand, an einer Tafel standen Svetonius' Worte aus Tiberius' Lebensgeschichte: *Capreas se contulit; praecipue delectatus insula, quod uno parvoque litore adiretur, septa undique praeruptis immensae altitudinis rupibus, et profundo maris.* Ich wandte mich nach rechts, zu dem Geländer, das vor einem Felsabbruch schützte, näherte mich ihm, lehnte mich vorsichtig hinaus und schaute nach unten. Die Felskante riß direkt an meinen Füßen ab, die senkrechte Wand, an die sich nicht einmal ein Vogel setzte, fiel abrupt in die Tiefe. Es kam mir vor, als würde ich hinunterstürzen, aber knapp vor der Wasseroberfläche blieb ich wie ein Ball an einer Gummischnur hängen und schwebte auf meinen Platz zurück. Es war sehr still.
Plötzlich vernahm ich direkt in meiner Nähe Stimmen, oder vielleicht kamen sie von unten, einem Lachen gleich, das in der Leere hing und an den Steinen hin und her prallte. Ich strengte meine Augen an, um zu sehen, wo es herkam. Es muß das Geschrei der Raubvögel sein, die über dem Wasser kreisen, dachte ich und lehnte mich gefährlich weit über die Kante hinaus, allerdings umsonst, ich sah nichts außer den silbergrauen Steinen und dem klaren Grün des Wassers in der Tiefe. Nach einer Weile wiederholte sich das Lachen – geheimnisvoll, spöttisch und noch näher jetzt. Die lachenden Köpfe dreier Greise schwebten auf ihren dünnen faltigen Hälsen über der Wasseroberfläche, wie auf einem Bild, das ich vor langer Zeit gesehen hatte, vielleicht in einem Traum. Es war eine flüchtige und doch ausdrucksvolle Erscheinung, lange noch hörte ich ihr Lachen an die Klippen prallen und spürte,

daß ich eines Tages auf diese Insel zurückkehren würde, daß ich zurückkehren müßte, um noch einmal dieses verführerische Lachen zu hören. Ja, verführerisch, so habe ich tatsächlich gedacht.
Capri – die Insel der Sirenen. Wollten die Sirenen eben hier Odysseus mit ihrem Gesang verführen? Bin ich nun derjenige, der ihre Stimmen hört? Ich schaute mich unsicher um, niemand war da, nur Stille und Reglosigkeit, nicht einmal ein Windhauch bewegte die Grashalme.
Der Pfad führte im Zickzack immer weiter bergauf. Etwas zögerlich setzte ich meine Wanderung fort. Das Schweigen hinter meinem Rücken reizte und verlockte dazu, sich noch einmal umzusehen, aber ich wußte doch, daß die Zeit verging und ich eine wichtige Aufgabe zu erfüllen hatte: Einen seltsamen, womöglich irrsinnigen Menschen zu treffen und mir seine Geschichte anzuhören. Die steifen Stengel der vor Hitze und Staub ergrauten Gräser schlugen gegen meine Hände, als ich die steilen Treppen erklomm, die bereits zum Tiberius-Palast gehörten. Die Ruinen waren sehr weitläufig, erstreckten sich über den ganzen Berggipfel. Alles wurde überragt von der dunklen Statue der Madonna dei Marini.
Ich fragte mich, was nun, wo sollte ich stehenbleiben, lieber mich hinsetzen oder auf der Suche nach meinem Gesprächspartner durch die Schlupfwinkel der Ruinen streifen? Bisher hatte der Weg meine ganze Aufmerksamkeit in Anspruch genommen, nun war ich am Ziel angelangt und machte mir bereits Sorgen, ob ich nicht einer Täuschung zum Opfer gefallen war. Ich erinnerte mich an das Lachen der Sirenen dort über dem Abgrund und an das seltsame Gefühl, daß ich einzig und allein hierher gekommen war, um ihre Stimmen zu hören, nur für mich bestimmt, als gäbe es auf der ganzen Insel keinen anderen Menschen außer mir – dem ersten und letzten Menschen, der von den Sirenen herbeigelockt wurde, von den Vorboten des Alters und des Todes. Noch einmal schaute ich zum Meer hinaus. Ein Milanenpaar kreiste mit starr ausgestreckten Flügeln und spähte nach Nahrung im Wasser.

Ich betrat das dunkle Innere eines steinernen Korridors, erklomm eine steile Treppe, durchschritt einen Saal nach dem andern; in manchen fehlten seit langem schon Teile der Decke oder der Wände; andere erinnerten an tiefe Brunnen, die Fensteröffnungen waren dem Licht zugewandt, räuberische Kletterpflanzen schauten hinein.
Ich fragte mich, an welchem Platz dieses Palastes Kaiser Tiberius im Jahre 33 den Bericht über die Kreuzigung eines Mannes namens Jeshu las, was er von diesem Urteil hielt, einem von vielen solcher Urteile. Vielleicht saß er auf der Terrasse mit dem Blick in alle vier Himmelsrichtungen und ruhte sich aus, als man ihm das Schreiben des Pontius Pilatus brachte. Müde nahm er es entgegen, hielt es eine Weile in der gesenkten Hand und legte es schließlich – ungelesen – beiseite. Einen Augenblick lang begleitete mich die Vision eines einsamen Menschen am Kreuz, sie verflüchtigte sich aber, sobald ich den düsteren Saal verließ, über die Türschwelle trat und von der hochstehenden Sonne geblendet wurde. Ich schloß die Augen.
Als ich sie wieder öffnete, sah ich einen Mann vor mir stehen. Er muß schon vor mir da gewesen sein oder war soeben völlig geräuschlos gekommen. Ich zuckte zusammen, überrascht durch sein Erscheinen. Ein großer hagerer Mann, stark nach vorn gebeugt, als würde er auf den Schultern eine seine Kräfte übersteigende Last tragen. Seine Gesichtsblässe fiel mir auf. Obgleich er kein einziges Wort sagte, wußte ich sofort, daß er dort auf mich gewartet hatte. Schließlich sprach er meinen Namen aus, ich nickte und streckte ihm meine Hand entgegen. Er beantwortete diese Geste nicht. Ich spürte förmlich sein Mißtrauen, dachte mir aber, daß es, wenn er schon erschienen war, eine Chance gebe, etwas über Grete zu erfahren. Sie möchten ja auch von ihr erfahren, von ihren letzten Tagen, ihrem Tod. Um Ihre Bitte zu erfüllen, bin ich beinahe zum Schriftsteller geworden, noch nie im Leben habe ich einen so langen Brief geschrieben.
Wir setzten uns auf eine steinerne Bank in brütender Hitze. Ich fragte mich, wie lange ich das ertragen würde, der Mann

neben mir schien hingegen der Umwelt gegenüber vollkommen gleichgültig zu sein. »Haben die Sirenen nach Ihnen gerufen?« fragte er plötzlich und wandte sich dabei zu mir, so daß ich ihm ins Gesicht schauen mußte. In seinen Augen sah ich Gewißheit; er wußte genau, daß sie es waren, wartete gar nicht auf meine Antwort. Ich wollte ihm sagen, daß es einem einst gelungen war, vor ihrem Gesang zu fliehen, einer hatte einmal von dem Schweigen der Sirenen gesprochen, ein anderer behauptet, vor diesem Schweigen gebe es kein Entrinnen. Und ich habe ihr Lachen gehört.

Nach einer Weile fragte ich ihn, warum er mich auf diese unglaublich schöne, heiße Insel gelockt habe. Er sah mich schweigend an, sein blasses Gesicht wurde dunkler, dann sagte er mit einem plötzlichen Lächeln, doch ohne jede Fröhlichkeit, man könne nur im Glanz des Südens über die Finsternis des Nordens sprechen.

»Sie haben Auschwitz überlebt?« stellte ich eher fest, als daß ich fragte. Man hatte mir erzählt, wohin ihn die Deutschen 1944 aus dem Übergangslager gebracht hatten.

»Sind Sie Deutscher?« fragte er, ohne meine Frage beantwortet zu haben.

Ich erstarrte. Nun verstummt er oder geht gleich fort, und ich erfahre gar nichts, dachte ich. Obgleich ich in meinem Brief an ihn von meinem Kriegsschicksal berichtet hatte, beschloß ich es zu wiederholen: »Ja, ich bin Deutscher. 1938 bin ich nach Frankreich gegangen. Dann lebte ich kurze Zeit in Florenz. Ich war gezwungen, von dort zu fliehen, versteckte mich zunächst in der Schweiz, dann emigrierte ich nach Amerika...«

Er schaute mich an.

Ich überlegte, wie ich sein Vertrauen wecken und ihn auf das für mich wichtige Thema lenken konnte, was sollte ich bloß tun, damit er nicht in ein leiderfülltes Schweigen verfiel? Ich verstand ihn, auch wenn ich mir nicht im geringsten vorstellen konnte, was dieser Mensch durchgemacht hatte, er und viele, viele andere...

»Sie wollten etwas über Frau Grete erfahren?« sagte er unerwartet nach einer längeren Weile, als ich schon fast die Hoffnung verlor, seine Stimme noch einmal zu hören.
»Ja, ja«, nickte ich eifrig und wandte mich ihm zu, um ihn besser sehen zu können. Er saß reglos wie eine Statue, die Hände gerade auf den Knien.
»Ich lernte sie '44 kennen, Ende Mai. Einige Male gelang es uns, miteinander zu sprechen, ich arbeitete damals in der Küche. Es war ein Privileg, das das Leben rettete, es war noch nicht so schlimm, aber dann ...«
Beunruhigt vernahm ich die kaum sichtbaren Anzeichen des Schmerzes in seinem Gesicht, er verstummte wieder, aber ich wartete geduldig.
»Ich brachte ihr zusätzliche Brotrationen, sie gab sie weiter ... Die Pakete blieben irgendwann aus, wir hungerten. Sie ist mir in Erinnerung geblieben, weil sie immer aufrecht ging, mit erhobenem Kopf, es schien, als hätte sie keine Angst mehr gehabt. Sie meinte, sie wäre jahrelang auf der Flucht vor dem gewesen, was ihr ohnehin passieren sollte, also sei die Angst nun vergangen, weil das Unvermeidliche eingetroffen war.«
Ich hörte ihm gespannt zu, gleichzeitig verfolgte ich unwillkürlich mit meinem Blick den Weg der Sonne. Unsere steinerne Bank war aufgeheizt wie ein Ofen, mit Erleichterung nahm ich wahr, daß wir plötzlich im Schatten saßen.
»Wir alle wollten überleben, sie aber kümmerte sich nicht darum, bewegte sich im Lager frei, wie auf den Straßen einer seltsamen Stadt. Oft sah ich sie aus der Ferne. Immer unterhielt sie sich mit jemandem. Die Leute ließen sie beim Anblick eines sich nähernden Aufsehers allein stehen und liefen schnell fort. Wissen Sie, diese Gebärde blieb mir in Erinnerung: Man bückte sich leicht, als wolle man kleiner erscheinen, als man wirklich war, und trippelte, teils gehend, teils rennend an den Barackenwänden entlang ... Ich weiß nicht mehr genau, wann es war, wohl im Sommer, Ende Juli, vielleicht im August. Dann fingen sie an, uns fortzuschaffen. Ich erinnere mich, daß der Tag sehr schön war, der Himmel klar, durchsichtig, nicht

allzu heiß, sogar ein paar Wolken tauchten auf, ja, das erinnere ich, wir schauten nämlich immer in den Himmel, jeden Tag. Ich weiß nicht, was passiert war. Es war Mittag, als ich Menschen rennen sah, Geschrei hörte. Von weitem schon sah ich, daß der Aufseher jemanden schlug. Es kam immer öfter vor, an dem Tag verspürte ich aber eine große Angst, lief trotzdem mit den anderen in diese Richtung.

Sofort erkannte ich Frau Grete. Ich weiß nicht, niemand wußte, was den Angriff des Aufsehers verursacht hatte, warum er ausgerechnet sie wählte, übrigens wählte er vielleicht gar nicht ... Von diesem Wissen hing damals allerdings unser Leben ab, nie konnten wir begreifen, weshalb gerade dieser und nicht jener Opfer wurde. Nun befand sie sich dort, an dieser Stelle, von der es kein Entkommen mehr gab. Die Häftlinge beobachteten das Geschehen aus einer gewissen Entfernung. Dem Aufseher, der Frau Grete mißhandelte, schlossen sich andere an. Sie umstellten sie. Wir sahen nur noch ihre Rücken und die sich hebenden Arme.

Dort war sie wie auf einer Insel, umstellt, und der Kreis der Verfolger – so habe ich damals gedacht – wurde immer enger. Ich wußte, daß sie dort nicht mehr die Frau Grete war, die ich im Lager kennengelernt hatte, sondern das Opfer eines barbarischen Rituals. Neben mir hörte ich ersticktes Stöhnen der Mithäftlinge, leises Gebet, einen im Halse unterdrückten Schrei. Ein Wahnsinniger wollte ihr zur Hilfe eilen, ein anderer hielt ihn fest. Ich fiel auf die Knie und so blieb ich, wie versteinert. Noch viel später, als die Menschen längst auseinandergegangen waren und in der Ferne auf dem Boden ein regloser Körper lag, konnte ich meine steifgewordenen Beine nicht ausstrecken und die Arme voneinander trennen, die ich verkrampft zusammengeflochten hatte.

Sie lag dort bis zum Abend. Ich sah, daß die Frauen aus ihrer Baracke nicht den Mut hatten, sich ihr bei Tageslicht zu nähern. Erst in der Dämmerung, bevor die Scheinwerfer angeschaltet wurden, holten die Männer ihren geschundenen Körper. Sie lebte noch, war aber bewußtlos. Dies war damals

das einzige Zeichen der Barmherzigkeit, das einzige Zeichen ... Einige Personen, die sie näher kannten, hielten bei ihr Wache. Wir konnten nicht viel tun.
Am späten Abend kam sie plötzlich zu Bewußtsein. Ich weiß nicht, was sie damals sagte, ich war nicht bei ihr. Als ich kam, standen die Frauen mit Wasserbechern um sie herum. Jemand versuchte, ihr die Wunden zu verbinden, sie aber hob die Hand, langsam und sanft, und sagte: ›Nicht nötig, nicht nötig‹, und dann: ›Warum ist es so dunkel?‹ Sie bat um Licht. Zwei Frauen schlichen sich aus der Baracke, um wenigstens einen Kerzenstumpf zu ergattern, damals gab es so etwas kaum, aber nach einer Weile brachten sie einen in Fett getränkten Docht und zündeten ihn an. Eine schwache Flamme beleuchtete Frau Gretes Gesicht. Ich sah in ihre fieberumnebelten Augen. ›Bringt bitte Licht‹, sagte sie, und wir begriffen, daß sie nicht mehr sehen konnte. ›Gibt es noch Hoffnung?‹ fragte sie beinahe klar, es ging ihr immer noch um Licht, mit dem sie das sich ihrer bemächtigende Dunkel erhellen wollte. Im Morgengrauen starb sie.«
Mein Gesprächspartner verstummte, und ich wagte nicht, mit einer Frage die Stille zu durchbrechen. Ich blickte um mich. Alles war in ein rosarotes Licht getränkt. Der Schatten verscheuchte die grauen Eidechsen, ließ sie nach Sonnenflecken suchen. Am dunkelblauen Himmel zeichneten ferne Vögel ihre Linien, gleich den Zeichen eines geheimnisvollen Codes. Die seltsame Empfindung stellte sich wieder ein – ich war im Paradies, in einem irdischen Paradies.
Kurz darauf verabschiedeten wir uns voneinander. Er ging fort, ohne sich umzusehen, gebeugt, mit kurzen, immer schneller werdenden Schritten, als würde er vor irgend etwas fliehen, und ich blieb allein dort, auf dem Berg, den Blick auf die blendende Schönheit der Insel geheftet, mit dem Bild der sterbenden Grete und mit der Frage, auf die man – angesichts all dessen, was vor unseren Augen geschah – den Mut zur Antwort wird aufbringen müssen.

Inhaltsverzeichnis